Peter Prange

Miss Emily Paxton

Peter Prange

Miss Emily Paxton

Droemer

Besuchen Sie uns im Internet:
www.droemer.de

Die Folie des Schutzumschlags sowie die Einschweißfolie sind
PE-Folien und biologisch abbaubar.
Dieses Buch wurde auf chlor- und säurefreiem Papier gedruckt.

Ein Projekt der AVA international GmbH
Autoren- und Verlagsagentur, Herrsching
Umschlaggestaltung: ZERO Werbeagentur, München
Umschlagabbildung: Corbis
Satz: Ventura Publisher im Verlag
Druck und Bindung: Ebner & Spiegel, Ulm
Printed in Germany
ISBN-13: 978-3-426-19656-4
ISBN-10: 3-426-19656-5

2 4 5 3 1

Für Coco Lina, meine Tochter

»… und ich habe dich gezeugt,
und es ist nun deine Frage …«

»It was the best of times, it was the worst of times,
It was the age of wisdom, it was the age of foolishness,
It was the epoch of belief, it was the epoch of incredulity,
It was the season of light, it was the season of darkness,
It was the spring of hope, it was the winter of despair.«

Charles Dickens,
A Tale of two Cities

Prolog
Das Geheimnis des Lebens
1837

1

»Glaubst du, dass es diese Nacht geschieht?«
Emily flüsterte ganz leise, kaum dass sie zu sprechen wagte, als fürchte sie, mit ihren Worten das Wunder zu zerstören, noch bevor es Wirklichkeit wurde. In dem dunklen großen Treibhaus war es so still wie in einer Kirche. Nur ab und zu hörte man, wie ein Tropfen Wasser von einem Blatt in den Teich fiel, während in dem blakenden Licht einer Gaslampe die rings um das Becken wuchernden Pflanzen wie Boten einer anderen Welt aus ihren Schatten traten. Genauso mussten die Nächte im Dschungel sein, dachte Emily, am Amazonas, woher die Riesenpflanze kam, für die ihr Vater das Treibhaus gebaut hatte: *Victoria regia,* die Königin der Seerosen, die schönste und prachtvollste Blume der Welt. Träge trieb sie im warmen Wasser, jedes ihrer Blätter so groß wie eine Insel, und dazwischen, aufgetaucht aus dem schwarzen Teich wie eine Frucht der Unterwelt, die prall gefüllte Knospe, der Emilys ganze Aufmerksamkeit galt. Rund und glänzend barg sie ihr Inneres, wie ein Geheimnis, das sie niemals preisgeben wollte.
»Vielleicht in dieser Nacht, vielleicht in der nächsten«, erwiderte ihr Vater Joseph Paxton. »Das muss die Natur entscheiden.«
Emily schmiegte sich an ihn, ohne die große dunkle Kapsel eine Sekunde aus den Augen zu lassen. Ihr Vater hatte ihr ein Wunder versprochen: Hier in Chatsworth, mitten im kalten England, wollte er die Seerose zum Blühen bringen. Das hatte noch kein anderer Gärtner vor ihm geschafft, seit Monaten arbeitete er nur für dieses eine Ziel. Dafür hatte er das Gewächshaus und den Teich gebaut, Heizrohre im Boden verlegt und Gaslampen angebracht, damit die Pflanze, die ein Naturforscher mit einem

unaussprechlichen Namen nach Europa gebracht hatte, es so hell und warm hatte wie im tropischen Dschungel und hier, Tausende Meilen vom Amazonas entfernt, ihre ganze Pracht entfaltete. Der Herzog von Devonshire, in dessen Dienst Emilys Vater stand, hatte gesagt, wenn Mr. Paxton das schaffe, sei er ein Zauberer. Doch seit zwei Tagen hatte die Knospe sich nicht mehr gerührt. Die Vorstellung, dass sie sich in dieser Nacht öffnen würde, erschien Emily auf einmal so unwahrscheinlich wie die Möglichkeit, dass zwischen den Pflanzenblättern ein Krokodil auftauchte.

»Sollen wir vielleicht beten?«, fragte sie.

»Das wird nicht nötig sein«, lachte ihr Vater. »Die Natur wird uns helfen, sie ist auf unserer Seite.«

»Glaubst du? Warum?«

»Ganz einfach. Die Natur will immer nur eins – leben. In jedem Samenkorn, in jeder Blüte, in jedem Blatt.«

»Auch in *Victorias* Knospe?«

»Auch in *Victorias* Knospe.«

Emily schaute auf die Pflanze, in der angeblich so geheimnisvolle Kräfte wirkten. Dabei stellte sie sich vor, wie sie selber irgendwann einmal den Amazonas entlangfahren würde, um die Heimat der Seerosen zu erkunden, in einem Einbaum, zusammen mit ihrem Vater. Sie würden Helme und Tropenanzüge tragen, wie die Forscher in ihren Naturkundebüchern, und Cora, der weiße Kakadu, den ihre Eltern ihr zum Geburtstag geschenkt hatten, würde auf ihrer Schulter sitzen und ihnen mit krächzender Stimme den Weg weisen, immer tiefer und tiefer hinein in die grüne, undurchdringliche Finsternis.

»Und was ist«, fragte sie zögernd, »das Leben?«

»Mehr willst du nicht wissen?«, erwiderte ihr Vater. »Wonach du da fragst, mein Liebling, ist das größte Geheimnis, das es überhaupt gibt. Die Menschen haben Jahrtausende lang vergeblich versucht, es zu lösen.«

»Dann weißt du es also auch nicht?«, fragte Emily enttäuscht.

»Doch«, sagte er. »Ich glaube schon. Aber ich weiß nicht, ob du groß genug bist, um es zu verstehen.«
»Wenn du die Antwort weißt«, protestierte sie, »musst du sie mir sagen! Ich bin bestimmt schon groß genug! Ich bin schon fast elf!«
Sie machte sich aus seiner Umarmung frei und blickte ihn an. Wie immer, wenn er nachdachte, ließ er seine mächtigen Wangenkoteletten, die noch buschiger waren als seine schwarzen Augenbrauen, durch die Spitzen seiner Finger gleiten.
»Na, gut«, sagte er endlich, »ich will es versuchen. Aber nur, wenn du mir versprichst, sie keinem anderen zu verraten.«
»Versprochen!«
»Vor allem nicht dem Pfarrer. Und auch nicht dem Lehrer.«
»Ehrenwort!«
Emily wurde immer neugieriger. Was war das für ein Geheimnis, das man vor dem Pfarrer und dem Lehrer geheimhalten musste? Ihr Vater nahm ihre Hände, und während er ihr in die Augen schaute, sagte er, so ernst und eindringlich, wie er sonst nur mit Erwachsenen sprach:
»Alle Lebewesen, ob Tiere oder Pflanzen, haben nur ein Ziel: Sie wollen leben und sich weiterentwickeln. Das ist ihr Sinn und Zweck. Jedes Wesen versucht darum, sich in der Natur so viel Raum und Nahrung zu erobern, wie es dazu braucht.«
Emily schaute auf die Seerose und dachte nach. Als ihr Vater die Pflanze vor drei Monaten in den Teich eingesetzt hatte, waren die Blätter noch kleiner gewesen als die Teller, aus denen sie zum Frühstück ihr Porridge aß, und jetzt waren sie groß wie die Wagenräder an der Kutsche des Herzogs.
»Aber was ist«, fragte sie, »wenn es zu eng wird oder die Nahrung nicht für alle reicht?«
»Dann verdrängen die Großen die Kleinen, die Starken die Schwachen. Denn keine zwei Arten, die sich auf dieselbe Weise ernähren, können in ein und demselben Lebensraum miteinander auskommen. Deshalb ist das Leben ein ewiger Kampf, und

nur die Tüchtigsten können darin überleben. Das ist das Gesetz, der Wille des ewigen Schöpfergottes.«

Emily fröstelte trotz der feuchten, schwülen Luft im Treibhaus, während die Worte in der Dunkelheit widerhallten, als hätte nicht ihr Vater sie gesagt, sondern der liebe Gott selbst. Das also war das Geheimnis des Lebens? Sie hatte schon oft gesehen, wie ein Habicht einen kleineren Vogel schlug oder der Fuchs ein Huhn vom Hof raubte, und in einem ihrer Naturkundebücher hatte sie das Bild von einer Gazelle entdeckt, die von einer Riesenschlange zu Tode gewürgt wurde. Aber wirklich verstanden hatte sie die Erklärung ihres Vaters deshalb noch nicht.

»Kann der liebe Gott das wirklich wollen, dass die starken Tiere die schwachen einfach tot machen und auffressen?«

»Ja, Emily, das muss so sein, auch wenn es uns grausam vorkommt. Stell dir die Natur wie einen weise regierten Staat vor, und die starken Tiere darin als die Polizisten oder Soldaten, die nur die Befehle der Regierung befolgen. Ihre Aufgabe ist es, für die Aufrechterhaltung der Ordnung zu sorgen. Sie hindern die schwachen Tiere daran, sich allzu sehr zu vermehren, und räumen sie fort, bevor sie sich selbst oder anderen Geschöpfen zur Last fallen. Nur so bleibt das Gleichgewicht der Schöpfung bestehen.«

Während Emily versuchte, den Sinn dieser Worte zu erfassen, schien sich der Teich vor ihr in den Kirchplatz von Chatsworth zu verwandeln, und die Pflanzenblätter in ihren Freund Victor und die anderen Dorfjungen, die dort jeden Tag rauften, so lange, bis einer von ihnen am Boden lag und sich nicht mehr wehren konnte.

»Und die Menschen?«, fragte sie. »Kommt es bei ihnen auch nur darauf an, wer am stärksten ist?«

»Ja, mein Liebling. Auch die Menschen wollen nichts anderes als leben und sich weiterentwickeln, immer größer und stärker werden, genauso wie die Tiere und Pflanzen. Dafür arbeiten sie und strengen sich an, dafür erforschen sie ferne Länder und Meere, dafür führen sie Kämpfe und Kriege. Und das Wunderbare daran ist, dass auf diese Weise die herrlichsten Dinge entstehen, die Erfindungen der Menschen genauso wie die Wunder der Natur.«

»Auch durch Kriege?«

»Deshalb brauchst du nicht zu erschrecken«, sagte Paxton, als er Emilys Gesicht sah. »Sicher, Krieg ist etwas Fürchterliches. Und trotzdem ist er nur ein Teil der großen Ordnung, wie Gott sie gewollt hat. Krieg entsteht ja aus ganz natürlichen Regungen des Menschen, aus seinem Willen zu überleben und Streben nach Gewinn, also aus sehr nützlichen Antrieben, die wir täglich brauchen, weil wir uns ohne sie in zahme und träge Wesen verwandeln würden, die an Hunger sterben müssten. Ja«, fügte er hinzu, »auch das gehört zum Geheimnis des Lebens, dass am Ende alles zum Guten beiträgt, sogar so fürchterliche Dinge wie Krieg.«

Die Sätze, die ihr Vater sagte, kamen Emily vor wie schwierige Rechenaufgaben, und um sie zu verstehen, strengte sie ihr Gehirn so sehr an, dass ihr der Kopf davon wehtat. Doch lieber sollte er platzen, als dass sie zugeben würde, noch zu klein dafür zu sein. Kaum aber hatte sie das Gefühl, den Sinn der Worte einigermaßen begriffen zu haben, kam ihr eine neue Frage.

»Warum verbietet Mama mir dann, mit Victor zu spielen?«

»Was hat Victor damit zu tun?«, fragte Paxton verwundert zurück. Doch bevor sie antworten konnte, sprang er auf und trat ans Becken. »Da! Sieh nur! Sie hat sich bewegt!«

Aufgeregt verließ auch Emily ihren Platz. Tatsächlich! Die Knospe zuckte im Wasser, ganz leicht, kaum dass man es mit bloßem Auge erkennen konnte, und doch gab es keinen Zweifel: Irgendetwas im Innern der Kapsel drängte danach, sich aus der Umklammerung zu befreien. Ein Blütenblatt sprang auf, ein zweites, ein drittes, und das reinste, makelloseste Weiß, das Emily je gesehen hatte, quoll hinaus in die Dunkelheit. Vor Ehrfurcht schweigend, Hand in Hand mit ihrem Vater, schaute sie zu, wie sich das Wunder vollzog, die Knospe sich nach und nach öffnete, mal zögernd und tastend, mal rascher, wie von einer inneren Ungeduld beseelt, um sich schließlich in einen Kranz Hunderter Blütenblätter zu ergießen, der sich wie eine strahlend helle Krone vom schwarzen Grund des Teichs abhob.

»Jetzt hast du es selbst gesehen«, flüsterte ihr Vater. »Wenn das Starke das Schwache besiegt, wie das Leben in der Pflanze die Knospe, entsteht Großes und Schönes.«

Emily erwiderte den Druck seiner Hand, so stolz und glücklich wie noch nie in ihrem Leben: Ja, ihr Vater war ein Zauberer, und sie war sein Zauberlehrling. Und während sie da standen, versunken in ihr gemeinsames Schweigen, erhellte draußen, jenseits der gläsernen Wände, ein rosa Schimmer den Himmel, um den neuen Tag anzukündigen.

»Leben!«, krächzte Cora in der Kuppel des Gewächshauses. »Leben! Leben!«

2

Über Chatsworth, dem Jahrhunderte alten Landsitz der Herzöge von Devonshire, wehte die Flagge der englischen Könige, und während aus den Schornsteinen des Küchentrakts weiße Rauchfahnen in den blauen Herbsthimmel aufstiegen, herrschte in den Gängen und Fluren des Schlosses angespannte Betriebsamkeit. Die ganze Dienerschaft war auf den Beinen. In den Küchen wurde auf allen Herden gleichzeitig gekocht, die ältesten und kostbarsten Weine wanderten aus dem Keller hinauf in den prachtvoll geschmückten Festsaal, wo die Tafel für über hundert Gäste mit goldenen Tellern eingedeckt wurde. Denn Queen Victoria, die in diesem Jahr erst den Thron bestiegen hatte, war zu Besuch, zusammen mit Feldmarschall Wellington, dem Bezwinger Napoleons! Mit ihrem halben Hofstaat war sie nach Chatsworth

gekommen, um im Gewächshaus des Herzogs die Seerose blühen zu sehen, die ihren königlichen Namen trug.
Vorsichtig spähend, ob draußen Gefahr lauerte, schlich Victor sich aus dem kleinen Cottage am Waldrand, das er zusammen mit seiner Mutter bewohnte. Man hatte allen Kindern im Dorf strengstens verboten, sich an diesem Tag in ihren Lumpen in der Nähe des Schlosses blicken zu lassen. Das war keine leere Warnung: In der Auffahrt waren Wachen aufgestellt, der Förster des Herzogs und ein halbes Dutzend Jäger, dazu Bauern mit aufgepflanzten Knüppeln und Mistgabeln, wie letzten Winter in der Hungersnot, als Captain Swing, der Brandstifter, überall in der Grafschaft die Scheunen und Schober angezündet hatte. Zwischen den Büschen und Bäumen rings um das Hauptgebäude krabbelten Lakaien herum, die in ihren goldbetressten Livreen aus der Ferne wie verkleidete Mistkäfer wirkten, offenbar auf der Suche nach irgendwelchen Störenfrieden, die sich trotz des Verbots hierher wagten, um die Königin zu sehen. Wirkliche Angst aber hatte Victor nur vor Mrs. Paxton, Emilys Mutter. Sie hasste ihn wie die Pest. Wenn die ihn erwischte, musste er sich auf was gefasst machen. Aber sollte Emily darum später behaupten, er sei feige?
Also warf er sich den Jutesack über die Schulter, dessen Inhalt er unter großen Gefahren gesammelt hatte, und machte sich auf den Weg zu dem neuen Treibhaus, das sich am anderen Ende des Parks befand. Dort wollte er Emily überraschen. Emily und die Königin.
Bereits der Weg dorthin führte durch verbotenes Gebiet, vorbei an dunklen Seen, über die einsame Trauerweiden kraftlos ihre Äste sinken ließen, als wären sie schon tot, und durch enge, verwunschene Felsschluchten hindurch, wo es sogar im Sommer nach feuchtem Moos roch und man immer das Gefühl hatte, es könnte einem plötzlich eine Fee oder ein Ritter begegnen. Diesen Teil des Parks, den Mr. Paxton, der Gartenbaumeister des Herzogs und Vater seiner Freundin, angelegt hatte, nannten Victor

und Emily das »Paradies«. Hier trafen sie sich heimlich, um Kaulquappen zu fangen, Frösche aufzublasen oder sich einander darin zu messen, wer von ihnen beiden am weitesten den Daumen am Unterarm zurückbiegen konnte. Meistens aber saßen sie einfach nur in der Baumhütte, die sie zusammen in der Krone einer Buche errichtet hatten, und schauten den Garten an. Der Garten war so schön, dass Besucher aus dem ganzen Land nach Chatsworth kamen und Eintritt zahlten, um ihn zu sehen. Für Victor war das kein Wunder, denn Mr. Paxton hatte nicht nur Bäume aus fernen Ländern angepflanzt, die es sonst nirgendwo in England gab, er hatte auch ganze Hügel und Berge versetzt, haushohe Felsbrocken aufeinander getürmt und Wasserfälle angelegt, die sich aus schwindelnder Höhe in die Tiefe stürzten. Wenn Victor sich Gottvater vorstellte, sah er immer das Gesicht von Mr. Paxton vor sich.

Über den Ast einer Ulme kletterte er auf das Dach des Gewächshauses. Auf dem Bauch kroch er dort weiter, langsam und vorsichtig, wie auf einem gerade erst zugefrorenen See. Über dem Wipfel einer Palme, die bis unter das gläserne Dach ragte, hielt er inne. Nur wenige Fuß unter ihm war die königliche Gesellschaft versammelt, zusammen mit dem Herzog und Mr. Paxton. Sie traten gerade an den großen Teich, auf dem die Seerose schwamm.

Als Victor die Königin sah, musste er staunen. Diese kleine runde Frau, die mit ihrer weiß gestärkten Haube und dem bodenlangen Schürzenkleid aussah wie eine junge Wirtschafterin aus dem Schloss, sollte das englische Weltreich regieren? Mit Augen wie ein Kalb schaute sie zu Emilys Vater auf, der mit dem Rücken zu Victor stand und gerade einem uralten, stocksteifen Greis, der offenbar schwerhörig war und sich immer die Hand ans Ohr hielt, irgendwas erklärte. Das musste der Herzog von Wellington sein, der berühmte Feldmarschall. Aber wo war Emily?

Victor schob sich noch ein bisschen weiter vor, doch er konnte seine Freundin nirgends sehen. Hatte sie ihn etwa angelogen, als sie behauptete, sie würde heute der Königin die Seerose zeigen? Oder hatte sie ihrer Mutter verraten, dass er eine Überraschung für sie plante – und musste nun zu Hause bleiben?

Victor schaute zu Mr. Paxton hinüber. Immer, wenn Emilys Vater sich beim Sprechen umdrehte, um auf etwas zu zeigen, sah Victor das Gesicht mit den mächtigen Backenkoteletten und den schwarzen buschigen Augenbrauen. Diesen Mann fürchtete er wie keinen zweiten, und wie keinen zweiten bewunderte er ihn. Der Kutscher des Herzogs hatte ihm erzählt, dass Emilys Vater früher genauso arm gewesen war wie Victor – und was für ein großer Mann war aus ihm geworden! Er war der wichtigste Angestellte des Herzogs, ja sogar dessen Freund. Jeder im Dorf wusste, dass die beiden Männer zusammen durch die halbe Welt gereist waren, nach Rom, nach Athen, nach Konstantinopel, und der Herzog keine Entscheidung traf, ohne sich zuvor mit Mr. Paxton zu beraten. Wenn Victor einen Wunsch im Leben hatte, dann den, eines Tages so zu werden wie Emilys Vater.

Jetzt wandte Mr. Paxton sich zur Tür und winkte jemanden zu sich. Victor hielt den Atem an. Tatsächlich, keine Sekunde später sah er seine Freundin. An der Hand ihrer Mutter betrat sie das Treibhaus, in einem schneeweißen Kleid. Mit erhobenem Kopf, auf dem ihr dunkles Haar zu einem spitzen Turm in die Höhe geflochten war, ging sie auf die Königin zu. Keine zwei Schritt von ihr entfernt blieb sie stehen, dann verneigte sie sich mit einem so tiefen Knicks, dass sie bis auf den Boden sank. Victor vergaß beinahe zu atmen, während er sich an der Glasscheibe die Nase platt drückte. Wie schön Emily in ihrem weißen Kleid aussah, wie eine richtige Prinzessin – viel, viel schöner als die Königin. Er liebte sie, seit er mit ihr der Hündin des Gutsverwalters beim Jungekriegen zugesehen hatte. Sie war das einzige Mädchen im Dorf, das nicht davongelaufen war, als sich Nellys Bauch öffnete und jede Menge Blut und Gedärm und lauter eklige Sachen daraus hervorquollen – ja, sie hatte sogar gefragt, ob es bei

Menschen genauso wäre, wenn sie Kinder bekommen. Eigentlich, dachte Victor, müsste die Königin sich vor Emily verneigen, und nicht umgekehrt … Er war so sehr in den Anblick vertieft, dass er fast darüber vergaß, warum er eigentlich hier war.
Mrs. Paxton riss ihn aus seinem Traum. Als hätte sie ihn gerochen, schaute sie plötzlich in die Höhe. Doch zum Glück wurde sie von Emily abgelenkt, die in diesem Augenblick auf einen Wink ihres Vaters ihre Hand los ließ und auf das Seerosenbecken zuging.
Victor zuckte zusammen. Jetzt war es so weit!
Auf einmal pochte ihm das Herz bis zum Hals, und der Sack auf seiner Schulter kam ihm so schwer vor, als wären lauter Steine darin. Sollte er es wirklich wagen? Sein Mund war vor Aufregung ganz trocken, und am liebsten wäre er auf der Stelle wieder vom Dach verschwunden, aber das ging nicht. Er hatte Emily für den Besuch der Königin eine Überraschung versprochen, an die sie sich ihr Lebtag erinnern sollte, und wenn er jetzt kniff, konnte er Emily nie wieder in die Augen schauen, in diese wunderschönen türkisgrünen Augen … Um seine Angst zu überwinden, dachte er an den Lohn, den sie ihm versprochen hatte. Wenn er sich tatsächlich trauen würde, sein Versprechen wahr zu machen, wollte sie ihm einen Kuss dafür geben – einen richtigen, wirklichen Kuss auf den Mund!
Obwohl Victor am ganzen Körper zitterte, kroch er über das Glasdach voran, ohne darauf zu achten, ob man ihn dort unten sah, bis er die Luke über dem Seerosenteich erreichte.
Dann nahm er den Sack von seiner Schulter und öffnete die Schnürung.

3

»Da haben wir ja unser kleines Opfer! Nur Mut, Miss Emily!« Ein feiner Duft wie von reifer Ananas strömte Emily vom Seerosenteich entgegen, als sie unter den Blicken der Königin an den Rand des Beckens trat. Über ein Dutzend Knospen hatten sich in den letzten Nächten geöffnet, um ihr süßliches Aroma zu verströmen, weiße und zartrosa Blütenbüschel, die so groß waren, dass Emily sie nicht mit beiden Händen hätte umfangen können, und die trotzdem wie schwerelos zwischen den grünen Pflanzenblättern im Wasser trieben.

»Wird ihr auch nichts passieren?«, fragte ihre Mutter.

»Machen Sie sich keine Sorgen, Mrs. Paxton«, erwiderte der Herzog. »Ihr Mann hat mir sein Wort gegeben.« Noch während er sprach, fasste er Emily unter den Achseln, und ehe sie sich's versah, hob er sie über den Beckenrand und stellte sie auf eines der riesigen Pflanzenblätter. »Nur ein kleines Experiment.«

Emily wusste, was ihre Aufgabe war, ihr Vater hatte es ihr genau erklärt. Sie sollte der Königin und Feldmarschall Wellington beweisen, dass die Blätter der Pflanze stark genug waren, um einen Menschen zu tragen. Vorsichtig wie eine Ballerina setzte sie ihre Füße auf den schwankenden Grund. Jetzt nur keine falsche Bewegung! Der frisch gestärkte Unterrock, in den ihre Mutter sie am Morgen gesteckt hatte, damit ihr Kleid sich über der Hüfte bauschte, fing auf einmal so heftig an zu kratzen, dass sie es kaum aushielt.

»Da! Ich habe es gewusst!«, rief der Herzog. »Es funktioniert! Sie könnte stundenlang darauf stehen bleiben, ohne dass sie untergeht.«

»Kolossal!«, sagte die Königin. »Gibt es dafür eine Erklärung?«

»Eine Ingenieursleistung der Natur, Majestät«, erwiderte Paxton. »Die Blätter werden auf der Unterseite durch ein sternförmiges Rippengeflecht zusammengehalten. Das macht sie so stark. Sie könnten ein noch viel höheres Gewicht aushalten. Ich denke, bis zu zweihundert Pfund.«

Während ihr Vater sprach, kam es Emily vor, als würden die geheimen Kräfte des Pflanzenblattes durch ihre Füße und Beine hinauf in ihren Körper strömen. Ein jubelndes Glücksgefühl breitete sich in ihr aus. Sie konnte, was kein Mensch sonst konnte – sie konnte auf dem Wasser stehen und wandeln!

»Was zum Teufel macht der Dreckspatz da oben?«

Emily schaute hinauf in die Richtung, in die der alte Feldmarschall mit seinem Stock zeigte.

»Victor …«

Über dem Wipfel einer Palme sah sie ihren Freund – er lag bäuchlings auf dem Glasdach, direkt über ihr, das Gesicht in einer offenen Luke, und blickte mit triumphierendem Grinsen auf sie herab. Ihr Herz machte vor Freude einen Sprung. Er hatte sich wirklich getraut! Gleichzeitig erschrak sie zu Tode. Victor hatte sie schon einmal von dort oben überrascht – damals hatte er einen Sack Blindschleichen auf sie herabgeworfen.

»Nein, Victor!«, rief Emily. »Tu's nicht!«

Zu spät! Victor hatte den Sack bereits geöffnet und begann zu schütteln. Entsetzt schaute sie in die Höhe. Doch was war das? Unzählige Schneeflocken rieselten auf sie herab, riesengroße Flocken, viel größer, als sie in ihrem Leben je gesehen hatte, obwohl doch gar kein Winter war. Plötzlich begriff sie: Nein, das war kein Schnee – das waren Rosenblätter, die Victor auf sie herabstreute, Tausende und Abertausende, vor den Augen der Königin … Der ganze aufgestaute Jubel, die ganze aufgestaute Angst lösten sich in einem jauchzenden Freudenschrei.

Da geschah die Katastrophe. Ein weißes Ungeheuer flatterte krächzend auf sie zu, das große, feste Pflanzenblatt, das sie eben noch so sicher getragen hatte, begann zu schwanken, und ihre Füße kamen auf dem glitschigen Grund ins Rutschen. Im selben Moment verlor sie das Gleichgewicht, sie strauchelte und stolperte, griff in die Luft, um einen Halt zu finden, doch vergeblich.

Ein Aufschrei – dann waren nur noch Wasser und Pflanzen und Algen um sie her, in einer stummen, schleimig grünen Unterwelt, in der die Rufe der Erwachsenen wie aus weiter, weiter Ferne an ihr Ohr drangen, vermischt mit dem Krächzen des Kakadus.
»Leben! Leben!«
Eine Hand packte Emily im Nacken und zog sie in die Höhe. Prustend und triefend tauchte sie aus dem Teich wieder auf. Während ihr Vater sie am Beckenrand absetzte, rief er mit lauter Stimme Befehle, und ein Dutzend Diener rannte davon.
»Rosenblüten«, sagte die Königin. »Eigentlich eine ganz reizende Idee von dem Jungen. Wenn ich mir vorstelle, ein Mann würde das für mich tun ... «
»Wirklich reizend«, erwiderte Wellington, »wenn deshalb das Mädchen in den Teich fällt. Wie das Kind aussieht! Wie ein Soldat nach einer verlorenen Schlacht!«
Emily blickte an sich hinab. Erst jetzt wurde sie gewahr, dass ihr neues weißes Kleid von oben bis unten voller grüner Algen war. Wenn das ihre Mutter sah ... Doch wo war ihre Mutter?
Als Emily sie entdeckte, stockte ihr der Atem. Ihre Mutter war nicht mehr im Gewächshaus – sie war draußen, auf der anderen Seite der Glaswand, und trieb zwei Lakaien an, die gerade versuchten, Victor von einem Baum herunterzuzerren. Ihr Freund wehrte sich mit Armen und Beinen gegen die Verfolger, schlug und trat nach ihnen, so gut er nur konnte. Emily schickte ein Stoßgebet zum Himmel, dass er ihnen entwischte. Doch es kamen noch mehr Diener angerannt, zu fünft, zu sechst fielen sie über Victor her, packten ihn an den Armen, an den Beinen und schleiften ihn davon.
Bevor Victor hinter einer Hecke verschwand, drehte er noch einmal den Kopf zu Emily herum und schaute sie an, die Augen riesengroß vor Angst und Schmerz und Wut.

4

Nacht war auf das Land herab gesunken, doch die Gärten von Chatsworth erstrahlten in einem Lichtermeer, das weiter als das Auge reichte. Wie ein Märchenschloss funkelte und glitzerte das Seerosenhaus in der Finsternis, und während irgendwo ein unsichtbares Orchester die Nationalhymne anstimmte, ergossen sich die Wasserfälle zwischen den künstlichen Felsengebirgen des Parks im Schein von bengalischem Licht, in dem die herabstürzenden Fluten abwechselnd weiß oder blau oder rot aufschäumten. Tausende von Lampions blinkten in den Bäumen und Hecken, und die Seen und Brunnen spiegelten die Lichter noch einmal so vieler Laternen wider. Eine Kanone wurde vom Jagdturm abgefeuert, dann erbrachen sich Hunderte von Feuergarben prasselnd am Himmel, der in Flammen zu stehen schien.

»Hat sich das auch dieser reizende Mr. Paxton ausgedacht?«, fragte die Königin, die das Schauspiel zusammen mit ihrem Hofstaat vom Balkon des Schlosses aus betrachtete.

»Allerdings«, erklärte der Herzog von Devonshire. »Es gibt praktisch nichts, was dieser Mann nicht kann.«

»Ganz erstaunlich für einen Gärtner«, knurrte Feldmarschall Wellington. »Diesen Paxton hätte ich als General gebrauchen können.«

Während die königliche Gesellschaft zusah, wie die Raketen in der Finsternis verglühten, stand Emily im Nachthemd vor dem Spiegel ihres Schlafzimmers und starrte in ihr eigenes Gesicht. Diese verquollenen Augen, diese triefende Nase, dieser zitternde Mund – wie hasste sie das Mädchen, das ihr von der kalten, silbern schimmernden Fläche an der Wand entgegenblickte!

Sie hatte die Vorhänge zugezogen, um nichts zu hören oder zu sehen. Wie immer, wenn sie es nicht mehr aushielt, weil sie etwas Schlimmes getan hatte, das sich nicht mehr rückgängig machen ließ, verzerrte sie ihr Gesicht vor dem Spiegel zu Fratzen, kniff die Augen zusammen, krauste die Nase, stülpte die Lippen auf, um sich selbst nicht mehr erkennen zu müssen in den Zuckungen ihrer Züge. Und doch, je fremder sie sich mit jeder Grimasse wurde, mit denen sie ihrem Spiegelbild näher und näher rückte, als wolle sie es aus der Glasscheibe verjagen, umso unausweichlicher wurde die quälende Gewissheit, dass immer wieder sie es war, die da ihr Gesicht verzog und verzerrte: Emily Paxton, dasselbe Mädchen, das vor wenigen Stunden der Königin die Seerosen gezeigt hatte, dasselbe Mädchen, das die Schuld trug an allem, was danach geschehen war. Noch immer hörte sie die Schreie ihres Freundes, wie er im Hof verprügelt worden war. Noch nie hatte sie jemanden so schreien hören, weder einen Menschen noch ein Tier – nicht einmal die Hündin des Gutsverwalters, die der Pfarrer totgetrampelt hatte, damit die Dorfkinder nicht sahen, wie sie ihre Jungen zur Welt brachte, hatte inmitten ihrer blutigen, quietschenden Welpen so laut geschrien wie Victor, und während Tränen ihre Wangen hinabliefen, sah Emily noch einmal sein Gesicht, wie er sich verzweifelt nach ihr umgedreht hatte, und der Ausdruck darin war entsetzlicher gewesen als die schlimmste Fratze, die sie jetzt vor dem Spiegel zog.

Plötzlich hörte sie Schritte auf dem Flur. Eilig huschte sie zum Bett und warf sich in das dunkle Matratzengebirge, in der verzweifelten Hoffnung, für immer darin zu verschwinden.

Die Tür ging auf, und ihre Mutter stand im Raum.

»Hast du gewusst, was Victor vorhatte?«, fragte sie, mit vor Zorn bebender Stimme. »Er hat nicht nur die Königin zu Tode erschreckt, sondern auch Dutzende Rosenbeete verwüstet. Hast du eine Ahnung, was das kostet? Antworte, wenn ich mit dir spreche!« Sie rüttelte Emily so heftig an der Schulter, dass es schmerzte. »Sag, bist du seine Komplizin?«

Emily schüttelte stumm den Kopf. Sie hatte nicht den Mut, ihrer Mutter die Wahrheit zu sagen. Zu groß und bedrohlich war die dunkle Gestalt, die sich über ihr Bett beugte.

»Ich habe mit deinem Vater gesprochen. Bis Ostern darfst du weder den Park noch ein Gewächshaus betreten. Und beten musst du von heute an allein.«
Ohne Gutenachtkuss wandte ihre Mutter sich ab.
Draußen leuchtete eine Rakete auf, und all die toten und lebenden Wesen, die Emilys Zimmer bevölkerten, traten aus ihren Schatten hervor: der schwarze, ledrige Schrumpfkopf aus Afrika zwischen zwei über Kreuz hängenden Pfeilen, die aufgespießten Schmetterlinge mit ihren reglosen Flügeln, der ausgestopfte Luchs und die Eule, die Blindschleichen in den Spirituskolben, die sich in der trüben Flüssigkeit immer noch zu winden schienen, und Pythia, Emilys uralte Schildkröte, die mit ihrem Salatblatt im Maul aussah, als wäre sie in ihrem Terrarium für alle Zeit erstarrt. Emily blickte sie hilfesuchend an. Die Schildkröte hatte ihr schon oft geholfen, wenn sie nicht mehr weiter wusste. Wenn sie sich jetzt bewegen würde, bevor sie selbst bis drei gezählt hatte, dann …
Die Schildkröte lugte unter ihrem Panzer hervor, und das Salatblatt fiel aus ihrem Maul.
»Mama!«, rief Emily.
Ihre Mutter, die bereits die Tür geöffnet hatte, blieb stehen und drehte sich um. »Ja, was ist? Möchtest du dich entschuldigen?«
Emily schüttelte den Kopf.
»Nun – wie du willst.«
Obwohl ihre Zähne vor Angst aufeinander schlugen, fasste Emily sich ein Herz. »Was tut ihr mit Victor?«, fragte sie.
»Mit Victor?«, erwiderte ihre Mutter. »Dein Vater und ich haben ihn fortgeschickt. Böse Menschen wie er haben hier keinen Platz. Er wird noch diese Nacht Chatsworth verlassen.«
»Aber warum?«, protestierte Emily. »Er hat doch nichts Böses getan! Er ist mein Freund!«
»Nein, das ist er nicht, mein Kind. Victor ist böse, ein Verbrecher, von Geburt an. Du wirst ihn nie mehr wiedersehen.«

Erstes Buch
Die zweite Schöpfung
1849

1

Wer London je mit eigenen Augen erblickte, war überwältigt von der unermesslichen Größe der Stadt, die auch dem kaltblütigsten Besucher Ehrfurcht und Bewunderung einflößte. Denn anders als Rom oder Paris war London nicht Hauptstadt eines einzelnen Landes, sondern Hauptstadt der ganzen Welt. Auf einhundertundzwanzig Quadratkilometern ballte sich hier der Erdkreis zusammen, hier lebten an einem einzigen Ort mehr als drei Millionen Menschen, Abkömmlinge aller Völker und Rassen, vereint in pausenloser, unermüdlicher Tätigkeit: ruheloser Schmelztiegel der Menschheit, machtvolle Kapitale des Britischen Empires, ewig summender Umschlagplatz des Welten umspannenden Kolonialreiches – ein einziger gigantischer Basar, wo die Wunder der Zivilisation und des Fortschritts zu bestaunen waren, die das riesige Menschenmahlwerk London fortwährend produzierte.

Wie eine Festung von Recht und Ordnung erhob sich inmitten dieses Getriebes das Coldbath-Fields-Gefängnis, die Korrektionsanstalt der Grafschaft Middlesex. 1794 im Norden der Stadt, unweit von Phoenix Place, auf einem ehemaligen Gräberfeld erbaut, war es von einer mächtigen Backsteinmauer umgeben, die das neun Hektar große Areal vor fremden Blicken abschirmte. Nur eine Glocke, die alle Viertelstunde schrill ertönte, sowie zwei riesige Mühlenflügel, die wie zur immer wiederkehrenden Erinnerung an die langsam, aber sicher mahlenden Mühlen Gottes über der Gefängnismauer in den Himmel aufstiegen, zeugten von der Existenz der eintausenddreihundertachtundachtzig Häftlinge, die hier zur Strafe ihrer Verbrechen und zur Besserung ihres Charakters in Verwahrung gehalten wurden.

»Victor Springfield!«
»Hier, Sir! Jawohl, Sir!«
»Raustreten!«
Ein Schlüssel wurde herumgedreht, ein Riegel zurückgeschoben, und lautlos öffnete sich die schwere Eisentür in den geölten Angeln. Victor schloss kurz die Augen, dann erhob er sich von der Pritsche, setzte sich die Anstaltskappe auf und trat aus der Zelle, um sich zum letzten Mal in den stummen Zug der Häftlinge einzureihen, den Oberaufseher Walker den Gang entlangführte. Während die Männer, die Augen vorschriftsmäßig zu Boden gesenkt, in ihren grauen Uniformen den Zellenflur entlangtrotteten, dröhnten ihre genagelten Stiefel auf dem Stahlboden der Galerie, als wollten sie mit jedem Schritt das Schweigen betonen, das an diesem Ort Tag und Nacht unter den Gefangenen herrschte. Denn jede Form des Kontakts, sei es durch Worte, Gesten oder Blicke, war ihnen strengstens untersagt, auch an diesem Tag, an dem Victor, zusammen mit siebzehn anderen Häftlingen, aus der Korrektionsanstalt entlassen wurde.
Wieder schrillte die Glocke. Es war halb neun Uhr in der Frühe, und in der Tretmühle, dem meistgehassten Ort der ganzen Anstalt, fand gerade der viertelstündliche Schichtwechsel statt, als Walkers Abteilung den Innenhof durchquerte. Die Männer, die während der abgelaufenen Schicht Pause gemacht hatten, erhoben sich von den Ruhebänken, um ihre erschöpften Leidensgenossen abzulösen, mit resignierten, hoffnungslosen Gesichtern. Jeder Häftling, der zu Schwerarbeit verurteilt war, musste täglich fünfzehn Viertelstunden in dieser mechanischen Folterkammer verbringen, die in sechsundneunzig nummerierte, kaum schulterbreite Einzelkammern unterteilt war, eine für jeden Sträfling und jede von der anderen durch hohe Holzwände getrennt, sodass der ganze Apparat, sobald die Männer einer Schicht darin Aufstellung genommen hatten, wie ein gigantisches Pissoir aussah. Die Hände auf einer Haltestange aufgestützt, bewegten sie ihre Beine, als würden sie eine Treppe

hinaufsteigen, doch statt durch diese Tätigkeit an Höhe zu gewinnen, ließen sie nur die Stufen des Tretrades hinter sich, ohne sich selbst von der Stelle zu rühren. Schon nach wenigen Minuten quollen ihnen vor Anstrengung die Augen aus den Höhlen, und der Schweiß tropfte ihnen von der Stirn, denn die Last, die sie mit der Kraft ihrer Beine voranbewegten, entsprach ihrem eigenen Körpergewicht, und die Luft in den engen Kammern wurde von der Erhitzung ihrer Leiber in kürzester Zeit so unerträglich heiß, dass sie ihre Beine nur langsam und schleppend hoben wie Pferde vor der Pflugschar in einem tief gefurchten Acker. Doch kein Laut drang über ihre Lippen, all ihre Mühsahl und Qual vollzog sich in jenem unwirklichen Schweigen, das wie das Schweigen Gottes jeden Winkel der Anstalt erfüllte. Denn wer gegen das Sprechverbot verstieß, das die wechselseitige Ansteckung der Gefangenen durch das Gift des zum Bösen verführenden Wortes unterbinden sollte, wurde unausweichlich bestraft, mit Nahrungsentzug, Dunkelarrest und in schweren Fällen auch mit der Peitsche.

»Abteilung rechts schwenkt marsch!«

Walkers Trupp verließ den Hof und trottete durch ein Tor in das Verwaltungsgebäude. Victor warf einen letzten Blick auf den Ort seiner Leiden. Hier hatte er ein Jahr, sieben Monate und zehn Tage verbracht, Strafe für einen einzigen Augenblick, in dem sein Jähzorn über seine Selbstbeherrschung gesiegt hatte. Er hatte ausgerechnet, dass er während seiner Haft genau fünfhunderteinundneunzigtausendsechshundert Schritte in der Tretmühle voreinander gesetzt hatte, achtzig in jeder Schicht, eintausendzweihundert an jedem Tag, abzüglich der Sonntage, die der Andacht und dem Gebet vorbehalten waren. Und all die Kraft und Energie, die er hier im Schweiße seines Angesichts gelassen hatte, die Anstrengung seiner Muskeln und seines Willens, hatte keinem anderen Zweck gedient, als die zwei riesigen Mühlenflügel auf dem Dach des Gebäudes in Gang zu halten, ohne irgendeine Maschine oder sonstige Vorrichtung anzutreiben. Er wusste nicht, was schlimmer war: diese sinnlose, zermürbende Schinderei oder das ewige Schweigen. Jetzt, in der Stunde seiner Entlassung, zählte er jede verfluchte Sekunde, die ihn noch von der Freiheit trennte, während das Knarren der Tretmühle, die schleppenden Schritte der Gefangenen in den Rädern ihn bis in das Gebäude hinein verfolgten, so unerträglich wie die ewige Verdammnis, und er musste seine ganze Beherrschung aufbieten, um Oberaufseher Walker nicht niederzuschlagen, damit er diesen Ort endlich verlassen konnte.

»Abteilung halt!«

In der Eingangshalle, vor dem Büro von Direktor Mayhew, nahm Victor mit den anderen Häftlingen Aufstellung. Gleich darauf trat Mayhew, gefolgt von einem Schreiber, aus der Tür, um die Entlassungen vorzunehmen. Ein Hilfswärter teilte den Männern ihre alten Kleider aus, und während sie diese gegen die grauen Anstaltsuniformen tauschten, drückte der Direktor, ein wegen seiner Frömmigkeit gefürchteter Mann mit straffer, aufrechter Haltung und blank polierter Glatze, seine Hoffnung aus, dass sie nunmehr bessere Menschen seien als diejenigen, die diese Kleider bei Antritt ihrer Haft vor Jahr und Tag hier abgelegt hatten.

»Wofür hat man dich bestraft?«, fragte er einen jungen Maurer, den ersten Häftling in der Reihe, dem sein alter Arbeitsanzug viel zu weit um den mageren Leib schlotterte und dessen Füße in Schuhen ohne Sohlen steckten.

»Ich habe einen Hammel gestohlen, Sir. Ich … ich hatte keine Arbeit und musste sechs Kinder ernähren.«

»Was hat dich zu dem Verbrechen verleitet?«

»Schlechte Gesellschaft, Sir.«

»Nun, du hast hier arbeiten gelernt und wirst in Zukunft fleißig sein. Doch hüte dich, wenn du jetzt wieder deine alten Kleider trägst, auch in deine alten Gewohnheiten zurückzufallen.«

»Gewiss, Sir … Nein, Sir … Danke, Sir …«

Während der Schreiber die Entlassungspapiere ausfertigte,

brachte der Maurer die Worte nur stockend hervor, als müsse er das Sprechen nach so langer Zeit des Schweigens erst wieder erlernen. Direktor Mayhew drückte ihm eine Münze in die Hand und ordnete an, ihm ein Paar besohlte Schuhe auszuhändigen. Dann rief der Schreiber den nächsten Häftling auf, einen zwanzig Jahre alten Taschendieb, der mit ebenso schleppender Stimme wie der Maurer zuvor gelobte, sich nie mehr an fremdem Eigentum zu vergreifen.

»Ich will dich hier nicht wiedersehen«, sagte der Direktor.

»Niemals, Sir ... Bei der Seele meiner Mutter, Sir.«

In der Ferne ertönte ein Harmonium, und gleich darauf ein Choral von Männerstimmen. Während in der Anstaltskapelle der morgendliche Gottesdienst begann, trat ein Küchenjunge, der nicht ganz richtig im Kopf war, vor den Direktor, danach ein Bierkutscher und anschließend ein Sattlergeselle. Victor blickte in ihre Gesichter und konnte die Gleichgültigkeit darin nicht fassen. Während ihm selber jedes Wort zur Qual wurde, das Mayhew in seiner korrekten, umständlichen Art mit den Gefangenen wechselte, als wollte er Victors Rückkehr in die Freiheit nur noch weiter hinauszögern, ließ keiner der Männer eine Gemütsregung angesichts der bevorstehenden Entlassung erkennen. Ausdruckslos, die Gesichter so grau wie die Uniformen, die sie bis vor wenigen Minuten noch getragen hatten, starrten sie vor sich hin und antworteten auf die Fragen des Direktors so leise und unbeteiligt, wie sie vor Wochen oder Monaten auf irgendeine Frage der Wärter geantwortet hatten, alle mit denselben willenlosen Mienen, unfähig, Mayhew in die Augen zu sehen – Fleisch gewordene Unterwürfigkeit. Ja, die Haft hatte ihre Wirkung nicht verfehlt. Nicht das Martyrium der körperlichen Arbeit, auch nicht die Tortur des Schweigens war die eigentliche Strafe in dieser Hölle, die als Musteranstalt des modernen Strafvollzugs im Königreich galt. Der wirkliche Zweck, der hier mit nüchterner Beharrlichkeit verfolgt wurde, das hatte Victor in dem Moment erkannt, in dem er die vollkommene Nutzlosigkeit der Tretmühle begriff, bestand allein darin, den Willen der Menschen zu brechen.

»Und du?« Mayhew blickte Victor mit seinen grauen Augen an. »Warst du schon einmal hier? Oder in einer anderen Strafanstalt?«

»Nein, Sir«, sagte Victor und trat vor. »Keine früheren Vorstrafen, Sir.«

Nur mit Mühe gelang es ihm, den Blick des Direktors zu erwidern. Er hatte oft genug erlebt, wie Mayhew Häftlinge, die beim Gottesdienst miteinander sprachen, in Dunkelarrest sperren ließ, und wer im Schlafraum dabei überrascht wurde, dass er Unzucht mit sich selber trieb, wurde auf Anweisung des Direktors vor den Augen der Mitgefangenen ausgepeitscht.

»Dann gib Acht, dass es bei diesem einen Mal bleibt.« Mayhew blätterte in den Papieren, die der Schreiber ihm reichte. »Wie ich sehe, hast du einem Polizisten den Arm gebrochen? Bei einem Streik in einer Ziegelfabrik?«

»Notwehr, Sir. Ich habe mich nur verteidigt, Sir. Die Polizisten haben die Ziegelmacher niedergeknüppelt und …«

»Du hast dich den Anordnungen deines Brotherrn widersetzt. Man legt dir Widerspenstigkeit und Rädelsführerei zur Last. Was hattest du überhaupt in der Ziegelei zu suchen?« Der Direktor warf einen zweiten Blick in seine Unterlagen. »Hier steht, du bist Drucker von Beruf.«

»Ich musste Geld hinzuverdienen. Meine Mutter war krank, der Arzt nahm zwei Schilling für jeden Besuch, und ich wollte, dass sie ein eigenes Grab bekam.«

»Hinzuverdienen, obwohl du bereits eine Anstellung hattest? Ist dir bewusst, dass du damit anderen Menschen Arbeit und Brot gestohlen hast?« Mayhew schüttelte den Kopf. Dann fragte er: »Was wirst du tun, wenn du wieder frei bist? Hast du Pläne?«

Victor zögerte. Ja, er hatte Pläne, aber sie gingen den Direktor nichts an. Er wollte London verlassen, so bald wie möglich, um nach O'Connorville zu ziehen, Richtung Norden, in die Nähe von Rickmansworth. Dort hatten die Chartisten, die größte Arbeiterbewegung im Land, eine Kommune gegründet, in der jeder Mann, der hundert Pfund besaß, einen Anteil erwerben konnte, um auf eigene Rechnung zu arbeiten, zusammen mit Gleichgesinnten, ohne dass er von irgendwelchen Blutsaugern ausgebeutet wurde. Die Vorstellung, dort einmal zu leben und vielleicht eine eigene Werkstatt zu betreiben, hatte Victor während all der endlosen Tage und Wochen und Monate seiner Haft am Leben erhalten. Laut sagte er nur:

»Ich will versuchen, Arbeit zu finden, Sir.«

»Recht so, sehr brav.« Direktor Mayhew nickte zufrieden, als hätte er soeben ein Stück Streuselkuchen vertilgt. »Immerhin hast du einen Beruf erlernt.«

»Jawohl, Sir.«

»Ich hoffe, du wirst ihn nutzen. Die Buchdruckerkunst ist ein edles Handwerk, das den Menschen läutert und erhebt. Weil es ihn nicht nur anleitet, über die Feinheiten der Sprache, sondern auch über die Reinheit seiner Gedanken und Empfindungen nachzusinnen.«

Der Anblick des rosigen, selbstzufriedenen Streuselkuchengesichts verursachte Victor Übelkeit, und nur mit Hilfe seiner ganzen Willenskraft konnte er den aufsteigenden Jähzorn, der ihm schon einmal zum Verhängnis geworden war, herunterwürgen. Liebend gern hätte er sein Handwerk in den letzten Monaten ausgeübt, er hatte bei dem besten Drucker Londons gelernt und hätte in der Anstaltsdruckerei sinnvollere Arbeit leisten können als in der verfluchten Tretmühle, aber Mayhew persönlich hatte es ihm verwehrt. Nur wer nicht zu Schwerarbeit verurteilt war, so hatte der Direktor beschieden, besaß das Vorrecht, während der Haft in seinem Beruf zu arbeiten. Eine einzige Woche lang hatte Victor in der Werkstatt aushelfen dürfen, als alle Drucker bis auf Mr. Tallis, den Meister, ausgefallen waren und Direktor Mayhew um die Fertigstellung der Gefängnisbibeln bangte.

»Hast du schon eine Anstellung?«, fragte er. »Vielleicht bei deinem altem Lehrherrn?«
Victor schüttelte den Kopf. »Mein Lehrherr ist mit dem Besitzer der Ziegelei verwandt.«
»Nun, dann hat der Mann allen Grund, sich vor dir zu fürchten. Aber wenn du dich aufrichtig bemühst, wirst du schon Arbeit finden. Fleiß und Tugend werden am Ende immer belohnt. Hast du Geld?«
»Nein, Sir.«
»Dann schenke ich dir einen Schilling. Geld ist der beste Freund eines Mannes, der einen neuen Weg beschreitet.« Er gab ihm die Münze, zusammen mit den Entlassungspapieren. Dann schaute er über die Schulter nach dem Schreiber. »Wer ist der Nächste?«
Eine halbe Stunde später trat Victor durch das Gefängnistor ins Freie. Wie oft hatte er sich diesen Moment in seiner Zelle ausgemalt, mit welcher Ungeduld hatte er ihn jede Minute während der verfluchten Haft herbeigesehnt – doch jetzt, als er endlich da war, war nichts so, wie er es sich vorgestellt hatte. Kein Panzer fiel von ihm ab, kein Jubel drängte in seiner Brust. Ein Fleischerkarren zuckelte am Tor vorbei, wie wahrscheinlich jeden Morgen, und auf der anderen Straßenseite unterhielten sich zwei Hausfrauen vor einem Gemüseladen mit einem Milchmädchen, ohne Victor die geringste Beachtung zu schenken.
Er schaute sich um. Niemand war da, der auf ihn wartete. Wer auch? Seine Mutter war tot, und seine früheren Kollegen hatten ihn längst vergessen. Obwohl der Mai schon begonnen hatte, war der Himmel von grauen Wolken verhangen. Ein feiner, nasskalter Nieselregen fiel auf die rußigen Dächer der Fabriken, die sich in der Nachbarschaft des Gefängnisses erhoben, und ein böiger Wind kündigte ein Unwetter an. Für eine Sekunde überkam Victor ein so flaues Gefühl, dass er sich fast in seine Zelle zurücksehnte. Wohin sollte er gehen? Die meisten Häftlinge, die mit ihm entlassen worden waren, zogen nach Süden, in Richtung Stadt, einige wenige nach Norden, hinaus aufs Land, die

meisten aber in ein Public House gegenüber, um dort mit einem Mädchen oder Freund das Geld zu vertrinken, das sie gerade bekommen hatten.
Mit lautem Knarren schloss sich hinter Victor das Tor der Strafanstalt, ein Riegel wurde vorgeschoben, Eisen knirschte auf Eisen, dann rasselte ein schwerer Schlüssel im Schloss. Erst in diesem Moment begriff er, was passiert war, spürte und empfand es mit jeder Faser seines Leibes: Er war *frei*! Jetzt endlich fiel der Panzer von ihm ab, hinter dem seine Seele sich verkrochen hatte, um das äußere Gefängnis zu ertragen, und in seiner Brust drängte ein Gefühl empor, dass er kaum noch kannte. Er konnte gehen, wohin er wollte, nach London, nach O'Connorville, nach Amerika, ganz gleich wohin, und kein Oberaufseher Walker, kein Direktor Mayhew würde ihn daran hindern. Tief atmete er die Morgenluft ein, die plötzlich so sauber und frisch schmeckte wie Quellwasser. Den Schilling in der Tasche, hob er seinen Blick. Seit fast zwei Jahren schaute er zum ersten Mal wieder in den offenen Himmel, ohne ein Gitter vor den Augen. Mein Gott, wie sehr hatte er das vermisst! Und als er die beiden Flügel der Tretmühle über der roten Backsteinmauer in die Höhe steigen sah, hatte er nur noch einen Gedanken: Nie wieder würde er an diesen Ort zurückkehren! Lieber würde er verrecken!
»Hier, ich habe eine Adresse für dich.«
Victor drehte sich um. Mr. Tallis, der Meister der Anstaltsdruckerei, stand vor ihm.
»Eine Adresse?«
»Von einer Werkstatt in der Drury Lane.« Tallis reichte ihm einen Zettel. »Jeremy Finch, ein Säufer, der unter dem Pantoffel seiner Frau steht, und außerdem ein brutales Schwein. Er ist wegen seiner Sauferei fast pleite und kann einen guten Mann wie dich dringend brauchen.«
Victor blickte den Meister unschlüssig an. Tallis drückte ihm den Zettel in die Hand. »Melde dich da. Niemand außer Finch wird dir sonst Arbeit geben. Er ist deine einzige Chance.«

2

»Das Gewächshaus platzt aus allen Nähten«, sagte Joseph Paxton.
»Deine eigene Schuld, Papa«, erwiderte Emily. »Du bist einfach ein zu guter Gärtner.«
»Von wegen, mein Fräulein! Schieb ja nicht mir allein die Schuld in die Schuhe. Wer hatte denn die Idee mit dem elektrischen Licht?«
»Schon gut, du alter Schmeichler, eine klitzekleine Mitschuld gebe ich ja zu. Trotzdem, wir müssen etwas unternehmen. Der Platz reicht einfach nicht aus, die Pflanzen können sich nicht mehr entfalten. Die ersten sind uns schon eingegangen.«
»Jetzt reg dich nicht so auf. Ich habe ja schon mit dem Herzog darüber gesprochen.«
»Das verrätst du mir erst jetzt? Und – was hat er gesagt?«
»Er ist mit dem Neubau einverstanden.«
»Aber das ist ja großartig, Papa!«
»Sicher – wenn ich nur wüsste, woher ich die Zeit dafür nehmen soll. Irgendjemand muss die Arbeiten schließlich beaufsichtigen. Aber sag mal, hast du die Zeichnungen für das *Magazine* fertig? Die müssen allmählich in Druck.«
Wie jeden Sonntagabend saßen Emily und ihr Vater am Seerosenteich, um die Aufgaben der kommenden Woche zu besprechen. Die Errichtung eines neuen, größeren Gewächshauses war dabei schon seit Monaten ein Thema. Emilys Idee, im Winter die Pflanzen täglich morgens und abends zwei Stunden mit elektrischem Kunstlicht zu bescheinen, damit sie in der fremden Umgebung genauso viel Helligkeit wie in ihrer natürlichen Heimat bekamen, hatte dazu geführt, dass die Seerosen nicht nur immer üppiger wuchsen, sondern sich auch in ungeahnter Weise vermehrten. Das über- und ineinander wuchernde Pflanzenwerk erinnerte inzwischen mehr an einen Dschungel als an eine

systematisch gezüchtete Kultur, die den Regeln und Prinzipien moderner Gärtnereikunst gehorchte.
Zwölf Jahre war es nun her, seit es Paxton als erstem Gärtner Europas gelungen war, die *Victoria regia* zum Blühen zu bringen, und Emily bewahrte noch heute die Zeitungsartikel, die sie stehend auf dem Blatt der Pflanze zeigten, in ihrem Tagebuch auf. Sie war jetzt zweiundzwanzig Jahre alt, und, wenn man den Worten ihrer Mutter glauben sollte, mit ihren hellen, türkisfarbenen Augen und den schwarzen Locken eine junge hübsche Frau. Ihr selber war es allerdings verhasst, als hübsche junge Frau zu gelten – sie hielt ihr Äußeres für ziemlich misslungen. Ihr Körper, den ihre Mutter als wunderbar schlank bezeichnete, erschien ihr, wenn sie sich nackt im Spiegel betrachtete, wie ein rachitisches Knochengerüst, und sie konnte sich nicht vorstellen, dass je ein Mann sich in dieses Skelett verliebte. Der Mann, der das tun würde, müsste ein Idiot sein.
Nein, Männer interessierten sie nicht – der graue Kittel, den sie im Gewächshaus trug, war mit Abstand ihr liebstes Kostüm, und statt Bälle und Salons zu besuchen, half sie ihrem Vater, die Parkanlagen des Herzogs in Ordnung zu halten. Außerdem betrieb sie, nachdem sie ihre Schulzeit beendet hatte, privat jene Studien der Botanik und Zoologie weiter, die sie bereits als Kind unter Anleitung ihres Vaters begonnen hatte – sie hatten zusammen sogar tierisches Leben erzeugt, kleine Insekten, mit Hilfe einer voltaischen Batterie und kieselsaurem Kali, nach dem berühmten Experiment des Herrn Crosse. Emilys sehnlichster Wunsch wäre es deshalb gewesen, ihre naturwissenschaftlichen Kenntnisse an einem College in Oxford oder Cambridge zu vertiefen, doch da ihr als Frau der Zugang zur Universität verwehrt blieb, war sie auf die Londoner Bibliotheken sowie ihren eigenen Verstand angewiesen. Und natürlich auf ihren Vater.
»Meinst du vielleicht diese hier?«
Sie öffnete ihre Zeichenmappe und holte die Blätter hervor, die sie am Vormittag fertig gestellt hatte, Illustrationen für die

nächste Nummer des *Magazine of Botany*, das ihr Vater herausgab und zu dem sie die Zeichnungen beitrug. Paxton nahm die Blätter und schaute sie der Reihe nach an.

»Wunderbar«, sagte er. »So wie du die Pflanzen zeichnest, tritt einem der ganze Bauplan der Natur entgegen, als wären die Illustrationen ein Text, den man Buchstabe für Buchstabe entziffert. Schade, dass man das im Druck nicht mehr sieht.«

»Vielleicht weiß ich eine Lösung«, sagte Emily. »Mr. Benson, der Buchbinder, hat mir einen Drucker in der Drury Lane empfohlen. Der schafft Illustrationen angeblich in einer solchen Qualität, dass man das Original nicht von der Reproduktion unterscheiden kann. Soll ich da nicht mal fragen?«

»In der Drury Lane? Eine ziemlich üble Gegend.«

»Ach, Papa, ich bin doch kein Kind mehr.«

Sie sah ihn an, aber er war schon wieder in ihre Zeichnungen versunken. »Ich glaube, ich muss mir doch irgendwann eine Brille zulegen«, murmelte er, während er mit zusammengekniffenen Augen die Abbildungen studierte. »Diese Kopfschmerzen machen mich noch verrückt.« Dann klappte er die Mappe zu und erwiderte ihren Blick. »Also gut, probier's aus. Damit die Leser des *Magazine* erfahren, was für eine wunderbare Tochter ich habe. Aber keinen Ton davon zu Mama! Versprochen?«

»Versprochen!«

Er gab ihr die Bätter zurück. »Wirklich, Emily, ich bin sehr stolz auf dich. Du hast das Talent zu etwas ganz Großem.«

»So wie du?«, grinste sie.

»So wie ich«, grinste er zurück. »Wenn du ein Junge wärst, ich wette, du würdest mindestens Universitätsprofessor.«

»Oder Premierminister«, lachte sie. »Aber leider bin ich nur ein Mädchen.«

»Gott sei Dank«, sagte er und gab ihr einen Kuss. Dann wurde er ernst. Umständlich nahm er sein silbernes Zigarettenetui aus der Tasche, ließ den Deckel aufspringen und steckte sich eine Zigarette zwischen die Lippen. Dann bot er auch ihr eine an. Emily stutzte. Das tat er nur, wenn er sie ins Vertrauen ziehen wollte. Während sie den Rauch tief in ihre Lungen einsog und dabei das erregende Kribbeln genoss, mit dem sich die Wirkung der Zigarette vom Kopf bis zum kleinen Zeh in ihrem Körper ausbreitete, wartete sie darauf, dass ihr Vater zu reden anfing.

»Die Zeitschrift ist nach dir mein liebstes Kind«, sagte er, »doch werde ich in Zukunft kaum noch Zeit haben, mich um sie zu kümmern. Und auch die Gewächshäuser und Gärten werden öfter ohne mich auskommen müssen als bisher.«

»Wieso?«, fragte Emily. »Gibt es Probleme?«

Paxton lachte. »Probleme? Hast du je erlebt, dass dein Vater Probleme hatte? Du kennst doch meine Devise.«

»Ja, ja - wenn es einem richtig schlecht geht und man nur einen Penny in der Tasche hat, muss man sich was Gutes gönnen. Dann sieht die Welt gleich wieder anders aus.«

»Genau!« Er strahlte über das ganze Gesicht, um dann mit der eigentlichen Nachricht herauszurücken. »Der Herzog hat mich den Aktionären der Midland-Eisenbahngesellschaft als Direktor vorgeschlagen. – Ich habe angenommen.«

Emily verschluckte sich fast am Rauch ihrer Zigarette. »Willst du mich auf den Arm nehmen?«

Er schüttelte den Kopf. »Der Eisenbahn gehört die Zukunft, Emily, damit kann man bald mehr Geld verdienen als mit irgendetwas anderem. Das ist meine Chance, eines Tages vielleicht so reich zu werden wie der Herzog.«

»So reich wie der Herzog?«, staunte sie. »Glaubst du wirklich?«

Emily wusste, was Geld für ihren Vater bedeutete: Macht, Unabhängigkeit, Freiheit. Geld, so hatte er ihr schon viele Male erklärt, war in der menschlichen Gesellschaft dasselbe wie Kraft oder Stärke im Reich der Natur – nur wer Geld besaß, könne im Dschungel des Lebens bestehen. Das alles wusste Emily und verstand sogar, warum ihr Vater so dachte. Weil er früher, als er so alt gewesen war wie sie, kaum mehr als das Hemd auf dem Leib besessen hatte.

»Trotzdem, Papa … Du, ein Gärtner, als Eisenbahndirektor?«
»Du meinst, das ist ein Widerspruch? Überhaupt nicht! In Wirklichkeit ist beides eng miteinander verwandt, enger jedenfalls, als du glaubst. Vielleicht kann man es so vergleichen.« Nachdenklich ließ er die Spitzen seiner Koteletten durch die Finger gleiten, während er an seiner Zigarette sog. »Das Eisenbahnnetz, wie es gerade überall in England entsteht, hat eine ähnliche Aufgabe wie das Adernsystem im Blätterwerk unserer Seerosen. So wie die Adern die einzelnen Pflanzenteile mit allen notwendigen Stoffen versorgen, so wird schon bald die Eisenbahn den Austausch von Rohstoffen und Waren zwischen den Städten und Regionen des Landes sichern. Die Menschen müssen nur erst begreifen, was für eine wunderbare Erfindung Mr. Stephenson gemacht hat. Aber wenn das passiert, werden wir eine Revolution erleben, die alles von Grund auf verändert. Darauf würde ich nicht nur meinen Kopf verwetten, sondern sogar mein Vermögen.«
Emily schaute ihren Vater an. Aus seinen Augen leuchtete ein solcher Enthusiasmus, dass er trotz der hohen Stirn, der buschigen Brauen und der inzwischen grau melierten Wangenkoteletten, die ihm fast bis an die Mundwinkel reichten, wie ein junger Mann aussah. Wenn es eine Eigenschaft gab, für die Emily ihn am meisten liebte, dann für diesen Optimismus, der so ansteckend auf sie wirkte wie ein Schnupfen im November oder das Lachen ihres jüngsten Bruders Georgey. Eine Frage aber blieb offen.
»Und was wird mit deiner übrigen Arbeit?«
Paxton nickte. »Die Ernennung bedeutet, dass ich in Zukunft oft unterwegs sein werde. Traust du dir zu, mich hier zu vertreten? Zum Beispiel, wenn wir ein neues Gewächshaus bauen?«
Bevor Emily ihrem Vater eine Antwort geben konnte, ging die Tür auf und ihre Mutter kam herein. Sarah Paxton war gerade aus London zurückgekehrt, wo sie eine Design-Prämierung der Society of Arts besucht hatte; die Preisverleihung hatte kein

Geringerer als Prinz Albert durchgeführt, der Ehemann der Königin.
»Um die Arbeit brauchst du dir keine Sorge zu machen«, beantwortete sie an Emilys Stelle die Frage ihres Mannes, während Vater und Tochter eilig ihre Zigaretten in einem Pflanzenkübel verschwinden ließen. »Ich werde mich schon darum kümmern. Übrigens«, wechselte sie dann das Thema, »es gibt interessante Gerüchte. Man plant in London eine riesige Ausstellung, mit Produkten aus der ganzen Welt.«
»Papa hat nicht dich, sondern mich gefragt«, sagte Emily, verärgert darüber, dass ihre Mutter sie wieder einmal so selbstverständlich überging, als wäre sie gar nicht da.
Sarah zuckte die Achseln. »Die einzige wichtige Frage eines Mädchens in deinem Alter ist die Frage nach einem Ehemann. Sagt, hat hier jemand geraucht? Es riecht bei euch ja wie in einem Pub.«
Gegen ihren Willen musste Emily feststellen, wie großartig ihre Mutter aussah. Obwohl Sarah die vierzig um einiges überschritten hatte, war sie immer noch eine sehr schöne Frau. Das volle kastanienbraune Haar, das sie unter ihrem weit geschweiften Hut hochgesteckt hatte, umschmeichelte ihr helles, ebenmäßiges Gesicht, aus dem zwei wache, intelligente Augen blickten, und die geschwungenen Brauen, von denen beim Sprechen sich manchmal die eine leicht ungläubig kräuselte, verliehen ihr jenen Hauch von Unnahbarkeit, weshalb die Männer der Londoner Gesellschaft ihr zu Füßen lagen. Paxton, das wusste Emily nur zu gut, war auf seine Frau noch stolzer als auf seine Seerosen.
Trotzig sagte Emily: »Der einzige Mann, den ich je heiraten würde, ist leider schon vergeben.«
Sie gab ihrem Vater einen Kuss, aber der interessierte sich plötzlich nur noch für seine Frau. »Eine Ausstellung mit Produkten aus der ganzen Welt?«, fragte er. »Was meinst du damit?«

3

»Eine internationale Industrie- und Gewerbeausstellung«, erklärte Henry Cole und wippte auf den Fußballen, um seiner Erscheinung, vor allem aber seiner Rede Nachdruck zu verleihen, »eine *exposition universelle*, mit den Erzeugnissen der Menschen und Völker aus aller Welt.«
Er machte eine Pause und schaute in die Runde. Soeben hatte er das Thema der geheimen Konferenz benannt, die an diesem Montag, dem 29. Juni 1849, im königlichen Palais von Osborne stattfand. Hochrangige Vertreter aus Wirtschaft, Politik und Wissenschaft waren auf sein Betreiben zusammengekommen, um mit Seiner Königlichen Hoheit Prinz Albert, dem deutschblütigen Ehemann von Queen Victoria, ein Ereignis zu diskutieren, wie die Welt es noch nicht zuvor gesehen hatte.
Er wartete auf eine Reaktion, doch niemand wagte es, den Mund aufzumachen, bevor der Prinzgemahl seine Meinung äußerte. Endlose Sekunden vergingen, bis Albert sich räusperte.
»Interessant, durchaus, allerdings«, sagte er dann in seiner zögerlichen, unentschiedenen Art. »Doch offen gestanden, ich weiß nicht recht. Welche Gründe könnten uns veranlassen, eine solche Veranstaltung zu unterstützen?«
Cole spürte, wie alle Augen sich wieder auf ihn richteten. In monatelanger Vorarbeit, unter Einsatz seiner ganzen Energie und Ausnutzung all seiner Beziehungen, war es ihm gelungen, dass diese Konferenz stattfand. Dass er, ein kleiner, namenloser Beamter des Staatsapparats, das überhaupt geschafft hatte, war bereits ein Wunder. Jetzt hatte er genau eine halbe Stunde Zeit, um den Prinzgemahl und die übrigen Gentlemen vom Sinn des geplanten Unternehmens zu überzeugen. Für einen Moment übermannte ihn das lähmende Gefühl, sich vollkommen übernommen zu haben. Die Wände des Konferenzsaals erschienen ihm so hoch wie die von St. Paul's, er war sicher, dass seine

eigene Wohnung gleich mehrmals in diesen einen Raum hineinpassen würde, und der goldene Füllfederhalter, den der Prinzgemahl in seinen Händen drehte, kostete vermutlich mehr, als Cole in zehn Jahren verdiente. Trotzdem riss er sich zusammen und erwiderte knapp:

»Um die Antwort auf Ihre Frage in drei Begriffe zu fassen: Friede, Fortschritt, Wohlstand.«

Albert runzelte die Stirn. »Wenn Sie uns vielleicht ein etwas genaueres Bild geben könnten? Ich meine, damit man sich irgendeine Vorstellung machen kann? Irgendeine Vorstellung«, wiederholte er, als könne er sich so der Richtigkeit seines Gedankens vergewissern, »muss man sich ja schließlich machen, wenn man eine Entscheidung trifft.«

»Mit Ihrer Erlaubnis, Königliche Hoheit.« Der Prinzgemahl nickte, und Cole atmete einmal durch, bevor er weitersprach. »Niemand, der unserer gegenwärtigen Epoche einige Aufmerksamkeit schenkt, wird daran zweifeln, dass wir in der Zeit eines wunderbaren Übergangs leben. Die Völker und Nationen streben auf die Verwirklichung des einen großen Ziels zu, auf das die ganze Weltgeschichte gerichtet ist: die Einheit der Menschheit. Die Entfernungen, die die Länder und Kontinente des Erdkreises trennen, schwinden immer rascher dahin, Gedanken werden via Telegraf mit der Schnelligkeit des Lichtstrahls verbreitet. Zugleich wird der Grundsatz der Arbeitsteilung, vielleicht *die* bewegende Kraft der Zivilisation überhaupt, auf alle Zweige der Wissenschaft, der Industrie und des Handwerks ausgedehnt. Auf diese Weise nähert sich der Mensch immer vollständiger der großen und heiligen Bestimmung, die er in dieser Welt zu erfüllen hat: die Natur zu seinem Gebrauch zu erobern, um die Erde in ein Paradies zu verwandeln.«

Cole redete, wie er noch nie geredet hatte. Er hatte mit seinen einundvierzig Jahren schon manches im Leben versucht, und schon manches war ihm gelungen. Er hatte als junger Mann an der Errichtung des Staatsarchivs mitgewirkt, in dem er nun als

Sekretär tätig war. Ihm vor allem war es zu verdanken, dass die große Postreform mit der Einführung der Penny Post und der von ihm entworfenen Briefmarke ihren entscheidenden Durchbruch errungen hatte. Und als Sekretär der Society of Arts war es ihm gelungen, den vormals kaum registrierten Ausstellungen der Gesellschaft durch Mobilisierung der Presse große öffentliche Beachtung zu verschaffen. Doch diesmal ging es um mehr, unendlich viel mehr: Die Idee der Weltausstellung war die Idee seines Lebens – und zugleich seine einzige Chance, trotz einfacher Herkunft in den höchsten Kreisen der Gesellschaft Anerkennung zu finden.

»Die Ausstellung«, fuhr er voller Leidenschaft fort, »soll uns ein Bild vom Stand der Entwicklung geben, zu dem die Menschheit in diesem großen Werk bereits gelangt ist, einen Überblick, an dem alle Völker ihre weiteren Bestrebungen für die Zukunft ausrichten können. Ich hoffe voller Vertrauen, dass der Eindruck, den eine solche Veranstaltung im Besucher hervorrufen wird, der des tiefen Dankes gegen den Allmächtigen für die Segnungen sein wird, die der Himmel schon auf uns ausgesät hat. Und zugleich, dessen bin ich mir gewiss, wird ein solches Ereignis in uns allen die Überzeugung stärken, dass die göttlichen Segnungen nur in dem Maß zur Verwirklichung gelangen, wie wir uns gegenseitig Hilfe zu leisten bereit sind – indem wir durch friedlichen Wettbewerb den gemeinsamen Fortschritt und Wohlstand befördern.«

»Amen!« Cole zuckte zusammen. Der Mann, der ihn unterbrochen hatte, war kein Geringerer als Henry Labouchere, der britische Handelsminister. »Bei allem Respekt vor der Inbrunst Ihres Glaubens, Mr. Cole – ich möchte doch daran erinnern, dass wir hier nicht in einer Kirche sind.« Dabei blickte er nicht Cole, sondern Albert an, der mit unsicherer Miene reagierte.

»Dann erlauben Sie mir, den praktischen Nutzen der Veranstaltung zu konkretisieren.« Nur mit Mühe gelang es Cole, seine Stimme fest und sicher klingen zu lassen. »Die Ausstellung wird eine Leistungsschau all dessen bieten, wozu die Völker dieser Erde fähig sind, eine Welten umspannende Bilanz des Fortschritts. Auf diese Weise wird der internationale Austausch der Kenntnisse und Ideen befördert und zugleich der Unternehmungsgeist der Nationen zu immer größeren Taten angespornt. Manufakturen und Handwerksbetriebe werden davon ebenso profitieren wie Wissenschaft und Handel.«

»Wenn Sie mich fragen, klingt das alles nach einem riesigen Jahrmarkt«, bemerkte Sir Robert Peel, der ehemalige Premier und jetzige parteilose Oppositionsführer im Parlament.

»Da pflichte ich Ihnen durchaus bei«, erwiderte Cole. »Im Prinzip dient die Weltausstellung demselben Zweck wie früher ein Jahrmarkt. Nur dass sich dieser Zweck nicht mehr auf eine einzelne Stadt oder Grafschaft beschränkt, sondern den ganzen Erdkreis umfasst.«

»Schön und gut«, brummte Peel. »Aber weshalb sollen wir Ausländer zu uns einladen? Damit sie unseren Unternehmern in die Suppe spucken? England ist die größte Kolonialmacht der Welt! Wozu brauchen wir Franzosen oder Deutsche – ich meine«, verbesserte er sich, als der Prinzgemahl bei der Erwähnung seiner Landsleute irritiert das Gesicht verzog, »Franzosen oder Russen?«

Cole hielt dem Blick des alten Politikers stand. »Wenn ich mir die Bemerkung erlauben darf, Sir – Sie selbst haben mit der Aufhebung der Kornzölle das Freihandelsprinzip in Europa eingeführt.«

»Das hat mich bekanntlich den Kopf gekostet, junger Mann. Meine alten Freunde von den Tories haben mir bis heute nicht verziehen, dass ich mit den Liberalen gemeinsame Sache gemacht habe.«

»Ich weiß, Sir, Sie haben durch Ihre Entscheidung damals Ihr Amt verloren, doch unserem Land haben Sie das Tor zur Zukunft aufgestoßen«, erwiderte Cole schneller, als er denken konnte. »Jetzt dürfen wir nicht stehen bleiben, gehen wir weiter durch dieses Tor, stellen wir uns dem Wettbewerb, den wir selbst eröffnet haben. Er wird uns noch stärker machen, als wir es schon sind.«

»Ob die neuen Gesetze uns in Zukunft nutzen oder schaden, wird sich noch zeigen.« Peel blickte so grimmig drein wie eine Bulldogge. »Warum gibt es in England keine Tollwut? Weil wir das Viehzeug vom Kontinent nicht über den Kanal zu uns herüberlassen. Vielleicht wäre es besser, wir würden diesem altbewährten Prinzip im Handel genauso treu bleiben wie in der Hundezucht.«

Einige der Gentlemen lachten, und auch der Prinzgemahl quittierte die Bemerkung des ehemaligen Premiers mit einem vorsichtigen Lächeln. Kein Zweifel, die Stimmung unter den Teilnehmern der Konferenz war geteilt. Die konservativen Tories, die den alten Zeiten nachtrauerten, da die Gesetze einheimische Unternehmen vor der Konkurrenz vom Festland schützten, und darum Coles Idee mit kaum verhohlener Skepsis begegneten, bildeten eine mindestens ebenso große Gruppe wie die Anhänger der Whig-Partei, mit deren Hilfe Peel vor drei Jahren durch die Aufhebung der Kornzölle dem Freihandel den Weg geebnet hatte. Cole spürte, noch eine kritische Bemerkung, und die Stimmung würde endgültig kippen – gegen ihn.

»Die Ausstellung«, sagte er entschlossen, »wird Englands Position im internationalen Wettbewerb keineswegs schwächen. Sie wird im Gegenteil Großbritanniens Überlegenheit über alle anderen Völker unter Beweis stellen, nicht nur als führende Industrienation, sondern auch als der fortschrittlichste Staat der Welt. Wir haben mit einer solchen Veranstaltung die einmalige Chance, Industrie und Handel der britischen Nation zu noch glänzenderen Triumphen zu führen.«

Cole hielt in seiner Rede inne und richtete seinen Blick auf den Prinzgemahl. Doch der wich seinem Blick aus und kaute auf den Lippen, während er in der Hand unablässig seinen goldenen Füllfederhalter drehte. Cole beschloss, alles auf eine Karte zu

setzen. Lieber riskierte er, dass man ihn vor die Tür warf, als sang- und klanglos unterzugehen.
»England«, fuhr er darum fort, »darf sich nicht auf alten Lorbeeren ausruhen. Andere Staaten, allen voran die Vereinigten Staaten von Nordamerika, aber auch Preußen und Frankreich, haben in den letzten Jahren gewaltige Fortschritte gemacht.«
»Hört, hört!«, bellte Sir Robert Peel, als wäre er im Parlament.
Cole ließ sich nicht beirren. »Wenn England nicht aus seiner Selbstzufriedenheit erwacht, droht uns der Verlust unserer Vormachtstellung in der Welt. Die Ausstellung ist ein Signal, um jene Kräfte zu neuem Leben zu erwecken, die unser Land in der Vergangenheit so groß gemacht hatten. Haben wir den Mut, die Herausforderungen der Zukunft anzunehmen.«
Robert Peel wollte etwas sagen, doch Albert kam ihm zuvor. Er hob den Blick und sah Cole in die Augen. »Sie haben eingangs etwas gesagt, was mir sehr gefiel. Wie war die Formulierung noch gleich? Die Erde in ein Paradies verwandeln?«
»Mit Ihrer Erlaubnis, Königliche Hoheit«, bestätigte Cole, von der Reaktion des Prinzgemahls selbst überrascht. »Wir haben die einmalige historische Chance, die materiellen und sozialen Verhältnisse in diesem Land näher an das Ideal eines Paradieses auf Erden heranzuführen, als die Menschheit es sich je erträumt hat. Von nichts Geringerem wird die Weltausstellung Zeugnis geben.«
»In der Tat«, murmelte Albert, »ein sehr reizvoller Gedanke, ein Gedanke, der in der Tat seine Reize hat. Helfen Sie uns, Mr. Cole, damit wir uns eine Vorstellung machen können, ich meine – ein Bild. An wie viele Exponate oder Ausstellungsstücke haben Sie gedacht?«
»Um eine runde Zahl zu nennen: einhunderttausend!«
»Einhunderttausend?« Um Alberts Augen begann es nervös zu zucken. »Wer soll das bezahlen? Eine solche Veranstaltung wird Millionen verschlingen – Millionen!«
»Die Ausstellung wird sich selbst finanzieren, Königliche Hoheit.

Wir werden beträchtliche Einnahmen haben. Eintrittsgelder, Kataloge, Standmieten der Aussteller.«
»Sicher, aber bis es so weit ist? Wer trägt das Risiko der Finanzierung?«
»Das ist die entscheidende Frage«, bestätigte der Handelsminister. »Grundbedingung muss sein, dass keine öffentlichen Gelder verwendet werden. Ich kenne unsere Freunde von der Presse, sie werden jede Form staatlicher Subvention unter Korruptionsverdacht stellen.«
Cole wusste, dies war ein überaus heikler Punkt. Staatliche Begünstigung galt seit dem Sieg der liberalen Whig-Partei über die protektionistischen Tories als Sündenfall schlechthin, und wenn die neue Regierung sich einem Vorwurf niemals aussetzen durfte, dann diesem. Doch er hatte über die Frage des Prinzgemahls bereits vor der Konferenz nachgedacht, und er hatte eine Antwort parat.
»Private Subskriptionen, Königliche Hoheit, werden das Risiko absichern. Die Teilnehmer der Ausstellung, die den größten Nutzen davon haben, die Unternehmer unseres Landes, werden die Veranstaltung finanzieren.«
Albert schlug erneut die Augen nieder, und wieder begann er an seiner Lippe zu nagen. Cole konnte sich vorstellen, was im Innern dieses Mannes vor sich ging. Der Prinzgemahl war ein Zauderer, der auf jede Bemerkung reagierte wie ein Blatt im Wind, aber dumm war er nicht. Ohne Zweifel sah er einerseits die Chance, die das Unternehmen zur Hebung seines Ansehens in der Öffentlichkeit bot – in neun Jahren Ehe mit der Queen war es ihm nicht gelungen, die Herzen der Engländer zu erobern. Doch ebenso sicher sah er andererseits auch die Gefahr, die darin lag, sich an die Spitze einer Bewegung zu stellen, deren Erfolg noch in den Sternen lag. Cole entschloss sich deshalb, ein allerletztes Argument in Anschlag zu bringen.
»Sie haben soeben selbst gesagt, worum es geht, Königliche Hoheit: Die Weltausstellung wird ein moderner Garten Eden sein,

das Paradies auf Erden. Darum wage ich zu prophezeien, wer immer dem englischen Volk ein solches Geschenk macht, den wird es dafür ewig lieben und verehren.«
Mit kaum sichtbarem Lächeln hob Albert den Kopf, und ein zartes Rosa legte sich für eine Sekunde auf seinen hellen, makellosen Teint. Dann strafften sich seine Züge, er strich sich über die Enden seines Bartes und erhob sich von seinem Stuhl.
»Bis auf weiteres, meine Herren, bitte ich Sie, unsere heutige Besprechung geheim zu halten. Auch untersage ich Ihnen, Mr. Cole, meinen Namen mit dem Projekt in eine wie auch immer geartete Verbindung zu bringen. Doch gestehe ich Ihnen gerne zu, dass mich der Gedanke reizt. Hier könnte wahrhaft Großes entstehen, wahrhaft Großes, allerdings. Ein Pantheon der Zivilisation, ein Kulturmuseum des Fortschritts, in dem sich die Menschheit die Welt nach ihrem eigenen Bilde schafft. Sehr reizvoll, überaus reizvoll sogar, durchaus, in der Tat.« Er legte seinen Füllfederhalter auf den Tisch, faltete seine Hände vor der Brust und blickte in die Runde. »Ich denke, dann sind wir uns also einig, meine Herren, nicht wahr?«

4

Victor nahm das Zurichtmesser und korrigierte eine letzte Unebenheit im Klischee, um einen zu scharfen Druck auf der Stelle zu vermeiden. Eine vollkommen ebene Druckfläche war die wichtigste Vorbedingung für das Gelingen des Abzugs, vor allem beim Illustrationsdruck, wo Licht und Schatten ständig abwechselten und oft dicht nebeneinander lagen. Während er noch einmal die Vorlage überprüfte, wartete Robert, der kleine, magere, schwarzhaarige Altgeselle, schon an der Presse auf ihn, um mit dem Druck des Bogens zu beginnen.

»Es hat so gut gerochen, und mir knurrte der Magen!«
»Der Magen? Der Arsch soll dir davon knurren!«
Victor tat so, als würde er nichts hören, und fuhr einfach damit fort, das Klischee auf der Walze einzuschwärzen. Wenn es Ärger gab, war es immer besser, sich rauszuhalten. Mr. Finch war vor ein paar Minuten aus dem Branntweinladen zurückgekehrt, aus dem ihn seine Ehefrau geholt hatte, damit er Toby, den Lehrjungen, verprügelte. Doch der Meister war so betrunken, dass er es kaum schaffte, sich auf den Beinen zu halten, als er nach dem Rohrstock griff.
»Er hat sich damit voll gefressen!«, keifte Mrs. Finch. »Ich hab es selbst gesehen!«
Victor beugte sich noch tiefer über die Arbeit, damit niemand sein Grinsen sah. Toby hatte ihrer Lieblingskatze Daisy den Bratfisch aus dem Napf geklaut und samt Kiemen und Gräten verschlungen. Kein Wunder, der Lehrling bekam zweimal am Tag einen ungenießbaren Fraß vorgesetzt, Küchenabfälle, die niemand sonst im Haus anrührte. Trotzdem hätte Toby besser die Finger von dem Fisch gelassen – Mrs. Finch war so vernarrt in ihre Katze, die zufrieden schnurrend von der Ofenbank aus seiner Bestrafung entgegensah, dass sie sie nicht nur mit Bratfisch fütterte, sondern sie sogar von einem Kunstmaler in Öl hatte porträtieren lassen. Daisys Konterfei prangte wie das Bildnis einer Königin über dem Eingang der Werkstatt.
»Du verdammter Verbrecher«, lallte Mr. Finch und packte den Lehrling im Nacken. »Dir werd ich's zeigen!«
Als Toby zum ersten Mal aufschrie, spürte Victor, wie die Wut in ihm hochkam. Doch er beherrschte sich. Mr. Finch war zwar auf ihn angewiesen, trotzdem konnte er ihn jederzeit rausschmeißen. Victor hatte sich deshalb geschworen, ihm keinen Vorwand dafür zu liefern, bevor er nicht die hundert Pfund beisammenhatte, die er für O'Connorville brauchte. Also spannte er einen frischen Bogen in den Rahmen der Druckpresse und nickte Robert zu, dessen Aufgabe es war, den Pressbengel zu

betätigen, während er selbst die Form vor- und zurückschob. So eine Tracht Prügel war schließlich nichts Besonderes – seit es Lehrlinge und Meister gab, war es das Schicksal der Lehrlinge, von den Meistern schikaniert zu werden.

»Bitte, Mr. Finch!", flehte Toby. »Hören Sie auf! Ich besorge neuen Fisch, den besten Bratfisch von London, extra für Daisy. Ein Onkel von mir hat einen Stand in Clare Market.«

»Der kleine Saukerl lügt wie gedruckt!«, rief Mrs. Finch. »Woher soll er einen Onkel haben? Er hat ja nicht mal Eltern!«

Während Robert den Pressbengel niederdrückte, blickte Victor zu dem Meister hinüber. Mr. Finch hatte Toby bereits losgelassen, aber bei den Worten seiner Frau kamen ihm offenbar erneute Zweifel. Mit einem Gesicht, in dem betrunkene Blödigkeit und dumpfe Brutalität miteinander rangen, schaute er zwischen seiner Frau und dem Lehrling hin und her. Sein Mund klappte auf, klappte zu, klappte wieder auf, als wäre er selber ein gestrandeter Fisch, der auf dem Trockenen zappelte und darauf wartete, gebraten zu werden. Doch bevor ihm ein Satz über die Lippen kam, schloss er ein weiteres Mal den Mund, sein Oberkörper blähte sich auf wie ein Ballon, ebenso sein Gesicht, seine Backen, die Augen quollen aus ihren Höhlen hervor – dann barsten seine zusammengepressten Lippen auseinander, und er erbrach sich in einem Schwall von Branntwein und halb verdauten Speisen.

»Du widerlicher, ekelhafter …«

Der Abscheu verschlug Mrs. Finch die Sprache. Mit aufgerissenen Augen starrte sie ihren Mann an, ihr Kopf ruckte in ohnmächtiger Empörung, dann nahm sie Daisy von der Ofenbank und rauschte mit der Katze unter dem Arm hinaus.

»Ich glaube, ich bringe jetzt mal die Bogen zum Binder«, sagte Toby und wollte sich aus dem Staub machen. Doch er war noch nicht bis zu dem Tisch gelangt, auf dem die in Wachstuch eingeschlagene Kommission bereitlag, da ertönte die Stimme seines Herrn.

»Halt!«

Toby erstarrte in der Bewegung. So langsam, als habe er Angst, eine falsche Bewegung zu machen, drehte er sich um.
»Erst machst du die Schweinerei da weg«, sagte Mr. Finch, plötzlich wieder nüchtern, und wies mit dem Kinn auf die Lache am Boden. Um seinem Befehl Nachdruck zu verleihen, zog er Toby einen Hieb über den Rücken. Mit eingezogenen Schultern griff der Lehrling nach dem Eimer und Lappen unter dem Akzidenzregal.
»Nicht damit!« Mr. Finch schüttelte den Kopf.
Toby blickte ihn verständnislos an.
»Nicht mit dem Lappen! Mit deinem Hemd!«
»Mit meinem Hemd? Aber Mr. Finch, ich … ich hab doch nur das eine.«
»Hast du keine Ohren? Tu, was ich dir gesagt habe!« Mr. Finch ließ den Stock aus der Hand fallen, griff nach dem Zurichtmesser, das Victor abgelegt hatte, und machte damit einen Schritt auf den Lehrling zu. Victor unterbrach seine Arbeit.
»Los, Toby, nimm den Lappen und …«
»Maul halten!«
Mr. Finch sprach, ohne den Blick von Toby abzuwenden. Alle Blödigkeit war aus seinem Gesicht gewichen, aus seinen kleinen Augen sprach nur noch gemeine Brutalität. Victor biss sich auf die Lippen. Robert ließ den Pressbengel los und rieb sich mit seiner schwarzen Hand das bärtige Kinn. Jeder in der Werkstatt spürte, dass Mr. Finch es ernst meinte.
»Ich zähle bis drei. Eins – zwei …«
Toby stellte den Eimer ab. Sein Gesicht war noch blasser als sonst, sodass die zahllosen Sommersprossen auf seiner weißen Haut wie Windpocken hervortraten und die roten Haare auf seinem Kopf wie Flammen zu lodern schienen. Mit zitternden Händen streifte er die Hosenträger von den Schultern, öffnete die Knöpfe seines löchrigen, verschmierten Hemdes und zog sich den Fetzen über den Kopf. Darunter kam sein magerer, mit Pickeln übersäter Körper zum Vorschein, der in der viel zu

großen Lederschürze regelrecht zu verschwinden schien. Als würde er sich schämen, kratzte er sich mit seinem nackten Fuß am Hosenbein, bevor er das Hemd wie einen Putzlappen in der Hand knüllte und sich langsam bückte, die Augen voller Ekel beim Anblick der Lache am Boden. Mr. Finch hatte zu Mittag Bohnen und Speck gegessen.

»Wird's bald?!«

Vorsichtig lugte Toby zu dem Meister auf, die blauen Augen voller Angst. Dabei wirkte er so winzig klein in seiner Lederschürze, als wäre er keine zehn Jahre alt, obwohl er tatsächlich schon vierzehn oder fünfzehn sein musste – niemand wusste es genau. Victor merkte, dass sich seine Hände zu Fäusten ballten, und steckte sie in die Taschen seiner Arbeitshose. Er hatte schon einmal in so einer Situation die Beherrschung verloren und mit fast zwei Jahren Gefängnis dafür bezahlt. Damals war er betrunken gewesen. Jetzt war er nüchtern.

»Los!«, rülpste Mr. Finch. »Worauf wartest du noch?«

Aufrecht stand der Meister da, ohne zu schwanken, und während er, das Messer vor sich, noch einen Schritt auf den verängstigten Toby zu machte, schien er immer weiter in die Höhe zu wachsen. Robert runzelte die Brauen, um seine fleischigen Lippen spielte ein Lächeln, und seine dunklen Augen flackerten vor Erregung, als würde er einem Rattenkampf zusehen oder einer schönen Frau, die sich für ihn auszog. Auch die anderen Gesellen hielten den Atem an. Toby sank noch tiefer zu Boden, obwohl sich offenbar alles in ihm dagegen sträubte, während er immer wieder zu Mr. Finch aufsah, als würde er hoffen, dass der Meister ihn in letzter Sekunde erlöste. Plötzlich, ohne zu wissen warum, hatte Victor das Gefühl, dass sich in diesem Moment das Schicksal des Jungen entschied: Wenn Toby den Befehl des Meisters ausführte, war er für immer verloren.

»Tu's nicht«, flüsterte er.

Doch Toby hörte ihn nicht. Er sah nur Mr. Finch und das Messer. Mit zitternder Hand tauchte er sein Hemd in das Erbrochene.

Da packte Victor die Wut. Er sprang vor, riss Toby das Hemd aus der Hand und klatschte es Mr. Finch ins Gesicht.
In der Werkstatt war es auf einmal so still, das man das Bohren der Holzwürmer zu hören glaubte. Alle Augen waren auf den Meister gerichtet, in Erwartung eines fürchterlichen Anfalls.
Aber nichts dergleichen geschah. Mr. Finch riss die Augen auf, in grenzenloser Blödigkeit, das Gesicht von seinem Erbrochenen über und über verschmiert, taumelte zurück wie ein Boxer, links und rechts nach einem Halt tastend, und ohne ein Wort stolperte er zur selben Tür hinaus, durch die zuvor seine Frau verschwunden war, unter dem hochmütigen Blick der in Öl verewigten Daisy.

5

Kaum hatte Mr. Finch die Werkstatt verlassen, brachen die Gesellen in ein Geheul aus, als wollten sie böse Geister vertreiben. Für heute war die Arbeit beendet. Während sie ihre Schürzen in die Ecke warfen, ließen sie eine Flasche Gin kreisen, die Robert wie aus dem Nichts hervorgezaubert hatte.
»Auf deinen Sieg!«
Victor schüttelte den Kopf. »Du weißt doch, dass ich das Zeug nicht mag.« Er war wütend – wütend auf sich selbst. Hundertmal hatte er sich geschworen, dass ihm so etwas nie wieder passieren würde, und trotzdem hatte er die Beherrschung verloren, genauso wie damals. Und das wegen eines verfressenen Lehrjungen, der ihm so gleichgültig sein konnte wie das Läuten von Big Ben und außerdem alt genug war, um auf sich selber aufzupassen.
»Dann übernehme ich deinen Schluck!«
Toby griff nach der Flasche, doch bevor er sie an die Lippen setzten konnte, haute Victor ihm eine runter.

»Mach du lieber die Kotze weg!«
»Au! Bist du verrückt geworden?«
»Los! Schnapp dir den Eimer! Wird's bald?«
Er gab ihm einen Tritt in den Hintern, und Toby stolperte davon.
»Was soll das denn?«, fragte Robert. »Wir haben allen Grund zu feiern! Endlich hat Finch bekommen, was er verdient.« Dann wurde sein Gesicht ernst, und er rückte Victor so nahe, dass dieser den Fusel in seinem Atem riechen konnte. »Es wird Zeit, dass wir uns noch ein paar mehr von den Schweinen vorknöpfen.«
»Fängst du schon wieder an?«
»Gewalt ist die einzige Sprache, die sie kapieren. Du hast es doch selber vorgemacht.«
Victor wandte sich ab. Er kannte Roberts Reden auswendig und wusste, wohin sie führten: direkt zurück in die Tretmühle. Robert gehörte zu den »Destructives«, den Gewaltmännern, die sich Joseph Raynor Stephens zum Idol erkoren hatten, einen fanatischen Kanzelprediger aus Stalybridge, der mit Hass die Welt von allen Übeln befreien wollte. Seine Gefolgsleute waren nur darauf aus, Angst und Schrecken zu verbreiten, ohne zu sagen, wie sie das Bestehende zum Besseren verändern wollten. »Liebe hat die Welt versklavt, nur Hass kann sie befreien«, lautete ihr Credo. Victor hatte es darum schon lange aufgegeben, sich mit Robert zu streiten, und er hatte auch diesmal nicht vor, sich auf eine Auseinandersetzung einzulassen. Doch als er sich die Hände in dem Wasserfass neben der Druckpresse wusch, sah er das Leuchten in Tobys Augen, der Robert voller Bewunderung anschaute, während er mit einem Eimer Mr. Finchs Hinterlassenschaft fortspülte.
»Statt von Gewalt zu faseln«, sagte Victor, »solltest du lieber unsere Petition unterschreiben.«
»Du meinst, freies Wahlrecht und so?« Robert verzog das Gesicht. »Kastriertes Chartistengewäsch. Nichts als leere Worte.«
»Wenn alle Arbeiter und Handwerker unsere Forderungen unterstützen, muss die Regierung die Gesetze ändern«, erwiderte

Victor und trocknete sich die Hände an seinem Hemd ab. »Außerdem, wenn du nicht an Worte glaubst, warum bist du dann überhaupt Buchdrucker geworden?«
Statt einer Antwort nahm Robert einen Schriftkasten aus dem Regal und schüttete den Inhalt zu Boden, sodass die Lettern wie Erbsen durcheinander purzelten. »Worte«, wiederholte er nur und spuckte voller Verachtung auf den Haufen vor seinen Stiefeln.
»Was ist denn hier los?«
Die Männer drehten sich um. In der Tür stand ein junges, blondes Mädchen mit blauen Augen und rosigen Wangen. Unterm Arm trug sie ein Wäschepaket.
»Fanny«, sagte Robert und ließ Victor stehen. »Welch Glanz in unserer Hütte.«
»Kann mir jemand sagen, wo Mrs. Finch ist? Ich bringe ihr neues Kleid.«
Als sie ihr Paket ablegte, fasste Robert sie um die Hüfte. »Scheiß was auf Mrs. Finch. Wenn du willst, kann ich die Rechnung zahlen.«
»Und womit, du Angeber?«
»Fühl mal meinen Geldbeutel.« Robert nahm ihre Hand und führte sie an seinen Hosenlatz. »Spürst du, wie prall der gefüllt ist?«
»Wenn du mich fragst, fühlt sich das eher wie Falschgeld an.« Statt die Hand wegzunehmen, drückte sie einmal fest zu.
»Uuuuuh! Du verfluchtes Miststück!«
Während Robert sich vor Schmerz krümmte, schaute Fanny in die Runde. »Hat denn keiner Hartgeld von euch?« Ihre Augen blieben an Victor hängen. »Na, Neuer, hast du vielleicht Lust, die Rechnung zu übernehmen?«
Ihr Zwinkern berührte ihn wie ein Kuss auf seinen »Prinzen«, der auf der Stelle zwischen seinen Schenkeln erwachte.
»Es wäre mir ein Vergnügen«, sagte er, schneller als er denken konnte. »Was würde es denn kosten?«

»Einen Sixpence. In Temple ist heute Jahrmarkt.«
Sie hatte die beiden oberen Knöpfe ihrer Bluse geöffnet, sodass ihre Brüste wie zwei reife Früchte daraus hervorquollen, und mit einem Lächeln, das fast so schön war wie die Sünde, die es versprach, nickte sie ihm zu. Victor spürte, wie sein »Prinz« in ihre Richtung schnellte.
»Dann … dann habe ich wohl keine Wahl«, stotterte er.
Während er seine Finanzen überschlug, legte Robert seine Hand auf Tobys Schulter.
»Komm«, sagte er und ging mit dem Lehrling zur Tür. »Wir haben was Besseres vor, als unser Geld für eine Hure auszugeben. Die Ratten warten schon im Schuppen auf uns. Hörst du, wie sie fiepen?«

6

Unschlüssig blickte Toby auf den Twopence in seiner Hand. Es war noch eine von den alten, echten, in schwerem Silber geprägten Münzen, die so wundervoll glänzten, dass man all die Dinge vor sich sah, die man dafür kaufen konnte: zwei Gläser irischen Whisky, eine Stange Kautabak oder vier Portionen Bratfisch. Himmelherrgottsakrament! Was sollte er tun? Wenn er den jetzt auch noch verlor, konnte er sich nicht nur keine einzige von diesen Herrlichkeiten kaufen, sondern hatte außerdem noch einen ganzen Schilling Schulden. Aber die Münze nicht zu riskieren, kam auch nicht in Frage. Der Twopence war seine einzige Chance, sein bereits verspieltes Geld wieder zurückzubekommen.
»Los, Kleiner! Bist du dabei? Ja oder nein!«
Über zwanzig Männer waren in dem alten fensterlosen Schuppen versammelt, die meisten Arbeiter und Viktualienhändler.

Im Schein von ein paar Fackeln standen sie um einen hölzernen Verschlag herum und warteten auf Tobys Wetteinsatz. Auch Robert, der seine schwarze Bulldogge an kurzer Leine bei sich hielt, sah ungeduldig zu ihm herüber. Fünf Pfund hatte Robert für die Dogge bezahlt, um sie einem Scherenschleifer aus der Union Street abzukaufen, und Toby war voller Bewunderung, wie der mächtige massige Hund, der täglich zwei Kilo Pansen und blutiges Gedärm verschlang, dem schmächtigen Gesellen, der kaum größer war als Toby, aufs Wort gehorchte. Aber würde Punch schnell genug sein?

Eigentlich war Roberts Dogge der beste Rattentöter im ganzen Viertel, und es kam nur alle paar Wochen vor, dass Punch gegen einen anderen Hund verlor. Am Anfang hatte auch alles wie am Schnürchen geklappt: Dreimal hatten Robert und seine Dogge gesiegt, und Toby hatte jedes Mal einen Penny mit ihnen gewonnen. Dann aber war der Fleischergeselle aus der King Street mit seinem gefleckten Pitbull aufgetaucht. Sechsmal war Punch gegen ihn angetreten, und jedes Mal war der verdammte gefleckte Köter schneller gewesen. Nachdem Toby alles Geld verloren hatte, das er besaß, hatte Robert ihm einen Schilling geliehen, damit er weiter auf ihn setzen konnte. Doch weil Punch immer wieder verloren hatte, war davon nur noch der Twopence übrig.

»Dein Einsatz, Kleiner! Letzte Chance!«

Aus der Holzkiste am Ende des Verschlags, die ein Kanalräumer mit seiner riesigen Hand verschlossen hielt, kam ein aufgeregtes Fiepen. Der Pitbull des Schlachtergesellen fletschte knurrend die Zähne, Roberts Dogge zeigte keinerlei Regung.

»Auf den Pitbull«, sagte Toby und warf seinen Twopence in das Körbchen, das bis zum Rand mit Münzen gefüllt war.

Im selben Moment öffnete der Kanalräumer die Luke der Kiste, und über ein Dutzend Ratten schoss in den Holzverschlag. Gleichzeitig ließen Robert und der Schlachtergeselle ihre Hunde von den Leinen, die sich sofort auf ihre Opfer stürzten. Während die Männer laut johlend die Hunde anfeuerten, rasten die Ratten in tödlicher Panik hin und her, doch wann immer eine in ihrer Verzweiflung an der Umzäunung hochsprang, wurde sie von irgendeiner Hand in die Arena zurückgeworfen. Toby schielte zu Robert hinüber, der sich nervös den dunklen, bis unters Kinn reichenden Backenbart strich und seinen Hund keine Sekunde aus den Augen ließ. Hoffentlich hatte er nicht gemerkt, dass Toby gegen ihn gewettet hatte.

»Eee-iiiiins …!«

»Zweee-iiiii…!«

»Dreee-iiiii…!«

Jedes Mal grölten die Männer im Chor, wenn einer der Hunde mit kurzem, scharfem Knacken einer Ratte die Kehle durchbiss. Ihre Gesichter leuchteten, ihre Augen glühten, berauscht vom Schnaps und von der Aussicht auf den Gewinn. Toby war so erregt, dass er beinahe zu atmen vergaß. Nirgendwo sonst in London konnte man schneller Geld verdienen als hier. Der Pitbull hatte schon fünf Ratten erledigt, Roberts Dogge erst vier.

»Zeeeeeeehhhhhn …!«

»Eeeeeeeelf …!«

»Zwööööölf …!«

Dann war nur noch eine einzige Ratte übrig, ein unglaublich großes, starkes, fettes Tier, das den zwei Hunden immer wieder entkommen war. Der Pitbull stürzte als Erster auf sie zu, trieb sie in eine Ecke. Toby leckte sich die Lippen, er roch schon den Bratfisch, den er am Abend verspeisen würde. Doch mit einem Riesensatz wich die Ratte dem Angriff aus, rettete sich ans andere Ende der Arena – direkt vor Punchs Schnauze. Jetzt gab es kein Entkommen mehr. Roberts Dogge bückte sich, der massige Körper ein einziges wogendes Muskelgebirge unter dem glänzend schwarzen Fell. Toby stöhnte leise auf, sein Geld war verloren. Die Tiere schauten einander an, ein letzter, unausweichlicher Augenblick. Da schnellte die Ratte vor, sprang der Dogge in das böse, hässliche Gesicht. Punch jaulte auf wie ein Pinscher,

dem jemand auf die Pfote getreten war, kniff den Schwanz ein und verkroch sich in Roberts Ecke, während die Ratte laut fiepend durch die Arena raste. Der Pitbull setzte zum Sprung an.
»Dreeeeeeeiiiiiiiiiizeeeeeeeehn …!«
Der Ruf der Männer war noch nicht verstummt, da passierte es. Im selben Moment, in dem der Pitbull sich auf die Ratte stürzte, sprang Robert in den Ring. Wie ein Raubtier schnellte er vor, Kopf und Schultern zuerst, und rammte den Hund in den Staub. Der Pitbull prallte gegen die Umzäunung, versuchte, wieder auf die Beine zu kommen, doch bevor er nachsetzen konnte, hatte Robert die Ratte schon gepackt. Laut quiekend zappelte sie in seiner Hand, und ehe Toby begriff, was geschah, biss Robert ihr in die Gurgel. Eine Sekunde lang war es in dem Schuppen so still, dass nur das Winseln der Hunde zu hören war. Dann brachen die Männer in lauten Jubel aus.
»Du kamst dir wohl verdammt schlau vor, du kleiner Idiot«, sagte Robert, als er wenig später seinen Gewinn einstrich. »Wie willst du jetzt deine Schulden bezahlen?«
Er sah Toby mit seinen eng stehenden, scharfen Augen an, während er sich das Blut vom Mund abwischte. Toby hatte keine Antwort parat.
»Wie wär's mit Presse putzen für den Anfang?«, sagte Robert. »Los, hau schon ab! Ich will deine Visage heute nicht mehr sehen!«
Als Toby den Schuppen verließ, war es draußen noch so hell, dass seine Augen ein paar Sekunden brauchten, um sich an das Licht zu gewöhnen. In der Drury Lane wimmelte es von Menschen, die in Richtung Temple zogen, um auf dem Jahrmarkt den Sommerabend zu verbringen. Doch statt sich wie die anderen zu amüsieren, musste Toby zurück in die Werkstatt. Die Presse putzen, eigentlich Roberts Aufgabe, war die unangenehmste Arbeit überhaupt, weil man von den scharfen Mitteln aus der Apotheke immer fürchterliche Kopfschmerzen bekam. Toby fluchte leise vor sich hin. Er war wirklich ein Idiot gewesen, gegen

Robert zu wetten. Aber wie hätte er ahnen sollen, dass Robert der verdammten Ratte die Kehle durchbiss? Kein Mensch tat so was. Toby bereute, dass er überhaupt mit dem Gesellen fortgegangen war. Fast immer, wenn er das tat, lief irgendetwas schief. Und schlechter als heute konnte es gar nicht laufen.

Ein Schilling Schulden! Ausgerechnet bei Robert! Wenn Victor das erfuhr, würde er ihn totschlagen – so wütend, wie er manchmal werden konnte. Seit sie beschlossen hatten, zusammen nach O'Connorville zu ziehen, zahlten sie jeden Penny, den sie übrig hatten, bei den Chartisten ein. In spätestens zwei Jahren würden sie die hundert Pfund beisammen haben. Falls Victor wirklich Recht hatte, musste O'Connorville ein Paradies sein, noch herrlicher und prächtiger als der Großmarkt in Billingsgate, wo die meisten Bratfischbuden von London standen und ihren Duft verströmten. In O'Connorville würde Toby eine eigene Bude aufmachen, mit dem leckersten Bratfisch von ganz England. Die Leute dort arbeiteten auf eigene Rechnung und hatten jede Menge Geld, weil sie von Feargus O'Connor regiert wurden, dem klügsten und gerechtesten Mann der Welt, der genauso rotes Haar hatte wie Toby und wie er aus Irland stammte. Außerdem, behauptete Victor, wurde dort oben im Norden viel besserer Fisch gefangen als in der Themse und im Kanal. Bei der Vorstellung, wie so ein Fisch auf seinem eigenen Bratrost brutzelte, lief Toby das Wasser im Munde zusammen.

Plötzlich sah er wieder Robert vor sich, wie er der Ratte die Kehle durchbiss und sich das Blut von den Lippen wischte. Was würde er sich noch alles einfallen lassen? Toby fürchtete, dass der Putzdienst nur die erste Rate auf die Rückzahlung seiner Schulden war. Solange er bei Robert mit einem Schilling in der Kreide stand, hatte der Geselle ihn in der Hand. Er hoffte nur, dass Victor noch nicht wieder zurück in der Werkstatt war. Wenn Victor sah, dass er an Roberts Stelle die Presse putzte, würde er sofort wissen, dass etwas faul war. Die zwei Gesellen konnten sich auf den Tod nicht ausstehen und stritten sich um ihn wie ein Pfarrer

und der Teufel um eine Seele. Die Backe brannte ihm immer noch von Victors Ohrfeige.
Fast sehnte Toby sich in jene Zeit zurück, als er in einem Kornspeicher am Hafen gehaust hatte, zusammen mit einem Dutzend anderer Jungs, die wie er selbst aus dem Waisenhaus ausgerissen waren. Sie hatten von dem gelebt, was sie mit Taschendiebstählen und kleinen Betrügereien verdienten. Von morgens bis abends waren sie auf der Flucht gewesen, vor den Konstablern und vor wütenden Ladenbesitzern, aber niemand war auf die Idee gekommen, ihnen Vorschriften zu machen, so wie Victor und Robert es jetzt taten. Die Jungs waren seine Familie gewesen. Von seiner wirklichen Familie wusste Toby nur, dass seine Mutter ihn vor vierzehn oder fünfzehn Jahren in einem Korb auf den Stufen von St. Paul's abgesetzt hatte. Der Küster der Kathedrale hatte ihn dort gefunden.
»Ist das hier die Druckerei von Mr. Finch?«
Toby schrak aus seinen Gedanken auf. Vor der Werkstatt stand eine fremde junge Lady, ein Wesen in hellen, sauberen, sündhaft teuren Kleidern, mit einem Hut auf dem Kopf und einem Schirm in der Hand, wie aus einer anderen Welt. Ungläubig kratzte er sich am Kopf. War das eine von den Erscheinungen, die in den Liedern der Negersänger von Clare Market vorkamen? Auf natürliche Weise konnte sich eine solche Frau jedenfalls nicht hierher verirren. Nachdem er sich vom ersten Schock erholt hatte, regten sich in ihm die alten Instinkte. Mit sicherem Blick taxierte er die junge Lady auf ein halbes Dutzend Batisttaschentücher.
»Was wünschen Sie?«, fragte er.
»Ich habe einen Druckauftrag. Mr. Benson, der Buchbinder aus der Fleet Street, hat mir die Werkstatt von Mr. Finch empfohlen.«
»Ich glaube, da haben Sie Pech. Mr. Finch ist gerade nicht da, Miss.«
»Und wann kommt er wieder?«
Toby zuckte die Schultern. Die fremde Lady zögerte, offenbar unschlüssig, was sie tun sollte.

»Nun, dann frage ich vielleicht morgen noch einmal nach.«
Sie wandte sich ab. Toby überlegte, wie er sie aufhalten konnte. Ein solches Wesen einfach davongehen zu lassen, käme einer Sünde gleich. Genauso gut könnte er ein herrenloses Portemonnaie auf der Straße liegen lassen, ohne sich danach zu bücken.
»Warten Sie!«, sagte er und tastete nach der Schachtel mit den Kreidestückchen, die ein Schneiderlehrling für ihn sammelte. Gott sei Dank, sie war in seiner Hosentasche! Er zückte das Schächtelchen und hielt es der Fremden hin. »Möchten Sie ein Pfefferminzbonbon?«
»Danke«, sagte sie überrascht. »Das ist sehr freundlich von dir.«
Sie streckte ihre Hand aus, doch bevor sie zugreifen konnte, machte Toby eine so ungeschickte Bewegung, dass die Kreidestückchen in den Straßendreck fielen.
»Nein!«, rief er entsetzt. »Das ganze Pfefferminz!«
»Oh, das tut mir Leid!«
»Ich sollte die Pastillen verkaufen. Jetzt wird mein Vater mich verprügeln!«
Eilig begann die junge Lady, in den Ärmeln ihres Kleides nach Geld zu suchen. Toby ließ sie nicht aus den Augen, während er jammernd und klagend die falschen Pastillen von der Straße aufhob. Ein Batisttuch nach dem anderen kam aus ihrem Ärmel zum Vorschein. War sie am Ende so reich, dass sie gar kein Geld bei sich hatte? Von der Sorte gab es in London mehr als genug.
»Hier, nimm das.«
Toby traute seinen Augen nicht. Die junge Lady streckte ihm einen Schilling entgegen.
»Oh, vielen Dank.«
Die hatte der Himmel ihm geschickt! Bevor sie es sich anders überlegen konnte, griff Toby nach der Münze und ließ sie in seiner Tasche verschwinden. Erst jetzt sah er das Gesicht der jungen Lady. Sie war nicht nur reich, sondern auch hübsch – vielleicht etwas mager, aber mit einer Portion Bratfisch am Tag könnte man sie rasch aufpäppeln. Vor allem aber hatte sie ein so

wunderbares Lächeln, dass er beinahe wirklich glaubte, sie sei vom Himmel zu ihm herabgestiegen.

»Sagen Sie mal, Miss«, fragte er. »Was wollen Sie eigentlich von Mr. Finch?«

»Ich habe ein paar Zeichnungen, Illustrationen für eine Zeitschrift. Mr. Benson behauptet, die könnte nur Mr. Finch drucken.«

»Ich glaube, ich kann Ihnen helfen«, sagte Toby. »Kommen Sie mit, ich bringe Sie zu dem Mann, den Sie suchen.«

7

»Vielleicht wird dann ja alles gut ...«

Henry Cole musste schlucken, als Marian seinen Bericht von der Konferenz im königlichen Palais von Osborne mit diesen Worten kommentierte. Glänzten ihre Augen vor Begeisterung über seinen Erfolg – oder glänzten sie vom Fieber? Seit einem Vierteljahr musste seine Frau nun schon das Bett hüten: Tuberkulose, lautete die Diagnose.

»Was meinst du«, fragte sie, »ob ich deine Weltausstellung noch erleben werde?«

»Du sollst doch nicht so viel reden, hat der Arzt gesagt.«

»Du wirst hart dafür arbeiten müssen, Henry. Aber das war für dich ja noch nie ein Hindernis.« Sie machte eine Pause, um mit rasselnden Lungen Atem zu holen. »Erinnerst du dich noch an den Tag unserer Hochzeit?«

»Wie könnte ich den vergessen?«

»Du hast morgens noch Entwürfe für deine Briefmarke gezeichnet und wärst deshalb fast zu spät in die Kirche gekommen. Der Pfarrer war ziemlich verärgert und sagte, ich solle mich in Acht nehmen vor einem Mann, der nicht pünktlich ... «

Marian konnte den Satz nicht zu Ende sprechen, mit letzten Kräften hustete sie in ihr Taschentuch. Behutsam half Cole ihr im Bett auf und schob ihr ein Kissen in den Rücken. Sie anzuschauen, brach ihm fast das Herz. Was für eine schöne Frau war sie bei ihrer Hochzeit gewesen! Obwohl sie im Dezember geheiratet hatten, heimlich, weil Marian bereits ein Kind von ihm erwartete, hatte sie mit ihren blonden Locken und den rosigen Wangen ausgesehen wie der Frühling. Das war über fünfzehn Jahre her, und sie war seitdem fast jedes Jahr aufs Neue schwanger geworden – acht Kinder lebten mit ihnen in der dunklen engen Wohnung am Rand des Hyde Parks. Jetzt war ihr Leib welk und ausgezehrt, und die einstmals blonden Haare, die inzwischen ganz grau geworden waren, klebten nass vom Schweiß auf ihrer bleichen Stirn.

»Kannst du mir noch einmal verzeihen?«, fragte er sie zärtlich, als der Hustenanfall vorüber war.

»Das habe ich doch längst getan«, erwiderte Marian mit einem schwachen Lächeln. »Du bist ja nur glücklich, wenn du arbeitest.«

»Von wegen! Ich bin nur glücklich, wenn *du* glücklich bist. Hier, ich habe was für dich.« Er öffnete seine Aktentasche und holte eine Schatulle daraus hervor.

»Ein Geschenk? Für mich?«

»Was glaubst du denn, für wen? Siehst du noch jemanden hier?« Er klappte die Schatulle auf.

»Aber das ist doch die Medaille, die dir der Prinzgemahl verliehen hat! Bei der Preisverleihung der Society, für dein Teeservice …«

»Ja, probier sie an. Ich habe eine Kette daranmachen lassen, damit du sie als Schmuck tragen kannst.« Er legte sie ihr um den Hals und hielt ihr einen Handspiegel vors Gesicht.

»Und die willst du mir wirklich schenken?« Ihre Augen schimmerten feucht. »Was bist du nur für ein wunderbarer Mann, Henry.«

»Sag so was nicht«, lachte er. »Wunderbare Männer sind die schlimmsten. Das steht schon in der Bibel – oder im Koran?« Als er sah, mit welchem Stolz Marian die Münze an ihrer Kette betrachtete, fügte er ernst hinzu: »Nach der Ausstellung sollst du auch das Service haben. Damit werden wir unseren Gästen den Tee servieren, wenn du wieder gesund bist.«
»Glaubst du das wirklich?«, fragte sie.
»Ganz bestimmt, der Arzt war letztes Mal sehr zufrieden mit dir. Als wir allein waren, hat er gesagt, wir müssten aufpassen, sonst würdest du gleich wieder schwanger.«
Marian schüttelte mit einem Seufzer den Kopf. »Die Medaille will ich gerne behalten, und vielleicht kann ich sie wirklich eines Tages tragen. Aber das Service muss in der Vitrine der Society bleiben. Die Leute sollen sehen, was du geschaffen hast.« Sie hob die Münze näher ans Gesicht, um die Inschrift zu lesen. »Für Felix Summerly … Schade nur, dass nicht dein richtiger Name darauf steht.«
Cole zuckte die Schultern. »Du weißt doch, ich musste das Service unter Pseudonym einreichen. Das hätte sonst einen schlechten Eindruck gemacht, als Sekretär der Society.«
»Hast du für uns auch Geschenke mitgebracht?«
Cole drehte sich um. In der Zimmertür standen seine Kinder, aufgereiht wie die Orgelpfeifen, drei Jungen und fünf Mädchen. Sie hatten allesamt blondes Haar, wie früher ihre Mutter.
»Aber natürlich«, erwiderte er. »Wie werde ich ohne Geschenke für euch nach Hause kommen, wenn es etwas zu feiern gibt?«
»Ihr müsst wissen,«, sagte Marian, »euer Vater wird bald ein berühmter Mann. Der Prinzgemahl ist jetzt sein Freund.«
Aber das interessierte die Kinder nicht. Sie interessierten sich nur für die Geschenke, die Cole aus seiner Reisetasche zutage förderte.
»Langsam, langsam, der Reihe nach, es kommt jeder dran.«
Als Erstes gab er seinen beiden ältesten Töchtern zwei neue Folgen aus seinem *Hausschatz*, einer Märchensammlung, die er

seit einigen Jahren selber herausgab und illustrierte; Hardy, der älteste Sohn, bekam eine Ausgabe der *Antiken Heldensagen*, zu denen Cole ebenfalls die Zeichnungen beigetragen hatte; und für die fünf Kleinen holte er aus seiner Tasche selbst gefertigte Schmuckkarten hervor. Lachend und rufend zeigten sie sich gegenseitig ihre Schätze.

»Schau mal, die weiße Fee. Die kann bestimmt zaubern.«

»Der Ritter in der Rüstung, das ist Ivanhoe!«

»Kann euer Papa nicht wunderbar zeichnen?«, fragte Marian.

»Natürlich kann er das«, erwiderte Hardy in seiner altklugen Art. »Darum durfte er ja auch die Penny-Briefmarke für die Post der Königin entwerfen.«

»So, und jetzt lasst uns allein«, sagte Cole, als Marian wieder zu husten anfing. »Eure Mama braucht ein bisschen Ruhe.«

Auf Zehenspitzen verließen die Kinder das Krankenzimmer. Vorsichtig, um nur ja kein Geräusch zu verursachen, schloss Hardy hinter seinen Geschwistern die Tür.

»Wie glücklich du sie gemacht hast«, flüsterte Marian, als sie wieder mit ihrem Mann allein war. »Genauso wie mich.«

»Du hast uns die Kinder geschenkt«, sagte er, »das ist das größte Geschenk überhaupt.«

Sie griff nach seiner Hand. »Ich habe all die Jahre an dich geglaubt. Weil du immer das getan hast, was dein Freund Mill nur gepredigt hat: das größte Glück der größten Zahl …«

»Das sagst du nur, weil wir so viele Kinder haben.«

»Ach, Henry, immer musst du Witze machen. Aber ich meine es ernst, Gott hat dich dafür belohnt. Manchmal glaube ich fast, du bist ein Genie.«

»Unsinn! Ich bin nur ein praktischer Mensch, mit ein bisschen Talent zur Organisation.«

Marian schüttelte den Kopf. »Gott liebt dich, das musst du mir glauben. Es ist immer bergauf mit uns gegangen, all die Jahre, und du wirst sehen, er wird dich noch viel mehr belohnen.«

»Wenn du nicht gleich aufhörst, so zu reden, fange ich an zu

singen – und du weißt, wie ich singe. So darf man nur in der Kirche reden, oder höchstens noch am Bahnhof.«
»Du meinst, beim Abschied nehmen?« Sie nickte und sah ihn an. »Was immer aus mir wird – du musst an die Zukunft denken, an die Kinder. Versprichst du mir das?«
»Ich weiß überhaupt nicht, wovon du redest.«
»Oh doch, Henry, das weißt du.« Sie drückte seine Hand. Der Druck war so schwach, dass er ihn kaum spürte.
Cole wollte etwas erwidern, aber die Stimme versagte ihm. Das Taschentuch in ihrer Hand war rot von Blut.
»Wir müssen vernünftig sein, Henry,«, sagte sie. »Irgendwann wirst du eine neue Frau brauchen, und vielleicht sogar schon bald. Dann darfst du nicht traurig sein.« Sie tätschelte seine Wange. »Kopf hoch«, flüsterte sie. »Du hast Charme und Witz, das gefällt den Frauen, du musst Gebrauch davon machen. Versprichst du mir das? Für die Kinder … und auch für mich … Damit ich in Frieden von euch gehen kann.« Sie schloss die Augen und holte mit rasselndem Atem Luft. »Denk an deinen Freund: das größte Glück der größten Zahl … Nur darauf kommt es an …«

8

»Drei Wurf für 'nen Penny!«
»Knöpfen Sie die Augen auf!«
»Das Glück ist kugelrund!«
Inmitten eines Menschenknäuels, das in alle Richtungen gleichzeitig drängte, wartete Emily vor einer Pfefferkuchenbude, umtost von den Rufen der Marktschreier und Zuschauer, von Gongtönen, Gewehrknallen und Glockengeläut. Toby hatte ihr versprochen, den Mann für sie zu finden, der angeblich der beste Drucker von ganz London war. Aber seit einer Stunde war der

Lehrling spurlos verschwunden. Wahrscheinlich hatte er sie an der Nase herumgeführt, genauso wie mit seinen falschen Pfefferminzbonbons.

Hatte es noch Sinn, länger zu warten? Gleich gegenüber war eine vergitterte Menagerie, davor stand ein großer, knochiger Mann in einem abgewetzten, scharlachroten Rock und einer Leopardenmütze. Mit einem Rohrstock in der Hand zeigte er bunte Bilder von einem Löwen, der einen Menschenkopf auffraß, und einem Missionar, der die Raubkatze mit glühenden Eisen angriff. Auf dem Dach der Bude hockte ein Zwerg mit einem Frauenschuh, der so groß war wie er selbst und angeblich seiner Geliebten gehörte, einer Riesin aus Australien, die für zwei Penny Eintritt zu besichtigen war. »Hereinspaziert! Hereinspaziert!« Ein Stück weiter pries ein Zirkusdirektor noch größere »Wunder der Natur« an, wilde Indianer, ein lebendes Skelett und eine leibhaftige Albinodame – »von ausgezeichneter Schönheit, mit weißen Haaren und roten Augen wie ein Kaninchen«. Emily betrachtete das Spektakel so fasziniert, als lese sie in einem Naturkundebuch. Gehörte, was sie hier sah, nicht auch zum großen Geheimnis des Lebens?

»Hörst du wohl auf, George!«

»Du musst ihn kitzeln, Mary, damit er es lässt!«

»Aber das soll er doch gar nicht!«

Hinter einem Schwarm Dienstmädchen, die von ihren Verehrern mit Küssen bedrängt wurden, folgte Emily dem Strom der Jahrmarktbesucher, vorbei an Jongleuren und Spielzeughändlern, Bärenführern und Zigarrenverkäufern. Die schamlosen Blicke der Männer, die ihr begegneten, empörten und erregten sie zugleich. Wie herrlich war es, diese fremde Welt zu erkunden, allein, ohne ihre Eltern! Sie wünschte sich, sie würde andere Kleider tragen, das Kostüm einer Schaustellerin oder den Kittel einer Marktfrau, um sich dieser fremden Welt anzupassen, so wie manche Tiere und Pflanzen in der Natur sich ihrer Umgebung anpassten, wenn diese sich veränderte.

Die Dienstmädchen strebten auf die größte Bude in der Reihe zu, einen luftig erbauten Ballsaal. Emily eilte ihnen nach, neugierig auf das Tanzvergnügen, doch bevor sie bis dahin vorgedrungen war, erregte ein Guckkasten, den ein Krüppel gerade von seinem Buckel nahm, ihre Neugier. Auf einer winzig kleinen Bühne, die keine zwei Fuß lang und höchstens zwanzig Zoll hoch war, führten mechanische Figuren ein Drama auf, wie in einem richtigen Theater. Emily hatte das Stück schon einmal gesehen, eines der Königsdramen von Shakespeare. Bald war sie ganz in das Schauspiel versunken. All die großen Gefühle, von denen sie in dunklen, schlaflosen Nächten manchmal träumte: Liebe, Hingabe, Leidenschaft – hier waren sie für ein paar Minuten Wirklichkeit.

Plötzlich hörte sie neben sich eine Männerstimme, die den Text mitsprach: »Das Blut des Königs will ich fließen sehen ...« Gleich darauf veränderte sich die Stimme und sagte: »Miss Emily Paxton?«

Überrascht, an diesem Ort ihren Namen zu hören, drehte sie sich um. Vor ihr stand ein junger Arbeiter, der kaum älter war als sie selbst. Er hatte ein ernstes, olivfarbenes Gesicht und braunes Haar, das von einer Schiebermütze bedeckt war. Seine kräftigen Wangenknochen wirkten wie die eines Raubtiers, doch die dunklen, fast schwarzen Augen schienen in einem Traum verloren.

»Das ist der, den Sie suchen, Miss«, sagte Toby, der hinter dem Fremden auftauchte. »Der beste Drucker von London.«

Emily war irritiert. Wo hatte sie dieses Gesicht schon mal gesehen? Der Mann, der ihren Namen ausgesprochen hatte, als hätte er ihn schon viele Male gesagt, schien ihr auf merkwürdige Weise vertraut, als würde sie ihn seit ewigen Zeiten kennen, doch gleichzeitig war er ihr so fremd wie ein australischer Eingeborener. Auf der Stirn, über dem rechten Auge, hatte er eine rötliche Narbe, wie von einer alten, schlecht verheilten Verletzung.

Da erkannte sie ihn wieder.

»Victor! Victor Springfield!« Trotz seiner schäbigen Kleider fiel sie ihm um den Hals. »Mein Gott! Bist du es wirklich?«
»Tatsächlich«, erwiderte er, nicht weniger erstaunt als sie. »Emily Paxton aus Chatsworth.«
Auch er schien sich zu freuen, er lächelte sie an, doch nur für einen Augenblick. Dann veränderte sich seine Miene. Statt ihre Umarmung zu erwidern, fasste er sie an den Handgelenken und machte sich von ihr los.
»Kennt ihr euch etwa?«, fragte Toby erstaunt.
»Aber ja«, sagte Emily, »das heißt, ich glaube zumindest …«
Das Blut schoss ihr ins Gesicht, als sie in seine dunklen Augen sah. Verlegen stammelte sie eine Bitte um Verzeihung.
»Verschwinde, Toby«, sagte Victor.
»Aber ich muss dir doch erklären, was die Lady …«
»Du sollst verschwinden!«
Während Toby sich widerwillig davonmachte, blickte Victor sie an, wie man einen unerwünschten Gast anschaut. »Wissen deine Eltern, dass du dich hier rumtreibst?«
Seine Stimme klang so kalt, dass Emily fröstelte. »Ich weiß, warum du das sagst, aber – ich freue mich trotzdem, dass wir uns wiedersehen.«
»Wirklich?«
»Ja. Endlich kann ich mich bei dir bedanken.«
»Bedanken? Wofür?«
»Für die Rosenblätter. Es war eine so herrliche Überraschung. Du – du musst sehr enttäuscht von mir gewesen sein.«
»Stimmt«, erwiderte er. »Du hattest mir eine Belohnung versprochen.«
»Es tut mir so unendlich Leid, was damals passiert ist«, sagte sie leise.
Erst dann fiel ihr ein, *was* sie ihm versprochen hatte – einen Kuss, einen richtigen Kuss auf den Mund. Am liebsten wäre sie im Boden versunken. Doch während die peinliche Erinnerung sich wie Sodbrennen in ihr ausbreitete, spürte sie, wie sich

gleichzeitig Empörung darein mischte. Wie konnte er es wagen, darauf anzuspielen?
Emily hob den Kopf und erwiderte seinen Blick. »Ich – ich bin nicht mehr das dumme verwöhnte Mädchen, das ich damals war, glaub mir.«
Victor zuckte die Achseln. Nichts schien ihn weniger zu interessieren.
Sie stockte. Während sie nach Worten suchte, damit er nicht merkte, wie durcheinander sie war, ließ er sie nicht aus den Augen. Den Blick auf sie gerichtet, als forsche er in ihrem Gesicht nach etwas Bestimmten, nahm er eine Prise Schnupftabak, ganz ruhig und gelassen. Sie kam sich vor wie ein Insekt unter einem Mikroskop, das hilflos auf dem Objekttisch zappelte. Zum Glück fiel ihr ein, warum sie überhaupt hier war.
»Die wollte ich bei euch in Druck geben«, sagte sie und reichte ihm ihre Zeichnungen. »Mr. Benson, der Buchbinder, hat mir eure Adresse genannt.«
Victor nahm die Bögen und betrachtete sie. »Die Seerosen aus dem Gewächshaus ...« Seine eben noch so finsteren Augen begannen zu leuchten, als er die Pflanzen wiedererkannte.
»Was meinst du«, fragte Emily, »könnt ihr die so drucken, dass man die Adern auf den Blättern noch sieht?«
»Sicher, warum nicht? Aber sag mal, hast *du* die etwa gemalt?«
»Ja, sie sind für eine Zeitschrift, die mein Vater herausgibt. Dabei helfe ich ihm ein bisschen, er hat zu viel zu tun, um alles allein zu schaffen.« Und fast, als müsse sie sich entschuldigen, und gleichzeitig auch aus dem Bedürfnis, ihrem Jugendfreund zu imponieren, fügte sie hinzu: »Er ist nämlich inzwischen Direktor der Midland Railway.«
Victor hob die Brauen. »Mr. Paxton? Eisenbahndirektor?«
»Ja«, bestätigte sie, und um ihm zu beweisen, dass sie nicht log. und weil ihr vor lauter Aufregung nichts Besseres einfiel, wiederholte sie die Worte ihres Vaters. »Du musst wissen, der Eisenbahn gehört die Zukunft. Allein die Midland Railway besitzt

schon über dreißig Züge. Sie versorgen bald unser ganzes Land, mit allen Gütern und Waren, mit Baumwolle und Kohle und Erz, egal wo sie benötigt werden, so wie die Adern in den Blättern einer Pflanze alle Nährstoffe transportieren, die die Pflanze zum Leben braucht.« Obwohl Victor ihr aufmerksam zuzuhören schien, hatte sie plötzlich das Gefühl, vollkommen dummes Zeug zu reden. »Ich weiß nicht«, wechselte sie deshalb das Thema, »ob du mit deiner jetzigen Arbeit zufrieden bist, aber wenn ich meinen Vater darum bitte, ich glaube, er würde dir helfen.«
In Victors Augen zuckte ein kurzes, gefährliches Blitzen auf. Hatte sie ihn beleidigt? Bevor er etwas einwenden konnte oder womöglich das Gespräch beendete, sagte sie:
»Wann soll ich mit ihm sprechen? Ich bin sicher, er würde sich freuen, dich wieder zu sehen. Genauso wie ich.«
»Genauso wie du?« Der Anflug eines Lächelns spielte auf Victors Lippen.
»Ich weiß«, sagte sie, bevor das Lächeln verschwand, »es war schlimm, was meine Eltern getan haben, aber wenn mein Vater es wieder gutmachen kann, wird er es tun. Glaub mir, ich kenne ihn besser als du, es tut ihm selber Leid.«
Es entstand eine Pause. Obwohl sie nur den Arm auszustrecken brauchte, um sein Gesicht zu berühren, schien Victor ihr unerreichbar fern. Ohne irgendein Gefühl zu verraten, schaute er sie an. Nur die Narbe auf seiner Stirn zuckte ab und zu.
Emily schlug die Augen nieder. Ob die Narbe von damals stammte?
»Die Vorstellung ist zu Ende, Miss.«
Der Guckkastenmann, der sein kleines Theater wieder auf den Buckel geschnallt hatte, hielt ihr seinen Hut hin. Während Emily ihm ein paar Münzen gab, überlegte sie fieberhaft, was sie Victor noch sagen konnte. Sie konnte sich unmöglich so von ihm trennen. Nicht nach so vielen Jahren.
»Danke, Miss. Gott segne Sie.«
Während der Krüppel mit seinem Tragekasten davonhumpelte,

rückte Victor sich die Mütze zurecht. Emily wusste, wenn er jetzt ging, würde sie ihn nie mehr wiedersehen.
»Ach du meine Güte«, sagte sie eilig. »Jetzt hätten wir fast die Zeichnungen vergessen. Wie lange brauchst du, um einen Probeabzug zu machen?«
Victor zuckte die Achseln. »Vielleicht ein oder zwei Wochen.«
»Was? So lange?«, fragte Emily enttäuscht. »Geht es nicht schneller?«
»Leider nein. Bei uns stapeln sich die Aufträge. Aber wenn du willst, versuche ich es nach Feierabend«, sagte er, als er ihre Enttäuschung sah, »dann könnte es schon früher klappen. Warum hast du es denn so eilig?«
»Weil ich übermorgen schon wieder nach Chatsworth muss. Mein Vater braucht mich dort, wir wollen ein neues Gewächshaus bauen. Und danach«, fügte sie hinzu, obwohl es nicht ganz die Wahrheit war, »bin ich mindestens zwei Monate nicht mehr in London.«
»Zwei Monate? Das sind ja über acht Wochen!«
Jetzt schien Victor enttäuscht zu sein. Emily stellte es mit Genugtuung fest.
»Du könntest mir die Abzüge natürlich auch mit der Post schicken«, erwiderte sie, »die Adresse ist noch dieselbe. Aber weißt du was?«, sagte sie dann, als er ein immer längeres Gesicht zog, »ich glaube, ich habe eine bessere Idee. Wie wär's, wenn du einfach selbst nach Chatsworth kommst und mir die Abzüge bringst? Es geht ganz leicht. Seit einem Jahr haben wir einen Bahnhof in Rowsley, die Fahrt wird dir Spaß machen.«
»Ich? Nach Chatsworth?«, fragte Victor verblüfft. »Also, wenn ich ehrlich bin …«
»Wenn es wegen des Geldes ist, ich kann dir eine Fahrkarte schicken. Ich bekomme sie umsonst.«
»Nein, das ist es nicht …«
»Oder hast du Angst vor der Eisenbahn? Weil du in der Hölle landen könntest, wenn der Zug in einen Tunnel fährt?«

»Hältst du mich für einen Idioten?«, erwiderte er mit einem Grinsen. »Ob du's glaubst oder nicht, ich bin auch schon mal mit einem Zug gefahren.«
»Das kann jeder behaupten. Wenn du keine Angst hast, musst du es beweisen!«
»Nein, Emily«, sagte er und schüttelte den Kopf. »Ich war nicht mehr in Chatsworth, seit – du weißt schon ...« Er verstummte, dann fügte er hinzu: »Und ich hatte eigentlich nicht vor, jemals wieder dorthin zurückzukehren.«
Das Grinsen aus seinem Gesicht war verschwunden. Auf einmal sah er aus, als trüge er um sich einen Mantel aus Einsamkeit.
»Und wenn ich dich darum bitte?«, fragte sie leise. »Es wäre so schön, noch einmal mit dir dort zu sein. Genauso wie früher ...«

9

»So kann das nicht weitergehen«, erklärte Sarah. »Emily braucht einen Mann!«
»Sicher,« pflichtete Paxton ihr bei, »aber doch nicht heute. – Verdammt noch mal!«, rief er einem Arbeiter zu. »Hier fehlen zwei Streben! Los, hol den Zimmermann! Sonst kracht uns der ganze Bogen zusammen!«
Während er versuchte, Sarahs Sorgen um ihre älteste Tochter zu zerstreuen, dirigierte er die Arbeiten an dem Aquädukt, der im Park von Chatsworth seit Ostern entstand. Als hätte ein Zyklop die Felsbrocken aufeinander gewuchtet, ragten die sieben Bögen des Bauwerks, an dem Hunderte von Arbeitern beschäftigt waren, zwischen den Laubkronen uralter Bäume in den Sommerhimmel empor. Aus der Höhe von achtzig Fuß sollten sich hier bald die Fluten eines künstlichen Sees in den Park ergießen. Der Herzog und Paxton erhofften sich von dieser neuen Attraktion,

dass in Zukunft noch mehr Touristen nach Chatsworth kommen würden, um gegen Eintritt die Gärten zu bestaunen. Doch Sarah, die sonst die Arbeiten mit ebenso großer Aufmerksamkeit inspizierte wie er selbst, hatte heute nur ihre Tochter im Sinn.

»Ich habe einfach ein ungutes Gefühl«, sagte sie. »Vielleicht sind es Mutterinstinkte. Auf jeden Fall dürfen wir nicht zulassen, dass Emily sich allein in London rumtreibt. Wer weiß, was sie dort alles anstellt? Am Ende fängt sie noch das Rauchen an.«

»Mach dir keine unnötigen Sorgen«, erwiderte Paxton. » Emily ist ein vernünftiges Mädchen. Schließlich haben wir sie selbst erzogen. Sie weiß, was sie tut.«

»Bist du dir da so sicher?«

»So sicher, wie dass Emily Steckrüben hasst.«

»Sie ist schon über zwanzig, Joseph. Wenn sie nicht bald heiratet, wird kein Mann sie mehr wollen. Das Mädchen muss aus dem Haus.«

»Hat das nicht noch ein bisschen Zeit, meine Liebe?«, fragte er. »Ich brauche dringend Emilys Hilfe. Du weißt doch selbst, wie sehr mir die Arbeit über den Kopf wächst.«

»Wir sind über zwanzig Jahre ohne ihre Hilfe ausgekommen, warum nicht auch in Zukunft?« Sarah lächelte ihn zärtlich an, während sie mit der Linken nach seiner Hand griff und die Rechte auf seinen Handrücken legte, wie um Besitz von ihm zu ergreifen. Obwohl er die Geste nicht mochte, überließ er ihr die Hand.

»Ach Joseph«, sagte sie, »verzeih mir, aber ich kann mich einfach nicht daran gewöhnen, dass jetzt alles anders sein soll. Für mich ist es immer noch wie damals. Bei jedem Rührei, das ich für dich mache, sehe ich dich vor mir, wie beim allerersten Mal.«

Paxton zwang sich, ihr Lächeln zu erwidern. Natürlich wusste er, woran sie dachte: an jenen Maimorgen im Jahr 1823, als er nach Chatsworth gekommen war, um beim Herzog von Devonshire seinen Dienst als Gärtner anzutreten. Nach einer endlosen Nacht in einer holpernden Kutsche war er im Morgengrauen eingetroffen, und nachdem er über das Hoftor geklettert war, hatte er im Küchentrakt des Schlosses angeklopft, in der Hoffnung auf ein Frühstück. Die Wirtschafterin, eine große knochige Frau, hatte gerade ihre Nichte zu Gast – Sarah. Sie hatte ihn mit ihrer stolzen Haltung und dem herrlichen braunen Haar so sehr beeindruckt, dass er sich in seiner Kordjacke wie ein Bettler gefühlt hatte und nicht wusste, ob er das Rüherei, das sie ihm vorsetzte, mit Messer und Gabel oder mit einem Löffel essen sollte. Er hatte erwartet, dass sie ihn auslachen würde. Doch statt dessen hatte sie ihn nur einmal mit ihren hellen, intelligenten Augen angeblickt und ihm gesagt, er solle einfach so essen, wie er es gewohnt sei, er würde es schon richtig machen. Noch bevor er zu Ende gefrühstückt hatte, hatte er gewusst, dass sie die Frau seines Lebens war.

»Joseph, wo bist du?«

Paxton hatte gar nicht gemerkt, dass er die ganze Zeit schon Lizzy nachschaute, der hübschen blonden Zofe aus dem Schloss, die gerade mit einem Korb voller Wäsche in die Richtung der Bleichwiese verschwand. Obwohl es ihm schwer fiel, wandte er seinen Blick von dem aufreizend hüpfenden Popo ab und drehte sich zu seiner Frau herum.

»Habe ich dir heute eigentlich schon gesagt«, fragte er Sarah mit einem Anflug von schlechtem Gewissen, »dass ich dich liebe?«

»Ja, mein Liebster, noch vor dem Aufstehen«, erwiderte sie mit leichtem Erröten. »Wenn du das nicht mehr weißt, habe ich allen Grund, dir böse zu sein.«

Statt einer Antwort reichte er ihr seinen Arm. Gott sei Dank war Sarah immer noch so schön wie vor zwanzig Jahren, sodass er seine ehelichen Pflichten kaum weniger genoss als seine kleinen Eskapaden. Paxton wusste, das war in ihrem Alter keine Selbstverständlichkeit, und er fragte sich manchmal, warum er sich die kleinen Zofen und Theatersoubretten nicht endlich aus dem Kopf schlug. Aber wer wusste, wie lange ihm diese harmlosen Vergnügungen noch beschieden waren? Ein paar Jahre, und die Natur würde ihn von ganz allein auf den Pfad der Tugend führen.

Als sie den Kiesweg erreichten, nahm er das Gespräch wieder auf.

»Ich kann dir gar nicht genug danken für die Unterstützung, die du mir immer gegeben hast, und ich weiß«, fügte er in ehrlicher Rührung hinzu, »ohne dich hätte ich es im Leben nie so weit gebracht. Aber trotzdem, Sarah, die Zeit bleibt nicht stehen. Die Welt verändert sich, und wir müssen uns mit ihr verändern. Das Leben bietet täglich neue Chancen, wie reife Früchte – wir müssen sie nur ergreifen. Emily kann uns dabei helfen, wenn ich in Zukunft …«

»Papperlapapp«, unterbrach sie ihn. »Aus dir spricht nur väterlicher Egoismus. Du gönnst deinen Liebling keinem anderen Mann. Du wirst sentimental, Joseph! Das ist der einzige Grund, weshalb du Emily nicht aus dem Haus lassen willst.«

»Wie gut du mich doch kennst«, sagte Paxton mit einem Seufzer. »Nie kann ich dir etwas vormachen.« Er blieb stehen und hob ihr Kinn. »Hast du schon jemanden im Auge?«

Sarah schenkte ihm ihr unschuldigstes Lächeln. »Wie kommst du denn darauf, mein Bester?«

10

»Mister Henry Cole!«

Jonathan, der Butler, hatte den Namen kaum ausgesprochen, da betrat der Gast auch schon den Salon: ein kleiner drahtiger Mann mit glatt rasiertem Gesicht, Hut und Stock in der Hand. Während er ablegte und mit Mr. und Mrs. Paxton die üblichen Honneurs austauschte, würdigte Emily ihn kaum eines Blickes. Nur widerwillig ließ sie es über sich ergehen, dass er sich zum

Kuss über ihre Hand beugte. Als seine Lippen ihre Haut berührten, stellte sie sich für eine Sekunde vor, es wäre Victor.

»Würdest du dich bitte um die Blumen kümmern, Emily?«

Sie nahm den Strauß Rosen, den Cole in der Hand hielt, und reichte ihn Jonathan weiter. Wie hasste sie diese Einladungen heiratswilliger Männer, die ihre Mutter regelmäßig für sie arrangierte! Allein in dieser Saison war es schon die sechste Veranstaltung dieser Art. Jedes Mal gab es Steckrüben zum Hauptgang, das Leibgericht ihres Vaters, und um ihm zu gefallen, stopften Sarahs Schwiegersohnkandidaten das eklige Zeug in sich hinein, als sei es ihnen ein Hochgenuss. Nein, einen solchen Speichellecker würde Emily niemals heiraten! Um keinen Zweifel an ihrer Entschlossenheit aufkommen zu lassen, hatte sie ihr hässlichstes Kleid angezogen, einen Alptraum aus blauem Kattun und weißen Falten, in dem sie aussah wie ihre eigene Dienstmagd, und sich außerdem eine absurde Frisur aus Zöpfen und Schnecken gesteckt. Nur auf ihre Lieblingsohrringe, zwei Opale im selben Türkiston wie ihre Augen, die ihr Vater ihr zum achtzehnten Geburtstag geschenkt hatte, hatte sie nicht verzichtet. Fast bereute sie es schon.

Im Esszimmer war angerichtet.

»Steckrüben?«, fragte Cole mit einem Stirnrunzeln, das Besteck in der Hand. »Wie originell!«

»Ja, mein Leibgericht«, erwiderte Paxton. »Als ich noch jung war und es nichts zu essen gab, waren sie für mich die größte Delikatesse.«

»Ich begreife«, sagte Cole. »Und darum stehen sie heute noch auf dem Speisezettel, damit Ihre Kinder nie vergessen, dass Ihr Wohlstand keine Selbstverständlichkeit ist?«

»Genauso ist es«, bestätigte Paxton, offenbar sehr angetan von seinem Gast.

»Ich bewundere Ihre Pädagogik«, nickte Cole. Doch statt zu essen, legte er Messer und Gabel wieder hin und schob den Teller von sich fort. »Ja, die Pädagogik ist eine wunderbare Sache, nur kann man leider nichts, was von Wert ist, einem anderen Menschen beibringen. Lieber leide ich an einer Magenverstimmung, die ich hiermit zu meiner Entschuldigung offiziell erkläre, als Steckrüben zu essen.«

Emily musste grinsen. So hatte noch niemand mit ihrem Vater gesprochen. Erst jetzt sah sie Cole richtig an. Er hatte ein ausgesprochen sympathisches Gesicht: zwei blitzende Augen, die immer in Bewegung waren, große Nase, kräftiges Kinn, hochragende Stirn, und den fein geschnittenen Mund zierte ein hübscher, akkurat geschnittener Schnauzbart, der manchmal ganz leicht zu zittern schien, während Cole das gekochte Rindfleisch ohne Steckrüben mit sichtlichem Wohlbehagen aß und dabei mit so witzigen Bemerkungen brillierte, dass Emily sich vor Lachen fast verschluckte.

»Mein Kompliment für Ihr Kleid, Miss Paxton«, richtete er plötzlich das Wort an sie. »Daraus spricht der ganze Liebreiz dienender Arbeit. Und erst die Frisur! Ein Wunder der Flechtkunst. Ja, modern ist, was man selber trägt, unmodern, was andere Leute tragen. Doch meinen Sie nicht, dass die Ohrringe die Harmonie der Komposition ein wenig stören?«

Die spöttische Bemerkung verschlug ihr für einen Moment die Sprache. Was für ein frecher Kerl! Aber konnte man charmanter auf ihre Verunstaltung reagieren? Sie wollte etwas erwidern, doch da wurde er auf einmal ernst. Emily befürchtete schon eine der Höflichkeitsfloskeln, mit denen die anderen Kandidaten ihrer Mutter sie stets langweilten, doch Cole überraschte sie ein weiteres Mal. Statt sie nach den Fortschritten ihrer Näharbeiten, dem Besuch von Bällen oder ihren Lieblingsstücken der letzten Theatersaison zu fragen, erkundigte er sich nach ihren Träumen.

»Finden Sie das nicht ein wenig indiskret?«, fragte sie und spürte, wie sie rot wurde.

»Nein, nein«, antwortete er mit einem Lächeln, das gar nicht spöttisch, sondern einfach nur sympathisch war. »Nicht, was Sie

bei Nacht, sondern was Sie bei Tage träumen, würde ich gerne wissen. Nur darauf kommt es an.«
Emily entspannte sich. Wenn es das war, wonach er fragte – darauf konnte sie ihm Antwort geben. Und während er den Kopf zur Seite legte, um ihr aufmerksam zuzuhören, erzählte sie, was sie wirklich interessierte: die neuen Theorien der Naturwissenschaften, die Erkenntnisse der Tier- und Pflanzenkunde, mit deren Studium sie sich seit ihrer Kindheit beschäftigte, vor allem aber die revolutionären Berichte von Forschungsreisen in die entlegensten Gegenden der Erde, die alle bisherigen Ansichten über Entstehung und Entwicklung der Arten über den Haufen warfen. Dabei genoss sie klammheimlich die Tatsache, dass ihre Mutter die ganze Zeit zuhören musste, ohne wie sonst das Gespräch an sich zu reißen.
»Haben Sie Darwins *Reise um die Welt* gelesen?«, fragte Emily. »Das Buch hat mir regelrecht die Augen geöffnet.«
»Eine gefährliche Lektüre«, erwiderte Cole. »Der Autor stellt die Bibel in Frage. Wenn man ihm glauben darf, hat es das Paradies nie gegeben.«
»Ich habe Darwins Theorie ganz anders verstanden.«
»Nämlich?«
»Dass wir Menschen die Aufgabe haben, uns das Paradies selbst zu erschaffen. Indem wir die Gesetze der Schöpfung ergründen, unser eigenes Handeln auf diese Gesetze abstimmen und sie schließlich durch unsere Mitwirkung zur Vollendung bringen.«
Cole blickte sie voller Respekt an. »Dann spüren Sie also, wenn ich Sie richtig verstehe, dem Geheimnis des Lebens nach?«
Emily wusste nicht, was sie mehr an diesem Mann beeindruckte – sein Scharfsinn oder sein Einfühlungsvermögen.
»Ja«, nickte Cole. »Träume geben dem Leben Richtung und Sinn. Ohne Träume wäre alles nur Stumpfsinn und Plackerei.«
Der Tee wurde in einem Service gereicht, das Emily noch nie im Haus gesehen hatte. Es war aus schlichtem weißem Porzellan, von harmonischen Formen, die ganz auf die Funktion der einzel-

nen Teile ausgerichtet waren, ohne überflüssige Schnörkel oder Zierrat. Wo hatte sie es schon einmal gesehen? In einem Kaufhaus in der Regent Street?

»Ein Geschenk von Mr. Cole«, erklärte Sarah, froh über die Gelegenheit, wieder das Wort ergreifen zu können. »Er hat das Service selbst entworfen und dafür eine Preismünze der Society of Arts bekommen.«

»Jetzt weiß ich, woher ich es kenne«, rief Emily. »Ich habe es in der Ausstellung gesehen. Aber der Mann, von dem es stammt, hieß der Cole? Zumindest hieß er nicht Henry mit Vornamen, sondern Felix, daran erinnere ich mich genau. Felix … Felix …«

»Summerly«, ergänzte Cole. »Ein Pseudonym, Miss Paxton.«

»Warum das denn?«, fragte Emily überrascht. »Ist Ihr eigener Name Ihnen nicht gut genug? Ein falscher Name, das … das ist doch fast wie eine Lüge.«

»Unsinn«, erwiderte ihre Mutter an Coles Stelle. »Das machen alle großen Künstler so. Michelangelo hieß in Wirklichkeit ja auch Buonarotti, nicht wahr?«, fügte sie mit einem verschwörerischen Augenzwinkern in Richtung ihres Gastes hinzu.

Emily beschloss, die Frage nicht weiter zu verfolgen. Sie war viel zu neugierig auf den Mann selbst, egal wie er sich nannte. »Und Ihr Traum, Mr. Cole, ist es also, eine Weltausstellung zu organisieren?«

»Allerdings«, erwiderte er, sehr sicher und selbstbewusst.

»Aber haben Sie keine Angst vor einem so großen Traum?«

»Wissen Sie, ein Träumer ist ein Mensch, der seinen Weg nur bei Mondlicht findet, und dass er den neuen Tag vor der übrigen Welt dämmern sieht, ist sein Lohn. Oder seine Strafe, je nachdem, von welchem Standpunkt aus man die Sache betrachtet.«

»Sie meinen, Sie haben sich nicht nur Freunde mit Ihrer Idee gemacht?«, wollte Paxton wissen.

»Das kann man wohl sagen. Doch ich will mich nicht beklagen. Freundschaft ist manchmal nur der erste Schritt zur Feindschaft.«

Emily musste lachen. Was für eine witzige und charmante Art hatte dieser Mann, die Dinge zu betrachten. »Und«, fragte sie, »waren Sie schon immer so ein Mondsüchtiger?«
»Ja«, nickte er, »ich fürchte, ich bin mit dieser Krankheit auf die Welt gekommen.«
Sie wollte mehr über ihn wissen, erkundigte sich nach seiner Vergangenheit, nach seiner Familie. Doch seltsam, auf alle Fragen, die sein persönliches Leben betrafen, reagierte er zögernd, ausweichend, beinahe unhöflich, als habe er Angst, etwas von sich und seinen Verhältnissen preiszugeben. Ob es vielleicht daran lag, dass er sich seiner Herkunft schämte? Ihre Mutter hatte erzählt, dass Cole aus einer einfachen Beamtenfamilie stammte. Aber dafür brauchte er sich doch nicht zu schämen, nicht in diesem Haus – ihr Vater war der Sohn eines Bauern, der nicht mal eigenes Land besessen hatte! Zugleich fiel Emily auf, dass Cole, obwohl er dauernd Witze machte, manchmal so traurig schauen konnte, als hätte er gerade eine schlimme Nachricht erhalten. Fast schien es, als wolle er mit seinen Bonmots etwas verbergen, ein Leid oder Unglück, das niemand entdecken durfte, so wie die Katholiken an Karfreitag in der Kirche den Gekreuzigten mit kostbaren Tüchern verhüllten. Aber das machte ihn in ihren Augen nur umso interessanter. Dieser Mann, daran hatte sie keinen Zweifel, war nicht nur der charmante, geistreiche Plauderer, als der er sich gab – er hatte ein Geheimnis. Doch welches?
»Verzeihen Sie die Neugier meiner Tochter«, sagte Sarah. »Ich glaube, sie möchte einfach nur wissen, wie Sie auf eine so wunderbare Idee gekommen sind?«
Emily war ihrer Mutter ausnahmsweise dankbar, dass sie sich in das Gespräch einmischte.
»Genau genommen erst im Frühsommer dieses Jahres, Madam, auf der Nationalausstellung in Paris. Da wurde mir klar, dass Güterausstellungen einzelner Nationen nur eine Vorstufe zu einer größeren Art von Veranstaltung sein können. Der Augenblick, in dem ich das erkannte, war für mich wie eine Wiedergeburt.«

Sarah runzelte die Stirn. »Daran glauben doch nur die Inder.«
»Wer weiß, vielleicht ist ja etwas daran?«, erwiderte Cole. »Früher hatte ich den Kopf voller Ideen, aber ich hatte kein Ziel. Das waren alles nur gute Vorsätze – Schecks sozusagen, die ich auf eine Bank zog, bei der ich gar kein Konto hatte. Aber als ich begriff, dass die Weltausstellung dieses Ziel war, wonach ich immer gesucht hatte, war es wie eine Fügung. Alles, was ich je in meinem Leben getan und gelernt hatte, schien plötzlich von Anfang an auf dieses eine Ziel ausgerichtet gewesen zu sein, noch bevor ich es selber ahnte. Plötzlich hatte ich nicht nur ein Konto, ich besaß eine ganze Bank.«
Fasziniert hörte Emily ihm zu. Während Cole voller Begeisterung von seinem Lebenstraum sprach, schien er förmlich auf seinem Stuhl zu wachsen.
»Die Leute«, sagte er, »behaupten immer, es gebe heute keine Wunder mehr. Dabei leben wir in einer so wunderbaren Zeit. Dampfmaschinen ersetzen die Muskelkraft und erlösen die Menschen vom Fluch der Arbeit, mechanische Webstühle produzieren feinste und haltbarste Stoffe, Eisenbahnen rasen durchs Land und lassen die Entfernungen schrumpfen, Telegrafen übermitteln Nachrichten an fast jeden Fleck der Erde, und der Tag ist nicht fern, da fahren wir in motorisierten Kutschen im Hyde Park spazieren. Sagen Sie selbst: Hat es seit der Erschaffung der Welt je eine Zeit gegeben, die mehr Wunder hervorgebracht hat als die unsrige?«
Je länger Cole redete, desto deutlicher wurde Emily, dass dieser Mann einen Traum träumte, den vor ihm noch kein Mann zu träumen gewagt hatte. Er wollte der Menschheit zeigen, zu welchem Fortschritt sie fähig war, indem er die ganze Welt an einem Ort versammelte, alle Erzeugnisse menschlicher Phantasie und Schaffenskraft, der Naturwissenschaft und Technik zusammenführte, in einer einzigen Ausstellung. Was für ein kühner Gedanke! Doch etwas anderes faszinierte Emily noch mehr, eine unbestimmte geistige Entsprechung, ja eine Art See-

lenverwandtschaft, die sie mit diesem fremden Mann verband. Es war, als würde sein Traum sich mit ihrem eigenen Traum vermählen: Während sie dem Geheimnis des Lebens im Reich der Tiere und Pflanzen nachspürte, war sein großer Plan der Versuch, dieses Geheimnis bei den Menschen zu ergründen, im Zusammenwirken ihrer Werke.

»Ich glaube«, sagte sie, »unsere Interessen sind gar nicht so verschieden. Wenn ich Sie recht verstehe, Mr. Cole, ist die Weltausstellung nichts anderes als eine Art, wie soll ich mich ausdrücken – zweiter Schöpfung.«

»Was sagen Sie da?« Er zog ein so überraschtes Gesicht, dass sie für einen Moment glaubte, sie hätte ihn mit ihrer Bemerkung verärgert. Doch dann lächelte er sie an, wie noch kein Mann sie bisher angelächelt hatte. »Was für ein wunderbarer Vergleich, Miss Paxton. Ich glaube, schöner kann man es gar nicht ausdrücken.«

11

Es war schon fast Mitternacht, als Emily das Kinderzimmer betrat, um auf Anordnung ihrer Mutter noch einmal nach ihren drei jüngsten Geschwistern zu schauen. Rosa und Annie lagen wie immer Gesicht an Gesicht in ihrem kleinen Doppelbett, wie ein altes Ehepaar, während ihr dreizehnjähriger Bruder Georgey, der einzige Sohn der Familie, mit den *Heldensagen* in der Hand eingeschlafen war, die Mr. Cole ihm geschenkt hatte. Vorsichtig, damit Georgey nicht aufwachte, nahm Emily ihm das Buch aus der Hand. Wirklich erstaunlich, dachte sie, als sie den prachtvoll bebilderten Band auf den Nachtkasten legte, dass ein Mann, der selber keine Kinder hatte, sich so einfühlsam in Kinderseelen hineinversetzen konnte.

Sie löschte das Licht und verließ auf Zehenspitzen das Zimmer. Es war noch gar nicht lange her, dass sie selbst mit ihren älteren Schwestern in einem Raum geschlafen hatte. Erst seit Victoria, Laura und Blanche im Internat waren, hatte sie ein eigenes Zimmer. Jetzt konnte sie sich kaum noch vorstellen, wie es war, mit einem anderen Menschen in einem Raum zu schlafen. Ob sie sich wohl je wieder daran gewöhnen könnte?
Sie wollte gerade in den Salon zurückkehren, da hörte sie die Stimme ihrer Mutter.
»Nun, Joseph, was für einen Eindruck hast du von Mr. Cole? Um die Wahrheit zu sagen, erinnert er mich in verblüffender Weise an dich, als wir uns kennen gelernt haben.«
Überrascht blieb Emily stehen, um die Antwort ihres Vaters abzuwarten. Durch den Türspalt sah sie, wie er sich eine Zigarre statt einer Zigarette ansteckte. Das tat er nur bei wirklich besonderen Gelegenheiten.
»Erstaunlich«, sagte Paxton, »dass ein so kleiner Mann einen so großen Gedanken hervorbringen kann.«
»Dann bist du also zufrieden«, fragte Sarah, »dass ich ihn eingeladen habe?«
Paxton betrachtete nachdenklich die Glut seiner Zigarre. »Die Weltausstellung kann den endgültigen Durchbruch der Eisenbahn bedeuten. Ein solches Ereignis, vorausgesetzt, es kommt wirklich zustande, wird Hunderttausende von Menschen anziehen, aus ganz England, und all diese Massen müssen befördert werden. Da schlummern Möglichkeiten, von denen wir uns vielleicht noch gar keine Vorstellung machen.«
»Und welche Konsequenz ziehst du daraus?«
»Wie gut du mich doch kennst«, erwiderte er mit einem Lächeln. »Ja, meine Liebe, man müsste darüber nachdenken, jetzt ernsthaft in die Eisenbahn zu investieren. Ich glaube, es wäre der richtige Zeitpunkt.«
»Du meinst, du willst noch mehr Aktien der Midland Railway kaufen? Aber wir haben doch schon so viele, dass wir das Haus

damit tapezieren können. Meine ganze Mitgift steckt darin. Fünftausend Pfund!«

»Sicher, ich weiß, das ist eine Menge Geld.« Er nahm einen Zug von seiner Zigarre, bevor er weitersprach. »Aber ich denke an ein wirkliches Engagement, Sarah, an den ganz großen Coup, und zwar jetzt gleich, bevor die Spekulanten an der Börse von Mr. Coles Plänen erfahren. Wenn sich das erst herumspricht, werden die Aktienpreise explodieren.«

Als Emily das hörte, betrat sie den Salon.

»Mr. Cole ist vielleicht klein von Statur«, sagte sie, »aber ich bin sicher, er hat eine große Zukunft.«

»Ach, meinst du?«, fragte ihr Vater und paffte eine Rauchwolke in die Luft.

»Und ob! Wir erleben es in Chatsworth ja jetzt schon. Seit es den Bahnhof in Rowsley gibt, kommen jede Woche Hunderte von Leuten, um die Gärten zu besichtigen. Erinnere dich nur an die Abstinenzlergesellschaft letztes Jahr – zweitausend Besucher an einem Wochenende! Bloß wegen ein paar Pflanzen und Teichen! Und das ist doch nichts im Vergleich zu dem, was Mr. Cole vorhat.«

»So, so, meine Gärten sind also nichts in deinen Augen? Interessant!«

»Jetzt sei nicht beleidigt, Papa. Du weißt genau, wie ich das meine. Deine Gärten sind wunderbar, aber die Weltausstellung, das ist … das ist …« – sie suchte nach einem Vergleich – »wie ein Herbarium der Menschheit. Die Leute werden in Scharen dorthin strömen, wenn es erst …«

»Du willst also sagen«, unterbrach ihr Vater sie, »ich sollte mein sauer verdientes Geld wirklich investieren?«

»Wenn du mich fragst – ja!« Emily dachte kurz nach, womit sie ihm beweisen konnte, wie überzeugt sie selber von der Idee war. »Ich … ich würde sogar das *Magazine of Botany* dafür verkaufen«, sagte sie, noch ehe sie den Gedanken zu Ende gedacht hatte. Ihr Vater schaute verblüfft zu ihr auf. »Unser *Magazine?* Wirklich? Dazu wärst du bereit? Obwohl dir so viel an der Zeitschrift liegt?«

»Hast du selbst nicht erst vor kurzem gesagt, der Eisenbahn gehört die Zukunft?«, fragte sie. »Darauf wolltest du dein ganzes Vermögen verwetten. Und da war noch keine Rede von der Weltausstellung.«

»Trotzdem – das *Magazine* verkaufen? Wäre das nicht Verrat?«

Paxton nagte an der Lippe, während er die Asche von seiner Zigarre streifte. Doch seine Augen strahlten. »Herrgott nochmal – es wäre ein fürchterliches Risiko, aber wenn die Rechnung aufgeht, hätten wir mehr Geld, als wir jemals ausgeben können. Unsere Existenz wäre für immer gesichert.«

»Meinst du das im Ernst, Joseph?«, fragte Sarah ungläubig.

»Allerdings, meine Liebe«, nickte er. Er streichelte ihre Hand und schaute den Rauchringen nach, die er mit gerundeten Lippen in rhythmischen Abständen ausstieß. »Ja, dieser Henry Cole ist kein übler Bursche, wirklich nicht … Findest du nicht auch, Emily?«

Als sie den Blick ihres Vaters erwiderte, wurde Emily rot. »Woher soll ich das wissen?«, fragte sie.

12

Victor war schon geraume Zeit wieder in Freiheit, doch er hatte sich immer noch nicht an den brausenden Verkehr gewöhnt, der abends in der Londoner City tobte. Die Betriebsamkeit, die ihm in der Oxford Street entgegenschlug, war Atem beraubend. Man glaubte, auf einen Jahrmarkt zu geraten, der an allen vier Ecken brannte, wo sich alles überschlug und überrollte, wo das Rasseln der Wagen, das Traben der Reiter, das Rufen der Passanten und Schreien der Händler sich zu einem solchen Getöse steigerte, dass niemand mehr sein eigenes Spektakel von dem der anderen unterscheiden konnte. Alles stürzte und rannte und lachte und weinte und brummte und fluchte und betete und boxte sich in ein und derselben Minute vorüber und riss dabei jeden mit sich fort, wie von einer unsichtbaren Hand getrieben, bis auch der Letzte mit im Zuge war und lief, als hinge das Heil des Himmels und der Erde nur von seiner Eile ab.

Auf der Höhe des British Museum verließ Victor die Hauptstraße und bog in eine Seitengasse ein, um durch das Universitätsviertel zur Euston Station zu gelangen. Hier ebbte der Verkehr ein wenig ab und ging in ein gleichmäßigeres Summen über, auf das bereits die Dämmerung niedersank. Er hatte beschlossen, den Nachtzug zu nehmen. Niemand brauchte zu wissen, dass er diese Reise machte, weder Mr. Finch noch die anderen Gesellen – nicht einmal sein Freund Toby. Das war eine Reise, die nur ihn selbst anging.

Eine halbe Stunde später konnte er den Bahnhof sehen. Die große Uhr über dem Portal, die bereits ihr milchiges Gaslicht in der Dämmerung verströmte, zeigte auf fünf nach neun. In zwanzig Minuten würde sein Zug den Bahnhof verlassen. Victor beschleunigte seinen Schritt und überquerte den Droschkenplatz, der sich vor dem Hauptgebäude zur Straße hin öffnete. Am Ende des Platzes schaute er sich um, ob ihn jemand beobachtete, dann sprang er über den Zaun, der das Bahnhofsgelände von den Gleisen trennte, um den Schienen ein paar hundert Yards stadtauswärts zu folgen, in Richtung Norden. Er kannte eine Stelle, wo die Gleise über eine kleine Brücke führten – dort hatte er früher mit seiner Mutter Kohlen aufgelesen, die von den Eisenbahnwaggons gefallen waren. Vor der Brücke mussten die Züge ganz langsam fahren, so dass man ohne große Gefahr auf einen Waggon aufspringen konnte. Obwohl er Emilys Angebot, ihm eine Fahrkarte zu schicken, abgelehnt hatte, dachte er nicht daran, für die Reise zu bezahlen. Eine Eisenbahnfahrt bis nach Chatsworth kostete ein Vermögen! Das konnte er sich nicht leisten, er brauchte sein ganzes Geld für O'Connorville. Nur für den letzten Teil der Reise von Derby bis Rowsley wollte er ein Billet lösen. Damit er in seine alte Heimat nicht zurückkehrte wie ein Dieb.

Eine Ratte sprang ihm vor die Füße. Victor versetzte ihr einen Tritt. Zwischen den Gleisen wimmelte es von Kohlendieben, die meisten halbwüchsige Jungen und Mädchen, verschmiert und verdreckt in zerrissenen Lumpen, gebückte, flüchtig huschende Schatten, auf der Hut vor den Streckenwärtern, die überall auf dem Gelände postiert waren und mit ihren Schlagstöcken nur darauf warteten, jemanden zu verprügeln. Auch Victor musste aufpassen, dass sie ihn nicht erwischten. Die Kohlendiebe wurden nur verprügelt, blinde Passagiere aber, die auf die Züge sprangen, wurden der Polizei überstellt.

Als er die Brücke erreichte, wich die Dämmerung bereits der schwarzen Nacht. Vorsichtig blickte Victor sich um. Da ertönte ein Pfiff, das Signal für die Abfahrt! Im selben Moment wurde Victor bewusst, was dieser Pfiff bedeutete. Am nächsten Morgen würde er in Chatsworth sein, zum ersten Mal nach über zehn Jahren! Bei dem Gedanken daran wurden seine Hände vor Aufregung feucht.

Aus der Ferne wuchs ein Geräusch heran, und dann sah er auch schon den Zug, ein schwarzes Ungetüm, größer und immer größer ragte es in der Dunkelheit auf, zischend und dampfend, mit gleißenden Lichtern, als wolle es ihn blenden. In einer Minute würde die Lok die Brücke passieren. Victor wusste, was er zu tun hatte, er sprang nicht zum ersten Mal auf einen Zug. Er drehte sich in die Fahrtrichtung und begann zu laufen, versuchte, den richtigen Rhythmus zu finden, um in dem Moment, in dem die Waggons an ihm vorüberzogen, schnell genug zu sein, damit er aufspringen konnte und doch die Kontrolle über seine Bewegungen behielt. Mit immer lauterem Getöse donnerte der Zug heran, er hörte das Stampfen der Maschine, das Kreischen der Räder, wie eine feindliche Bedrohung in seinem Rücken.

Plötzlich war es, als wiche alle Kraft aus seinem Körper. Was er vorhatte, war vollkommen verrückt. Er hatte nichts mehr in Chatsworth verloren! Sie hatten ihn davongejagt wie einen Verbrecher, ihn und seine Mutter, und sie würden es wieder tun, wenn sie ihn erwischten. Wie gelähmt stand er da, unfähig, sich von der Stelle zu rühren, sah ohnmächtig zu, wie der erste Waggon ihn passierte, der zweite, der dritte, sah die erleuchteten Abteile, die Gesichter darin, lachende, freudige Gesichter von reichen Leuten, Leuten wie Emily.
Er schloss die Augen und sah ihr Gesicht, sah ihr Gesicht und hörte ihre Stimme.
»Und wenn ich dich darum bitte? Es wäre so schön, genauso wie früher ...«

13

»Die Herren lassen bitten!«
Eine geschlagene Stunde hatte Henry Cole bereits im Vorzimmer der berühmten Mundays geschmort, zweier steinreicher Industriemagnate aus Manchester, die mit Bergwerken und Fabriken ein solches Vermögen gemacht hatten, dass sie angeblich mehr Geld besaßen, als man im Buckingham-Palast stapeln konnte. Jetzt endlich forderte der Sekretär, ein kaum zwanzigjähriges Bürschchen mit geölten Haaren und goldenem Pincenez auf der Nase, ihn auf, in das Direktionszimmer einzutreten. Cole zögerte, bevor er an die Tür klopfte. Von dieser Verhandlung hing seine Zukunft ab. Nicht nur beruflich, auch privat.
Als er kurz die Augen schloss, um sich noch einmal zu sammeln, sah er Emilys Bild vor sich. Hatte er das Recht, um diese Frau zu werben? Er war inzwischen regelmäßig zu Gast bei den Paxtons, einmal pro Woche speiste er in London oder in Chatsworth mit

der Familie. Marian selbst wollte es so, ihr Zustand hatte sich so sehr verschlechtert, dass sie ihn drängte, die Einladungen anzunehmen, um der Zukunft ihrer Kinder willen. Dann aber hatten sich die Dinge in einer Weise entwickelt, dass ihm davon schwindlig wurde. Er hatte sich in Emily verliebt, und während er noch mit sich selber rang, die Beziehung zu ihr und ihren Eltern abzubrechen, hatte Sarah Paxton, die von seinen privaten Verhältnissen so wenig wusste wie die übrige Londoner Gesellschaft, ihm bei seinem letzten Besuch Mut gemacht, um Emilys Hand anzuhalten. Das hatte er Marian nicht gesagt.

»Herein!«

Mit energischen Schritten betrat Cole den holzvertäfelten Raum. Die Mundays, Onkel und Neffe, erwarten ihn bereits hinter ihren Schreibtischen, die am Kopfende, wechselweise bekrönt von beider Porträts, im rechten Winkel zueinander standen. Cole musterte die zwei Männer mit einem raschen Blick. Während man James Munday, dem Älteren der beiden, einem Mann von drei Zentnern mit schlohweißem Haar, immer noch ansah, dass er vor einem halben Jahrhundert in einem Bergwerk gearbeitet hatte, erweckte sein Neffe George mit seiner in der Mitte gescheitelten Frisur und dem Plastron unter dem weichlichen Kinn fast den Eindruck, als wäre er der intime Freund des Vorzimmersekretärs. Diese ungleichen Männer waren Coles letzte Chance, das nötige Geld für die Verwirklichung seines Traums zu bekommen. Doch das durften sie auf keinen Fall wissen.

»Hatten Sie eine gute Reise?«

Cole beschloss, das Gespräch mit einem kleinen Witz zu eröffnen. »Ich reise für mein Leben gern. Unangenehm ist dabei nur, dass man sich von einem Ort zum andern bewegen muss.«

Statt zu lächeln, blickten die beiden sich mit erhobenen Brauen an.

»Ihre Abneigung gegen das Reisen kann ich verstehen«, sagte James Munday. »Obwohl Sie seit Wochen kreuz und quer durchs Land fahren, sind Ihre Versuche, Subskribenten für Ihr Projekt zu finden, bislang gescheitert. Leugnen ist zwecklos«, fügte er hinzu, als Cole etwas erwidern wollte. »Wir haben uns über Sie und Ihre so genannte Weltausstellung erkundigt. Die Vorbereitungen sind längst nicht so erfolgreich, wie Sie überall herumposaunen.«

»Um es präzise auszudrücken«, ergänzte sein Neffe, »sie sind ein Desaster. Trotz all Ihrer Bemühungen schließt der Fonds zur Zeit, unter Berücksichtigung der Abzüge, mit weniger als fünfundsechzigtausend Pfund ab.«

»Die tausend Pfund der Königin mitgerechnet!«

»Eine Summe, die kaum zur Bestreitung der anfallenden Nebenkosten ausreichen würde. Weder die Unternehmer noch die Politiker sind bereit, sich zu engagieren. Niemand will die Initiative ergreifen. Jeder wartet ab, was der andere tut.«

George Munday machte eine Pause und blickte seinen Onkel an, der sogleich das Wort ergriff, um die Attacke fortzuführen.

»Tut mir sehr Leid für Sie, Mr. Cole, rein menschlich. Wie wir wissen, haben Sie ja sogar einen persönlichen Kredit aufgenommen, um die Werbetrommel zu rühren. Kein Wunder, dass Sie da die Freude am Reisen verloren haben.« Er fixierte ihn mit seinen kleinen Schweinsaugen, dann stellte er die entscheidende Frage: »Worauf gründen Sie in dieser Situation Ihre Hoffnung, dass die Weltausstellung je zustande kommt?«

Cole stand da wie ein Schüler, der beim Mogeln erwischt worden war. Schlechter hätte das Gespräch nicht beginnen können! Die Mundays hatten ja Recht, mit jedem Wort, das sie sagten – sogar dass er sich in Schulden gestürzt hatte, um die Reisekosten zu bestreiten, war die reine, traurige Wahrheit. Eigentlich konnte er jetzt den Raum verlassen und zurück nach London fahren. Doch stattdessen nahm er auf einem freistehenden Sessel Platz, obwohl ihn niemand dazu aufgefordert hatte, schlug die Beine übereinander und zündete sich eine Zigarette an. Er hatte zwar keine Strategie, aber die wollte er wenigstens erklären.

»Wirtschaft«, fing er an, »besteht zur Hälfte aus Psychologie. Wichtiger als alle Fakten und Zahlen sind Symbole. Ich setze darum ganz und gar auf die Mitwirkung des Prinzgemahls.«
»Der Prinzgemahl hat lächerliche fünfhundert Pfund gezeichnet. Wenn das ein Symbol sein soll, dann höchstens für eine Absage!«
»Keineswegs«, widersprach Cole. »Es ist ein Geschäft auf Wechselseitigkeit. Als Deutschem ist es Albert noch nicht gelungen, die Herzen der Engländer zu erobern. Er braucht einen großen politischen Erfolg, um endlich Anerkennung in der Bevölkerung zu finden. Umgekehrt kann aber die Weltausstellung nicht fehlschlagen, wenn sich die Königin in Gestalt ihres Ehemannes zu Gunsten der Veranstaltung erklärt.«
Cole lehnte sich zurück, um die Reaktion der Mundays abzuwarten. Er konnte nur hoffen, dass sie die Schweißperlen nicht sahen, die sich auf seiner Stirn gerade bildeten. Seine Zukunft auf den Prinzgemahl zu setzen, war mehr als riskant. Albert zögerte und zauderte stärker denn je, ja er dachte schon laut darüber nach, sich ganz aus dem Projekt zu verabschieden, wenn nicht bald die Finanzierung der Weltausstellung gesichert sei. Erst letzte Woche hatte er seinen hoheitlichen Unmut darüber bekundet, dass Cole seinen Namen auf einer Werbeveranstaltung in Dublin überhaupt erwähnt hatte. Wenn die Mundays ihm ein zweites Mal auf die Schliche kamen, würden sie ihn wie einen Hochstapler davonjagen.
»Mag sein«, sagte schließlich George Munday und rümpfte die Nase. »Doch bislang hat die Königin nichts dergleichen getan.«
»Könnte gut sein, dass sie es bald tun wird«, brummte sein Onkel.
»Wie bitte?«, fragte sein Neffe überrascht. »Du hast doch eben selbst gesagt …«
»Im Gegensatz zu dir, mein Junge, versteht Mr. Cole offenbar etwas von Frauen. Ja, begreifst du denn nicht?« Ein anerkennendes Lächeln machte sich im Gesicht des alten Haudegens breit,

während er über seine Koteletten strich. »Victoria ist ein spotthässliches Weib und vollkommen verliebt in ihren hübschen Albert, wie jedermann weiß, seit er sie mit einem Strauß hundert roter Rosen erobert hat. Nichts würde sie deshalb seliger machen, als wenn er öffentlichen Erfolg hat. Mr. Cole«, sagte er dann zu seinem Gast, »Ihre Strategie leuchtet mir ein. Also kommen wir zur Sache: Wie viel Geld brauchen Sie?«
Cole glaubte die Steine poltern zu hören, die ihm vom Herzen fielen. »Um eine runde Summe zu nennen: einhunderttausend Pfund. Fünfzigtausend für das Gebäude, zwanzigtausend für die Preise, der Rest für die Nebenkosten.«
»Zwanzigtausend für die Preise?«, fragte George Munday. »Das sind beträchtliche Kosten.«
»Keine Kosten, Sir, sondern eine notwendige Investition. Ohne Preise keine öffentliche Beachtung, ohne öffentliche Beachtung keine Königliche Kommission, ohne Königliche Kommission keine nationale, geschweige denn internationale Veranstaltung.«
»Klingt vernünftig«, brummte James Munday und wiegte seinen weißhaarigen Kopf. »Aber was erwarten Sie von uns? So eine Art Garantiefonds?«
»Richtig, Sir. Zu drei Prozent Verzinsung per annum.«
George Munday zog ein Gesicht, als hätte man ihm saure Sahne in den Tee gegeben. »Das heißt, Sie verlangen ein grenzenloses Darlehen, und wir tragen das ganze Risiko? Für drei Prozent Zinsen? Warum sollen wir das tun, junger Mann?«, fragte er, obwohl er mindestens zehn Jahre jünger war als Cole. »Was ist unser Vorteil bei dem Geschäft?«
Die Frage hatte Cole noch mit niemandem besprochen. Trotzdem zögerte er keine Sekunde mit der Antwort. »Ich bin autorisiert, Ihnen die Hälfte des Gewinns anzubieten.«
»Und die andere Hälfte?«
»Verbleibt bei der Society of Arts zur Finanzierung weiterer Ausstellungen.«
Statt einer Antwort winkte James Munday seinen Neffen zu sich

an den Schreibtisch. Die beiden steckten die Köpfe zusammen und wechselten flüsternd ein paar Worte.

»Folgende Konditionen, Mr. Cole«, sagte James Munday, während sein Neffe an seinen Schreibtisch zurückkehrte, um zu protokollieren. »Wir gewähren der Society of Arts ein Darlehen zu fünf Prozent bei gleichzeitiger Übernahme des Risikos. Dafür erhalten wir zwei Drittel der Einnahmen nach Abzug aller Unkosten, das übrige Drittel geht an die Society. Sind Sie damit einverstanden?«

George Munday beeilte sich, die Worte seines Onkels aufzuschreiben. Während seine Feder über das Papier raschelte, dachte Cole fieberhaft nach. Einerseits war der Garantiefonds die Lösung des gordischen Knotens: Damit würde er den Prinzgemahl gewinnen, und die Unternehmer und Politiker im Land würden endlich ihre abwartende Haltung aufgeben. Andererseits, wenn eine solche Verquickung privater und öffentlicher Interessen, wie James Munday sie vorschlug, je an die Öffentlichkeit drang, würden die liberalen Whigs, die ihn bis jetzt unterstützt hatten, ihn in Stücke reißen – ein gefundenes Fressen für die Protektionisten der Tory-Partei.

»Wenn Sie bitte unterschreiben möchten.«

George Munday reichte ihm das Protokoll über den Schreibtisch. Cole blieb in seinem Sessel sitzen.

»Eine Klausel bitte ich noch aufzunehmen.«

»Nämlich?«

»Die Ablösung und Entschädigung der Kapitalgeber seitens der Society für den Fall, dass sich das Schatzamt zur Übernahme der anstehenden finanziellen Verpflichtungen bereit erklärt.«

George Munday blickte seinen Onkel fragend an, doch der nickte. »Bevor ein solcher Fall eintritt, trocknet eher die Themse aus.«

Cole wartete, bis das Protokoll fertig war. Dann stand er auf und nahm das Papier. Seine Hände zitterten leicht, als er die Zeilen überflog.

»Bitte sehr.« George Munday reichte ihm seinen Füllfederhalter.
»Worauf warten Sie noch?«, fragte James. »Ich denke, wir haben alle Fragen geklärt.«
Cole starrte das Protokoll an wie ein Orakel. Wenn er mit dieser Vereinbarung von seiner Reise zurückkehrte, standen ihm alle Türen offen – im Buckingham-Palast und im Hause Paxton. Doch kam er mit leeren Händen nach London zurück, waren seine Träume geplatzt. Einerseits, andererseits – er war schon genauso ein Zauderer wie der Prinzgemahl! Plötzlich sah er Marians Gesicht vor sich, lächelnd nickte sie ihm zu, wie um ihn zu ermutigen. Er nahm die Füllfeder und unterschrieb.
»Es ist eine Freude, mit Ihnen Geschäfte zu machen, Mr. Cole«, sagte James Munday. »Wenn Sie noch eine Viertelstunde Zeit haben, würde ich gern einen kleinen Zusatzvertrag aufsetzen, um Ihre besonderen Bemühungen zu belohnen. Ich meine, das haben Sie sich verdient.«

14

Fauchend und dampfend kam die Lokomotive am Bahnsteig zum Stehen. Wie betäubt von der rasenden Fahrt erhob Victor sich von der Holzbank der vierten Klasse, um aus dem Zug zu steigen. Vor nicht einmal elf Stunden hatte er London verlassen, und jetzt war er plötzlich wieder in seiner alten Heimat. Er fühlte sich, als wäre er nicht nur durch halb England, sondern durch sein halbes Leben gebraust.
Unsicher schaute er sich um. Auf dem Bahnsteig wimmelte es von Touristen, die zusammen mit ihm ausgestiegen waren. Sie hatten schon im Zug von den Gärten des Herzogs wie von einem Weltwunder geschwärmt. Während sie drängend und

schnatternd auf den Ausgang des Gebäudes zustrebten, vor dem ein Dutzend Pferdeomnibusse wartete, versuchte Victor sich zu orientieren. Auf dem Gelände, auf dem sich der Bahnhof erhob, war da nicht früher der Bauernhof der Familie Fletcher gewesen? Und gegenüber, wo jetzt ein blitzblanker Laden Bücher und Andenken im Schaufenster ausstellte, hatte da nicht ein Kornschober gestanden, der einem Brandanschlag von Captain Swing zum Opfer gefallen war? Die Häuser entlang der Dorfstraße wirkten im hellen Schein der Morgensonne längst nicht so ärmlich, wie Victor sie in Erinnerung hatte, sondern so hübsch und bunt, als hätte ein freundlicher Riese einen Farbtopf über ihnen ausgeleert. Nur der Wetterhahn auf der kleinen Kirche ließ wie früher schon seine vom Wind abgeknickten Flügel hängen, und als Victor den Gasthof gegenüber der Kirche sah, verspürte er einen kurzen scharfen Schmerz. Dort hatte er die Nacht mit seiner Mutter verbracht, nachdem man sie aus Chatsworth verjagt hatte. Nicht einmal diese eine Nacht hatten sie länger in ihrem Cottage bleiben dürfen – Fremde in der Heimat, noch bevor die Postkutsche losgefahren war, die sie nach London gebracht hatte.
Victor blickte zur Bahnhofsuhr. Der Zug war pünktlich angekommen, doch von Emily war weit und breit keine Spur. Während der Stationsvorsteher, ein kleiner dicker Mann mit einer goldbetressten Mütze auf dem Kopf, einer Gruppe von Touristen mit lauter Stimme erklärte, dass Mr. Paxton persönlich den Bahnhof erbaut habe, so wie alles hier in der Gegend von Mr. Paxton persönlich sei, kam Victor ein böser Verdacht. Hatte Emily sich etwa über ihn lustig gemacht und die Einladung gar nicht ernst gemeint? Schließlich war sie die Tochter von diesem großen Mr. Paxton. Nervös nestelte er an seiner schäbigen Kordjacke, die fast schwarz war von dem Ruß und Rauch, dem er auf der Reise ausgesetzt gewesen war. Vielleicht beobachtete sie ihn gerade von einem Versteck aus und amüsierte sich. Oder hatte sie etwa ihre Schildkröte Pythia befragt? Das hatte

sie früher oft getan, wenn sie sich nicht entscheiden konnte. Die Vorstellung, dass sie ihn womöglich versetzte, weil das blöde Vieh ein Blatt Salat fraß oder auch nicht, machte Victor fast verrückt.

Er wollte sich gerade an den Stationsvorsteher wenden, da begannen die Glocken der Dorfkirche zu läuten, so heftig und laut, als wären sie außer Rand und Band geraten.

Im nächsten Moment sah Victor sie. Im Laufschritt kam Emily auf ihn zu, zwei leuchtende Augen und ein lachender Mund. Es war, als finge plötzlich eine Musikkapelle an zu spielen.

»Hörst du die Glocken?«, fragte Emily außer Atem. »Die läuten für dich!«

»Die Glocken?«, fragte er wie ein Idiot zurück. »Für mich?«

»Ja, Victor«, sagte sie und nahm seine Hände. »Das ist mein Dankeschön – für deine Rosenblätter.«

»Ich … ich verstehe überhaupt nichts. Wie kommst du dazu, die Glocken zu läuten? Bist du die Frau des Küsters?«

»Wir hatten heute morgen eine Taufe in Chatsworth, und dafür werden immer die Glocken geläutet. Ein Tick meines Vaters, um alle neugeborenen Kinder auf der Welt willkommen zu heißen.« Emily grinste. »Ich habe dem Küster eine Flasche Wein gegeben, damit er erst jetzt läutet, zu deiner Ankunft.«

Victor konnte es kaum fassen. Emily, seine alte Freundin, stand vor ihm und sah ihn an mit ihren türkisgrünen Augen, in denen man baden konnte wie in einem See, sah ihn an und hielt seine Hände und ließ die Glocken für ihn läuten … Es war fast mehr, als er verkraften konnte.

»Danke«, sagte er mit rauer Stimme. Plötzlich war er so verlegen, dass er ihre Hände loslassen musste. »Also, wenn du jetzt noch was zu essen hättest … Ich habe einen Mordshunger von der Reise.«

»Keine Angst, dafür ist gesorgt.« Sie zeigte auf den Picknickkorb an ihrem Arm, den Victor erst jetzt bemerkte. »Magst du immer noch so gerne Griebenschmalz mit Apfelkraut?«

»Was? Daran erinnerst du dich?«
»Wie könnte ich das vergessen? Ich habe dir doch immer deine Brote geklaut. – Ach, Victor, ich bin so aufgeregt, es ist einfach so schön, dass du wieder da bist. Aber sag, wohin sollen wir gehen? Was willst du zuerst wieder sehen?«
Victor brauchte keine Sekunde zu überlegen. Ja, es gab einen Ort, den er vor allen anderen wieder sehen wollte – schon die ganze Zugfahrt über hatte er daran gedacht. Doch als Emily ihn jetzt danach fragte, traute er sich nicht, ihr seinen Wunsch zu verraten, er erschien ihm zu kindisch. Doch noch während er zögerte, kam Emily ihm mit seinen eigenen Gedanken zuvor.
»Also, wenn ich einen Vorschlag machen darf«, sagte sie, »ich würde am liebsten mit dir ins ›Paradies‹ gehen.«
»Du meinst, zu unserem Teich, wo wir früher Kaulquappen gefangen haben? Und wo unsere Baumhütte stand?«
»Genau«, sagte Emily. »Die Stelle hinter der Schlucht, wo keine anderen Kinder außer uns hinkamen. Ich bin nie wieder da gewesen, ohne dich.«
»Die ganzen Jahre nicht?«, fragte Victor überrascht.
Emily schüttelte den Kopf. Victor konnte es kaum glauben. Obwohl er nicht wusste warum, machte Emilys Geständnis ihn so glücklich, als hätte er in einer Lotterie gewonnen.
»Was meinst du«, sagte er, »ob es unsere Hütte wohl noch gibt?«
»Keine Ahnung. Aber wenn du willst, können wir ja nachsehen.«
Zusammen verließen sie den Bahnhof, überquerten den Platz, von dem aus die Pferdebusse mit den Touristen zum Haupteingang des Parks abfuhren, und gingen die staubige Dorfstraße entlang, bis zu den drei Linden, in deren Schatten die Hündin des Gutsverwalters Junge geworfen hatte und vom Pfarrer totgetrampelt worden war. Von dort aus liefen sie weiter querfeldein. In der Ferne erhob sich das Schloss des Herzogs, davor erkannte Victor das alte Gewächshaus, in dem Emily der Königin die Seerosen gezeigt hatte, und nicht weit davon entfernt eine Baustelle – ein neues Gewächshaus, wie sie erklärte, weil die Seerosen in

dem alten nicht mehr genügend Platz fanden. Als er am Waldrand das kleine Cottage erblickte, in dem er mit seiner Mutter gelebt hatte, spürte er, wie Emily ihn an der Schulter berührte. Er nahm ihr den Picknickkorb ab und bog auf den Trampelpfad ein, der durch die Schlucht zum »Paradies« führte.

»Tatsächlich, die Hütte ist immer noch da«, sagte er, als sie ankamen.

Auch Emily strahlte. »Was meinst du? Wollen wir raufklettern?«

»Lieber nicht«, sagte Victor, »die Leiter sieht schon ziemlich morsch aus.«

»Du hast Recht, außerdem sind wir keine Kinder mehr.«

»Und du hast einen Rock an, keine Hose wie früher.«

Es entstand ein kurzes, befangenes Schweigen. Plötzlich wurde Victor bewusst, dass sie ganz allein waren. Nur das Zwitschern der Vögel war zu hören, das Summen der Insekten im Unterholz und ab und zu das Rascheln des Laubs, wenn der Sommerwind in den Kronen der Bäume spielte. Als Victor den Korb abstellte, sah Emily ihn an. Fast konnte man ertrinken in diesem Blick. Mein Gott, wie hübsch sie aussah mit den hochgesteckten Haaren! Dann schlug er die Augen nieder. Er hätte nie gedacht, dass seine Freundin einmal einen Busen bekommen würde, und jetzt zeichneten sich unter dem Stoff ihrer grünen Seidenbluse zwei apfelgroße Rundungen ab.

»Hast du die Druckfahnen dabei?«, fragte sie, als würde sie seine Verlegenheit spüren. »Ich würde sie gern sehen.«

»Ja, natürlich, wie blöd von mir. Deshalb bin ich ja überhaupt da.«

Froh über die Ablenkung, packte er die Druckfahnen aus, die er in einer Mappe bei sich trug.

»Das ist ja großartig«, sagte Emily und nahm ihm vor Begeisterung den Bogen aus der Hand. »Man kann alles ganz genau erkennen, die Adern auf den Blättern, den Fruchtknoten, ja sogar die Staubfäden. Alles sieht so echt aus, dass ich den Duft der

Blüten förmlich rieche, so süß wie Ananas.« Emily blickte von dem Bogen auf. »Wie hast du das nur hingekriegt?«
»Ach, das ist doch keine Kunst«, erwiderte er in der Hoffnung, dass sie nicht merkte, wie stolz ihn ihre Begeisterung machte. »Es kommt nur darauf an, dass die Druckfläche vollkommen eben ist, um einen zu scharfen Druck zu vermeiden. Das ist vor allem bei Illustrationen wichtig, weil dort hell und dunkel oft ganz nah beieinander liegen. Um die Kontraste zu verstärken, habe ich an ein paar Stellen die Schraffuren ein bisschen verändert. Siehst du? Hier, und da und dort. Ich hoffe, du bist mir nicht böse.«
»Wie denn? Im Gegenteil! Aber wir müssen aufpassen, dass kein Schmutz daran kommt.« So behutsam, als hielte sie ein Kunstwerk in der Hand, legte sie den Bogen wieder in die Mappe. Dann setzte sie sich auf einen Baumstumpf und forderte ihn auf, neben ihr Platz zu nehmen. »Ich habe einen Wunsch, Victor, aber ich weiß nicht, ob ich dich darum bitten darf.«
»Du kannst es ja versuchen.«
»Erzählst du mir, wie es dir damals ergangen ist, ich meine, nachdem ihr von hier fort musstest, du und deine Mutter?«
Er hatte die Frage befürchtet, doch jetzt, als Emily sie stellte, wusste er nicht, was er darauf antworten sollte. Was hatte es für einen Sinn, die alten Geschichten auszugraben? Es war alles schon so lange her, und gleichzeitig doch noch so frisch, dass es immer noch wehtat. Emily lebte in ihrer Welt und er in der seinen – von dem Geld, das ihre Bluse kostete, konnte er mehrere Monate leben. Für einen Moment bereute er, dass er zurückgekommen war. Doch dann sah er ihr ernstes Gesicht, ihr aufmunterndes Kopfnicken, und er setzte sich zu ihr.
»Dein Vater hatte uns Geld gegeben«, sagte er, die Augen auf ein paar Ameisen gerichtet, die am Boden einen toten Käfer durch die faulen Blätter trugen, »für die Reise und die erste Zeit zum Leben. Und außerdem eine Adresse, an die wir uns wenden konnten, in Manchester, bei einer Baumwollspinnerei.«

»Hast du da gearbeitet?«
»Ja, zusammen mit meiner Mutter. Jeden Tag von morgens sechs bis abends um zehn.«
»Was? Wir haben doch das Zehn-Stunden-Gesetz, und Kinder dürfen sowieso nicht mehr als neun Stunden am Tag arbeiten.«
»Kinder, ja«, sagte Victor, »aber sobald ich dreizehn war, galt das Gesetz für mich nicht mehr, und das Zehn-Stunden-Gesetz war noch nicht in Kraft. Einmal bin ich im Stehen eingeschlafen und habe im Schlaf an den Spindeln gedreht, genauso wie bei der Arbeit. Als meine Mutter das sah, hat sie alles Geld zusammengekratzt, das wir noch hatten, damit ich was Anständiges lernen konnte. Wir hatten Glück, und ich fand eine Lehrstelle bei einem Buchdrucker, der nur fünf Pfund Lehrgeld verlangte. Aber der ging nach ein paar Monaten Pleite, und wir sind weiter nach London gezogen.«
»Wo habt ihr da gewohnt?«
»Am Anfang in einer kleinen Herberge, nicht weit von der Tottenham Court Road entfernt, zusammen mit ziemlichem Gesindel, Taschendieben und so. Wir schliefen alle in einem Saal. Meine Mutter hat nachts kein Auge zugemacht, um auf unsere Sachen aufzupassen, und ich hatte solche Angst, dass ich heimlich Schnaps trank. Aber das dauerte nicht lange. Meine Mutter bekam Arbeit in einer kleinen Wäscherei, die sie nach dem Tod der Besitzerin später selbst weiterführte. Danach ging es uns besser.«
Victor machte eine Pause und sah zu, wie die Ameisen immer wieder versuchten, den Käfer über einen Zweig zu transportieren.
»Die Narbe auf deiner Stirn«, sagte Emily nach einer Weile, »ist die von damals? Ich meine, du weißt schon …«
»Du meinst, als dein Vater mich verprügeln ließ?« Victor schüttelte den Kopf. »Nein, die stammt aus der Zeit, als wir in der Herberge wohnten. Es war Winter und ich hatte aus Angst vor dem Einschlafen so viel Schnaps getrunken, dass ich in der Nacht fast erfroren wäre. Nur eine aufgeplatzte Frostbeule. Du brauchst also kein schlechtes Gewissen zu haben.«

»Wer hat behauptet, dass ich das hätte?«, fragte Emily. »Ach, natürlich habe ich das«, sagte sie dann, und ihr Gesicht verriet, wie Leid es ihr tat. »Aber erzähl weiter, bitte. Was hast du in London gemacht? Hast du gleich bei Mr. Finch gearbeitet?«
»Um Gottes willen«, lachte Victor. »Dann würden deine Seerosen jetzt anders aussehen. Nein, als meine Mutter mit der Wäscherei anfing, habe ich meine Lehre in Chelsea fortgesetzt, bei Timothy Hickstead, dem besten Drucker von London. Alles, was ich heute kann, habe ich von ihm gelernt. Damals hatten wir wirklich eine gute Zeit. Meine Mutter verdiente nicht schlecht, wir hatten eine hübsche eigene Wohnung, und mein Beruf machte mir Spaß. Erst als ich Geselle war, ich hatte gerade die Stelle gewechselt, gab es wieder Schwierigkeiten. Meine Mutter vertrug die Arbeit nicht mehr, die Feuchtigkeit den ganzen Tag in der Waschküche machte sie krank.«
»Konntet ihr euch keinen Arzt leisten?«
»Ein paar Mal schon, aber das bisschen Geld, das wir gespart hatten, war bald verbraucht. Zum Glück hatte Mr. Hickstead einen Cousin, der eine große Ziegelei besaß. Da konnte ich nach Feierabend ein paar Schilling hinzuverdienen. Aber dann im Sommer gab es einen Streik, der größte Streik von Ziegelarbeitern, der je in London stattgefunden hat. Pauling & Henfrey hieß die Ziegelfabrik – ich weiß nicht, ob du davon gehört hast.«
Victor zögerte, unschlüssig, ob er wirklich berichten sollte, was danach geschehen war.
»Was war der Grund für den Streik?«, fragte Emily.
»Eigentlich nichts Besonderes. Mr. Pauling hatte die Form der Ziegel vergrößert, ohne unseren Lohn zu erhöhen, obwohl er selbst die größeren Ziegel für höhere Preise verkaufte. Dagegen haben wir protestiert, doch eine Lohnerhöhung wurde uns abgeschlagen. Also legten wir die Arbeit nieder, und die Assoziation der Ziegelmacher erklärte die Firma in die Acht.«
»Und was passierte dann?«

Victor zögerte ein zweites Mal. Wenn er jetzt weiterredete, würde Emily ihn entweder verachten oder Angst vor ihm haben. Auf jeden Fall würde sie nichts mehr von ihm wissen wollen. Trotzdem beschloss er, fortzufahren. Sein Stolz war stärker als seine Scham.

»Mr. Pauling warb Ersatz für uns an«, sagte er, »Arbeitslose aus der Umgebung von London, die bereit waren, den Streik zu brechen, und stellte zur Bewachung des Fabrikgeländes ein Dutzend Männer auf, ehemalige Soldaten und Polizeidiener. Das konnten wir uns nicht gefallen lassen. Eines Abends tranken wir uns Mut an und stürmten die Ziegelei. Obwohl sie mit Flinten auf uns feuerten, konnten wir in den Hof eindringen, die nassen Ziegel zerstampfen und die trockenen zerschlagen. Wir haben alles demoliert, was uns in den Weg kam. Plötzlich stand Mr. Paulings Frau vor mir und kreischte wie am Spieß. Ich hatte keine Ahnung, woher sie auf einmal kam, und packte sie. Da spürte ich einen Schlag auf dem Kopf, einer der Wächter fiel über mich her. Was dann genau passiert ist, weiß ich nicht mehr. Am Ende lag der Mann vor mir am Boden, mit einem gebrochenen Arm, und Mrs. Pauling lief, immer noch kreischend, davon. Zwei Wachmänner schlugen mich nieder und führten mich ab. Eine Woche später haben sie mich verurteilt – ein Jahr, sieben Monate und zehn Tage. Erst nach meiner Entlassung kam ich zu Mr. Finch. Das war in diesem Frühjahr.«

»Das heißt, du warst im Gefängnis?«, fragte Emily.

Victor nickte. Auch Emily verstummte. Er wagte nicht, sie anzuschauen. Jetzt wusste sie Bescheid. Am Boden hatten die Ameisen inzwischen ihren Versuch aufgegeben, den Käfer über den Zweig zu tragen, und fingen an, den toten Körper an Ort und Stelle zu zerlegen.

»Was muss man Menschen antun, dass sie so etwas machen?«, fragte Emily schließlich in die Stille hinein.

»Ich hatte Schnaps getrunken«, sagte Victor.

Sie schüttelte den Kopf. »Ich glaube nicht, dass es das war.«

»Woher willst du das wissen? Du hast ja keine Ahnung.« Er hatte ihr so laut widersprochen, dass er über seine eigene Stimme erschrak. Leiser fügte er hinzu: »Es gibt etwas in mir, das mir Angst macht, Emily, etwas, das manchmal ganz plötzlich aufwacht, vor allem wenn ich Schnaps trinke, wie ein Flaschengeist, den man aus Versehen weckt.«

»Nein, Victor, das ist doch Unsinn.« Emily griff nach seiner Hand und blickte ihn an. »Wenn jemand Schuld hat, dann sind das meine Eltern und ... und wahrscheinlich auch ich. Ohne uns wäre alles anders gekommen.« Sie machte eine Pause und dachte nach, bevor sie weitersprach. »Ich finde, du solltest mit meinem Vater reden. Er ist hier in Chatsworth, wegen der Taufe, wir können gleich zu ihm gehen, wenn du willst.«

»Reden?«, fragte Victor. »Wozu? Außerdem, ich kann mir nicht vorstellen, dass dein Vater Lust hat, mich überhaupt ...«

Ein Hund bellte in der Nähe, und im nächsten Moment flatterte eine Kette Enten von dem Teich auf. In der Ferne sah Victor einen Mann und eine Frau, die mit einem Terrier durch die Schlucht auf sie zukamen.

»Meine Eltern!«, sagte Emily.

Als hätten sie sich abgesprochen, sprangen sie auf und kletterten auf die Leiter. Zum Glück hielten die Sprossen, und nach ein paar Sekunden waren sie in der Baumkrone verschwunden.

Sie hatten kaum die Hütte erreicht, als sie die Stimmen hörten. Gleich darauf sah Victor durch das Laub die zwei Gesichter, die ihm auf so unheimliche Weise vertraut waren. Mr. Paxton wirkte noch mächtiger und eindrucksvoller als früher, und seine Frau war mit ihren kastanienbraunen Haaren und dem hellen Porzellangesicht immer noch so makellos schön, dass man glauben konnte, ein Puppenmacher hätte sie erschaffen. Doch als er hörte, was die zwei sprachen, traute er seinen Ohren nicht.

»Ich kann wirklich nicht begreifen«, sagte Joseph Paxton, »weshalb du dich so aufregst, meine Liebe. Deine Eifersucht hat manchmal krankhafte Züge.«

»Krankhaft?«, erwiderte seine Frau. »Wochenlang hast du keine Zeit für uns, weil du in London oder Derby oder sonst wo sein musst. Aber wenn irgendein Balg im Dorf getauft wird, kommst du angereist. Sogar die Patenschaft hast du übernommen. Welche Frau würde da keinen Verdacht schöpfen?«
»Die Patenschaft ist nur Ausdruck meiner Fürsorgepflicht für das Gesinde. Ich wünschte, ich hätte sie bereits in der Vergangenheit etwas ernster genommen.«
»Fürsorgepflicht! Für eine kleine blonde Zofe, die zufällig das hübscheste weibliche Wesen im Umkreis von zehn Meilen ist! Dass ich nicht lache!«
»Und wenn ich dir schwöre, dass dein Verdacht jeder Grundlage entbehrt?«
»Ach, Joseph, wie gern würde ich dir glauben, aber kann ich das? Hast du mir nicht immer wieder das Gegenteil bewiesen?«
Victor sah Emily an. Verstand sie die Worte ihrer Eltern genauso, wie er sie verstand? Unter ihnen sprang der Terrier kläffend an dem Baumstamm empor, offenbar hatte er ihre Spur gerochen. Doch Emilys Eltern waren zu sehr mit sich beschäftigt, um auf den Hund zu achten.
»Bitte, sag mir, dass du mich liebst«, sagte Mrs. Paxton.
»Aber das weißt du doch, mein Schatz.«
»Sag es trotzdem, ich möchte es noch mal hören, von dir.«
»Ja, ich liebe dich, Sarah.«
»Und du liebst nur mich und keine andere Frau?«
»Natürlich nicht. – Aber sag mal, was ist das denn?«
Victor zuckte zusammen. Paxton hatte den Korb entdeckt, den sie dort unten abgestellt hatten. Auch Emily wagte kaum zu atmen und rückte so dicht an seine Seite, dass er durch den Stoff seiner Hose ihren weichen Schenkel spürte, während Paxton zu dem Baumstumpf trat und den Korb verwundert in die Höhe hielt. Eine warme Welle erfasste Victor, und er konnte nur hoffen, dass Emily nicht die Beule bemerkte, die sich gerade in seinem Schoß bildete.

»Das ist unser Picknickorb«, sagte Mrs. Paxton. »Was hat der denn hier verloren?«
»Wahrscheinlich hat Emily am Teich gezeichnet und sich was zu essen mitgenommen.«
»Und du glaubst, dafür hat sie die Taufe geschwänzt?«
»Warum nicht? Du kennst doch deine Tochter. Wenn sie sich was vorgenommen hat, kann man sie nicht so leicht davon abbringen.«
»Na, das Fräulein wird was erleben.«
Ein Pfiff, und der Terrier schoss wie ein Blitz zu seinem Herrn. Schweigend sahen Victor und Emily zu, wie ihre Eltern mit dem Hund am Teich entlang davongingen. Erst als sie hinter dem Hügel verschwunden waren, drehte Victor sich zu Emily um. Sie war ganz blass, ihr Gesicht sah aus, als wäre es aus Wachs. Victor wusste nicht, wie er das Schweigen beenden sollte.
»Ich glaube, du solltest jetzt auch gehen«, sagte er schließlich. »Sie werden dich suchen. Wenn du durch die Schlucht läufst, bist du vor ihnen wieder zu Hause.«
»Und du?«, fragte Emily.
»Der Zug fährt um halb sieben. Bis dahin laufe ich noch ein bisschen herum. Vielleicht treffe ich ja jemanden, den ich von früher kenne. Lebt eigentlich der alte Jackson noch, der immer mit Kuhfladen nach uns geworfen hat?«
»Der alte Jackson? Willst du mich beleidigen?« Emily schüttelte den Kopf. »Kommt gar nicht in Frage, dass du mit dem die Zeit verbringst. Heute gehörst du mir allein.« Sie versuchte zu lächeln, doch Victor sah, wie schwer es ihr fiel.
»Und deine Eltern?«, fragte er.
»Die lass mal meine Sorge sein!«, sagte sie. »Komm, wir haben noch viel vor!«
Den Nachmittag durchstreiften sie zusammen die Wiesen und Felder. Sie liefen zu dem Bach, den sie jeden Herbst und jedes Frühjahr aufgestaut hatten, nahmen die Abkürzung über die obere Weide, wo ein junger Bulle sie so wütend verfolgte, dass

sie über einen Zaun flüchten mussten, und wanderten anschließend den Mörderhügel hinauf zu der alten Klosterruine, in der vor vielen hundert Jahren ein Einsiedlermönch gelebt hatte, um den Mord an seiner Frau zu büßen. Angeblich erschien die tote Frau seitdem jedem Liebespaar, das sich nachts an den Ort verirrte. Victor und Emily sprangen über den Graben, um auf das Gelände zu gelangen, balancierten über die Mauerreste, und als sie die halb verfallene Kapelle der Ruine betraten, schlugen sie wie Katholiken ein dreifaches Kreuzzeichen, genauso, wie sie es als Kinder schon getan hatten.

»Ich wollte, es wäre jetzt Nacht«, sagte Victor.

»Weshalb?«, fragte Emily, und ihre Stimme hallte von dem verfallenen Gemäuer wider. »Damit uns die tote Frau erscheint? Aber das kann sie doch gar nicht, wir sind doch kein …«

Emily sprach den Satz nicht zu Ende. Victor schluckte. Ihre Augen verrieten, dass sie gerade dasselbe dachte wie er. Ihr Gesicht war so nah, dass er ihren Atem fühlte. Wieder spürte er die Beule zwischen seinen Schenkeln. Herrgott, warum traute er sich nicht, sie zu küssen?

»Wer als Erster im Tal ist, hat gewonnen!«

Ohne seine Antwort abzuwarten, rannte Emily los. So schnell er konnte, folgte er ihr nach, hinaus aus der Kapelle, über den Graben und die Mauern hinweg und dann den Hügel hinab, bis er ganz außer Atem war und vor lauter Tränen in den Augen kaum noch sehen konnte, wohin er lief. Auf halber Strecke überholte er sie, um sie am Ende doch gewinnen zu lassen. Es war alles wie früher. Sogar den alten Jackson sahen sie aus der Ferne – er drohte gerade einer Horde Kinder mit der Mistgabel, als sie an seinem Hof vorüberkamen. Nur um das alte Gewächshaus und den eintrittspflichtigen Teil des Parks mit den Wasserspielen und den gestutzten Bäumen und Hecken, wo es von Touristen wimmelte, machten sie einen Bogen, wie auch um das Cottage am Waldrand, in dem Victor mit seiner Mutter gelebt hatte.

»Bevor ich's vergesse«, sagte er, als sie am Abend zum Bahnhof zurückkehrten. »Hier – die Druckfahnen.«
Er reichte Emily die Mappe, doch seine Arme waren auf einmal schwer wie Blei. Wenn sie jetzt einander die Hand gaben, würde es vielleicht ein Abschied für immer sein. Das wurde ihm mit solcher Deutlichkeit bewusst, dass ihm fast schlecht davon wurde.
Emily nahm die Mappe und klemmte sie unter den Arm. »Ich kann es kaum erwarten, die Bilder meinem Vater zu zeigen«, sagte sie, und ihre Augen leuchteten vor Freude.
In diesem Augenblick begriff Victor, weshalb er sie in der Kapelle nicht geküsst hatte. Bei allem, was Emily dachte oder sagte oder tat, war ihr Vater im Spiel! Er streckte ihr die Hand entgegen, um Abschied zu nehmen.
»Also dann, Emily, leb wohl.«
Sie schaute auf seine Hand, doch ohne nach ihr zu greifen. »Werden … werden wir uns denn nicht wieder sehen?«, fragte sie zögernd und blickte zu ihm auf. »Ich meine, um die Termine und die Druckauflage zu besprechen?«
Victors Herz fing vor Freude an zu klopfen. »Ger… ger… gerne«, stammelte er, unfähig, ein gescheiteres Wort herauszubringen.
»In zwei Wochen bin ich wieder in London. Ich … ich könnte dir vorher schreiben. Wenn du mir deine Adresse sagst.«
»Schick den Brief einfach an die Werkstatt von Mr. Finch. Die Straße und Hausnummer hast du ja.«
»Also abgemacht?«
»Abgemacht!«
Statt seine Hand zu nehmen, die immer noch wie ein Fragezeichen in der Luft hing, gab Emily ihm einen Kuss auf die Wange. »Danke«, sagte sie. »Für diesen Tag – und für alles!«
Ein rosa Schleier lag auf ihrem Gesicht, wie ein zartes Abendrot. Victors Knie wurden so weich, dass er Angst hatte, hinzufallen. Und trotzdem war es ein so schönes Gefühl, dass er hoffte, es würde niemals aufhören.

»Bis in zwei Wochen also«, sagte Emily, plötzlich genauso verlegen wie er. Sie machte auf dem Absatz kehrt und rannte so eilig davon, als würde sie irgendwo dringend erwartet.
Als wenig später der Zug einlief, knurrte Victor der Magen. Er hatte den ganzen Tag nichts gegessen, doch er hatte es gar nicht gemerkt.

15

»*Praise to the Lord the Almighty, the King of Creation.*
O my soul praise him for he is your health and salvation …«
Zusammen mit ihren Eltern und Mr. Henry Cole stand Emily in der ersten Reihe der Gemeindekirche St. Andrew's und sang den Schlusschoral. Das aufgeschlagene Gebetbuch in der Hand, schaute sie auf den Altar, der im Glanz der Spätsommersonne strahlte, als würde er Feuer sprühen. Doch in ihrem Innern sah es alles anderes als strahlend aus. Seit drei Tagen war sie in London, und in weniger als achtundvierzig Stunden sollte sie Victor wiedersehen. Sie hatte ihm aus Chatsworth geschrieben und vorgeschlagen, sich am Dienstag vor dem Dury Lane Theater mit ihm zu treffen. Jetzt wartete sie auf seine Antwort. Doch je näher der Augenblick heranrückte, desto mehr wuchsen ihre Zweifel. Durfte sie wollen, was sie sich wünschte? Einerseits war Victor ihr ältester Freund und sie freute sich so sehr, nach all den Jahren endlich Gelegenheit zu haben, ein wenig von der Schuld abzutragen, die sie ihm gegenüber noch immer empfand; andererseits aber war sie keineswegs sicher, dass dies der einzige Grund war, warum sie so oft an ihn dachte, wenn sie abends in ihrem Bett lag und nicht einschlafen konnte. Fast hoffte sie, Victor würde das Treffen absagen und ihr auf diese Weise die Entscheidung abnehmen.

»… all you who hear, now to his altar draw near, joining in glad adoration.«

Cole sang an Emilys Seite so schief, dass sie die Melodie kaum wiedererkannte. Wie konnte ein Mann von so gutem Geschmack nur so unmusikalisch sein? Der gemeinsame Besuch des Gottesdiensts war eine Auszeichnung für Coles Erfolg bei den Mundays. Sarah Paxton hatte die Idee gehabt, und Emily hatte nicht dagegen protestiert. Cole hatte in Manchester einen entscheidenden Durchbruch auf dem Weg zur Weltausstellung geschafft, und Emilys Vater hatte deshalb das *Magazine* verkauft, so wie sie es ihm selbst geraten hatte, um noch mehr Geld in Aktien der Midland Railway investieren zu können, bevor andere Spekulanten davon Wind bekamen. Sie hatte also Veranlassung genug, Cole dankbar zu sein.

Trotzdem wich Emily seinem Blick aus, als er versuchte, sie anzulächeln. Sie kam sich so verlogen vor, er hatte ja keine Ahnung, was in ihr vorging, während er das Gotteslob neben ihr sang. Oder spürte er ihre Verunsicherung und ließ es sich nur nicht anmerken? Eigentlich gab es keinen Grund mehr, Victor wiederzusehen – die Illustrationen, die sie gezeichnet hatte, würden nach dem Verkauf der Zeitschrift nicht mehr in Druck gehen. War es da nicht ihre Pflicht, ihm das in einem Brief mitzuteilen und auf das Treffen zu verzichten? Nein, das brachte sie nicht übers Herz, er hatte sich so gefreut, als sie ihm am Bahnhof den Vorschlag gemacht hatte. Aber warum verschwieg sie ihren Eltern, was sie vorhatte? Und warum hatte sie behauptet, sie hätte am Teich gezeichnet, als ihre Mutter sie wegen des Picknickkorbs zur Rede gestellt hatte? Und warum hatte sie solche Angst, jemand könnte sie und Victor zusammen in Chatsworth gesehen haben?

Ach, Schuld an ihrer Verwirrung war nur Henry Cole. Wenn er sich endlich erklären würde, wüsste sie, was sie zu tun hätte. Seit Monaten verkehrte er in ihrem Haus, als gehöre er zur Familie, doch sooft er sie auch besuchte, kein Wort kam über seine

Lippen, das auf ernste Absichten schließen ließ. Emily machte sich keine Illusionen. Was für einen Grund sollte Cole haben, um ihre Hand anzuhalten? Sie war eine gute Partie, sicher, aber alles andere als eine attraktive Frau – nur ein Idiot würde auf die Verkleidungskünste hereinfallen, mit denen ihre Mutter versuchte, ihre fehlenden Reize zu kompensieren.

»Darf ich bitten?«

Emily zögerte, als Cole ihr beim Verlassen des Gotteshauses seinen Arm anbot.

»Sie wissen, Miss Paxton, wie sehr ich das Kleid bewundert habe, das Sie bei unserer ersten Begegnung anhatten. Doch um ganz ehrlich zu sein, es ist nichts im Vergleich zu dem reizenden Arrangement, das Sie heute auf Ihrem Kopf tragen.«

Unwillkürlich fasste Emily sich an den Hut, den sie auf Drängen ihrer Mutter aufgesetzt hatte: ein kunstvolles Geflecht aus Strohgarben und getrockneten Blumen, mit fast so einer breiten Krempe wie die Hüte, die Sarah Paxton trug.

»Gefällt er Ihnen nicht?«, fragte sie.

»Nur aus einem Grund – weil er mich daran hindert, fortwährend in Ihr Gesicht zu schauen.« Er beugte sich über ihre Hand und küsste die Spitzen ihrer Finger. »Habe ich Ihnen eigentlich schon mal gesagt, Emily, wie unglaublich hübsch Sie sind?«

»Wollen Sie sich über mich lustig machen, Mr. Cole?« Verärgert wandte sie sich ab und schaute nach ihren Eltern. Herrgott, wo blieben sie denn? Sie standen noch in der Kirche, zusammen mit Emilys Bruder Georgey, und verabschiedeten sich von dem Pfarrer. Sarah erzählte mit großen Gesten noch irgendeine Geschichte.

Als Emily sich wieder zu Mr. Cole umdrehte, stutzte sie. Seine sonst immer so beweglichen Augen ruhten auf ihr, als wäre er in den Anblick eines kostbaren Gemäldes versunken.

»Nein, Miss Emily«, sagte er leise und schüttelte den Kopf. »Das würde ich niemals wagen, und erst recht nicht am heiligen Sonntag. Sie sind die reizendste, hübscheste, attraktivste junge Frau, die mir je begegnet ist.«

Emily spürte, wie ihr das Blut ins Gesicht schoss. Konnte es sein, dass dieser Mann, der ganz und gar kein Idiot war, sie wirklich und wahrhaftig begehrenswert fand? Nicht nur als gute Partie, sondern als Frau? Ungläubig erwiderte sie seinen Blick. Sein Gesicht war so ernst, dass er fast traurig wirkte. Als sie dieses Gesicht sah, wusste sie, dass er sich nicht über sie lustig machte – er meinte tatsächlich, was er sagte! Ein Gefühl stieg in ihr auf, als hätte in ihrer Brust jemand den Pfropfen von einer sprudelnden Quelle entfernt, und plötzlich war sie sehr froh, dass sie dem Rat ihrer Mutter befolgt und den Hut aufgesetzt hatte.

»Danke, Mr. Cole«, sagte sie ebenso leise und hakte sich bei ihm ein, um den Heimweg fortzusetzen. Und noch leiser fügte sie hinzu: »So etwas Nettes hat mir noch keiner gesagt.«

»Was hat dir noch keiner gesagt, mein Kind?«

Emilys Eltern hatten sie eingeholt, zusammen mit Georgey, der hinter dem Rücken ihres Vaters Grimassen schnitt.

»Oder stören wir vielleicht?«, fragte ihre Mutter mit einem feinen Lächeln. »Sie sehen fast so aus, Mr. Cole, als wollten Sie meiner Tochter gerade etwas Wichtiges sagen.«

Emily verstand die Anspielung sofort und warf ihrer Mutter einen giftigen Blick zu. Doch trotz ihrer Empörung brachte sie keinen Ton hervor. Denn insgeheim wünschte sie sich fast, dass Henry Cole genau das tat, worauf ihre Mutter anspielte. Und sei es auch nur, damit ihre Verwirrung ein Ende hatte.

»Stören, Mrs. Paxton?«, erwiderte Cole, bevor Emily etwas sagen konnte. »Aber nicht doch ... Das heißt ... Wenn ich Sie vielleicht auf ein Wort ...«, stammelte er, auf einmal ganz konfus. »Bitte verzeihen Sie, Miss Emily, aber ich glaube, ich muss etwas mit Ihren Eltern besprechen. Mit Ihrer Erlaubnis?«

Damit ließ er sie stehen und ging zusammen mit ihrem Vater

und ihrer Mutter voraus. Emily blieb nichts anderes übrig, als den dreien mit Georgey zu folgen.
»Was will Mr. Cole mit Mama und Papa besprechen?«, fragte ihr Bruder und zupfte an ihrem Ärmel.
Während er laut darüber nachdachte, warum die Erwachsenen immer, wenn es spannend wurde, für sich allein sein wollten, sah Emily aus der Ferne, wie ihre Eltern und Cole eindringlich miteinander redeten. Sollte es tatsächlich sein, dass der große Augenblick gekommen war und er um ihre Hand anhielt? Bei dem Gedanken wurde sie so nervös, dass ihr Herz zu stolpern anfing. Oder erklärte Cole ihren Eltern gerade, warum er sich nicht zu einem solchen Schritt entschließen konnte? Obwohl es sie in ihrem Stolz verletzte, erschien Emily diese Möglichkeit weitaus realistischer. Wahrscheinlich liebte er eine andere Frau und hatte sich nur aus Höflichkeit mit ihr abgegeben, so wie er ihr aus Höflichkeit vor ein paar Minuten diese wunderbaren Komplimente gemacht hatte. Schließlich wusste Emily, wie verlogen Erwachsene oft waren – sogar ihre Eltern, die immer so taten, als wären sie einander in unverbrüchlicher Treue zugetan, schienen Geheimnisse voreinander zu haben. Warum sollte Cole da eine Ausnahme sein?
Jetzt blieben die drei stehen. Emilys Mutter hob verwundert die Brauen, und ihr Vater schüttelte energisch den Kopf. Cole zog ein Gesicht, als würde ihm das Gespräch physische Schmerzen bereiten. Plötzlich schämte Emily sich, wie früher als Kind, wenn sie bei einem sündigen Gedanken ertappt worden war. Nein, wenn Cole eine andere Frau lieben würde, hätte er nicht so zu ihr gesprochen, wie er es eben getan hatte – eine solche Scheinheiligkeit würde noch weniger zu ihm passen als sein unmusikalischer Gesang. Es musste einen anderen Grund für diese merkwürdige Unterredung geben. Doch was konnte das sein? Hatte es mit jenem Geheimnis zu tun, das Emily hinter Coles glänzender Fassade vermutete, seit sie ihn zum ersten Mal gesehen hatte? Die Vorstellung, dass ihre Eltern gerade wichtige

Dinge von diesem Mann erfuhren, die er ihr selber vorenthielt, machte Emily wütend. Sie war eine erwachsene Frau, alt genug, um zu heiraten, und trotzdem behandelte man sie wie ein Kind!
»Seid ihr mit euren Geheimnissen fertig?«, sagte sie, als sie zu den anderen aufschloss.
»Geheimnisse?«, fragte ihre Mutter mit übertriebener Harmlosigkeit. »Wie kommst du denn darauf?«
»Mr. Cole«, fügte ihr Vater eilig hinzu, »hat uns nur gerade berichtet, was er als Nächstes tun wird, um noch größere Unterstützung für die Weltausstellung zu finden. Stell dir vor, er plant eine Veranstaltung mit den Bürgermeistern aller Großstädte Englands.«
»Was du nicht sagst«, erwiderte Emily. »Aber hat Mr. Cole uns das nicht bereits auf dem Hinweg erzählt?«
Cole wollte etwas erwidern, doch bevor er dazu kam, warf Emily den Kopf in den Nacken und marschierte weiter. Warum hatte sie nur diesen blöden Hut aufgesetzt? Um nicht der Versuchung zu erliegen, sich umzudrehen, heftete sie ihren Blick auf die Häuserfront, die sie gerade passierte. Wie monoton die Gebäude waren! Eine Backsteinfassade mit zwei oder drei Fenstern pro Stockwerk, ein Eisengitter zur Straße, dazwischen ein handtuchgroßes Stück Rasen – ein Haus wie das andere, als stammten sie aus einer Fabrik. Nur die Türklopfer unterschieden sich voneinander: gutmütige Löwen, die den Passanten anlächelten, als wollten sie ihn zum Eintreten auffordern, Zähne fletschende Hundeköpfe, die nach fremden Eindringlingen zu schnappen schienen, eine ägyptische Sphinx, mit aufgestülpter Nase und spitzem Kinn. Ob sie Coles Geheimnis wohl kannte?
Endlich gelangte Emily zum Haus ihrer Eltern. Ohne auf die anderen zu warten, betätigte sie den Klopfer, einen wild gelockten Messinglöwen, der ihr früher immer wie ein mächtiger Beschützer erschienen war. Heute empfand sie ihn als einen unsympathischen Grobian.
Jonathan, der Butler, machte ihr auf.

»Ah, Miss Emily! Gerade wurde ein Brief für Sie abgegeben.«
»Ein Brief? Für mich?«
Sie nahm das Kuvert, das Jonathan ihr reichte, und drehte es um, doch es stand kein Absender darauf. Trotzdem hatte sie keinen Zweifel, von wem der Brief stammte. Aufgeregt faltete sie ihn auseinander. Der Inhalt bestand nur aus wenigen Zeilen.
Ich habe den Druck noch einmal überarbeitet. Letzte Möglichkeit zur Korrektur am vorgeschlagenen Ort, 18 Uhr.

16

So etwas war Victor noch nie passiert! Zwei Wochen lang hatte er mit Toby Unterschriften für die Petition der Chartisten gesammelt, in jeder freien Minute, und jetzt, da er die Liste abgeben musste, damit sie rechtzeitig zur öffentlichen Auszählung gelangte, hatte er keine Zeit, sie wegzubringen, weil er eine Verabredung getroffen hatte, ohne an irgendetwas sonst zu denken. Doch es gab einen Grund für seine Verwirrung, den schönsten Grund der Welt, über den man sogar die Chartisten und Feargus O'Connor vergessen konnte. Und dieser Grund hieß Emily.
Mit dem Versprechen, einen großen Druckauftrag an Land zu ziehen, hatte er schon um fünf Uhr Feierabend gemacht – Mrs. Finch persönlich hatte ihm dafür frei gegeben. Jetzt suchte er das Viertel zwischen Oxford Street und Strand nach Toby ab, der am Nachmittag mit Robert zusammen Druckbogen in die Fleet Street gebracht hatte und längst wieder hätte zurück sein müssen. Toby sollte die Liste für ihn abgeben, damit er selber pünktlich um sechs am Drury-Lane-Theater sein konnte.
Bei der Brauerei am Ende der Tottenham Court Road bog Victor in eine Gasse ein. Er konnte immer noch nicht glauben, dass Emily sich mit ihm verabredet hatte – am helllichten Tag, mitten

in London! Ein Dutzend neue Abzüge hatte er von den Seerosen gemacht, als müsse er ihr beweisen, dass sie sich nicht umsonst mit ihm traf. Er wusste selbst, dass das Unsinn war, aber das Wiedersehen in Chatsworth hatte ihn völlig durcheinander gebracht. Es war, als hätte sich eine Tür geöffnet, die lange Zeit verschlossen gewesen war, und helles Licht flutete nun in einen Raum, der so dunkel und stickig gewesen war wie ein Kellerloch. Trotzdem hatte er sich in den letzten Tagen manchmal gefragt, ob die Tür nicht besser verschlossen geblieben wäre. Denn seit seiner Reise nach Chatsworth musste er ständig an den Satz denken, den seine Mutter so oft zu ihm gesagt hatte, nachdem sie aus ihrer Heimat vertrieben worden waren: »Die Paxtons sind alle faule Äpfel, und wer mit ihnen in Berührung kommt, steckt sich nur an …« Er war überzeugt, dass seine Mutter Unrecht hatte. Heute Abend würde er es wissen.
Doch wo zum Teufel steckte Toby? Nirgendwo konnte er ihn finden: weder bei den Würflern in Holborn noch bei den Boxern in Clare Market oder den Rattentötern in den Hinterhöfen der Drury Lane. Vielleicht war er beim Groschen-Schwof der Viktualienhändler? Gleich nach der Brauerei begann das »Krähennest«, ein unentwirrbares Labyrinth von Gassen, aus dem kein Fremder ohne Hilfe wieder herausfand. Die Fensterscheiben der Häuser waren zerbrochen und mit Lumpen abgedichtet, dahinter hausten mehrere Familien in einem Raum: Obst- und Konfekthändler in den Souterrains, Barbiere und Bücklingsverkäufer im Hinterzimmer, im ersten Stock ein Singvogelhändler oder Kesselflicker, im Hausflur ein Dutzend Iren, in der Küche ein Leierkastenmann, im Waschhaus eine Tagelöhnerin mit ihren Kindern.
Victor passierte gerade das »Ginkontor«, wie der Schnapsladen zwischen dem koscheren Fleischer und dem russischen Bäcker großspurig hieß, als er durch die offene Tür einen roten Haarschopf sah. Im nächsten Moment betrat er das Lokal.
Die Pracht, die ihn hier empfing, verblüffte ihn jedes Mal aufs

Neue. Nach dem Dreck der Straße war plötzlich alles Licht und Glanz. Von den Decken hingen Kronleuchter herab, eine spiegelblank polierte Mahagonischranke teilte das Lokal der Länge nach in zwei Hälften, und an den Wänden prangten auf grün lackierten Eichenbohlen goldbemalte Fässer, aus denen die Schankmädchen Sherry, Gin und Branntwein abfüllten. Die Tische waren voll besetzt mit Säufern, die kaum Geld für ein Stück Brot hatten und mit zittrigen Händen darauf warteten, dass ihnen das nächste Glas eingeschenkt wurde.

Toby hockte am Tresen. An der Seite von Robert kippte er gerade ein Glas Whisky und zog dabei ein Gesicht, als wäre das sein Beruf. Wegen seiner roten Haare bildete er sich ein, dass er von irischen Vorfahren abstammte – weshalb er immer so sprach, als käme er aus Dublin, und am liebsten irischen Whisky trank.

»Kannst du mir einen Gefallen tun?«, fragte Victor.

»Wo es hier gerade so gemütlich ist?« Toby biss ein Stück von dem Kautabak ab, den Robert ihm reichte. »Ich trinke schon mal ein Glas auf Feargus O'Connor. Und auf unseren Triumph heute Abend.«

»Statt darauf zu trinken, könntest du was dafür tun«, sagte Victor. »Die Unterschriften müssen vor der Kundgebung im Büro sein. Sonst zählen sie nicht mit.«

»Wenn es so wichtig ist, warum erledigst du das dann nicht selber?«, fragte Robert. »Komm, Toby, noch ein Glas auf Irland. Ich gebe einen aus.«

Robert schnippte mit den Fingern, und das Schankmädchen füllte zwei Gläser ein. Plötzlich verspürte Victor den Drang, auch ein Glas zu nehmen und hinunterzustürzen, um sich Mut für Emily anzutrinken. Doch diese Anwandlung dauerte nur einen Moment. Er wusste, was geschah, wenn er Schnaps trank.

»Du kannst allein saufen«, sagte er zu Robert, legte ein paar Pennies auf den Tresen und zog Toby fort. »Bist du verrückt geworden?«, fragte er dann, als sie auf der Straße waren. »Unser Geld für Schnaps auszugeben?«

»Das musst gerade *du* sagen!«, protestierte Toby. »Oder macht Fanny es etwa umsonst?«
Victor schwieg. Er empfand Tobys Frage wie eine Schmeißfliege, die durch das zarte Gespinst seiner Gefühle brummte.
»Ich wette, du bist mit ihr verabredet. Oder warum hast du keine Zeit, die Liste selber wegzubringen?«
Wieder sagte Victor nichts. Er hatte nur das Bedürfnis, so schnell wie möglich am Ort seiner Verabredung zu sein.
»Sag mal, wie ist es eigentlich, wenn man sie küsst?«, fragte Toby nach einer Weile.
»Wenn man wen küsst?«
»Frauen natürlich!«
»Ungefähr so, wie wenn man ein Stück Bratfisch isst«, erwiderte Victor in der Hoffnung, dass sein Freund den Mund hielt.
Doch Toby schüttelte den Kopf. »Nein, ich meine nicht nur das Küssen. Ich meine vielmehr – scheiße, du weißt schon.«
»Also, wenn du *das* meinst – als ich so alt war wie du, hatte ich das längst ausprobiert.«
»Aber nur, weil du in einem Dorf groß geworden bist. Da ist das keine Kunst, mit dem ganzen Viehzeug und so.« Toby spuckte den Saft seines Priems aus. »Wenn's einen Sixpence kostet, muss es ja eine verdammt feine Sache sein. Mindestens so fein wie Bratfisch und Whisky und Kautabak zusammen.«
»Alles zusammen würde grässlich schmecken, wie Elefantenpisse.«
»Robert behauptet, es würde sich anfühlen wie Niesen. Nimmst du darum Schnupftabak?«
»Robert geht mir auf die Nerven.«
»Sag das nicht, Robert kennt sich mit Weibern aus. Er hat schon über zweihundert Stück gehabt. Er behauptet, Rattenblut wäre das Beste, was es für Männer gibt. Hast du auch schon mal Rattenblut getrunken?«
»Himmelherrgottsakrament! Kannst du endlich mal die Klappe halten?«

»Warum denn? Wird höchste Zeit, dass ich Bescheid weiß. Robert meint, ich wäre längst überfällig.« Toby schielte ihn von der Seite an. Dann ging ein so breites Grinsen über sein Gesicht, dass sich die Zahl seiner Sommersprossen zu verdoppeln schien. »Sag mal, bist du etwa verliebt?«

Ein Kübel Jauche, den jemand aus einem Fenster goss, ersparte Victor die Antwort. Während er fluchend auf die andere Straßenseite wechselte, beschleunigte er seinen Schritt. Er hatte nur noch eine Viertelstunde Zeit.

Ob Emily schon auf ihn wartete? Er ahnte, warum sie den Theaterplatz vorgeschlagen hatte. Das Theater gehörte zu ihrer Welt, zur Welt der feinen Leute, und trotzdem war es nur einen Steinwurf von der Drury Lane entfernt. Hoffentlich bekam sie keine Angst – heute würde es auf dem Platz anders aussehen als sonst, er würde voller Menschen sein, wütender und betrunkener Menschen. Würde er sie in dem Chaos überhaupt finden? Für eine Sekunde sah er Emily vor sich – splitternackt in einer aufgebrachten Menge. Die Vorstellung erregte ihn so sehr, dass er kaum weiterlaufen konnte.

»Wie viele Unterschriften haben wir eigentlich?«, fragte Toby.

»Was für Unterschriften?«

»Die Liste, die angeblich so wichtig ist.«

»Ach so. Zweiundzwanzig.« Victor gab ihm die Rolle, die er die ganze Zeit schon in der Hand hielt.

»Mehr nicht?« Toby war enttäuscht. »Meinst du, dass sich die Mühe überhaupt lohnt? Robert sagt, die Politiker würden die Unterschriften einfach in den Papierkorb werfen.«

»So große Papierkörbe gibt es gar nicht. Unsere Unterschriften sind ja nicht die einzigen.«

»Und wenn sie O'Connor zum Teufel jagen?«

»Das werden sie nicht wagen.«

Toby strahlte über das ganze Gesicht. »Weißt du, was ich als Erstes tue, wenn wir in O'Connorville sind?«

»Bratfisch verkaufen?«

»Wie hast du das erraten?«
Den Rest des Weges redete nur noch Toby. Seine Bratfischbude in O'Connorville war sein Lieblingsthema. Er kannte jeden Bratfischverkäufer von London und hatte sich gründlich informiert. Das Kapital, das er für seinen Stand brauchte, belief sich auf zehn Schilling. Dafür bekam er eine Bratpfanne, ein Tablett, einen Salzstreuer und vor allem eine gestreifte, rundherum geknöpfte Barchentjacke, wie sie seine Idole auf dem Großmarkt von Billingsgate trugen. Darin würde er so leckeren Fisch braten, dass Feargus O'Connor dreimal am Tag an seinen Stand kommen würde, um bei ihm zu essen.
»Am wichtigsten ist die Zubereitung. Zuerst muss man den Fisch waschen und ausnehmen. Dann schneidet man die Flossen, den Kopf und den Schwanz ab und wälzt den Rest in Mehl. Zum Braten nehme ich übrigens nur helles Rapsöl, auf keinen Fall Lampenöl, wie die Gauner in Covent Garden. Du wirst sehen, damit mache ich ein Vermögen!«
Als sie das »Krähennest« verließen, war Toby Herr eines Imperiums von mehreren Dutzend Bratfischbuden und General einer Armee von Verkäufern.
»Dann bringe ich jetzt mal die Unterschriften weg«, sagte er. Doch er war noch keine fünf Schritt weit gekommen, da drehte er sich noch mal um. »Bevor ich's vergesse – für unsere Kasse!« Er warf eine Münze durch die Luft. Victor fing sie mit der Hand auf.
»Ein ganzer Schilling?«, staunte er. »Woher hast du so viel Geld?«
»Geschäftsgeheimnis!«, zwinkerte Toby ihm zu. »Aber nicht für Weiber ausgeben, hörst du?«

17

»Sag mir, was soll ich tun?«

Die Weisheit vieler hundert Jahre blickte Emily an, aus zwei schwarzen, kleinen Augen, die in ledrigen Runzeln verborgen waren. Wie immer, wenn sie nicht weiterwusste, zog sie ihre uralte Schildkröte zu Rate. Falls Pythia in den nächsten fünf Minuten die Salatblätter fraß, die sie ihr ins Terrarium gelegt hatte, würde sie zum Drury-Lane-Theater fahren. Sollte Pythia aber die Blätter verweigern, würde sie zu Hause bleiben und Victor einen Brief schreiben.

Emily drehte ihre Sanduhr um und wartete voller Anspannung ab, was die Schildkröte tat. Sie wusste selbst nicht, warum sie einem stummen, sprachlosen Tier vertraute. Natürlich konnte Pythia nicht besser denken als ein Mensch, sie wusste ja nicht einmal, worum es überhaupt ging. Aber vielleicht war sie gerade darum so klug? Schildkröten wussten ja auch nicht, dass die Sonne ihre Eier ausbrütete, und doch gruben sie, einfach ihrem Instinkt folgend, Löcher für ihre Brut in die Erde und verscharrten die Eier darin, um dann geduldig darauf zu warten, dass die Jungen in der Wärme schlüpften. Außerdem hatte Emilys Vater behauptet, Pythia trage die ganze Weisheit Griechenlands in sich, als er sie aus Konstantinopel mitgebracht hatte, von seiner großen Reise mit dem Herzog. Auf jeden Fall hatte Emily die Erfahrung gemacht, dass es meist zu ihrem Vorteil war, wenn sie den Eingebungen ihrer Schildkröte folgte.

Quälend langsam verstrich die Zeit, ein feiner, kaum sichtbarer Sandstrahl, der durch die Verengung des Glases rieselte, um auf dem Boden ein stetig wachsendes Häuflein zu bilden. Doch die Schildkröte rührte sich nicht. Wie sollte sie auch? Es gab ja keinen Grund mehr, Victor wieder zu sehen, Emilys Vater hatte das *Magazine* verkauft, und dann hatte ihre Mutter ziemlich deutliche Andeutungen gemacht, dass Mr. Cole sich wohl bald erklären werde – er müsse nur Rücksicht auf einen Krankheitsfall in der Familie nehmen. Selbst als Emily die Sanduhr noch einmal herumdrehte, um Pythia zusätzliche fünf Minuten Bedenkzeit zu geben, machte diese keinerlei Anstalten, ihrer eigenen Einsicht und Vernunft entgegenzutreten. Nur einmal, die Uhr war fast abgelaufen, kroch sie auf ein Salatblatt zu. Doch statt es zu fressen, stupfte sie nur mit dem Maul daran. Dann stieß sie einen leisen Pfeifton aus, und ihr kleiner Lederkopf verschwand wieder unter dem braunen Panzer.

»Drury-Lane-Theater!«

Eine Stunde später hielt der Pferdeomnibus vor dem Gebäude, das Emily als Treffpunkt vorgeschlagen hatte. Trotz Pythias Weigerung war sie in die City gefahren – sie hatte das Gefühl, dass sie Victor persönlich vom Ende des *Magazine* in Kenntnis setzen sollte, statt ihm einen Brief zu schreiben, und dieses Gefühl wog schwerer als das Orakel der Schildkröte. Auch musste sie mit ihm in Verbindung bleiben, wenn sie ihn mit ihrem Vater versöhnen wollte. Es war eine Frage der Freundschaft, die nichts mit Henry Cole oder einem anderen Mann zu tun hatte. Und es war eine Frage der Selbstachtung. Sie hatte Victor schon einmal im Stich gelassen und es ihr Leben lang bereut. Ein zweites Mal würde sie das nicht wieder tun, gleichgültig, was ihre Schildkröte davon hielt.

»Aus dem Weg!«, rief der Schaffner und öffnete den Schlag.

Als Emily vom Trittbrett sprang, traute sie ihren Augen nicht. Sie kannte den Platz von vielen Theateraufführungen, die sie mit ihren Eltern besucht hatte, doch wo sonst im Schein der Gaslaternen Kutschen vorfuhren und vornehme Herrschaften in festlicher Abendrobe auf das erleuchtete Portal zustrebten, drängten sich jetzt unzählige ärmlich gekleidete Menschen. Unsicher schaute Emily in die Gesichter. Obwohl sie sich von Mary, der Köchin, eine grobe Strickjacke geliehen hatte, um mit ihren teuren Kleidern in Victors Welt nicht aufzufallen, waren ihr die Menschen hier so fremd wie Wesen von einem anderen Konti-

nent. Manche trugen Schilder, auf denen politische Parolen standen: *Gleiches Recht für alle! Freie und geheime Wahlen! Ein Mann – eine Stimme!* Emily hatte Mühe, sich einen Weg durch das Gewühl zu bahnen. In was war sie da hineingeraten? In eine Demonstration der Chartisten, die überall im Land Aufstände schürten?
Um sich einen Überblick zu verschaffen, stieg sie die Stufen zum Theater empor. Trotz der Menschenmassen herrschte auf dem Platz eine unheimliche Stille, wie vor einem Gewitter. Plötzlich holten Emily all die Zweifel ein, die sie während der Omnibusfahrt verdrängt hatte. Was zum Himmel wollte sie hier? Sie hatte hier so wenig verloren wie ein Arbeiter im Club ihres Vaters. Die vielen Menschen um sie herum machten ihr Angst, manche starrten sie an und zeigten auf sie, während die Demonstranten in immer größeren Scharen aus den angrenzenden Straßen und Gassen auf den Platz strömten und eine Tribüne umringten, die wie ein Schafott aussah. Am liebsten wäre Emily davongelaufen. Wie sollte Victor sie hier jemals finden?
»Endlich! Da kommt er! Er ist da!«
Auf dem Platz breitete sich Unruhe aus. Die Leute reckten die Hälse, jemand stieß Emily in die Rippen, die Menge schob und drängte in die Richtung der Tribüne, die gerade ein Riese mit feuerrotem Haar betrat. Emily erkannte ihn sofort: Der Mann war Feargus O'Connor, der irische Führer der Chartisten.
»Ihr Strolche! Ihr Schurken!«
Brüllend wie ein Löwe erhob er seine Stimme. Während seine Helfer Körbe und Kübel mit Unterschriftslisten auf die Bühne brachten, schrie er unsichtbaren Gegnern die Forderungen der Arbeiter zu. Emily kannte die Charta, sie hatte sie in der *Times* gelesen und fand sie zum Teil sogar berechtigt, doch jetzt, als sie die Parolen aus dem Mund dieses Mannes hörte, liefen ihr kalte Schauer über den Rücken.
»Freiheit und Gleichheit, dafür kämpfen wir, und wenn es unser Leben kostet! Aber ich schwöre euch, wir werden siegen! Jede

Unterschrift, die wir dem Parlament präsentieren, ist ein Schlag ins Gesicht unseres Feindes, ein Messerstich in sein blutendes Herz.«

Noch nie hatte Emily einen Menschen so reden hören. Manchmal säuselte O'Connor wie ein Franzose, dann wieder polterte er wie ein Stallknecht, um im nächsten Moment loszubrechen wie ein Stier, der das rote Tuch vor sich sieht, schlug mit der Hand auf das Rednerpult und stampfte mit den Füßen auf. Während seine Stimme immer lauter über den Platz donnerte, griff er mit beiden Händen in die Luft, als würde er jemanden an der Gurgel packen, und schüttelte sein rotes Löwenhaupt, wie ein Raubtier, das seine Beute schüttelt. Die Sätze wurden kürzer, stoßweise drangen sie aus seiner mächtigen Brust, immer wilder trommelte er auf sein Pult, sein Gesicht wurde blass, seine Glieder zitterten, seine Empörung flutete über den Platz und türmte sich zu einer gewaltigen Woge auf, die alles vor sich niederwarf, zerkrachte und zersplitterte.

»Zwei Millionen Stimmen«, verkündete er, die rechte Hand wie ein Imperator erhoben, als ein Helfer den letzten Korb auf das Podium brachte. »Und wehe, ihr Strolche, ihr Schurken, wenn ihr uns unser Recht verwehrt. Unser Zorn wird über euch kommen wie ein Strafgericht! Mit Blitz und Donner, Schwertern und Kugeln!«

Applaus brandete auf, steigerte sich zum frenetischen Jubel, bis der ganze Platz wie ein Kessel zu brodeln anfing. Männer brachen in Freudentränen aus, Frauen drängten zur Tribüne, reckten O'Connor ihre Leiber entgegen, um einen Zipfel seines Anzugs zu berühren. Ein Stoß warf Emily fast um. Ein paar Bierkutscher hatten in ihrer Nähe einen Polizeispitzel entdeckt, einen kleinen dicken Mann mit Zylinder. Wütend fielen sie über ihn her und warfen ihn auf einen Mistkarren, der herrenlos neben einer Tränke stand.

Entsetzt wich Emily zurück. Da packte sie jemand am Arm.

»Gott sei Dank, da bist du ja.«

Vor ihr stand Victor und sah sie mit seinen dunklen Augen an.
»Gott sei Dank, dass *du* da bist«, sagte Emily. Selten war sie so erleichtert gewesen.
»Hast du Angst gehabt?«, fragte er.
»Und ob!« Sie zeigte auf die Tribüne, wo O'Connor immer noch Hunderte von Händen drückte. »Der Mann ist ja gefährlich.«
Victors Gesicht verhärtete sich. »Hoffentlich!«, sagte er.
»Hoffentlich?«, wiederholte Emily.
»Ja«, sagte Victor. »Wenn die Verbrecher, die die Gesetze machen, keine Angst vor uns haben, werden wir nie unsere Rechte bekommen. Feargus O'Connor macht ihnen die Hölle heiß, und das ist gut so!«
»Bist du verrückt? Ein Brandstifter ist das! Er hat seine Zuhörer offen zur Gewalt aufgehetzt, und die haben einen harmlosen Mann verprügelt – einfach so!«
»Meinst du den Spitzel?«, fragte Victor verächtlich. »Der hat nur gekriegt, was er verdient.«
»Ich kann nicht verstehen, dass du so redest. Ein Mensch ist ein Mensch, egal, was er sonst noch ist.« Emily schüttelte den Kopf und sah Victor an. »Oder gehörst du etwa zu diesen Leuten?«
Victors Augen verengten sich, und die Muskeln seiner Kiefer traten so stark hervor, dass sich die einzelnen Stränge auf seinen Wangen deutlich abzeichneten. Für einen Moment sah er aus wie ein Raubtier, und er machte Emily fast so viel Angst wie eben noch Feargus O'Connor. Aber dann entspannten sich seine Züge und er lächelte sie an.
»Komm«, sagte er, »gehen wir hier weg, das ist nichts für dich.«
»Ja, vielleicht hast du Recht.«
»Magst du Schokolade?« Er zückte einen Schilling, warf ihn in die Luft und fing ihn wieder auf.
»Schokolade? Wie kommst du jetzt darauf?«
»Ich kenne ein Café, nicht weit von hier, das müsste dir gefallen. Da können wir uns in Ruhe die Druckfahnen anschauen und alles besprechen.«

Bei der Erwähnung der Druckfahnen spürte Emily einen Stich. Das war der Augenblick, um ihm die Wahrheit zu sagen – dass seine Arbeit nicht mehr gebraucht wurde. Aber wie sollte sie das tun? Der Schilling war vielleicht sein ganzer Wochenlohn, und er wollte sie einladen. Bevor ihr etwas Gescheites einfiel, hatte er sich schon abgewandt und ging voraus.

Während O'Connor mit lauter Stimme die Demonstranten aufforderte, mit ihm zum Parlament zu ziehen, verließen sie den Platz. Emily war heilfroh, dem Hexenkessel zu entkommen. Bald hörte sie nur noch ein gleichmäßiges Rauschen, wie von einer fernen Meeresbrandung, und auch die Umgebung verwandelte sich allmählich wieder in eine ihr vertraute Welt. Die Häuser wurden immer stattlicher, die Auslagen in den Schaufenstern immer prächtiger, und die Menschen auf den Bürgersteigen lächelten sie freundlich an, wenn sie in ein Gesicht sah. Doch seltsam, je näher sie der Oxford Street kamen, umso unwohler fühlte Emily sich. Sie hatte sich immer viel darauf eingebildet, dass sie keine dumme Gans war wie meisten anderen Mädchen, die sie kannte, sondern eine Wissenschaftlerin, die dem Geheimnis des Lebens nachspürte. Doch kaum war ihr das Leben von einer anderen, weniger vertrauten Seite entgegengetreten, hatte sie genauso reagiert, wie all die wohl behüteten Tochter aus gutem Hause es getan hätten, die sie selbst verachtete.

»So, da wären wir.«

Emily zuckte zusammen, als sie das Café sah, vor dem Victor stehen blieb. Es war das *Café Royal* in der Regent Street, das Lieblingscafé ihrer Mutter, das sie oft zusammen nach einem Einkaufsbummel besuchten. Einmal hatten sie sich hier sogar mit Henry Cole getroffen.

»Um ehrlich zu sein, ich würde lieber nicht da hineingehen.«

»Warum nicht? Gefällt es dir nicht?«, fragte er. »Ach so«, sagte er dann, und die Enttäuschung in seinem Gesicht wich einem bitteren Ausdruck. »Du hast Angst, dass man dich mit mir sieht.«

»Nein, wie kommst du darauf? Ich … ich möchte nur lieber woanders hin.«
»Na gut, aber es darf nicht zu teuer sein. Mehr als den einen Schilling habe ich nicht.«
Emily zögerte. Sie hatte eine Idee, doch kam ihr der Einfall selbst so verrückt vor, dass sie nicht wusste, wie sie anfangen sollte. Schließlich sagte sie: »Du hast mir von einer Herberge erzählt, in der du früher mal gelebt hast.«
»Du meinst, als meine Mutter und ich nach London kamen? Ja und? Was ist damit?«
»Ich möchte, dass du sie mir zeigst.«
»WAS möchtest du?«
»Ja, Victor«, sagte sie. »Ich weiß so wenig von dir. Das habe ich in Chatsworth gemerkt. Wir waren an all den alten Orten, und es war so schön, wieder mit dir da zu sein, aber das war nur unsere Kindheit. Ich möchte wissen, was danach war, wie du gelebt hast. Um … um mir dein Leben einfach besser vorstellen zu können. Ist es weit von hier?«
»Nein. Keine Viertelstunde.«
»Dann lass uns hingehen. Jetzt gleich.«
»Du weißt nicht, auf was du dich einlässt. In solchen Herbergen haust das übelste Pack von London. Kein normaler Mensch geht freiwillig da hin.«
»Aber wenn ich es möchte?«
Victor schüttelte den Kopf. »Warum willst du dir so etwas ansehen? Aus Neugier?«
»Nein«, erwiderte sie, »aus Freundschaft. Außerdem halte ich mehr aus, als du denkst. Hast du vergessen, was wir früher alles gemacht haben? Erinnere dich nur an Nelly, die Hündin des Gutsverwalters, wie sie Junge bekam und der Pfarrer sie totgetrampelt hat. Bin ich da etwa davongelaufen?«
»Das kann man nicht vergleichen«, sagte er. »Du hast doch eben schon Angst gehabt, und das war nur eine Demonstration. Lass uns lieber in das Café gehen und Schokolade trinken.«

Doch Emily ließ sich nicht beirren. »Nein«, sagte sie, und als er etwas einwenden wollte, fügte sie hinzu: »Bitte, Victor. Wie soll ich denn sonst verstehen, was mit dir passiert ist?«
Er schaute sie prüfend an. »Ist es wirklich das?«
Emily nickte.
»Dann komm.«
Mit einer Kopfbewegung forderte er sie auf, ihm zu folgen. Während die Dämmerung auf die Stadt herabsank wie ein schmutziges graues Tuch, führte er sie von der Einkaufsstraße fort in ein Labyrinth von Gassen, die immer dunkler wurden, immer fremder, immer ärmlicher, immer unheimlicher, immer widerwärtiger. Vor fünf Minuten waren sie noch bei »Hemley's« vorbeigekommen, dem größten Spielzeugladen der Stadt, wo Kinder in Matrosenanzügen sich die Nasen an den Fensterscheiben platt drückten, um handbemalte Porzellanpuppen und bunt lackierte Schaukelpferde zu bestaunen, die so viel kosteten wie ein lebendiges Pony. Hier aber starrte die blanke Armut sie an, überall, aus Türritzen und Röhren, sickerte Spülicht auf das glitschige Pflaster, Gießbäche von Unrat, in denen sie auszurutschen drohte. Die Luft hing voller Nebelschwaden, der Gestank von Kot und Urin vermischte sich mit den Ausdünstungen von Kuhställen, Brauereien und Schlachthäusern, während über ihren Köpfen, wie Klippen über den Gassen, die Häuser sich krumm und schief mit ihrem wimmelnden lebendigen Inhalt in den dunklen Abendhimmel erhoben. Auf einer Kreuzung, zwischen einem Dutzend halb zerfallener Gebäude, wurde ein Markt abgehalten. Ruhelos flackerte das Gaslicht an den Ständen, wo in Lumpen gehüllte Frauen um eklige Brocken vertrocknetes Fleisch und faulen Fisch feilschten. Emily wurde schon beim Anblick der Speisen übel. Wie konnten Menschen so etwas essen?
Je tiefer sie in das Labyrinth eindrangen, desto mehr sank ihr Mut. Angst beschlich sie, eine vage, unbestimmte Angst, wie vor einer unsichtbaren Gefahr, die überall und nirgendwo lauerte.

Als Kind hatte sie davon geträumt, mit ihrem Vater den Amazonas zu erkunden. Jetzt geriet sie in einen Dschungel hinein, der ihr bedrohlicher schien als alle Dschungel Amerikas und Afrikas. Es war, als würde sie sich mit jedem Schritt weiter von London entfernen, von London und England und Europa, um sich auf einen anderen Kontinent zu verirren. Doch lieber würde sie sich die Zunge abbeißen, als Victor zu bitten, kehrtzumachen.

Vor einem rußgeschwärzten Haus blieb er stehen. Die Fensterscheiben waren vor langer Zeit herausgebrochen, die Öffnungen nur notdürftig mit Pappe und Sperrholz abgedichtet.

»Ist es das?«, fragte sie.

Victor nickte. »Willst du wirklich hinein?«

Emily starrte die Tür an. Sie wusste nicht, was dahinter auf sie wartete; sie wusste nur, dass sie durch diese Tür hindurch musste – egal, welche Überwindung es sie kostete.

»Ja«, sagte sie mit leiser, aber fester Stimme. »Du hältst mich für ein verwöhntes dummes Mädchen, und wahrscheinlich hast du ja Recht, so von mir zu denken. ... Aber bitte, lass mich dir beweisen, dass ich das nicht bin.«

Victor zögerte immer noch. »Ich meine wirklich, wir sollten das lieber lassen.«

»Warum willst du nicht, dass ich sehe, wo du gelebt hast?« Sie war so aufgeregt, dass ihre Stimme wie ein Echo in ihrem Kopf widerhallte. »Schämst du dich etwa vor mir?«

Victor wich ihrem Blick aus, doch die Narbe auf seiner Stirn zuckte – Emily konnte es trotz der Dunkelheit sehen. Hatte sie ihn mit ihrer Frage verletzt? Ganz sicher hatte sie das, und sie hätte sich ohrfeigen können für ihre Dummheit. Doch bevor sie sich entschuldigen konnte, hob er den Kopf und lächelte sie merkwürdig an. Merkwürdig und gefährlich.

»Also gut«, sagte er. »Du hast es selber gewollt! Aber mach dich auf was gefasst, da drinnen herrschen andere Regeln.«

Emily trat vor und öffnete die Tür. Im selben Moment bereute sie ihren Entschluss.

»Mein Gott!«, flüsterte sie.
Die Hölle tat sich vor ihr auf. Der düstere, nur von ein paar Kerzen beleuchtete Saal war vollgestopft mit Menschen. Wie Gespenster blickten sie ihr aus der Finsternis entgegen: vermummte Wesen, die auf Lagern aus Woll- und Stoffresten lungerten, einzeln und zu Paaren, oft mehrere zusammen, Männer und Frauen, Alte und Junge, Kranke und Gesunde, Betrunkene und Nüchterne, verfaulend in Hunger, Dreck und Krankheit. Manche starrten stumpfsinnig vor sich hin, andere dösten im Halbschlaf, viele rauchten, einige nagten an einem Stück Brot, wobei sie mit den Zähnen mahlten wie Vieh an der Futterkrippe. Weder Lachen noch Reden war zu hören, die unheimliche Stille wurde nur ab und zu durch das Husten eines Kranken gestört.
»Hallo, Süßer, auch mal wieder da?« Eine junge, dicke Frau, die nichts als ein Hemd trug, begrüßte Victor mit einem Züngeln. »Komm, Süßer, gib mir einen Kuss. Oder ist das deine Braut?«
Victor tätschelte ihr Gesicht. »Heute nicht, Mimi! Verschwinde.«
Fassungslos schaute Emily der Frau nach, wie sie in den Armen eines Gerbers verschwand, der sie mit braunen Händen an sich presste. Da zerrte jemand an ihrer Handtasche. Im selben Moment fuhr Victor herum und schlug den Dieb mit der Faust nieder, einen Jungen von kaum achtzehn Jahren.
»Leck mich!«
Im Davonstolpern ließ der Junge seine Hosen runter und zeigte ihnen sein Hinterteil. Emily schlug die Augen nieder, doch was sie da sah, ließ ihr das Blut in den Adern gerinnen. Auf dem Boden, direkt zu ihren Füßen, hockte ein Greis, der sie mit geiferndem Mund anstarrte und dabei mit beiden Händen sein rotes Glied rieb, das sich ihr aus dem Hosenlatz entgegenreckte, so groß und dick wie ein Arm. Entsetzt wandte Emily sich ab, um davonzulaufen, doch Victor packte sie so fest am Handgelenk, dass es schmerzte.
»Wohin willst du? Du hast doch noch gar nichts gesehen. Oder muss ich mich schämen?«

»Ich halte es hier nicht aus«, stammelte sie, kaum fähig zu sprechen.
Verborgen in der Dunkelheit, stöhnte irgendwo eine Frau, ein langes, gleichmäßiges Keuchen, wie von starkem Schmerz oder verbotener Lust.
»Hörst du das?«, fragte Victor. »Ich glaube, da kriegt jemand ein Kind. Willst du zusehen? Wie früher bei Nelly?«
»Bitte, Victor. Ich will weg! Bring mich weg!«
Doch er dachte nicht daran. Während er ihr ins Gesicht schaute, verengten sich seine Augen zu zwei Schlitzen. Ohne seinen Griff zu lockern, sagte er mit leiser, gefährlicher Stimme: »Jetzt kannst du beweisen, wer du bist.«
Als Emily diese Augen sah, begann sie am ganzen Leib zu zittern. Ja, auch er gehörte zu diesen Leuten, war einer von ihnen … Plötzlich spürte sie nur noch Angst und Panik und Entsetzen. Der Mensch, der vor ihr stand, war nicht Victor, ihr Jugendfreund – das war ein wildfremder Mann! Mit ihrer ganzen Kraft riss sie sich los und rannte davon, unter dem Lachen und Rufen der Höllenbewohner, das sie bis auf die Straße verfolgte.
Draußen lief Emily einfach los, egal wohin, nur fort von diesem Ort! Ein paar Minuten später gelangte sie an eine Kreuzung, ohne zu wissen, aus welcher Richtung sie gekommen war. Als sie einen Konstabler sah, der an der Straßenecke patrouillierte, schossen ihr die Tränen in die Augen. Wie ein Kind lief sie zu ihm und bat ihn um Hilfe.
Der Polizist brachte sie zum Drury-Lane-Theater zurück. Nur noch das Podium und die Abfälle erinnerten an die Versammlung der Chartisten, die hier stattgefunden hatte. Wann war das gewesen? Vor einer Stunde? Vor einer Ewigkeit? In dem Gebäude gingen gerade die Lichter an, und ein Trupp Straßenkehrer schwärmte aus, um den Vorplatz vom Dreck zu reinigen. Emily warf sich in ein Cabriolet, das vor dem Theater stand, und rief dem Kutscher die Adresse ihrer Stadtwohnung zu.
In ihrer Hand zitterte ein Bündel Papier: die Druckfahnen, die

Victor ihr irgendwann gegeben hatte. »Nein!«, rief sie. »Bringen Sie mich zum Bahnhof! Euston Station!«

18

Victor schloss die Augen, damit er Fannys Blick nicht sah, der ihr Gesicht in der Dunkelheit leuchten ließ wie der Schein einer Kerze.

»Nimm mich«, flüsterte sie, »ich gehöre dir ...«

Ein Seufzer entwand sich ihrer Brust, als er in sie drang. Warm und feucht umfingen ihre Lippen sein Fleisch, ein inniger Kuss ihres Leibes. Ohne ihre Zärtlichkeit zu erwidern, stieß er zu, hart und brutal, allein im Dunkel seiner Wollust, die nichts sah außer der Bereitschaft dieser Frau, die nichts hörte außer dem Atmen ihrer Kehle, die nichts roch außer dem Geruch ihres Schweißes, die nichts schmeckte außer dem Salz ihrer Haut, die nichts fühlte außer diesem warmen, feuchten Schlund, in dem er sich tiefer und tiefer verlor. Er wollte keine Liebe, er wollte nur ihren Körper, um seine Notdurft zu verrichten, während er wieder und wieder zustieß, um an das Ende dieses Schlundes zu gelangen, der ihn saugend und pulsierend immer weiter in sich hinabzog. Und dann war er endlich da, am schwarzen Grund des Vergessens, doch kein Schrei löste sich in seiner Seele, um seine Lust hinauszuschleudern. Seine Lust und seine Wut und seine Verletzung.

»Was hast du?«, fragte Fanny, als er sich von ihrem Lager erhob. »Hab ich was falsch gemacht? Die anderen stöhnen und grunzen, wenn sie so weit sind.«

»Wo ich war, wurde man ausgepeitscht, wenn man das tat.«

Fanny verstand nicht, wovon er redete. Er warf ihr den Schilling zu, den Toby ihm gegeben hatte.

»Du kannst den Rest behalten!«

»Oh, das ist aber großzügig, mein Schatz!«
Während sie eilig die Münze unter der Matratze verschwinden ließ, hob er seine Kleider vom Boden.
»Wohin gehst du?«, fragte sie, als er sich anzog. »Wenn du willst, kannst du die Nacht bei mir bleiben. Bei einem Schilling ist das im Preis inbegriffen.«
»Heute nicht«, sagte er.
Sie streckte die Hand nach ihm aus, doch Victor nickte ihr nur einmal zu, bevor er das Zimmer verließ.
In der Druckerei brannte noch Licht, als er wenig später die Werkstatt betrat. Mr. Finch wartete auf ihn.
»Sag schon, wie viele Exemplare sollen wir drucken?«
»Gar keine«, erwiderte Victor.
»Was heißt das?«, fragte Mr. Finch und stierte ihn mit glasigen Augen an.
»Es gibt keinen Auftrag mehr. Der Kunde hat gekniffen.«
»Aber wir haben schon einen Bogen gesetzt. Da können sie nicht einfach …«
»Und ob sie das können!« Victor nahm einen Setzkasten und schüttete die Lettern auf den Boden.
»Bist du verrückt geworden?«, rief Mr. Finch und klaubte die Buchstaben vom Boden auf. »Weißt du, was das kostet?« Er hielt ihm zwei Handvoll Lettern entgegen. »Das ziehe ich dir vom Lohn ab – und wenn es ein Jahr dauert. Außerdem kriegst du nur noch trockenes Brot zu fressen, ich sage Mrs. Finch Bescheid, dass sie …«
Victor wandte sich ab. Als er sich umdrehte, blickte er in Daisys Gesicht. Wie eine Königin saß die Katze da und schaute ihn hochmütig an. Er packte sie im Genick und tauchte sie in das Wasserfass, das neben der Druckpresse stand.
»Du Saukerl! Du Verbrecher! Ich bring dich zurück ins Gefängnis …«
Ohne auf Mr. Finchs Verwünschungen zu achten, verließ Victor die Werkstatt und knallte die Tür hinter sich zu.

In der Gesellenkammer warf er sich auf seine Pritsche und starrte gegen die Wand. Wo waren die fremden, verwirrenden, wunderbaren Gefühle geblieben, die ihn den ganzen Tag beseelt hatten? Er versuchte, an Fanny zu denken, an ihren Körper, an ihre Brüste, an ihren warmen, feuchten Schoß, in den er sich ergossen hatte, vor weniger als einer Stunde, doch es gelang ihm nicht. Immer wieder drängten sich andere Bilder vor. Emilys Gesicht, ihre Augen, darin die Angst, ihr Abscheu, ihr Widerwille, ihr Ekel, ihre Verachtung ... Nein, es gab es keinen Zweifel, seine Mutter hatte Recht: Auch Emily war ein fauler Apfel, wie alle Paxtons.

»Was ist denn in der Werkstatt los? Mrs. Finch tobt und behauptet, ihr Mann hätte Daisy ersäuft. Aber der schwört, dass du sie abgemurkst hast.«

Im Schein des Mondlichts, das durch die Dachluke fiel, sah Victor einen schwarzen Schatten, aus dem zwei weiße Augen ihn aufmerksam betrachteten.

»Oh, ich glaube fast, Mr. Finch hat Recht.« Robert reichte ihm einen Flasche. »Hier, scheiß was auf die Katze! Trink!«

Victor zögerte nur kurz, dann nahm er einen Schluck. Seit drei Jahren hatte er keinen Schnaps mehr getrunken. Der Gin breitete sich in seinem Körper aus wie jemand, der nach langer Abwesenheit in seine alte Wohnung zurückkehrt. Victor spürte die wohlige vertraute Wärme in seinen Adern, das Kribbeln in den Armen und Beinen, während seine Muskeln sich entspannten.

»Bist du auch mit O'Connor marschiert?«, fragte Robert.

Victor schüttelte stumm den Kopf und trank noch einen Schluck.

»Da hast du was verpasst. Das Großmaul will der Regierung Angst einjagen und schafft es nicht mal bis zum Parlament. Zum Totlachen! Sie haben keinen über die Themse gelassen. Alle Brücken waren mit Soldaten besetzt, und sie hätten jeden abgeknallt, der probiert hätte, nach Whitehall rüberzukommen. O'Connor selbst hat die Sache abgeblasen, und wie die Lämmer ist die ganze Herde davongezogen, obwohl sie mehr als hunderttausend waren. Man konnte direkt riechen, wie sie sich in die Hose gemacht haben, deine tapferen Chartisten. Bis zum Strand stank es nach Pisse und Scheiße, wie in einem Schafstall.«

»Vielleicht hast du Recht,«, sagte Victor, mehr zu sich selbst als zu Robert. »Vielleicht müsste man die Sache wirklich anders anpacken. So wie die Franzosen letztes Jahr mit ihrer Revolution. Damit die Schweine begreifen, dass wir uns nicht länger gefallen lassen, wie sie uns behandeln.«

»Was ist denn in *dich* gefahren?«, staunte Robert. »Erst säufst du mir den Gin weg, und dann solche Reden. Fast könnte man glauben, du bist doch einer von uns – *cheers*!« Er nahm ihm die Flasche aus der Hand und prostete ihm zu. »Ja«, sagte er dann, »sie behandeln uns wie Dreck, unser Leben lang, und die einzige Chance, uns daraus zu befreien, ist unser Hass.«

»Man müsste etwas tun, womit sie nicht rechnen«, fuhr Victor in Gedanken fort. »Etwas Neues, noch nie Dagewesenes. Sie dort kriegen, wo es ihnen am meisten schadet, mitten im Herzen.« Er richtete sich auf seiner Pritsche auf und blickte Robert an. »Hast du schon mal daran gedacht, einen Anschlag auf einen Zug zu machen?«

»Einen Zug? Wozu? Wenn schon, dann auf ein Gefängnis! Oder auf Old Bailey, wo sie mich verknackt haben. Oder gleich auf das Parlament, damit sie erst gar keine Gesetze mehr machen können.« Robert leckte sich die Lippen. »Mal einen Politiker erwischen, so ein richtig großes Tier, das wäre was, zum Beispiel diesen Peel ...«

»Nein«, sagte Victor. »Ein Zug ist viel besser.«

»Ist dir der Gin zu Kopf gestiegen?«

»Die Eisenbahn ist wichtiger als das Parlament, als alle Politiker zusammen.«

»Und warum, wenn ich fragen darf?«

»Weil die Züge die Lebensadern in dem ganzen dreckigen System sind. Ohne sie geht gar nichts. Hast du eine Ahnung, wie viele Waggons jeden Tag in London entladen werden?«

»Ich bin noch nie auf einem Bahnhof gewesen. Außer nachts, um Kohlen zu klauen.«

»Dann geh mal hin und schau dir das an. Allein die Midland Railway hat über dreißig Züge, und an jedem Zug hängen Dutzende von Waggons. Ganze Schiffsladungen sind das! Damit versorgen sie die Fabriken in Manchester und Derby mit allem, was sie da oben brauchen, mit Baumwolle und Maschinen und was weiß ich womit noch, und wenn die Sachen fertig sind, bringt die Eisenbahn sie wieder zurück nach London, damit sie hier verkauft werden.«

Robert biss ein Stück Kautabak ab. »Ich glaube, so langsam begreife ich, worauf du hinauswillst«, sagte er und kaute auf seinem Priem. »Du meinst, wenn wir die Züge lahm legen, schnüren wir ihnen das Blut ab?« Er reichte Victor die Flasche. »Keine schlechte Idee. Komisch, dass bis jetzt noch niemand darauf gekommen ist!«

Victor nahm die Flasche und schaute sie nachdenklich an.

Plötzlich war er wieder in Chatsworth, vor vielen Jahren. Es war ein kalter Winternachmittag. Er und Emily hatten Schleudern gebastelt, um einen Kornschober für Mr. Paxton und den Herzog zu bewachen. Obwohl er fürchterlich in seiner dünnen Jacke fror, hatte er sich geweigert, einen von Emilys Mänteln anzuziehen. Um sich aufzuwärmen, tranken sie kleine Schlückchen von dem Wein, den sie dem Kirchenküster geklaut hatten.

»Hast du schon mal von Captain Swing gehört?«, fragte Victor.

Robert verneinte.

»Es war im Winter fünfunddreißig oder sechsunddreißig, ich war ungefähr zehn Jahre alt. Wir hatten eine Hungersnot, die ganze Gegend war in Aufruhr. Da haben die Tagelöhner die Kornschober angezündet, die Scheunen und Ställe – überall. Wenn sie selber verhungern mussten, sollten die anderen auch nichts zu fressen haben. Jede Nacht flammte irgendwo ein Feuer auf. Und jedes Mal hieß es: Captain Swing hat wieder zugeschla-

gen. Die Großgrundbesitzer hatten schließlich solche Angst, dass sie sich gar nicht mehr aus ihren Häusern trauten.«
»Und wer war dieser Swing?«, fragte Robert.
Victor zuckte die Achseln. »Niemand weiß es, keiner hat ihn gesehen. Vielleicht war er nur ein Name, für den Hass und die Wut der Leute. Aber er hat eine Waffe erfunden, gegen die kein Polizist oder Soldat etwas machen kann. Man braucht nur ein paar Zündhölzer und ein Bündel Stroh.«
Robert grinste. »Wie hieß die Eisenbahngesellschaft, von der du eben geredet hast? Midland Railway?« Er trat so nah zu Victor heran, dass dieser seinen warmen Atem im Gesicht spürte. »Ein paar Freunde von mir wollen schon lange mal einen Bahnhof besichtigen, vor allem ein Franzose, der letztes Jahr in Paris mit auf den Barrikaden war. Ich könnte mir vorstellen, dass sie Lust hätten, Captain Swings Waffe auszuprobieren. Bist du dabei?«
Bevor Victor antwortete, nahm er einen Schluck Gin. Als er die Flasche absetzte, sah er eine kleine magere Gestalt in der Tür: Toby.
Er lehnte am Pfosten und kratzte sich mit einem nackten Fuß am Hosenbein.

19

Dunkle Nacht tauchte den Park von Chatsworth in die Schatten des Schweigens. Nur jene geheimnisvollen Wesen, die erst erwachen, wenn der Abend den Tag ablöst, erfüllten die mondgetränkte Stille mit lautlosem Leben. Große Vögel bewegten ihre Schwingen in der schwarzsilbernen Luft, die von Spätsommerdüften geschwängert war, und das Laub der Büsche und Bäume erzitterte vom Gesumm unsichtbarer Insekten, während leises Trappeln auf den verödeten Wegen unsichtbare Spuren im Sand hinterließ.

Nur das alte Glashaus am Ende des Parks war erleuchtet. Hierhin hatte Emily sich zurückgezogen. Allein mit ihren Gedanken, saß sie am Seerosenteich, in die Betrachtung der Pflanzen versunken, die in ihrer weiß und rosa erblühten Pracht auf dem schwarzgrünen Wasser trieben. Im Verlauf der Jahre hatten sie eine solche Vielfalt und Fülle hervorgezaubert, wie kein Maler sie hätte erträumen können, allein durch jenen geheimnisvollen Prozess der Auslese, in der sich der dunkle Drang des Lebens nach Vervollkommnung überall in der Natur verwirklicht, bei den Pflanzen wie bei den Tieren.
Auch bei den Menschen? Emily wusste, sie war im besten Alter, um zu heiraten, ihr Körper gab ihr das in manchen Nächten deutlich zu verstehen, und sie musste endlich ihre Wahl treffen, im großen Irrgarten des Lebens. Ein halbes Dutzend Männer hatte sie schon abgewiesen, doch jetzt wartete einer auf ihr Jawort, der alle Eigenschaften zu besitzen schien, die eine Frau sich nur wünschen konnte, um das Leben mit ihm zu teilen.
An diesem Gedanken hielt sie sich fest wie ein Schiffbrüchiger im Ozean an einer vorübertreibenden Planke. Sie war vorgestern mit dem Nachtzug aus London zurückgekehrt, froh über jede Meile, die sie sich im rasenden Tempo der Eisenbahn von der Hauptstadt entfernte. Was für eine absurde Idee, sich mit Victor zu treffen! Hatte sie wirklich gehofft, sie könne die Vergangenheit wieder gutmachen? Bei ihrem ersten Wiedersehen hatte sie daran geglaubt, in ihrer Hütte im »Paradies«, doch nein, der Versuch war ein Irrsinn gewesen, eine Verkennung natürlicher Gesetze. Keine zwei Arten, die sich auf ein und dieselbe Art ernähren, können gleichzeitig in ein- und derselben Lebenswelt existieren – das hatte ihr Vater ihr schon als Kind beigebracht. Wie ein Tier hatte Victor sie angeschaut, mit kalten, bösen Augen, und sie so fest am Arm gepackt, dass es ihr wehgetan hatte. War das der Flaschengeist gewesen, vor dem er sie gewarnt hatte? Ach, hätte sie bloß auf ihre Schildkröte gehört …
Verwirrt wie ein Kind, das sich verlaufen hat, war sie ihrer

Mutter nach ihrer Rückkehr aus London in die Arme gesunken. Sarah hatte sich über ihr unerwartetes Erscheinen gewundert, auch über die Zärtlichkeit, mit der sie sich an sie geschmiegt hatte, doch zu Emilys Erleichterung hatte sie nicht weiter nach Erklärungen gefragt.

»Hauptsache, du bist da. Ich habe sowieso mit dir zu reden, bevor dein Vater zurückkommt.«

Während Emilys Abwesenheit war Henry Cole nach Chatsworth zu Besuch gekommen, um offiziell um ihre Hand anzuhalten. Ihre Mutter hatte ihn hier im Gewächshaus empfangen, sein Service stand immer noch auf dem Tischchen am Teich. Der Anblick berührte Emily wie ein freundlicher Gruß. Die klaren, sauberen Formen zeugten nicht nur von sicherem Geschmack, sondern auch von einem klaren, sauberen Charakter.

Draußen, jenseits der Glaswände, hinter denen sich im nächtlichen Dunkel die Natur verbarg, miaute irgendwo ein Kater. Emily blickte zum Dach des Gewächshauses hinauf. Durch die Luke, die über dem Wipfel einer Palme in die Verglasung eingelassen war, sah sie den Kater davonhuschen. Erschöpft schloss sie die Augen. Wie Schneeflocken sanken die Rosenblätter, die Victor aus seinem Sack streute, auf sie herab, doch noch in der Luft verwandelten sie sich in ein zappelndes Gewimmel von Blindschleichen.

»Nanu, was machst du denn noch hier?«

In der Tür stand ihr Vater, mit einer Reisetasche in der Hand. Er hatte den Tag in Derby verbracht, auf einer Direktionssitzung der Midland Railway. Emily stand auf, um ihn zu begrüßen. Als er die Tasche abstellte, fiel sein Blick auf die frischen Druckfahnen für das *Magazine*, die sie auf dem Teetisch abgelegt hatte.

»Was für eine wunderbare Reproduktion«, sagte er und blätterte in den aufgeschnittenen Seiten. »Alles tritt darin so deutlich zutage wie in deinen Zeichnungen. Ach, ich glaube fast, es war ein Fehler, das *Magazine* zu verkaufen.«

Mit einem Seufzer legte er das Bündel beiseite und fuhr sich mit der Hand an die Stirn. Seine Wangen wirkten blass, und sein Blick war seltsam stumpf.
»Du siehst müde aus, Papa«, sagte Emily. »Hast du wieder Kopfschmerzen?«
Er nickte.
»Du solltest dich endlich entschließen, eine Brille zu benutzen. Bei deiner Kurzsichtigkeit ist es kein Wunder, wenn du so oft Kopfschmerzen hast. Nein, keine Widerrede,« fügte sie energisch hinzu, als er die Hand hob. »Ich weiß, du willst nicht, dass jemand deine Sehschwäche bemerkt, aber du schadest dir mit deiner Eitelkeit nur selbst.«
»Wenn es nur das wäre«, erwiderte er und steckte sich eine Zigarette an.
»Hattest du Ärger in Derby?«, fragte Emily.
»Mehr als das. Es hat letzte Nacht ein Attentat auf einen von unseren Zügen gegeben. Die ganze Fracht ist verbrannt.«
»Das ist ja fürchterlich. Weiß man schon, wer die Täter sind?«
»Die Polizei tappt im Dunkeln – wahrscheinlich radikale Chartisten. Der Schaden beträgt ein Vermögen. Was aber noch viel schlimmer ist: Die Aktien der Gesellschaft sind über zwanzig Prozent gefallen, an einem einzigen Tag!«
Jetzt brauchte auch Emily eine Zigarette. Sie tat einen tiefen Zug, bevor sie den Mut hatte, die entscheidende Frage zu stellen.
»Hast du für das Geld, das wir für das *Magazine* bekommen haben, schon Aktien gekauft?«
»Nicht nur das«, sagte er leise. »Ich habe außerdem eine Hypothek auf unsere Wohnung in London und unser Haus in Chatsworth aufgenommen. Ich weiß gar nicht, wie ich das deiner Mutter sagen soll.«
Trotz der schwülen Luft in dem Gewächshaus musste Emily frösteln. »Das heißt, unsere Existenz steht auf dem Spiel?«
»Herrgott«, brauste er auf, »was war ich für ein Esel, alles auf

eine Karte zu setzen! Wie ein betrunkener Russe im Spielcasino.« Dann verstummte er und schaute zu Boden. »Noch so ein Anschlag und wir sind ruiniert.«
Mit herunterhängenden Schultern saß er da. So hatte Emily ihren Vater noch nie gesehen. Plötzlich hatte sie das Gefühl, als trüge sie eine zentnerschwere Last. Und sie wusste auch warum: Ohne ihr Drängen hätte ihr Vater niemals so leichtsinnig gehandelt. Sie drückte die Zigarette in einem Pflanzenkübel aus und strich ihm übers Haar.
»Mach dir keine Sorgen, Papa«, versuchte sie ihm Mut zuzureden. »Die Polizei ist jetzt auf der Hut. Sie wird einen zweiten Anschlag verhindern. Bestimmt!«
»Glaubst du?«
»Du etwa nicht?«
»Wenn ich ehrlich bin ...« Statt den Satz zu Ende zu sprechen, hob Paxton die Arme. »Die Polizisten haben nur Schlagstöcke. Was können sie tun, wenn solche Verbrecher kommen?«
Emily wusste nicht, was sie erwidern sollte. Sie hatte die Versammlung der Chartisten in London erlebt, O'Connors wütende Rede, die fanatische Begeisterung seiner Zuhörer, als er zur Gewalt aufrief, die aufgebrachte Menge, die einen wehrlosen Mann auf einen Mistkarren geworfen hatte.
»Trotzdem, wir dürfen nicht zulassen, dass du alles verlierst. Du hast dein Leben lang so hart gearbeitet, um zu erreichen, was du erreicht hast, und wenn das jetzt alles umsonst sein soll ....« Was sie sagte, war so erbärmlich, dass sie verstummte.
Doch plötzlich hatte sie eine Idee.
»Wenn die Polizei uns nicht schützen kann, dann müssen wir uns eben selber schützen«, erklärte sie.
»Und wie soll das gehen?«, fragte Paxton.
»Wir stellen eigene Truppen auf, um die Züge zu bewachen.«
Er schaute sie überrascht an. »Du meinst, eine Art private Armee?«
»Ja, mit Pistolen und Gewehren.«

»Hm«, machte er, »ich weiß nicht, irgendwie habe ich ein komisches Gefühl bei dem Gedanken.«
»Aber warum?«, fragte Emily. »Ich habe gehört, Fabrikbesitzer tun das auch, wenn gestreikt wird. Sie heuern ehemalige Soldaten und Polizeidiener an. Das ist nicht verboten, im Gegenteil! Jeder hat das Recht, sein Eigentum zu schützen!«
»Du kannst reden wie ein Politiker.«
Die Sorgenfalten auf der Stirn ihres Vaters glätteten sich, und das Stumpfe aus seinem Blick war verschwunden, als er sie in den Arm nahm, um sie an sich zu drücken. »Was habe ich nur für eine kluge Tochter. Ich bin sehr stolz auf dich«, sagte er, endlich wieder lächelnd, und gab ihr einen Kuss auf die Wange. »Danke, Emily. Du hast mir sehr geholfen. – Aber sag mal«, wechselte er dann abrupt das Thema, als wäre ihm die Blöße, die er sich gegeben hatte, schon wieder peinlich, »warum bist du eigentlich so spät in der Nacht auf? Hast du etwa noch gearbeitet?«
Emily schüttelte den Kopf. »Ich habe nicht schlafen können. Es gibt gerade so vieles, worüber ich nachdenken muss.«
»Hoffentlich nur erfreuliche Dinge«, sagte er zärtlich.
Emily sah ihr eigenes Spiegelbild, das ihr vom schwarzgrünen Grund des Teiches entgegenschien. Sie warf ein Steinchen in das Wasser und schaute zu, wie die Ringe sich ausbreiteten und ihre Gesichtszüge verzerrten.
»Mama und du«, fragte sie nach einer Weile, »wie war das eigentlich bei euch? Ich meine, wie hast du es geschafft, sie zu erobern?«
»Wie kommst du denn jetzt darauf?«, fragte er zurück.
»Immerhin war sie drei Jahre älter als du und stammte aus einer wohlhabenden Familie, während du keinen Penny hattest.«
»Um ehrlich zu sein, ist mir das selber ein Rätsel, bis heute. Deine Mutter hatte ja eine Menge Verehrer, alles junge Männer aus gutem Haus.«
»Und trotzdem hat sie dich genommen?«, fragte Emily und

blickte zu ihm auf. »Obwohl sie immer so sehr auf ihre Stellung bedacht ist?«

»Dafür werde ich sie immer lieben, mein Leben lang. Ja, deine Mutter ist nicht nur eine sehr ehrgeizige, sondern auch eine sehr mutige Frau. Ich besaß ja nichts außer dem Hemd am Leib. Und sie brachte fünftausend Pfund Mitgift in die Ehe! Fünftausend Pfund!« Seine Augen leuchteten bei der Erinnerung. »Was für eine schöne Frau deine Mutter war ... Um sie zu erobern, war ich zu allem bereit – ich habe sogar gelogen und mich ein paar Jahre älter gemacht, als ich in Wirklichkeit war, damit sie mich überhaupt ernst nahm.« Er grinste wie über einen gelungenen Streich. »Doch warum willst du das alles eigentlich wissen?«

Emily wich seinem Blick aus und schaute wieder auf den Teich. Noch eine Frage lag ihr auf den Lippen: warum ihre Eltern sich damals gestritten hatten, am Fuß der Baumhütte, in Emilys ›Paradies‹, und ob es einen Grund für die Eifersucht ihrer Mutter gab ... Aber wenn sie diese Frage jetzt stellte, musste sie dann nicht eingestehen, dass sie die zwei belauscht hatte? Emilys Gesicht verschwand in den zitternden Ringen auf dem Wasser immer mehr. Sie konnte sich kaum noch erkennen.

»Wenn Mr. Cole es schafft, dass die Weltausstellung stattfindet, würden unsere Aktien dann wieder steigen?«, fragte sie.

»Sicher, und um ehrlich zu sein, beruht darauf meine einzige Hoffnung. Aber das weißt du doch selbst, nicht wahr?«

Emily gab keine Antwort. Es war ganz still in dem Treibhaus, nur ab und zu fiel ein Tropfen von einem Blatt, um mit leisem Plop zu zerplatzen, während sie weiter auf den Teich starrte. Warum war es nur so schwer, die Dinge zu sagen, die sie sagen musste? Weil sie Victor dann niemals wiedersehen konnte? Sie hatte am Nachmittag schon Pythia befragt, und die hatte ein eindeutiges Zeichen gegeben.

»Mama hat heute mit mir über Mr. Cole gesprochen«, sagte Emily schließlich. »Ob ich mir vorstellen könne, seine Frau zu werden.« Sie wartete, dass ihr Vater seine Meinung dazu äußerte, doch als er sie nur schweigend ansah, hob sie den Kopf und erwiderte fest seinen forschenden Blick. »Wenn ich ihm mein Jawort gebe, Papa, würde dich das glücklich machen?«

»Das fragst du mich, Emily?« Er wirkte für eine Sekunde unsicher, fast verlegen, als könne er sich zu keiner Antwort entschließen, aber dann lächelte er sie an. »Habe ich dir nicht immer gesagt, mein Liebling, du musst deine Entscheidungen selber treffen?«

20

Es war der 17. Oktober des Jahres 1849. Das Mansion House, Amtssitz des Bürgermeisters von London, erstrahlte in festlicher Abendbeleuchtung, und vor dem Portal herrschte ein Treiben, als fände in dem ehrwürdigen Gebäude eine glanzvolle Theaterpremiere statt. Jede Minute fuhr eine neue Karosse vor, eine pompöser als die andere, während im Foyer sich Scharen von Würdenträgern in ihren Amtsroben drängten. Seine Königliche Hoheit Prinz Albert, der deutschblütige Gemahl Königin Victorias, hatte einhundertfünfzig Bürgermeister des Landes zu einem Bankett in die Hauptstadt geladen, um sie für ein Ereignis zu gewinnen, das wie kein zweites die Stellung Englands unter den Nationen der Welt als strahlendste und mächtigste unter Beweis stellen sollte.

Durch einen Vorhang blickte Henry Cole in den sich allmählich füllenden Festsaal. Das Bankett fand in der Ägyptischen Halle statt, eine Hundertschaft von Handwerkern hatte den Saal bis spät in die Nacht hinein ausgeschmückt. An den hohen korinthischen Säulen hingen ringsum die Wappen sämtlicher Grafschaften und Großstädte des Landes, dazwischen waren die Fahnen von England, Schottland, Irland und Wales drapiert.

Am Kopfende erhoben sich zwei allegorische Monumentalfiguren, die Cole extra für diesen Anlass ersonnen hatte, »Frieden« und »Fülle«, während auf der anderen Seite der Halle eine nicht weniger kolossale »Britannia« mit vier Posaunenengeln dem ganzen Erdkreis ihre Bereitschaft verkündete, die Werke der Nationen in Empfang zu nehmen und die besten von ihnen zu belohnen.

Je zahlreicher die Gäste in den Saal strömten, desto größer wurde Coles Nervosität. Außer den Bürgermeistern waren die wichtigsten Männer des Landes geladen. Cole erblickte in einer Gruppe den Gouverneur der Bank von England, einen großen weißhaarigen Mann, der mit seinem gedrungenen Oberkörper in der gesteiften Frackbrust wie ein Panzerschrank aussah, zusammen mit dem Präsidenten der Ostindien-Kompanie, dessen rotes pockennarbiges Gesicht von Ferne an eine Landkarte erinnerte, dazu die Bankiers Nathan Rothschild und Thomas Baring, die beiden Mundays aus Manchester, den Broker Samuel Lloyd und den Eisenbahnkönig Robert Stephenson sowie Dutzende Mitglieder des Ober- und Unterhauses, die nach dem Ende der Parlamentsferien in die Stadt zurückgekehrt waren. Während sie alle unter der riesigen Weltkugel, die symbolträchtig in der Kuppel der Halle schwebte, nach ihren Plätzen suchten, tastete Cole nach dem Manuskript für seine Rede, die er in wochenlanger Arbeit vorbereitet hatte. Seine Aufgabe war es, die Idee der Weltausstellung an diesem Abend erstmals der Öffentlichkeit zu präsentieren, und nur wenn es ihm gelang, die Anwesenden von dem großen Plan zu überzeugen, würde Albert sich für das Unternehmen erklären. Der Prinzgemahl hatte sich ausbedungen, seine Entscheidung bis zur letzten Sekunde offen zu halten.

Endlose Minuten vergingen, bis alle Gäste ihre Plätze eingenommen hatten und der Lord Mayor von London, angetan mit der goldenen Kette des Stadtoberhaupts, an das Rednerpult trat, um die Veranstaltung zu eröffnen.

»Die Weltausstellung«, rief er nach kurzer Begrüßung dem Pub-

likum zu, »wird dem Frieden unter den Völkern dienen, den Handel mehren und den Wettbewerb fördern …«
Cole kannte den Text der Rede auswendig, der Lord Mayor hatte sie Wort für Wort mit ihm abgestimmt. Aufmerksam blickte er in die Gesichter. Wie würde das Publikum reagieren? Die Vorstellung, dass der Applaus dieser drei- oder vierhundert Menschen in wenigen Minuten darüber entscheiden würde, ob sein Lebenstraum in Erfüllung ging, machte ihn fast krank vor Anspannung.
»Dieses Ereignis wird die Industrie genauso stärken wie das Handwerk, die Agrarwirtschaft und den Export …«
Noch war nicht zu erkennen, in welche Richtung die Stimmung tendierte. Nervös zupfte Cole an seinem Frack, den er sich eigens zu diesem Anlass für ein Vermögen hatte schneidern lassen. Marian hatte ihn noch am Nachmittag aufgebügelt, obwohl sie kaum die Kraft gehabt hatte, das Bett zu verlassen. Sie war so unglaublich stolz auf ihn, und es war ihr sehnlichster Wunsch gewesen, an diesem Tag, dem vielleicht wichtigsten in seinem Leben, etwas für ihn zu tun. Wie würde sie strahlen, wenn heute der Durchbruch gelänge! Doch die Gesichter der Zuschauer verrieten bis jetzt eher höfliche Gleichgültigkeit als Begeisterung.
»Die Völker Europas und der Welt werden voller Bewunderung auf unsere Insel schauen und alle Anstrengungen unternehmen, es uns gleichzutun …«
Obwohl der Lord Mayor immer stärker die Stimme erhob, begannen einige Zuhörer unruhig auf ihren Stühlen zu rutschen, andere hüstelten und strichen über ihre Kleider. Cole wurde immer nervöser. Wenn nicht bald der Funke übersprang, würde die Stimmung kippen. In seiner Not suchte er Emily. Wo war sie? Er wusste, sie saß irgendwo mit ihren Eltern im Saal, aber er konnte sie nicht entdecken. Er verrenkte sich den Hals nach ihr, in der Hoffnung auf ein zustimmendes Lächeln, ein Kopfnicken – irgendeine Geste der Ermutigung. Aber er sah nur in die Mienen fremder, zunehmend gelangweilter Menschen.

»Dabei bedarf es keiner Protektion durch den Staat. Das ganze Unternehmen wird sich allein finanzieren. Denn das englische Volk kann besser für sich selbst sorgen, als dies jede Regierung vermag ...«
An dieser Stelle hatte Cole fest mit dem Beifall der Zuhörer gerechnet, doch keine Hand rührte sich. Im Gegenteil. Mit jedem Satz, den der Lord Mayor sprach, schien er sein Publikum nur noch mehr zu langweilen. Überall im Saal wurde inzwischen mit den Füßen gescharrt. Cole spürte, wie Panik ihn überkam. Die Stimmung war eine Katastrophe, und seine eigene Rede, die er in der Brusttasche seines sündhaft teuren Fracks trug, knüpfte bei ebenjenen Gedanken an, mit denen der Lord Mayor für diese Katastrophe gesorgt hatte. In der ersten Reihe saß Prinz Albert, das blasse Gesicht zu einer Maske erstarrt, und blickte mit übereinander geschlagenen Beinen auf die Spitzen seines blank gewichsten, unaufhörlich wippenden Lackschuhs. Eher würde er seine Ehe mit der Königin von England annullieren, als sich hier und heute zugunsten von Coles großem Traum zu erklären.
»... und nicht zuletzt wird darum diese Ausstellung Großbritanniens Platz an der Spitze der Industrienationen bestätigen, als eindrucksvoller Beweis seiner wirtschaftlichen Leistungskraft und Überlegenheit. – Ich danke Ihnen für Ihre Aufmerksamkeit.«
Der Lord Mayor verneigte sich, doch der Applaus war so dünn, dass er kaum das Hüsteln und Scharren im Saal übertönte. Coles Gedanken überschlugen sich. Was sollte er tun? Wenn er jetzt die Rede hielt, die er vorbereitet hatte, war der Kampf verloren, noch ehe die Schlacht begann. Die Leute hatten keine Lust, sich irgendwelche Phrasen über die Größe Englands und das Wohl der Menschheit anzuhören – so etwas bekamen sie jeden Sonntag in der Kirche vorgebetet. Man musste sie aus ihrer Lethargie aufrütteln, sie begeistern. Aber wie? Cole hatte keine Idee. Die beiden Mundays, die ein paar Reihen hinter dem Prinzgemahl

saßen, zogen Gesichter wie ein Koch und ein Kellner, denen gerade ein Zechpreller davongerannt ist.
»Mr. Henry Cole!«
Er zuckte zusammen, als er plötzlich seinen Namen hörte. Ohne nachzudenken, wie ein Soldat, der dem Befehl seines Vorgesetzten folgt, trat er durch den Vorhang. Wie lange hatte er diesem Augenblick entgegengefiebert, doch nun, als er endlich da war, verspürte er nur noch Angst. Das Publikum im Saal erschien ihm wie ein großes, träges, böses Tier, das nur einmal mit der Tatze nach ihm ausholen musste, um ihn zu vernichten. Ohne eigenen Willen, wie eine mechanische Puppe zog Cole sein Manuskript aus der Tasche, und seine Hände zitterten, als er ans Rednerpult trat, um sich vor dem grausamen Tier zu verbeugen. In wenigen Minuten, sobald er den Text verlesen hatte, würde sein großer Traum zerplatzt sein, zerschellt an dem gelangweilten und hochmütigen Desinteresse, das ihm aus dem Saal entgegenschlug
Am liebsten wäre Cole in der Verbeugung verharrt, doch irgendwann musste er sich wieder aufrichten. Als er es schließlich tat, spürte er ein Augenpaar auf sich ruhen. Unwillkürlich blickte er zur Zuschauertribüne hinauf und entdeckte Emily, die dort zwischen ihren Eltern saß, halb verdeckt von dem großen, blumengeschmückten Hut ihrer Mutter. Sie hob ein wenig die Hand, um ihn zu grüßen, und lächelte ihm zu, ruhig und voller Zuversicht.
Als er dieses Lächeln sah, war es, als hätte jemand ein Licht angezündet. Alle Angst fiel von ihm ab, seine Hände hörten auf zu zittern. Plötzlich wusste er, was er zu sagen hatte.

21

»Leben wir nicht in einer wunderbaren Zeit? In einer Zeit, die uns mehr Wunder beschert als jede Epoche zuvor, seit den sieben Tagen der Schöpfung? Denn was sich in unserer Zeit vollzieht, das eine große allumfassende Werk, ist eine neue Genesis, eine zweite Schöpfung, die mit der ersten um die Krone ringt. Von nichts Geringerem wird die Weltausstellung Zeugnis geben. Wir werden alle Schätze und Reichtümer des Erdkreises hier versammelt sehen, an einem einzigen Ort. Das Gold Kaliforniens wird für uns glänzen, neben funkelnden indischen Diamanten, Silber aus Mexiko, Eisen aus Wales. Dampfmaschinen werden vor unseren Augen ihre gewaltigen Kräfte entfalten, für den Einsatz zu Wasser und zu Lande. Webstühle aus dem muslimischen Dacca, seit Jahrhunderten in Gebrauch, werden in einem Raum mit modernen mechanischen Webstühlen stehen und Druckpressen der *Times*, die zehntausend Zeitungsexemplare pro Stunde produzieren. Mit einem Wort, Ladies und Gentlemen: Wir werden hier, in unserem geliebten London, der Hauptstadt der Welt, das doppelte Wunder der Schöpfung erleben, der Schöpfung Gottes und der Schöpfung von Menschenhand, im Augenblick ihrer gemeinsamen Vollendung – das Paradies auf Erden.«

Als Henry Cole das letzte Wort gesprochen hatte, hob Emily ihre Hände, um zu klatschen. Frei, ohne Manuskript, hatte er seine Rede vorgetragen, ohne ein einziges Mal zu stocken, erfüllt von seiner Mission. Doch niemand im Saal rührte eine Hand. Stattdessen trat eine unwirkliche Stille ein. Nichts regte sich, kein Beifall, nicht mal ein Husten oder Füßescharren. Verwirrt blickte Emily sich um. Hatte niemand außer ihr begriffen, was für eine großartige Rede Henry Cole gehalten hatte? Auch ihr Vater zuckte die Schultern, genauso ratlos wie sie.

Da brach der Sturm los. Erst das zögernde Klatschen irgendeines

einsamen Händepaares, dann plötzlich, wie auf ein Kommando, explodierte das Publikum, als wären alle Kanonen des Towers gleichzeitig losgegangen. Die Zuhörer sprangen von ihren Plätzen, die Bürgermeister, die Parlamentsabgeordneten, sogar des Gouverneur der Bank von England hielt es nicht länger auf seinem Stuhl. Die beiden Mundays lagen sich in den Armen, und Thomas Baring und Nathan Rothschild strahlten, als würde es Manna vom Himmel regnen. Wieder und wieder musste Cole sich verbeugen, und als Prinz Albert die Bühne betrat, um ihm zu gratulieren, schwoll der Applaus zu einem wahren Orkan an, ein Brausen und Rufen, Klopfen und Stampfen, bei dem die Dekorationen von den Wänden zu fallen drohten. Doch niemand klatschte so leidenschaftlich wie Emily. Immer wieder blickte sie hin und her zwischen ihrem Vater und Henry Cole, der strahlend die Ovationen entgegennahm.
Es dauerte eine Viertelstunde, bis der Applaus sich endlich legte und Albert das Wort ergriff.
»Mit besonderem Vergnügen stelle ich fest, dass eine von mir unlängst hingeworfene Idee so allgemeinen Beifall findet – ist dies doch der Beweis, dass meine Auffassung von den Bedürfnissen unserer Zeit mit den Überzeugungen dieses Landes vollkommen harmoniert. Darum füge ich heute hinzu: Ja, es ist die Pflicht eines jeden von uns, soweit es nur in seiner Macht liegt, seinen persönlichen Beitrag zur Förderung der Endziele zu leisten, welche die Vorsehung uns aufgetragen hat. Denn in dieser unserer Zeit nähert sich der Mensch der Erfüllung jener großen und heiligen Aufgabe, zu der Gott ihn erschaffen hat: sich die Erde untertan zu machen. Als Gottes Ebenbild muss er seinen Verstand dazu benützen, die Gesetze zu entdecken, nach denen der Allmächtige das Weltall regiert, und die Natur seinen Zwecken unterwerfen, indem er die Gesetze der Schöpfung zur Grundlage seines Handelns nimmt, um sich auf diese Weise in ein Instrument Gottes zu verwandeln.«
Emily war begeistert und empört zugleich. Begeistert, weil der

Prinzgemahl aussprach, was sie in ihrem tiefsten Innern selbst empfand. Und empört, dass Albert so selbstverständlich Anspruch auf eine Idee erhob, die doch das geistige Eigentum Henry Coles war. Sie wollte schon ihrem Ärger Luft machen, da sprach der Prinz die alles entscheidenden Worte:

»Darum, Ladies und Gentlemen, appelliere ich an Ihren Patriotismus, nicht nur in meinem Namen, sondern auch und vor allem im Namen der Queen: Lassen Sie uns nicht im Stich, verweigern Sie dem Unternehmen nicht Ihre Unterstützung, sondern helfen Sie mit, die Weltausstellung Wirklichkeit werden zu lassen!«

»Eine Bitte der Königin an die Nation«, flüsterte Sarah an Emilys Seite. »Das können sie unmöglich abschlagen.«

Wie um ihre Worte zu bestätigen, erhob sich zum zweiten Mal ein Applaus, von dem das Mansion House in den Grundfesten erbebte. Als der Prinzgemahl sich zusammen mit Henry Cole vor der Versammlung verbeugte, nahm Joseph Paxton seine Tochter in den Arm und drückte sie an sich.

»Er hat es geschafft«, sagte er, wie von einer Zentnerlast befreit. »So ein Teufelskerl! Er hat es wirklich geschafft!«

An diesem Abend willigte Emily Paxton, in einer kleinen privaten Feier im Londoner Stadthaus ihrer Eltern, in die Verlobung mit Mr. Henry Cole ein.

Zweites Buch
Aufbruch ins Paradies
1850

1

Die Idee der »Weltausstellung aller Völker und Nationen« eroberte London buchstäblich über Nacht. Sämtliche Zeitungen der Stadt berichteten am nächsten Morgen von der glanzvollen Versammlung im Mansion House und priesen den Prinzgemahl als Propheten der neuen Zeit. Sogar die konservative *Times* feierte voller Enthusiasmus seine Vision: das Paradies auf Erden, mitten in London, dem rastlos pulsierenden Herzen des Britischen Empires – was für ein Gedanke!

Noch bevor das Jahr zur Neige ging, rief Albert eine Königliche Kommission ins Leben, die alle politischen und wirtschaftlichen Kräfte des Landes im Zeichen der großen Idee vereinen sollte. Zugleich verpflichtete er sich vor dem englischen Volk, zur Finanzierung des Projekts keine staatlichen Gelder in Anspruch zu nehmen, um jede Verflechtung privater und öffentlicher Interessen auszuschließen.

In allen bedeutenden Städten des Königreiches bildeten sich lokale Unterstützungskomitees, Damen der Gesellschaft gründeten eigene Fördervereine ebenso wie Handwerker, Manufakturbesitzer und Fabrikanten, und in vielen Rathäusern lagen ledergebundene Kladden aus, in die sich freiwillige Helfer eintragen konnten. Bezahlte Redner zogen durch die Grafschaften, um auf den Straßen und Märkten die Trommel für die Weltausstellung zu rühren, bezahlte Zecher tranken in den Pubs auf das Wohl des deutschblütigen Prinzgemahls, bezahlte Krämer wickelten Butter und Heringe in Abhandlungen über die Vorzüge der geplanten Völkerschau ein, und der Bischof von Oxford, Samuel Wilberforce, forderte die Regierung in einer Kanzelpredigt auf, auch die Arbeiter in das große Unternehmen einzubeziehen, in Würdigung ihres Beitrags zum Wohlstand und Ruhm der Nation.

Seele und Motor all dieser Aktivitäten, die bald das ganze Land erfassten, aber war ein einziger Mann: Henry Cole. Seit seiner Rede im Mansion House galt er als außergewöhnliches politisches Talent, mit erstaunlichem Sinn für öffentliche Wirkung. Der Prinzgemahl entband ihn von seinen Aufgaben im Staatsarchiv, damit er seinen Einfallsreichtum, seine Tatkraft und sein Organisationstalent ganz in den Dienst der großen Sache stellen konnte. Einmal pro Woche sprach Cole auf Schloss Windsor vor, um Albert seine Vorschläge und Ideen zu unterbreiten, die dieser ihm in Gestalt von Anordnungen und Empfehlungen wieder mit zurück auf den Weg gab, und alle Zeitungen gingen davon aus, dass er in Kürze zum Sekretär der Königlichen Kommission ernannt wurde, um mit der nötigen Machtfülle und Autorität das Werk voranzutreiben.

Denn die Zeit drängte. Getragen von der nationalen Begeisterung, hatte die Königliche Kommission den Beginn der internationalen Weltausstellung auf den 1. Mai des Jahres 1851 festgelegt. Bis dahin, kaum anderthalb Jahre, musste im Hyde Park der Ausstellungspavillon entstehen, in dem einhunderttausend Exponate aus der ganzen Welt Aufnahme finden sollten, ein Bauwerk, das siebenmal so groß sein würde wie die Kathedrale von St. Paul's und viermal so groß wie der Petersdom in Rom.

Am 13. März 1850 schrieb die Königliche Kommission den Wettbewerb zur Errichtung des Gebäudes aus, mit einer Einreichfrist von nur drei Wochen. Doch war es überhaupt möglich, fragte die *Times*, ein so gewaltiges Unternehmen in so kurzer Zeit zu verwirklichen?

2

Wie ein Imperator stand Feargus O'Connor da, den rechten Arm erhoben, um seinem Volk den Weg zu weisen. Seit drei Stunden hingen die Menschen an seinen Lippen, ohne zu ermüden, über tausend Mitglieder der Landgesellschaft, die im Ballsaal von Covent Garden zusammengekommen waren, um gemeinsam ihren großen Traum zu träumen.

»... und darum rufe ich euch zu: Auf nach O'Connorville! Dort werden wir zusammen leben, auf eigenem Grund und Boden, in Freiheit und Frieden, an einem Ort, der weder Ausbeutung noch Unterdrückung kennt, als eine einzige große glückliche Familie. – Ich liebe euch, meine Kinder!«

Die letzten Worte gingen in einem solchen Getöse unter, dass Toby sie nur noch auf O'Connors Lippen ahnen konnte. Der ganze Saal bebte unter dem Applaus, wie kochendes Wasser brodelte die von Rauch und Schweiß und Alkohol geschwängerte Luft. Männer und Frauen sprangen auf die Tische und stampften mit den Füßen, während Toby so laut klatschte, dass ihm die Hände wie Feuer brannten. Heilige Schauer liefen ihm den Rücken herunter. Denn Feargus O'Connor, sein Abgott und Idol, der größte Ire aller Zeiten, hatte seine Zukunft beschrieben – seine Zukunft im gelobten Land.

»Vielleicht können wir es schon nächstes Jahr schaffen«, sagte Toby, als der Applaus allmählich verebbte und O'Connor, erschöpft von seiner Rede, auf einen Stuhl sank. »Ich meine, siebenunddreißig Pfund haben wir ja schon eingezahlt.«

»Und die restlichen dreiundsechzig?«, fragte Victor. »Womit willst du in so kurzer Zeit so viel Geld verdienen?«

»Mit einer Bratfischbude im Hyde Park.«

»Im Hyde Park? Wer soll da Bratfisch essen? Vielleicht die Lords und Earls bei ihrem Morgenausritt?«

»Manchmal staune ich, wie wenig du vom Geschäft verstehst.

Hast du noch nichts von der Weltausstellung gehört? Ich baue meinen Stand direkt vor dem Haupteingang auf – eine Goldgrube! Aber sag mal, wer ist denn der da? Hält der auch eine Rede?«
»Das ist Ernest Jones, O'Connors Stellvertreter aus Manchester.«
Toby zuckte die Schultern – ein Stellvertreter seines Idols interessierte ihn so wenig wie der Papst in Rom. Während Jones, ein rosagesichtiger Mann in grauem Stoffanzug, der eher wie ein Gentleman aus der City als ein Arbeiter aus dem East End aussah, ans Rednerpult trat, ließ Toby seine Blicke schweifen. Vielleicht war ja irgendein reicher Pinkel im Saal, der Appetit auf Pfefferminzbonbons hatte? Auch wenn Toby bei der Weltausstellung nächstes Jahr mehr Geld verdienen würde als ein kalifornischer Goldgräber, konnte er im Augenblick jeden Penny dringend brauchen. Er hatte Robert immer noch nicht den verfluchten Schilling zurückgezahlt – im Gegenteil, er war noch tiefer bei ihm in die Kreide gerutscht und hatte höllische Angst, dass Robert ihm schon bald die Rechnung dafür präsentieren würde.
Er holte gerade sein Schächtelchen aus der Tasche, als Jones auf der Bühne zu reden begann.
»Wollt ihr nach O'Connorville?«
»Ja!«, antwortete das Publikum im Chor.
»Wollt ihr *alle* nach O'Connorville?«
»Jaaaaa!!!«, wiederholte das Publikum, und voller Begeisterung fiel Toby in den Chor ein.
»Wollt ihr schon *bald* nach O'Connorville?«
»Jaaaaaaaaaaaaaa!!!!!!!!!!!!!!«
»Dann erlaubt mir, dass ich diesem Mann da eine Frage stelle!«
Jones fuhr herum und zeigte mit ausgestrecktem Arm auf O'Connor, der sich mit einem großen karierten Taschentuch den Schweiß von der Stirn wischte. Jones wartete, bis Ruhe eingekehrt war. Dann trat er auf den Führer der Chartisten zu und fragte ihn mit lauter, fester Stimme:
»Feargus O'Connor, was hast du mit dem Geld getan, das diese Menschen dir anvertraut haben?«

O'Connor fiel vor Verblüffung das Taschentuch aus der Hand. Mit offenem Mund starrte er Jones an, als wäre ihm Mrs. Finch erschienen.
»Feargus O'Connor, ich verlange Rechenschaft von dir. Im Namen aller Mitglieder unserer Gesellschaft. Was hast du mit unserem Geld getan?«
Immer noch zeigte O'Connor keine Regung. Der mächtige Körper schien gelähmt, das blasse Gesicht noch weißer als sonst inmitten der struppigen roten Mähne. Nur die Kinnlade zitterte so stark, dass Toby es trotz der Entfernung deutlich sah. Hatte die Rede ihn so angestrengt, oder was war mit ihm los?
»Zum dritten Mal, Feargus O'Connor! Was hast du mit dem dir anvertrauten Geld gemacht?«
Toby war empört. Wie kam dieser Mann dazu, dem Führer der Chartisten solche Fragen zu stellen? Das war Majestätsbeleidigung! Er blickte zur Seite, doch Victor begriff offenbar genauso wenig wie er selbst, was da geschah. Fassungslos schaute er zur Tribüne empor, wo O'Connor endlich aus seiner Erstarrung erwachte.
»Du willst wissen, was ich mit unserem Geld getan habe?«, fragte er mit müder, metallener Stimme, als kehre er aus einem Traum in die Wirklichkeit zurück. »Ich habe es bei unserer Bank deponiert. Was hätte ich sonst damit tun sollen?«
»So wie es die Vorschriften verlangen?«
»Genau so, mein Freund. Jedes Pfund, jeden Schilling, jeden Penny.«
Jones nickte. Es war jetzt so still im Saal wie in einem Schuppen oder Hinterhof der Drury Lane vor Beginn eines Rattenkampfs, wenn die Wetten gemacht waren und die Hunde mit gefletschten Zähnen einander gegenüberstanden.
Jones erhob abermals seine Stimme. »Wenn tatsächlich, wie du sagst, Feargus O'Connor, alles seine Richtigkeit hat, warum hat dann das Parlament eine Untersuchung unserer Bank angeordnet? Warum wollen die Abgeordneten dann unsere Konten

überprüfen? Und warum drohen sie uns sogar mit der Schließung? Kannst du uns das erklären?«

Ein Raunen ging durch den Saal. »Hört! Hört!« Toby blickte rings um sich in lauter verwirrte Gesichter. Wovon war hier überhaupt die Rede? Zu seiner Verwunderung schien O'Connor über die Frage erleichtert.

»*Darum* also fragst du, mein Sohn! Oh, ich begreife!« Er wuchtete seinen massigen Leib in die Höhe und trat zu Jones ans Rednerpult. »Die Strolche! Die Schurken!«, rief er, nun wieder mit seiner kraftvollen Stimme. »Ja, sie haben eine Untersuchung unserer Bank angeordnet. Ja, sie wollen die Konten überprüfen. Ja, sie drohen sogar mit der Schließung. Ich kann euch sagen warum. Sie wollen uns Angst einjagen! … Weil sie selber Angst haben … Sie wollen uns schwächen! … Weil sie sich selber schwach fühlen … Sie wollen uns spalten! … Weil sie selber uneins sind … Aber ich verspreche euch, meine Kinder, das werden sie nicht schaffen. Sie werden an unserer Entschlossenheit zerschellen wie Nussschalen an einem Felsenriff.«

Beifall brandete auf.

»Dann bist du dir also keiner Schuld bewusst, Feargus O'Connor?«

»Welcher Schuld, Ernest Jones? Der Schuld, ein fürsorglicher Vater zu sein? Ein Sachwalter der Arbeiter und fleißigen Menschen in diesem Land? Ein Beschützer der Notleidenden und Schwachen?« Er schüttelte sein Löwenhaupt und breitete die Arme aus, als wolle er das ganze Publikum an sein Herz drücken. »Lasst euch berichten, meine Töchter und Söhne, was ich letzte Woche tat, damit ihr euch selbst überzeugen könnt, wie euer Vater für euch sorgt. Am Montag war ich in London, auf einer Versammlung in der Anker-Taverne. Am Dienstag bin ich nach Manchester gereist, um bis um drei Uhr nachts vor Freunden zu sprechen. Am Mittwoch fuhr ich nach Nottingham, die streikenden Bergarbeiter hatten mich gerufen. Am Donnerstag war ich schon wieder in London, wo ich alle Gelder, die ich in Man-

chester und Nottingham eingesammelt hatte, beim Direktor unserer Bank ablieferte. Am Freitag musste ich weiter nach Heringsgate, Prämien verteilen und Ländereien inspizieren, bevor ich am Samstag nach Minster gefahren bin, um unseren Leuten dort fünfundzwanzig Sack Saatweizen zu bringen. In der ganzen Woche habe ich kaum zehn Stunden geschlafen – Strapazen, um einen Mann umzubringen. Aber ich habe es gern getan, weil ich es für euch getan habe! Für meine Freunde, für meine Kinder!«
Er warf einen bösen Blick auf Ernest Jones, dann wandte er sich wieder an sein Publikum. »Ihr seht, meine Kinder, mein Gewissen ist rein – so rein wie ein frisch geschöpftes Blatt Papier.«
Der Applaus, mit dem die Zuhörer O'Connor belohnten, tat Toby so wohl, als würde er ihm selber gelten. Das war die richtige Antwort auf die hinterhältigen Fragen von diesem Jones!
Doch zu Tobys Empörung gab der Kerl immer noch keine Ruhe.
»So rein wie dieses hier?«, fragte Jones und hielt ein Blatt Papier in die Höhe. »Diesen Brief«, rief er in den Saal, »habe ich vor zwei Tagen bekommen. Vom Direktor unserer Bank. Von der Bank, die euer Geld verwaltet. Das Geld, das ihr für eure Zukunft in O'Connorville gespart habt.«
»Ja, und?«, rief jemand. »Was steht in dem Brief? Dass wir unsere Sachen packen und uns auf den Weg machen sollen?«
»Ich wäre der glücklichste Mensch, wenn ich euch diese Botschaft verkünden könnte. Aber nein, Genossen, ich habe schlechte Nachrichten für euch, schlimme Nachrichten, entsetzliche Nachrichten.« Jones verstummte, bis alle Augen auf ihn gerichtet waren. »Die Bank der Landgesellschaft«, erklärte er dann mit ernster, fester Stimme, »ist zahlungsunfähig. Auf den Konten fehlen riesige Beträge, und keiner weiß, wohin sie verschwunden sind. Die Bank hat darum entschieden, bis zum Abschluss der Untersuchung durch das Parlament alle Zahlungen auszusetzen.«
Toby hielt den Atem an. Es war, als hätte man gerade die Ratten in die Arena gelassen, und der Wettkampf begann. Ein letzter

Augenblick angespannter Stille, dann wurden die ersten Rufe laut.

»Was willst du damit sagen, Ernest Jones?«

»Ja, zum Teufel, was hat das alles zu bedeuten?«

»Los, du musst uns das erklären!«

»Ich wiederhole es, Genossen«, rief Jones. »Unsere Bank, die Bank der Landgesellschaft, ist zahlungsunfähig! Pleite! Bankrott! Sie kann ihre Verpflichtungen nicht mehr erfüllen, weder gegenüber ihren Gläubigern noch gegenüber euch, den Sparern. Das heißt«, fuhr er fort, als er die verständnislosen Gesichter sah, »wenn einer von euch in Not gerät und sein Geld von der Gesellschaft zurückverlangt, weil er krank geworden ist und einen Arzt braucht oder seine Arbeit verloren hat, wird die Bank ihm die Auszahlung verweigern.«

»Buh!«

»Schweinerei!«

»Unmöglich!«

»Und schuld daran ist ein einziger Mann!«, übertönte Jones die Rufe und Pfiffe. »Derselbe Mann, der behauptet, rastlos für euch tätig zu sein, der euch seine Kinder nennt, seine Söhne und Töchter, doch der euch in Wahrheit belügt und betrügt und hintergeht.« Er drehte sich um und zeigte ein zweites Mal auf den Führer der Chartisten. »Er allein ist schuld, dieser Mann: Feargus O'Connor!«

Toby blieb vor Entsetzen der Mund offen stehen. Er hörte die Worte, doch konnte er sie nicht begreifen. Feargus O'Connor – ein Betrüger? Sein Idol und Abgott – ein Verräter? Der größte Ire aller Zeiten – ein gemeiner, hinterhältiger Gauner? Während die Pfiffe und Buhrufe immer lauter durch den Saal gellten, starrte er Ernest Jones an, der sich vor O'Connor aufgebaut hatte und ihn in Schach hielt wie ein Jahrmarktsdompteur einen alten zahnlosen Löwen, allein mit seinem ausgestreckten Arm.

»Ja, dieser Mann ist ein Betrüger«, rief Jones der Menge zu. »Statt euer Wohl zu mehren, hat er in seine eigene Tasche gewirtschaftet. Statt Land für euch zu kaufen, hat er euer Geld auf seine Konten abgezweigt. Statt euch in Arbeit und Brot zu bringen, hat er sich an allem versündigt, was euch heilig ist: an eurem Glauben, an eurem Vertrauen, an eurem Geld.«

Toby hielt es nicht länger auf seinem Platz. »Lüge!«, schrie er, so laut er konnte.

»Ja, der Junge hat Recht!«, rief ein Arbeiter. »Das kann jeder behaupten!«

»Ich glaub dir kein Wort, Ernest Jones!«

»Ich auch nicht!«

»Beweise!«

Mit Erleichterung sah Toby, wie immer mehr Leute im Saal Partei für ihn und sein Idol ergriffen.

»Ihr wollt Beweise?« Jones öffnete einen Umschlag und holte ein Dokument daraus hervor, das er für alle sichtbar in die Höhe hielt. »Hier ist eine Urkunde mit dem Siegel der Stadt London. Diese Urkunde, die mir der Direktor unserer Bank zu treuen Händen geschickt hat, beweist zweifelsfrei, dass Feargus O'Connor, in seiner Eigenschaft als Präsident der Landgesellschaft, das gesamte Vermögen der Bank auf seinen Namen eintragen ließ. Neunzigtausend Pfund! Eurer Geld, für das ihr jahrelang geschuftet, für das ihr euren Schweiß und euer Blut und eure Tränen gegeben habt, ist damit sein persönliches Eigentum. Pfund für Pfund, Schilling für Schilling, Penny für Penny. Er allein kann darüber verfügen, er allein kann entscheiden, was damit geschieht.«

Obwohl sich alles in ihm sträubte, konnte Toby nicht die Augen von Ernest Jones lassen. Es war unfassbar! Wie konnte dieser Kerl solche Lügen verbreiten? Über den besten und klügsten und gerechtesten Mann der Welt? Den Führer der Chartisten? Den König der Iren? Niemals würde Toby solche Lügen glauben, und wenn dieser Jones eine ganze Wagenladung von Urkunden und Dokumenten mit dem Siegel der Stadt London vorzeigen würde. Doch dann sah Toby Feargus'O Connor, und dieser eine Blick besagte mehr als alle Beweise der Welt. O'Connor war weiß wie eine Wand, die breiten Schultern hingen schlaff und hilflos wie bei einem altem Mann herab, und sein mächtiger Brustkorb, der sich vor wenigen Minuten noch gewölbt hatte wie ein Segel im Sturm, war in sich zusammengesunken wie ein Windsack bei Flaute.

»Ich habe das alles doch nur für euch getan«, erhob O'Connor klagend seine Stimme. »Um Schaden von euch abzuwenden, um euch vor unseren Gegnern und Feinden zu schützen. Ich habe sogar dem Direktor, demselben Mann, der mich jetzt vor euch verleumdet, monatelang sein Gehalt bezahlt, aus meinem eigenen Vermögen. Ja, die Bank war in Schwierigkeiten … Darum habe ich zugestimmt, die Zahlungen auszusetzen, aber nur vorübergehend … Ja, uns drohte die Auflösung der Gesellschaft … Darum habe ich mich entschlossen, alles auf meine Schultern zu nehmen, habe eure Konten unter meinem Namen weitergeführt. Damit ihr in Ruhe leben und arbeiten und schlafen konntet, ohne euch um eure Zukunft zu sorgen.« Seine Stimme versagte, er zitterte am ganzen Körper, und als er weitersprach, war seine Stimme von Tränen erstickt. »Glaubt ihr denn, ich wollte euch betrügen? Euch hintergehen und berauben? Ich bin doch euer Vater und habe nur getan, was meine Pflicht für euch zu tun mir befahl. Zu eurem Wohl und Glück! Für euch und eure Zukunft in O'Connorville! Ihr seid doch meine Kinder, meine Töchter und Söhne!« Er riss mit beiden Händen seinen Rock auf, sodass ihm die Knöpfe vom Revers platzten, und stellte sich mit offener Brust vor seine Zuhörer hin, als wollte er sich ihnen ausliefern. »Seht mich an, euren Vater! Seht in mein Gesicht! Seht in meine Augen! Kann ich euch belügen?«

Toby ertrug den Anblick nicht mehr. Beklommen schaute er zu Boden, während der ganze Saal um ihn her in Schweigen zu versinken schien. Doch das Schweigen dauerte nur wenige Sekunden. Dann brach die Empörung aus der Stille hervor wie Donner und Blitz aus einem Wolkengebirge.

»Dieb! Betrüger!«
»Ich will mein Geld zurück!«
»Ich auch! Ich auch!«
»Jetzt! Sofort!
»Auf der Stelle!«
Plötzlich drängte und stürzte alles zur Tribüne, Dutzende, Hunderte von Menschen, die einander stießen und quetschten, weil jeder als Erster zu dem Mann vordringen wollte, an den sie geglaubt und dem sie vertraut hatten. Wie von einer brodelnden Meereswoge wurde Toby von der Menge erfasst, und während die Leiber ihn fast erdrückten, wurde er in die Richtung des Podiums geschoben, wo er über den Schultern und Köpfen der unaufhaltsam vorwärts drängenden Menschen immer wieder O'Connor auftauchen sah, der seine Börse geöffnet hatte, um alles Geld daraus unter die wütende Menge zu streuen.
»Da!«, rief er mit überschnappender Stimme. »Ihr sollt alles haben, was ich besitze. Ich schenke es euch. Weil ich euch liebe! Weil ihr meine Kinder seid!« Er warf die leere Börse in den Saal, riss sich Rock und Weste vom Leib, Angst und Irrsinn im Gesicht. »Folgt mir nach, meine Kinder! Auf nach O'Connorville! Da werden wir leben, auf eigenem Grund und Boden, in Freiheit und Frieden!«
Schreie und Pfiffe waren die Antwort, während O'Connor mit ausgebreiteten Armen wie ein Mondsüchtiger auf Ernest Jones zuging.
»Er will abhauen!«
»Haltet ihn!«
»Lasst ihn nicht raus!«
Fünf, sechs Männer sprangen gleichzeitig auf die Tribüne und warfen sich auf O'Connor, der Ernest Jones wie ein Kind an sich drückte und auf die Stirn küsste. Voller Entsetzen sah Toby, wie die Männer O'Connor an den Armen packten und vom Podium zerrten.
Da gellte ein Pfiff, der allen Lärm übertönte, und im nächsten

Moment brachen uniformierte Konstabler hervor, um O'Connor vor den Angriffen seiner Anhänger zu beschützen.
Toby verstand die Welt nicht mehr: Die Polizei und Feargus O'Connor?
Da sah er Victor vor sich in der Menge, nur eine Armlänge entfernt. Sein Gesicht war vor Wut verzerrt, er hatte die Zähne gefletscht wie ein Pitbull, und seine Augen sprühten schwarze Funken, während er mit einer Bierflasche ausholte, um einen Polizisten niederzuschlagen, der die Arme schützend vor O'Connor hielt.
»Nein, Victor! Nicht!«
Ohne zu wissen, was er tat, stürzte Toby sich auf ihn. Victor zögerte eine Sekunde, die Flasche über dem Kopf, dann fuhr sein Arm herab. Toby spürte den harten, schweren Schlag, wie er seine Schläfe streifte und dann mit voller Wucht auf seiner Schulter landete. Er taumelte, griff in die Luft, verlor das Gleichgewicht, sah im Niedersinken die kleinen weißen Kreidestückchen auf dem Boden, die falschen Pfefferminzbonbons, zertrampelt von den fliehenden Menschen …

3

Es war Feierabend in Chatsworth. Während die Handwerker ihre Werkzeuge versorgten und die Baustelle verließen, kletterte Emily noch einmal auf die Leiter hinauf, um von der Höhe des Daches aus die Arbeiten zu inspizieren. Das neue, sechzig Fuß lange und siebenundvierzig Fuß breite Gewächshaus, das seit nunmehr drei Montaten in den Küchengärten des herzoglichen Parks aus dem Boden wuchs, stand vor seiner Vollendung. Emily konnte den Einfallsreichtum ihres Vaters nur bewundern. Er hatte ein Warmhaus geschaffen, zu dem die Natur selbst den

Entwurf geliefert zu haben schien. Die Blätter derselben Seerosen, die hier einmal Aufnahme finden sollten, hatte er zum Vorbild für die gesamte Konstruktion genommen, eine Struktur aus Glas und Stahl, die dem Äderwerk der Pflanzen systematisch nachgebildet war, bis ins Detail. Die Fundamente waren nicht nur Fundamente, sondern zugleich Abflussleitungen, die Wände nicht nur Wände, sondern zugleich Belüftungsanlagen. Die abwechselnd geneigten Glasflächen des gefalteten Daches sorgten für den nötigen Lichteinfall, und die Kehlen der Rinnen im Stahlskelett waren so ausgebildet, dass sich in ihnen sowohl das Regenwasser von außen als auch das innen an den Scheiben ablaufende Kondenswasser auffangen ließ, während im Boden verlegte Heizrohre eine stets gleichmäßige Wärme garantierten und das Wasser in dem riesigen Hauptbecken von vier Schaufelrädern fortwährend in sanfter Bewegung gehalten wurde. Auf diese Weise hatte Paxton mit den Mitteln der Ingenieurskunst Verhältnisse geschaffen, die für das Wachstum und die Vermehrung der *Victoria regia* noch vollkommener schienen als diejenigen in ihrer natürlichen Heimat am Amazonas.
Emily überprüfte noch einmal den Mechanismus eines Dachfensters, das sich nicht ordentlich schließen ließ, und machte sich eine Notiz, damit sich am Montag ein Glaser darum kümmerte. Seit einer Woche schon vertrat sie auf der Baustelle ihren Vater, der in London eine Wachtruppe zusammenstellte, um die Züge der Midland Railway vor weiteren Anschlägen zu schützen. Sarah hatte ihn in die Hauptstadt begleitet, um dort ein Damenkomitee zu gründen, zur Unterstützung der Weltausstellung, vor allem aber zur Unterstützung ihres künftigen Schwiegersohns Henry Cole. Emily war begeistert von der Idee. Sie hätte nicht gedacht, dass sie sich mit ihrer Mutter je so gut verstehen würde – keine Spur mehr von der alten Rivalität, die früher so oft zwischen ihnen geherrscht hatte. Sogar ein Brautkleid hatten sie bereits zusammen gekauft, ein Geheimnis, von dem weder ihr Verlobter noch ihr Vater wussten. Schade fand

Emily nur, dass sie die Verlobung nicht publik machen durfte. Ihr Verlobter und ihre Eltern hatten vereinbart, die Verbindung bis zur Festlegung des Hochzeitstermins geheim zu halten. Die Gründe dafür hatte Emily bis heute nicht begriffen.

»Ein Mr. Cole will Sie sprechen, Miss Paxton.«

Emily stieg überrascht von der Leiter, als ein Arbeiter ihr den Besuch meldete. Ihr Verlobter – hier in Chatsworth? An diesem Tag sollte doch in London eine Sitzung der Königlichen Kommission stattfinden, im Beisein des Prinzgemahls. Als sie den Arbeitskittel auszog, fing ihr Herz an zu klopfen. Für sein plötzliches Erscheinen gab es nur eine Erklärung. Sobald Cole zum Sekretär der Kommission ernannt worden sei, so hatte er ihr versprochen, würden sie den Termin für ihre Hochzeit bekannt geben.

Doch als Cole das Glashaus betrat, stutzte Emily. Ihr Verlobter sah entsetzlich aus, er wirkte mitgenommen, blass, und als sie ihn mit einer Umarmung empfangen wollte, blieb er mehrere Schritte vor ihr stehen und nahm den Hut ab, um sich förmlich vor ihr zu verbeugen.

»Ich bin Ihrer nicht würdig, Miss Paxton«, sagte er anstelle einer Begrüßung, »und bitte Sie deshalb um die Auflösung unserer Verlobung.«

»Ist das etwa einer von Ihren Witzen, Mr. Cole?«, erwiderte sie irritiert. »Wenn dem so ist, finde ich ihn weder amüsant noch besonders geschmackvoll.«

Er schüttelte mit ernster Miene den Kopf. Emily erschrak.

»Was ist es dann?«, fragte sie. »Gibt es … gibt es eine andere Frau?«

Cole zuckte stumm zusammen.

Emily nickte. Tief in ihrem Innern war sie nicht einmal überrascht. Im Gegenteil. Wie hatte sie nur so vermessen sein können zu glauben, dass ein so attraktiver Mann wie Cole eine so hässliche Frau wie sie lieben würde.

»Aber Miss Emily, wo denken Sie hin?«, sagte er und griff nach

ihrer Hand. »Nein, es gibt einen anderen, ganz und gar anderen Grund. Doch leider stellt er ein ebenso unüberwindliches Hindernis da, wie wenn mein Herz vergeben wäre.«
»Dann muss ich Sie bitten, ihn mir zu erklären«, sagte Emily und führte ihn zu einer Bank. Die unerwartete Eröffnung war ihr so in die Glieder gefahren, dass sie das Bedürfnis hatte, sich zu setzen. »Was immer es sein mag, Mr. Cole, wenn Ihre Gefühle für mich noch dieselben sind, bin ich sicher, dass wir eine Lösung finden werden.«
»Wenn ich allein meinen Gefühlen folgen dürfte, wäre ich jetzt nicht hier, Miss Emily. Es ist mein Respekt vor Ihnen und Ihren Eltern, der mich leitet, sowie die Verantwortung, die ich für Sie empfinde.«
»Offen gestanden, ich verstehe kein Wort.«
Ohne ihre Hand loszulassen, wartete er ab, bis sie sich setzte, um dann an ihrer Seite Platz zu nehmen. »Wie sehr hatte ich mich auf diesen Tag gefreut«, sagte er. »Auf der Agenda der Kommission stand heute die Ernennung des Exekutivsekretärs, und laut Auskunft von Prinz Albert wie auch seines Stellvertreters Lord Granville war es reine Formsache, dass die Kommission mich mit diesem Amt beauftragen würde. Doch gerade als Lord Granville die Abstimmung vornehmen wollte, platzte Premierminister Russell in die Sitzung hinein, mit dieser Zeitung in der Hand.« Cole zog ein Exemplar der *Daily News* aus seiner Rocktasche und zeigte Emily die Titelseite. »Sie haben den Vertrag veröffentlicht, den ich mit den Mundays in Manchester abgeschlossen habe, und behaupten, dass wir die Weltausstellung zum Zweck der persönlichen Bereicherung missbrauchen würden.«
»Und darum müssen Sie mich so erschrecken?«, fragte Emily erleichtert.
»Ich fürchte, Sie verstehen nicht ganz«, erwiderte Cole. »Etwas Schlimmeres hätte gar nicht passieren können. Der Prinzgemahl ist entsetzt und weigert sich, auch nur ein Wort mehr mit mir zu

reden. Man hat bereits einen Colonel Reid an meiner Stelle zum Sekretär des Exekutivkomitees ernannt. Einen ehemaligen Gouverneur der Westindischen Inseln, der sich zwar bestens in der Erforschung von Hurrikanen auskennt, doch nicht die geringste Ahnung hat, worum es bei der Weltausstellung überhaupt geht.«

»Und Sie glauben nicht, dass die Dinge sich von selbst wieder beruhigen, wenn ein wenig Zeit verstrichen ist?«

Cole schüttelte den Kopf. »Ich wage kaum, Ihnen in die Augen zu sehen, Miss Emily. Die Vorwürfe, die die *Daily News* erhoben hat, sind nur allzu berechtigt.« Er zögerte, so groß war die Überwindung, die es ihn kostete, weiterzusprechen. Die Augen zu Boden gerichtet, sagte er schließlich: »Der Vertrag mit den Mundays hätte mir ein festes Jahressalär eingebracht. Eine schriftliche Zusatzerklärung zu unserem Abkommen, die James Munday mir angeboten hat. Ich war dummerweise so leichtsinnig, sie zu akzeptieren. Ein unverzeihlicher Fehler.«

Sie versuchte ihn anzuschauen, doch er wich ihrem Blick aus, das Gesicht rot vor Scham. Erst jetzt begriff Emily die Schwere seines Vergehens. Voller Mitgefühl drückte sie seine Hand. »Wie konnten Sie sich nur dazu hinreißen lassen?«, fragte sie leise.

»Meine Verhältnisse«, sagte er, ohne den Druck ihrer Hand zu erwidern, »erlauben es mir leider nicht, wie die anderen Mitglieder der Kommission ehrenamtlich zu arbeiten. Vielmehr bin ich gezwungen, mit meiner Tätigkeit Geld zu verdienen, auch wenn ich diesen Umstand noch so sehr als persönliche Demütigung empfinde.« Er hob den Blick und schaute sie an. »Doch sagen Sie mir, Miss Emily, wie sonst sollte ich eine Familie ernähren?«

4

Tausende von Menschen, die ihren Wochenlohn in den Taschen trugen, schoben und drängten sich an diesem Samstagabend auf dem Markt von Covent Garden, der von Long Acre bis zum Strand und von der Bow Street bis zur Bedford Street jedes Fleckchen Erde in Beschlag nahm.

Fast alle Stände, die zwischen den Eselskarren und Lastwagen mit ihren hoch gestellten Deichseln aufgebaut waren, wurden beleuchtet und angestrahlt: manche vom grellen weißen Licht neuer Dauerbrennergaslampen, andere von der roten rauchigen Flamme alter Ölfunzeln oder auch nur vom Schein einer Handvoll aufgesteckter Kerzen. Zusammen mit den kugelförmigen Milchglaslaternen der Teeläden und den Gaslichtern der Fleischereien, die wie Feuerschweife im Wind tanzten und flackerten, verbreiteten sie eine solche Lichterflut, dass der nächtliche Himmel über dem Markt so hell erstrahlte, als würde der ganze Platz brennen.

Victor aber nahm von alledem nichts wahr. Er hatte eine solche Wut im Bauch, dass er nicht mal die mächtige Kuppel von St. Paul's vor sich sah, als er sich mit Toby einen Weg durch das Gewühl bahnte. Sie waren den Polizisten, die die Chartistenversammlung aufgelöst hatten, nur mit knapper Not entkommen. Wie Diebe hatten sie sich davonmachen müssen, Hals über Kopf, obwohl sie es doch waren, die man bestohlen hatte. Ihr ganzes Geld hatten sie verloren –, ihr Geld und die Hoffnung auf ein neues, anderes, besseres Leben.

»Ich hätte O'Connor erschlagen sollen«, fluchte Victor.

»Bei mir hättest du es ja fast geschafft«, sagte Toby, der Mühe hatte, mit ihm Schritt zu halten.

»Wenn ich wüsste, wo der Kerl wohnt, ich würde ihm die Bude anzünden.«

»Vielleicht solltest du eine von denen da fragen, ob sie ein bisschen Zeit für dich hat«, sagte Toby, als sie die Blumenmädchen vor den Arkaden passierten. »Das würde dir bestimmt gut tun.«

»Woher willst du wissen, was mir gut tut, du kleiner Klugscheißer?«

»Ich meine ja nur, damit du dich nicht so aufregst. So ein Mädchen kann eine verdammt beruhigende Wirkung haben.«

»Danke für den Rat.« Victor marschierte weiter, ohne die Mädchen anzusehen. »Darin bist du ja Experte!«

»Heiße Kastanien! Zwanzig Stück ein Penny!«

Wie aus dem Nichts tauchte ein Maronenverkäufer vor Victor auf und versperrte ihm den Weg. Er packte ihn am Kragen und stieß ihn mit solcher Wucht beiseite, dass er gegen eine Schneiderpuppe taumelte, die vor einem Kleiderladen stand. Zusammen mit der Puppe fiel der Mann zu Boden, eine Apfelfrau, die einen Korb auf ihrer Schulter balancierte, glitt auf den Maronen aus und riss die Plane von einem Eselkarren mit sich fort. Eine Pyramide Kohlköpfe stürzte ein, kreischend stoben die Blumenmädchen auseinander, und ein blinder Bettler, der eben noch mit verdrehten Augen seine Verse gejammert hatte, suchte in großen Sätzen das Weite.

»Bist du total verrückt geworden?«, schrie Toby. »Oder hast du wieder Sehnsucht nach der Tretmühle?«

Am Gitter von St. Paul's, wo Körbe und Strohpantoffeln hingen, blieb Victor stehen und drehte sich um. Erst jetzt, im roten Schein eines Kohlegrills, sah er, dass Tobys Gesicht ganz verschmiert war und seine Augen von Tränen glänzten.

»Was hast du?«, fragte er. »Hast du Rauch ins Gesicht gekriegt?«

»Ich will kein Ire mehr sein«, schniefte Toby und wischte sich mit dem Ärmel den Rotz von der Nase.

»Seit wann denn das?«

»O'Connor ist ein Verbrecher. Ein Betrüger und Verräter und Gauner. Er ist schlimmer als die Blutsauger in den Fabriken. Bei denen weiß man wenigstens, woran man ist.«

Toby wirkte in seinen zerrissenen Lumpen noch kleiner als sonst, als wäre sein ganzer Körper vor lauter Enttäuschung in sich zusammengeschrumpft. An seiner Schläfe hatte sich eine riesige Beule gebildet, größer als ein Ei war sie unter der zum Platzen gespannten Haut angeschwollen.
Victor wusste, wenn Toby sich nicht zwischen ihn und den Konstabler geworfen hätte, würde er diese Nacht im Gefängnis verbringen – diese Nacht und noch viele andere Nächte. Plötzlich schämte er sich so sehr, dass seine Wut von einer Sekunde zur anderen verrauchte.
»Wie wär's?«, fragte er. »Hast du Lust auf ein Stück Bratfisch?«
Toby schüttelte stumm den Kopf.
»Komm schon. Ich lade dich ein.«
»Hab keinen Hunger«, sagte Toby, ohne auch nur einen Blick auf den Grill zu werfen, auf dem der Fisch brutzelnd seinen Duft verströmte.
»Willst du vielleicht lieber einen Priem Kautabak?«
»Davon kriegt man nur braune Zähne.«
»Oder ein Glas Whisky? Ich glaube, das hast du dir heute verdient. Da hinten ist ein Pub.«
Toby gab nicht mal eine Antwort. Victor bildete sich ein, den Jungen wie einen Bruder zu kennen, doch das hatte er noch nicht erlebt. Wenn Toby weder Bratfisch noch Kautabak noch Whisky wollte, war er entweder krank oder vollkommen verzweifelt. Auf jeden Fall musste seine Enttäuschung noch größer sein, als Victor gedacht hatte.
»Wer weiß«, sagte er, um ihn zu trösten, »vielleicht ist es ja sogar gut, dass der ganze Schwindel aufgeflogen ist. Besser jetzt als zu spät.«
»Was soll daran gut sein?«, fragte Toby. »Unser ganzes Geld ist zum Teufel, siebenunddreißig Pfund. Jetzt können wir für immer bei Mr. Finch bleiben. Bis wir verrecken.«
»Nein«, sagte Victor. »Das werden wir nicht. Ehrenwort!«
»Und was tun wir dann? Uns bleibt doch nichts anderes übrig.«

»Das weiß ich jetzt auch noch nicht«, erwiderte Victor. »Aber glaub mir, uns wird noch was einfallen.«
Toby zog die Nase hoch und schaute ihn an, leise Hoffnung in den tränennassen Augen.
»Meinst du das wirklich, oder sagst du das nur so?«

5

Emily trat hinaus in den Park. Die Nacht war so klar, dass sie die Landschaft wie am hellen Tag erkennen konnte. Der Rasen vor dem Gewächshaus schien im Licht des Mondes gelb wie Butter, ein sanftes, leicht gewelltes Meer, das in der Ferne von einer Reihe Ulmen begrenzt wurde, die ihre Kronen lautlos im Nachtwind wiegten. Die hohen, mächtigen Bäume waren ihr als Kind immer wie freundliche Riesen erschienen, die sie im Schlaf beschützten. An diesem Abend aber erschienen sie ihr wie dunkle, bedrohliche Ungeheuer.
»Und was wollen Sie jetzt tun, Mr. Cole?«
Emily blieb stehen, um auf ihren Verlobten zu warten, der ihr hinausgefolgt war, um mit ihr ein paar Schritte durch den Park zu gehen.
»Ich werde alle meine Ämter und Aufgaben in der Königlichen Kommission niederlegen, um mich künftig wieder ganz meiner Funktion als Beamter im Staatsarchiv zu widmen.«
»Das kann und will ich nicht glauben«, protestierte Emily. »Haben Sie etwa vergessen, was Sie bei unserer ersten Begegnung sagten? Die Weltausstellung ist Ihr Lebenstraum! Wenn Sie den aufgeben, verliert Ihr Leben seinen Sinn.«
»Habe ich das wirklich gesagt? Nun, mag sein, aber die Dinge haben sich verändert.«
Emily sah im Mondlicht sein Gesicht. Alle Zuversicht, sein

ganzes wunderbares Selbstvertrauen waren daraus verschwunden. »Ich habe gekämpft«, sagte er leise, »das müssen Sie mir glauben, aber ich habe keine Chance mehr.«
»Unsinn, Henry. Es gibt immer eine Chance! Das ist ein Naturgesetz.«
Überrascht hob er den Blick. »Das ist das erste Mal, dass Sie meinen Vornamen sagen. Wie sehnlich hatte ich mir gewünscht, dass Sie das einmal tun.«
Er versuchte zu lächeln, doch sah er dabei so traurig aus, dass sie seine Hand nahm.
»Wenn Sie wollen, dass es nicht auch das letzte Mal ist, müssen Sie mir versprechen, weiter zu kämpfen, Mr. Cole. Außerdem«, fügte sie hinzu, bevor er etwas einwenden konnte, »ist meine Mutter gerade in London damit beschäftigt, ein Damenkomitee zu gründen, um Sie und Ihre Arbeit zu unterstützen. Wenn Sie jetzt die Flinte ins Korn werfen, wird sie Ihnen das nie verzeihen. Sie wird Ihnen beim nächsten Wiedersehen den Handkuss verweigern.«
»Welche Veranlassung sollte Ihre Mutter haben, mich weiter zu empfangen, Miss Paxton? Ich fürchte, Sie haben noch nicht begriffen, in welcher Situation ich mich Ihnen und Ihrer Familie gegenüber befinde.«
»Sie nennen mich Miss Paxton? Offenbar legen Sie heute alles darauf an, mich zu ärgern!« Er wollte ihr seine Hand entziehen, doch sie hielt sie mit der Linken fest und legte die Rechte auf seinen Handrücken, genau wie ihre Mutter es bei ihrem Vater tat, wenn er Sorgen hatte. »Mr. Cole«, sagte sie dann. »Sie sind Seele und Motor des Unternehmens. Die Weltausstellung kann es nur mit Ihnen geben oder gar nicht. Das wissen Sie so gut wie ich, und es ist Ihre Pflicht, dafür zu sorgen, dass alle Verantwortlichen das ebenfalls wissen. Das sind Sie sich und Ihrem Traum einfach schuldig.«
»Aber wie soll ich das tun, wenn keiner mit mir spricht?«
»Wenn Worte nicht weiterhelfen, müssen Sie durch Taten über-

zeugen.« Sie dachte kurz nach. »Was«, fragte sie dann, »ist das größte Problem, das der Weltausstellung im Weg steht?«
Cole brauchte keine Sekunde für die Antwort. »Der Ausstellungspavillon. Die Kommission hat einen Wettbewerb für das Gebäude ausgeschrieben, an dem sich die besten Architekten Englands und Europas beteiligt haben. Doch die eingereichten Entwürfe, immerhin zweihundertdreiunddreißig an der Zahl, wurden allesamt abgewiesen. Keiner erfüllte die gestellten Anforderungen.«
»Ist das Gebäude denn so wichtig?«, staunte Emily.
»Wichtiger als alles andere.« Cole ließ ihre Hand los, um ihr die Sache zu erklären. »Schon vor dem Artikel in der *Daily News* hat es in den letzten Wochen Kritik an der Weltausstellung gegeben. Jetzt droht die Stimmung endgültig umzuschlagen. Der Korruptionsverdacht wird das ganze Unternehmen überschatten, vor allem die Vertreter der Freihandelspolitik, die uns bis jetzt unterstützt haben, werden auf Distanz gehen. Prinz Albert denkt schon darüber nach, sich von dem Projekt zurückzuziehen, aus Angst, dass mit dem Scheitern sein Name öffentlichen Schaden erleidet.«
»Und was kann das Gebäude daran ändern?«
»Die Öffentlichkeit braucht ein Symbol, und das Gebäude ist das Symbol der ganzen Idee. Nur wenn es uns damit gelingt, wieder die alte Begeisterung zu schüren, wird es die Weltausstellung geben. Aber wie sollen wir das schaffen?« Die für einen Augenblick zurückgekehrte Zuversicht in seiner Stimme schwand wieder dahin. »Wir brauchen ein Gebäude, das größer ist als jedes andere Bauwerk in England, doch die Zeit verrinnt wie Sand zwischen den Fingern. Es bleibt nur noch etwas mehr als ein Jahr, und selbst wenn es einen Plan gäbe, auf den die Kommission sich einigen würde, wie soll man ihn in den paar Monaten ausführen? Ach, allmählich glaube ich, dass die ganze Idee von vornherein zum Scheitern verurteilt war.«
»Nein, Mr. Cole, das war sie nicht.« Emily versuchte, die vielen Informationen zu verarbeiten, und ihr wurde fast schwindlig

dabei. Schließlich sagte sie: »Alles steht und fällt also mit dem Entwurf für das Gebäude?«

Cole nickte. »Ohne Gebäude keine Finanzierung, ohne Finanzierung kein Parlamentsbeschluss.«

»Und ohne Parlamentsbeschluss«, fuhr Emily fort, »keine Weltausstellung.« Sie schaute auf das fast fertige Gewächshaus, das sich milchig schimmernd im Mondlicht erhob, und atmete die würzige Nachtluft ein. Ein Jasminstrauch am Wegrand verströmte seinen betäubenden Duft, der sich mit dem frischen Hauch der ersten sprießenden Blätter verband. Sie wandte sich um und blickte Cole an. »Vielleicht ist das unsere Chance.«

Er erwiderte ihren Blick, als zweifle er an ihrem Verstand. »Unsere Chance, Miss Emily?«

»Ja, Mr. Cole. Wenn das Gebäude das größte Problem ist, müssen Sie es lösen. Dann sind Sie rehabilitiert, und niemand wird Sie mehr in Frage stellen.«

»Aber wie soll ich das schaffen?«

»Das lassen Sie nur meine Sorge sein«, sagte Emily. »Ich werde mit meinem Vater reden.«

6

Es war Frühling in London. Ein fast blauer Himmel wölbte sich über der Kuppel von St. Paul's, vor dem Redaktionsgebäude der *Illustrated London News* drängten sich Hunderte von Menschen, um im Fenster des Büros die telegrafischen Nachrichten vom ersten Hindernisrennen der Saison in Chester zu lesen, und manche der in Scharen aneinander vorübereilenden Handelsgehilfen, denen die schwarzen Rockschöße wie Schwalbenschwänze um die Leiber flatterten, waren sogar ohne ihre Regenschirme unterwegs, als Victor die Werkstatt von Mr. Benson verließ, wo

er soeben ein Fass druckfrischer Bögen zum Binden abgeliefert hatte, und die Fleet Street betrat.
»*Bestechungsskandal!*«
»*Colonel Sibthorp gegen die Weltausstellung!*«
»*Heute Debatte im Parlament!*«
Victor achtete nicht auf die Schlagzeilen, die die Zeitungsjungen ausriefen. Er war mit Toby verabredet, in einem Arbeiterclub im East End, wo ein Weber aus Manchester, der in Kalifornien angeblich ein Vermögen gemacht hatte, am Abend einen Vortrag halten würde. In Amerika, so hatte es in der Ankündigung geheißen, die Victor in Mr. Finchs Werkstatt selbst gedruckt hatte, konnte jeder sein Glück machen, der mutig und fleißig genug war, sein Schicksal in die Hand zu nehmen. Victor hatte Toby nach der Pleite mit O'Connorville versprochen, dass ihm was einfallen würde. Vielleicht war Amerika die Chance, auf die er gewartet hatte.
»*Festival des Freihandels oder gefährliches Spielzeug?*«
»*Wird die Opposition zustimmen?*«
Plötzlich, mitten im Straßengewühl, zwischen abgehetzten Börsenmaklern, bummelnden Journalisten und vornehmen Damen, die aus den Geschäften strömten und sich von ihren Dienstboten die Einkaufstaschen hinterhertragen ließen, sah Victor eine junge Frau – Emily. Sie hob gerade den Saum ihres grünweiß gestreiften Kleides, um in einen Pferdeomnibus zu steigen.
»Trafalgar Square!«, rief der Schaffner. »Houses of Parliament! Westminster Bridge!«
Ohne zu überlegen, sprang Victor auf die Plattform. Während der Bus sich mit einem Ruck in Bewegung setzte, schob der Schaffner ihn in den vollkommen überfüllten Wagen und warf den Schlag hinter ihm zu.
»Vier Pence, Mister!«
Eingequetscht zwischen drängelnden Passagieren, die alle gleichzeitig versuchten, in dem viel zu engen Wagen einen Platz an einer der Haltestangen zu ergattern, gab Victor dem Schaff-

ner das Fahrgeld. Er bereute bereits seinen Entschluss. Warum zum Teufel war er auf den Wagen gesprungen? Wozu? Vorsichtig, damit sie ihn nicht sah, spähte er zwischen den Schultern und Köpfen der Fahrgäste nach Emily. Sie stand am Aufgang zum Oberdeck und wartete darauf, dass ein Junge im Matrosenanzug die Treppe frei machte, doch gerade als sie hinaufsteigen wollte, wurde neben einer Frau mit zwei Mädchen ein Sitz frei und sie nahm Platz an der Seite eines kleinen alten Mannes, der sich mit mürrischem Gesicht auf den Griff seines Regenschirms aufstützte.

Als Emily sich setzte, hob sie den Blick. Für eine Sekunde sah Victor ihre türkisgrünen Augen. Im selben Moment kehrte er ihr den Rücken zu. Es war vollkommener Unsinn, mit ihr zu sprechen! Was hatten sie einander noch zu sagen? Seine Hand, mit der er die Haltestange umklammerte, war feucht von Schweiß. Um irgendetwas zu tun, starrte er auf die bunten Reklameplakate, die vor ihm an der Wand zwischen zwei Wagenfenstern klebten.

Messer von Mechi – die besten der Welt …

50 000 Menschen vom Tode errettet, dank Dr. Morison's Pillen …

Hyam & Compagnie, der wissenschaftliche Beinkleiderverfertiger …

Ob sie ihn erkannt hatte? Wenn ja, dann wusste sie auch, dass er ihr nachgelaufen war. Die Vorstellung war ihm so peinlich, dass er sich Gewissheit verschaffen musste. Nein, sie hatte ihn nicht gesehen. Sie war von ihrem Platz aufgestanden und öffnete gerade ein Fenster, um frische Luft hereinzulassen. Die Frau mit den Kindern nickte ihr dankbar zu, während sie sich mit der Hand Luft zufächelte. Wie hübsch Emily in dem gestreiften Kleid aussah. Sie hatte das Haar hochgesteckt und trug Ohrringe, genau in der Farbe ihrer Augen. Doch kaum hatte sie wieder ihren Platz eingenommen, reckte der kleine alte Mann sich neben ihr und schob mit dem Griff seines Regenschirms das Fenster, das sie soeben geöffnet hatte, wieder zu. Victor zog sich die Mütze tiefer ins Gesicht und beschloss, an der nächsten Haltestelle auszusteigen.

Vor dem King's College hielt der Bus an, ein paar Fahrgäste verließen den Wagen, andere drängten hinein, doch Victor rührte sich nicht vom Fleck. Auszusteigen kam ihm auf einmal feige vor – als würde er vor Emily davonlaufen. Nein, eine solche Blöße würde er sich nicht geben, weder vor ihr noch vor sich selbst. Er hatte genauso ein Recht, in dem verdammten Bus durch die Stadt zu fahren wie sie, schließlich hatte er genau wie sie vier Pence dafür bezahlt.

Ihm war jetzt so warm, dass er sich den Kragen öffnete. Und wenn sie ihn doch gesehen hatte und nur darauf wartete, dass er sie endlich ansprach? Unter den Augen von Lord Nelson, der von der Höhe seiner Säule herab auf den Platz schaute, überquerte der Bus Trafalgar Square, vorbei am Brunnen mit den sprühenden Fontänen, und fuhr weiter nach Westen, genau in die entgegengesetzte Richtung von Victors Ziel. In der Ferne läutete Big Ben. Schon halb sieben, und um halb acht begann der Vortrag. Er würde den Anfang verpassen, zu Fuß brauchte er eine Stunde ins East End, und er hatte nicht genug Geld, um mit dem Bus zurückzufahren. Herrgott, was machte er hier? Emily rutschte auf ihrem Platz ein Stück beiseite, damit die Frau neben ihr eines der Mädchen auf den Schoß nehmen konnte. Victor schaute wieder auf die Straße hinaus. Wohin wollte sie wohl? Wahrscheinlich zu ihren Eltern – er wusste, das Haus der Familie befand sich an einer Straßenecke zwischen dem James und dem Green Park, er hatte einmal Toby dorthin geschickt, damit er einen Brief für Emily abgab.

Auf einmal hatte Victor das sichere Gefühl, dass ihre Augen auf ihn gerichtet waren. Wie von einem Brennglas gebündelt brannten ihre Blicke auf seinem Rücken, während der Bus an einer Reihe von Clubhäusern und Hotels vorüberfuhr. Eine helle Frauenstimme lachte. War das Emily? Er zwang sich, sich nicht umzudrehen. Vielleicht erzählte sie gerade ihrer Platznachbarin,

wer er war, und die beiden lachten über ihn, weil er nicht den Mut fand, sie anzusprechen … Emily musste ihn inzwischen gesehen haben, egal, wie viele Menschen sich in dem engen Bus drängten. Jedes Mal, wenn jemand ihn in die Seite stieß, zuckte er zusammen, weil er glaubte, dass sie es war.
Er hielt es nicht länger aus. Über die Schulter eines dicken Mannes, der ein buntes Tuch um den Hals trug, schaute er zu ihr hinrüber. Wieder klappte sie das Fenster auf, und wieder schob ihr Nachbar es mit seinem Regenschirm zu. Komisch, dass sie sich das gefallen ließ, von so einem alten, kleinen Mann … Nervös zupfte sie an ihrem Kleid, ihr Gesicht wirkte angespannt. Ob sie Sorgen hatte? Der Gedanke erfüllte Victor mit seltsamer Genugtuung. Warum sollte sie keine Sorgen haben? Jeder Mensch hatte Sorgen, das war normal. Schließlich war es kein besonderes Verdienst, Miss Emily Paxton zu sein! Eine verwöhnte Prinzessin war sie, nichts weiter, die einfach davongelaufen war, als es einmal darauf ankam. Kein Wunder, dass sie nicht einmal mit dem alten Idioten fertig wurde.
Warum bog der Bus jetzt in die Pall Mall Street ab? Zu den Parks ging es doch geradeaus … Der dicke Mann trat einen Schritt vor, um ein Reklameplakat zu lesen, und nahm Victor die Sicht auf Emily, während der Wagen in Richtung Waterloo rollte. Immer größer, immer prächtiger wurden die Häuser draußen, immer eleganter und vornehmer die Menschen, die auf den Bürgersteigen flanierten. Was für hochmütige Gesichter sie zogen! Livrierte Lakaien führten magere Hunde mit spindeldürren Beinen an goldbeschlagenen Leinen spazieren, und Kindermädchen passten auf Kinder auf, deren Kleider mehr Geld kosteten, als Victor in einem ganzen Jahr verdiente. Das war die Welt, in der Emily lebte. Sollte sie darin glücklich werden – er hatte davon genug! Endgültig! Ein für alle Mal!
Vor dem Eingang eines palastartigen Gebäudes, von dessen Balkon eine gestreifte Fahne herabhing, patrouillierten rot berockte Soldaten mit Fellmützen und Gewehren. *Botschaft der Verei-*

nigten Staaten von Nordamerika … Als Victor das goldene Schild über dem Portal las, durchzuckte ihn die Erkenntnis wie ein Blitz: Wenn er jetzt den Bus verließ, würde er Emily vielleicht nie wiedersehen.
Unwillkürlich drehte er sich um. Gott sei Dank! Sie saß noch auf ihrem Platz. Sie hatte ihrem Nachbarn den Rücken zugekehrt und sprach mit den zwei Mädchen. Wie wunderschön ihr Lächeln war, während ihre türkisgrünen Augen zwischen den Kindern hin und her wanderten. Der Anblick des Grübchens auf ihrer Wange, desselben Grübchens, das sie als kleines Mädchen schon immer bekommen hatte, wenn sie sich über irgendetwas ganz besonders freute und über irgendetwas ganz besonders wütend war, erfüllte Victor mit einem so drängenden Bedürfnis, noch einmal ihre Stimme zu hören, ihr Lachen, mit ihr zu sprechen, sie zu berühren, dass ihm davon ganz flau im Magen wurde und gleichzeitig auch ganz wunderbar.
Er gebrauchte die Ellbogen, um zu ihr zu gelangen, doch er kam nicht von der Stelle. Neu einsteigende Fahrgäste schoben sich immer wieder zwischen ihn und Emily.
Jemand tippte ihm auf die Schulter. Victor fuhr herum.
»Das Fahrgeld, Mister!«, sagte der Schaffner.
Victor zeigte ihm seinen Fahrschein. »Ich habe schon bezahlt.«
»Der gilt nur bis Trafalgar. Noch zwei Pence, oder hier ist Endstation!«
Der Bus stand am Parliament Square. In schier endloser Reihe säumten die neuen Parlamentshäuser mit ihren zahllosen Türmen und Türmchen den Platz. Victor kramte in seiner Tasche. Mr. Benson hatte ihm einen Penny Trinkgeld gegeben, und irgendwo musste er noch einen Halfpenny und ein paar Farthings haben. Während der Wagen schaukelnd wieder anfuhr, gab er dem Schaffner die Münzen.
Da sah er draußen Emily. Sie hatte den Bus verlassen und überquerte den Platz.
Victor ließ das Geld fallen und schob zwei Fahrgäste beiseite, um

ihr zu folgen. Im gleichen Augenblick warf der Schaffner den Schlag vor ihm zu.
»Abspringen während der Fahrt verboten!«
Ohne auf den Schaffner zu achten, setzte Victor über den Schlag. Doch als er auf der Plattform landete, erstarrte er.
Während der Bus in immer schnellerer Fahrt das Parlament passierte, sah er, wie Emily im Laufschritt auf den Haupteingang des Gebäudes zueilte. Dort wartete ein Mann auf sie, der genauso aussah, wie Victor sich in seiner Kindheit Gottvater vorgestellt hatte, mit buschigen Augenbrauen und mächtigem Backenbart.
Obwohl er den Mann, der Emily jetzt mit einer Umarmung begrüßte, in den letzten dreizehn Jahren nur einmal gesehen hatte, brauchte Victor keine Sekunde, um ihn zu erkennen.
Es war ihr Vater, Mr. Joseph Paxton.

7

»Wenn du mich auch nur ein bisschen lieb hast«, sagte Emily, »musst du mir helfen.«
Ihr Vater lachte laut auf. »Zweihundertdreiunddreißig untaugliche Entwürfe, und ausgerechnet von mir erwartest du eine Lösung? Seit wann bin ich Architekt?«
Die beiden nahmen auf der Besuchergalerie des Parlaments Platz, während der Plenarsaal unter ihnen sich allmählich mit den Abgeordneten füllte. Durch den Tabakdunst sah Emily, wie die Whigs und Tories und Radikalen sich unter den Kronleuchtern verteilten, rechts die Regierungsmitglieder, links die Männer der Opposition.
Auf der Tagesordnung stand die erste Anhörung des Unterhauses zur Weltausstellung. Dass Emily an diesem Ort versuchte, ihren Vater für ihren Plan zu gewinnen, war die Idee ihrer Mut-

ter gewesen, und auch die grünen Einlasskarten, die zum Besuch des Parlaments erforderlich waren, hatte Sarah für eine halbe Krone das Stück besorgt. Die Debatte, so hoffte Emily, würde ihren Argumenten den nötigen Nachdruck verleihen. Sogar Pythia hatte ihr zugeraten.
»Und was ist mit dem neuen Seerosenhaus?«, fragte sie. »Hast du das etwa nicht entworfen? Und unser Wohnhaus in Chatsworth? Und der Bahnhof von Rowsley? Kein Architekt der Welt hätte das besser machen können als du.«
»Spar dir deine Schmeicheleien. Das ist doch alles nichts im Vergleich zu der Aufgabe, um die es hier geht.«
»Du hast es vom Gärtnerjungen zum Gartenbaumeister und Vertrauten des Herzogs von Devonshire gebracht und außerdem zum Direktor einer der größten Eisenbahngesellschaften Englands. Dir gelingt alles, wenn du nur willst.« Sie strich ihr Kleid glatt, das von der langen Fahrt im Omnibus ziemlich zerknittert war, und zupfte an ihrem rechten Ohrring. Die Opale waren nicht nur ihre Lieblingsohrringe, sondern auch die ihres Vaters, und er hatte einmal behauptet, dass er ihr keinen Wunsch abschlagen könne, wenn sie sie trüge.
Doch Paxton schüttelte den Kopf. »Falls ich ein wenig Erfolg im Leben gehabt habe, dann nicht zuletzt deshalb, weil ich immer meine Grenzen kannte. Hochmut kommt vor dem Fall, mein Kind! Außerdem hat sich die Kommission, soviel ich weiß, das Recht vorbehalten, einen eigenen Entwurf vorzulegen, wenn die anderen nichts taugen, und mit Isambard Brunel und Charles Barry gehören ihr die besten Architekten des Landes an. Nein, Emily, ich habe nicht vor, mich lächerlich zu machen, indem ich gegen solche Männer antrete.«
Er wandte sich ab, um die Debatte zu verfolgen. Colonel Sibthorp, der Abgeordnete der Tories aus Lincoln, hatte sich von seinem Platz erhoben und bereits zu sprechen begonnen, ein kleiner Mann mit kriegerischem Knebelbart in Reitstiefeln und Reitdress, der während seiner Rede immer wieder eine Reitpeit-

sche durch die Luft sausen ließ. Emily kannte ihn, Sibthorp war fast so berühmt in London wie Big Ben, der Glockenturm des neuen Parlaments. Seit Jahren wetterte er gegen alles, was anders und fremd und »unbritisch« war: gegen die Emanzipation der Katholiken und die Aufhebung der Kornzölle, gegen die Eisenbahn und die Anerkennung Alberts als Prinzgemahl der Königin. Und jetzt gegen die Weltausstellung.

»Gentlemen!«, rief er. »Eine solche Ausstellung wird der endgültige Sieg von Kohle und Stahl über Korn und Viehzucht sein. Horden von Ausländern werden in unser Land einfallen, um es mit billigen Waren zu überschwemmen. Wie Heuschrecken werden sie über uns kommen, das Gras von den Weiden und das Getreide von den Feldern fressen. Sie werden uns den Hausrat stehlen, die Töpfe und Schüsseln, die Messer und Gabeln, ja sogar die Katzen und die Hunde. Politische Verbrecher aus Paris und Berlin werden sich in unserer Hauptstadt zusammenrotten und sich mit den Chartisten verbrüdern, um auch bei uns die Revolution zu entfachen, mit der sie den Kontinent bereits in Brand gesteckt haben. Und während wir hier reden, kaufen sie vielleicht schon in Calais die Tickets für die Überfahrt. Ja, gegen die Tollwut der Tiere schützen wir uns. Wollen wir da tatenlos zusehen, wie die viel gefährlichere Tollwut der Menschen vom Festland zu uns herüberschwappt?«

»Hört! Hört!«

Mit Beifall und Gelächter quittierten die Abgeordneten Sibthorps Attacke. Emily schielte zu ihrem Vater hinüber. Auf seiner Stirn hatte sich eine scharfe Falte zwischen seinen buschigen Augenbrauen gebildet. Sibthorps Rede schien ihre Wirkung nicht zu verfehlen.

»Wenn die Weltausstellung scheitert«, fragte Emily so harmlos wie möglich, »wie wirkt sich das wohl auf die Aktien der Midland Railway aus?«

Ihr Vater gab keine Antwort. Doch die Falten auf seiner Stirn wurden umso zahlreicher und tiefer, je länger Sibthorp redete.

»Cole braucht deine Hilfe, Papa«, hakte Emily nach. »Wenn er einen Architekten präsentiert, der das Gebäudeproblem löst, kann ihn die Kommission nicht länger ignorieren.«
»Dein Verlobter«, erwiderte Paxton, ohne sie anzusehen, »hat einen schweren Fehler gemacht, als er sich von den Mundays bestechen ließ. Die Entscheidung der Regierung, ihn aus der Schusslinie zu nehmen, ist absolut richtig. Ein solcher Korruptionsverdacht gefährdet das ganze Unternehmen.«
»Cole hat das doch nur für mich getan, um eine Familie zu gründen. Verstehst du das denn nicht? Du bist doch auch nicht mit einem goldenen Löffel im Mund geboren.«
Endlich drehte Paxton sich zu ihr um. Emily schöpfte Hoffnung. Hatte sie das richtige Argument gefunden?
Doch ihr Vater schüttelte erneut den Kopf. »Nein, Emily, du kannst mich nicht von meiner Meinung abbringen. Der zukünftige Mann meiner Tochter muss in der Lage sein, seine Probleme selbst zu lösen.«
Mit versteinertem Gesicht lauschte Paxton weiter der Debatte, eine Hand am Ohr, ganz und gar auf Sibthorps Rede konzentriert. Emily zögerte, ihn noch mal anzusprechen – sie kannte ihren Vater und wusste, wie es jetzt in ihm arbeitete und gärte. Statt durch weiteres Drängen seinen Trotz zu provozieren, vertraute sie lieber auf den Colonel. Sibthorp war ihr Verbündeter. Je heftiger er tobte, umso besser.
»Und wo soll diese verfluchte Ausstellung stattfinden?«, rief er und stampfte mit seinem Reitstiefel auf. »Im Hyde Park, in der grünen Lunge von London! Das Gebäude wird sich darin ausbreiten wie ein Tuberkel. Schon jetzt wird ohne jede Scham darüber nachgedacht, Bäume im Park zu fällen, Jahrhunderte alte Ulmen, die unsere Ahnen gepflanzt haben, damit sie ihren Nachfahren Schatten spenden. Ja, unsere Großväter hatten noch Ehrfurcht vor einem lebenden Baum – weil man ihn nicht für Geld kaufen kann. Und was tut unsere Regierung? Sie macht sich mitschuldig an diesem Verbrechen und ist auch noch stolz

darauf. Wo aber, meine Herren, sollen die Kavallerieregimenter der Knightsbridge Barracks in Zukunft exerzieren, wenn ein solches Gebäudemonstrum im Hyde Park entsteht? Wo, meine Herren, sollen wir unseren Morgenausritt machen, wenn die Wege von neugierigen Ausländern und gemeingefährlichen Revolutionären verstopft sind? Nein, das ganze Unternehmen ist ein fürchterlicher Humbug – eine Verschandelung unserer Hauptstadt, eine Versündigung an der Natur, eine nationale Katastrophe. Und ich stehe nicht an zu prophezeien, dass dieses Unternehmen ein zweites Babylon wird, eine Beleidigung des allmächtigen Gottes, mit der wir die Strafe des Himmels auf uns und unsere Kinder herabbeschwören!«

Noch einmal ließ Sibthorp seine Reitpeitsche durch die Luft sausen, dann verstummte er und nahm den Beifall der Abgeordneten entgegen. Wenn Emily auch nur einen Zweifel an der Bedeutung gehabt haben mochte, die das Gebäude für das Unternehmen der Weltausstellung besaß, so hatte Sibthorp ihn ihr genommen. Er hatte sich noch nicht wieder gesetzt, als sich ihm gegenüber ein anderer Redner von seinem Platz erhob, ein Gentleman mit grauem Haar und grimmigem Gesicht, der über den beigen Kniehosen eine lange grüne Weste trug, vor der eine goldene Uhrkette baumelte.

»Sir Robert Peel«, sagte Paxton. »Jetzt wird es spannend.«

Emily wusste von ihrem Verlobten, dass der ehemalige Premier und jetzige Führer der Opposition, dessen Stimme im Parlament mehr wog als die von einem Dutzend anderer Abgeordneter, sich in der Vergangenheit skeptisch zu der die Weltausstellung geäußert hatte. Wie hatte er sich inzwischen entschieden? Würde er sich für oder gegen das Unternehmen erklären?

Auch Paxton wartete voller Anspannung, dass Peel seine Stimme erhob. Doch der Anfang seiner Rede ging in dem allgemeinen Stimmengewirr, das nach Sibthorps Auftritt herrschte, fast vollkommen unter. Die Abgeordneten schienen sich mittlerweile in dem Saal so wohl zu fühlen wie in ihren Clubs. Manche hatten sich die Westen aufgeknöpft und die Füße auf die Rückenlehne ihres Vordermannes gestellt, andere streckten ihre Beine der Länge nach aus, um sich eine Pfeife zu stopfen oder eine Prise Schnupftabak zu nehmen. Alle plauderten und lachten, husteten und grunzten, so dass Peel sich kaum Gehör verschaffen konnte.

»... wie damals, als wir die Frage des Freihandels erörterten ... erbitterte Widerstände, die sich dem Fortschritt versperren ... England hat eine moralische Verpflichtung vor der Welt ... wenn wir unser Wissen und unsere Kenntnisse teilen, bekommen wir das Wissen und die Kenntnisse anderer Nationen zurück ... zum gegenseitigen Vorteil und Nutzen ...«

Sosehr Emily sich auch anstrengte, mehr konnte sie von der Rede nicht verstehen. Doch die wenigen Fetzen, die sie aufschnappte, ließen darauf schließen, dass Robert Peel Partei für die Weltausstellung ergriff. Emily war hin- und hergerissen. Auf der einen Seite war sie glücklich, wenn dieser bedeutende Mann Coles Projekt vor dem Parlament unterstützte, doch andererseits, wenn die Stimmung im Saal zugunsten der Weltausstellung umschlug, welchen Grund hatte ihr Vater dann, die Initiative zu ergreifen, um ihrem Verlobten aus der Patsche zu helfen? Aus den Augenwinkeln blickte sie zu ihm hinüber. Tatsächlich, die Sorgenfalten in seinem Gesicht waren fast verschwunden. Begierig sog er die Rede in sich auf, und mit jedem weiteren Wort, das zur Galerie emporwehte, schwand Emilys Hoffnung dahin, dass die Debatte ihn noch dazu bewegen würde, ihrem Verlobten zu helfen.

»... für die Zukunft und das Glück aller Lebewesen ... appelliere ich an Ihren Patriotismus ... dem Unternehmen ... Ihre Unterstützung ... verweigern ...«

Paxton drehte sich mit gerunzelter Stirn um. »Hast du den letzten Satz verstanden?«

Emily zuckte die Schultern.

»Miserable Akustik!«, fluchte er und beugte sich, nun mit beiden Händen an den Ohren, über die Brüstung. Dabei fixierte er Peel so eindringlich, als wolle er ihm die Worte von den Lippen saugen.

Plötzlich hatte Emily eine Idee. »Sag mal, wer hat diesen Saal eigentlich gebaut?«, fragte sie, obwohl sie so gut wie jeder halbwegs informierte Londoner wusste, welcher Architekt die neuen Parlamentsgebäude entworfen hatte.

»Charles Barry«, antwortete Paxton, ohne den Blick von Peel abzuwenden. »Wieso?«

»Derselbe Charles Barry, der mit Isambard Brunel der Königlichen Kommission angehört?«

Ihr Vater fuhr herum und starrte sie an.

»Was willst du damit sagen?«

Statt einer Antwort zupfte Emily an ihrem Ohrring. Vielleicht hatten die Opale ja doch ihre Wirkung getan.

8

Henry Cole ließ noch einmal den Blick über die teuren Möbel seines Büros schweifen, in jener ruhigen, gleichgültigen Resignation, die jeden Delinquenten erfasst, wenn das Urteil über ihn bereits gefällt ist. Was für eine Pracht, die er verließ … Die Schränke und Regale waren aus poliertem, mit Messing beschlagenem Mahagoni, genauso wie der schwere Schreibtisch, der fast so groß und eindrucksvoll war wie die Schreibtische von George und James Munday in Manchester; die Ölbilder an den Wänden, auf denen Schiffe der Ostindien-Kompanie mit geblähten Segeln die Weltmeere durchpflügten, waren in goldene Rahmen gefasst; und die Perserteppiche, die den Parkettboden bedeckten, waren so flauschig und weich, dass man darin zu versinken glaubte. Ein halbes Jahr war es gerade her, dass er dieses

herrliche Büro im Hauptgebäude des Handelsministeriums bezogen hatte. Doch in der kurzen Zeit hatte er sich keinen Tag hier heimisch gefühlt, eher wie ein ungeladener Gast oder armer Verwandter, den man zwar duldete, weil man ihn zufällig brauchte, doch keineswegs als seinesgleichen betrachtete, geschweige denn als erwünscht.
Jetzt räumte er seinen Schreibtisch. Er nahm eine Bleistiftzeichnung, die er kurz nach der Hochzeit von Marian angefertigt hatte, aus dem Mahagonirahmen und legte sie in den Karton, in dem er seine persönlichen Gegenstände einsammelte. Mein Gott, was für ein strahlendes Lachen sie einmal gehabt hatte! Jahrzehnte schienen seitdem vergangen. Nun schämte sie sich für ihr Gesicht, weil es von der Krankheit gezeichnet war. Sie hatte sich sogar geweigert, für die Daguerrotype zu posieren, die ein Bildkünstler am Heiligen Abend von der Familie aufgenommen hatte. Sie hatten einen Tannenbaum im Wohnzimmer aufgestellt – ein Weihnachtsbrauch, den Prinz Albert in England eingeführt hatte –, und nach dem Abendessen hatten die Kinder Scharaden aufgeführt. Dann hatten sie alle zusammen Blindekuh gespielt, sogar sein alter Freund John Stuart Mill, der zu Besuch gekommen war, lachte ihm auf der Fotografie entgegen. Cole seufzte. Das größte Glück der größten Zahl – mit der Weltausstellung wäre es vielleicht Wirklichkeit geworden. Doch jetzt? Vor über sechs Wochen war er in Chatsworth gewesen, um sich Emily zu offenbaren, seitdem hatte er keine Nachricht mehr von ihr bekommen. War das die Strafe für sein doppeltes Spiel? Für den Verrat an seiner Frau?
Nein, der Grund war allein der verfluchte Vertrag mit den Mundays. Während er noch auf ein Zeichen von Emily gewartet hatte, war er ein Dutzend Mal nach Manchester gefahren, um die Unternehmer zur Begrenzung ihrer möglichen Gewinne zu bewegen, damit die Kritik der Presse endlich verstummte. Doch die Mundays hatten keinerlei Entgegenkommen gezeigt. Warum sollten sie ihre Gewinne begrenzen? Sie trugen ja auch das Risi-

ko unbegrenzter Verluste! Die Königliche Kommission hatte darum den Vertrag gekündigt, mit Hilfe jener Klausel, die Cole im letzten Moment vor der Unterzeichung noch in die Vereinbarung aufgenommen hatte. Ein Befreiungsschlag, mit dem die Mundays so wenig gerechnet hatten wie mit der Möglichkeit, dass eines Tages die Themse austrocknen würde. Doch niemand hatte Cole diesen Dienst gedankt – im Gegenteil. Statt zum Sekretär des Exekutivkomitees hatte man ihn zum einfachen Mitglied eines bedeutungslosen Unterkomitees ernannt, eine Demütigung, die schlimmer war als ein Rauswurf, und Prinz Albert, der nur noch mit dem nach wie vor ungelösten Hauptproblem beschäftigt war, das der Weltausstellung im Weg stand – dem Entwurf und Bau des Pavillons –, weigerte sich weiterhin, ihn auch nur zu empfangen. Nein, Henry Cole war für immer erledigt, und seine Demission von allen Ämtern und Aufgaben, die er am Morgen bei Lord Granville, dem stellvertretenden Leiter der Kommission, eingereicht hatte, war die einzige Möglichkeit gewesen, wenigstens seine Ehre zu retten.
Plötzlich hörte er Stimmen auf dem Flur.
»Ich möchte Lord Granville sprechen! Bitte melden Sie mich! Jetzt gleich!«
Cole stutzte. Die Stimme kannte er doch … Er verließ den Schreibtisch und öffnete die Tür. Tatsächlich, vor ihm stand Joseph Paxton. Was im Himmel wollte er hier?
»Tut mir Leid, Sir, Lord Granville ist bereits außer Haus. Aber vielleicht kann ich Ihnen dienen?«
Die Gegenwart dieses Mannes war Cole überaus peinlich. Seit Wochen hatten sie einander nicht gesehen, und er wusste nicht einmal, wie weit Emily ihren Vater inzwischen von seiner Lage und seinen Absichten in Kenntnis gesetzt hatte. Doch da er ihn nicht auf dem Flur abfertigen konnte, ließ er ihn eintreten.
»Ich würde gern den Entwurf der Kommission für den Pavillon sehen«, sagte Paxton, als sie unter vier Augen waren. »Wäre das möglich?«

»Sicher, Sir, gewiss, wenn Sie es wünschen.« Cole öffnete einen Rollschrank und holte die Pläne daraus hervor. »Allerdings muss ich Sie bitten, sie vertraulich zu behandeln. Wie Sie sicher wissen, wurden sie noch nicht veröffentlicht.« Den letzten Satz fügte er nur um der guten Ordnung willen hinzu, während er das Blatt mit dem Aufriss auf dem Schreibtisch ausbreitete. Eigentlich ging ihn das ja gar nichts mehr an. »Alle Mitglieder der Kommission haben sich daran beteiligt, doch die meisten Ideen stammen natürlich von Mr. Barry und Mr. Brunel, wobei Letzterer für die Federführung verantwortlich zeichnet.«

Eine Hand am Kinn, die andere am Ellbogen, betrachtete Paxton den Entwurf: ein langes, düsteres, dreigliedriges Hallengebäude aus Ziegelstein, das in der Mitte von einer riesenhaften Kuppel aus Eisenplatten bekrönt wurde.

»Das ist ja noch schlimmer, als ich befürchtet hatte«, murmelte er. »Das ist kein Pavillon, das ist eine Kaserne, ein Gefängnis. Dagegen ist ja sogar der Tower ein Lustschloss.« Er schüttelte den Kopf und schaute Cole an. »Wie haben Sie so was nur zulassen können? Ein solches Monstrum im Hyde Park? Der Entwurf ist Sabotage! Sabotage an Ihrer Idee!«

»Ich fürchte, Sie überschätzen meinen Einfluss, Sir. Es lag nicht an mir, darüber zu entscheiden.«

»Colonel Sibthorp kann sich ins Fäustchen lachen. Wenn das an die Öffentlichkeit gelangt, wird es einen Aufschrei geben, und mit Ihrer Weltausstellung ist es aus und vorbei! Ist Ihnen das klar, Mr. Cole?«

»Ist das noch von Bedeutung, Mr. Paxton?«

»Das fragen *Sie* mich? Ausgerechnet Sie?«

Paxton schnappte nach Luft. Abrupt wandte er sich ab und marschierte im Zimmer hin und her, die Hände auf dem Rücken verschränkt, blieb stehen, trat ans Fenster, ohne hinauszublicken, öffnete einen Flügel, um ihn gleich wieder zu schließen. Dann machte er kehrt und kam zu Cole an den Schreibtisch zurück.

»Ich werde der Kommission einen eigenen Entwurf vorlegen«, erklärte er. »Einen Entwurf, der alle Probleme löst.«
»Alle Probleme?«, wiederholte Cole. »Wer so etwas behauptet, Sir, ist entweder ein Genie oder ein Scharlatan.«
»Werden Sie nicht unverschämt, Mister! Ich weiß, was ich sage.«
»Daran würde ich keine Sekunde zweifeln. Doch wenn Sie eine solche Idee haben, warum sind Sie dann nicht früher gekommen? Ich fürchte, jetzt ist es zu spät – die Eingabefrist ist seit Wochen abgelaufen.«
»Gottverdammte Scheiße!«
Der Fluch entfuhr Paxton mit solcher Macht, dass Cole ihn irritiert anschaute. War Paxton sich seiner Sache wirklich so sicher? Sein Gesicht zeigte keine Regung, nur seine Augen funkelten vor Entschlossenheit. Als Cole diese Entschlossenheit in diesem regungslosen Gesicht sah, kam ihm plötzlich ein Gedanke, ein kleiner, verrückter, vollkommen absurder Einfall, und die ruhige, gleichgültige Resignation, die ihn seit seinem Rücktritt erfasst hatte, war auf einmal wie fortgeblasen.
»Vielleicht gibt es doch noch eine Chance«, sagte er, ganz und gar elektrisiert. »Wie … wie lange würden Sie für Ihren Entwurf brauchen?«
Paxton zuckte die Schultern. »Sagen wir – einen Monat?«
»Das ist zu lange. Sie müssten es in einer Woche schaffen. Dann könnte man die Eingabe als Verbesserungsnachtrag zu den Plänen der Kommission deklarieren, als eine Art Anhang oder Ergänzung, die auch nach Ablauf der Frist noch …«
»Eine Woche?«, fiel Paxton ihm ins Wort. »Für so ein Projekt? Sind Sie von allen guten Geistern verlassen?«
»Eine Woche«, wiederholte Cole. »Das ist das Äußerste.«
Paxton atmete tief durch. Er dachte so intensiv nach, dass Cole meinte, die Rädchen in seinem Kopf bei der Arbeit hören zu können.
»Ich schlage Ihnen einen Pakt vor«, sagte Paxton schließlich.

»Sorgen Sie dafür, dass mein Entwurf angenommen wird, und ich mache Sie zum Chef des Exekutivkomitees.« Er reichte ihm seine Hand. »Einverstanden?«
Cole zögerte. Lord Granville hatte seine Demission bereits angenommen, und wenn dieser Versuch jetzt fehlschlug … Der Gedanke war so entsetzlich, dass er ihn lieber nicht zu Ende dachte.
»Und ich habe in einer Woche Ihren Entwurf, Sir?«, fragte er stattdessen.
»Mein Wort drauf«, bestätigte Paxton.
Cole schlug in die ausgestreckte Hand ein. »Ich hoffe nur, Sie sind kein Scharlatan.«

9

»Die Berge bei uns sind so hoch, dass sie den Himmel berühren, auf den Flüssen schwimmen Boote, in denen ganze Familien leben, und wenn du in einem Teich angelst, brauchst du einen Baum als Rute, weil die Fische darin so groß sind wie bei euch hier die Kälber.«
Während Toby vor dem Arbeiterclub in der Whitechapel High Street auf Victor wartete, lauschte er voller Andacht den Erzählungen seines neuesten Freundes Jim Brady, der nicht älter war als er selbst, doch statt dreckiger, abgerissener Lumpen einen weißen Anzug mit goldenen Nieten trug und auf dem Kopf einen noch weißeren Hut aus feinstem Hirschleder mit unglaublich breiter, an den Seiten hochgeschlagener Krempe. Jim war der Sohn des Webers aus Manchester, der in Kalifornien zum reichen Mann geworden war, und machte am Eingang des Clubs Reklame für den Vortrag, der in ein paar Minuten beginnen sollte. Toby kam aus dem Staunen gar nicht mehr heraus. Was für eine gute Idee von Victor, hierherzukommen. In Amerika schien

alles unendlich viel schöner und größer und besser zu sein als in England. Und die Goldgräber hatten so viel Geld, dass sie sich täglich drei warme Mahlzeiten leisteten. Sie würden dort ein Vermögen verdienen!

»*Okay*, ich gehe dann schon mal rein,«, sagte Jim. »Wenn mein Vater auf die Bühne kommt, muss ich einen Klumpen Gold hochhalten. Damit die Leute wissen, worum es geht.«

»*Okay*«, erwiderte Toby und ließ sich das herrliche fremde Wort auf der Zunge zergehen wie ein köstliches Stück Bratfisch.

Während Jim im Haus verschwand, renkte Toby sich den Hals nach Victor aus. Wo zum Teufel blieb er nur? Es konnte jeden Augenblick losgehen, der Saal war schon bis auf den letzten Platz gefüllt. Ob Victor mal wieder Fanny einen Besuch abstattete?

Der Gedanke versetzte Toby einen Stich, und ein Gefühl überkam ihn, das er sonst nur empfand, wenn jemand in seiner Gegenwart aß und er selbst mit knurrendem Magen zusehen musste. Denn die Zeiten, da er keine Ahnung hatte, wie das mit den Weibern war, gehörten der Vergangenheit an. Robert hatte ihm einen Besuch bei Fanny spendiert, damit er endlich Bescheid wusste. Seitdem war er regelrecht süchtig danach und hatte sich in den letzten Wochen hinter Victors Rücken immer wieder Geld bei Robert geliehen, mindestens ein Dutzend Mal, um Fanny zu besuchen. Bei der Vorstellung, dass Victor vielleicht in diesem Moment ihren warmen Mund küsste, ihre warmen Brüste berührte, ihre warme Möse spürte, schoss Toby das Blut in die Glieder, und sein »Lümmel«, wie Fanny das Stück Fleisch getauft hatte, dem er sein neues Glück verdankte, erwachte aus seinem Schlummer und schwoll in wenigen Sekunden zur vollen Größe an, um gegen das Gefängnis seiner Hose zu protestieren, mit so heftigem Pulsieren und Pochen, dass Toby vor wohliger Sehnsucht fast ohnmächtig wurde, während sich gleichzeitig sein Herz in schmerzhafter Eifersucht zusammenzog.

Ein freudiges Winseln schreckte ihn auf. Eine große schwarze Dogge schnüffelte an seinem Hosenlatz.
»Träumst du etwa auch von Kalifornien?«, fragte Robert, der Punch an der Leine hielt.
»Wie? Was?« Toby machte unwillkürlich einen Schritt zurück. Seine Pläne gingen Robert so wenig an wie Punch die Beule in seiner Hose.
»Könnte ich irgendwie ja verstehen«, sagte Robert. »Im Gegensatz zu den anderen Spinnern hier hast du ja wirklich einen Grund, nach Gold zu graben. Schließlich hast du eine Menge Schulden. Wann willst du die eigentlich zurückzahlen?«
Die Beule in Tobys Hose fiel schlagartig in sich zusammen. Diesen Augenblick hatte er schon lange gefürchtet.
»Mach dir um das Geld keine Sorgen«, erklärte er eilig. »Übermorgen fängt der Jahrmarkt in Belgravia an, und nächste Woche der in Bethnal Green, und außerdem ...«
»Fünf Schilling und sechs Pence«, unterbrach Robert ihn, und mit einem Grinsen fügte er hinzu: »Du hast in letzter Zeit ziemlich großen Appetit gehabt. Hat mich schwer beeindruckt.«
»Mein Pfefferminztrick ist eine todsichere Sache«, beteuerte Toby. »Vor allem in Belgravia, verlass dich drauf. Die reichen Idioten da werden scharenweise darauf reinfallen.«
»Reg dich nicht auf, ich will ja nur mein Geld zurück. Ich meine, das wäre doch nicht gerecht, wenn das in alle Ewigkeit so weiterginge. Du amüsierst dich mit Fanny, und ich kann mir nicht mal 'nen Tropfen Gin leisten.«
»Auf gar keinen Fall«, pflichtete Toby ihm bei. »Eine gottverdammte Schweinerei wäre das!«
»Siehst du? Und deshalb habe ich auch keine Lust zu warten, bis du mir das Geld aus Amerika schickst. Könnte ja sein, dass es mit dem Goldgraben nicht so klappt, wie du dir das vorstellst.«
Während Robert ihn von Kopf bis Fuß musterte, schielte Toby die Straße hinunter, in der Hoffnung, dass Victor endlich auf-

tauchte. Doch von dem war weit und breit keine Spur zu sehen. Toby verfluchte sich im Stillen selber. Hätte er wenigstens den einen Schilling, den er Victors vornehmer Freundin aus der Tasche gezogen hatte, an Robert zurückgezahlt …

»Weißt du was?«, sagte Robert. »Ich mach dir einen Vorschlag. Wenn du willst, kannst du heute alle deine Schulden abverdienen, auf einen Schlag.«

Toby horchte auf. »Was muss ich dafür tun?«

»Keine große Sache. Nur ein paar Besorgungen für mich erledigen.«

»Und was für Besorgungen sind das?«

»Das erkläre ich dir unterwegs. Aber wir müssen uns beeilen, sonst machen die Läden zu.«

Toby zögerte. Die Aussicht, auf einen Schlag alle Schulden los zu sein, war eine wunderbare Verlockung. Aber er traute dem Braten nicht. Nur ein paar Besorgungen? Für fünf Schilling und sechs Pence? Entweder war Robert vollkommen verrückt geworden, oder an der Sache war etwas faul.

Der Geselle nickte ihm aufmunternd zu. »Na, was sagst du zu dem Angebot?«

»Ich .. ich …«, stotterte Toby, während Punch wieder an seiner Hose schnüffelte, »ich finde das schwer in Ordnung von dir, und ich würde dein Angebot auch verdammt gern annehmen, das kannst du mir glauben. Der Mist ist nur, ich habe gerade keine Zeit. Ich … ich bin hier nämlich mit Victor verabredet.«

»Das sehe ich«, erwiderte Robert spöttisch. »Doch leider lässt dich dein Freund mal wieder im Stich. Na komm schon, es ist wirklich nur 'ne Kleinigkeit.«

»Aber was ist mit Victor? Der wird verdammt sauer sein, wenn ich nicht da bin, und du weißt, wie jähzornig er manchmal ist.«

»Keine Angst, er wird dich schon nicht verprügeln.« Plötzlich verschwand das Grinsen aus Roberts Gesicht, genauso wie der freundliche Ton aus seiner Stimme, und mit der Faust schlug er

Toby gegen die Schulter. »Entweder du gibst mir jetzt mein Geld zurück, und zwar auf der Stelle, oder du tust mir den Gefallen!« Er packte Tobys Kinn und rückte ihm so dicht auf die Pelle, dass Punch anfing zu knurren. »Hast du das verstanden, du kleiner Wichser?«

10

Eine feuchte, schwüle Luft wie in den Tropen schlug Joseph Paxton entgegen, als er das Seerosenhaus betrat. Obwohl er in den letzten Wochen kaum Zeit gehabt hatte, sich um die Baustelle zu kümmern, waren die Arbeiten vollkommen abgeschlossen. Dank Emily, sie hatte ihn bestens vertreten. In nur vier Monaten war das Gebäude entstanden, vom ersten Spatenstich bis zur Einsetzung der Pflanzen. Die Seerosen hatten in der neuen Umgebung ohne Ausnahme Wurzeln geschlagen und gediehen, dass es eine Freude war. Über drei Dutzend Blüten hatten sie schon getrieben.

Doch Paxton warf kaum einen Blick auf die Pflanzenpracht, während er sich auf die Bank vor dem Hauptbecken sinken ließ. Müde öffnete er den Hemdkragen. Die Luft, die ihm hier drinnen sonst gar nicht feucht und schwül genug für die Seerosen sein konnte, empfand er an diesem Abend als unerträglich. Aber er wusste nicht, wohin er sich sonst hätte verkriechen können. Er wollte jetzt niemanden sehen, auch nicht Sarah, seine Frau.

Alles, was er gedacht und getan hatte, war richtig gewesen. Es war richtig gewesen, sein ganzes Vermögen in die Midland Railway zu investieren – der Eisenbahn gehörte die Zukunft. Es war richtig gewesen, auf Henry Coles Idee zu setzen – die Weltausstellung würde der Eisenbahn zum endgültigen Durchbruch verhelfen. Eins plus eins waren immer noch zwei. Und trotzdem ging die Rechnung nicht auf, drohte der Erfolg, der zum Greifen nah war, an dem verfluchten Gebäude zu scheitern. Weil Colonel Sibthorp, diese groteske Witzfigur, und eine Bande von konservativen Sturköpfen mit allen Mitteln verhindern wollten, dass neue Zeiten in England anbrachen.

»Leben! Leben!«

Der Kakadu schlug aufgeregt mit den Flügeln. Paxton schaute böse zu der Palme hinauf, wo Cora mit ihren Glotzaugen hockte. Konnte das Mistvieh eigentlich nur dieses eine Wort? Obwohl er sich dagegen wehrte, kreisten ihm die Maximen seiner eigenen Philosophie durch den Kopf, verfolgten ihn bis in die hintersten Windungen seines Gehirns, wie um ihn zu verhöhnen: Alles Leben, ob bei Pflanzen oder Tieren oder Menschen, entsteht durch Auslese, durch Überwindung des Schwachen durch das Starke, im ewigen Kampf ums Überleben ... Er hatte immer geglaubt, zu den Starken zu gehören. Hatte er sich geirrt?

»Mama hat gesagt, dass du Cole helfen willst.«

Paxton zuckte zusammen. Emily stand vor ihm und strahlte ihn an.

»Woher kommst du denn? Ich hatte dich gar nicht gehört.«

»Cora hat mich doch laut genug angekündigt. Aber was ziehst du für ein Gesicht? Kopfschmerzen?«

»Das kannst du wohl sagen.« Paxton stieß einen Seufzer aus. »Ich habe deinem Verlobten einen Entwurf versprochen, ohne die geringste Idee, und in einer Woche muss ich damit fertig sein.«

»Ja und? Was ist daran Besonderes? Du hast schon Entwürfe in ein paar Minuten gemacht. Zum Beispiel für das Glashaus hier.«

»Ach, Emily, wenn du wüsstest. Es ist ein Ding der Unmöglichkeit. Ich komme mir vor wie jemand, der ein gigantisches und vollkommen neuartiges Uhrwerk konstruieren soll, ohne je eine Uhr von innen gesehen zu haben.«

»Offen gestanden, ich verstehe rein gar nichts.«
»Ich rede von dem Entwurf. Die Anforderungen sind so widersprüchlich, dass kein Mensch der Welt sie in ein und derselben Konstruktion vereinen kann. Die Kommission will einen Pavillon, der siebenmal so groß ist wie St. Paul's. Er soll so fest und solide sein wie ein Gebäude, das Stein auf Stein gemauert ist, doch für den Bau stehen nur ein paar Monate Zeit zur Verfügung. Außerdem muss er Schutz gegen Hitze und Kälte bieten, sodass immer eine konstante Innentemperatur herrscht, egal ob zehn oder zehntausend Menschen darin sind. Und schließlich darf das Ganze nichts kosten.«
Emily schaute ihn schuldbewusst an. »Und ich habe dich dazu überredet. Bist du mir böse?«
»Ich wollte, ich könnte es sein. Aber ich bin selber schuld. Der Größenwahn hat mich geritten. Im Parlament dachte ich nur, Stümpern, die für so eine Akustik verantwortlich sind, darf man nicht die Weltausstellung überlassen.« Er schüttelte den Kopf. »Mein Gott, auf was habe ich mich da eingelassen? Nach solchen Vorgaben kann man vielleicht ein Gewächshaus bauen, aber kein Gebäude für so eine gigantische Ausstellung. Die größte architektonische Aufgabe in der Geschichte Englands, und ich, ein Gärtner, habe versprochen, die Lösung zu präsentieren, an der alle Architekten und Ingenieure gescheitert sind – in einer Woche!«
»Genau dafür bewundere ich dich«, sagte Emily. »Du hast den Mut, Dinge zu wagen, die sich sonst keiner traut, auch wenn sie völlig unmöglich sind.« Sie setzte sich zu ihm und schmiegte sich an ihn. »Weißt du noch, wie du aus Konstantinopel zurückgekommen bist, von deiner Reise mit dem Herzog? Ich war damals noch ganz klein, aber ich erinnere mich genau. Du hattest ein dunkelblaues Cape um und einen hohen, spitzen Hut auf dem Kopf. Du hast ausgesehen wie ein Zauberer.«
»Ach Gott, ja«, sagte Paxton mit einem Anflug von Wehmut. »Ich hatte die Sachen im großen Basar am Topkapi Serail ge-

kauft, ich glaube, deine Mutter bewahrt sie immer noch irgendwo auf.«

»Dann frag sie mal, wo!«, sagte Emily. »Vielleicht liegt der Zauberstab ja auch noch da.«

Paxton versuchte zu lächeln, doch es gelang ihm nicht. Die Erinnerung an den jungen Mann, der er einmal gewesen war, deprimierte ihn zu sehr. Damals hatte er wirklich geglaubt, dass man alles schaffen kann, wenn man nur will. Doch heute? Schweigend blickte er auf die Seerosen, die groß und majestätisch auf dem dunklen Wasser trieben und den Duft von Ananas verströmten.

»Du warst noch so klein«, sagte er, »dass du auf den Blättern stehen konntest.«

»Ich glaube, das könnte ich immer noch«, erwiderte Emily. »Sie sind so stark, dass sie zweihundert Pfund tragen. Das hast du selbst gesagt.«

»Das weißt du noch? Du hast wirklich ein gutes Gedächtnis.«

»Ich habe nur aufgepasst, wie du es der Königin erklärt hast. Du hast ihr das Rippengeflecht auf der Unterseite der Blätter gezeigt, und ich glaube, sie hat es sogar verstanden.«

»Ja«, sagte er, »in der Natur ist alles so einfach. So einfach und so genial.«

»Eine Ingenieursleistung der Natur, hast du gesagt, ich weiß es noch wie ...«

Emily verstummte mitten im Satz, so plötzlich, dass Paxton sich verwundert zu ihr umdrehte. Doch sie schien ihn gar nicht mehr zu registrieren. Mit abwesenden Augen starrte sie auf die Pflanzen, als hätte sie gerade eine Erscheinung.

»Was ist?«, fragte er.

»Ach, nichts«, sagte sie. »Nur ein Gedanke.« Sie schüttelte den Kopf und erwiderte seinen Blick. »Musst du morgen früh nicht nach Derby?«

»Ja, leider. Um sechs geht mein Zug. Und vorher will ich noch kurz in den Hyde Park, um mir den Bauplatz anzusehen.«

»Solltest du dann nicht langsam schlafen?« Emily gab ihm einen Kuss. »Sei nicht traurig, Papa. Denk an deine Devise. Wenn es einem richtig schlecht geht und man nur einen Penny in der Tasche hat, muss man sich was Gutes gönnen. Nimm noch einen Schlummertrunk, dann sieht die Welt schon wieder anders aus.«

»Ich wollte, du hättest Recht. Doch dafür reicht diesmal ein Schlummertrunk nicht aus, dafür müsste mich wohl die Muse persönlich küssen.« Mit einem Seufzer stand er auf und ging zur Tür. »Und du?«, fragte er, da sie keine Anstalten machte, ihm zu folgen.

»Ich komme später nach, ich hab noch eine Kleinigkeit zu tun.«

»Dann gute Nacht, Emily. Und vergiss nicht, das Licht auszumachen.«

Paxton trat hinaus in die dunkle Nacht. Am Himmel war kein einziger Stern zu sehen. Wahrscheinlich würde es morgen regnen, dachte er und machte sich auf den Weg zum Haus, das sich wie ein schwarzer Zyklop in der Ferne erhob.

Im ersten Stock war ein einzelnes Fenster erleuchtet. Sarah wartete noch auf ihn. Es wäre ihm lieber gewesen, sie würde schon schlafen.

Als er den Kiesweg betrat, sah er durch die Glaswand Emily im Innern des Gewächshauses. Sie hatte einen Block auf den Knien und zeichnete.

Er hob die Hand, um ihr zu winken, doch sie war so sehr in ihre Arbeit vertieft, dass sie ihn nicht sah. Sie hatte ihn und seine Sorgen schon wieder vergessen.

11

Der verwinkelte Hinterhof zwischen Brill Place und Chapel Street, in den Robert einbog, schien der perfekte Ort für einen kleinen, gemütlichen Rattenkampf zu sein. Toby atmete auf. Endlich, zum ersten Mal an diesem verfluchten Abend, hatte er das Gefühl, sich wieder auszukennen. Die dunklen Gestalten, die gerade in einem alten Schuppen verschwanden, klimperten schon mit den Münzen in ihren Taschen, und Punch begann unruhig an der Leine zu zerren. Doch statt zu dem Schuppen ging Robert zum Hintereingang eines der Häuser, die den Hof umgaben.

»Wo willst du hin?«, fragte Toby irritiert.

»Die Ware abliefern.«

»Hier? Du hast doch gesagt, das Zeug ist für die Werkstatt.«

Robert lachte. »Werkstatt ja, aber nicht die von Mr. Finch.« Er öffnete eine Tür und stieß Toby hinein. »Halt jetzt dein Maul und mach schon. Wir werden erwartet.«

Im Treppenhaus stank es nach faulem Fisch. Widerwillig ging Toby voraus, während Robert mit seiner Dogge folgte. Mit jeder Stufe wurde ihm mulmiger zumute. Seit Robert ihn vor dem Arbeiterclub abgepasst hatte, wusste Toby nicht mehr, was mit ihm geschah. Robert hatte ihn zu drei Apotheken gebracht, wo Toby verschieden große Flaschen mit Chemikalien hatte kaufen müssen, angeblich zur Reinigung der Druckpresse. Doch warum zum Teufel hatte er das nicht selbst erledigt, statt draußen vor den Apotheken zu warten? Und warum hatte er versprochen, für eine so einfache Besorgung Toby alle Schulden zu erlassen? Noch seltsamer aber war, dass Robert ihm jedesmal aufgetragen hatte, bei der Registrierung der Flaschen dem Apotheker Victors Namen und Adresse zu nennen, damit er und sein Freund später das Pfand kassieren konnten. Das war nicht gerade Roberts Art.

Vor einer Tür im zweiten Stock blieb Robert stehen und klopfte. Dreimal kurz, zweimal lang. Punch knurrte leise.

»Ah, Monsieur Robert! Wie schön, Sie zu sehen. *Bonsoir!* Und einen Gehilfen haben Sie auch mitgebracht? *Enchanté!*«
Ein schlanker, blonder Mann mit aufwärts gedrehtem Schnauzbart und ausländischem Akzent, den Robert mit »Monsieur Pierre« ansprach, ließ sie in eine große, helle Kammer eintreten. Toby staunte. Ein so sauberes und aufgeräumtes Zimmer hatte er lange nicht mehr gesehen. Außer einer frisch gemachten Bettstelle mit schneeweißem Bettzeug erblickte er eine lackierte Seekiste und einen Mahagonistisch, auf dem eine emaillierte Wanne und eine Keramikschüssel standen.
»Habt ihr alles bekommen?«
»Ja,«, antwortete Robert. »Alles, was Sie aufgeschrieben haben.«
»Das heißt, wir können gleich beginnen? Wunderbar! Wenn Sie und Ihr reizender Hund vielleicht dafür sorgen könnten, dass wir ungestört bleiben? Ich wäre Ihnen sehr dankbar.«
Toby staunte, wie beflissen Robert den Anweisungen dieses seltsamen Mannes folgte – es fehlte nur, dass er sich wie die Ladenschwengel in der Regent Street verbeugte und die Hacken zusammenschlug.
»Nun, *mon ami*, dann wollen wir mal«, sagte Monsieur Pierre, als sie allein waren, und rieb sich die Hände. Dann nahm er Toby die Flaschen ab und stellte sie auf den Tisch zu der Wanne und der Schüssel. »Ich habe gehört, du bist ein großer Liebhaber, fast wie ein Franzose. Bravo! Aber bist du auch mutig?«
»Ich … ich weiß nicht«, erwiderte Toby unsicher, während Monsieur Pierre die Flaschen auf dem Tisch ausrichtete und die Etiketten inspizierte wie ein Feldwebel die Uniformen seiner Rekruten. »Es … es kommt darauf an.«
»Ah, da mache ich mir keine Sorgen. Nichts ist so gefährlich wie die Liebe, und wer bei den Frauen Mut hat, der kneift auch sonst nicht den Schwanz ein.« Kichernd zog Monsieur Pierre sich den Rock seines Anzugs aus und krempelte die Ärmel seines weißen Hemdes hoch. Während er seine Hände in die mit Wasser gefüllte Wanne tauchte, erklärte er über die Schulter: »Wir wollen

jetzt zusammen ein Süppchen kochen. Mein alter Freund und Kollege aus Paris, Dr. Sobrero, hat das Rezept vor drei Jahren in der Küche von unserem lieben Professor Pelouse erfunden, eine höchst pikante Komposition, *oh là là,* von erstaunlicher Wirkung.«

»Eine Suppe, Sir?« Toby verstand überhaupt nichts mehr, er hatte nur noch das Bedürfnis, diesen Raum so schnell wie möglich zu verlassen. »Wenn ich ehrlich bin, ich habe überhaupt keinen Hunger.«

»Was für ein charmantes *malentendu!* Aber nein, die Suppe ist nicht zum Essen – sie würde fürchterliche Blähungen machen.« Monsieur Pierre lachte laut auf, wie über einen guten Witz. Dann aber wurde er ernst. »Du musst wissen, unser Süppchen ist nicht ganz ungefährlich. Es heißt Nitroglyzerin, und wenn man beim Kochen nicht aufpasst – puff!« Er machte eine Bewegung, als würde er einen Ball in die Luft werfen. »Dabei sind mehr Freunde von mir umgekommen, als die französische Polizei bei der Revolution erschossen hat.«

Toby spürte, wie ihm der Schweiß ausbrach. Zwar hatte er immer noch keine Ahnung, was der Fremde mit ihm vorhatte, doch begriff er genug, um eine Höllenangst zu bekommen. Waren die Besuche bei Fanny es wert, dass er jetzt hier bei diesem verrückten Franzosen sein musste, statt mit Victor Goldgräbergeschichten aus Kalifornien anzuhören? Monsieur Pierre sprudelte nur so vor guter Laune. Mit seinem komischen Akzent, den Toby manchmal kaum verstand, redete er in einem fort, während er unter dem Tisch einen Eimer zutage förderte und daraus gestoßenes Eis in die Wanne schüttete. Danach wischte er die Keramikschüssel mit einem Tuch aus und stellte sie behutsam in das Becken, wobei er darauf achtete, dass kein Tropfen Wasser in die Schüssel überlief.

»Jetzt wollen wir mal sehen, wie tüchtig du bist.« Monsieur Pierre band sich ein Tuch vors Gesicht und forderte Toby auf, dasselbe zu tun. Anschließend öffnete er drei Flaschen, schüttete

den Inhalt der beiden größeren in die Schüssel und reichte Toby einen gläsernen Stab. »Damit musst du immer fleißig rühren, um unser Süppchen hübsch kühl zu halten. Sonst kocht es schneller über, als uns lieb ist«, fügte er hinzu und leerte die dritte Flasche in die Schüssel. »Na los, worauf wartest du? Fang an!«
Ohne zu überlegen, gehorchte Toby und tat, was Monsieur Pierre ihm gesagt hatte. Gleich darauf stiegen beißende Dämpfe aus der Schüssel auf, die ihm trotz des vorgebundenen Tuchs fast den Atem verschlugen.
»Was … was ist das?«, fragte er.
»Keine Angst, *mon ami,* nur Salpetersäure und Schwefelsäure. Das ist noch nicht besonders gefährlich.«
Während Toby weiterrührte, hatte er das Gefühl, dass es in der Kammer immer wärmer wurde. Kam das von den Dämpfen oder von seiner Angst? Als die dritte Flasche leer war, deckte Monsieur Pierre die Schüssel mit einer Glasplatte ab, gab weiteres Eis in die Wanne und machte das Fenster auf, um den Qualm abziehen zu lassen.
»Sind wir fertig?«, fragte Toby.
»Nein, nein, das Beste kommt noch. Die Säuren müssen nur ein bisschen abkühlen.« Monsieur Pierre öffnete eine weitere Flasche, die kleinste auf dem Tisch. »Glyzerin, sozusagen das Salz in der Suppe. Damit bekommt sie erst die richtige Würze.« Mit einem Trichter und einer Tasse maß er ein Quantum von der Flüssigkeit ab und füllte es in eine saubere Flasche. »Du hast dich vielleicht gewundert, warum ihr die Sachen in verschiedenen Apotheken gekauft habt? Nur eine Vorsichtsmaßnahme. Damit keiner merkt, was wir hier brauen. Die Polizei ist in London genauso neugierig wie in Paris.« Er überprüfte noch einmal das Maß in der Flasche, dann nickte er Toby zu. »Wenn ich das jetzt in die Schüssel gebe, musst du wieder rühren, hörst du? Aber ganz, ganz langsam und ganz, ganz gleichmäßig, sonst muss deine Freundin sich morgen ein schwarzes Kleid kaufen. Bist du bereit?«

Toby nickte stumm. Monsieur Pierres seltsame Fröhlichkeit flößte ihm mehr Angst ein als der Rohrstock von Mr. Finch.
»*Très bien*. Wenn du an den lieben Gott glaubst, *mon ami*, solltest du jetzt beten.«
Toby hatte noch nie in seinem Leben ein Gebet gesprochen, doch als er sah, wie Monsieur Pierre den Zeigefinger in das Kühlwasser steckte und nochmals Eis in die Wanne füllte, hätte er ein Dutzend Bratfische und eine ganze Stange Kautabak darum gegeben, eines auswendig zu wissen. Mit einem Gesicht, als würde er sich einem Kampfhund nähern, nahm Monsieur Pierre die Flasche mit dem Glyzerin und goss vorsichtig den Inhalt in die Säuren, in einem dünnen, feinen Strahl. Toby wagte kaum zu atmen, als er anfing zu rühren, so langsam und gleichmäßig, wie er nur konnte. Es war inzwischen so heiß in der Kammer, dass er glaubte zu platzen.
»Gut machst du das, bravo«, sagte Monsieur Pierre. »Ein richtiger kleiner Hexenmeister.«
Voller Angst starrte Toby auf die unheimliche Mischung, die in der Schüssel so klar und harmlos aussah wie Limonade, aber offenbar so gefährlich war wie Schießpulver. Ab und zu stiegen rotbraune Dämpfe auf, ein Zeichen, dass der Sud in Flammen zu geraten drohte. Dann hörte Monsieur Pierre für eine Weile auf, weiter Glyzerin in die brodelnde Flüssigkeit zu gießen. Erst wenn kein Rauch mehr zu sehen war, fuhr er mit dem Mischen fort.
»Das Wichtigste ist jetzt Geduld«, sagte er. »Ich hatte in Paris einen Freund, der war immer ungeduldig, bei den Weibern genauso wie bei der Arbeit. Eines Tages ist es dann passiert. Als man die Trümmer wegräumte, hat man nichts mehr von ihm gefunden. Jedenfalls nichts, was man hätte beerdigen können.«
Dabei kicherte er, als würde er sich köstlich amüsieren. Ohne das Rühren zu unterbrechen, schielte Toby zu ihm hinüber. Was hatte der Kerl mit dem Teufelszeug vor? Mit ungutem Gefühl erinnerte er sich, dass er in jeder Apotheke Victors Namen genannt hatte.

Plötzlich musste er husten.
»Willst du uns umbringen?«, zischte Monsieur Pierre.
Toby unterdrückte den Reiz in seiner Kehle und rührte mit zitternden Händen weiter.
»Hast du Angst?«
Um nicht wieder zu husten, nickte er nur mit dem Kopf.
»Das ist gut. Wer Angst hat, der tut, was man ihm befiehlt«, sagte Monsieur Pierre. Wieder stiegen Gase aus der Schüssel auf, und wieder wartete er, bis sie sich verzogen hatten. Erst als kein Rauch mehr zu sehen war, goss er den Rest des Glyzerins in die Schüssel. »Jetzt haben wir es fast geschafft.«
Er stellte die Flasche auf den Tisch und nahm Toby den Glasstab aus der Hand, um selber weiterzurühren. Nach ein paar Minuten, die Toby wie eine Ewigkeit vorkamen, hob er die Schüssel aus der Wanne und schüttete behutsam die fertige Mischung in das Wasser. Ein gelbliches Öl sank in großen schweren Schlieren auf den Boden.
»Was für ein herrlicher Anblick!«, flüsterte er. »So erregend wie eine nackte Frau.«
Als die Schlieren sich gesetzt hatten, goss er das Wasser ab, bis nur noch die reine Essenz übrig war. So andächtig, als wäre es flüssiges Gold, füllte er das Öl in eine saubere Flasche, verschloss sie vorsichtig mit einem Pfropfen und legte sie auf das Kissen in seinem Bett.
»*Voilà*«, sagte er mit leuchtenden Augen. »Nur ein paar Tropfen genügen, um ein Haus in die Luft zu sprengen. Und da sagen die Leute, es gebe keine Wunder mehr.«
Sie nahmen die Tücher vom Gesicht. Monsieur Pierre stieß einen Pfiff aus, und Robert kehrte in die Kammer zurück. Erst jetzt merkte Toby, dass er am ganzen Körper schweißnass war.
»Kann ich jetzt gehen?«, fragte er.
»Na klar«, sagte Robert. »Hier, für dich!« Er warf ihm eine Münze zu. »Kauf dir eine Flasche Whisky oder schau bei Fanny vorbei, ganz wie du willst.«

Toby fing den Sixpence auf und wandte sich zur Tür. Nur raus hier!
»Ach ja, noch eine Kleinigkeit.« Toby drehte sich um und sah in Roberts grinsendes Gesicht. »Du hast doch schon mal Schmiere gestanden, oder?«
»Schmiere? Ja … nein …«, stotterte er. »Weshalb?«
»Monsieur Pierre und ich haben was vor, etwas ganz Besonderes. Und wir wollen nicht, dass uns irgendwer dabei stört.«
»Ja, aber warum ich?«
»Wir brauchen jemand, der ein bisschen aufpasst. Einen Freund, auf den wir uns verlassen können.« Robert zog die Tür wieder zu. »Ich erzähl's dir, es wird dir gefallen.«
Während Monsieur Pierre aus der Seekiste ein Bündel Lappen holte und fröhlich pfeifend begann, sein Geschirr zu reinigen, erklärte Robert den Plan. Mit immer größeren Augen hörte Toby ihm zu.
»Nein«, sagte er entsetzt, als Robert fertig war. »Dabei mache ich nicht mit.«
»Ich schätze, dir wird nichts anderes übrig bleiben. Vergiss nicht, was ich für dich getan habe.«
»Aber du hast doch gesagt, ich habe keine Schulden mehr!«
»*Quelle erreur!* In Frankreich sagen wir: einmal Schulden, immer Schulden.« Monsieur Pierre warf die Lappen auf den Tisch und verstaute Schüssel und Wanne in der Seekiste. »Stell dir vor, *mon ami,* jemand gibt der Polizei einen Hinweis! Die Apotheker werden dich erkennen.« Er strich Toby über den Kopf und lächelte ihn an. »So hübsche rote Haare, an die wird sich jeder erinnern.«
Toby hatte auf einmal ein Gefühl, als würde ihm jemand eine Hand um die Kehle legen und ganz langsam zudrücken. Trotzdem schüttelte er den Kopf.
»Nein«, wiederholte er. »Macht, was ihr wollt. Aber ohne mich.«
»Von wegen«, sagte Robert. »Oder willst du, dass es deinem Freund Victor an den Kragen geht?«

»Was zum Teufel hat Victor damit zu tun?«
Robert zuckte die Schultern. »Nichts. Außer, dass jeder Apotheker, bei dem wir waren, seinen Namen und seine Adresse kennt. Du selbst hast sie ihnen verraten. Hast du das etwa schon vergessen?«

12

Es war Dienstag, der 11. Juni 1850, und die Direktionssitzung der Midland Railway hatte noch nicht eine Viertelstunde gedauert, da konnte John Ellis, der Präsident der Gesellschaft, bereits das Ergebnis zum ersten Punkt der Agenda für das Protokoll zusammenfassen:
»Der Vorstand dankt Direktor Joseph Paxton für seine Initiative, Schutztruppen aufzustellen, um die Sicherheit auf den Bahnhöfen zu erhöhen. Diesen Truppen ist es zu verdanken, dass in den letzten Monaten keine Anschläge auf Züge und Waggons der Midland Railway mehr verübt worden sind. Die Maßnahmen, Bahnarbeiter unserer Gesellschaft zu bewaffnen und zur Bewachung unseres Eigentums abzustellen, haben sich also bewährt und werden bis auf Weiteres verlängert. Dies erscheint uns von besonderer Wichtigkeit, da die Aktienkurse sich seit dem ersten Attentat auf einen Güterzug der Gesellschaft noch nicht wieder erholt haben.« John Ellis wartete ab, bis das Murren, mit dem seine Direktionskollegen die letzten Worte kommentierten, sich gelegt hatten, und fuhr dann fort: »Darum schlage ich vor, abweichend von der Tagesordnung ein Thema vorzuziehen, das uns allen ganz besonders am Herzen liegt: die künftige Entwicklung der Eisenbahn.«
Joseph Paxton, der in aller Herrgottsfrühe von Chatsworth aufgebrochen war, um an der Sitzung in Derby teilzunehmen,

öffnete seine Aktentasche. Er hatte unterwegs ein paar Aufzeichnungen gemacht, Ideen, wie sich die Weltausstellung zum Vorteil der Eisenbahn nutzen ließ. Er selbst tat nichts lieber, als mit dem Zug zu fahren, und kannte jede Menge anderer Leute, die diese Vorliebe teilten. Sein Vorschlag war darum, überall in England eigene Agenturen der Midland Railway einzurichten, wo Besucher der Weltausstellung Tickets für die Veranstaltung und Übernachtungen in Londoner Hotels buchen konnten, zusammen mit den Fahrscheinen, einzeln oder in Gruppen, nach dem Vorbild der Firma Thomas Cook & Son, die bereits seit den vierziger Jahren Zugreisen zu unterschiedlichen Zielen im Land organisierte, nicht zuletzt nach Chatsworth. Aber hatte es überhaupt noch Sinn, diesen Vorschlag zu machen? Wenn es keine Weltausstellung gab, gab es auch keine Reisen zu veranstalten.
Eine Unterlage rutschte aus seiner Mappe und fiel zu Boden. Als Paxton sich bückte, um sie aufzuheben, stutzte er. Was war das? Das Blatt einer Seerose? Verständnislos schaute er die Zeichnung an. Was hatte die in seinen Akten verloren? Verärgert wollte er sie wegwerfen, doch als er sie umdrehte, sah er auf der Rückseite ein paar Worte in Emilys Handschrift: *Mit einem dicken Kuss – Deine Muse …*
Er schüttelte den Kopf, drehte das Papier noch einmal herum und betrachtete abermals das Blatt. Warum hatte Emily es in seine Mappe gelegt? Obwohl er gerade ganz andere Sorgen hatte, konnte er nicht umhin, einmal mehr die Anschaulichkeit der Zeichnung zu bewundern. Alle Einzelheiten traten darauf so deutlich hervor wie in der Natur. Die kräftigen Rippen, die strahlenförmig nach außen strebten und doch gleichzeitig zusammengehalten wurden von zahllosen Äderchen und Adern – ein Wunder an Ökonomie, so stark und trotzdem so leicht, eine Ingenieursleistung der Natur … Plötzlich hatte Paxton ein Gefühl, als wäre ein elektrischer Stromstoß in ihn gefahren. Chatsworth, das Seerosenhaus! Das hatte er nach denselben Prinzipien konstruiert! Vor Aufregung trommelte er mit den Fingern

auf den Tisch. War es das, wonach er suchte? Hatte Emily die Lösung für ihn gefunden?
Um ihn herum entwickelte sich eine hitzige Diskussion. Voller Leidenschaft erörterten die Direktoren der Midland Railway den Geschäftsbericht, den John Ellis verlas, spekulierten über künftige Passagierzahlen und die voraussichtliche Entwicklung des Gütertransports. Nur Joseph Paxton beteiligte sich nicht an der Debatte. Ohne ein Wort zu sagen, griff er zu einem Löschblatt auf dem Tisch und begann mit seiner Füllfeder darauf zu zeichnen, so tief in seine Tätigkeit versunken, dass er das aufgeregte Stimmengewirr um sich her bald so wenig wahrnahm wie ein Fußgänger in der Londoner City den Lärm des Straßenverkehrs.
»Mr. Paxton! Ihre Meinung, bitte!«
Er blickte von seiner Arbeit auf. William Taylor, ein junger, kaum vierzigjähriger Direktionskollege aus Birmingham, der ihm am anderen Ende des Konferenztisches gegenübersaß, sah ihn erwartungsvoll an.
»Sie haben sich so viele Notizen gemacht, Sir, dass wir schon ganz neugierig sind. Was glauben Sie – wie sieht die Zukunft der Eisenbahn aus?«
Statt einer Antwort hielt Paxton das Löschblatt in die Höhe. »So, meine Herren!«
Ein irritiertes Raunen machte die Runde. Auf dem Blatt, das übersät war von alten Tintenklecksen und Abdrücken unleserlicher Hieroglyphen, von Buchstaben und Ziffern und Tabellen, die irgendjemand mal auf das Löschpapier gebannt hatte, um seine Notizen zu trocknen, sah man eine grobe, improvisierte Skizze: der Aufriss eines langgestreckten Gebäudes, einer flachen, dreifach abgestuften Pyramide aus Glas und Stahl.
»Aber«, sagte Präsident John Ellis, der als Erster die Sprache wiederfand, »das … das ist ja ein Gewächshaus!«

13

Victor ließ den Pressbengel los, klappte Deckel und Rahmen auf und nahm den frisch gedruckten Bogen aus der Form. Toby arbeitete neben ihm am Setzkasten. So flink wie Tauben, die Erbsen vom Boden aufpicken, griffen seine Finger nach den Lettern und reihten sie in den Winkelhaken ein, während seine Augen unablässig zwischen dem Halter mit dem Manuskript, von dem er seinen Text absetzte, und den Schrifttypen in den Fächern hin- und herwanderten. Victor hatte selten einen Lehrling gesehen, der so schnell war, und der Anblick erfüllte ihn mit einem Anflug von Stolz. Das meiste, was Toby konnte, hatte er von ihm gelernt.

»Kommst du mal kurz raus auf den Hof?«, raunte er ihm über die Schulter zu. »Ich muss dir was sagen.«

»Warum nicht hier?«, fragte Toby, ohne seine Arbeit zu unterbrechen.

»Weil ich nicht will, dass uns jemand hört.«

»Okay. Ich mache nur noch die Zeile zu Ende.«

Okay war Tobys neues Lieblingswort. Seit er mit dem Sohn des Goldgräbers gesprochen hatte, benutzte er es in jedem dritten Satz. Victor nahm einen Stapel fertiger Druckbogen vom Tisch und ging damit hinaus. Mrs. Finch, die gerade Daisys Porträt mit einem weißen Lappen wischte, trat mit einem giftigen Blick beiseite, um ihn vorbeizulassen. Sie hasste ihn, weil er ihre Katze ersäuft hatte, und sie hasste ihn noch mehr, weil sie ihn nicht rauswerfen konnte. Sie wusste so gut wie ihr Mann, der mal wieder betrunken auf der Ofenbank schnarchte, dass sie ohne Victor die Druckerei schließen mussten.

Draußen im Hof verstaute Victor die Druckbögen in einem Fass, damit sie zum Binder gebracht werden konnten. Er hatte es noch nicht wieder verschlossen, als Toby kam.

»Was gibt es denn, was keiner wissen darf?«

Victor rückte umständlich den Deckel auf dem Fass zurecht, um seinen Freund noch ein bisschen auf die Folter zu spannen. Dann sagte er, so beiläufig wie er nur konnte: »Wir haben ein Schiff, das in zwei Wochen nach Amerika ausläuft.«
Toby riss die Augen auf. »Was? Was sagst du da?« Er war so aufgeregt, dass sich seine Stimme überschlug. »Willst du mich verarschen?«
»Pssst, nicht so laut. Heute morgen, als ich in der Fleet Street war, habe ich die Anzeige gelesen, in der *Illustrated London News*. Das Schiff heißt *Liberty*, ein ganz modernes Dampfschiff, und fährt nach San Francisco.«
»*Liberty*«, wiederholte Toby, »was für ein schöner Name.« In seiner Miene kämpften aufkeimende Freude und letzte Zweifel. »Okay – was ist der Haken an der Sache?«
»Es gibt keinen Haken. Sie suchen für die Besatzung noch jede Menge Leute. Ich könnte als Heizer anheuern, und du als Küchenjunge. Stell dir vor, in zwei Monaten wären wir in Amerika.«
»Herrgott! Amerika! Wenn ich daran nur denke, du und ich in Kalifornien ...« Toby lächelte so selig, als hätte er eine Flasche Whisky getrunken. »Was müssen wir dafür tun?«
»Nur unterschreiben. Die Reederei hat ihr Büro in der Hampstead Road. Wir gehen heute Abend gleich hin.«
»Heute Abend?« Toby verzog das Gesicht, als hätte Mrs. Finch ihm einen Napf von ihrem Schweinefraß vorgesetzt. »Also, morgen wäre mir ehrlich gesagt lieber.«
»Morgen ist es zu spät. In der Zeitung stand, heute ist der letzte Tag.«
»Aber ich kann heute nicht! Ich hab schon was vor.«
»Dann musst du das eben verschieben.«
»Ich... ich glaube, das geht nicht«, stotterte Toby. »Es ist wirklich was Wichtiges. Leider!«
Er trat von einem Bein auf das andere und schielte dabei zum Fenster, wo Robert an der Handpresse stand und sie beobachtete. Victor kapierte.

»Ach so, daher weht der Wind!« Ungläubig schaute er Toby an. »Sag mal, hat dir jemand ins Gehirn geschissen? Wir haben die Chance, auf einem Schiff nach Amerika anzuheuern, und du willst lieber zum Rattenkampf?«
»Das habe ich nicht gesagt!«, protestierte Toby.
»Warum behauptest du dann, dass du heute nicht kannst?«
»Weil ich eben nicht kann, verfluchte Scheiße! Aber ich hab eine Idee. Vielleicht kannst du ja für mich mit unterschreiben?«
»Kommt gar nicht in Frage! Erstens geht das sowieso nicht, und zweitens ...« Victor war so wütend, dass er den Satz nicht zu Ende brachte. »Sag mir verdammt noch mal den Grund, warum du nicht mitkommen willst!«
»Ich will doch mitkommen, aber es geht nicht! Es ... es ist in deinem eigenen Interesse. Ehrlich! Wenn ich heute Abend nicht was Bestimmtes erledige, dann kommen wir nie nach Amerika, du noch weniger als ich. Das musst du mir glauben!«
»Erst wenn ich den Grund weiß.«
»Den kann ich dir aber nicht sagen! Weil ... weil ...«
»Weil was?«
»Weil ich es dir nicht sagen *kann*!«
»Dann leck mich doch am Arsch!«
»Du musst mir einfach glauben!«, wiederholte Toby verzweifelt. »Wir ... wir sind doch Freunde! Und ich schwöre dir, du wirst mir noch mal dankbar dafür sein. Ich ... ich tu es doch für dich, nur für dich, für niemanden sonst.« Die Sommersprossen auf seiner Nase tanzten und zitterten, als würde er im nächsten Moment losheulen.
Aber Victor dachte gar nicht daran, sich davon beeindrucken zu lassen. »Du kommst heute Abend mit«, erklärte er. »Punkt! Aus! Feierabend!«
»Das tu ich nicht.«
»Und ob du das tust!«
»Wie kommst du dazu, mich rumzukommandieren?«
»Kein Mensch kommandiert dich rum!«

»Immer willst du mir vorschreiben, was ich tun soll. Das bin ich schon lange leid. Toby, trink keinen Schnaps… Toby, spar dein Geld für später … Als wärst du mein gottverdammter Vater! Wenn du so mit mir redest, kannst du dir dein Scheiß-Amerika an den Hut stecken.«
»*Mein* Scheiß-Amerika? Ich hör wohl nicht richtig! Was zum Teufel ist denn in dich gefahren?«
»Ha, ich weiß genau, warum du mich so rumkommandierst. Wegen Fanny!«
»Was hat Fanny damit zu tun?«
»Weil du nicht willst, dass ich sie ficke.«
Victor glaubte nicht richtig zu hören. »Waaaaas tust du?«
»Und ich weiß auch, warum du es hier nicht mehr aushältst. Weil deine vornehme Freundin nichts von dir wissen will!«
»Wie? Was? Welche Freundin?«
»Tu nicht so scheinheilig! Die vom Jahrmarkt natürlich! Für die du ein Dutzend Probeabzüge gemacht hast, mit den komischen Pflanzen, und die dann spurlos verschwunden ist. Wegen der willst du abhauen. Das ist der wirkliche Grund.«
Victor wusste nicht, was er darauf erwidern sollte. Warum redete Toby so einen Blödsinn? Er war ganz weiß im Gesicht, in seinen Augen standen Tränen.
»Du kannst mir mit deinem Amerika gestohlen bleiben«, schniefte er und wischte sich mit dem Ärmel über die Nase. »Ich will da gar nicht mehr hin.«
»Bist du jetzt vollkommen übergeschnappt?«
»Wer garantiert uns denn, dass es dieses blöde Amerika überhaupt gibt? Vielleicht sind die Geschichten, die die Leute erzählen, alle nur erstunken und erlogen. Vielleicht fahren wir wochenlang übers Meer, und dann ist gar kein Amerika da.«
»Das wird ja immer schlimmer mit dir!«, sagte Victor. »Du … du gehörst ja nach Bedlam! In die Irrenanstalt!«
»Das tue ich nicht! O'Connor hat uns doch auch belogen. Warum sollen dann die Geschichten von Amerika wahr sein?« Toby

schüttelte den Kopf. »Nein, ich glaube überhaupt nichts mehr. Ich gehe lieber zu den Ratten.«
Victor blickte ihn an. »Wenn du das tust,« sagte er, »heuere ich allein auf dem Schiff an!«
Toby erwiderte seinen Blick. Er presste die Lippen so fest zusammen, dass sein Mund ein Strich war, genauso wie seine Augen. Sein ganzes Gesicht schien nur noch aus Trotz zu bestehen. Die Tränen liefen ihm jetzt in Strömen über die Wangen.
»Okay«, brach es plötzlich aus ihm hervor. »Okay, okay, okay! Dann heuerst du eben allein an! Fahr doch nach Amerika! Von mir aus! Glaub ja nicht, dass ich dich vermisse! Ich komm auch ohne dich aus! Vielleicht sogar viel besser! Wenn hier erst die Weltausstellung ist, verdiene ich so viel Geld, wie ich will! Ich werde mir eine goldene Nase verdienen! Was brauche ich da dein Scheiß-Kalifornien?«

14

Die Glocke von Big Ben schlug halb sechs, als Emily und ihr Vater die Eingangshalle des Parlaments betraten. Was für ein Gedränge! In Scharen strömten die Abgeordneten herein, die Livreebediensteten mussten eine Doppelgasse bilden, um sie vor den Zudringlichkeiten ihrer Wähler zu schützen, die bereits die Flure und Gänge belagerten. Überall standen Gruppen und Grüppchen von Deputierten herum, manche mit Orden auf der Brust, andere mit Akten unter den Armen oder einfach nur mit den Daumen in den Taschen ihrer Westen, durchdrungen von ihrer Wichtigkeit. Emily musterte die fremden Gesichter: Diese Männer würden über das Schicksal der Weltausstellung entscheiden. Und über ihr eigenes.
»Meinst du, dass es heute schon zur Abstimmung kommt?«,

fragte sie ihren Vater, als sie die Einlasskarten einem Lakaien präsentierten, der den Zugang zur Besuchergalerie bewachte.

»Ich hoffe ja«, antwortete Paxton. »Hoffe oder fürchte – je nachdem.«

Mit seinem Entwurf für den Bau des Pavillons, den er in nur neun Tagen zu Papier gebracht hatte, war es ihm gelungen, all die widersprüchlichen Anforderungen der Königlichen Kommission miteinander zu vereinen. Obwohl das Gebäude siebenmal so groß sein würde wie St. Paul's und viermal so groß wie der Petersdom in Rom, konnte es in wenigen Monaten aus vorgefertigten Teilen errichtet werden und würde dennoch so stabil sein, als wäre es Stein auf Stein gemauert. Dabei betrugen die Kosten nur achtzigtausend Pfund, weniger als ein Drittel der Summe, die für den Entwurf der Königlichen Kommission veranschlagt worden war. Dank der Konstruktion aus Glas und Stahl, die wie das Gewächshaus in Chatsworth der Struktur von Seerosenblättern nachgebildet war, würde der Pavillon sowohl gegen Hitze als auch gegen Kälte Schutz bieten, sodass in seinem Innern stets eine gleichmäßige Temperatur herrschen würde, egal, wie viele Besucher darin waren. Öffnungen in den Grundmauern und aufklappbare Fester würden für die nötige Lüftung sorgen, die Glasflächen des gefalteten Daches ermöglichten einen allseitigen Lichteinfall, und als besonderer Clou, der die Standortfrage hoffentlich gegenstandslos machte, konnte der Pavillon in kürzester Zeit vollständig wieder abgebaut und an anderer Stelle neu errichtet werden: das erste Bauwerk der Welt, so Paxton bei der Präsentation im Buckingham-Palast, dessen Konstruktionsprinzip von der Natur selbst ersonnen worden war. Prinz Albert war vor Bewunderung die Zigarre auf den Lippen erloschen, und vor Paxtons Augen hatte er den Entwurf der Königlichen Kommission von Isambard Brunel zerrissen.

Als diese Nachricht in Chatsworth eingetroffen war, hatte Emily sämtliche Glocken im Dorf läuten lassen. Bereits am nächsten Tag hatte Paxton mit der Firma Fox & Henderson Verträge zur

Bauausführung unterzeichnet. Er war fest entschlossen, alles auf eine Karte zu setzen, obwohl er selbst noch keinerlei offizielle Zusicherung von irgendeiner Seite besaß. Die Königliche Kommission machte den Auftrag zum Bau des Pavillons von der Mehrheit im Parlament abhängig – sollten die Abgeordneten ihre Zustimmung verweigern, würde das ganze Projekt platzen. Für dieses Risiko haftete Paxton mit seinem gesamten persönlichen Vermögen. Dabei verließ er sich freilich nicht nur auf seine eigene Tüchtigkeit, sondern auch auf die Unterstützung seines künftigen Schwiegersohns. Zu Recht, denn Henry Cole hatte das Kunststück fertig gebracht, mit Mr. Samuel Morton Peto einen neuen potenten Förderer für ihr Unternehmen zu gewinnen. Begeistert von Paxtons Entwurf, erklärte sich der berühmte Eisenbahnkönig bereit, für eine Summe von fünfzigtausend Pfund zu bürgen, ohne daraus Anspruch auf späteren Profit abzuleiten, sodass die Königliche Kommission endlich einen Garantiefonds zur Absicherung der Baufinanzierung ausschreiben konnte, der über jeden Korruptionsverdacht erhaben war.

Die Dinge schienen sich zu fügen, wie von unsichtbarer Hand. Doch dann, drei Tage vor der alles entscheidenden Debatte im Parlament, war etwas Entsetzliches geschehen: Sir Robert Peel, von allen Politikern Englands der bedeutendste Befürworter der Weltausstellung, der es auf sich genommen hatte, die Sache im Unterhaus zu verfechten, war beim Ausritt im Hyde Park vom Pferd gestürzt und hatte sich lebensgefährlich verletzt. Als Emily und ihr Vater an diesem 4. Juli 1850 auf der Besuchergalerie des Parlaments ihre Sitze einnahmen, war sein Platz in der ersten Reihe der Abgeordneten mit schwarzem Trauerflor umhüllt.

»Gott sei seiner Seele gnädig«, sagte Paxton.

Emily blickte ihren Vater an. War jetzt alles vorbei? Bevor er etwas sagen konnte, hatte Colonel Sibthorp sich bereits erhoben und zu reden begonnen.

»Sir Robert Peels Tod«, rief er, die Reitpeitsche in der Hand, den Abgeordneten zu, »ist ein Zeichen des Himmels! Gott selbst hat sein Urteil gesprochen! Dieses Unternehmen ist der Untergang Englands! Revolutionäre vom Kontinent und aus aller Welt werden in unserer Hauptstadt einfallen. Geheimgesellschaften werden sich verschwören, unsere Königin umzubringen, und die Papisten werden sich in London ausbreiten wie eine Seuche, um unsere Töchter mit ihren Geschlechtskrankheiten anzustecken. Fünfzehnhundert Ausländer sind bereits an unseren Küsten gelandet, und die Ersten von ihnen haben in Kensington schon Häuser angemietet, um Bordelle darin zu eröffnen. Die Gefängnisse Englands werden nicht ausreichen, das Pack hinter Schloss und Riegel zu bringen. Und das alles sollen wir zulassen, nur weil ein deutscher Prinz es so will?«

»Hört! Hört!«

Emily wusste, was die Rufe bedeuteten. Die Opposition, die in den letzten Wochen schon alle Hoffnung aufgegeben hatte, witterte nach Peels fatalem Sturz vom Pferd plötzlich wieder Morgenluft. Noch wenige Stunden vor seinem letzten Ausritt hatte der Politiker sich im Buckingham-Palast für das Unternehmen eingesetzt. Jetzt, nach seinem Tod, ging das Gerücht, Albert habe den Mut vollständig sinken lassen und sei zur Aufgabe bereit, bevor sein Name durch den Dreck gezogen werde und in der Öffentlichkeit irreparablen Schaden erleide.

Wieder sauste Sibthorps Peitsche durch die Luft.

»*Im Hyde Park oder nirgendwo sonst* – das waren angeblich Sir Roberts letzte Worte. An seinem Grab rufe ich ihm zu: Lieber nirgendwo sonst als dort! Kein Ort ist ungeeigneter als dieser! Der Park, Herz und Lunge Londons, wird sich in ein Heerlager von Vagabunden verwandeln, in ein Biwak und Tollhaus. Wenn die Bauarbeiten beginnen, ist die Saison ruiniert, kein anständiger Mensch will dann mehr in Kensington oder Belgravia wohnen. Hier«, rief Sibthorp und hielt ein Blatt Papier in die Höhe, »ist die Eingabe der Anwohner, eine Aufforderung an das Parlament, das Unheil von ihnen abzuwenden. Die Liste der Unterschriften ist lang genug, um eine komplette Ausgabe der

Times zu füllen! Dennoch hören wir, dass der deutsche Prinz, allen Protesten zum Trotz, den Entwurf eines gewissen Joseph Paxton favorisiert, um unseren geliebten Hyde Park zu verschandeln. Aus welchem Grund? Nun, Lord Granville, Alberts Stellvertreter in der Königlichen Kommission, ist ein Neffe des Herzogs von Devonshire, und dieser wiederum ist seit Jahren der größte Förderer ebendieses Joseph Paxton. Also frage ich Sie, meine Herren: Hat der Herzog womöglich die Kommission zu Gunsten seines Schützlings beeinflusst?«

»Hört! Hört!«

Im Saal entstand Tumult. Die Abgeordneten riefen einander Beschimpfungen zu, einige sprangen auf und ballten die Fäuste.

»Brunel«, sagte Paxton, blass im Gesicht. »Das ist seine Rache.«

Emily drehte sich um. Tatsächlich! Zwei Reihen über ihnen saß der Rivale ihres Vaters auf der Galerie und verfolgte aufmerksam die Debatte. Konnte es wirklich sein, dass er hinter der Verleumdung steckte, um einen neuen Korruptionsskandal zu entfachen? Brunel hatte bereits öffentlich gegen die Berücksichtigung verspätet eingereichter Entwürfe protestiert, um Joseph Paxtons Entwurf zu verhindern, und eine neue Ausschreibung des Wettbewerbs verlangt. Die Arme vor der Brust verschränkt, nickte er Emily jetzt mit einem triumphierenden Lächeln zu. Am liebsten hätte sie ihm die Zunge herausgestreckt – stattdessen biss sie sich vor Wut auf die Lippen. Wo zum Kuckuck blieb Henry Cole? Er hatte versprochen, auch ins Parlament zu kommen, doch sie hatte ihn den ganzen Tag nicht gesehen. Bei der Nachricht von Peels Tod am Vorabend hatte er Hals über Kopf das Haus ihrer Eltern verlassen und sich seitdem nicht mehr blicken lassen. Hatte auch er die Segel gestrichen?

Noch einmal erhob Colonel Sibthorp seine Stimme:

»Mr. Samuel Peto, ein überaus ehrenwerter Mann, der sich für kurze Zeit hat täuschen lassen, hat heute Morgen, als er von diesen möglichen Verstrickungen erfuhr, der Weltausstellung seine Unterstützung bis auf weiteres entzogen. Er will mit so

korrupten Machenschaften nichts zu tun haben. Ich fordere Sie deshalb auf, Gentlemen: Folgen Sie dem Beispiel dieses Mannes! Verweigern Sie dem Irrsinn Ihre Stimme! Bewahren Sie London und das Königreich vor Schaden! – Gott schütze England!«
Die Peitsche unterm Arm, nahm Sibthorp den tosenden Beifall entgegen.
Paxton schlug die Hände vors Gesicht. Emily sah seine Verzweiflung – doch was konnte sie tun? Hilflos ließ sie die Hand sinken.
Jetzt konnte nur noch ein Wunder helfen.

15

Der Tag ging zur Neige, und die Dämmerung eines feuchten, trüben Sommerabends senkte sich auf die Drury Lane herab, drang durch die Fenster und Türen, kroch durch Ritzen und Fugen, um sich in den Häusern auszubreiten. Öde und verlassen lag die Werkstatt von Mr. Finch da, und wo sonst die Pressen kreischten, der Meister die Gesellen anschrie und die Gesellen die Lehrlinge, herrschte feierabendliche Stille. Nur eine Fliege summte durch den Raum, tanzte einmal um den Ofen und steuerte dann auf Daisys Porträt zu, um sich auf der Nase der dort in Öl verewigten Katze niederzulassen, als Victor die Werkstatt verließ. Seine Geduld war am Ende. Es war schon nach neun, und das Büro der Reederei hatte nur bis zehn Uhr geöffnet.
Im Laufschritt machte er sich auf den Weg, bis zur Hampstead Road brauchte man zu Fuß eine halbe Stunde. Der Streit mit Toby, der schlimmste, den sie je gehabt hatten, wütete immer noch in ihm. Dutzende von Malen hatte er sich Toby in Gedanken vorgeknöpft, ihn Dutzende von Malen geschüttelt und geohrfeigt. Welcher Teufel hatte ihn nur geritten? Toby hatte es

regelrecht auf einen Streit angelegt, gerade so, als hätte er einen Grund gesucht, um nur ja nicht mitzukommen. Wie hatte er von Amerika geschwärmt, alles sei dort größer und besser und schöner als hier! Wochenlang war er Victor damit auf die Nerven gefallen, von morgens bis abends, immer nur Amerika und Kalifornien. Und jetzt ließ er sich eine solche Chance entgehen? Toby war um acht tatsächlich mit Robert verschwunden. Victor hatte bis um neun auf ihn gewartet, für den Fall, dass er es sich noch einmal anders überlegte. Aber jetzt war die Sache entschieden. Wenn Toby nicht nach Amerika wollte, würde er eben ohne ihn anheuern. Punkt! Aus! Feierabend!

Als Victor in die Oxford Street einbog, brannten dort schon die Straßenlaternen. Ein leichter Nieselregen setzte ein, der das Pflaster schlüpfrig machte und die Gaslichter umso heller erstrahlen ließ. In der diffusen Dunkelheit wirkten die glänzend erleuchteten Läden der breiten Einkaufsstraße noch prachtvoller als sonst, und hinter den Fenstervorhängen der Häuser, die sich an die Geschäfte anschlossen, loderten helle Küchenfeuer. Der Duft von Braten und Eintopf stieg Victor in die Nase, und erst jetzt merkte er, dass ihm vor Hunger der Magen knurrte. Seit dem Frühstück hatte er nichts mehr gegessen. Er wollte gerade nach einem Bäckerjungen rufen, der in einer Seitengasse mit seiner Glocke klingelte, da trat eine junge Frau vor ihm aus einem Laden und spannte ihren Schirm auf. Sie trug ein gestreiftes Kleid – genauso ein Kleid hatte Emily getragen, als sie aus dem Bus gesprungen war, um ihren Vater zu begrüßen. Die Frau lächelte ihn an. Victor beschleunigte seinen Schritt. Er hatte nur noch den Wunsch, London und England und den ganzen verfluchten Kontinent für immer zu verlassen.

In der Tottenham Court Road wurden die Häuser kleiner und ärmlicher, und statt glänzend erleuchteter Geschäfte säumten hier offene Stände den Weg. Alte Weiber hockten in den dunklen Torwegen, zwischen Stapeln von blassgelben Käselaiben und aufgetürmtem Gemüse. Das feine Nieseln ging allmählich in einen gleichmäßigen Sprühregen über, ein warmer Wind kam auf und rüttelte an den Fensterläden. Ein Konstabler, der an der Kreuzung zur Euston Road patrouillierte, knöpfte sich den Wachstuchkragen zu und drückte sich den Hut in die Stirn. In demselben Haus hatte Victor ein Jahr lang mit seiner Mutter gelebt, das letzte Jahr, bevor sie an einer Lungenentzündung gestorben war; sie hatte im Souterrain ihre Wäscherei betrieben. Was hätte sie zu Amerika gesagt? Ob sie wohl mit ihm gefahren wäre? Als Victor den Konstabler passierte, tastete er nach seinen Papieren. Hoffentlich musste er sie im Büro der Reederei nicht vorzeigen. Sein Ausweis trug immer noch den Vermerk seiner Haftstrafe im Coldbath Fields Gefängnis, mit der Unterschrift von Direktor Mayhew.

An der Kreuzung herrschte trotz der späten Stunde fast so viel Verkehr wie am hellen Tag. Cabriolets, Mietkutschen, Equipagen und Theater-Omnibusse rollten unaufhörlich hin und her und ließen das Wasser in den Pfützen aufspritzen. Victor wartete einen Zweispänner ab, der im scharfen Trab vorüberrasselte, und überquerte die Straße.

Auf der anderen Seite begann die Hampstead Road, er konnte in der Ferne schon den Bahnhof erkennen, das Büro musste kurz dahinter sein. Da sah er plötzlich Toby, nur einen Steinwurf von ihm entfernt. Er ging zusammen mit Robert den Bürgersteig hinauf, in Richtung des Droschkenplatzes, der sich vor dem Bahnhof zur Straße hin öffnete. Was zum Henker hatten die zwei hier verloren? In der Gegend von Euston Station gab es keine Rattenkämpfe, und dass sie mit dem Zug verreisen wollten, war noch unwahrscheinlicher, als dass Mr. Finch aufhörte zu saufen. Robert hatte den Arm um Tobys Schulter gelegt und redete im Gehen auf ihn ein. Fast sah es so aus, als würde er den Jungen gegen seinen Willen mit sich schleppen.

»Keine Augen im Kopf, Mister?«

Victor war über einen Schuhputzer gestolpert, der ihm wütend mit seiner Bürste drohte. Je näher er dem Bahnhof kam, desto dichter wurde das Gedränge. Hunderte von Menschen, einer eiliger als der andere, hasteten aneinander vorbei; die meisten Passanten hatten Regenschirme aufgespannt, sodass er Mühe hatte, Robert und Toby im Auge zu behalten. Die zwei waren bereits am Droschkenplatz angelangt, als ein Bierverkäufer mit einem Fass auf dem Rücken ihm den Weg versperrte.

»Bestes Lager, Sir! Nur ein Penny das Glas!«

Victor stieß den Mann beiseite und eilte weiter, doch als er den Platz erreichte, waren Toby und Robert verschwunden. Ein paar Kutscher standen, mit großen Messingschildern auf der Brust, unter einem Vordach im Schein einer schmutzigen Laterne beisammen und rauchten Pfeife. Ohne große Hoffnung fragte er, ob sie einen Mann und einen Jungen mit roten Haaren gesehen hätten. Einer der Kutscher nahm die Pfeife aus dem Mund, und zu Victors Überraschung zeigte er über die Schulter, ans andere Ende des Platzes.

»Sie sind in die Richtung gelaufen. Hatten es ziemlich eilig.«

»Was? Zum Güterbahnhof?«

»Wohin sonst, Mister? Zum Buckingham-Palast?«

Die Kutscher lachten. Victor überkam plötzlich ein fürchterlicher Verdacht. Sollten Toby und Robert etwa … ? Aber nein, das war unmöglich. Trotzdem … Er schaute zur Bahnhofsuhr, die über dem Portal ihr milchiges Gaslicht in der Dunkelheit verströmte: fünf nach halb zehn – fast noch eine halbe Stunde, bis das Büro der Reederei schloss.

Ein paar Ratten rannten quiekend davon, als er eine Minute später über den Zaun sprang, der den Droschkenplatz vom Güterbahnhof trennte. Beim Landen rutschte er auf dem glitschigen Boden aus und verstauchte sich den Knöchel. Es regnete inzwischen so stark, dass die Nässe durch seine Kordjacke drang. Auf dem Gelände herrschte tiefschwarze Nacht. Während er sich den Knöchel rieb, brauchten seine Augen eine Weile, um sich an die Dunkelheit zu gewöhnen. Dann erkannte er die Umrisse seiner Umgebung: ein paar Waggons, dazwischen lautlose, gebückte

Gestalten – Kohlendiebe, die die Gleise absuchten. Victor war gleichzeitig erleichtert und wütend. Hatte Toby ihn dafür versetzt? Um mit Robert Kohlen zu klauen?

Plötzlich hörte er in seiner Nähe leise, aufgeregte Stimmen.

»Habt ihr den Zünder mitgebracht? Gut! Dann mache ich jetzt die Flasche auf. Aber Vorsicht! Sonst fliegen wir alle in die Luft!«

Der Mann sprach mit ausländischem Akzent, Victor konnte ihn kaum verstehen. Am Himmel trat für einen Augenblick der Mond zwischen den Wolken hervor. Victor duckte sich hinter einen Eisenbahnwaggon. An der Schiebetür schimmerte im fahlen Licht ein Schild: *Midland Railway*.

»Unser junger Freund soll beim Schuppen aufpassen. Ich habe bewaffnete Wachmänner gesehen, die sich da untergestellt haben. *Eh bien*, das wird den Herrschaften nichts nützen. Bist du bereit, *mon ami?*«

Es war wie ein Schlag in die Magengrube, als Victor die Antwort hörte. Er kannte die Stimme, eine helle, noch ganz junge Stimme, die gerade erst den Stimmbruch hinter sich hatte. Sie war voller Angst und sagte nur ein Wort:

»O… okay.«

16

Die Glocke von Big Ben schlug bereits die zehnte Abendstunde, als Colonel Sibthorp den förmlichen Antrag der Opposition dem Parlament zur Abstimmung vortrug.

»Diese Frage, Gentlemen, ob im Hyde Park ein Gebäude von derartigen Ausmaßen errichtet werden darf, ist von so grundsätzlicher Bedeutung, dass sie höheren Orts entschieden werden muss. Wir verlangen darum eine Adresse an die Königin, mit der dringenden Aufforderung, dieses Vorhaben zu untersagen, sowie die Einsetzung eines Untersuchungsausschusses, der alle bisherigen Vorgänge einer strengen Prüfung unterzieht. Im Namen Gottes und der englischen Nation bitte ich Sie, diesen Antrag mit Ihrer Stimme zu unterstützen.«

Emily musste so dringend zur Toilette, dass sie die Schenkel zusammenpresste, aber sie war viel zu gespannt, um die Galerie jetzt auch nur eine Minute zu verlassen.

»Was glaubst du, wie es ausgehen wird?«, fragte sie ihren Vater.

»Wenn sie einen Untersuchungsausschuss einsetzen, ist es das Ende.«

Im Saal herrschte ein Lärm wie in Smithfield am Markttag. Während der Parlamentspräsident die Abstimmung vorbereitete, redeten und riefen die Abgeordneten wild durcheinander. Die meisten standen in Gruppen beisammen, um gestikulierend ihre Meinungen auszutauschen. Auf der Seite der Whigs erkannte Emily William Gladstone, den ehemaligen Handelsminister, der in seiner Rede die Ausstellung zu einer Sache der nationalen Ehre erklärt hatte – im Falle einer Aufgabe wäre Großbritannien vor der ganzen Welt für immer blamiert! Um ihn scharten sich die wichtigsten Abgeordneten, die die Königliche Kommission für die Debatte aufgeboten hatte: der jetzige Handelsminister Labouchere, der Eisenbahnkönig Robert Stephenson sowie der Führer der Radikalliberalen, Joseph Hume. Aber was konnten ihre Argumente gegen die wütende Leidenschaft ausrichten, mit der Sibthorp seine Attacken vorgetragen hatte? Nur ein Mann hätte das Ruder noch herumwerfen können, Sir Robert Peel. Doch auf seinem Platz hatte sich schon ein junger Whig breit gemacht, den Emily nicht einmal kannte, und streckte die Beine der Länge nach von sich, als säße er bei sich zu Hause im Ohrensessel.

Plötzlich ging ein Raunen durch den Saal. Die Abgeordneten drehten die Köpfe zur Saaltür herum, von wo die Unruhe kam. Emily beugte sich vor. Da entdeckte sie ihren Verlobten, Henry

Cole. Zusammen mit mehreren Saaldienern verteilte er druckfrische Zeitungen, allem Anschein nach eine Ausgabe der *Illustrated London News*. Wie eine Welle breitete sich die Unruhe um ihn herum aus – Abgeordnete aller Parteien umringten ihn und rissen ihm das Blatt aus den Händen. Jemand zeigte zur Galerie hinauf, genau in Emilys Richtung.

»Da! Da oben sitzt er!«

»Wer? Wo?«

»Joseph Paxton! Auf der Besuchertribüne!«

»Tatsächlich! Mit seiner Tochter!«

Emily schaute ihren Vater an. Was hatte das zu bedeuten? Paxton zuckte die Schultern.

»Ruhe, Gentlemen! Ruhe!« Der Sitzungspräsident klopfte mit einem Hammer auf den Tisch, um die Versammlung zur Ordnung zu rufen. »Ich fordere Sie zur Abstimmung über den Antrag des Abgeordneten Sibthorp auf! Wer gegen den Antrag ist, möge die Hand heben!«

Auf einmal war es so still im Saal, dass man den Regen gegen die Fensterscheiben prasseln hörte. Emily sah, wie Gladstone und Stephenson die Hand hoben, ebenso Labouchere und Hume, doch kaum mehr als zwei Dutzend Abgeordneter folgten ihrem Beispiel. Die meisten anderen zögerten, blickten abwechselnd auf Colonel Sibthorp, der mit erhobenem Kinn und versteinertem Gesicht das Ergebnis abwartete, und die Mitglieder der Regierung, die nervös auf ihren Plätzen hin und her rutschten.

»Aus der Traum«, sagte Paxton leise. »Das wird nie und nimmer reichen.«

Wieder spürte Emily den entsetzlichen Druck auf ihrer Blase und wollte aufstehen. Es hatte keinen Sinn, noch länger zu hoffen. Sie raffte ihre Röcke – da hob ein Tory, ein hagerer Greis mit schlohweißem Haar und Hakennase, die Hand, in der er eine Zeitung hielt.

Es war, als hätte der Starter auf der Rennbahn die Flagge gesenkt.

Im nächsten Moment flogen überall die Hände in die Höhe, bei den Tories, bei den Whigs, bei den Radikalen – quer durch alle Parteien!
Emily brauchte ein paar Sekunden, um zu begreifen. Dann hielt es sie nicht mehr auf ihrer Bank.
»Sieg! Sieg! Sieg! Wir haben gewonnen!«
Jubelnd umarmte sie ihren Vater, der sie so heftig an sich drückte, als wolle er sie zerquetschen. Die Abgeordneten im Saal erhoben sich von ihren Plätzen, riefen Joseph Paxtons Namen und winkten ihm mit ihren Zeitungen zu. Emily fühlte sich wie ein Kind, das am Geburtstagsmorgen aufwacht und seine Eltern und sämtliche Geschwister an seinem Bett versammelt sieht. Hand in Hand stand sie mit ihrem Vater auf der Galerie und nahm den Beifall der Abgeordneten entgegen, die jetzt fast vollständig aufgestanden waren und klatschten.
Was in aller Welt war der Grund für dieses Wunder?
Als sie zusammen das Foyer betraten, bildeten die Menschen eine Gasse, um ihnen Platz zu machen. Sogar Isambard Brunel zog seinen Hut und deutete eine Verbeugung an. Emily schaute sich nach einer Toilette um. Da kam ihnen der greise Tory entgegen, der die unerwartete Wende herbeigeführt hatte.
»Eigentlich war ich ja gegen die Weltausstellung, Paxton«, sagte er mit schnarrender Stimme. »Doch als ich erfuhr, dass Sie die Sache in die Hand genommen haben, war ich vom Erfolg überzeugt. Fabelhafter Entwurf! Oh, was für ein hübscher Schwan ist aus dem hässlichen Entlein geworden!«, unterbrach er sich, um Emily zu begrüßen. »Miss Paxton, nehme ich an? Ich hoffe, Sie haben sich von Ihrem unfreiwilligen Bad inzwischen erholt.«
Erst jetzt erkannte Emily den Greis: Es war Feldmarschall Wellington, derselbe, der vor Jahren die Königin nach Chatsworth begleitet hatte, um die Seerosen zu besichtigen. Als er sich nun über ihre Hand beugte, war sie fast so durcheinander wie damals, als sie in den Teich gefallen war.
»Entschuldigen Sie, Sir, meine Tochter!«, stellte Paxton sie vor.

»Doch bitte verraten Sie mir, woher kennen Sie meinen Entwurf? Er lag bisher doch nur der Kommission vor.«
»Spielen Sie ja nicht den Unschuldigen«, erwiderte Wellington und hielt ihm seine Zeitung unter die Nase. Auf der Titelseite prangte Paxtons Entwurf für den Ausstellungspavillon in riesiger Wiedergabe.
»Die *Illustrated London News*, die Ausgabe von morgen früh«, erklärte Henry Cole, der mit einer Verbeugung zu ihnen trat.
Als Emily sein Grinsen sah, fiel bei ihr der Groschen. Ihr Verlobter hatten diesen Coup gelandet! Heimlich, hinter dem Rücken des Feldmarschalls, warf sie ihm eine Kusshand zu.
»Mobilisierung der Öffentlichkeit, was?«, schnarrte Wellington. »Fabelhafte Strategie, Paxton! Damit werden Sie London im Handstreich erobern!«

17

»Toby!«
Victor war sicher, dass er die Stimme erkannt hatte. Sein Freund musste irgendwo zwischen den Eisenbahnwaggons stecken, zusammen mit Robert und dem Ausländer. Er lief in die Richtung, in der er glaubte, die drei gehört zu haben, und wollte noch einmal rufen – da schlug eine Flamme vor ihm auf. Im selben Augenblick gab es einen Knall, als hätte jemand eine Kanone abgefeuert, und eine unsichtbare Welle warf ihn zu Boden. Bevor Victor begriff, was geschah, überschlug er sich, wie ein Boxer beim Knockout, und rollte eine Böschung hinunter.
Als er die Augen öffnete, stand der Himmel über ihm in Flammen. Für einen Moment hatte er jede Orientierung verloren. Um sich herum tastete er nur Schlamm und Geröll.
»Victor?«

Die Stimme erreichte ihn wie aus dem Jenseits. Er rappelte sich auf und schaute in die Höhe. Überall Flammen und schwarze Nacht. Dann sah er eine Gestalt, die den Arm nach ihm ausstreckte.
»Toby?«
»Ja. Alles okay? Hier, nimm meine Hand.«
Victor griff nach dem Arm und kletterte die Böschung hinauf. Oben sah es aus, als wäre eine Bombe eingeschlagen. Ein Eisenbahnwaggon brannte lichterloh, und zwischen den Gleisen war ein Krater, der sich mehrere Fuß tief in das Erdreich senkte.
»Was zum Teufel ist hier los?«
»Robert und der Franzose«, stammelte Toby, das Gesicht von Dreck verschmiert. »Die beiden sind das gewesen …«
»Was für ein Franzose?«
»Monsieur Pierre. Er hatte das Kommando … Aber … aber – da ist er ja …« Die Worte erstarben auf Tobys Lippen, während er in die Richtung des brennenden Waggons zeigte.
Am Rande des Kraters sah Victor einen Mann. Er lag auf dem Rücken, als würde er schlafen, und schien im Traum zu lächeln. Aus dem zerfetzten Ärmel seiner Jacke ragte ein blutiger Stumpf hervor.
»O Gott!«
Der Arm hing direkt über der Leiche, im zersplitterten Fenster eines Waggons. Die Hand bewegte sich, als würde sie jemandem winken.
Irgendwo bellte ein Hund, eine Männerstimme brüllte Befehle. Gleich darauf tauchte Robert zwischen zwei Waggons auf und rannte davon.
»Los«, sagte Victor. »Nichts wie weg!«
Toby rührte sich nicht vom Fleck. Wie gebannt starrte er auf die Leiche des Franzosen und den abgerissenen Arm.
»Herrgott! Worauf wartest du?«
Victor gab ihm eine Ohrfeige. Endlich erwachte Toby aus seiner Erstarrung und lief los, in Richtung des Schuppens.

»Nicht dahin«, schrie Victor. »Lauf Robert nach!«
Toby machte kehrt und rannte in die Richtung des Droschkenplatzes.
Da fiel ein Schuss.
Er traf Toby mitten im Sprung über ein Gleis. Als würde jemand ihn ins Kreuz schlagen, schnellte sein Körper in die Höhe, seine Hände griffen in die Luft, dann sank er wie ein Sack zu Boden.
Ein Pfiff gellte durch die Nacht.
Victor blickte zum Schuppen hinüber. Wachtruppen näherten sich, mindestens zehn Mann, sie waren keine hundert Yards entfernt. Eine Stimme in ihm schrie nur ein Wort: *Flieh!* Dann sah er Tobys Gesicht, es bestand nur aus Schmerz und Angst. Die Männer und Hunde kamen immer näher. Victor wurde panisch. Sie mussten weg hier – doch wohin? Er packte Toby unter den Achseln, schleifte ihn hinter einen Waggon und rüttelte an dem Riegel der Schiebetür. Zum Glück ließ sich die Tür öffnen, das Abteil war leer. Er hievte Toby hinein und sprang dann auf das Trittbrett. Er schaffte es gerade noch, die Tür von innen zu schließen, als die Wachmänner die Gleise erreichten.
»Wo … wo bin ich?«
Toby versuchte, sich auf den Ellbogen aufzurichten. In dem Waggon roch es nach Schafen und Kot. Draußen hörte Victor schwere Stiefelschritte. Er hielt Toby den Mund zu und lauschte mit angehaltenem Atem. Laut prasselte der Regen auf das Dach, durch die Lüftungsschlitze fiel der flackernde Lichtschein des Feuers in den Waggon.
»Hier müssen sie irgendwo sein!«, rief eine Stimme ganz in der Nähe, nur durch die Bretterwand von ihnen getrennt.
»Nein! Da hinten! Beim Droschkenplatz!«
»Wo?«
»Hast du Scheiße auf den Augen? Da rennt er doch!«
»Los! Ihm nach!«
Ein Hund schlug an, und die Männer setzten sich wieder in Bewegung. Gott sei Dank – Victor atmete auf. Mit den Händen

kehrte er das Stroh zusammen, das auf dem Boden ausgestreut lag, und so vorsichtig er konnte, bettete er Toby auf das Polster. Jede Bewegung schien dem Jungen Schmerzen zu bereiten.
»Warum … tut mir alles so weh?«, flüsterte Toby. »Hat Mr. Finch … mich wieder verprügelt? Ich … ich kann mich gar nicht erinnern.«
»Spürst du, wo die Kugel steckt?«, fragte Victor.
»Was … was für eine Kugel?«
Schwarze Schatten tanzten auf Tobys Gesicht, aus dem Victor zwei große weiße Augen anstarrten. In der Dunkelheit konnte Victor nicht erkennen, wo die Kugel seinen Freund getroffen hatte, und er traute sich nicht, ihn abzutasten. Was sollte er tun? Er beschloss zu warten, bis die Wachen das Feuer gelöscht hatten, um Toby dann zum Arzt zu bringen. Er kannte in Temple Bar einen Chirurgen, vor einem Monat hatte er für ihn eine medizinische Schautafel gedruckt, von einem Mann, dem gerade der Bauch aufgeschnitten wurde. Victor kramte in seiner Tasche. Er hatte noch einen Schilling. Das müsste für eine Droschkenfahrt bis Temple Bar reichen.
»Ich … ich wollte dich nicht verraten«, flüsterte Toby. »Die beiden … haben mich erpresst, Robert … und der Franzose.«
»Psst. Du sollst jetzt nicht reden.«
Ein Büschel Stroh klebte an Victors Hand. Er wollte es an seiner Hose abstreifen, doch dann hob er die Hand ins Licht. Sie war voller Blut. Es stammte von Toby, kein Zweifel, doch wo zum Teufel war die Wunde? Victor kniff die Augen zusammen, um etwas zu erkennen. Dann sah er das Loch in Tobys Hemd – es war direkt über dem Herzen. Er schloss kurz die Augen und holte Luft. Die Kugel musste einmal quer durch den Körper gedrungen sein. Aus dem Loch sickerte immer noch Blut. Victor zog sich die Jacke und das Hemd aus, um einen Verband zu machen.
»Ich … ich wollte nicht mit Robert gehen«, flüsterte Toby, so leise, das Victor ihn kaum verstand. »Ich wollte mit dir kommen … ins Büro der Reederei. Aber… das war unmöglich … Sie

haben mich erpresst … Sie … wollten dich verraten … Das musst du mir glauben, wir … wir sind doch Freunde.«

»Natürlich sind wir Freunde, Toby, das weiß ich doch. Aber hör jetzt auf zu reden. Du musst ganz still liegen bleiben, ohne dich zu bewegen.«

»Die besten … Freunde sind wir … Die besten Freunde … von der Welt.«

Victor riss einen Streifen Stoff von seinem Hemd, um damit das Blut zu stillen. »Gleich lassen die Schmerzen nach«, sagte er, während er den Lappen auf die Wunde presste. »Dann bringe ich dich zum Arzt. Und wenn wir beim Arzt waren, besorge ich eine Flasche Whisky.«

»Du willst … Whisky kaufen?«, fragte Toby ungläubig. »Für mich?«

»Ganz für dich allein. Und Kautabak. Einen Priem zu sechs Pence, den teuersten, den es gibt. Für den besten Freund der Welt.«

Draußen heulte eine Sirene. Toby riss die Augen noch weiter auf.

»Sind … sind wir hier schon am Hafen?

»Am Hafen?«, fragte Victor. »Wir sind am Bahnhof, Euston Station! Erinnerst du dich nicht?«

»Aber … ich höre … doch … ein Schiff.«

Toby lächelte ihn an. Victor schrak zusammen. Aus dem Mund seines Freundes rann ein feiner, dünner, dunkler Strahl. Victor wusste, was das bedeutete: Er brauchte den Schilling in seiner Tasche nicht mehr, es würde keine Droschkenfahrt geben, kein Arzt konnte Toby mehr helfen. Verzweifelt strich er ihm über das Haar, über die bleichen verschmierten Wangen, als könnte er so den Tod noch ein paar Sekunden hinauszögern, genauso, wie er es getan hatte, als seine Mutter gestorben war. Und während er das tat, zuckte ihm ein Gedanke durch das Gehirn, nur eine Sekunde, doch so scharf wie ein Messer: Robert wäre ohne ihn nie auf die Idee gekommen, einen Zug in Brand zu setzen …

Victor wandte den Kopf zur Seite, er konnte Tobys Anblick

plötzlich nicht mehr ertragen. An der Bretterwand des Waggons blinkte ein Messingschild: *Midland Railway*.

Wieder heulte die Sirene.

»Victor …?«

Er zwang sich, Toby wieder anzuschauen. Als er sein Gesicht sah, musste er schlucken. Toby sah so glücklich aus, als hätte er gerade eine wunderbare Nachricht erfahren.

»Ist … das unser Schiff?«, fragte er.

»Ja«, sagte Victor leise, »das ist die *Liberty*. Sie … sie läuft gleich aus.«

»Gott sei Dank … Wir … haben es geschafft. Wir haben es … tatsächlich geschafft …«

Toby war so schwach, dass er nicht mehr weitersprechen konnte. Victor spürte, wie ihm die Tränen in die Augen schossen. Er kniete sich hin und hielt die Hand seines Freundes. Er hatte nur noch das Bedürfnis, ihm so nah wie möglich zu sein. Die Hand kam ihm ganz klein vor, so klein wie die Hand eines Kindes.

»Sag mir… wie es in Amerika ist«, flüsterte Toby ihm ins Ohr. »Ich … ich will es noch einmal hören … vor der Abfahrt …«

Victor konnte die Tränen nicht länger zurückhalten. Nur mit Mühe gelang es ihm zu sprechen. »In Amerika«, sagte er, »ist alles viel größer und schöner und besser als hier. Deshalb fahren wir ja auch dahin, du und ich, damit wir endlich so leben können, wie wir es schon immer wollten. Überall duftet es nach Bratfisch, dem leckersten der Welt, an jeder verdammten Straßenecke stehen Buden, und an den Bäumen wächst Kautabak, in saftigen schwarzen Priemen, du musst nur danach greifen, und in den Bächen fließt goldbrauner irischer Whisky, jeder darf darin baden, solange er will.«

Toby runzelte die Stirn. »Wie … wie kann das sein? Du … hast doch gesagt …, alles zusammen … schmeckt grässlich … wie Elefantenpisse … Bratfisch … und Kautabak … und Whisky … auf einmal …«

»Nur hier in London«, sagte Victor, während die Tränen ihm die

Wangen herabliefen. »Aber nicht in Amerika. Glaub mir! In Amerika schmeckt alles noch viel besser als hier, ganz egal, ob einzeln oder zusammen, weil alles in Amerika besser und größer und schöner ist als irgendwo sonst auf der Welt. Darum fahren wir jetzt los, das Schiff läuft aus, unsere *Liberty*, das größte und schönste und beste Schiff im ganzen Hafen. Die Maschinen sind schon unter Dampf. Spürst du, wie sie stampfen?«
»Okay«, sagte Toby, und sein Gesicht entspannte sich wieder zu einem Lächeln, »dann ist es okay, Victor … mein Freund … dann ist es o…«
Er machte mitten im Wort eine Pause, um Atem zu holen, er wollte noch etwas sagen. Doch als er den Mund wieder öffnete, brachen seine Augen, und sein Kopf rollte zur Seite.

18

Mit lautem Knall löste sich der Pfropfen aus der Flasche, und rauchend floss der Champagner in die Gläser.
»Prosit«, sagte Henry Cole. »Auf die Zukunft!«
»Auf uns«, erwiderte Emily.
Die roten Samtvorhänge waren zugezogen, und an den Wänden brannten Kerzen. Emily war allein mit ihrem Verlobten in einem Chambre séparée, und die Aufregung kribbelte in ihrem Magen noch mehr als der Champagner auf ihrer Zunge. Cole hatte den Raum im *Claridge's* gemietet, einem erst kürzlich am Piccadilly Circus eröffneten Restaurant, um ihren Erfolg zu feiern. Emilys Vater war am Morgen nach der Parlamentsdebatte schon wieder nach Derby gereist, und Sarah hatte zu ihrem Bedauern nach Chatsworth zurückkehren müssen. Zu ihrem Bedauern – oder weil sie die zwei bei ihrem Tête-à-tête nicht stören wollte.

»Würden Sie die Freundlichkeit haben, mich einmal zu kneifen?«, sagte Cole. »Damit ich weiß, dass ich nicht träume?«
»Erst wenn wir verheiratet sind«, sagte Emily. »Offiziell sind wir ja nicht mal verlobt. Außerdem – seit wann haben *Sie* was gegen Träume?«
Er hatte alle Zeitungen mitgebracht, die es in London zu kaufen gab, und ihr beim Essen die Artikel über die Abstimmung im Unterhaus vorgelesen. Emily fand das nicht sehr romantisch; sie hatte sich darauf gefreut, an diesem Abend allein und ungestört die Zweisamkeit mit Cole zu genießen. Doch der Inhalt der Lektüre entschädigte sie für diese kleine Enttäuschung umso mehr. Die Zeitungen feierten ihren Vater als Retter der Weltausstellung und Helden der ganzen Nation. Galt Prinz Albert seit seiner Rede im Mansion House als Prophet der neuen Zeit, wurde Joseph Paxton als der Mann gepriesen, der mit seinem Entwurf für den Pavillon das Tor zur Zukunft Englands aufgestoßen hatte. Und auch Emilys künftiger Ehemann wurde immer wieder erwähnt: Seine Ernennung zum Organisationschef des Exekutivkomitees, die Paxton vorgeschlagen hatte, fand den uneingeschränkten Beifall der Presse. Mr. Henry Cole, schrieb die *Times*, sei es vor allem zu verdanken, dass der Garantiefonds, den Samuel Peto mit einer Summe von fünfzigtausend Pfund ausgestattet hatte, in nur wenigen Tagen auf stolze dreihundertundfünfzigtausend Pfund angewachsen war. Die Liste der Garanten, die Cole der Bank von England überreicht hatte, umfasste die bedeutendsten Persönlichkeiten der Londoner City – ein unwiderlegbarer Beweis für das Vertrauen, das die Finanz- und Geschäftsleute der Hauptstadt trotz aller Risiken in den Erfolg der Weltausstellung setzten. Damit stand dem Baubeginn im Hyde Park nichts mehr im Wege; ab sofort konnte die große Vision Wirklichkeit werden.
»Sehen Sie«, sagte Emily, »es gibt immer eine Chance.«
»Ich habe nie etwas anderes behauptet!«
»Eine so freche Lüge gehört eigentlich bestraft, und ich würde

keine Minute zögern, diese Aufgabe auf mich zu nehmen, wenn nicht die Aktien der Midland Railway trotz des fürchterlichen Anschlags so kräftig gestiegen wären.«

»Betrachten Sie den Kursgewinn als meine Mitgift. Um Ihrer würdig zu sein.« Plötzlich wurde Cole ernst. »Ich danke Ihnen, Emily. Wenn Sie mir nicht Mut gemacht hätten, ich glaube, ich hätte alles hingeschmissen.«

»Papperlapapp! Das haben Sie ganz allein geschafft! Mein Gott, wie Sie plötzlich mit den Zeitungen ins Parlament gekommen sind – ich hatte ja gar keine Ahnung.«

Cole grinste. »Verstehen Sie jetzt, warum unsere Verbindung nicht früher publik werden durfte? Wenn bekannt geworden wäre, dass der Chef des Organisationskomitees ausgerechnet die Tochter jenes Mannes heiraten will, der den Ausstellungspavillon baut – der Skandal wäre nicht auszudenken!«

Emily erwiderte sein Grinsen. »Dann haben Sie also von vornherein auf die Unterstützung meines Vaters spekuliert?«

»Können Sie mir noch einmal verzeihen?«, fragte er mit gespielter Zerknirschung.

Für eine Sekunde dachte Emily, dass in dem Fall Cole auch sie ein ganz klein wenig hintergangen hatte. Doch bevor sich dieser unschöne Gedanke in ihr breit machen konnte, hob sie ihr Glas.

»Ich weiß gar nicht, auf wen ich stolzer sein soll: auf meinen Vater oder auf meinen Verlobten.«

»Wenn ich Ihnen einen Rat geben darf – weder noch!«, sagte Cole. »Das größte Verdienst gebührt nämlich einer Person, von der keine einzige Zeitung etwas weiß.«

»Und wie heißt dieses geheimnisvolle unbekannte Wesen?«

»Miss Emily Paxton!«

Sie wollte etwas erwidern, etwas möglichst Witziges und Geistreiches, doch dann spürte sie, wie ihr vor Freude das Blut in die Wangen schoss. Sein Kompliment war viel zu schön, um es mit einem geistreichen Witzchen zu erwidern.

»Danke«, sagte sie darum nur und stieß mit ihm an.

Ein heller, zarter Ton erklang, als ihre Gläser einander berührten, und schwebte eine Weile im Raum.
»Was meinen Sie«, fragte Cole, »ob wir Prinz Albert zur Hochzeit einladen sollen? Vielleicht würde er uns tatsächlich die Ehre geben.«
Die Erwähnung der Heirat löste eine zärtliche Woge in Emily aus.
»Ich habe fünfhundert Pfund für den Garantiefonds gezeichnet«, sagte Cole, als sie nichts auf seinen Vorschlag erwiderte. »Ich habe einen Kredit dafür aufgenommen, damit der Prinzgemahl sieht, dass ich bereit bin, auch persönlich meinen Beitrag …«
»Psssssssst«, machte Emily und legte ihm einen Finger auf die Lippen.
Sie stellte ihr Glas ab und schaute ihn an. Es war wie ein Zauber, als ihre Blicke sich trafen: Auf einmal war alles anders, obwohl nichts sich verändert hatte. Ein Mann und eine Frau in einem Séparée bei Kerzenschein … Emily sah sein Gesicht, sah, wie er schluckte, als sie sich ihm näherte, sah das Verlangen in seinen Augen. Ja, er war der Mann, der sie liebte, und dafür liebte sie ihn.
Sie schlang ihre Arme um seinen Hals.
»Lass mich heute deine Frau werden, Henry«, flüsterte sie, als ihre Lippen verschmolzen, »jetzt gleich, hier in diesem Raum …«
Sie versanken in einem tiefen, leidenschaftlichen Kuss.
Wortlos löschte Henry Cole die Kerzen, und während Emily begann, ihr Kleid aufzuknöpfen, trat er ans Fenster, um den Spalt zu schließen, der in dem schweren Samtvorhang klaffte.
Vor dem Lokal, im Lichtschein einer Straßenlaterne, stand ein junger Arbeiter und aß einen Apfel. Aus einer Seitengasse kamen zwei Konstabler, die plaudernd ihren Rundgang machten. Als sie sich der Kreuzung näherten, warf er den Apfel fort und verschwand in der Dunkelheit.

Drittes Buch

Der babylonische Turmbau

1850/1851

1

Ein Bauwerk, wie die Welt noch keines je zuvor gesehen hatte, wuchs auf dem grünen Teppich des Hyde Park heran. Auf einer Fläche, auf der das bislang größte Gebäude der Menschheitsgeschichte, der Petersdom zu Rom, viermal Platz gefunden hätte, nahmen über zweitausend Arbeiter der Firma Fox & Henderson den Kampf gegen die Zeit auf. Nur zweiundzwanzig Wochen betrug die Frist, die für die Vollendung des gewaltigen Werks zur Verfügung stand. Doch das Tempo, in dem die Arbeiten voranschritten, war Atem beraubend. Woche für Woche, Tag für Tag, Stunde für Stunde schraubte sich der gläserne Pavillon höher in den Himmel empor: ein Skelett aus dreitausendfünfhundert Tonnen Gusseisen, in das nach und nach vierhunderttausend Glasplatten eingefügt werden mussten – achtzehntausend pro Woche, dreitausend pro Tag, zweihundertvierzehn pro Stunde. »Kristallpalast«, so taufte der *Punch* das Gebäude. Ein Name wie ein Zauber, ganz England verfiel seiner Magie. In ihm klangen halb verschollene Märchen an, aus der Kindheit der Menschen und der Völker. Die Zeitungen, die täglich von der Baustelle wie von einem Kriegsschauplatz berichteten, feierten den Pavillon als Vermählung von Natur und Industrie und zugleich als die größte Demonstration der Geschichte, wozu Technik und Ingenieurskunst imstande waren. Produktion und Montage gehorchten einem sorgfältig durchdachten, bis ins Detail aufeinander abgestimmten Plan. Während die großen Fachwerkträger, die in Einzelteilen aus Birmingham kamen, noch auf dem Bauplatz zusammengefügt wurden, erfolgte bereits der Aufbau des Gebäudes. Fundamente wurden eingebracht, Stützen aufgerichtet, Träger verschraubt, Streben und Rinnen verlegt. Ein

Vorgang bedingte den anderen, alle Arbeiten griffen ineinander wie die Räder eines gigantischen Uhrwerks, mit solcher Perfektion, dass der Pavillon beinahe lautlos entstand, wie einst der Tempel Salomos. Nur ein helles Hämmern und Klirren erfüllte vom Aufgang der Sonne bis zum Untergang die Luft, als würden zahllose Glocken und Glöckchen eine Hochzeitsfeier ankündigen, während Schaulustige aus allen Grafschaften des Landes herbeigepilgert kamen, um das gläserne Wunder zu bestaunen. Fünf Schilling Eintritt wurde für die Besichtigung erhoben, doch niemand murrte über den Preis. Die Besucher spürten, dass sich in diesem Gebäude, dem neuen Wahrzeichen Londons, die ganze Herrlichkeit des Jahrhunderts widerspiegelte, vor allem aber die ganze Herrlichkeit des Empires.
Die Organisatoren und Politiker waren sich darum mit den Geschäftsleuten einig: Die Weltausstellung versprach das größte Geschäft aller Zeiten zu werden. Ladenbesitzer und Krämer deckten sich schon jetzt mit Waren ein und verdoppelten die Preise, Hotels schafften Tausende zusätzlicher Schlafmöglichkeiten, Restaurants ließen neue Speisenkarten drucken. Eine wahre Völkerwanderung stand bevor. Überall im Land wurden Sparvereine gegründet, ob Bauer oder Manufakturarbeiter, Pfarrer oder Schornsteinfeger – jeder wollte zu der Ausstellung fahren. Im Auftrag der Midland Railway boten Thomas Cook & Son in allen britischen Großstädten Zugreisen an, und die Direktoren der Eisenbahngesellschaft beschlossen, einhundert neue Waggons anzuschaffen, um all die Menschenmassen zu befördern, die aus England und vom Kontinent nach London strömen würden.
Nur Colonel Sibthorp wurde nicht müde, das Unternehmen mit seinem Hass zu verfolgen. Während die ganze Nation im Ausstellungsfieber lag, brandmarkte er das Gebäude im Hyde Park als babylonischen Turm der Neuzeit und flehte im Parlament zum Himmel, die Faust Gottes möge in das frevlerische Bauwerk fahren und es zu Scherben zerschmettern.

2

»Königliche Hoheit«, sagte Emily und machte einen Hofknicks.
»Aber bitte, Miss Paxton, lassen Sie doch die Förmlichkeiten«, erwiderte Prinz Albert ein wenig verlegen. »Das Vergnügen ist ganz meinerseits, zumal ich Ihnen Grüße von der Königin ausrichten darf. Sie erinnert sich noch heute an Ihre kleine Demonstration in Chatsworth. Auf einem Blatt der *Victoria regia,* nicht wahr? Sehr eindrucksvoll, überaus eindrucksvoll, durchaus.«
Emily staunte, wie freundlich der Prinzgemahl war. Er wirkte kein bisschen arrogant, wie manche Leute behaupteten, er drückte sich nur etwas umständlich aus. Auf jeden Fall gab es keinerlei Grund, in seiner Gegenwart aufgeregt zu sein. Sie hatte ihren Vater und Henry Cole auf die Baustelle begleitet, wo Prinz Albert sich über den Stand der Arbeiten unterrichten ließ. Er kam fast täglich in den Hyde Park, der Siegeszug der Weltausstellung galt im ganzen Land als sein persönlicher Erfolg. Jetzt standen sie zu viert im halbfertigen Transept des Pavillons, einem Kuppelbau in der Mitte des Gebäudes, dessen gläsernes Dach sich einmal über die Jahrhunderte alten Ulmen spannen würde, die dank dieser Erweiterung von Paxtons Entwurf unbeschadet die Weltausstellung überstehen konnten – ein Zugeständnis an Colonel Sibthorp, der sich für die Bäume eingesetzt hatte, als hinge von ihrem Erhalt die Zukunft des Königreichs ab.
»Darf ich Ihnen helfen?«
An der Hand des Prinzgemahls stieg Emily über eine Stahlstrebe. Wenn das ihre Mutter sehen könnte – sie würde platzen vor Stolz! Am liebsten würde Emily die Gunst der Stunde nutzen, um Albert zu ihrer Hochzeit einzuladen. Der Prinzgemahl, der Königshof, die ganze Welt sollte wissen, dass Mr. Henry Cole, der Mann, der all dies ersonnen hatte, *ihr* gehörte – ihr ganz allein! Doch Albert hatte andere Sorgen.

»Ich habe gehört«, sagte er, »es gebe womöglich Streik. Ist an dem Gerücht etwas dran? Die Königin ist durchaus beunruhigt. Ein Streik, wie soll ich sagen, das wäre ja gerade so, als würde der Himmel unsere Kritiker erhören.«
»Solche Gerüchte gibt es auf jeder Baustelle«, erwiderte Cole. »Sie können unserem Unternehmen nichts anhaben. Abgesehen davon herrscht ja Gott sei Dank kein Mangel an Arbeitern. Sollte es irgendwelchen Leuten je in den Sinn kommen zu streiken, stehen ganze Heerscharen bereit, um sie zu ersetzen.«
»Teilen auch Sie diese Ansicht, Mr. Paxton?«, fragte Albert. »Damit wir uns recht verstehen – in diesem Punkt darf nicht die kleinste Unsicherheit aufkommen. Wir müssen den Termin unbedingt halten.«
»Ich kann Sie vollkommen beruhigen, Königliche Hoheit. Unsere Leute arbeiten vierzehn Stunden täglich.«
»Ist das nicht verboten? Das Zehn-Stunden-Gesetz sieht doch unmissverständlich vor …«
»Richtig, aber wir haben eine Sondererlaubnis.«
»Und die Männer wehren sich nicht?«
»Nicht ein Einziger. Die Firma Fox & Henderson ist ja ein Eisenbahnunternehmen und hat seit Jahren Erfahrung darin, große Massen von Arbeitern zu organisieren. Die Verhältnisse hier auf der Baustelle sind denen beim Streckenbau sehr verwandt. Zur Beschleunigung der Montage haben wir eine vollkommen neuartige Bauweise entwickelt, die wie eine fabrikmäßige Produktion der Logik reiner Zweckmäßigkeit gehorcht. Wie Sie sehen, erfolgt der Ablauf der Arbeiten in der Längsrichtung des Gebäudes, ein Ordnungsprinzip, das bis in die kleinsten Details der Konstruktion hineinwirkt …«
Während ihr Vater das Verfahren erklärte, wunderte Emily sich, dass er genauso wenig wie Cole auf die eigentliche Frage des Prinzgemahls einging. Dabei machten die zwei sich selbst große Sorgen wegen eines Streiks, seit Tagen sprachen sie von nichts anderem. Und auch die Behauptung, dass kein Mangel an Arbei-

tern herrsche, war eine glatte Lüge – das Gegenteil war der Fall. Aber das war nicht das Einzige, was Emily in letzter Zeit nicht verstand. Genauso unverständlich war ihr das Verhalten Coles im *Claridge's* gewesen, nach seinem Triumph im Mansion House. Wie sehr hatte sie sich danach gesehnt, an diesem Abend seine Frau zu werden, im Namen der Natur, wenn sie es vor den Augen der Welt noch nicht sein durfte … Wie sehr hatte sie darauf gebrannt, endlich jenes Geheimnis zu erfahren, in dem alles Leben seinen Anfang nahm … Es war nicht dazu gekommen. Cole hatte sie geküsst, sie hatte begonnen, sich auszuziehen, doch dann hatte er plötzlich ihr Cape um sie gelegt und sich abgewandt. Warum? Aus Rücksicht auf sie? Aus Angst vor ihren Eltern? Der ganze Abend war ihr ein einziges Rätsel.

»Werden Sie uns beim Eröffnungball die Ehre geben, Miss Paxton?«

Emily blickte den Prinzgemahl verständnislos an.

»Wir planen am Abend des ersten Mai eine große Soirée. Es wäre mir ein Vergnügen, Sie zum Tanz aufzufordern, falls Ihr Verlobter nichts dagegen hat. Ich nehme doch an, Sie sind bereits verlobt, nicht wahr?«

Laute Rufe von der Baustelle ersparten Emily die Antwort.

Der Prinzgemahl schaute sich irritiert um. »Haben Sie eine Ahnung, was das zu bedeuten hat?«

»Sie haben den Männern Freibier spendiert, Königliche Hoheit«, erklärte Cole.

»So? Tatsächlich? Ich kann mich gar nicht erinnern.«

»Ich war so frei, in Ihrem Namen entsprechende Anweisung zu geben. Als Ausdruck Ihrer königlichen Großmut. Ich dachte, eine solche Geste könnte nicht schaden.«

»Ausgezeichnete Idee. Nun, dann sollte ich mich wohl den Männern zeigen.«

Zusammen mit ihrem Vater und ihrem Verlobten begleitete Emily den Prinzen zum Portal des Transepts, durch einen Wald von Stützen, Strebern und Pfeilern, die bis zu hundert Fuß in

den frühmorgendlichen Herbsthimmel ragten, höher noch als Sibthorps Ulmen.
»Herrlich«, sagte Albert. »Man kann jetzt schon das Raumgefühl ahnen, wie in einer Kathedrale. Fast müssten wir unseren Kritikern dankbar sein.«
Draußen hatten sich Hunderte von Arbeitern versammelt, die ihre Mützen in die Luft warfen und den Prinzgemahl hochleben ließen. Alle hatten eine Flasche Bier in der Hand.
»Was meinen Sie«, sagte Cole leise, als Albert winkend vor die Leute trat, »vielleicht sollten wir mit Wellington sprechen. Ein Regiment Soldaten auf der Baustelle würde den Männern Respekt einflößen.«
»Ein Zeichen von Stärke ist immer gut«, sagte Paxton. »Ich werde den Feldmarschall um Unterstützung bitten. – Aber was ist mit dir, mein Kind? Was ziehst du für ein Gesicht?«
Emily hörte ihren Vater kaum. Irritiert blickte sie auf das Eingangstor der Baustelle, wo kaum einen Steinwurf von ihr entfernt gerade ein junger Mann seine Mütze vom Kopf nahm und sich suchend umschaute.
War er das wirklich? Nein, das konnte nicht sein! Emily trat ein paar Schritte vor, um besser zu sehen.
Der Mann sprach einen Trupp Arbeiter an, die mit Hilfe eines Pferdegespanns einen Pfeiler aufrichteten. Nach einem kurzen Wortwechsel setzte er sich die Mütze wieder auf den Kopf und ging weiter auf die Bürobaracke zu.
Als er den Kopf in ihre Richtung wandte und in die Morgensonne blinzelte, erkannte Emily, dass sie sich nicht geirrt hatte. Der Mann, der jetzt die Stufen zur Bürobaracke emporstieg, war niemand anderes als Victor.

3

Wie ein geborstener Kristall funkelte der Rohbau mit seinen unregelmäßigen Zacken im Morgenglanz der Herbstsonne, während irgendwo in der Ferne Hochrufe ertönten. Victor fröstelte in seiner dünnen Jacke, als er an die Tür der Bürobaracke klopfte. Er hatte in der *Illustrated London News* gelesen, dass Joseph Paxton, der Mann, der Toby auf dem Gewissen hatte, im Hyde Park die größte Baustelle der Welt betrieb, um dort ein gigantisches Gebäude zu errichten, für die Weltausstellung im nächsten Jahr – dieselbe Veranstaltung, auf der Toby mit einer Bratfischbude hatte reich werden wollen.

»Herein!«

Victor nahm die Mütze ab und trat ein. Die Baracke war voller Menschen. Ein Dutzend Schreiber beugte sich über hölzerne Stehpulte, vor denen Arbeitsuchende jeden Alters Schlange standen. Victor spürte, wie seine Narbe juckte, und kratzte sich an der Stirn. Ob man ihn mit seinen Papieren überhaupt einstellen würde? Auf der Baustelle, hatte es in der Zeitung geheißen, herrsche so großer Arbeitermangel, dass jeder Mann genommen werde. Er stellte sich ans Ende einer Schlange und wartete ab, bis er an die Reihe kam.

»Ausweis.«

Ein Buchhalter mit grüner Stirnblende und schwarzen Manschettenschonern streckte die Hand nach ihm aus, ohne von seinem Pult aufzuschauen. Fordernd bewegte sich sein Zeigefinger. Victor reichte ihm sein Arbeitsheft.

»Hier sind die Papiere von meiner letzten Stelle. Unterschrieben vom Meister.«

»Jeremy Finch«, murmelte der Mann unter seiner Mütze. »Drucker in der Drury Lane. Kein besonders gutes Zeugnis.« Er gab Victor das Heft zurück. »Das reicht nicht. Ich brauche Ihren Ausweis.«

»Meinen Ausweis? Wofür?«
»Sicherheitsgründe. Sonst könnte ja jeder entsprungene Sträfling kommen!«
Victor biss sich auf die Lippe. In seinem Ausweis war immer noch seine Haft im Coldbath Fields Gefängnis vermerkt. Während er nach einer Ausrede suchte, kam ein Maurerlehrling in die Baracke, ein blonder Junge mit Pickeln, der ungefähr so alt war wie Toby. Mit beiden Armen schleppte er einen Korb vor sich her, in dem Bierflaschen aneinander schlugen.
»Auf das Wohl des Prinzgemahls!«
Überrascht blickte der Buchhalter auf. Erst jetzt, als er sich eine Flasche nahm, sah Victor sein Gesicht. Es war so blass, als hätte noch nie ein Sonnenstrahl es berührt.
»Hier, mein Ausweis«, sagte Victor rasch und hielt ihm kurz das Papier vor die Nase.
Der Buchhalter sah gar nicht hin. »In Ordnung«, brummte er, ohne die Augen von seiner Flasche abzuwenden. Während er einen Schluck trank, schob er ein Formular über das Pult. »Können Sie schreiben?«
Victor zögerte keine Sekunde. Der Buchhalter wischte sich den Schaum von den Lippen und stempelte das Formular ab.
»Sie können sofort anfangen.«
Er schnippte mit den Fingern, und ein breitschultriger, kahlköpfiger Mann mit grauem Bart und Pfeife im Mund kam herbei, um Victor zu seinem Arbeitsplatz zu bringen. Ohne die Pfeife aus dem Mund zu nehmen, nannte er seinen Namen – »Harry Plummer, Vorarbeiter« – und streckte ihm die Hand entgegen. Als Victor den Druck der ledrigen, schweren Hand spürte, beschlich ihn eine Frage, die schon seit seiner Ankunft auf der Baustelle in ihm lauerte. Was wollte er eigentlich hier? Es war nur eine dumpfe Wut, die ihn hergeführt hatte, ein vages, unbestimmtes Bedürfnis, Gerechtigkeit herzustellen, in irgendeiner Weise das Verbrechen zu sühnen, das Joseph Paxton an Toby begangen hatte.

»Schon mal auf einem Bau gearbeitet?«, fragte Plummer, als sie ins Freie traten.
»Vor ein paar Jahren, in einer Ziegelei.«
»Immerhin. Besser als nichts.«
Während sie über die Baustelle gingen, schaute Victor sich um. Die ungeheure Größe des Platzes, die gigantischen Ausmaße des Rohbaus, der sich wie ein Koloss aus Glas und Stahl vor ihm auftürmte, überwältigten ihn. Eine Hundertschaft von Arbeitern und mehrere Dutzend Pferdegespanne hievten gerade mit Hilfe von vier Kränen ein Eisenteil in den Himmel, das größer war als ein ganzes Haus. Plötzlich fühlte Victor sich unendlich klein. So ähnlich musste David sich gefühlt haben, als er Goliath entgegengetreten war.
Vor einem Baugerüst blieb Plummer stehen und zeigte nach oben. »Bist du schwindelfrei?«
Victor schaute in die Höhe und schluckte. Das Gerüst erhob sich vor einer bereits verglasten Gebäudewand und schien bis in den Himmel hinaufzureichen. Für eine Sekunde war es, als würde die ganze Front sich vorneigen, um auf ihn herabzustürzen. Statt einer Antwort nickte er nur mit dem Kopf und folgte Plummer auf die Leiter.
Eins, zwei, drei ... Um sich abzulenken, zählte Victor die Sprossen, während er seinen Blick fest auf die graue Kordhose des Vorarbeiters über ihm heftete. Es war nicht anders als früher, wenn er als Junge auf einen Baum geklettert war – es kam nur darauf an, dass man nicht nach unten sah. *Zweiundzwanzig, dreiundzwanzig, vierundzwanzig ...* Er spürte, wie seine Hände von Sprosse zu Sprosse feuchter wurden, doch er traute sich nicht, sie abzuwischen. Plummer stieg so rasch die Leiter hinauf, dass Victor Mühe hatte, ihm zu folgen, und er wollte ihn hier oben auf keinen Fall verlieren. *Fünfundachtzig, sechsundachtzig, siebenundachtzig ...* Ein leichter Wind kam auf, und irgendwo begann es zu rauschen. Victor spähte zur Seite und sah direkt in die Krone einer Ulme, die sich mit ihren braunen Blättern wie

ein zerzauster Haarschopf vor dem Himmel abhob. *Einhundertzehn, einhundertelf, einhundertzwölf …* Ein Laubblatt schwebte an Victors Gesicht vorbei. Unwillkürlich schaute er ihm hinterher, wie es in den Abgrund trudelte. Für einen Moment verspürte er den fürchterlichen Drang, die Leiter loszulassen, und musste einmal kurz die Augen schließen, bevor er weiterklettern konnte. *Zweihundertsiebenunddreißig, zweihundertachtunddreißig, zweihundertneununddreißig …*

»So, da wären wir.«

Nach zweihundertdreiundfünfzig Sprossen erreichten sie eine Plattform auf der Höhe des Daches. Als Victor den Bretterboden betrat, verschlug ihm der Anblick die Sprache. Ganz London lag zu seinen Füßen – ein riesiges, graues Häusermeer, so weit das Auge reichte. Tief atmete er die Luft ein, die hier oben viel klarer und frischer schmeckte als unten am Boden. Vorsichtig beugte er sich über die Bretterbrüstung und schaute auf die Baustelle hinab. So klein wie Ameisen in ihrem Haufen wuselten die Arbeiter hin und her, die Pferde waren kaum größer als Mäuse, und selbst das haushohe Eisenteil, das am anderen Ende des Platzes zwischen Himmel und Erde schwebte, wirkte von hier aus nur noch wie ein Spielzeug.

Victor stemmte die Fäuste in die Hüfte und ließ sich den Wind ins Gesicht wehen. Alle Angst war plötzlich verschwunden, er spürte, wie wieder Kraft und Selbstvertrauen in seine Adern strömten. Ja, David hatte auch nur eine Schleuder besessen, und trotzdem hatte er Goliath besiegt.

»Keine schlechte Aussicht, wie?«, sagte Plummer. »Noch besser als von St. Paul's. Aber wir sind hier nicht zum Vergnügen. An die Arbeit!«

Als Victor sich umdrehte, glaubte er für einen Augenblick, er wäre in eine Fabrik geraten. In dem Dachgestühl waren Dutzende von Arbeitern damit beschäftigt, Glasplatten zu verlegen. Das taten sie, ohne einen Fuß auf das Dach zu setzen, von kleinen Wägelchen aus, die zwischen den Stahlstreben hin- und herroll-

ten. Auf jedem der Wagen saßen vier Männer, die das Rahmenwerk nagelten und die Scheiben einfügten, während Hilfsarbeiter sie über Leitern mit Nachschub versorgten.
»Eine Mannschaft besteht aus zwei Glasern und zwei Handlangern«, erklärte Plummer. »Sie haben auf dem Wagen alles, was sie brauchen. Werkzeug, Glas, Holzlatten, Kitt. Zusammen schaffen sie im Schnitt tausendfünfhundert Quadratfuß pro Woche.«
»Was? Nur vier Leute?«
»Ja, sogar im Winter. Wenn es kalt wird oder regnet, werden die Wagen überdacht. So können wir bei jedem Wetter arbeiten.«
Voller Bewunderung sah Victor zu, wie unglaublich schnell die Glaser vorankamen. Jeder Handgriff saß, die Männer arbeiteten einander so sicher zu, als wären sie Teile einer Maschine.
»Was ist meine Aufgabe?«, fragte er.
»Kommt darauf an, wie du dich anstellst«, sagte Plummer. »Los, probieren wir's aus.«
Sie setzen sich in einen leeren Verglasungswagen, und Plummer machte vor, wie es ging. Schon nach wenigen Minuten war Victor imstande, die erste Glasscheibe einzufügen, und zusammen hatten sie nach einer halben Stunde mehrere Quadratfuß verglast. Er musste selber staunen, wie leicht die Arbeit ihm von der Hand ging. Jeder Vorgang war so einfach, dass er auch von ungelernten Kräften ausgeübt werden konnte. Victor hatte noch keine Druckpresse gesehen, die so perfekt funktionierte wie dieses System. Ein Genie musste es sich ausgedacht haben, zur Handhabung durch Idioten.
»Wer hat das erfunden?«, fragte er.
»Ich!«
Die Stimme, die Victor antwortete, klang ihm so fremd und vertraut in den Ohren wie die Stimme Gottvaters. Joseph Paxton stand über ihm und schaute auf ihn herab.
»Wie lange bist du schon bei uns?«
Plummer stieß ihn in die Rippen. Victor nahm die Mütze ab und kletterte aus dem Wagen.

»Ich habe heute Morgen angefangen, Sir.«
Zögernd, fast gegen seinen Willen hob Victor den Blick. Er wollte diesem Mann nicht ins Gesicht schauen, doch er konnte nicht anders. Paxtons graue Augen ruhten auf ihm. Er sah ihn aufmerksam, ja freundlich an, doch offenbar ohne ihn zu erkennen. Verwundert stellte Victor fest, wie klein er war. Er hatte ihn viel größer in Erinnerung gehabt.
»Wenn du dich weiter so tüchtig anstellst«, sagte Paxton, »bist du hier richtig. Jeder, der hart arbeitet, bekommt bei mir seine Chance.« Er tippte sich an die Schläfe und wandte sich ab. »Weitermachen!«

4

Es war Mittagspause im Hyde Park. Für eine halbe Stunde ruhte die Arbeit, und auf der Baustelle war es so still wie an einem Sonntag. Nur die Stimmen der Männer, die irgendwo im warmen Sonnenschein des Altweibersommers ihr Brot aßen oder ein letztes Mal auf den Prinzgemahl anstießen, waren hier und da zu hören.
Scheinbar ziellos schlenderte Emily über den Platz, doch ihre Augen streiften forschend umher. Da entdeckte sie, wonach sie suchte, ohne es sich einzugestehen. Ein wenig abseits von den anderen Arbeitern, auf einem Stapel Eisenträger, die unweit des Transepts zur Montage bereitlagen, saß Victor und aß seine Vesper. Emilys Herz begann zu klopfen. Sollte sie ihn ansprechen? Voller Scham erinnerte sie sich an ihre letzte Begegnung – sie war vor ihm davongerannt wie ein ängstliches Kind vor einem bösen Mann. Als er den Kopf in ihre Richtung wandte, trat sie hinter eine Ulme. Noch hatte er sie nicht entdeckt, noch konnte sie kehrtmachen. Unentschlossen nestelte sie an ihrem Kleid,

das sie zu Ehren des Prinzgemahls und zur Freude ihrer Mutter am Morgen angezogen hatte, ein richtiges Höhere-Töchter-Kleid, das mit dem Pelzbesatz am Kragen ihr jetzt in der Mittagssonne viel zu warm war. Wenn sie in diesem Kleid vor Victor erschien, würde er sich in seiner Meinung über sie nur bestätigt fühlen. Außerdem, sie war eine verlobte Frau ... Sie gab sich einen Ruck und ging davon.

Unter dem Vorwand, Zeichnungen von der Entstehung des Pavillons anzufertigen, besuchte Emily in der folgenden Woche täglich die Baustelle, und auch in der Woche darauf fuhr sie jeden Morgen mit dem Pferdeomnibus in den Hyde Park. Sie hatte Angst, Victor wiederzusehen, Angst, in seine Augen zu schauen, Angst seine Stimme zu hören – und doch musste sie wissen, was er hier tat. Schon bald fand sie heraus, dass er auf einem der kleinen Verglasungswagen arbeitete, die ihr Vater erfunden hatte, hoch oben im Dachgestühl des Rohbaus, und dass er bereits nach wenigen Tagen vom Handlanger zum Arbeiter befördert worden war. Mit seinen Kollegen schien er wenig Kontakt zu haben. Sein Pausenbrot aß er jedenfalls immer allein, und immer an derselben Stelle, auf dem Stapel Eisenträger, auf dem sie ihn am Tag seiner Ankunft entdeckt hatte.

Eines Tages, an einem Sonnabend, beschloss sie, ihm zuvorzukommen – Pythia hatte es so entschieden. Fünf Minuten bevor die Sirene den Beginn der Mittagspause verkündete, hockte sie sich mit ihrem Zeichenblock auf den Stapel Eisenträger, direkt neben einen Busch, der sie vor seinem Blick abschirmen würde, wenn er von der Baustelle aus den Platz überquerte. Auf diese Weise musste er regelrecht über sie stolpern.

Doch an diesem Tag erschien Victor nicht an dem gewohnten Ort. Umso größer war Emilys Überraschung, als er am Abend unvermutet an der Omnibushaltestelle stand, am unteren Ende der Sloane Street, von wo aus sie immer nach Hause fuhr. Hatte auch er sie beobachtet? Er schien rein zufällig da zu sein, lehnte an einem Laternenpfosten und aß sein Abendbrot, ohne nach

jemandem Ausschau zu halten oder sich um die Leute um ihn herum zu kümmern, die auf den Bus warteten. Aber konnte das wirklich Zufall sein? Die Haltestelle war mindestens tausend Schritt von der Baustelle im Hyde Park entfernt. Ihr Bedürfnis, sich ihm zu nähern, war auf einmal so stark, dass sie ihm nicht nachgeben durfte. Es wäre ihr irgendwie falsch vorgekommen, wie Verrat an ihrem Verlobten, der sich immer so korrekt verhielt, dass sie manchmal darüber verzweifelte.
Da trafen sich ihre Blicke, und ohne weiter nachzudenken, ging sie auf Victor zu.
»Was willst du von mir?«, fragte er schroff, ohne einen Gruß.
Emily fühlte sich überrumpelt. Das war genau die Frage, die sie eigentlich ihm hatte stellen wollen! Um sich ihre Verunsicherung nicht anmerken zu lassen, erwiderte sie: »Ich habe neulich gesehen, wie du mit meinem Vater gesprochen hast. Hat er dich erkannt?«
»Ich glaube nicht«, sagte Victor. »Dein Vater ist ein viel zu bedeutender Mann, um auf das Gesicht seiner Arbeiter zu achten.«
Emily lachte. »Mein Vater ist weniger bedeutend als kurzsichtig. Im Ernst, er sieht so schlecht wie ein Maulwurf. Manchmal glaube ich, dass er mich nur an der Stimme erkennt.«
»So? Nun ja, wenn du meinst.«
Victor zog ein Stück Papier aus der Tasche, um seine Vesper darin einzuwickeln.
»Steckrüben?«, rief sie, als sie sah, was er aß. »Igitt!«
»Meine Lieblingsspeise«, erwiderte er. »Wahrscheinlich wegen meiner Mutter. Sie war eine furchtbar schlechte Kuchenbäckerin.«
Emily schlug die Augen nieder. Warum redete sie immer nur so dummes Zeug, kaum dass er in der Nähe war? Während ihr das Blut ins Gesicht strömte, spürte sie seine verächtlichen Blicke auf sich. Das Gefühl war so unerträglich, dass sie ihn ansehen musste. Ja, er hatte die Augen tatsächlich auf sie gerichtet, doch es war keine Verachtung, die daraus sprach. Es war etwas ande-

res, eine fast provozierende Selbstsicherheit, nein, Schamlosigkeit, die sich kein Mann sonst ihr gegenüber herausnahm, obwohl er gleichzeitig ganz in sich versunken schien, als würde er träumen. Was konnten das für Träume sein? Victor, dachte sie plötzlich, hätte sie bestimmt nicht zurückgewiesen, wie Cole es im *Claridge's* getan hatte. Der Gedanke stieg ihr in den Kopf wie ein Schluck Champagner, und das Verlangen, Victor statt ihren Verlobten zu küssen, war so heftig, dass sie davor erschrak, als hätte sie in ihrem Bett eine Schlange entdeckt.

»Was tust du hier?«, fragte sie. »Das hier ist eine Baustelle, keine Druckerei. Mr. Finch wird dich sicher sehr vermissen.«

»Das glaube ich nicht. Ich habe gekündigt.«

»Aber weshalb? Du magst deinen Beruf, du bist ein wunderbarer Buchdrucker, der beste, den ich kenne.« Sie verstummte. Erst jetzt merkte sie, dass die Dämmerung bereits eingesetzt hatte. Das vertraute und doch jedes Mal wieder befremdliche Gefühl des herabsinkenden Abends überkam sie, und so leicht, als würde es gar nicht geschehen, streifte sie Victors Hand. »Bist du vielleicht ... wegen mir hier?«

»Wegen dir?«, fragte er und zog seine Hand zurück. »Wie kommst du darauf?«

Emily wäre am liebsten im Boden versunken. »Ich meine«, sagte sie hastig, »vielleicht wolltest du ja auf mein Angebot zurückkommen, dass ich mit meinem Vater spreche, jetzt, nachdem du bei Mr. Finch gekündigt hast. Ich kann mir gut vorstellen, dass du es nicht mehr dort ausgehalten hast. Der Mann war ja wohl ein Trinker?« Sie hoffte, dass Victor etwas erwiderte, um sie aus ihrer Peinlichkeit zu befreien, doch er machte keinerlei Anstalten, ihr diesen Gefallen zu tun. »Wenn du willst«, fuhr sie darum fort, »kann ich immer noch mit ihm reden, mit meinem Vater, meine ich natürlich. Ich bin sicher, er wird sich freuen und alles tun, worum ich ihn bitte, um dir zu helfen, damit du ...«

Die Worte gingen ihr so unvermittelt aus, wie sie ihr gekommen waren. Hilflos blickte sie Victor an.

»Ich glaube«, sagte er nur, »du verstehst nicht, worum es geht. Ich will nichts von deinem Vater. Im Gegenteil.«
»Was soll das heißen, im Gegenteil?«
Victor zögerte. Dann sagte er: »Wenn du es genau wissen willst, ich bin nur aus einem einzigen Grund hier – um zu verhindern, dass dieser verdammte Bau fertig wird.«
Emily musste trotz ihrer Verlegenheit laut lachen. »*Du* willst verhindern, dass der Bau fertig wird?«, platzte sie heraus. »Wie das denn? Vielleicht mit deiner Schleuder, so wie früher?« Als sie sein Gesicht sah, verging ihr das Lachen. »Das … das meinst du doch nicht im Ernst, oder?«
»Dein Vater will sich hier ein Denkmal setzen«, erwiderte Victor, mit einer Miene wie aus Stein. »Aber ich werde dafür sorgen, dass daraus nichts wird.«
Emily brauchte eine Weile, um zu begreifen. »Ach so«, sagte sie dann. »Du hast gehört, dass vielleicht ein paar Glaser streiken, und mit denen willst du dich zusammentun. Aber glaub ja nicht, dass das funktioniert. Es gibt in London jede Menge Arbeiter, haufenweise, die alle überglücklich wären, wenn sie hier anfangen könnten. Also, wenn du deshalb hergekommen bist, hast du dich verspekuliert.«
Victor zuckte nur die Schultern. »Denk, was du willst. Wir werden ja sehen.«
An der Haltestelle bildete sich unter den Wartenden eine Schlange. Vom oberen Ende des Sloane Street näherte sich im raschen Trab der Omnibus, er hatte den Cadogan Place schon hinter sich gelassen. Ein Mann mit steifem Hut und steifem Kragen trat beiseite, um Emily in der Schlange Platz zu machen. Doch sie blieb bei Victor stehen.
»Hast du keine Angst, dass ich das alles meinem Vater erzähle? Wenn er von deinen Plänen weiß, wirft er dich auf der Stelle raus.«
»Ich glaube nicht, dass du das tust.«
»Was sollte mich daran hindern?«

»Keine Ahnung, nur so ein Gefühl.«
Emily ärgerte sich, dass sie ihm insgeheim Recht geben musste. Aber eher würde sie sich die Zunge abbeißen, als ihm das zu gestehen.
»Warum willst du so etwas überhaupt tun?«, fragte sie ihn darum nur. »Du willst dich rächen, für früher, nicht wahr?«
Er gab keine Antwort. Mit regloser Miene blickte er auf den heranfahrenden Bus. Nur die Narbe auf seiner Stirn zuckte.
»Wenn es wegen früher ist«, sagte sie, »kann ich dich verstehen. Aber was hat das Gebäude damit zu tun? Weißt du eigentlich, wozu der Pavillon gebaut wird?«
»Das ist mir vollkommen egal.«
»Du glaubst, mein Vater will sich ein Denkmal errichten. Kann sein, dass auch das eine Rolle spielt, eitel genug ist er. Aber in Wirklichkeit geht es um viel mehr. In dem Gebäude soll etwas stattfinden, was es noch nie gegeben hat. Die Weltausstellung ist das größte Wunder seit der Schöpfung, und der Pavillon wird ein zweiter Garten Eden sein, ein …«, sie suchte nach einem passenden Vergleich, »… ein Haus des Lebens, ein Palast des Fortschritts, in dem alles zu sehen sein wird, was die Natur je hervorgebracht hat, zusammen mit den größten und wertvollsten Errungenschaften der Menschheit.«
»Was für Errungenschaften meinst du?«, fragte er verächtlich. »Solche wie die Eisenbahn? Darauf kann ich verzichten!« Er schaute sie an, doch sein Blick war so kalt, dass es fast wehtat. »Übrigens, da ist dein Bus.«
Ein Ruck ging durch die Schlange. Emily sah über die Schulter. Der Schaffner öffnete gerade den Schlag, die Fahrgäste betraten die Plattform und drängten hinein.
»Na los! Worauf wartest du?«
Emily beschloss, den Bus fahren zu lassen. Bis nach Hause konnte sie zur Not auch zu Fuß gehen. Der Schaffner schloss den Schlag, und während die Pferde anzogen, drehte sie sich wieder zu Victor herum.

»Es war ungerecht, was meine Eltern dir angetan haben. Es war sogar mehr als das – es war eine Riesengemeinheit. Aber musst du sie dafür so sehr hassen, dass du in Kauf nimmst, auch anderen Menschen zu schaden?«

»Hass ist besser als Angst«, erwiderte er.

»Glaubst du? Glaubst du das wirklich? Dann merk dir eins: Wenn du und irgendwelche Leute mit einem Streik verhindern, dass dieser Bau rechtzeitig fertig wird, schadet ihr nicht nur meinem Vater. Ihr schadet einer Sache, die viel wichtiger ist – wichtiger als Joseph Paxton, wichtiger als du oder ich, wichtiger als wir alle zusammen!«

»Und was soll das sein?«

»Ihr schadet dem Fortschritt, dem Wohl der Menschen, die in dem Pavillon zusammenkommen wollen, um friedlich miteinander …«

»Du hast ja keine Ahnung, wovon du redest.«

»Und ob ich die habe!« Emily schnappte nach Luft. »Wenn es um die Weltausstellung geht, weiß ich besser Bescheid als irgendjemand sonst, besser sogar als die Mitglieder der Königlichen Kommission. Ich … ich habe erst vor zwei Wochen mit dem Prinzgemahl darüber gesprochen, persönlich!«

»So, mit dem Prinzgemahl? Persönlich? Ich bin beeindruckt! Dann musst du ja mächtig Bescheid wissen.«

Emily spürte, sie hatte die dümmste Antwort gegeben, die sie überhaupt hatte geben können. Die ganze Zeit hatte sie nur dummes Zeug geredet, lauter Phrasen, die sie von ihrem Vater und ihrem Verlobten aufgeschnappt und einfach nachgeplappert hatte, wie Cora, ihr Kakadu.

»Wenn ich keine Ahnung habe«, sagte sie, »dann klär mich auf.«

»Ich dachte, du weißt schon alles.«

»Bitte!«

Victor überlegte eine Weile. »Erinnerst du dich an Toby?«, fragte er schließlich.

»Nein, wer ist das?«

»Ein Junge aus der Drury Lane. Alles, was er besaß, war ein Stück Bratfisch, und es gab nichts auf der Welt, worauf er sich mehr freute, als dieses verfluchte Stück Bratfisch zu essen. Doch ehe er dazu kam, hat dein Vater es ihm weggenommen. Dein Vater meinte wohl, dass es reicht, wenn ein Junge aus der Drury Lane Steckrüben isst, wenn er überhaupt etwas zu essen kriegen soll.«

»Steckrüben? Bratfisch?«, fragte Emily irritiert. »Ich verstehe kein Wort.«

»Dann hör zu«, sagte Victor. »Es gibt in der Welt zwei Sorten von Menschen: euch und uns, die Kuchenesser und die Steckrübenesser, und jeder von uns Steckrübenessern, der geboren wird, ist in den Augen von euch Kuchenessern einer zu viel. Das ist gar kein Wunder«, fügte er hinzu, als er ihr Gesicht sah, »denn jeder von uns Steckrübenessern könnte ja irgendwann mal Appetit kriegen, sich ein Stück von eurem Kuchen zu schnappen, weil der ihm vielleicht besser schmeckt als die blöden Steckrüben jeden Tag. Aber bevor das passiert, nehmt ihr Kuchenesser uns Steckrübenessern lieber auch noch die Steckrüben weg, damit wir erst gar nicht stark genug werden, um uns mit euch um den Kuchen zu streiten. Oder um ein Stück Bratfisch …«

Emily fröstelte, obwohl sie eine warme Wolljacke über ihrem Kleid trug. Victors Worte erinnerten sie auf unheimliche Weise an die Lehren ihres Vaters, vom ewigen Kampf ums Dasein, des Starken gegen das Schwache, woraus alles Gute und Schöne in der Natur und unter den Menschen entstand. Doch nie hätte sie geahnt, dass man diese Lehren auch so verstehen konnte, wie Victor es tat, so negativ, so zerstörerisch, so lebensfeindlich.

»Mein Vater«, sagte sie leise, »hatte auch nur Steckrüben zu essen, als er so alt war wie du.«

»Kann sein«, sagte Victor, »aber das ist schon lange her. Jetzt ist er ein Kuchenesser, einer von der übelsten Sorte, der einem kleinen Steckrübenesser aus der Drury Lane sein Stück Bratfisch weggenommen hat. Darum hasse ich ihn, bis in alle Ewigkeit.

Und darum werde ich alles tun, damit sein verfluchtes Gebäude niemals fertig wird. Und wenn ich selber dabei verrecke.«
Es war, als trüge er um sich einen Panzer, und sein Gesicht drückte eine abweisende, kalte Gefährlichkeit aus. Nur seine dunklen Augen blitzten wie zwei Messerklingen – genauso wie damals, als sie den Flaschengeist in ihm geweckt hatte. Als Emily diesen Hass sah, kam ihr eine vollkommen absurde Frage in den Sinn. Doch so absurd sie zu sein schien, sie musste sie stellen.
»Es hat Anschläge auf die Züge der Midland Railway gegeben. Hast du … hast du vielleicht damit zu tun?«
Victor erwiderte ihren Blick mit einem undurchdringlichen Lächeln. »Traust du mir das zu?«

5

Rohstoffe – Maschinen – Fabrikwaren – plastische Kunst.
Henry Cole nahm ein Lineal und zeichnete vier gleich große Kolumnen senkrecht unter jeden Begriff und trug sodann mit seiner akkuraten Handschrift in jede der vier Sektionen die Begriffe der einzelnen Unterklassen ein. Seit dem frühen Morgen schon saß er am Schreibtisch seines Büros und arbeitete an der Gliederung für den Katalog der Weltausstellung, die zugleich die Grundlage für die Raumaufteilung des Pavillons bei der großen Güterschau selbst sein würde. Eine ebenso faszinierende wie schwierige Aufgabe: Die Ordnung der Dinge musste einerseits strengsten wissenschaftlichen Gesetzen folgen, denn diese waren Ausdruck des göttlichen Willens, wie der Schöpfer selbst die Welt geordnet hatte. Andererseits war sie aber auch eine Frage von hoher politischer Brisanz, die jede Menge Sprengstoff in sich barg. Alle wichtigen Länder der Erde hatten inzwischen ihre Teilnahme zugesagt: Frankreich und Preußen ebenso wie Russland und Amerika. Doch welche Nation nahm welchen Rang im

Vergleich der Völker ein? In dieser heiklen Frage stand nur eines von vornherein fest: Alle übrigen Nationen mussten sich mit der Hälfte der vorhandenen Ausstellungsfläche begnügen. Die andere Hälfte des Pavillons war den Erzeugnissen Englands vorbehalten, die zusammen mit den unendlichen Schätzen der Kolonien den Löwenanteil der Güterschau ausmachen würden.

Die geistige Herausforderung tat Henry Cole gut, fast so gut wie die Atmosphäre seines Büros mit den schweren Mahagonimöbeln, den kostbaren Ölbildern und den flauschigen Teppichen. Ordnung in die Dinge zu bringen, beschwichtigte seine Nerven. Könnte er die Probleme seines eigenen Lebens doch genauso einfach lösen wie diese organisatorische Aufgabe, allein nach Kriterien vernünftiger Zweckmäßigkeit … Aber, ach, in seinem Leben gab es noch andere Kriterien, die er berücksichtigen musste. Seine Frau litt von Tag zu Tag mehr, ohne Erlösung zu finden – fast jeden Morgen war ihr Kopfkissen voll Blut. Seit Monaten bedeutete ihr Erdendasein nur noch Siechtum, nicht nur für sie selbst, auch für die Kinder. Um ihr Leid ein wenig zu lindern, hatte er beschlossen, von einer völlig neuartigen Therapie Gebrauch zu machen, obwohl der Versuch so viel Geld kostete wie die übliche Medizin für drei Monate und der Erfolg höchst ungewiss war. Er wollte mit Marian in einem Fesselballon aufsteigen, der Arzt versprach sich von der Höhenluft ein Nachlassen der quälenden Hustenanfälle. Am nächsten Tag sollte der erste Aufstieg erfolgen, in aller Herrgottsfrühe. Cole hoffte, dass die Fahrt nicht nur eine Therapie für ihren leidenden Körper sein würde, sondern auch für ihre arme Seele. Ein letztes wunderbares Erlebnis, bevor sie vielleicht für immer …

Es klopfte an der Tür. »Herein!«

Als Cole von seinem Schreibtisch aufblickte, stand Emily in der Tür.

»Um Gottes willen!«, sagte er und sprang auf. »Was tun Sie hier? Wir hatten doch ausgemacht, dass Sie nicht in mein Büro … Wenn man uns zusammen sieht!«

Noch während er die Tür hinter ihr zuzog, schlang sie die Arme um seinen Hals und bedeckte sein Gesicht mit Küssen.
»Sagen Sie mir, dass Sie mich lieben, Henry. Bitte sagen Sie es, ich möchte es hören.«
»Aber was ist denn mit Ihnen, Miss Paxton«, erwiderte er und versuchte sich aus ihren Armen zu befreien. »Natürlich liebe ich Sie. Wie können Sie daran zweifeln?«
»Was mit mir ist?«, fragte sie unter weiteren Küssen. »Ich bin Ihre Verlobte und kann es nicht mehr erwarten, Ihre Frau zu werden. Warum weisen Sie mich immer zurück?«
Sie hielt in ihren Küssen inne und sah ihn prüfend an. Beschämt schlug er die Augen nieder. Er wusste ja nur zu gut, wovon sie sprach. Er hatte ihre Schwäche nicht ausgenützt, und das verübelte sie ihm. War das ein Wunder? Für eine Sekunde dachte er daran, Emily die Wahrheit sagen, warum er so gehandelt hatte. Sie war eine vernünftige, klar denkende Frau – wahrscheinlich würde sie ihn verstehen. Doch als er den Blick hob, reichte sein Mut für ein solches Geständnis nicht aus.
»Ich weise Sie nicht zurück, Emily«, sagte er. »Wie können Sie so was nur denken? Der Grund ist, ich respektiere Sie viel zu sehr, als dass ich vor unserer Hochzeit meinem Verlangen nachgeben dürfte. Das müssen Sie mir glauben.«
»Das tue ich ja, liebster Henry, und ich weiß auch, welche Motive Sie leiten. Nur, ich bin für so viel Edelmut und Sittsamkeit nicht geboren! Wann wird endlich unsere Hochzeit sein?«
Ihr Drängen tat ihm im Herzen weh, doch er hatte keine Wahl, er musste Emily ein weiteres Mal mit der Erklärung vertrösten, zu der er seit ihrer Verlobung immer wieder Zuflucht nahm.
»Sie wissen doch, dass eine vorzeitige Eheschließung unseren großen Plan gefährdet. Ein zweiter Korruptionsverdacht würde mich ein für alle Mal untragbar machen.«
»Bitte verzeihen Sie mir.« Emily nahm seine Hände und verschränkte ihre Finger mit den seinen. »Ich weiß, ich hätte nicht kommen dürfen, aber ich hatte solche Sehnsucht nach Ihnen,

dass ich es nicht länger aushielt. Ich musste Sie einfach sehen! Aber was ist das?«, fragte sie und deutete mit dem Kinn auf den Schreibtisch.

»Eine Gliederung der Ausstellung«, sagte Cole. »Ich schlage der Kommission vor, die Exponate in vier Sektionen aufzuteilen und diese wiederum in dreißig Klassen. Entsprechend dem Aufbau des Katalogs.«

»Sie befassen sich auch mit dem Katalog?«

Cole war erleichtert, dass sie das Thema wechselte. »Alle praktischen Probleme dieser Ausstellung«, sagte er mit einem Seufzer, »haben die eigentümliche Neigung, ganz von allein den Weg zu mir zu finden. Gestern war es die Frage, wie wir die Benutzung der Toiletten im Pavillon organisieren, heute ist es der Katalog.«

»Gott sei Dank, dass es so ist«, erwiderte Emily. »Der Katalog wird eines der wertvollsten Bücher sein, das je in englischer Sprache erschienen ist. Ein Werk, mit dem sich nur die Enzyklopädie von Diderot und d'Alembert messen kann.«

»Das ist sehr lieb, dass Sie das sagen, und der Vergleich ehrt mich sehr, aber …«

»Kein Aber, Henry. Manchmal habe ich den Eindruck, Sie wissen gar nicht, was Sie in Wirklichkeit leisten. Mit Ihrem Werk stellen Sie sogar Diderot und d'Alembert in den Schatten. Die Enzyklopädie war ja nur der Anfang, die Franzosen haben ja nur vom Paradies geträumt, zu dem ihr Buch eine erste Anleitung gab, aber Sie, Henry, Sie machen aus diesen wunderbaren Träumen Wirklichkeit!« Sie drückte seine Hände. »Erlauben Sie mir eine Bitte?«

»Jede, Emily.«

»Darf ich Illustrationen zu Ihrem Katalog beitragen? Ich meine, wenn Sie mit meinen bescheidenen Talenten vorlieb nehmen können? Ich würde Ihnen so gerne helfen, Sie unterstützen, Sie und Ihr Werk.«

»Das möchten Sie wirklich?«, fragte Cole gerührt.

»Ja, Henry. Es wäre mein größter Wunsch.«

Während er den Druck ihrer Hände erwiderte, spürte er einen warmen Strom in seinen Adern, wie eine Flut ergriff die Liebe von ihm Besitz. Ein Karussell von Gefühlen setzte sich in seinem Innern in Gang. Wie konnte er nur empfinden, was er für diese Frau empfand? Das war doch gar nicht vorgesehen ... Und doch hatte er ein so starkes Bedürfnis, Emily zu beweisen, dass seine Liebe hinter der ihren nicht zurückstand, dass er fast den Verstand darüber verlor. Plötzlich hatte er eine Idee – eine Idee, vor der er im selben Moment, da sie ihm kam, entsetzt zurückschrak. Nein, das durfte er nicht tun, es wäre Verrat an Marian! Doch was für ein Beweis seiner Liebe zu Emily ...

»Kennen Sie den Seufzerhügel im Hyde Park?«, fragte er, schneller als er sich entscheiden konnte. »Ein paar hundert Schritte nördlich der Baustelle?«

»Sie meinen, bei dem kleinen Buchenwald, wo im Sommer die Hammel weiden? Natürlich. Warum fragen Sie?«

»Dann möchte ich Sie bitten, morgen früh dorthin zu kommen. Eine Überraschung wartet auf Sie.«

6

»Habt ihr das gehört? Sie haben schon wieder den Stückakkord erhöht!«

»Wir sollen jetzt achtzig Scheiben am Tag machen! Jeder von uns!«

Es war noch früh am Morgen, der Tau der Nacht lag noch auf den Wiesen und Bäumen. Doch Hunderte von Arbeitern durchquerten bereits den Hyde Park, auf dem Weg zur ersten Schicht des Tages. Victor kaute noch müde an seinem Frühstücksapfel, während er dem Strom der Männer folgte, und hörte den Gesprächen seiner Kollegen nur mit halbem Ohr zu. Er hatte die Nacht

bei Fanny verbracht. Sie hatten erst miteinander geschlafen und sich anschließend gestritten. Fanny wollte, dass er für immer zu ihr zog; ja, sie hatte sich sogar geweigert, für ihre Dienste den üblichen Sixpence von ihm zu nehmen. Doch Victor hatte auf Bezahlung bestanden. Er würde heute Abend nicht wieder zu ihr gehen, lieber schlief er allein in seiner Kammer in der Catfish Row, in der er wohnte, seit er bei Mr. Finch gekündigt hatte.
»So haben wir nicht gewettet! Das ist Vertragsbruch!«
»Darauf gibt's nur eine Antwort: Streik!«
»Ja, Streik! Zeigen wir's den Schweinen!«
Plötzlich war Victor hellwach. War die Zeit reif? Das Arbeitstempo, das den Männern auf der Baustelle abverlangt wurde, nahm unaufhörlich zu. Wie ein gefräßiger Riese, der niemals satt wird, verbrauchte der Pavillon immer größere Mengen an Stahl und Glas, pro Tag inzwischen so viel wie für einen mittelgroßen Bahnhof, und je mehr die Zeit drängte, umso mehr wuchsen die Unzufriedenheit und die Empörung unter den Arbeitern, so wie die Haufen Laub, die sie Abend für Abend unter den Ulmen zusammenkehrten und verbrannten. Wenn die Flammen in der Dunkelheit aufschlugen und das stählerne Gerippe des Rohbaus in dem flackernden Schein zu tanzen schien, stellte Victor sich manchmal vor, dass es nicht die Flammen des Feuers waren, die an dem Skelett leckten, sondern sein eigener Hass.
»Ich bin gegen Streik«, sagte Harry Plummer und sog an seiner Pfeife. »Wenn wir streiken, holen sie sofort Ersatz. Auf jeden Mann, der streikt, kommen zehn andere, die bereit sind, den Streik zu brechen.«
»Dann müssen wir denen eben die Fresse polieren«, sagte ein junger Glaser aus Newcastle.
Plummer blieb stehen und strich sich über den kahlen Schädel. Er war einer der ältesten Arbeiter auf der Baustelle – wenn er etwas sagte, hörte man zu. Ein Dutzend Männer blieb mit ihm stehen und schaute ihn erwartungsvoll an, als er seine Pfeife aus dem Mund nahm.

»Streik ist die schlechteste Lösung, Leute. Ich war bei dem großen Streik vor acht Jahren dabei. Ganze Familien sind damals zugrunde gegangen. Es ist immer dasselbe. Als Erstes werden die Ersparnisse verbraucht, dann lassen die Frauen anschreiben, um ihre Kinder zu füttern, und wenn sie keinen Kredit mehr haben, verkaufen sie ihre Möbel und Kleider. Doch die Männer bleiben stur, bringen eher ihr Bett aufs Pfandhaus, als dass sie nachgeben, weil sie hoffen, dass ihre Lohnherren das tun. Aber die tun das nicht, nie und nimmer, und am Ende kriechen die Arbeiter zu Kreuze, weil sie das Gejammer zu Hause nicht mehr aushalten, und betteln um die Arbeit, die sie ein paar Wochen vorher verweigert haben. Nein, redet mir nicht von Streik. Dabei kommt nichts Gutes heraus.«
Während Plummer mit dem Daumen seine Pfeife nachstopfte, blickte Victor in die Runde. Die meisten Gesichter drückten Verunsicherung aus, viele auch Angst. Jeder der Männer, auch der dümmste Handlanger, konnte sich ausmalen, wie die Folgen eines Streiks ihn und seine Angehörigen treffen würden.
»Sollen wir darum klein beigeben?«, fragte Victor. »Ich bin jetzt zwei Wochen auf der Baustelle, und in den zwei Wochen haben sie zweimal den Stückakkord erhöht. Wir riskieren langsam unseren Hals.«
»Für achtzig Scheiben am Tag braucht keiner den Hals zu riskieren«, sagte Plummer. »Ich selber habe schon über hundert geschafft.«
»Und was ist mit Bill McCloud, dem kleinen Schotten aus der Mannschaft von Tom Webber, der gestern von der Leiter gestürzt ist? Beide Beine hat er sich gebrochen, weil er zu schnell und unvorsichtig war, aus Angst, er würde den Akkord nicht schaffen. Und er lag noch mit seinen gebrochenen Knochen am Boden, da haben sie schon einen neuen Mann die Leiter hochgejagt. Sie behandeln uns wie Vieh, und es wird Zeit, dass wir uns wehren!«
»Und wie soll das gehen? Die sind am längeren Hebel! Das war schon immer so und wird sich niemals ändern.«

»Nein, das sind sie nicht! *Wir* sind am längeren Hebel. Sie sind viel mehr auf uns angewiesen als wir auf sie!«
Ein paar Arbeiter lachten laut auf, andere tippten sich gegen die Stirn.
»Blödsinn!«
»Klugscheißer!«
Victor hob die Hand. »Doch, Leute! Glaubt mir, sie sind unter Druck! Sie suchen Arbeiter im ganzen Land, weil sie hier nicht mehr genug finden, das habe ich selbst in der Zeitung gelesen. Und das ist nicht der einzige Grund, warum sie die Hosen voll haben. Es gibt noch etwas, womit wir sie packen können! Etwas, das vielleicht noch wichtiger ist als die Arbeit selbst.«
»Und was soll das sein?«
Victor zögerte keinen Augenblick. »Die Zeit!«
Höhnisches Gelächter schlug ihm als Antwort entgegen.
»Die Zeit?«
»Wer ist denn das?«
»Ein neuer Kollege?«
»So einen Quatsch habe ich schon lange nicht mehr gehört!«
Victor wartete ab, bis die Zwischenrufer verstummten und alle Blicke auf ihn gerichtet waren. »Ja, ihr habt richtig gehört«, rief er dann, »die Zeit! Sie ist auf unserer Seite, genau wie ein Kollege, ja mehr noch – sie ist unser Verbündeter, unser wichtigster Verbündeter überhaupt, und wird uns in unserem Kampf helfen.« Er machte eine Pause, und als er sah, dass die Männer neugierig wurden, fuhr er mit leiserer Stimme fort: »Habt ihr euch mal gefragt, warum sie es so verdammt eilig haben mit ihrem Bau? Ich kann euch den Grund sagen. Weil dieser Bau ihr neuer Tempel ist. Sie nennen ihn einen Palast des Fortschritts, ein Haus des Lebens, und sie können es gar nicht abwarten, vor der ganzen Welt damit zu protzen! Am ersten Mai wollen sie ihn eröffnen, und wenn sie das nicht schaffen, wird die Welt sie nicht bewundern, sondern auslachen. Nicht nur Mr. Paxton und die Firma Fox & Henderson, auch Prinz Albert und die Königin! Ihr

habt ja keine Ahnung, wie die hohen Herrschaften zittern! Sie haben ihr ganzes Geld in dem Unternehmen stecken, ihr Geld und ihre Ehre! Das ist unsere Chance!«
»Du glaubst, die haben wirklich Angst?«, fragte Plummer.
»Und ob!«, rief Victor. »Sie haben die Hosen so gestrichen voll, dass ich es bis hierher rieche!«
Wieder lachten die Arbeiter, doch diesmal nicht aus Spott oder Hohn, sondern um ihren Beifall auszudrücken. Ein paar klatschten sogar, andere ballten die Fäuste, und ein Glaserlehrling hob einen Stock vom Boden und fuchtelte damit drohend in Richtung des Kristallpalasts, mit einer solchen Wut und Begeisterung, als wolle er das Gebäude auf der Stelle erstürmen. Victor schaute zu Plummer hinüber. Der alte Vorarbeiter blickte zu Boden, die Pfeife in seiner Hand war erloschen.
»Die Strolche! Die Schurken!«, rief Victor . »Sie behaupten, dass sie jeden von uns ersetzen können, aber das ist nicht wahr! Das behaupten sie nur, um uns weiter auszubeuten und auszuquetschen, und wenn wir alle dabei verrecken! Aber sie haben sich geschnitten! Nicht wir brauchen sie, sie brauchen uns! Wir haben sie in der Hand – und das wissen sie! Wir können verhindern, dass ihr verfluchter Tempel fertig wird, und wenn wir das tun, sind sie vor der ganzen Welt blamiert, und der große Mr. Paxton, der Retter der Nation, der Held und Erlöser, ist ruiniert! Wir haben die Macht, wir müssen uns nur einig sein, so einig wie die Maschinenarbeiter bei ihrem Streik in Manchester! Die haben den Fabrikbesitzern so lange eingeheizt, bis die freiwillig den Lohn erhöhten. Wenn wir uns genauso einig sind, dann ...«
Plötzlich erfüllte ein Brausen die Luft, wie von einem Sturm, und übertönte Victors Stimme. Keiner hörte ihm mehr zu, alle schauten in die Höhe und verrenkten sich die Hälse.
Victor drehte sich um. Als er sah, was die anderen sahen, traute er seinen Augen nicht. Ein strahlend weißer Ballon, so groß und majestätisch wie die Kuppel von St. Paul's, erhob sich über den Wipfeln der Bäume und schwebte am Morgenhimmel.

7

»Da! Da ist er! Ich kann ihn sehen!«
Hardys Stimme schnappte vor Aufregung fast über, während Cole seiner Frau behutsam aus dem Bett half. Sein ältester Sohn war auf einen Stuhl geklettert und zeigte aus dem Fenster, wo zwischen zwei Dächern der Vorderhausreihe der Fesselballon am Himmel stand.
»Wir sind spät dran, nicht wahr?«, fragte Marian. Obwohl sie die ganze Nacht über gehustet und kaum eine Stunde geschlafen hatte, sah sie so glücklich aus wie seit Monaten nicht mehr.
»Mach nicht schneller, als du kannst«, sagte Cole.
»Wir dürfen Mr. Green nicht warten lassen. Wenn ich daran denke, wie viel Geld du ausgegeben hast.«
»Red nicht immer vom Geld, mein Engel, deine Gesundheit ist viel wichtiger. Und du, Hardy, geh jetzt in die Küche. Deine Mutter will sich anziehen.«
»Aber dann kann ich ja gar nichts mehr sehen!«
»Raus mit dir! Keine Widerworte!«
Während Hardy protestierend den Raum verließ, schloss Cole die Tür hinter ihm.
Wie hasste er die enge Wohnung – immer war jemand zu viel in den winzigen Zimmern! Sie befand sich zwar in Belgravia, einem der vornehmsten Viertel Londons, doch war sie nicht für eine ganze Familie, sondern nur für ein Butlerehepaar oder ein paar Dienstboten vorgesehen, hoch oben unter dem Dach eines Hinterhauses am Hamilton Place, von wo aus man statt in den Hyde Park auf einen Hof und die Rückseite der Vorderhäuser blickte. Cole hatte sie nur gemietet, damit auf seiner Visitenkarte eine vorzeigbare Adresse stand.
»Streck deine Arme aus«, sagte er und nahm das Kleid vom Stuhl, das sie am Abend zuvor bereitgelegt hatten.
Wie ein Kind folgte Marian seiner Aufforderung. Dabei sah sie

so armselig aus, dass es ihm einen Stich versetzte. Ihr einst so üppiger Körper schien nur noch aus Hautfalten zu bestehen.
»Immer falle ich dir zur Last«, sagte sie, während er ihr das Kleid überstreifte. »Weißt du noch, wo ich die Kette hingetan habe?«
»Ich glaube, du hast sie unter das Kopfkissen gelegt.«
»Ach ja, natürlich! Wie konnte ich das nur vergessen?«
Cole schielte zum Fenster. Es war höchste Zeit. Er hatte den Ballonführer Mr. Green gebeten, Emily den Mechanismus des Luftschiffs zu erklären, für den Fall, dass er sich verspätete. Und er verspätete sich immer mehr. Marian hustete. Er hatte ihr immer noch nicht gesagt, dass sie die Fahrt verschieben mussten.
»Meinst du, dass du es heute überhaupt schaffst?«, fragte er.
»Aber sicher, Henry. Glaubst du etwa, ich mache an so einem Tag schlapp?«
»Ich will nur nicht, dass wir etwas falsch machen. Der Arzt hat gesagt, wir dürfen nur aus dem Haus, wenn es dich nicht zu sehr anstrengt. Du darfst dich auf keinen Fall übernehmen.«
»Ach, Henry. Immer zerbrichst du dir meinen Kopf.« Schon wieder musste sie husten. »Aber sag mal, was riecht hier so? Brennt in der Küche was an?«
»Du lieber Himmel, das Porridge!«
Cole lief in die Küche, wo Vicky und Blanche, die vierjährigen Zwillinge, schon am Tisch saßen, die Lätzchen vor der Brust und die Löffel in der Hand.
»Ich hab Hunger, Papa!«
»Ich auch! Ganz schrecklich!«
Auf dem Herd qualmte der Topf. Hardy stand auf der Fensterbank und schaute hinaus.
»Konntest du nicht aufpassen?«, rief Cole. Er nahm einen Topflappen und zog das Porridge vom Herd. »Herrgott, wie das stinkt! Alles angebrannt!«
Aus dem Schlafzimmer hörte er Marian husten – sie bekam gerade einen Anfall. Er ließ den Topf stehen und eilte zurück.
»Um Himmels willen!«

Als Cole die Tür aufmachte, sah er Marian zuerst gar nicht. Sie war auf den Boden gesunken, mit der einen Hand umklammerte sie den Bettpfosten, in der anderen hielt sie ihre Kette mit der Medaille der Society, die er vor ein paar Monaten für sie hatte einfassen lassen. Ihr Kleid war auf der Brust voller Blut.
»Ich … ich glaube, ich schaffe es doch nicht«, flüsterte sie. »Bist du … bist du mir böse?«
»Aber nicht doch, Marian. Wie kannst du so etwas nur sagen?« Cole beugte sich zu ihr und hob sie vorsichtig aufs Bett. »Du bist so tapfer, mein Engel.«
»Und du … bist so lieb.«
Cole knöpfte ihr Kleid auf, um ihr nicht in die Augen zu schauen. Er fühlte sich so schäbig, dass er sich selber hasste. Konnte ein Mann eine Frau abscheulicher hintergehen als er? Doch gleichzeitig wünschte er sich nichts sehnlicher, als so schnell wie möglich bei Emily zu sein.
»Weißt du was?«, sagte er. »Wir holen die Fahrt einfach ein andermal nach. Sobald es dir wieder besser geht …«

8

Was für eine wunderbare Überraschung! Was für ein großartiger Liebesbeweis ihres Verlobten! Voller Begeisterung hörte Emily dem Luftschiffer zu. Mr. Green, ein kleiner drahtiger Mann in Stiefeln, Kniehosen und Ballonmütze, war mit über zweihundert Luftfahrten der erfahrenste Aeronaut von ganz England und konnte auf alle ihre Fragen Antwort geben. Während er fortwährend die Enden seines Schnauzbartes zwirbelte, erklärte er ihr die Konstruktion des Ballons, die Aufhängung der Kanzel, die Funktionsweise des Ventils, mit dem man über eine Leine das Gas in der Hülle regulierte. Obwohl Emily die physikalischen Gesetze, auf denen der Mechanismus beruhte, durchaus begriff, konnte sie sich trotzdem kaum vorstellen, mit dieser Maschine gleich in den Himmel aufzusteigen.

»Und Ihr Luftschiff kann wirklich drei erwachsene Personen tragen?«

»Ohne Probleme. Mit meinem anderen Schiff habe ich sogar schon ein Dutzend Personen befördert, es kommt nur auf die Größe des Ballons an – eine rein mathematische Formel. Die Steigkraft ist gleich der verdrängten Luftmasse, vermindert um das Gewicht des Ballons und des Füllgases, wobei sich natürlich beide Gewichte und folglich auch die Steigkraft je nach Temperatur und Luftdruck verändern.«

Mr. Green sprach mit Absicht so laut, dass ihn auch die vielen Schaulustigen hören konnten, die sein abenteuerliches Gefährt umstanden, vornehm gekleidete Morgenspaziergänger genauso wie Arbeiter in schmutzigen Anzügen, die auf ihrem Weg zur Baustelle im Hyde Park stehen geblieben waren. Mit offenen Mündern hörten sie seinen Erklärungen zu und bestaunten den Ballon, der bereits über den Wipfeln der Bäume schwebte und nur noch von ein paar wenigen Seilen am Boden gehalten wurde. Die vielen neidischen Blicke erfüllten Emily mit solchem Stolz, dass ihr Herz schneller schlug. Das alles hatte Cole nur für sie arrangiert! Sie konnte kaum erwarten, dass er endlich kam, damit sie zusammen das Wunder erlebten.

»Und wann wissen Ihre Gehilfen, dass sie die Halteseile lösen sollen?«

»Dafür gibt es ein einfaches Signal: Wenn der Ballonführer das grüne Fähnchen hebt.« Mr. Green schaute auf seine Taschenuhr. »Aber vielleicht sollten wir schon einmal in unserer Lufthütte Platz nehmen.«

Er reichte Emily die Hand und half ihr auf die Leiter, die an der Kanzel lehnte. Mit einem Satz sprang sie in die Gondel.

»Meinen Sie dieses Fähnchen hier?«, fragte sie, während Mr. Green auf die Leiter kletterte, um ihr zu folgen.

Sie hatte noch nicht ausgesprochen, da entdeckte sie plötzlich in der Menge Victors Gesicht. Ihr Herz begann noch heftiger zu pochen. Ob er auch *sie* gesehen hatte? Sie stellte sich auf die Zehenspitzen und winkte ihm zu, das grüne Fähnchen in der Hand.
»Um Gottes willen, nein!«
Im selben Moment machte die Gondel einen Ruck, Mr. Green stürzte mit der Leiter zu Boden, und der Ballon begann zu steigen.
»Aaaaaah! Oohhhhhh!«
Während die Zuschauer Beifall klatschten, riss Emily an den Leinen, die vom Ballon in die Kanzel hingen, um den Aufstieg zu bremsen, doch nichts geschah. Unbeirrt nahm das Luftschiff Fahrt auf.
»Emily!«
Ein Schatten löste sich aus der Menge.
»Victor! Hilfe!«
Mit großen Sätzen schnellte er vor, warf sich auf den Korb und klammerte sich an die Reling, um den Ballon am Boden zu halten, aber die natürlichen Steigkräfte waren stärker als er.
»Deine Hand! Hilf mir!«
Schon schwebten sie über die ersten Baumwipfel hinweg. Victor hing an der Kanzel wie eine Fahne, die Beine in der Luft. Um Gottes willen! Emily streckte die Arme nach ihm aus. Er packte ihre Hand, ein scharfer Schmerz zuckte durch ihre Gelenke, sodass sie ihn fast wieder losgelassen hätte. Wie ein kenterndes Boot schaukelte die Gondel und drohte umzukippen, während Victor verzweifelt versuchte, ein Bein über den Rand zu schwingen. Dann wieder ein Schmerz, als würde er ihr den Arm ausreißen, und auf einmal stand er neben ihr.
Vorsichtig schaute Emily in die Tiefe hinab, wo die Welt unter ihren Füßen entschwand. Sie konnte gerade noch Henry Cole erkennen, der in einer offenen Droschke auf den Startplatz raste, wo die Menschen, die eben noch um den Korb herumgestanden hatten, mit jeder Sekunde zu schrumpfen schienen, Hunderte

zum Himmel gerichtete Gesichter, die immer winziger wurden, zwischen einem Wald emporgereckter Arme und Hände.
Als sie sich umdrehte, sah sie den Kristallpalast.
»Um Gottes willen! Wir stoßen zusammen!«
Schneller und schneller wuchs das Gebäude aus dem Erdboden empor, der Gondel entgegen, eine bedrohliche Gebirgswand aus Glas und Stahl.
»Die Säcke!«, schrie Victor. »Weg damit!«
Erst jetzt sah Emily die prall gefüllten Beutel, die außen an der Kanzel hingen. Das mussten die Ballastsäcke sein! Victor hatte den ersten bereits gelöst und ließ ihn in die Tiefe fallen. So schnell sie konnte, machte Emily es ihm nach. Während sie einen Sack nach dem anderen abwarfen, veränderte sich die Fahrt. Statt weiter auf den Pavillon zuzurasen, gewann die Gondel steil an Höhe, und mit knapper Not schwebten sie über die Kuppel hinweg, eine Armlänge von der gläsernen Haut entfernt.
»Und jetzt?«
Die zwei blickten sich an. Plötzlich waren sie so allein wie Adam und Eva. Die Menschen auf den Wegen unten im Park, die mit den Köpfen im Nacken immer noch zu ihnen in die Höhe blickten, schienen klein wie Liliputaner, die Häuser, die an die grünen Teppiche der Wiesen und Wälder grenzten, waren kaum größer als Hutschachteln und Schuhkartons, und das Stimmengewirr, das zu ihnen heraufdrang, klang wie das Rufen und Schreien von einem weit entfernten Schulhof.
»Und wie kommen wir wieder runter?«, fragte Victor.
Emily versuchte, sich zu erinnern, was Mr. Green ihr erklärt hatte. »Ich glaube, wir können nicht viel mehr tun, als uns treiben zu lassen. Angeblich entweicht das Gas mit der Zeit von selbst, und dann gibt es noch ein Ventil.«
»Hoffentlich hast du Recht. Ich habe jedenfalls keine Ahnung, wie man so ein Ding fährt.«
»Hast du Angst?«, fragte sie.
Er lächelte sie an. »Wenn du keine hast, habe ich auch keine.«

Mit beiden Händen an der Reling, beugte Emily sich ein Stückchen vor. Lautlos schwebten sie in Richtung Osten, auf die Themse zu, die sich wie eine lange, graue Schlange durch das Häusermeer wand. Unter ihnen glitten die Wahrzeichen der Stadt hinweg: der Buckingham-Palast, Trafalgar Square mit der Nelson-Säule, die neuen Parlamentsgebäude, die St. Paul's Kathedrale. Dabei hatte Emily das Gefühl, als würden sie sich gar nicht vom Fleck bewegen. Alles war ruhig und still. Kein Fahrtwind blies ihnen ins Gesicht, die Wolken verharrten wie reglose Marschsäulen und Nebeltürme am Himmel, weil auch sie mit dem Wind zogen, genauso wie der Ballon, während die Stadt sich vor ihren Augen entfaltete wie ein Diorama oder eine einzige endlose Landkarte, auf riesige Walzen gezogen, an deren Kurbeln unsichtbare Geister drehten.
»Ich hätte nie gedacht, dass London so schön aussehen kann«, flüsterte Emily und ließ die Reling los.
Alle Angst war verflogen, um sie herrschte nur Stille und Reglosigkeit. Als gebe es keine Erdenschwere mehr, schwebten sie durch den unendlichen Raum und tranken die klare, reine Himmelsluft, die nach einem fernen Elysium schmeckte, auf das alles Hoffen und Sehnen gerichtet war.
Auf einmal merkte Emily, dass Victor ihre Hand hielt, und ein Glücksgefühl erfüllte sie, das sie noch nie empfunden hatte. Hand in Hand sahen sie die Welt zu ihren Füßen, die immer vollkommener schien, je weiter sie sich von ihr entfernten, während von dem großen Ozean des Lebens nur ein leises, unbestimmtes Rauschen an ihre Ohren drang, wie Meeresrauschen in einer Muschel. Das Chaos, der Dreck, das Elend der riesigen Metropole – nichts davon war mehr zu sehen. Nur ein dicht gewobenes Geflecht von Straßen und Gassen, in wunderbarer Ordnung und Harmonie, ein kunstvoller Teppich mit immer wieder neuen Mustern, die sich in immer abstraktere Strukturen auflöste, um in der Ferne, an den Rändern der Stadt, wo Himmel und Erde miteinander zu verschmelzen schienen, in eine

grenzenlose Landschaft aus Wäldern und Wiesen und Feldern überzugehen.
»Ich wollte«, sagte Victor leise, »Toby könnte hier sein und das sehen.«
Emily schaute ihn an. »Toby?« Plötzlich erinnerte sie sich. »Der Junge, der mich zu dir auf den Jahrmarkt geführt hat? Der kleine Ire mit den falschen Pfefferminzbonbons?«
Victor wich ihrem Blick aus. Emily spürte, dass er ihr nicht antworten wollte, aus welchem Grund auch immer. Statt ihn zu drängen, schaute sie wieder hinab auf die Kirchen und Wohnhäuser, die Paläste und Fabriken, die Hospitäler und Banken, die Speicherhäuser und Docks, die Parks und Plätze, die Höfe und Alleen. Das alles zusammen war London, die Hauptstadt von England, die sie seit so vielen Jahren kannte und doch noch nie so gesehen hatte. Auf diesem einen Fleck Erde waren alle Tugenden vereint, zu denen Menschen fähig waren, all ihre Talente und Kenntnisse, ihr Wissen und Begehren, all ihr Streben nach Größe und Schönheit und Vollkommenheit, aus dem heraus sie diese Stadt erschaffen hatten …
In diesem Augenblick begriff Emily, was Gott gemeint hatte, als er einst den Menschen den Auftrag gab, sich die Erde untertan zu machen. Sie zeigte in die Ferne, wo der Kristallpalast in der Sonne funkelte. »Willst du wirklich verhindern, dass der Pavillon fertig wird?«, fragte sie.
Victor schaute in die Richtung des Gebäudes, doch gab er keine Antwort.
»Willst du wirklich etwas so Schönes und Großes zerstören? Nur um dich an meinem Vater zu rächen? – Nein«, sagte sie, als er weiterhin schwieg, »ich kann nicht glauben, dass du das willst, nicht, wenn du weißt, was du damit anrichtest.«
Während sie über die Stadt schwebten, hinaus in Richtung Land, dachte Emily eine Weile nach, um die richtigen Worte zu finden, ihre eigenen Worte, statt wieder nur fremde Phrasen nachzuplappern.

»Unter der Kuppel da«, sagte sie schließlich, »soll etwas entstehen, das so ist wie früher unser ›Paradies‹ in Chatsworth. Aber nicht nur für uns beide, sondern für alle Menschen. Ein Ort, wo es keinen Hass und keine Angst mehr gibt, wo jeder tun darf, was er gerne möchte, wo jeder glücklich sein kann, egal, wer er ist. Weil jeder dazugehört, ein Teil ist von diesem einen großen Paradies, das alle zusammen erschaffen haben und immer wieder neu erschaffen.« Sie sah ihn an und drückte seine Hand. »Sag, willst du nicht mithelfen, dass dieser Traum Wirklichkeit wird?«

Er erwiderte ihren Blick, ohne sich zu wehren, weder gegen ihre Worte noch gegen ihre Berührung. Hatte sie ihn überzeugt? Sie glaubte zu spüren, dass auch er ihre Hand drückte.

»Sag doch einfach ja«, flüsterte sie. »Wir haben doch früher auch alles zusammen gemacht, du und ich, wir haben immer zusammengehalten, egal, was passierte.«

Er wandte sich ab und blickte wieder in die Fahrtrichtung des Ballons.

»Ich glaube, wir steigen immer noch«, sagte er, statt ihr eine Antwort zu geben.

»Meinst du?«, fragte sie. »Ich kann es nicht mehr unterscheiden.«

Sie hatten die Stadt hinter sich gelassen und schwebten jetzt über freiem Feld. Die umgepflügten Äcker sahen aus wie braune Tischlaken, und die Schiffe auf der Themse bewegten sich wie Insekten auf dem Wasser. Entlang des Flusses fuhr eine Eisenbahn und stieß kleine weiße Wölkchen aus, wie Dampf aus einem Teekessel.

»Ich habe eine Idee«, sagte Victor.

Er kramte ein Stück Papier aus der Tasche, riss es mehrmals entzwei und warf die Schnipsel in die Luft. In langsamen Kreisen trudelten sie zur Erde herab.

Emily begriff. »Tatsächlich, wir steigen immer noch. Was sollen wir tun?«

»Hast du eben nicht was von einem Ventil gesagt?«
Sie griff nach der Leine, die Mr. Green ihr gezeigt hatte, und zog vorsichtig daran. Zischend entwich das Gas aus dem Ballon.
»Das muss es sein!«, rief Victor.
Emily zog nun beherzter an der Leine, ein zweites, ein drittes Mal, und jedes Mal zischte es ein bisschen länger.
»Versuch's jetzt nochmal!«
Wieder warf Victor Papierschnipsel aus der Kanzel, doch diesmal schwebten sie in die Höhe.
»Gott sei Dank!« rief Emily. »Wir sinken!«
Als sie wenige Minuten später auf eine Wiese herabschwebten, kamen Bauern und Kinder angerannt, um sie zu empfangen. Winkend und schreiend versuchten sie die Halteleinen zu fangen, die Victor ihnen zuwarf. Ein junger Mann bekam als Erster ein Seil zu fassen. Ein Ruck, dann ein zweiter, und rumpelnd landete die Gondel am Boden.
»Emily! Miss Emily!«
Sie kletterte gerade aus dem Korb, als sie ihren Namen hörte. Eine Droschke hielt neben dem Luftschiff. Cole sprang heraus und nahm sie in den Arm.
»Was bin ich froh, dass Ihnen nichts passiert ist!«
Er drückte sie an sich und bedeckte ihr Gesicht mit Küssen. Emily war glücklich, wieder festen Boden unter den Füßen zu haben, doch die überschwängliche Zärtlichkeit ihres Verlobten war ihr peinlich.
»Mr. Cole, man kann uns sehen.« Behutsam machte sie sich aus seiner Umarmung frei. »Erlauben Sie mir, dass ich Ihnen meinen Retter vorstelle?«
Sie wandte sich wieder zur Gondel herum. Doch Victor war bereits verschwunden.

9

Kaum ein Laut störte die friedliche Stille in der Bibliothek des Athenaeum-Clubs. Nur das Knistern des Kaminfeuers war zu hören, und ab und zu das Rascheln einer Zeitung.

»Ihr Tee, Sir.«

Joseph Paxton ließ die *Times* sinken und rückte ein wenig beiseite, damit der Butler die Tasse neben seinem Ohrensessel abstellen konnte. Außer ihm saß nur noch Sir Lindsey mit ihm am Kamin, ein steinalter Junggeselle, von dem es hieß, dass er manchmal junge Schauspieler vom Vic-Theater besuchte. Er hatte sich seine Zeitung auf das Gesicht gelegt und schlief.

»Danke, William.«

»Und dann sollte ich Sie daran erinnern, dass Lord Gladstone Sie zum Dinner erwartet.«

»Ach, ja, richtig. Fast hätte ich es vergessen.«

Paxton stieß einen Seufzer aus. Schon wieder ein Dinner zu seinen Ehren – ungefähr dreimal die Woche musste er eines besuchen. So wichtig diese Zeremonien waren, um die Finanz- und Geschäftsleute der Londoner City bei Laune zu halten, wurden sie ihm manchmal doch zu viel. Erstens stahlen sie ihm wertvolle Zeit, und zweitens hasste er die Lobhudeleien, mit denen man ihn bei solchen Anlässen überschüttete. Die Leute taten alle so, als wäre die Weltausstellung schon so gut wie eröffnet. Sogar die *Times*, die sonst so zurückhaltend war, hatte von seinem Empfang neulich in Derby wie vom Triumphzug eines gekrönten Staatsoberhauptes berichtet – es fehlte nur noch das Glockengeläut! Obwohl Paxton nicht abergläubisch war, wurde ihm bei solchen Übertreibungen unheimlich.

Er nahm einen Schluck Tee und rieb sich die Augen. Emily hatte ihn überredet, sich eine Brille zuzulegen, jetzt, da er sie hatte, sollte er sie auch nutzen. Bei dem Gedanken an seine Tochter musste er lächeln: Die Ballonfahrt sah ihr ähnlich – immer hoch hinaus! Und dass sie dabei vor der Nase ihres Verlobten in die Lüfte entschwebt war … Ach, statt jeden zweiten Abend ein Dinner zu besuchen, wäre er viel lieber bei seiner Familie gewesen. Er vermisste Emily, und auch Sarah, die zusammen über die Feiertage nach Chatsworth gefahren waren, mehr, als er sich eingestehen mochte. Und er vermisste die alljährlich wiederkehrenden Rituale, die diese Zeit stets zu einer so besonderen Zeit machten: die Bescherung am Weihnachtsabend, wenn das ganze Haus nach Punsch und Truthahn duftete, der Kirchgang mit dem Hauspersonal, die Beschenkung der Armen im Dorf … Was waren im Vergleich dazu die kleinen Zerstreuungen im Boudoir einer Soubrette oder Tänzerin, mit denen er sich hier in London versuchte, schadlos zu halten? Aber es half ja alles nichts, an seiner Anwesenheit in der Hauptstadt führte kein Weg vorbei. In Anbetracht der Zeitnot durfte die Arbeit auch zwischen den Jahren nicht ruhen.

Paxton griff wieder zu seiner Zeitung, doch es gelang ihm nicht, sich auf den Hofbericht vom Weihnachtsfest der königlichen Familie zu konzentrieren. Am Nachmittag erst hatte Prinz Albert ihn auf der Baustelle besucht und all die Fragen angesprochen, die Colonel Sibthorp wieder und wieder in der Öffentlichkeit stellte und die er sich keineswegs aus den Fingern sog. Würde die gläserne Haut des Kristallpalasts einen Hagelsturm überstehen? War das Dach stabil genug, um im Winter auch größere Schneemassen zu tragen, oder würde die ganze Konstruktion wie ein Kartenhaus unter den Lasten zusammenbrechen? Was würde im Sommer sein? Bestand nicht die Gefahr, dass der Pavillon sich in einen Backofen verwandelte? Es gab keinerlei Erfahrung, ob die Belüftung für ein Glashaus dieser Größe ausreichte, um die Temperatur bei fortwährender Sonnenbestrahlung zu regulieren, erst recht nicht angesichts der ungeheuren Menschenmassen, die sie nach Eröffnung der Ausstellung erwarteten. Und würde das Drainagesystem funktionieren? In jedem Glashaus sammelte sich Kondenswasser an, es konnte von der Decke auf die Besucher herabregnen wie ein Schauer an einem schwülen Sommertag und gewaltigen Schaden an den Exponaten anrichten. Schließlich, was würde passieren, wenn ein Feuer ausbrach? Falls die Scheiben platzten, würde die Luft wie durch einen Kamin in den Pavillon einströmen, sodass sich die Flammen in Sekunden ausbreiten konnten. Doch von alledem durfte Paxton in der Öffentlichkeit nicht reden. Da musste er jedes Problem entschieden von sich weisen und behaupten, dass dem Kristallpalast keine Katastrophe der Welt etwas anhaben konnte. Falls er je etwas anderes sagen würde, würde Colonel Sibthorp über ihn herfallen wie eine Hyäne über ein angeschossenes Tier.

Von der Eingangshalle näherten sich eilige Schritte. Sir Lindsay wachte mit einem Schnarcher auf. Verwundert blickte Paxton über die Lehne seines Sessels.

»Mr. Cole? Was führt Sie her? Sie sind ja ganz außer Atem!«

»Schlechte Nachrichten, Sir! Die Glaser streiken! Sie haben alle Arbeiten eingestellt.«

Paxton sprang von seinem Sessel auf. »William! Meinen Wagen! Sofort!«

»Soll ich mitkommen?«, fragte Cole.

»Nein. Fahren Sie zu Lord Gladstone und entschuldigen Sie mich.« Paxton nahm Mantel und Hut, die ein Diener schon für ihn bereithielt. »Und sagen Sie Wellington Bescheid. Er soll ein paar Männer schicken.«

»Ist bereits geschehen, Sir.«

Zehn Minuten später war Paxton am Hyde Park. Als er aus seinem Wagen stieg, glaubte er für einen Augenblick, der Kristallpalast würde brennen. Das ganze Gebäude glühte wie ein riesiger Stahlofen, haushohe Flammen loderten empor – Dutzende von Feuern, in denen die Arbeiter wie jeden Abend altes Laub und Abfälle von der Baustelle verbrannten. Tausendfach brach sich der gelbrote Schein in den Glasscheiben, als Paxton im Laufschritt die Halle betrat, die in dem flackernden Licht noch riesiger erschien als bei Tage: eine endlose Abfolge von Trägern und

Streben, die wie das Skelett eines Wals in den nächtlichen Himmel aufragten.

Die Arbeiter hatten sich um das größte Feuer in der Mitte des Transepts zusammengerottet, schwarze, gespenstische Schatten. Entschlossen trat Paxton vor sie hin.

»Was ist hier los?«

Die Männer verstummten und blickten ihn an – eine Mauer aus wortloser Feindschaft. Ein älterer Glaser trat vor, ein graubärtiger Mann mit einer Pfeife im Mund. Paxton kannte ihn, er war einer der ersten Arbeiter gewesen, die er eingestellt hatte.

»Wir haben beschlossen zu streiken, Sir. Ich schätze, Sie wissen warum.«

»Nein, das weiß ich nicht, Harry Plummer. Und darum fordere ich euch auf, die Arbeit schleunigst wieder aufzunehmen.«

»So einfach geht das nicht, Mr. Paxton. Wir haben abgestimmt. Fast alle sind dafür.«

»So? Fast alle? Und was sagen eure Frauen und Kinder dazu? Meint ihr, die sind auch damit einverstanden? Mein Gott, Plummer, Sie sind doch ein vernünftiger Mann. Wenn ihr streikt, statt zu arbeiten, habt ihr bald nichts mehr zu essen. Das wissen Sie besser als ich.«

Plummer schüttelte seinen schweren kahlen Schädel. »Was nicht geht, das geht nicht, Sir. Der Stückakkord ist einfach zu hoch. Erst waren es siebzig Scheiben am Tag, dann achtzig, jetzt sind es neunzig.«

»Was heißt zu hoch? Sie selbst haben schon hundertundacht Scheiben am Tag geschafft. Haben Sie das vergessen?«

»Das war eine Ausnahme, jeden Tag kann das keiner, erst recht nicht bei einer Vierzehn-Stunden-Schicht. Es geht um die Gesundheit der Leute. Je schneller sie arbeiten, desto größer wird die Gefahr, dass was passiert. Bill McCloud ist nicht der Einzige, der sich die Knochen gebrochen hat.«

»Richtig!«, rief ein Zimmermann. »Gestern ist John Steam mit der Hand in die Säge geraten!«

»Und George Frears wurde letzte Woche fast von einem Baukran erschlagen!«
»Ein Wunder, dass es noch keine Toten gab!«
Die Gesichter der Männer waren voller Wut und Hass. Paxton lief es kalt den Rücken herunter. Er wollte gerade etwas erwidern, als er von Ferne das rhythmische Geräusch marschierender Schritte hörte. Gott sei Dank! Das mussten Wellingtons Soldaten sein! Verstört blickten die Männer in die Richtung, aus der die Truppen kamen.
»Ihr habt die Wahl!«, rief Paxton. »Wer nicht arbeiten will, kann gehen – auf der Stelle! Ich werde keinen zwingen, zu bleiben. Aber vergesst nicht, es gibt genug Ersatz, für jeden von euch. Auf jeden Mann, der streikt, gibt es hundert andere, die nur darauf warten, morgen hier anzufangen. Also entscheidet euch …«
Seine Worte gingen im Lärm unter. Mit Pfiffen und Buhrufen empfingen die Arbeiter die heranrückenden Soldaten und ballten die Fäuste. Ein Stein flog durch die Luft, ein zweiter, ein dritter. In wenigen Sekunden verwandelte sich die Halle in einen Kampfplatz. Die Soldaten rückten im Laufschritt vor, zückten ihre Schlagstöcke, griffen einzelne Arbeiter heraus und verprügelten sie. Die ließen sich nichts gefallen, setzten sich mit ihren Fäusten und Hämmern zur Wehr, sodass die Wände von den Schlägen und Schreien widerhallten. Entsetzt hob Paxton die Arme, um dem Wahnsinn Einhalt zu gebieten, brüllte sich die Lunge aus dem Leib, doch vergeblich. Niemand hörte in dem Getümmel auf ihn, genauso wenig wie auf Harry Plummer, der verzweifelt versuchte, seine Männer zu beruhigen.
Da jaulte eine Sirene auf.
Auf einmal war alles still. Die Soldaten nahmen wieder Aufstellung, und die Glaser verharrten unschlüssig auf der Gegenseite. Alle Augen waren auf einen jungen Mann gerichtet, der offenbar die Sirene gedreht hatte und jetzt auf Paxton zutrat.
»Sie wissen genau, dass Sie die Unwahrheit sagen, Mr. Paxton«, erklärte er. »Es gibt keine Arbeiter, die uns ersetzen können.

Alle Glaser von London sind schon längst hier auf dem Bau, genauso wie die aus Tottenham und Reading und Luton. Manche kommen ja schon aus Birmingham und Derby, ein paar sogar aus Glasgow und Edinburgh, wie Bill McCloud, weil Sie hier unten keine Leute mehr finden.«
Paxton runzelte die Stirn. Woher kannte er das Gesicht? Er wusste, er hatte es schon mal gesehen, aber er konnte sich nicht mehr erinnern, wann und wo. Der Kerl war höchstens Mitte zwanzig, er hatte scharfe, gefährliche Züge, aber seine Augen wirkten irgendwie sanft, fast verträumt. Paxton wechselte einen Blick mit dem Hauptmann. Die Soldaten hielten immer noch ihre Stöcke in der Hand und warteten nur auf ein Zeichen.
»Wollen Sie uns einschüchtern, Mr. Paxton?« Der Mann machte noch einen Schritt auf ihn zu, ohne jedes Zeichen von Angst. »Natürlich, Ihre Soldaten können uns niederknüppeln, wenn sie wollen, vielleicht sogar ein paar von uns erschießen. Aber was haben Sie davon? Ihr Bau wird davon jedenfalls nicht fertig. Dazu brauchen Sie uns!«
Die ruhige und sichere Art, in der sich der junge Glaser ausdrückte, nötigte Paxton Respekt ab. Er redete in klaren Sätzen, argumentierte mit Logik und Verstand, fast wie jemand, der richtige Schulen besucht hatte. Das war viel bedrohlicher als die dumpfen Parolen, die die Arbeiter sonst bei solchen Auseinandersetzungen von sich gaben. Doch das Schlimmste war: Er hatte Recht, es gab keinen Ersatz für die vorhandenen Arbeitskräfte, weder in London noch auf der ganzen britischen Insel.
Paxton hob die Hand. Die Soldaten steckten ihre Stöcke ein.
»Was schlagen Sie vor?«
»Wir verlangen, dass der Stückakkord aufgehoben wird. Vierzehn Stunden Arbeit am Tag sind genug. Das sind sowieso vier Stunden mehr, als die Gesetze erlauben.«
»Wir haben dafür die Genehmigung der Regierung.«
»Kann sein, aber nicht von uns. Vierzehn Stunden Stückakkord

schafft kein Mensch auf Dauer. Wenn Sie wollen, dass Ihr Palast rechtzeitig fertig wird, dürfen Sie uns nicht wie Tiere behandeln.«
Paxton dachte nach. Die Nichteinhaltung des Zehn-Stunden-Gesetzes hatte erst im vergangenen April in vielen Fabriken zu heftigen Agitationen geführt. Wenn in der Öffentlichkeit bekannt wurde, dass die Regierung, die dieses Gesetz selbst erlassen hatte, Verstöße dagegen beim Bau des Ausstellungsgebäudes unterstützte, war das ein Pulverfass, das jeden Augenblick in die Luft fliegen konnte. Die Gewerkschaften würden sich zusammenschließen wie beim Streik der Maschinenarbeiter in Manchester und womöglich sämtliche Arbeiten auf der Baustelle zum Stillstand bringen.
»Angenommen, ich verzichte auf den Stückakkord. Garantieren Sie mir dann, dass wir trotzdem die Termine einhalten?«
Der Glaser wechselte einen Blick mit Plummer. Der alte Vorarbeiter nickte.
Paxton gab sich einen Ruck. »Also gut, abgemacht!« Die Worte kamen ihm nur mit Mühe über die Lippen, aber er hatte keine andere Wahl.
»Noch nicht ganz!«, sagte der junge Streikführer.
»Was zum Teufel soll das heißen?«
»Wir wollen bei der Veranstaltung selbst mit dabei sein, statt nur für Sie den Pavillon zu bauen.«
»Ich verstehe kein Wort!«, sagte Paxton.
»Die Zeitungen schreiben, die Weltausstellung soll ein Fest des Fortschritts sein. Aber gehört Ihnen der Fortschritt allein?« Der Glaser machte eine kurze Pause, bevor er die Frage selbst beantwortete. »Nein, der Fortschritt gehört uns allen, genauso wie die ganze Welt. Auch wenn Sie und Ihresgleichen so tun, als wären beide Ihr persönlicher Privatbesitz.«
Paxton wurde es langsam unheimlich. Der Kerl redete, als hätte er die Predigten von Bischof Wilberforce gehört.
»Ihre konkrete Forderung?«
»Die will ich Ihnen gerne nennen, Mr. Paxton. Die Weltausstel-

lung wird es nur dann geben, wenn wirklich alle an der Veranstaltung beteiligt sind – auch wir Arbeiter! Entweder mit uns oder gar nicht! Nur wenn Sie uns das garantieren, arbeiten wir weiter.«
Der Kerl sprach mit so ruhiger Bestimmtheit, als bestellte er ein Glas Ale in einer Kneipe. Paxton hätte ihn am liebsten davongejagt, doch plötzlich hatte er eine verrückte Idee. Wer weiß, vielleicht bot die Forderung sogar eine Chance? Vielleicht konnte man, wenn man sie erfüllte, damit nicht nur den Streik abwenden, sondern sogar dem ganzen Unternehmen noch zusätzlichen Rückenwind verschaffen … Prinz Albert hatte sich von den Mahnungen des Bischofs, die Arbeiter in die Organisation der Ausstellung einzubeziehen, immerhin sehr beeindruckt gezeigt.
»Einverstanden«, sagte Paxton. »Ich werde mich bei der Königlichen Kommission für die Gründung eines zentralen Arbeiterkomitees einsetzen. Außerdem bin ich gerne bereit, für die Veranstaltung selbst freien Eintritt zu empfehlen. Jeder Engländer, egal wie arm oder reich, soll die Möglichkeit haben, die Ausstellung zu besuchen. Sobald das Arbeiterkomitee gegründet ist, kann es Vereinbarungen mit den Eisenbahngesellschaften treffen, um Gruppenreisen zu organisieren, mit günstigen Unterkünften in London und Führungen beim Besuch der Ausstellung. Ist das in Ihrem Sinn?«
Der junge Streikführer nickte. »Ja, das wäre ein erster Schritt.«
»So – und was wäre der zweite?«, fragte Paxton ungeduldig. »Aber ich warne Sie! Werden Sie nicht unverschämt und überspannen den Bogen!«
»Ich glaube nicht, dass ich das tue«, erwiderte der andere ganz ruhig. »Aber es ist doch so – Sie und die Firma Fox & Henderson und die Eisenbahngesellschaften und die Königliche Kommission und alle, die sonst noch an der Weltausstellung irgendwie beteiligt sind, wollen etwas daran verdienen. Und genau das wollen wir auch.«
»Das tut ihr doch schon! Ihr kriegt doch euren Lohn! Drei bis fünf Schilling am Tag. Das zahlt sonst niemand!«

»Stimmt – aber was ist, wenn einer von uns versucht, selber ein Geschäft auf der Ausstellung zu machen? Wird man ihm das erlauben?«

»Ich habe keine Ahnung, was Sie meinen.«

Der Streikführer dachte kurz nach, dann sagte er: »Wenn zum Beispiel ein Arbeiter, oder vielleicht sogar nur ein kleiner Lehrjunge, auf die Idee kommt, vor einem Besuchereingang einen Stand aufzumachen, auf eigene Kosten, um irgendwas zu verkaufen, Andenken oder Getränke oder etwas zu essen – gebratenen Fisch zum Beispiel ... Was wäre dann?«

Paxton war einen Augenblick so verblüfft, dass ihm keine Antwort darauf einfiel. Was für ein seltsames Begehren ... Doch je länger er darüber nachdachte – warum eigentlich nicht? Gegen die Idee war nichts einzuwenden, im Gegenteil, sie gefiel ihm, sehr sogar, sie hätte von ihm selbst sein können!

»Also gut«, lachte Paxton, »wenn jemand von euch eine Fischbude aufmachen will – ich habe nichts dagegen. Sind wir uns dann einig?«

Der andere erwiderte seinen Blick. »Und der Stückakkord wird aufgehoben?«

Paxton reichte ihm die Hand. »Mein Ehrenwort.«

»Und die Soldaten?«

Paxton gab dem Hauptmann ein Zeichen, seine Leute abzuziehen.

»Ganze Kompanie rechts schwenkt marsch!«

Als die Soldaten abrückten, schlug der junge Streikführer endlich ein. Unter dem Jubel der Arbeiter schüttelten die zwei einander die Hände. Paxton schaute seinem Gegenüber ins Gesicht. Auf der Stirn des Mannes, direkt unter dem Haaransatz, zuckte eine Narbe, wie von einer alten Verletzung.

»Woher kenne ich Sie nur?«, fragte er. »Irgendwie kommen Sie mir bekannt vor.«

»Sie erinnern sich an mich?«, fragte der andere mit unsicherem Lächeln. »Wirklich? Nach so langer Zeit?«

10

Es war ein klirrend kalter Wintertag im Hyde Park. Wie ein Gebäude aus einer anderen Welt erstrahlte der Pavillon in der Wintersonne, ein einziger riesiger Schneekristall. Während unter dem Richtkranz, der seit drei Wochen das Transept bekrönte, die letzte Arbeiten vollendet wurden, trafen in den weiten, kalten Hallen bereits die ersten Ausstellungsstücke ein: geheimnisvoll duftende Pakete aus dem Morgenland, ausgestopfte Bären und Wölfe aus Russland, schwarz glänzende Kanonen aus Deutschland …

Die Sirene läutete gerade zur Mittagspause, als Emily das Gelände betrat. Sie war mit dem Frühzug aus Chatsworth gekommen, zusammen mit ihrer Mutter, um am Nachmittag ihre Eltern zu einem Empfang bei Lord Granville zu begleiten, dem stellvertretenden Vorsitzenden der Königlichen Kommission. Beim Abschied am Bahnhof hatte ihre Mutter sich darüber lustig gemacht, dass Emily vorher noch zur Baustelle wollte – ob sie solche Sehnsucht nach ihrem Verlobten habe? Emily hatte gesagt, sie wolle Cole die Zeichnungen zeigen, die sie in Chatsworth für den Katalog vorbereitet hatte, und das war nicht einmal gelogen.

Aber war das der wirkliche Grund, weshalb sie gekommen war? Ihr Vater hatte in seinem letzten Brief einen jungen Glaser erwähnt, dem allein es zu verdanken sei, dass der drohende Streik hatte abgewendet werden können. Paxton schrieb mit einer solchen Begeisterung, als wäre er seinem eigenen Nachfolger begegnet: So wie dieser junge Mann vor ihm, so habe er selbst einst vor dem Herzog von Devonshire gestanden, vor vielen, vielen Jahren. Er sei darum entschlossen, ihn nach Kräften zu fördern und zu seinem Assistenten zu machen. Auf diese Weise wolle er die Chance weitergeben, die er selbst in seiner Jugend bekommen hatte. Emily wusste nicht, worüber sie sich mehr freute:

über die Absicht ihres Vaters oder über Victors Tat. Denn dass es sich bei dem jungen Glaser, der den Streik verhindert hatte, um Victor handelte, daran hatte sie keinen Zweifel.
Suchend schaute sie sich um. Wo sonst die Eisenträger lagen, auf denen er früher immer seine Pause gemacht hatte, stand jetzt eine Dampfmaschine. Nervös zupfte Emily sich am Ohr. Jeden Moment konnte ihr Verlobter auftauchen – auch wenn sie nicht mit ihm verabredet war. Durch ihre Handschuhe spürte sie, dass ihre Ohrringe fehlten, die Türkise, die Cole ihr zu Weihnachten geschenkt hatte. Sie hatte sie ihrer Mutter im Zug gegeben, kurz bevor sie ausgestiegen waren, um sich zu frisieren, und vergessen, sie wieder anzustecken. Trotz ihrer pelzgefütterten Jacke und ihrer Lammfellmütze fror sie wie ein Schneider.
»Emily?«
»Victor!« Sie war vor Schreck zusammengezuckt, als er plötzlich vor ihr stand.
»Hast du dich verlaufen?«, fragte er und wischte sich über die Stirn. Sein Gesicht war von der Kälte ganz rot. »Du warst ja schon eine Ewigkeit nicht mehr hier.«
Ihr Herz fing an zu klopfen wie beim Aufstieg im Fesselballon. Sie war gekommen, um sich bei ihm zu bedanken, wollte ihn fragen, warum er nach der Landung plötzlich verschwunden war, und sich gleichzeitig bei ihm entschuldigen, dass sie sich nicht mehr gemeldet hatte, bevor sie nach Chatsworth abgereist war – doch egal, was ihr einfiel, für alles fehlten ihr die richtigen Worte. Sie kam sich so entsetzlich dämlich vor. In ihrer Verwirrung sagte sie schließlich: »Ich … ich brauche deinen Rat.«
»Meinen Rat? Wofür?«
Sie zog einen Handschuh aus und öffnete ihre Mappe, um ihm ein paar Zeichnungen zu zeigen: Ansichten vom Kristallpalast, Baupläne, Illustrationen mit Tieren und Pflanzen.
»Was meinst du, kann man die so drucken?«
»Wofür?«

»Den Ausstellungskatalog. Damit die Besucher später eine Erinnerung haben.«
»Und die Pflanzen hast du schon im Voraus gemalt?«, fragte er spöttisch, als er die Abbildung einer Lilie sah.
»Nur die, die wir auch in Chatsworth haben. Was ich dir eigentlich zeigen wollte, ist ein Porträt von Prinz Albert, nach einer Fotografie. Einen Augenblick ...«
Eilig blätterte sie in der Mappe – da fiel eine Zeichnung zu Boden. Victor bückte sich und hob sie auf.
»Aber – das bin ja ich ... ?«, sagte er verwundert.
»Die ... die ist nur aus Versehen da hineingeraten.«
Sie streckte die Hand nach dem Blatt aus, doch er war ganz in die Betrachtung seines Konterfeis versunken. Emily war die Entdeckung so peinlich, dass sie am liebsten davongerannt wäre. Wenn irgendein Mensch dieses Bild bestimmt nicht sehen sollte, dann war es Victor. Sie hatte es vor zwei Tagen am Seerosenteich gezeichnet, nachdem sie den Brief ihres Vaters gelesen hatte, ohne sich auch nur das Geringste dabei zu denken. Es zeigte Victor, wie er auf den Eisenträgern saß und nach ihr Ausschau hielt.
»Sehen meine Augen wirklich so aus?«, fragte er.
Jetzt schaute er sie an, doch machte er immer noch keine Anstalten, ihr die Zeichnung zurückzugeben. Der Spott war aus seinem Gesicht verschwunden, aus seiner Miene sprach nur ernsthaftes Staunen, während sein Atem in weißen Wölkchen aus seinem Mund stob.
Plötzlich wurde es Emily ganz warm.
»Ja«, sagte sie leise, »genauso sehen deine Augen aus.« Sie beugte sich vor und gab ihm einen Kuss auf die Wange. »Danke.«
»Wofür ... bedankst du dich?«, fragte er.
»Dafür, dass du uns geholfen hast. Ich weiß, was du getan hast. Du hast den Streik verhindert.«
»Wie kommst du denn darauf?«
»Leugnen ist zwecklos, Victor, mein Vater hat mir geschrieben.

Ein junger Glaser hat die Leute zur Vernunft gebracht. Er hatte eine Narbe auf der Stirn, genauso wie du.«

Sie hob die Hand, um ihn an der Stelle zu berühren. Doch er machte einen Schritt zurück, wie ein Pferd, das vor einem Vogel scheut.

»Was für eine Narbe? Da ist keine Narbe!«, sagte er und zeigte ihr das Bild, das sie von ihm gemacht hatte. »Außerdem, ich bin mir gar nicht sicher, ob es richtig von uns war, den Streik zu beenden. Vielleicht war es ein Riesenfehler.«

Emily schaute auf das Bild: Sie hatte tatsächlich die Narbe vergessen! Aber war das von Bedeutung? Sie hatte ihn ja nicht nach dem Leben gezeichnet, sondern so, wie sie ihn mit ihrem Herzen sah. Sie lächelte ihn an.

»Warum gibst du dir immer so große Mühe, böse zu sein? Es hat keinen Sinn, du hast doch gar kein Talent dafür.«

»Bitte schau mich nicht so an«, sagte er.

»Pssst«, machte sie und strich mit der Hand über seine Stirn. »Du glaubst doch selber an den großen Traum, an den Traum vom Paradies.«

Sie sprach ganz leise, flüsterte fast, während ihre Gesichter einander immer näher kamen.

»Was machst du nur mit mir?«, fragte er, genauso leise wie sie. Sie spürte seinen Atem, sah seine Augen, deren Blicke sie berührten wie eine Liebkosung. Plötzlich verschwand alles rings um sie her, sie waren ganz allein, die einzigen Menschen auf der Welt. Und als Emily die Augen schloss und seinen Mund auf ihren Lippen spürte, wusste sie nur, dass nichts richtiger sein konnte als dieser Augenblick, und sie erwiderte seinen Kuss, ohne Zweifel und Fragen, als wäre dieser Kuss schon immer in ihnen gewesen.

11

Es war, als wäre über Nacht der Frühling angebrochen. In vierundzwanzig Stunden war die Temperatur um fünfzehn Grad gestiegen, eine milde, fast vergessene Wärme erfüllte die Luft, und die Spatzen schwirrten mit einer Lust um die gläserne Kuppel des Kristallpalasts, als hätten sie an diesem Tag das Fliegen zum allerersten Mal entdeckt.
Kaum ertönte die Sirene, legte Victor die Arbeit nieder und stieg von der Leiter. Es war Zahltag, und er hatte es selten so eilig wie heute gehabt, sein Geld zu bekommen. Zusammen mit Scharen von anderen Arbeitern verließ er das Gebäude, um in der Bürobaracke seinen Wochenlohn abzuholen. Nur das Regiment Soldaten, das am Morgen in friedlicher Mission eingetroffen war, marschierte weiter im Gleichschritt über die Galerie des Transepts, um die Einsturzgefahr der Wandelgänge bei hoher Belastung zu erproben.
Victor beschleunigte seinen Schritt und überquerte den Platz. Nur noch einmal schlafen, dann würde er Emily sehen! Sie hatten sich für den nächsten Tag am Drury-Lane-Theater verabredet. Sie wollte noch einmal mit ihm in seine alte Welt zurückkehren. Doch er würde sie überraschen, sie von seinem Geld in ein Restaurant in der Fleet Street einladen. Wozu sollte er ihr noch seine alte Welt zeigen? Er war ja gerade im Begriff, sie selbst für immer zu verlassen. Hoch oben in den Lüften, viele hundert Fuß über der Erde, hatte er begriffen, dass es noch etwas anderes gab als das Elend und den Dreck und die Not, die er bisher nur kannte. Es gab Träume und Wünsche und Hoffnungen, für die es sich zu leben lohnte. Und es gab Emily!
»Vorsicht, Mr. Paxtons Liebling kommt!«
»Dass sich keiner bückt! Arschkriecheralarm!«
Victor überhörte die Bemerkungen, als er sich in die Schlange der Arbeiter einreihte, die in der Bürobaracke auf ihren Lohn

warteten. Seit dem Ende des Streiks pöbelten ihn manchmal Kollegen an, aber es waren nur ein paar wenige, die das taten, und er hatte beschlossen, sie nicht zu beachten. Warum auch? Er spürte noch immer Emilys Kuss auf seinen Lippen, und dieses Gefühl erfüllte ihn mit der ruhigen Gewissheit, sich richtig entschieden zu haben. Mr. Paxton war ganz anders, als seine Mutter behauptet hatte, er war kein fauler Apfel, er hatte Wort gehalten und den Stückakkord aufgehoben und sogar in einem offenen Brief an Premierminister Russell, den die *Times* abgedruckt hatte, freien Eintritt für alle Besucher der Weltausstellung verlangt, damit jeder Interessierte die Möglichkeit bekam, die Wunder der Menschheit zu sehen, gleichgültig, ob er arm war oder reich.

»Hier unterschreiben!«

Als Victor die Quittung für den Empfang seiner Lohntüte dem Buchhalter zurückgab, schaute der unter seiner Schirmmütze auf.

»Wie ist Ihr Name? Victor Springfield?«

»Ja, das bin ich!«

Der Buchhalter schob ihm die Lohntüte zu und stand auf: »Bitte kommen Sie mit.«

»Mitkommen? Wohin?«

Ein kurzer verrückter Gedanke, so verrückt wie ein bunter Gummiball, schoss Victor durch den Kopf. Sollte es wirklich wahr sein, was Harry Plummer ein paarmal angedeutet hatte? Dass man Victor zum nächsten Ersten befördern wollte?

Der Buchhalter stand schon in der Tür und nickte ihm zu.

»Ins Direktionsbüro. Mr. Paxton will Sie sprechen.«

Vicor biss sich auf die Lippe. Was auch immer er gedacht und sich vorgestellt hatte – das war mehr, als ihm in den Sinn gekommen war. Emilys Vater ließ ihn zu sich rufen, der Herrgott persönlich! Vor Aufregung begann sein Herz zu klopfen. Heute fing ein neues Leben für ihn an.

»Los, beeil dich! Papa wartet schon!«

»Jetzt kriegt Liebling seine Belohnung!«

»Pfui Teufel!«

12

An den Zweigen der Büsche und Bäume drängte überall das junge Grün hervor, und auf den Rasenflächen schimmerte bereits der frische helle Flor des neuen Jahres, als Emily den St. James Park durchquerte. Wie im Oktober ließen die Kinder bunte Drachen steigen, die am Himmel so wilde Tänze im Wind vollführten, als wollten sie sich von den Schnüren losreißen, und Emily musste sich im Laufen den Hut festhalten, damit er ihr nicht vom Kopf flog.

Aus der Ferne hörte sie, wie im Kristallpalast die Sirene zum Feierabend ertönte, und sie fing an zu laufen. Sie hatte nicht die Geduld, bis morgen zu warten, sie wollte Victor heute schon wieder sehen, und wenn es auch nur für fünf Minuten war, um ihm das Glas Griebenschmalz mit Apfelkraut zu geben, das sie für ihn gekauft hatte. Sie wusste, es war ziemlich leichtsinnig, was sie da tat, leichtsinnig und vielleicht auch ein bisschen gefährlich. Aber was konnte sie dafür? Es war Frühling, und außerdem hatte Pythia es ihr erlaubt.

Als sie Hyde Park Corner erreichte, blieb ihr Blick unwillkürlich an dem nackten Achill hängen, über den sich alle ehrbaren Frauen von London empörten, seit er am Eingang des Parks aufgestellt worden war. Wie herrlich glänzte der Bronzeleib in der Abendsonne! Ob Victor unter seinen Kleidern wohl auch solche kräftigen Muskeln hatte?

Emily verscheuchte den Gedanken fast so schnell, wie das Kribbeln entstanden war, das der Anblick der Götterstatue in ihr auslöste. Sie war nur hier, um Victor sein altes Lieblingsessen zu bringen, damit er nicht immer diese ekligen Steckrüben zu Abend aß, mehr nicht. Griebenschmalz und Apfelkraut hatten sie schließlich schon als Kinder in Chatsworth miteinander geteilt. Da war doch nichts dabei!

Entschlossen kehrte sie dem nackten Achill den Rücken zu. Vom

Kristallpalast strömten ihr Hunderte von Arbeitern entgegen. Mit der Hand am Hut schaute sie sich um. Irgendwo musste Victor sein, gleich würde er vor ihr stehen und sie anschauen, mit diesen träumenden, braunen Augen, die sie manchmal wie eine Liebkosung berührten. Als sie an den Kuss dachte, den er ihr gegeben hatte, spürte sie im Bauch ein Gefühl, wie wenn sie auf einer Schaukel von einer Baumkrone in die Tiefe sauste, ein wollüstig schmerzliches Ziehen, das gleichzeitig ein jubelndes Jauchzen war. Kein Kuss ihres Verlobten, so wurde ihr mit einem Anflug von schlechtem Gewissen bewusst, hatte je solche Gefühle in ihr ausgelöst.

»Suchen Sie vielleicht Ihren Vater?«

Als sie sich umdrehte, blickte sie in ein vertrautes Gesicht. »Mr. Plummer? Jetzt haben Sie mich aber wirklich erschreckt.«

Der alte Arbeiter nahm die Mütze ab. »Entschuldigung, Miss Paxton, das wollte ich nicht. Kann ich irgendwas für Sie tun?«

Emily hatte plötzlich das Gefühl, als stünden ihre geheimsten Wünsche ihr auf der Stirn geschrieben.

»Ich bin nur ein bisschen spazieren gegangen«, schwindelte sie, »der Abend war einfach so schön. Aber wissen Sie was?«, sagte sie dann, einer plötzlichen Eingebung folgend. »Vielleicht können Sie mir doch einen Gefallen tun.«

»Zu Ihren Diensten.«

»Sie kennen doch Victor Springfield, nicht wahr? Ich glaube, er gehört zu Ihrem Bautrupp.«

»Ja, sicher«, erwiderte Plummer und sog an seiner Pfeife. »Warum?«

»Könnten Sie ihm das wohl von mir geben?« Sie reichte Plummer das Glas Griebenschmalz mit Apfelkraut, so eilig, als könne sie es gar nicht schnell genug loswerden. »Sie müssen wissen«, fügte sie hinzu, als sei sie ihm eine Erklärung schuldig, »Victor und ich kennen uns von früher, aus Chatsworth. Wir haben schon als Kinder zusammen gespielt.«

Plummer kratzte sich den grauen schweren Kopf. »Ich würde

Ihnen den Gefallen gerne tun«, sagte er, »aber Victor arbeitet nicht mehr hier.«

»Wie bitte?«, fragte Emily. »Das kann nicht sein. Ich habe ihn doch vorgestern selbst noch hier gesehen.«

»Ja, Miss, vorgestern war er noch da, aber vorgestern war vorgestern. Sie haben ihm heute die Papiere gegeben, bei der Lohnauszahlung.« Flummer nahm die Pfeife aus dem Mund und stopfte umständlich mit dem Daumen den Tabak nach. »Das passiert jetzt vielen, der Bau ist ja so gut wie fertig.«

»Sie meinen, sie haben Victor gekündigt?« Emily war entsetzt. »Wer hat das getan? Sagen Sie mir sofort den Namen des Mannes, der dafür die Verantwortung hat. Damit mein Vater ihn zur Rechenschaft zieht!«

»Ich weiß nicht, Miss Paxton, aber ich würde lieber nicht so reden. Der Mann, der Victor gekündigt hat, war nämlich ...« Während er sprach, ertönte vom Kristallpalast her ein zweites Mal die Sirene. Der alte Arbeiter runzelte die Stirn. »Na, heute wird wohl nichts mehr mit Feierabend«, brummte er und setzte sich die Mütze wieder auf den Kopf. »Tut mir Leid, Miss Paxton, ich hoffe, ich habe nichts Falsches gesagt. Aber ich glaube, ich muss nochmal zurück.«

13

Ein schwerer Sturm, der sich durch das Aufeinanderprallen kalter und warmer Luftmassen über dem Ärmelkanal gebildet hatte, war im Lauf des Tages über den Süden Englands hinweggezogen, um am späten Abend London zu erreichen. Wie ein wildes Tier tobte er über der Hauptstadt, fegte durch die Straßen und warf sich mit seiner ganzen Kraft auf den gläsernen Palast im Hyde Park. Über sieben Stunden rüttelte er an der zerbrechlichen Hülle, mit einer solchen Wut, als habe der Himmel die Worte Colonel Sibthorps erhört. Doch das Gebäude hielt dem Angriff stand. Als der Sturm sich gegen Mitternacht legte, hatte er nur ein paar Dutzend Glasplatten aus der südlichen Front des Transepts gerissen, ohne an den übrigen Teilen des Bauwerks sichtbaren Schaden anzurichten.

Es war bereits ein Uhr morgens, als Joseph Paxton endlich nach Hause zurückkehrte. Bis zuletzt hatte er die Sicherungsmaßnahmen überwacht, war selbst auf das Dach des Pavillons hinaufgeklettert, unter Missachtung aller Gefahr, und hatte mit Hand angelegt, um sein Gebäude vor den himmlischen Elementen zu schützen. Müde und bis auf die Knochen durchnässt, sehnte er sich jetzt nur noch nach einem Bad, einem Glas Punsch und seinem warmen weichen Bett.

»Warum hast du das getan?«

Wie eine Ohrfeige empfing ihn Emilys Frage, als er die trotz der späten Stunde noch hell erleuchtete Halle betrat. Seine Tochter stand vor dem Kamin mit einer Zigarette in der Hand, während Sarah mit einem Glas Milch im Sessel saß. Paxton runzelte die Stirn. Wenn Sarah um diese Zeit Milch trank und Emily in Gegenwart ihrer Mutter rauchte, konnte das nichts Gutes bedeuten.

»Was habe ich getan?«, erwiderte er, obwohl er ziemlich sicher war, den Grund für ihre Frage zu kennen. »Ich habe keine Ahnung, wovon du redest. Außerdem – warum seid ihr überhaupt noch auf?«

»Ich will wissen, warum du Victor entlassen hast!«

Paxton biss sich auf die Lippen. Warum hatte er nur auf Sarah gehört? Sie hatte von ihm den Rauswurf verlangt, obwohl eine solche Maßnahme in keiner Relation stand zu dem, was vorgefallen war. Doch er hatte ihr nachgegeben, wie schon so oft in all den Jahren ihrer Ehe, wenn sie sich wegen Victor gestritten hatten. Während er überlegte, was er seiner Tochter jetzt sagen sollte, gab Sarah ihr an seiner Stelle die Antwort.

»Der Kerl hat dich geküsst, Emily. Ich glaube, das ist Grund genug.«
»Wer … wer hat das behauptet?« Sie verstummte, das schlechte Gewissen verschlug ihr die Sprache, doch ihre Augen blitzten vor Empörung.
»Du brauchst gar nicht erst versuchen, es zu leugnen«, sagte Sarah. »Ich habe es selber gesehen. Schämst du dich nicht, uns alle so zu hintergehen?«
»Wie kommst du dazu, mir hinterherzuschnüffeln?«
»Ich habe dir nicht hinterhergeschnüffelt«, erwiderte Sarah ganz ruhig und nahm einen Schluck von ihrer Milch. »Ich wollte dir nur die Ohrringe bringen, die du im Zug vergessen hattest, die Ohrringe von deinem Verlobten. Es war reiner Zufall, dass ich euch erwischt habe. Und wenn du's genau wissen willst, ich hätte euch lieber nicht dabei zugesehen, das kannst du mir glauben.«
»Und warum hast du nichts gesagt? Wir waren doch am selben Tag zusammen auf dem Empfang von Lord Granville, aber du hast die ganze Zeit so getan, als ob nichts wäre.« Emily drückte ihre Zigarette aus. »Ich kann mir schon denken, warum. Du wolltest nicht, dass ich einen Skandal mache, du wolltest dich nicht mit mir blamieren. Typisch!« Voller Verachtung kehrte sie ihrer Mutter den Rücken zu. »Wie kannst du nur so etwas tun, Papa? Victor sorgt dafür, dass die Arbeiter den Streik beenden, und zum Dank dafür wirfst du ihn raus. Dabei hattest du vor, ihn zu deinem Assistenten zu machen! Das hast du mir selbst geschrieben. In deinem Brief hast du von ihm geschwärmt wie von einem Sohn.«
Paxton zuckte zusammen. »Da wusste ich noch nicht, wer er war. Ich … ich hatte ihn nicht erkannt.« Erst jetzt merkte er, dass er am ganzen Körper fror. Kein Wunder, er trug ja noch immer die nassen Kleider. Er riss die Pelerine von den Schultern, als wäre die an allem Schuld, und gab sie Jonathan, der mit regloser Miene hinter ihm wartete.

»Ich habe Victor sofort erkannt«, sagte Sarah, während Paxton an den Kamin trat, um sich aufzuwärmen. »Ein solches Gesicht vergisst man nicht, oder man ist mit Blindheit geschlagen. Herrgott, Joseph, wofür hast du dir eigentlich die Brille angeschafft, wenn du sie nicht trägst?«

»Ich weiß nicht, was das damit zu tun hat!«

»Mit der Brille hättest du ihn gleich erkannt und schon viel früher rausgeworfen!«

Hätte er das? Wirklich? Paxton war keineswegs dieser Meinung. Während er sich die Hände über dem Feuer rieb, glaubte er, Emilys Blicke in seinem Rücken zu spüren. Das war fast genauso unangenehm, wie ihr in die Augen zu schauen.

»Wenn du wusstest, wer er ist, Papa, hättest du ihn erst recht behalten müssen! Ganz abgesehen davon, dass er dir geholfen hat – hast du vergessen, was ihr ihm früher angetan habt?«

Paxton gab sich einen Ruck und drehte sich um. Emilys Gesicht war eine einzige Anklage, und der Anblick schmerzte ihn mehr, als er verkraftete. Er liebte seine Tochter über alles – durfte er sie länger im Unklaren lassen? So, wie die Dinge sich ihr darstellten, konnte sie gar nicht anders, als ihn zu verurteilen.

»Emily«, sagte er zögernd, »ich glaube, wir sollten dir etwas erklären …«

»Allerdings«, fiel Sarah ihm ins Wort und warf ihm einen so bösen Blick zu, dass er verstummte. »Victor ist ein Arbeiter und du bist die Tochter von Joseph Paxton. Das ist ein gewaltiger Unterschied, mein Kind.«

»Ach so, das ist also der Grund?«, sagte Emily. »Weil Victor ein Arbeiter ist?«

»Nein«, protestierte Paxton. »Das tut nicht das Geringste zur Sache, und das weißt du ganz genau. Mir ist jeder anständige Arbeiter lieber als irgendein nichtsnutziger Lord oder Parvenü.«

»Das kann jeder behaupten!«

»Hast du meinen Brief an den Premierminister vergessen? Ich habe mir dafür schwere Vorwürfe anhören müssen. Lord Granville hat mich unverblümt gefragt, ob mir der Erfolg zu Kopf gestiegen sei. Ich bin trotzdem bei meiner Forderung nach freiem Eintritt geblieben, damit niemand von der Veranstaltung ausgeschlossen wird, nur weil er kein Geld hat. Es ist mir ein ehrliches Anliegen, nicht nur den Beitrag zu zeigen, den die Arbeiter zum Wohl unseres Landes leisten, sondern auch sie selbst an dem Ereignis teilhaben zu lassen.«

»Wie edel von dir«, unterbrach ihn Emily. »Aber ich glaube, der freie Eintritt nützt vor allem dir selbst und deinen Aktien.«

»Das eine schließt das andere nicht aus!«

»Außerdem, wenn du dich in der Öffentlichkeit als ein solcher Freund der Arbeiter aufspielst, wie kannst du dann so mit Victor umspringen? Das ist scheinheilig und abstoßend!«

»Ich verbiete dir, so mit deinem Vater zu sprechen!« Sarah stellte ihr Glas ab und stand auf. »Emily«, sagte sie dann mit leiserer Stimme, »es ist ja sehr anständig von dir, dass du deinen Jungendfreund verteidigst, aber glaub mir – Victor ist gefährlich. Das war er schon als Kind, und das ist er heute erst recht. Begreifst du denn nicht, warum er sich an dich ranmacht? Er will sich für früher rächen, weil er glaubt, dass wir ihn ungerecht behandelt haben.«

»Das habt ihr ja auch! Ihr habt ihn davongejagt wie einen Verbrecher!«

»Weil er ein Verbrecher *ist*! Manche Menschen werden so geboren, mein Kind, und Victor gehört leider dazu. Du hast nicht genug Lebenserfahrung, um das zu wissen, Gott sei Dank nicht, aber ich würde wetten, dein Jugendfreund war schon im Gefängnis. Auf jeden Fall kann er uns dankbar sein, wenn wir ihn nicht dorthin schicken. Grund genug dafür hat er uns mit seinem Verhalten gegeben.«

»Was hat er denn Schlimmes getan?« Emily schnappte nach Luft. »Victor hat mich doch gar nicht angerührt! Ich selbst habe ihm den Kuss gegeben, aus reiner Dankbarkeit! Für das, was er für uns getan hat! Für uns alle!«

»Aus reiner Dankbarkeit? Verzeih mir, aber das fällt mir schwer zu glauben, nach allem, was ich gesehen habe.« Sarah legte ihr die Hand auf den Arm. »Emily, bitte, lass die Sentimentalitäten und nimm Vernunft an. Du bist eine verlobte junge Frau, und der Mann, der dich heiraten will, ist nach deinem Vater wahrscheinlich der tüchtigste Mann von ganz England. Willst du das etwa gefährden?«
Emily wandte sich ab und schaute zum Fenster hinaus.
»Schweigen ist keine Antwort!«, sagte Sarah.
Emily steckte sich eine Zigarette an.
»Und Rauchen erst recht nicht!«
Sie erwiderte immer noch nichts. Stattdessen paffte sie eine Rauchwolke nach der anderen in die Luft. Ihre ganze Person war nur noch Trotz und Opposition. Paxton konnte kaum noch mit ansehen, wie sehr sie litt, und hatte das Bedürfnis, sie wie früher in den Arm zu nehmen und zu trösten. Obwohl er nicht wusste, wie er es anfangen sollte, machte er einen Schritt auf sie zu.
»Emily ...«
Er streckte die Hand nach ihr aus, um über ihr Haar zu streichen. Da merkte er plötzlich, dass seine Finger vor Kälte zitterten, und seine Zähne schlugen aufeinander. Um Gottes willen, bekam er etwa Schüttelfrost? Das war das Letzte, was er sich jetzt leisten konnte – in sechs Stunden wurde er schon wieder auf der Baustelle gebraucht!
»Ja, Papa?«, sagte Emily leise.
Ohne sie zu berühren, ließ er die Hand sinken. Nein, es war nicht der Augenblick für komplizierte Erklärungen. In dieser Verfassung gehörte er ins Bett, nicht vor ein Tribunal.
»Deine Mutter hat Recht«, sagte er also, um dem Auftritt ein Ende zu machen. »Es gibt keine andere Lösung.«
Emily drehte sich um. »Wofür gibt es keine andere Lösung?«
»Für Victor. Ich musste ihm kündigen. Die Gründe hat deine Mutter genannt. Ich kann ihr nur beipflichten. In allem, was sie gesagt hat.«

»Du meinst, du willst ihn nicht wieder einstellen?«
Er schüttelte den Kopf. »Nein, Emily, so Leid es mir tut, es bleibt dabei. Für Victor ist kein Platz bei uns.«
Emily starrte ihn ungläubig an. »Ist das wirklich dein letztes Wort?«, fragte sie.
Paxton nickte.
»Dann wünsche ich euch eine gute Nacht.« Emily warf ihre Zigarette in den Kamin und marschierte zur Tür.
»Hier geblieben, mein Fräulein!«, rief Sarah.
»Schlaf gut!«, sagte Paxton.
Mit lautem Knall flog die Tür ins Schloss.

14

Victor beugte sich über das Grab und richtete das kleine, schwarze Holzkreuz auf, das der Sturm der letzten Nacht umgeknickt hatte. Er hatte es selbst vor mehreren Jahren mit dem Namen seiner Mutter sowie dem Datum ihrer Geburt und dem ihres Todes versehen. Mit nur achtunddreißig Jahren war sie gestorben, als alte, abgehärmte Frau, und Victor konnte sich kaum mehr erinnern, wie sie ausgesehen hatte, wenn sie lachte. Nach ihrem Tod hatte er alles Geld, das sie in ihrem Leben gespart hatte, dafür ausgegeben, dass sie eine eigene Ruhestätte bekam, auf dem Gemeindefriedhof von St. Pancras, unweit ihrer letzten Wohnung an der Euston Road. Die Vorstellung, dass sie namenlos mit Dutzenden von anderen namenlosen Toten in einem Armengrab verschwand, war ihm unerträglich gewesen.
»Soll ich Emily wiedersehen?«
Wie sehr wünschte er sich, seine Mutter könnte ihn hören. Doch nur das Zwitschern von ein paar Spatzen, die irgendwo im Morgennebel den neuen Tag begrüßten, antwortete ihm. Aus den

weißlichen Schwaden starrten ihn steinerne Engel mit leeren Augen an, verrostete Cherubim und bemooste Säulenheilige, die über die Gräber und Katakomben der Reichen wachten, von mannshohen Hecken umgeben und manche mit goldenen Wappen verziert. Wie erbärmlich nahm sich dazwischen der kleine Erdhügel aus, unter dem seine Mutter begraben lag. War es Gottes Wille, dass die Menschen noch über den Tod hinaus so verschieden waren? Bei dem Gedanken an Gott sah Victor das Gesicht Joseph Paxtons vor sich. Was für ein Idiot war er gewesen, zu glauben, dieser Mann würde ihn in seine Welt aufnehmen! Bei seinem Rauswurf hatte Paxton ihm Geld in die Hand drücken wollen, fünfzig Pfund, als Entschädigung, aber Victor hatte es ihm vor die Füße geworfen. Nein, seine Mutter hatte sich nicht geirrt. Auch wenn sie nun für immer schwieg – er wusste, was sie ihm antworten würde.

»Die Paxtons sind alle faule Äpfel, einer wie der andere …«

In seinem Bauch spürte Victor eine Wut, mit der er am liebsten die ganze Welt in die Luft gesprengt hätte. Doch zugleich fühlte er sich wie gelähmt, so sehr sehnte er sich danach, Emily wiederzusehen. Sie selbst hatte den Vorschlag gemacht, dass sie sich heute trafen. Hatte es überhaupt noch Sinn? Ihr Kuss hatte ihn so glücklich gemacht, so sicher, doch jetzt wusste er nicht mehr, was dieser Kuss bedeutete. War nicht auch Emily ein fauler Apfel? Wer weiß, vielleicht hatte sie ihn vorsätzlich in die Irre geführt, von Anfang an, im Auftrag ihres Vaters … Vielleicht hatte sie ihn nur als Werkzeug gebraucht, sich an ihn rangemacht, damit er die streikenden Arbeiter beschwichtigte und der verfluchte Bau, das Denkmal ihres Vaters rechtzeitig fertig wurde … Warum hatte er ihr überhaupt wieder begegnen müssen? Er hatte die Paxtons jahrelang vergessen, sie aus seinem Gedächtnis gelöscht, als Emily plötzlich vor ihm gestanden hatte. Wozu? Um ihn ein zweites Mal zu demütigen, zu erniedrigen, zu verletzen? Victor spürte, wie die Wut in ihm immer größer wurde, das Bedürfnis, irgendetwas zu zerstören. Vielleicht sollte

er sich Robert und seinen Freunden anschließen. Robert war bei dem Brandanschlag entkommen, er brauchte nur in der Drury Lane nach ihm zu fragen, um ihn zu finden.
Ein erster Sonnenstrahl, der sich durch den Nebel gekämpft hatte, berührte Victors Gesicht.
»Die junge Lady da will dich sprechen. Es geht um einen Druckauftrag …«
Es war, als hätte ihn jemand am Ärmel gezupft. Toby war es gewesen, der Emily zu ihm geführt hatte, auf dem Jahrmarkt in Temple. Wie lange war das jetzt her? Victor hatte seinen Augen nicht getraut, als Toby auf sie gezeigt hatte. Emily stand über ein Guckkastentheater gebeugt, ganz vertieft in den Anblick der kleinen Bühne, wo winzige Figürchen ein Drama von Shakespeare aufführten.
»Das Blut des Königs will ich fließen sehen …«
Victor schaute über den Friedhof, ein milchig verhangenes Labyrinth aus Wildpflanzen und Efeu, verwitterten Grabsteinen und versunkenen Kreuzen. Nein, nicht das Blut eines Königs war geflossen, sondern Tobys Blut. Die Wachmänner der Eisenbahngesellschaft, Joseph Paxtons Truppen, die Truppen von Emilys Vater, hatten ihn umgebracht, erschossen, einfach abgeknallt, wie einen Hasen oder Fuchs auf der Jagd. Die Erinnerung schnürte Victor die Kehle zu. Während sich der Nebel über dem Friedhof allmählich lichtete und immer mehr Gräberfelder aus den Schwaden hervortraten, holte er seinen Schnupftabak aus der Jacke und nahm eine Prise gegen die aufkommenden Tränen. Hunderte von Menschen waren hier zur letzten Ruhe gebettet, unter Wildrosen und Mädchenstatuen und marmornen Sarkophagen. Doch von Toby kannte er nicht mal das Grab. Er hatte ihn am Bahnhof zurücklassen müssen, um sein eigenes Leben zu retten, sonst hätten sie ihn genauso erwischt.
Victor fasste einen Entschluss. Er würde nicht zu Emily gehen.
»Sag mal, wie ist es eigentlich, wenn man sie küsst?«
Eine Brise kam auf und strich über den Friedhof. Es war, als wür-

de eine unsichtbare Hand die Nebelschwaden fortziehen. Wie von einer bleiernen Last befreit, erhoben sich die Bäume über den Gräberfeldern und reckten ihre Zweige empor. Zwei Spatzen flogen vor Victor auf und schwangen sich in die Lüfte. Der Anblick traf ihn mitten ins Herz. Plötzlich war alles wieder da: der Nachmittag im »Paradies«, der Duft der Blumenbeete, Emilys Lachen … Ihr Aufstieg im Fesselballon, die Luftfahrt über London und das Land hinweg, hoch und immer höher hinaus, als wollten sie den Himmel berühren … Und schließlich der Kuss.

»Nimmst du darum Schnupftabak? Ich meine, wenn's einen Sixpence kostet, muss es ja eine verdammt feine Sache sein. Mindestens so fein wie Bratfisch und Whisky und Kautabak zusammen.«

Vom Kirchturm schlug die Glocke neun Uhr. Noch blieb ihm eine Stunde Zeit. Im Laufschritt verließ Victor den Friedhof. Toby hatte Emily gemocht – er hätte gewollt, dass sie sich wiedersahen.

Es war drei Minuten nach zehn, als Victor das Drury-Lane-Theater erreichte. Auf dem Platz vor dem Gebäude, wo an Werktagen ein unaufhörlicher Strom von Fahrzeugen und Passanten vorüberzog, war an diesem Sonntagmorgen kaum eine Menschenseele zu sehen. Nur ein paar Familien und einige wenige schwarz gekleidete Frauen gingen mit ihren Gesangbüchern zum Gottesdienst.

Ein Pferdeomnibus hielt vor dem Theater. Der Schaffner öffnete die Tür, und ein paar Fahrgäste stiegen aus.

Da war sie!

Victor sah, wie Emily von der Plattform sprang, sich kurz umschaute und dann auf einen Nebeneingang des Gebäudes zuging. Sein Herz hüpfte vor Freude.

»Warte!«, rief er und lief ihr nach.

Emily drehte sich um. Als Victor ihr Gesicht sah, glaubte er, dass sein Herz plötzlich stillstand.

Eine fremde Frau schaute ihn an, eine Mischung von Verwunderung und Verärgerung im Gesicht.

»Wer … wer sind Sie?«, stammelte er.
Die fremde Frau schüttelte den Kopf und ließ ihn stehen.
Emily hatte ihn versetzt.

15

»Mr. Coles Privatadresse? Sie meinen, Sie wollen wissen, wo er wohnt?«
»Ja, was denn sonst? Habe ich mich so unklar ausgedrückt?«
»Tut mir Leid, aber die Adresse darf ich Ihnen nicht geben. Mr. Cole legt größten Wert auf die Wahrung seiner Privatsphäre. Außerdem – wer sind Sie überhaupt?«
»Emily Paxton ist mein Name.«
»Oh, Miss Paxton? Die Tochter von Mr. Joseph Paxton? Das ist natürlich etwas anderes! Einen Moment bitte!«
Der Beamte beugte sich über einen Karteikasten und begann darin zu blättern. Emiliy musste sich beherrschen, um nicht wütend zu werden. Nicht nur auf den Umstandskrämer vor ihr, sondern auch auf ihren Verlobten. Warum zum Kuckuck machte Cole so ein Geheimnis aus seiner Wohnung? Kein einziges Mal hatte er sie und ihre Eltern zu sich eingeladen. Lebte er in so armseligen Verhältnissen, dass er sich schämte? Jetzt konnte sie von Glück sagen, dass sie am Sonntagmorgen überhaupt jemanden in seinem Büro angetroffen hatte, der ihr weiterhalf. Das war reiner Zufall gewesen – der Beamte hatte seinen Regenschirm bei der Arbeit vergessen und wollte ihn gerade auf dem Weg zur Kirche abholen. Endlich hatte er die Adresse gefunden und schrieb sie auf einen Zettel.
»Hier, bitte sehr«, sagte er und reichte Emily das Notizblatt. »Aber sagen Sie Mr. Cole nicht, dass Sie die von mir haben.«
Als sie auf die Straße trat, schlug draußen irgendwo eine Glocke.

Zehn Uhr. Jetzt würde Victor am Drury-Lane-Theater auf sie warten, und sie war nicht da. Was würde er von ihr denken? Die Vorstellung machte sie fast krank, und am liebsten wäre sie in den nächsten Bus gestiegen, um zu ihm zu fahren. Aber das ging nicht, sie brauchte Coles Hilfe, und wenn sie ihn in der nächsten Stunde nicht erwischte, war es zu spät. Cole trat heute eine längere Reise an und würde erst in zwei Wochen wieder nach London zurückkehren. Emily sprang in das Cabriolet, das vor der Tür auf sie gewartet hatte, und schloss den Schlag.

»Wohin, Miss?«, fragte der Cabman und bleckte die Zähne.

Emily blickte auf ihren Zettel. »Hamilton Place, Ecke Apsley House!«

Der Cabman spuckte einen Strohhalm aus und schnalzte mit der Zunge. Sein Pferd zog an, und in raschem Trab rollte das Cabriolet in Richtung Hyde Park.

»Geht es nicht schneller?«

»Macht einen Schilling extra, Miss.«

»Hier haben Sie zwei, aber fahren Sie zu!«

Der Cabmann nahm die Peitsche, und im Galopp rasten sie den menschenleeren Piccadilly Crescent entlang. Trotzdem kamen sie für Emilys Geschmack viel zu langsam voran. Coles Zug ging um elf Uhr zehn, und ihr Verlobter war der einzige Mensch, der das Unrecht wieder gutmachen konnte, das ihr Vater Victor angetan hatte. Wenn ihr Vater Victor rausgeworfen hatte, sollte Cole ihn zum Vorsitzenden des Arbeiterkomitees ernennen. Das war das Mindeste, was sie für ihn tun konnte, und darum musste sie es für ihn tun, obwohl es ihr alles andere als sympathisch war, zu diesem Zweck ausgerechnet ihren Verlobten um Hilfe zu bitten. Doch ohne eine solche Wiedergutmachung konnte sie Victor nie wieder unter die Augen treten.

»Hooooo!«, rief der Cabman und zog an den Leinen. »Brrrrrrr.«

Mit einem Ruck kam der Wagen zum Stehen. Emily stieg aus und schaute an dem Gebäude empor. Jetzt verstand sie ihren Verlobten überhaupt nicht mehr. Das war bei Gott keine Adresse, wegen

der man sich schämen musste – Cole wohnte in einem der prächtigsten Häuser weit und breit. Vor dem Portal stand ein livrierter Türsteher, die Hände hinter dem Rücken gefaltet.
»Kann ich Ihnen helfen, Mylady?«, fragte er mit höflichem Respekt.
»Ich möchte zu Mr. Henry Cole.«
»Cole? Tut mir Leid. Hier wohnt niemand mit diesem Namen.«
»Aber es muss hier sein.« Emily vergewisserte sich auf dem Zettel in ihrer Hand. »Hamilton Place, Ecke Apsley House, Nummer siebzehn.«
Der Türsteher zuckte die Schultern. Emily wusste nicht, was sie davon halten sollte. Hatte der Beamte ihr eine falsche Anschrift gegeben? Sie ärgerte sich über sich selbst. Wäre sie nur gleich zum Bahnhof gefahren! Jetzt blieb ihr nur noch eine halbe Stunde Zeit. Sie machte auf dem Absatz kehrt, um wieder in das Cabriolet zu steigen, das noch am Straßenrand stand, da hatte sie eine Idee.
»Gibt es vielleicht noch einen zweiten Eingang?«
Der höfliche Respekt im Gesicht des Türstehers wich kaum verhüllter Geringschätzung. »Sicher, Miss, aber der ist nur für Dienstboten.« Mit einem weiß behandschuhten Finger wies er ihr den Weg. »Am Haus vorbei durch den Hinterhof, neben der Waschküche die Treppe hinauf. Ich glaube, im Dachgeschoss wohnt tatsächlich eine Familie. Vielleicht versuchen Sie es dort.«

16

»Ich glaube, die Ballonfahrt war wirklich ein Segen«, sagte Marian. »Ich habe mich schon lange nicht mehr so wohl gefühlt.«
»Du weißt gar nicht, wie sehr mich das freut«, erwiderte Cole, während er ein letztes Paar Socken einpackte und seine Reise-

tasche verschloss. »Wenn ich nicht schon mit dir verheiratet wäre, ich würde dir auf der Stelle einen Antrag machen.«

»Ach, Henry. Ich glaube dir kein Wort – aber es ist schön, dass du das sagst.«

Ein rosa Hauch legte sich über ihr Gesicht, wie ein zartes Morgenrot, während sie sich am Ärmel ihres Nachthemdes zupfte, verlegen wie ein Schulmädchen. Cole konnte es kaum fassen. Ihr Zustand hatte sich wirklich auf erstaunliche Weise verbessert. Seit sie vor zwei Wochen die Fahrt in Mr. Greens Fesselballon nachgeholt hatten, atmete sie viel freier und hustete nachts kaum noch Blut. Lag es wirklich nur an der Luftfahrt, wie Dr. Johnson meinte, oder war es ein Zufall? Cole wusste es nicht. Doch dieser Wandel war fast mehr, als er verkraften konnte. Er hatte Marian in seinem Herzen schon zu Grabe getragen, sie selber hatte es gewollt, und er hatte gelitten, als wäre sie wirklich für immer von ihm gegangen. Aber jetzt sah es so aus, als würde womöglich alles ganz anders, als könne sie vielleicht doch, entgegen allen Prognosen des Arztes, die schreckliche Krankheit besiegen, als gebe es einen Neuanfang für sie. Ein fast vergessenes Gefühl wallte in Cole auf. Liebte er Marian immer noch? Sie hatte ihre gemeinsamen Kinder geboren, sie hatten ein ganzes Leben miteinander geteilt, verbunden durch eine Vertrautheit, die er mit einer anderen Frau vielleicht nie wieder erleben würde …

»Weißt du was?«, sagte er. »Wenn ich zurück bin, spreche ich mit Mr. Green. Wir machen noch eine Fahrt mit dem Ballon.«

»Können wir uns das denn leisten?«

»Ich werde ihm ein Geschäft vorschlagen. Er darf auf der Weltausstellung Fahrten für das Publikum anbieten, dafür soll er dich vorher mit seinem Ballon kurieren. Jede Woche einmal. Was meinst du, wie dir das bekommt!«

»Immer fällt dir eine Lösung ein, Henry.« Zärtlich lächelte sie ihn an. »Musst du wirklich fort? Kann nicht mal ein anderer für dich die Arbeit tun?«

»Wie stellst du dir das vor? Die Midland Railway hat hundert neue Waggons angeschafft, nur wegen der Ausstellung, aber die Züge sind längst noch nicht ausgebucht. Ich muss die Werbetrommel rühren.« Er strich ihr eine Strähne aus dem Gesicht. »Ich glaube, ich sollte jetzt langsam los.« Er beugte sich über sie und küsste sie auf die Stirn.

Da klingelte es an der Wohnungstür.

»Wer ist das denn? Dr. Johnson?«, fragte er. »Ich wusste gar nicht, dass er heute kommt.«

»Ich auch nicht«, sagte Marian.

»Ich mache schon auf«, rief Hardy im Flur.

Eine Sekunde später ging draußen ein Schloss, und quietschend öffnete sich die Tür.

»Wohnt hier Mr. Henry Cole?«

Als er die Stimme hörte, die da draußen seinen Namen nannte, fuhr Cole zusammen. »Ich … ich kümmere mich darum«, stammelte er und machte sich von Marian los. »Leg du dich am besten wieder ins Bett.«

Er nahm seine Tasche und eilte hinaus.

Im Flur stand Emily, noch außer Atem vom Treppensteigen. Irritiert sah sie in die Gesichter der Kinder, die aus der Küche lugten.

»Los, macht euch fertig für die Kirche!«, herrschte Cole sie an.

Die Kinder verschwanden, nur Hardy blieb zurück und musterte Emily misstrauisch mit seinen ernsten, dunklen Augen.

»Du auch!«

Widerwillig folgte Hardy dem Befehl.

»Emily!«, sagte Cole, nachdem er die Küchentür hinter seinem Sohn geschlossen hatte. »Was um Himmels willen führt Sie her?«

»Es ist etwas Fürchterliches geschehen. Ich brauche Ihre Hilfe. Dringend!«

»Meine Hilfe? Sicher, gerne, aber – ich bin eigentlich gar nicht mehr hier. Ich sollte schon längst am Bahnhof sein. Um zehn nach elf geht mein Zug.«

»Ich weiß. Aber ich dachte, ich fahre einfach mit Ihnen zum Bahnhof. Dann kann ich Ihnen unterwegs …«
»Gute Idee, so machen wir's.« Er warf sich einen Mantel über den Arm und schob Emily vor sich her zur Tür, ins Treppenhaus. »Übrigens, falls Sie sich über die Kinder wundern – die gehören meiner Schwester. Sie ist gerade im Krankenhaus, und ihr Mann …«
Da sah er Emilys Gesicht. Sie hatte Mund und Augen aufgerissen, als wäre ihr ein Gespenst erschienen.
Er drehte sich um.
Marian war ihm aus dem Schlafzimmer gefolgt, im Nachthemd stand sie in der Tür. Vicky und Blanche, die Zwillinge, kamen aus der Küche gelaufen und drängten sich an sie.
»Was sagt Papa für komische Sachen, Mama?«
»Musst du jetzt ins Krankenhaus?«
»Ist die Tante da seine Schwester?«
Die Zwillinge zerrten an Marians Armen, doch die gab keine Antwort. Cole machte den Mund auf, in der Hoffnung, dass ihm irgendeine Erklärung einfiel, doch sein Gehirn war plötzlich so leer wie eine alte verrostete Teedose.
Auch die Zwillinge verstummten. Mit verstörten Gesichtern traten sie zurück und schmiegten sich noch enger an ihre Mutter. Plötzlich war es so still in dem Flur wie in einer Friedhofskapelle.
Emily war die Erste, die ihre Sprache wieder fand. Scharf wie ein Messer durchschnitt ihre Frage das Schweigen: »Wer ist diese Frau, Mr. Cole?«

17

»Sie tragen eine Brille, Mr. Paxton?«, fragte Albert. »Das wusste ich ja gar nicht.«
»Meine Frau hat darauf bestanden, Königliche Hoheit. Es ließ sich leider nicht mehr vermeiden. Die Sehkraft.«
Paxton hatte den Prinzgemahl und Feldmarschall Wellington am Eingang des Transepts empfangen und führte seine Besucher nun durch den Pavillon, um sie über den neuesten Stand der Dinge zu unterrichten. Obwohl es Sonntag Vormittag war, herrschte in dem Bau eine Geschäftigkeit wie in einem Bienenkorb. Unendliche Ströme von Waren trafen von allen Seiten ein; wohin man schaute, wurden Kisten ausgepackt, Vitrinen gefüllt, Maschinen installiert, während Maler und Anstreicher auf ihren Gerüsten letzte Hand an die dekorative Ausgestaltung der Halle legten. Die Regierung hatte eine Ausnahmegenehmigung für die letzten Arbeiten im Kristallpalast erlassen, die hier die sonst heilige Sonntagsruhe außer Kraft setzte.
»Aber das ist ja ein Traum!«, rief Prinz Albert.
Sie hatten die Mitte des Kuppelbaus erreicht, wo im Schatten der jahrhundertealten Ulmen ein Brunnen, so hoch wie fünf Mann, das Zentrum des Ausstellungsgebäudes markierte: eine Lilienstaude aus Kristall, aus deren gläsernen Kelchen sich plätschernde Silberströme ergossen.
»Ein schöner Luxus«, knurrte Wellington. »Aber auch ein bisschen kostspielig, wie?«
»Der Brunnen war nicht ganz billig«, erwiderte Paxton, »trotzdem wird er nichts kosten. Wir haben für die Finanzierung eine sehr einfache, aber wirkungsvolle Lösung gefunden – das heißt, Mr. Cole, der sich übrigens höflichst entschuldigen lässt, hatte den Einfall.«
»Ich weiß«, nickte Albert, »eine wichtige Dienstreise.«
»Sehen Sie die Kabinen dort oben?« Paxton zeigte hinauf zur

Galerie, wo eine Reihe blau und rosa gestrichener Türen zu sehen war. »Das sind die Toiletten, nach Geschlechtern getrennt. Wenn wir für die Benutzung jeweils einen halben Penny erheben …«

»Sie wollen Eintritt für die Verrichtung der Notdurft verlangen?«, fragte der Prinzgemahl. »Ich bewundere zwar Ihr Talent, wie Sie alles in Geld verwandeln, aber ich weiß nicht, gibt es nicht doch gewisse Grenzen?«

»Rümpfen Sie nicht die Nase, Königliche Hoheit – *pecunia non olet!* Die Leute können sich ja vorher überlegen, ob sie müssen oder nicht.« Wellington strahlte vor Begeisterung über das ganze pockennarbige Gesicht. »Doch eine andere Frage, Mr. Paxton. Wie wollen Sie mit den Spatzen fertig werden, die da in den Bäumen herumflattern? Ich fürchte, die sind nicht so vornehm und benutzen den Abort. Die werden den Leuten einfach auf die Köpfe scheißen.«

»Die Vögel sind in der Tat ein Problem«, pflichtete Paxton ihm bei. »Wir hatten schon ein paar Jäger im Einsatz, aber wegen der Glaswände kamen sie nicht zum Schuss.«

»Mein Vorschlag, junger Mann – setzen Sie Sperlingsfalken ein! Die machen kurzen Prozess, ohne Schaden anzurichten.«

»Großartige Idee, eine Waffe der Natur. Ich muss zugeben, darauf sind wir nicht gekommen. Obwohl der Gedanke eigentlich nahe liegt.« Paxton war beeindruckt. Doch es gab noch ein anderes Thema, das der Lösung harrte, ein überaus heikles Thema sogar. Mit einem Räuspern wandte er sich wieder dem Prinzgemahl zu. »Hat der Hof inzwischen in der Frage der Eröffnungsfeier entschieden?«

»Durchaus«, erwiderte Albert, dem das Thema sichtlich unangenehm war. »Zwar noch nicht definitiv, aber doch so gut wie.«

»Und darf ich fragen, mit welchem Resultat?«

»Man ist allgemein der Meinung, dass die Königin die Ausstellung in einem eher privaten Kreis eröffnen sollte.«

»Sie meinen, unter Ausschluss der Öffentlichkeit?«

»Ich weiß, Paxton, Sie hatten auf eine andere Auskunft gehofft.« Albert zuckte unsicher mit den Augen. »Aber die Geheimdienste warnen vor möglichen Anschlägen. Phipps, mein Adjutant, legt mir fast täglich neue Berichte vor. Es gibt ernste Anzeichen, dass Revolutionäre vom Kontinent sich mit hiesigen Elementen zusammentun, um die Veranstaltung für ihre Zwecke zu missbrauchen, zum Zeichen des Protests.«

Paxton nahm die Brille ab, die ihm noch ungewohnt auf der Nase drückte. »Verzeihen Sie, wenn ich widerspreche. Aber ich plädiere entschieden für eine öffentliche Zeremonie. Das ganze englische Volk fiebert dem Ereignis seit Monaten entgegen, sein Ausschluss würde einen Sturm der Empörung hervorrufen – der denkbar schlechteste Auftakt für die Veranstaltung.«

»Da haben Sie einerseits ganz sicher Recht, aber andererseits ... Wir haben keinerlei Erfahrung darin, was passiert, wenn solche Menschenmassen auf einem Fleck zusammenkommen. Die Dinge könnten außer Kontrolle geraten.«

»Sie gelten als ein Freund des Volkes, Königliche Hoheit. Gerade von Ihnen wird man erwarten, dass Sie die Eröffnung in einem Rahmen feiern, der möglichst breiten Kreisen den Zutritt erlaubt.«

Albert polierte nervös die Fingernägel an seinem schwarzsamtenen Mantelkragen. »Meine Frau«, sagte er, ohne Paxton anzuschauen, »wurde im vergangenen Jahr zweimal auf offener Straße angegriffen. Große Menschenmassen beunruhigen sie seitdem. Wir dürfen ihr Leben auf keinen Fall irgendeiner Gefahr aussetzen.«

»Das steht außer Frage«, beeilte Paxton sich zu versichern. »Doch ich hege keinen Zweifel, dass Polizei und Militär für die nötige Sicherheit garantieren werden.« Hilfesuchend blickte er den Feldmarschall an. Der aber schaute immer noch nach den Spatzen in den Baumkronen. »Nicht wahr, Exzellenz?«

»Sie brauchen nicht so zu schreien, Paxton«, erwiderte Wellington. »Ich bin zwar alt, aber nicht taub. Worum geht es?«

»Die Sicherheitsvorkehrungen für die Eröffnungsfeier.«
Wie ein altes Regimentspferd, das beim Signal der Trompeten die Ohren aufstellt und zu tänzeln beginnt, war Wellington plötzlich wieder präsent. »Als Oberbefehlshaber der Truppen habe ich eine Massierung der Streitkräfte angeordnet, um jede Form öffentlicher Unruhe im Keim zu ersticken. Außer der regulären Polizei wird am Eröffnungstag eine Garnison von dreizehntausend Mann in Bereitschaft stehen, dazu werden Hunderte von Polizisten, als Ausstellungsführer getarnt, sich im Gebäude aufhalten, und der Außenminister hat bereits Kontakt mit der französischen und preußischen Regierung aufgenommen, um die Einreise ausländischer Revolutionäre vom Kontinent zu unterbinden. – Aber das alles scheint Königliche Hoheit wenig zu interessieren.«
»Pardon, Wellington«, erwiderte Albert ein wenig zerstreut, »wenn ich mich nicht irre, bekommen wir Besuch – überaus reizenden Besuch.«
Paxton schaute in die Richtung, in die der Prinzgemahl wies. Vom Eingang des Transepts näherte sich eine junge Frau, deren Anblick ihm so vertraut war wie sein eigenes Spiegelbild, doch die er noch nie so aufgebracht gesehen hatte wie in diesem Moment.
»Emily?«, sagte er. »Was willst du denn hier?«

18

»Du musst Mr. Cole entlassen, sofort! Ich will diesen Menschen nie wiedersehen!«
»Bist du verrückt geworden? Du platzt in ein Gespräch mit dem Prinzgemahl, und das nur, um Irrsinn zu reden?«
»Ach, Papa, wenn du wüsstest. Ich war bei diesem Menschen, dessen Namen ich nie mehr in den Mund nehmen werde – in

seiner Wohnung, am Hamilton Place. Schon die Adresse ist Betrug, er wohnt im Hinterhaus, unter dem Dach, zusammen mit den Dienstboten.«
»Was?«, rief Paxton. »Du warst bei Cole? Zu Hause?« Eilig schloss er die Tür seines Büros, durch die noch die Hochrufe der Arbeiter zur Verabschiedung des Prinzgemahls zu hören waren. »Was ist los?«, fragte er dann. »Aber bitte der Reihe nach. Und führe dich nicht auf wie ein Kind, sondern wie eine erwachsene Frau.«
»Ich *bin* eine erwachsene Frau!« Emily zitterte am ganzen Körper. Um ihrer Erregung Herr zu werden, presste sie das Kinn auf die Brust, und mit aller Fassung, zu der sie fähig war, sagte sie: »Ja, ich war bei ihm. Ich wollte ihn bitten, mir zu helfen. Er sollte das Unrecht wieder gutmachen, das ihr Victor angetan habt. Wie konnte ich auch ahnen, was für ein Mensch er ist?« Die Worte, die ihr ganzes Unglück bedeuteten, waren so stark, dass sie die Tränen nicht länger zurückhalten konnte. »Er ist ein Hochstapler«, schluchzte sie und warf sich ihrem Vater an die Brust, »ein Betrüger, ein Heiratsschwindler.«
»Jetzt beruhige dich doch«, sagte Paxton und strich ihr über das Haar. »Du bist ja ganz außer dir. Hier, nimm mein Taschentuch. Doch bitte achte auf deine Worte, bevor du einen Menschen verurteilst. Was soll das heißen – ein Betrüger?«
»Er hat mich belogen, Papa. Dieser Mensch, der um meine Hand angehalten hat, ist schon verheiratet!« Emily löste sich von ihrem Vater und schaute ihn durch den Schleier ihrer Tränen an. »Begreifst du jetzt, warum du ihn entlassen musst?«
Paxton trat an das kleine Fenster, das in das Innere des Kuppelbaus ging. »Manchmal sind die Dinge anders, als sie scheinen«, sagte er und steckte sich eine Zigarette an. »Ich meine, die Tatsache, dass Cole verheiratet ist, muss noch lange nicht bedeuten – wie soll ich sagen? Das eine schließt manchmal das andere nicht aus.«
»Was soll das heißen?«, fragte sie und wischte sich die Augen.

»Ich erkläre dir, dass dieser Mensch verheiratet ist, und das ist alles, was dir dazu einfällt? Willst du ihn etwa noch in Schutz nehmen?«

»Ich fürchte, Anstand und Gerechtigkeit verlangen genau das von mir.«

Er nahm einen Zug von seiner Zigarette und paffte den Rauch in die Luft, während draußen auf der Galerie zwei Malergesellen mit voll gekleckten Arbeitsanzügen lachend vorübergingen.

»Nein, so Leid es mir tut, Emily, ich kann deinen Wunsch nicht erfüllen. Abgesehen davon, dass Cole im Dienst der Königlichen Kommission steht und ich keinen Einfluss auf seine Anstellung habe …«

»Und ob du den hast!«, protestierte Emily. »Ein Wort von dir genügt, und dieser Mensch ist auf der Straße. Und schau mich bitte an, wenn du mit mir redest.«

Ihr Vater drehte sich um, doch er schüttelte den Kopf. »Noch einmal, mein Kind, ich kann und werde auf Cole nicht verzichten. Seine Entlassung wäre eine Katastrophe für das ganze Unternehmen. Und auch für dich, ein solcher Schritt würde dir großen Schaden zufügen. Schließlich ist er dein Verlobter.«

Emily starrte ihn verständnislos an. »Wie kann ein verheirateter Mann mein Verlobter sein? Ja, begreifst du denn immer noch nicht? Dieser Mensch hat uns alle hinters Licht geführt, nach Strich und Faden betrogen! Ich habe seine Frau gesehen, seine Frau und seine Kinder!«

Paxton drückte seine Zigarette aus und begann, die Brille, die er die ganze Zeit in der Hand gehalten hatte, mit dem Zipfel seiner Weste zu putzen. Es dauerte eine Ewigkeit, bis er endlich wieder den Mund aufmachte.

»Verzeih mir, wenn ich widerspreche«, sagte er dann, »aber Cole hat uns weder hinters Licht geführt noch betrogen. Er hat sich im Gegenteil vollkommen korrekt verhalten, so korrekt, wie man es sich nur wünschen kann. Er hat deine Mutter und mich von seiner Ehe unterrichtet, noch bevor er dir einen Antrag ge-

macht hat. Erinnerst du dich an unseren ersten gemeinsamen Kirchgang? Wir waren auf dem Heimweg, als er uns beiseite nahm. Alles, was danach geschah, geschah mit unserem Einverständnis.«
Emily griff nach den Zigaretten, die in einer offenen Schachtel auf dem Schreibtisch lagen, doch zitterte sie so sehr, dass sie keine zu fassen bekam, ohne sie zu zerbrechen.
»Ich wollte dir das alles schon lange erklären«, fuhr ihr Vater fort, »und ich bedaure jetzt sehr, dass ich es nicht getan habe.« Er setzte sich die Brille auf und machte einen Schritt auf sie zu. »Du musst wissen, Mrs. Cole ist krank, sehr krank – sterbenskrank, um genau zu sein, und alle ärztliche Kunst wird nicht ausreichen, ihr die Gesundheit zurückzugeben. Das ist eine Tatsache, leider. Doch so beklagenswert Mrs. Coles Zustand auch ist – soll uns das daran hindern, sinnvolle Vereinbarungen für die Zukunft zu treffen? Ich meine nicht. Es ist vielmehr unsere Pflicht, über den Tag hinauszudenken, und ich bin mir darin eines Sinnes sowohl mit deiner Mutter als auch mit deinem Verlobten. Cole hat mir versichert, dass seine Verbindung zu dir der ausdrückliche Wunsch seiner Frau ist, sie will selbst, dass ihr nach ihrem Tod heiratet, nicht zuletzt im Interesse der Kinder …« Paxton streckte die Hand nach Emily aus. »Du liebst ihn doch, das habe ich gleich bei seinem ersten Besuch gesehen. Du hast vor Freude gestrahlt, als er sich weigerte, meine Steckrüben zu essen.«
»Das … das kann ich nicht glauben!« Emily wich vor ihrem Vater zurück, als habe sie Angst, dass er sie berührte. »Ihr habt gewusst, dass Cole verheiratet ist, eine Frau und Familie und Kinder hat, und trotzdem habt ihr zugelassen, dass ich ihm mein Jawort gebe?«
»So ist das Leben«, sagte Paxton. »Die Natur fragt nicht immer nach unseren Wünschen, sondern trifft oft ihre Entscheidungen ohne uns. Sosehr ich das Schicksal der armen Mrs. Cole bedaure – aber sollten wir etwa dein Lebensglück opfern? Nein, das

konnten wir nicht verantworten. Weder vor dir noch vor unserem Gewissen als Eltern.«

»Ihr habt es gewusst«, wiederholte Emily wie betäubt. »Ihr habt es gewusst und mir trotzdem verschwiegen …«

»Es war das Vernünftigste, was wir tun konnten. Es war doch nur eine Frage der Zeit, bis die Dinge sich von allein regeln würden. Wir wollten dir unnötige Sorgen ersparen.«

»Was meinst du damit – dass die Dinge sich von allein regeln?«

Paxton wich ihrem Blick aus. »Ich glaube, du verstehst mich recht gut.«

»Du meinst, dass Mrs. Cole stirbt? Du meinst, dass wir nur auf ihren Tod warten müssen, damit dieser Mensch und ich …«

Während Emily sprach, versuchte sie das Unbegreifliche zu begreifen, doch es war, als es gebe es in ihrem Kopf eine Sperre, die verhinderte, dass die Bedeutung ihrer eigenen Worte in ihr Bewusstsein gelangte. »Dieser Mensch hat auf den Tod seiner Frau spekuliert, wie ein Börsenmakler auf fallende Kurse, um mich zu heiraten. Darum hat er den Termin für unsere Hochzeit immer wieder hinausgeschoben. Er hat sich am Leben selbst versündigt – ein schlimmeres Verbrechen kann es gar nicht geben! Und statt dafür zu sorgen, dass dieser Mensch ins Gefängnis kommt, macht ihr euch zu seinem Komplizen. Ich kann gar nicht sagen, wie sehr ich euch verachte. Pfui Teufel!«

Emily verstummte, ihr fehlten einfach die Worte. Um irgendwas zu tun, fing sie mit hastigen Bewegungen an, die Tabakkrümel, die aus den zerbrochenen Zigaretten gerieselt waren, vom Schreibtisch zu fegen, als wäre das jetzt die wichtigste Aufgabe der Welt, während aus dem Transept gedämpft der Arbeitslärm ins Büro drang.

Doch so plötzlich, wie sie ihre sinnlose Tätigkeit begonnen hatte, hörte sie damit auf. Die ganze Situation kam ihr auf einmal so unwirklich vor wie das Gesicht ihres Vaters. Wer war dieser bleiche, fremde, alte Mann, der da vor ihr stand und die Enden seiner Bartkoteletten strich?

»Ein Wort ist ein Wort«, sagte er, ohne eine Miene zu verziehen, »und Geschäft ist Geschäft!«

»Geschäft?« Emily traute ihren Ohren nicht. »Wie kannst du jetzt vom Geschäft reden?«

»Ganz einfach«, erwiderte er, ohne eine Sekunde mit der Antwort zu zögen, »weil alles im Leben ein Geschäft ist.«

Emily ließ die Arme sinken. Ihr Vater war nur noch eine einzige Mauer, die sich vor ihrer Anklage so uneinnehmbar erhob wie eine Festung. Während er sie durch die Gläser seiner Brille fixierte, spürte Emily, dass jedes weitere Wort, jedes weitere Argument wie eine Seifenblase an ihm zerplatzen würde. Es gab nur noch eine Möglichkeit, in ihn zu dringen.

»Entweder dieser Mensch oder ich«, sagte sie leise.

Sie glaubte, ein Zucken in seinem Gesicht zu erkennen, doch das dauerte nur eine Sekunde.

»So wie du redest«, sagte Paxton kalt, »kann nur jemand reden, der in seinem Leben nie erfahren hat, was Armut heißt. Was du von mir verlangst, wäre mein eigener Ruin. Henry Cole ist für meine Zwecke nicht zu ersetzen.«

»Jeder Mensch ist ersetzbar.«

Ihr Vater schüttelte den Kopf. »Dieser Mann nicht. Wenn Cole ausfällt, ist es das Ende der Midland Railway. Ohne ihn bleiben unsere Züge leer. Hast du eine Vorstellung, was hundert neue Eisenbahnwaggons kosten?«

Die Frage war so erbärmlich, dass Emily keine Antwort darauf geben konnte. »Dann geh und mach deine schmutzigen Geschäfte mit ihm«, sagte sie, »ich kann dich nicht daran hindern. Aber wenn du das tust, bin ich nicht länger deine Tochter.«

Ihr Vater lachte einmal kurz auf. »Ich fürchte, das hängt nicht von deiner Entscheidung ab, mein Fräulein. Meine Tochter bist und bleibst du, solange du lebst. – Natur ist Natur!«

19

In dem großen dunklen Treibhaus war es so still, als wäre die Zeit stehen geblieben. Nur ab und zu tropfte irgendwo leise Wasser von einem Blatt in den Teich, während im blakenden Licht der Gaslampen riesige Pflanzen aus ihren Schatten wucherten – Boten einer fremden Welt, die Emily nicht mehr verstand.
Vom schwarzgrünen Grund des Teiches sah sie ihr Spiegelbild aufsteigen, wie ein Gespenst trat es ihr entgegen: ein hageres Gesicht, ein knochiger Körper, verhüllt von ein paar Fetzen Stoff. Cole hatte ihr das Gefühl gegeben, eine Frau zu sein, liebenswert, hübsch, und sie war auf seine Lügen hereingefallen, Tage, Wochen, Monate, wie eine Idiotin, geblendet von seinem Witz, von seinem Charme, von seinem Esprit, unter dessen brillanter Oberfläche sie ein faszinierendes Geheimnis vermutet hatte. Jetzt kannte sie dieses Geheimnis – ein so schäbiges, schmutziges, scheußliches Geheimnis, dass sie davon erbrechen musste.
Sie beugte sich über den Beckenrand, und wie früher als Kind vor dem Spiegel begann sie zu grimassieren, kniff die Augen zu Schlitzen zusammen, krauste die Nase, stülpte die Lippen auf, um sich selbst nicht mehr erkennen zu müssen in den Zuckungen ihrer Züge. Doch je fremder sie sich mit jeder Fratze wurde, umso unausweichlicher wurde die Gewissheit, dass immer wieder sie es war, die da ihr Gesicht verzog und verzerrte: Miss Emily Paxton, die Tochter des berühmten Joseph Paxton und ehemalige Verlobte Henry Coles. Sie streute eine Handvoll Sand in das Wasser und schaute zu, wie ihre Gesichtszüge sich in den Wellenringen allmählich auflösten, erfüllt nur von dem einen Wunsch, ein anderer Mensch zu sein, die Tochter anderer Eltern, in einem anderen Leben.
Leise erzitterte die *Victoria regia* in ihrem Teich. Unberührt von Emilys Schmerz, unberührt von allem Leid der Welt, trieb die

Königin der Seerosen in dem warmen Wasser, prachtvoll und träge in der Fülle ihrer Majestät. Zwischen zwei radgroßen Blättern, aufgetaucht aus dem schwarzen Teich wie eine Frucht der Unterwelt, glänzte ihre prall gefüllte Knospe. Vor dieser Blume hatte Emily schon als Kind mit ihrem Vater gesessen und gestaunt. Die Erinnerung erfüllte sie gleichzeitig mit Wehmut und Zorn. Wie sehr hatte sie ihren Vater bewundert, jedes Wort von seinen Lippen hatte sie in sich aufgesogen ... Und jetzt? Sie nahm einen Teller von Coles Service, das auf einem Teewagen neben dem Becken stand, und warf ihn so heftig zu Boden, dass er in tausend Scherben zersprang.

»Leben! Leben!«

Aufgeregt flatterte der Kakadu auf seine Stange, und während er sein Gefieder putzte, glotzte er mit blöden Augen auf Emily herab. Trug sie Mitschuld an dem Verbrechen, das dieser Mensch und ihre Eltern ins Werk gesetzt hatten? Die Knospe der Seerose begann zu zucken, vielleicht würde sie noch in dieser Nacht aufspringen. Plötzlich war Emily wieder das kleine Mädchen, das sie einmal gewesen war, und zusammen mit ihrem Vater saß sie an dem Teich und wartete auf das Wunder. »Alle Lebewesen, ob Tiere oder Pflanzen, haben nur ein Ziel: Sie wollen leben und sich weiterentwickeln. Dabei verdrängen die Großen die Kleinen, die Starken die Schwachen. Doch wenn das Starke das Schwache besiegt, wie das Leben in der Pflanze die Knospe, entsteht Großes und Schönes.« Wie groß und schön war ihr diese Lehre erschienen. Sie hatte daran geglaubt wie an die Lehre der Heiligen Schrift. Aber das war nicht die ganze Wahrheit, die ganze Wahrheit hatte eine böse, dunkle Kehrseite, die sie viele Jahre lang nicht gesehen hatte, vielleicht nicht hatte sehen wollen, obwohl ihr Vater sie nicht einmal vor ihr verborgen hatte. »Keine zwei Arten, die sich auf dieselbe Weise ernähren, können in ein und demselben Lebensraum miteinander auskommen. Deshalb ist das Leben ein ewiger Kampf, und nur die Tüchtigsten können darin überleben. Das ist das Gesetz, der Wille des ewigen

Schöpfergottes.« Galten diese Worte jetzt der kranken Mrs. Cole? Sollten sie als Rechtfertigung dienen, einen Menschen für tot zu erklären, bevor Gott ihn zu sich gerufen hatte? Emily schauderte. Sie musste an ihr Gespräch mit Victor denken, das sie vor Monaten geführt hatten, an seine seltsame Geschichte von den Kuchenessern und Steckrübenessern. Damals war ihr schon einmal, für einen kurzen Augenblick, eine dunkle Ahnung gekommen, welche zerstörerischen Kräfte in den Lehren ihres Vaters womöglich steckten. Obwohl es in dem Treibhaus drückend warm war, schlang sie die Arme um ihren Leib.

»Railway! Railway!«

Verstört blickte sie hinauf in die dunkle Kuppel. Der Kakadu plusterte sich auf, als wäre er stolz auf das neue Wort, das er gelernt hatte. Plötzlich fiel es Emily wie Schuppen von den Augen, Coras sinnloses Gekrächze hatte ihr den Blick geöffnet. Das Geheimnis des Lebens, wie ihr Vater es ihr erklärt hatte, war in Wirklichkeit nichts anderes als seine Gier nach Geld. Geld war ihm wichtiger als alles andere – wichtiger als Moral, wichtiger als Recht, wichtiger als seine eigene Tochter. Alles, was er bisher im Leben getan hatte, hatte er um des Geldes willen getan. Geld hatte ihn stark gemacht, Geld war für ihn der Inbegriff von Macht und Überlegenheit. Und um des Geldes willen hielt er jetzt an einem Mann fest, der bereit war, seine eigene Frau auf dem Altar des Lebens zu opfern, sein künftiges Glück um den Preis zu erkaufen, dass die Mutter seiner Kinder starb.

»Ja, Emily, das muss so sein, auch wenn es uns grausam vorkommt. Stell dir die Natur wie einen weise regierten Staat vor, und die starken Tiere darin als die Polizisten oder Soldaten. Sie hindern die schwachen Tiere daran, sich allzu sehr zu vermehren, und räumen sie fort, bevor sie sich selbst oder anderen Geschöpfen zur Last fallen. Nur so bleibt das Gleichgewicht der Schöpfung bestehen.«

Ein Blütenblatt sprang auf, ein zweites, ein drittes, und ein makelloses Weiß quoll hinaus in die Dunkelheit. Wie oft hatte

Emily diesen Vorgang beobachtet, und doch war es jedes Mal aufs Neue ein Wunder, wie das Leben im Innern der Kapsel danach drängte, sich aus der Umklammerung zu befreien, beseelt von jener Ungeduld, die allem Wachsen und Gedeihen innewohnte. Sie hatte sich immer dieser Blume verwandt gefühlt, wie einem vertrauten Menschen, der einen das Leben lang begleitet und so zum Teil der eigenen Existenz wird. Aber diesmal kamen ihr Fragen, die ihr noch nie gekommen waren. Auf welchen dunklen Pfaden der Natur war die *Victoria regia* ins Dasein getreten? Welche Arten hatte sie im Laufe der Jahrtausende verdrängt, um die Königin aller Seerosen zu werden? Welche Pflanzen waren um ihretwillen vom Antlitz der Erde verschwunden? Auf einmal erschienen Emily die Blüten und Blätter in dem Teich wie übergroße Wucherungen, nicht kraftvoll und mächtig und stark, sondern krank, falsch, pervers – geilende Unwirklichkeit, der Natur entwurzelt, durch menschliche Züchtung auf groteske Weise entstellt und verzerrt.
Entsetzt von dem Anblick barg sie ihr Gesicht in den Händen. Modergeruch stieg von den Sumpfblüten auf – der faule, süßliche Atem des Todes.

Viertes Buch
In der Unterwelt
Sommer 1851

1

Obwohl der erste Mai des Jahres 1851 ein gewöhnlicher Werktag war, hatten fast alle Läden in London geschlossen, und die Büros und Handelskontore lagen ebenso verlassen da wie die Werkstätten und Manufakturen. Auf den Straßen und Plätzen aber herrschte ein Andrang, wie es seit der Krönung Königin Victorias keinen mehr in der Hauptstadt gegeben hatte. Alle Staatsgebäude waren mit Fahnen geschmückt, Glocken läuteten von den Kirchtürmen, und eine schier unüberschaubare Menschenmasse wogte in Richtung Hyde Park. Denn das Wunder, dem die Nation seit Monaten entgegenfieberte, der Traum, der die besten Kräfte des Landes vereinte, um vor Gott und der Welt die Herrlichkeit des Jahrhunderts sowie die Größe des britischen Empires zu bezeugen, war zahllosen Widrigkeiten, Zweifeln und Anfeindungen zum Trotz Wirklichkeit geworden: Die »Weltausstellung aller Nationen und Völker«, die erste *exposition universelle* der Menschheitsgeschichte, öffnete ihre Pforten!

Als wolle der Himmel selbst das Ereignis segnen, schien dies nach Wochen mit Regen, Wind und Sturm der erste Frühlingstag zu sein. Zwar war die Luft noch kühl, als am frühen Morgen die Völkerwanderung einsetzte, doch eine freundliche Brise riss bald schon die Wolkendecke auf, und die Sonnenstrahlen brachen sich Bahn, um gegen neun Uhr bereits auf eine halbe Millionen Menschen herabzuscheinen, die sich im Hyde Park drängte. Die Bäume waren schwarz von Schaulustigen, in den Kronen stritten sich erwachsene Männer mit ihren Söhnen um die besten Plätze. Denn um zwölf Uhr würde die Königin erscheinen, zusammen mit Prinzgemahl Albert, und das wollte sich niemand entgehen lassen.

»Hoh! Hüh! Platz da!«
Der Himmel hatte sich fast vollständig gelichtet, als die Kutsche von Joseph und Sarah Paxton, eskortiert von berittenen Gardisten, sich einen Weg durch das Gewühl bahnte. Paxton hatte zur Feier des Tages die offizielle Hoftracht angelegt, mit Kniehosen, Spitzenjabot und Dreispitz, und Sarah trug eine prachtvolle Robe aus Seide und Brokat, die sie bei *Schuster & Simon*, dem teuersten Modeatelier im Londoner West End, hatte anfertigen lassen. Ihnen gegenüber saßen die sechs jüngsten Kinder der Familie – die Jungen in blauweißen Matrosenanzügen, die Mädchen in rosa Rüschenkleidern.
»Das ist der größte Tag in deinem Leben«, sagte Sarah, während sie wie eine Königin über die Menschenmenge blickte. »Ich kann dir gar nicht sagen, wie stolz ich auf dich bin.«
»Obwohl ich aussehe wie ein Zirkusdirektor?«, fragte Paxton mit gequältem Lächeln.
»Von wegen! Der Anzug sieht fabelhaft aus – als wärst du im Hofstaat geboren. Der Prinzgemahl wird vor Neid erblassen.«
»Ach, Sarah«, sagte er. »Ich hoffe nur, es geht alles gut. So viele Menschen auf einem Haufen – das reinste Pulverfass. Nicht auszudenken, wenn irgendein Verrückter auf den Gedanken kommt, die Leute aufzuhetzen.«
»Jetzt hör endlich auf, dir Sorgen zu machen. Hast du nicht gestern selbst gesagt, dass die Regierung alle erdenklichen Sicherheitsmaßnahmen getroffen hat?«
»Sicher, das hat sie, aber kann man wirklich alles im Voraus bedenken? Ein Funke genügt, und das Pulverfass fliegt in die Luft.«
Sarah nahm seine Hand und schaute ihn an. »Ist es wirklich das, was dich bedrückt, Joseph?«
Paxton schüttelte den Kopf. »Ach, natürlich nicht.«
»Du vermisst Emily, nicht wahr?«
Statt ihr zu antworten, stieß Paxton nur einen Seufzer aus.
»Warum ist Emily nicht mitgekommen?«, fragte Georgey und

rutschte vor Schadenfreude auf seinem Platz hin und her. »War sie nicht lieb?«
»Lass das Zappeln und halt deinen Mund«, sagte Sarah streng. »Du weißt den Grund ganz genau. Emily ist in Manchester, bei Tante Rebecca.«

2

Geschoben von den Menschenmassen, die alle in dieselbe Richtung strebten, glaubte Emily fast zu ersticken. Am liebsten hätte sie sich ihr gefüttertes Reisekostüm vom Körper gerissen, so heiß wurde ihr inmitten der zahllosen Leiber, doch sie hatte kaum Platz, auch nur die Knöpfe ihres Kragens zu öffnen. Um sie herum wimmelte es wie auf einem Jahrmarkt, das bunteste Menschengemisch, das sie je gesehen hatte: Bauern mit Bibermützen und bestickten Westen, Handwerker in stramm sitzenden Reithosen, Handelsgehilfen in geliehenen Fräcken, rotwangige Frauen in Reifröcken und frisch gestärkten Blusen, Landpfarrer in sackleinenen Soutanen.
Unwillkürlich tastete Emily nach ihrer Geldbörse, die sie aus Angst vor Taschendieben in den Ärmel ihres Kostüms gesteckt hatte. Sie hatte Hunger, seit dem Abend hatte sie nichts mehr gegessen, aber es war unmöglich, zu einer der Erfrischungsbuden vorzudringen, die entlang des Reitwegs aufgeschlagen waren. Manche Familien hatten offenbar die ganze Nacht im Hyde Park kampiert und bereiteten jetzt ihre Morgenmahlzeit zu. Wasserkessel sangen, Lakaien mit gepuderten Perücken stolperten hilflos übereinander, um ihren Herrschaften Tee zu bringen, vornehme Damen riefen nach Riechwasser und drohten in Ohnmacht zu fallen, während aufgeregte Mütter Brote und Aufschnitt an ihre Kinder verteilten und Säuglinge an ihren

Milchflaschen nuckelten. Voller Neid schielte Emily zu den mit Tüchern verhangenen Kutschen, in denen Inhaber teurer Saison-Tickets genächtigt hatten und aus deren Richtung der Duft von gebratenen Eiern und Speck herüberwehte, so dass ihr das Wasser im Mund zusammen lief.
»Aaaaahhhhhh …«
Plötzlich schimmerte das Ziel all der Menschenmassen zwischen den Bäumen hindurch, und über den Laubkronen trat die gewaltige Glaskuppel hervor. Im hellen Glanz der Morgensonne erhob sich der Kristallpalast, strahlend in seiner majestätischen Größe und beflaggt mit Hunderten von Fahnen. Der Anblick ließ Emily alles vergessen. Das großartigste Ereignis der Weltgeschichte, hier und heute fand es statt! Wie hatte sie sich auf diesen Tag gefreut! Doch der Jubel blieb ihr im Hals stecken. Ihre Eltern hatten sie gedrängt, sie zur Eröffnungsfeier zu begleiten, doch lieber würde sie ins Kloster gehen, als an der Zeremonie mit jenen Menschen teilzunehmen, die sich selbst und ihre eigene Idee auf so erbärmliche Weise verraten hatten.
»Wann kommt endlich die Königin?«
»Ja, wir wollen die Königin sehen!«
»Es lebe Königin Victoria!«
Niemand wusste, dass Emily in London war, und noch vor wenigen Stunden hätte sie selbst nicht geglaubt, dass sie heute hier sein würde. Sie hatte sich geschworen, keinen Fuß mehr in die Hauptstadt zu setzen, bis die Weltausstellung vorbei war, fest entschlossen, die Zeit bis dahin bei ihrer Patentante in Manchester zu verbringen. Doch je näher der große Tag gerückt war, umso stärker hatte das Ereignis sie angezogen, und statt von Chatsworth nach Manchester zu fahren, wie sie ihren Eltern versprochen hatte, war sie in den Nachtzug nach London gestiegen. Die Vorstellung, dass die Ausstellung eröffnet wurde und sie bei ihrer schwerhörigen Tante altbackene Kekse aß, hatte sie nicht ausgehalten, und ohne Pythia zu befragen, die bei der Kälte der letzten Wochen in einen zweiten Winterschlaf

gefallen war, hatte sie sich auf den Weg gemacht. Ihre Reisetasche hatte sie in einem Public House bei Euston Station abgestellt. Dort würde sie sie abholen, bevor sie nach Manchester weiterfuhr.

»Endlich! Sie schließen auf!«

Ein Gittertor, das im Abstand von einigen hundert Yards den Kristallpalast vor dem Ansturm der Massen abschirmte, wurde für einen Augenblick geöffnet, und die erste Menschenwelle spülte in einen umzäunten Vorhof, von dem aus schmale Eisentreppen zu den Galerien hinaufführten. Voller Verbitterung sah Emily zu, wie die glücklichen Besitzer von Saisonkarten, die an diesem Tag allein zum Eintritt berechtigten, sich auf die verschiedenen Gebäudezugänge verteilten. Sie war so nah am Ort des Geschehens, und doch würde sie davon ausgeschlossen bleiben! Fast bereute sie, dass sie ihre Eltern nicht begleitet hatte. Als Tochter von Joseph Paxton würde sie jetzt in der ersten Reihe sitzen.

»Ihr Ticket, Miss!«

Ein Mann, der aussah wie ein gallenkranker Justizkommissar, versperrte Emily den Weg. Als sie in das kleine, hoheitsvolle Gesicht blickte, verwandelte sich ihre Verbitterung in Empörung. Sollte sie wegen dieses Wichtigtuers vielleicht nach Manchester fahren, ohne auch nur einen Zipfel der Ausstellung gesehen zu haben, während Tausende von Menschen, die sich keinerlei Rechte daran erworben hatten, in den Kristallpalast durften?

Bevor sie wusste, was sie tat, erklärte sie: »Ich brauche keine Eintrittskarte, Sir!«

Der Ordner nahm die silberne Lorgnette, die an einer Schnur vor seiner Brust baumelte, und klemmte sie sich auf die Nase. »Und warum nicht, wenn ich fragen darf?«

»Weil ich Miss Emily Paxton bin, die Tochter von Mister Joseph Paxton!«

Durch seine Augengläser fixierte sie der Mann mit einem verächtlichen Blick. »Und ich bin Prinz Albert persönlich!«, sagte er und nahm seine Lorgnette von der Nase. »Los, verschwinden Sie, oder ich lasse Sie fortschaffen!«

3

Der Lärm der Menge brandete bis hinauf in die Dachwohnung am Hamilton Place. Hardy stand auf einem Stuhl am Fenster und verrenkte sich den Hals, um draußen im Park etwas zu sehen.
»Warum darf ich nicht mitkommen, Papa? Ich würde so gerne dabei sein, wenn du der Königin alles erklärst.«
»Du weißt doch, dass das nicht geht. Sei jetzt ein großer Junge und nimm Vernunft an.«
»Aber das ist nicht fair! Die Weltausstellung ist deine Erfindung!«
Henry Cole war bis vor wenigen Minuten noch im Kristallpalast gewesen, um letzte Hand an die Dekoration des Thronraums zu legen. Jetzt war er kurz in die Wohnung zurückgekehrt, um sich für das große Ereignis umzuziehen. Vor lauter Nervosität gelang es ihm kaum, die Frackschleife zu binden. In wenigen Stunden würde er die Königin durch die Ausstellung führen – Prinz Albert persönlich hatte ihn mit dieser hohen Ehre ausgezeichnet.
»So, jetzt kannst du ihn anziehen.«
Marian kam mit seinem Frack herein, den sie im Flur für ihn abgebürstet hatte. Seit Monaten trug sie zum ersten Mal wieder ein Kleid. Viel zu groß hing es um ihren mageren Leib, doch ihre Augen leuchteten.
»Danke, mein Engel«, sagte er, während er den Frack überstreifte. »Womit habe ich nur eine Frau wie dich verdient?«
Sie band seine Schleife, ohne die Augen von ihm abzuwenden. Cole hatte Mühe, ihren Blick zu erwidern. Seit Emilys Besuch in seiner Wohnung hatten sie beide den Vorfall kein einziges Mal

erwähnt, und Marian hatte ihm keine der vielen Fragen gestellt, die zu stellen sie alles Recht der Welt besaß. Ob sie ahnte, wie es um ihn stand? Wenn ja, dann bewunderte er ihr Schweigen umso mehr. Es war eine schwere, durch nichts zu rechtfertigende Verfehlung gewesen, sein Schicksal auf eine Spekulation zu gründen, die Marians Tod in Kauf nahm, und die Tatsache, dass er sich dazu hatte verführen lassen, durch seinen Ehrgeiz, durch seinen Hunger auf gesellschaftliche Anerkennung, durch seine verfluchte Liebe zu Emily, lastete auf seiner Seele wie ein Alptraum, aus dem es nur einen Ausweg gab: Er würde Marian von nun an ein so guter Ehemann sein, wie es ihm möglich war, und alles daransetzen, dass sie wieder gesund wurde – ganz gleichgültig, wie aussichtslos der Versuch sein sollte. Die wortlose Liebe, mit der Marian ihn jetzt umsorgte, ihr stummes Verzeihen, das ihn viel schwerer traf als jeder Vorwurf, nahm er dabei als gerechte Strafe für seine Verfehlung hin.

»Ich fürchte, ich muss langsam los«, sagte er und knöpfte sich die Weste zu. »Sonst fangen sie noch ohne mich an.«

Marian begleitete ihn zur Tür. Als er sich von ihr verabschiedete, hatte sie Tränen in den Augen. »Ich bin Gott so dankbar, dass ich diesen Tag noch erleben darf«, flüsterte sie. »Wenn ich heute sterben müsste, ich glaube, ich wäre die glücklichste Frau der Welt.«

Cole war unfähig, ihr eine Antwort zu geben – zu groß war der Kloß in seinem Hals.

»Jetzt aber los!« Mit einem Lächeln drängte Marian ihn hinaus. »Königinnen warten nicht.«

»Und ob sie das tun!«, erwiderte er mit rauer Stimme. »Das wirst du noch sehen.«

»Ich, Henry? Wie denn das?«

»Ganz einfach, mein Engel«, sagte er. »Die Schlussfeier besuchen wir zusammen, und die Queen wird am Thron auf dich warten, um dir die Hand zu reichen.« Er gab ihr einen Kuss auf die Wange. »Das verspreche ich dir, so wahr ich Henry Cole heiße.«

4

»Euston Station!«
Emily warf sich in das einzige Cabriolet, das sie in dem Tohuwabohu vor dem Kristallpalast fand. Die Demütigung durch den Lakaien ihres Vaters hatte sie so wütend gemacht, dass sie unmöglich bis zum Abend warten konnte, um die Stadt zu verlassen. Was für eine Frechheit, ihr die Tür zu dem Gebäude zu weisen, das ohne sie niemals entstanden wäre! Wie die Bilder einer verrückt gewordenen Laterna magica flammten die Erinnerungsfetzen in ihr auf. Henry Coles Begeisterung, als er ihr von seiner Vision erzählte … Die Verzweiflung ihres Vaters, als er um einen Entwurf für den Pavillon rang … Emily musste sich fast übergeben. Selbst London, die größte Stadt der Welt, war zu klein für sie und diese Menschen! Lieber wollte sie ihr Leben lang Tante Rebeccas alte Kekse essen, als noch eine Stunde dieselbe Luft zu atmen wie sie.
»Worauf warten Sie? Fahren Sie endlich los!«
»In Ordnung, Miss.« Der Cabman schob sich den Hut in den Nacken und griff nach den Zügeln. »Aber ich sag Ihnen gleich, wir müssen einen ziemlichen Umweg machen. Die Park Lane ist verstopft wie eine öffentliche Latrine.«
Er ließ die Peitsche knallen, ein paar Fußgänger sprangen beiseite, doch die Gasse, die sich für einen Moment öffnete, füllte sich sofort wieder mit Menschen. Nur im Schneckentempo kamen sie in dem Gewühl voran, das sich erst am Piccadilly Crescent ein wenig lichtete. Ganz London lag im Taumel, das Ausstellungsfieber hatte die Stadt wie eine Epidemie erfasst, und die Händler priesen ihre Waren mit dem einen, immer wieder selben Wort an: *Exhibition!* Von allen Seiten tönte es Emily entgegen, wie um sie zu verhöhnen: Exhibition-Hüte, Exhibition-Zigarren, Exhibition-Schnürriemen, Exhibition-Puddings, Exhibition-Tee …

Auf einmal tauchte ein Gebäude vor ihr auf, groß und erhaben wie ein Mahnmal: das Drury-Lane-Theater. Der Anblick der Fassade berührte sie wie ein stummer, Stein gewordener Vorwurf. Hier war sie mit Victor verabredet gewesen, an einem Sonntagmorgen, zum allerletzten Mal. Sie war nicht zu der Verabredung erschienen. Was musste er nur von ihr denken?
Bei der Vorstellung klopfte ihr Herz. Victor war der einzige Mensch, den sie in dieser Stadt noch einmal sehen wollte. Der einzige Mensch, zu dem sie Vertrauen hatte. Der einzige Mensch, den sie achtete und schätzte. Der einzige Mensch, den sie …
Sie blickte auf die Uhr über dem Theaterportal. Ihr Zug fuhr in einer Stunde. Ob sie doch den Nachtzug nehmen sollte?
»Halten Sie an!«
»Aber warum, Miss?« Der Cabman drehte sich verwundert zu ihr um. »Ich schätze, der Verkehr löst sich gleich auf. In zehn Minuten sind wir am Bahnhof.«
»Trotzdem! Ich habe es mir anders überlegt!«
Emily stieg aus und gab dem Kutscher einen Schilling. Doch als der Wagen davonrollte, wurde ihr die Sinnlosigkeit ihres Vorhabens bewusst. Wie um alles in der Welt sollte sie Victor finden? Genauso gut konnte sie versuchen, in einem Ameisenhaufen eine bestimmte Ameise aufzuspüren. Sie wusste ja weder, wo er wohnte noch wo er inzwischen arbeitete. Vielleicht war er gar nicht mehr in London, sondern längst in eine andere Stadt gezogen, es gab Handwerksgesellen, die wechselten alle paar Monate den Ort.
Plötzlich hatte sie eine Idee: Toby, der rothaarige Lehrjunge von Mr. Finch! Er hatte sie schon einmal zu Victor geführt … Sie raffte ihre Röcke und überquerte die Straße.
Je weiter sie der Drury Lane in Richtung Themse folgte, umso dreckiger und ärmlicher wurden die Häuser. Vor den Türen und Torwegen türmten sich Berge mit stinkenden Abfällen, und auf der ungepflasterten Straße musste Emily aufpassen, in keinen

Kothaufen zu treten. Trotzdem war sie heilfroh, dem Exhibition-Spuk zu entkommen. Hier herrschte wenigstens wieder der normale Alltag. Vor einem Schuppen wurde Ingwerbier ausgeschenkt, nebenan dörrten Datteln in der Sonne, Kinder boten Honigkuchen und Schwefelhölzer an. Neben einem fliegenden Buchhändler, der sein Lager vor einer Pfandleihe ausgebreitet hatte, hockte ein Krüppel und reckte Emily glänzende Medaillen entgegen. Sie bückte sich zu dem Mann herab, doch kaum sah sie die Inschriften auf den Münzen, schreckte sie zurück, als hätte sie an einem verdorbenen Stück Fleisch gerochen: Es waren Exhibition-Medaillen.

Die Tür der Druckerei war nur angelehnt. Ohne zu klopfen, trat Emily ein.

»Hallo? Ist hier jemand?«

In der Werkstatt war es so still, dass sie eine Fliege brummen hörte. Kein Mensch war zu sehen, und die Maschinen machten den Eindruck, als hätte schon lange niemand mehr daran gearbeitet.

»Was wollen Sie?«

Aus einer Tür, über der ein Ölbild mit einer Katze hing, kam ein magerer, schwarzbärtiger Mann, der ein Bündel über der Schulter trug und Emily mit nervösen Augen anschaute.

»Ich suche Victor Springfield«, sagte sie. »Er hat früher hier gearbeitet. Können Sie mir sagen, wo er wohnt?«

Der Mann fixierte sie so schamlos, dass Emily sich fühlte, als wäre sie nackt. Unwillkürlich zupfte sie am Ausschnitt ihres Kleides.

»Ich glaube schon«, sagte er. »In der Parker Street ist eine Schneiderei, nicht weit von hier. Die erste Gasse links und dann die zweite rechts, Sie können sie gar nicht verfehlen.«

»Eine Schneiderei?« fragte Emily.

»Wundert Sie das?«, erwiderte er mit einem Grinsen. »Victor hält sehr auf elegante Kleidung. Fast so sehr wie auf hübsche Frauen.«

Sie überhörte die Anzüglichkeit, und fünf Minuten später stand sie vor dem bezeichneten Haus. Eine Frau, die ungefähr so alt war wie sie selbst, öffnete ihr die Tür. Sie hatte blondes Haar und rosige Wangen. Emily trat instinktiv einen Schritt zurück.
»Kommen Sie zur Anprobe?«, fragte das Mädchen.
»Nein«, antwortete Emily. »Man ... man hat mir gesagt, dass ich hier vielleicht Victor Springfield finde.«
Das Mädchen schaute sie an. Ihre wasserblauen Augen waren gerötet. Sie sah aus, als hätte sie geweint.
»Sie sind Miss Paxton, nicht wahr?«, sagte sie.
»Woher wissen Sie das?«, fragte Emily erstaunt.
»Das ist nicht schwer zu erraten«, erwiderte das Mädchen mit einem traurigen Lächeln. »Victor hat die ganze Nacht nur von Ihnen geredet. Obwohl es unsere letzte Nacht war. Er ... er muss Sie wirklich sehr lieben.«

5

»Mein Gott«, flüsterte Sarah, als sie mit ihren Kindern in der ersten Reihe der Galerie ihren Platz einnahm.
Aus Schwindel erregender Höhe blickte sie in das Kuppelrund hinab: ein Sommernachtstraum in der Mittagssonne, ein unendliches Meer aus Licht und Weite, in dem sie zu ertrinken glaubte. Über den riesigen, mit frischem Laub bedeckten Ulmen wölbte sich die Kuppel, ein feines Netzwerk symmetrischer Linien, verschwimmend in einem blauen Himmelsdunst. Sarahs Augen liefen über von dem Anblick, ein einziger Rausch von Farben: die bunten Fahnen, die weißen Marmorstatuen, die grünen Pflanzen – das alles hatte ihr Mann erschaffen. Im Schatten der Ulmen, unweit des Brunnens, aus dessen kristallenen Lilienkelchen sich silberne Ströme ergossen, erhob sich der Thron, ein

Zeltdach von azurblauer Seide, ein indischer Königssessel auf einem Stufengebirge persischer Teppiche, umgeben von einem Garten, in dem alles an Düften und Farben wucherte, was auf den fünf Kontinenten der Sonne entgegenwuchs: Zedern aus dem Libanon, Haiden vom Tafelberg, Palmen aus der Südsee, Orchideen vom Amazonas, schwelgend in einem Ozean von grünlichem Licht, das im Zittern des durchsichtigen Laubes sich zu kräuseln schien. Eine hörbare Stille erfüllte das weite Rund, als würde die Weltgeschichte den Atem anhalten.
Plötzlich ertönten Fanfaren. Die goldene Pforte am Ende des Transepts flog auf, Hochrufe aus vielen tausend Kehlen ertönten, und an der Seite des Prinzgemahls, gefolgt von ihren Kindern und dem Hofstaat, betrat Queen Victoria die Halle, um durch das Spalier der ausländischen Gesandten zu schreiten: dunkelhäutige indische Fürsten mit Turbanen und Juwelen auf der Stirn, fahle chinesische Mandarine in kostbar bestickten Seidengewändern, kleine japanische Potentaten mit undurchsichtigen Mienen, wollköpfige afrikanische Häuptlinge in bunten Umhängen. Eine Orgel präludierte die Nationalhymne, und während die Königin die Stufen des Thrones bestieg, fiel ein gewaltiger Chor, der sämtliche Männerstimmen Londons zu vereinen schien, in das Brausen der Orgel ein, sodass bald darauf der ganze Kristallpalast davon widerhallte.
»*God save our gracious Queen, long live our noble Queen …*«
Als die Königin unter dem Baldachin ihren Platz auf dem Thronsessel einnahm, verstummte der Chor und feierliche Stille trat ein. Prinz Albert verlas einen Bericht der Königlichen Kommission, auf den die Queen mit einem kurzen Dank antwortete. Dann erhob sich der Erzbischof von Canterbury, eingepackt in zwei weiße Puderärmel, und sprach ein Gebet, in dem er den Himmel um Beistand für das große Unterfangen bat: »Möge diese Weihe der Pracht der Erde ein Weltopfer sein.« Ohne dass sie es merkte, faltete Sarah die Hände und murmelte die Worte mit, die der Bischof zusammen mit den Ehrengästen sprach:

»Vater unser, der du bist im Himmel, geheiligt werde dein Name. Dein Reich komme, dein Wille geschehe, wie im Himmel, also auch auf Erden …«
Erneute Fanfarentöne holten sie in die Wirklichkeit zurück.
»Da!«, rief Georgey. »Da kommt Papa!«
Sarah griff nach der Hand ihres Sohnes. Der große Augenblick war da, der Augenblick, für den sie lebte, seit sie Joseph Paxton zum ersten Mal begegnet war. Eine vielköpfige Prozession von Würdenträgern bewegte sich auf den Thron zu, angeführt von ihrem Ehemann, der in seinem Hofstaat aussah wie ein Earl oder Lord mit einem Stammbaum von fünfhundert Jahren. Wie ein Meer teilte sich die Menge vor ihm, und die Mitglieder der Regierung, die Vertreter des Ober- und Unterhauses, die Funktionsträger der Königlichen Kommission, das diplomatische Korps mit Gesandten aus über hundert Ländern – sie alle folgten ihm nach, wie einst das Volk Israel Moses durch das Rote Meer gefolgt war.
Wieder brauste die Orgel auf, der »Messias« von Händel ertönte, und der Chor erscholl zu einem mächtigen Halleluja, das Sarah wie eine Woge erfasste. Da traf ihr Blick die Augen, in die sie schon so oft geschaut hatte, zwei dunkle, ruhige Augen, und Joseph verbeugte sich vor ihr, als wäre sie die Königin. Mit einem zärtlichen Lächeln erwiderte sie seinen Gruß. Ja, sie hatte es immer gewusst, schon als er noch ein einfacher Gärtner gewesen war, mit Erdkrusten an den Händen und Holzpantinen an den Füßen, hatte sie sein Genie erkannt, das ihn zu wirklich Großem befähigte. Und obwohl sie in den Jahren ihrer Ehe so manches Mal unter ihm gelitten hatte, unter seinen Affären genauso wie unter seiner Liebe zu Emily, würde sie doch mit keiner Frau der Welt tauschen. Es konnte kein größeres Glück für sie geben, als das Leben mit diesem Mann zu teilen.

6

Victor öffnete den Kleidersack und warf die wenigen Habseligkeiten hinein, die er auf die Reise mitnehmen wollte: eine Jacke, zwei Hosen, etwas Wäsche und ein paar Bücher. Er war in Eile, am Abend würde er schon nicht mehr in London sein.
Noch einmal schaute er sich in der Dachkammer um. Ein Tisch, ein Stuhl, das abgezogene Bett – das war alles, was er zurückließ. An der Wand hing ein Bild: die Zeichnung, die Emily von ihm gemacht hatte. Er saß auf einem Stapel Eisenträger im Hyde Park und blickte in die Ferne, als würde er auf jemanden warten. Seine Gesichtszüge erkannte er so deutlich wieder wie in einem Spiegel. Trotzdem log die Zeichnung – die Narbe auf seiner Stirn fehlte. Sollte er das Bild trotzdem mitnehmen?
Es klopfte an der Tür.
Eine kurze, unsinnige Hoffnung flackerte in Victor auf. Doch herein kam nur Mrs. Bigelow, seine Zimmerwirtin, deren helles, gutmütiges Gesicht unter der frisch gestärkten Haube vor Reinlichkeit zu duften schien wie ihre weiße, saubere Wäsche, für die sie in der ganzen Gegend zwischen Charing Cross und Waterloo Bridge berühmt war. Sie kam, um das Bettzeug mitzunehmen.
»Haben Sie sich das auch gut überlegt?«, fragte sie, während sie die abgezogene Wäsche zu einem Paket stapelte. »Das ist ja eine Entscheidung fürs ganze Leben.«
»Ich weiß«, erwiderte Victor nur.
»Nein, man kann nie wissen.« Mrs. Bigelow wackelte mit dem Kopf. »Wenn Sie es sich anders überlegen, können Sie ja wiederkommen. Ich habe immer ein Zimmer für Sie frei.« Sie drückte ihn kurz an sich und gab ihm einen Kuss auf die Stirn. »Gott möge Sie beschützen!«
Mit dem Bettzeug unter dem Arm verließ sie die Kammer. Victor trat an die Wand, um das Bild abzunehmen. Es war eine Erinnerung, immerhin, und wenn er es sorgfältig verpackte,

würde es die Reise überstehen. Er nahm die *Illustrated London News* vom Tisch, die er am Vortag gekauft hatte. Auf der Titelseite war der Kristallpalast abgebildet, beflaggt mit den Fahnen aller an der Weltausstellung beteiligten Nationen. Er riss den Bogen entzwei, schlug die Zeichnung darin ein und legte sie zwischen zwei Hemden.

Mehr hatte er nicht mehr zu tun. Jetzt konnte er gehen.

»Darf ich reinkommen?«

Als er die Stimme hörte, fuhr er herum.

»Emily? Du?«

Sie stand in der offenen Tür. Die Sonne strahlte in ihrem Rücken, sodass ihre Silhouette von einem leuchtendem Schein umgeben war, in dem unzählige Staubkörnchen flimmerten. Victors Herz machte vor Freude einen Sprung. Doch dann erinnerte er sich an die fremde Frau am Drury-Lane-Theater, die er mit Emily verwechselt hatte, an die demütigende Mischung von Verärgerung und Verwunderung in dem vornehmen Gesicht, und die ganze Enttäuschung, die ganze Wut jenes Augenblicks war wieder da.

»Was willst du hier?«, fragte er. »Ich dachte, du bist im Hyde Park, bei deinem Vater. Und bei deinem Freund, dem Prinzgemahl.«

»Ich war im Hyde Park«, sagte sie. »Und auch am Kristallpalast. Aber – sie haben mich nicht reingelassen.«

»So, tatsächlich? Woher weißt du eigentlich, wo ich wohne?«

»Bitte, Victor, mach es mir nicht so schwer. Ich … ich wollte dir sagen, dass ich dich nicht im Stich gelassen habe. Ich konnte damals zu unserer Verabredung nicht kommen.«

»Um mir das zu sagen, hast du dich hierherbemüht?«

Emily nickte. Victor hätte sie am liebsten genommen und geschüttelt und ihr ins Gesicht geschrien, wie enttäuscht und wütend er gewesen war. Aber wozu? Er war damals vom Drury-Lane-Theater direkt zu Fanny gegangen. Sie hatte sich vor ihm niedergekniet und seinen Hosenlatz geöffnet und nicht eher aufgehört, als bis keine Gefühle mehr in ihm waren. Die Erinnerung daran half ihm, das wortlose Schweigen zu ertragen, das jetzt in der Kammer entstand und in seinen Ohren dröhnte wie eine vorbeidonnernde Lokomotive.

Emily deutete auf seinen Kleidersack. »Willst du verreisen?«

»Ja, ich habe auf einem Frachter angeheuert. Das Schiff läuft heute Abend aus. Nach Amerika.«

»Nach Amerika? Aber da kennst du doch keinen Menschen!«

»Vielleicht ist das der Grund, warum ich dorthin will.«

Emily biss sich auf die Lippen. »Du willst ein neues Leben anfangen, nicht wahr?«

»Wenn du es so nennen willst, von mir aus. Mein altes werde ich jedenfalls nicht vermissen.«

Sie machte einen Schritt auf ihn zu und reichte ihm die Hand. »Dann … dann wünsche ich dir viel Glück. Vielleicht geht es dir dort ja besser als hier.«

Er zögerte, ihre Hand zu nehmen, doch als er es schließlich tat, musste er für eine Sekunde die Augen schließen, um nicht die Beherrschung zu verlieren. Die harmlose Berührung genügte, dass er alles vergaß, was sie ihm angetan hatte, und er nur noch den Wunsch hatte, dass sie bei ihm blieb.

»Und du?«, fragte er und ließ ihre Hand wieder los.

»Ich? Was soll mit mir sein? Ich verreise nach Manchester, zu meiner Tante. Wahrscheinlich werde ich den ganzen Sommer über bei ihr bleiben. Sie ist meine Taufpatin und kränkelt ein bisschen und braucht Hilfe. Außerdem haben wir uns schon lange nicht mehr gesehen, und … und ich vermisse sie.« Emily verstummte und schlug die Augen nieder, offenbar hatte sie alles gesagt. Dann aber hob sie den Blick, ihr Unterkiefer zitterte, und auf einmal brachen die Worte nur so aus ihr heraus: »Ach, Victor, das ist ja alles nicht wahr. In Wirklichkeit will ich gar nicht zu meiner Tante, und sie ist auch nicht krank und braucht auch keine Hilfe. Ich fahre nur nach Manchester, weil ich hier ersticke, weil ich es hier nicht mehr aushalte. Ich fliehe – ver-

stehst du? Am liebsten würde ich bis ans Ende der Welt verschwinden, genauso wie du, damit ich nicht länger hier sein muss.«
Victor zog sie in die Kammer und machte die Tür hinter ihr zu. »Was ist los?«, fragte er. »Warum willst du fort? Ausgerechnet jetzt, wo dein Traum in Erfüllung geht? Die Königin eröffnet in diesem Moment die Weltausstellung, die Zeitungen sind voll davon, von *deinem* Paradies. Und du willst verschwinden? Das begreife ich nicht.«
Er rückte den Stuhl vom Tisch und forderte sie auf, sich zu setzen. Emily blickte ihn unsicher an, dann nahm sie Platz und begann zu reden, zögernd zuerst, immer wieder stockend, und manchmal klang ihre Stimme, als müsste sie Tränen unterdrücken, während sie Victor von einem Mann erzählte, mit dem sie verlobt gewesen war, heimlich, weil die Öffentlichkeit nichts davon wissen durfte, von ihrer fürchterlichen Entdeckung, die sie in der Wohnung ebendieses Mannes hatte machen müssen, und von dem abscheulichen Geschäft, das ihre Eltern mit ihm vereinbart hatten, ein Geschäft, das auf einer so unsäglichen Vereinbarung beruhte, dass Emily noch jetzt, da sie davon erzählte, daran würgte, als säße eine Kröte in ihrer Kehle.
»Was haben sie nur mit dir gemacht?«, fragte Victor, wie betäubt von ihrem Bericht, als Emily endlich schwieg.
Mit dem Rücken zu ihm saß sie da auf ihrem Stuhl, den Blick auf die kleine Luke im Dach gerichtet. Und während er versuchte, die fürchterlichen Dinge zu begreifen, die sie ihm gesagt hatte, diese widerlichen und hinterhältigen Gemeinheiten, vor denen selbst die abgebrühtesten Zuhälter Londons ausspucken würden, dämmerte ihm eine Erkenntnis: Die Menschen, die Emily all diese Dinge angetan hatten, waren dieselben, die auch Toby auf dem Gewissen hatten … Mr. Joseph Paxton und seine Frau Sarah und wer noch immer an ihren Geschäften beteiligt gewesen war, hatten die Wachmannschaften am Bahnhof aufgestellt und den Befehl gegeben, auf jeden zu schießen, der ihr Eigentum

bedrohte. Und wie ihr Eigentum, als wäre auch sie eine Ware, aus der es möglichst großen Profit zu ziehen galt, hatten sie Emily an diesen Kerl verschachert, der auf den Tod seiner eigenen Frau spekulierte, um die Tochter des berühmten Joseph Paxton heiraten zu können. Eine Frage drängte sich Victor auf: Musste er Emily nicht sagen, was er wusste? Er suchte nach den richtigen Worten, um sie über die Wahrheit aufzuklären, die er ihr so lange vorenthalten hatte. Doch als er ihr Gesicht sah, den Schmerz, der sich darin spiegelte, fragte er nur:
»Warum hast du mir nie gesagt, dass du verlobt warst?«
»Ich dachte, es wäre nicht so wichtig«, erwiderte sie so leise, dass er sie kaum verstand.
»Nicht so wichtig? Wie kannst du das nur glauben!«
»Du hast ja Recht«, flüsterte sie, »ich habe es ja auch gar nicht geglaubt. Der wirkliche Grund war, dass ich nicht wusste, was passieren würde, wenn ich dir die Wahrheit sagte. Ich hoffte so sehr, wir könnten Freunde sein, trotz meiner Verlobung. Ich wollte dich nicht verletzen, oder vielmehr, ich wollte dich nicht verlieren – ich hatte Angst, du würdest nichts mehr von mir wissen wollen, wenn ich es dir sagte. Oder – ach, ich weiß auch nicht … Ich war so verwirrt, ich wusste nicht mehr ein noch aus …«
Sie wandte sich zu ihm herum. Er sah die Tränen in ihren Augen, und auf einmal hatte er nur noch das Bedürfnis, sie in den Arm zu nehmen, um sie vor diesen Menschen zu beschützen. Doch er blieb vor ihr stehen, ohne sich zu rühren. Er hatte Emily einmal geküsst, und danach war alles nur noch schlimmer geworden.
»Warum bist du damals nicht zum Drury-Lane-Theater gekommen?«, fragte er, »zu unserer letzten Verabredung? Ich hatte solche Angst, dass du die Komplizin deines Vaters bist, dass du nur den Streik verhindern wolltest, in seinem Auftrag, um den Bau zu retten, und als du dann nicht da warst …«
Emily wischte sich die Tränen aus dem Gesicht. »Ich wollte mit Cole sprechen, wegen dir. Er sollte dafür sorgen, dass sie dich

wieder einstellten. Das ging nur an diesem Morgen, ich hatte erst in der Nacht erfahren, dass mein Vater dich entlassen hatte, und Cole musste am selben Tag noch verreisen. Ich wollte, dass er dich zum Vorsitzenden des Arbeiterkomitees vorschlug, aber dann, als ich ihn in seiner Wohnung aufsuchte, sah ich seine Frau und seine Kinder …«

Victor strich über ihr Haar, ihre Wange, so leicht, dass er sie kaum berührte. Ihr Gesicht sah so zerbrechlich aus, ihre Haut war wie Porzellan im Vergleich zu der rauen, schwieligen Haut seiner eigenen Hand, in deren Poren immer noch Spuren von Druckerschwärze eingefressen waren. Er räusperte sich und sagte: »Ich hatte immer geglaubt, dass wir uns kennen, Emily. Weil wir als Kinder so oft zusammen waren. Aber das bedeutet viel weniger, als ich dachte. In Wirklichkeit weiß ich kaum was von dir – eigentlich gar nichts.«

»Und was weiß ich von dir?«, erwiderte sie. »Ich … ich hätte dich so gerne kennen gelernt. Ich meine, *richtig* kennen gelernt.«

Vom Fluss her ertönte das lang gedehnte Tuten eines Schiffes. Emily zuckte zusammen.

»Musst du aufbrechen?«, fragte sie.

Victor schüttelte den Kopf. »Noch nicht, erst in ein paar Stunden. Warum … warum fragst du?«

Sie zögerte eine Weile, dann sagte sie: »Wenn ich dich bitten würde, mich mit nach Amerika zu nehmen – würdest du es tun?«

Er war so überrascht, dass er laut auflachte. »Willst du dich über mich lustig machen?«

»Nein, Victor. Aber – was soll ich noch hier?«

»Du weißt nicht, was du da sagst«, erwiderte er, als er ihr ernstes Gesicht sah. »Amerika … das ist etwas anderes, als wenn du dich in Chatsworth in einen Zug setzt und kommst ein paar Stunden später in London an, wo dich ein Butler vom Bahnhof abholt. Du müsstest alles aufgeben, woran du gewöhnt bist, das Geld deiner Eltern, die schönen Kleider, dreimal am Tag essen, so viel du willst …«

»Du willst damit sagen, du traust es mir nicht zu?«
»Ich weiß nicht, vielleicht«, stammelte er. »Herrgott nochmal, Emily, du kommst einfach her und …«
»Was ist es dann?«, fiel sie ihm ins Wort. »Warum willst du mich nicht mitnehmen?«
Victor holte tief Luft. »Ganz ehrlich?«, fragte er.
Emily nickte. »Ganz ehrlich.«
Er gab sich einen Ruck. »Also gut«, sagte er dann. »Es ist, weil – immer, wenn ich mit dir zu tun hatte, bekam ich anschließend die Quittung dafür. Erst haben mich deine Eltern aus Chatsworth gejagt, dann habe ich die Arbeit auf der Baustelle verloren. Es ist wie ein Fluch, fast, als hätte meine Mutter Recht.«
»Was hat deine Mutter damit zu tun?«
»Sie hat mich vor euch gewarnt. Die Paxtons sind wie faule Äpfel, hat sie gesagt, und wer mit ihnen in Berührung kommt, der …« Er sprach den Satz nicht zu Ende.
Emily nickte. »Und du, glaubst du das auch?«
Victor zuckte mit den Schultern.
Sie dachte einen Moment nach, dann fasste sie einen Entschluss. »Komm!«, sagte sie.
Ohne ein weiteres Wort verließ sie den Raum und ging hinaus auf die Straße. Victor folgte ihr nach. Draußen blickte sie sich kurz um, als müsse sie sich orientieren, dann überquerte sie die Gasse und lief in die Richtung von Covent Garden. Beim Theater bog sie in die Drury Lane ein. Was in aller Welt wollte sie hier? Wollte sie in seine alte Werkstatt? Doch die Druckerei war nicht Emilys Ziel, im Laufschritt passierte sie das verkommene Gebäude, eilte weiter in Richtung Oxford Street und blieb dann vor einem ziemlich schäbigen Geschäft stehen, vor dessen Schaufenster ein Krüppel irgendwelche Souvenirs verkaufte. Über dem Eingang des Ladens hing eine alte, verblasste Holztafel: drei rote Kugeln auf blauem Grund – das Wahrzeichen der Londoner Pfandleiher.
»Was hast du vor?«, fragte Victor.

Emily streifte sich die Ohrringe ab. »Die hat mir mein Vater zum achtzehnten Geburtstag geschenkt. Jetzt können sie mir endlich nützen. Warte, ich bin gleich wieder da.«
Bevor er etwas sagen konnte, verschwand sie durch die niedrige Ladentür. Durch die fleckige Fensterscheibe hindurch sah Victor, wie sie einen dunklen Raum betrat, dessen Wände bis zur Decke mit Regalen voller Geschirr und Kleider, Bücher und Bettzeug zugestellt waren. Dazwischen tauchte ein älterer, silberhaariger Mann in einem eleganten Schlafrock auf. Während er sich mit einem Lächeln verbeugte, legte Emily die Ohrringe auf den Ladentisch. Der Mann klemmte sich eine Lupe vors Auge und hielt sie gegen das Licht. Nachdem er ein paar Worte mit Emily gewechselt hatte, ließ er den Schmuck in einer Kassette verschwinden und zählte mehrere Banknoten ab.
»Was meinst du«, sagte Emily, als sie wieder auf die Straße kam und Victor die Scheine zeigte. »Reicht das für ein Ticket nach Amerika?«
Es verschlug ihm die Sprache. »Soll das heißen«, stotterte er, »du … du willst wirklich mit mir kommen?«
»Ja, Victor.« Sie machte einen Schritt auf ihn zu und schaute ihn an, mit ihren klaren, türkisgrünen Augen. »Oder vertraust du mir immer noch nicht?«
Victor musste schlucken. Wie oft war er in diesen Augen ertrunken ... Statt einer Antwort nahm er ihr Gesicht zwischen seine Hände und küsste sie.

7

Henry Cole war beinahe glücklich. Vergessen war die Schande seiner Verfehlung, vergessen auch die Entsagung seiner Liebe, vergessen sogar die Aussprache mit Joseph Paxton, die ihm noch bevorstand – hier und jetzt zählte nur sein Lebenswerk, sein

Kristall gewordener Lebenstraum. Denn Henry Cole, der bis vor nicht allzu langer Zeit noch ein kleiner Beamter des Staatsarchivs gewesen war, ein Nichts im großen Getriebe der Regierung, führte Queen Victoria, die bedeutendste Herrscherin der Welt, durch den Kristallpalast, um ihr die Glanzlichter seiner Ausstellung zu zeigen, zusammen mit ihrem Ehemann und ihren zwei Kindern sowie all den hochwohlgeborenen und hochmütigen Mitgliedern ihrer Entourage, den Zeremonienmeistern und Kammerdamen, den Hofchargen und Ehrenfräulein, den Leibgardisten und Garderobenmeisterinnen, die einen Menschen wie ihn unter gewöhnlichen Umständen keines Blickes gewürdigt hätten und nun an seinen Lippen hingen, als verkünde er die Worte der Offenbarung. Zum vollkommenen Glück fehlte ihm nur, dass Marian ihn sah. Das wäre die beste Medizin für ihre Genesung gewesen – besser noch als die wöchentlichen Ballonfahrten mit Mr. Green.
Viele Tage hatte Henry Cole darauf verwandt, eine Route für die Führung zu ersinnen, die der Königin einen möglichst umfassenden Eindruck von dem Reichtum seiner Ausstellung vermittelte. Um sich selbst mit den unzähligen Exponaten vertraut zu machen, hatte er fast jeden der sechstausendeinhundertsechsundvierzig Stände besichtigt und sich die wichtigsten Stücke persönlich erklären lassen, damit keine Besonderheit, keine Kuriosität und keine Sensation seiner Aufmerksamkeit entging. In der Fülle konnte ein Unkundiger sich verirren wie ein Entdecker in einem Dschungel, denn es schien ein unentwirrbares Labyrinth von Rohstoffen und Naturprodukten, von Manufakturwaren und Kunstwerken zu sein. Doch unter seiner Führung verwandelte sich der Rundgang in eine Promenade durch das irdische Paradies, mit all den Wundern der Erde, die er, Henry Cole, an diesem einen Ort versammelt hatte. Wie ein Herrscher in seinem Reich präsentierte er der Königin den geheimnisvoll funkelnden Kohinoor, den größten Diamanten der Welt, kostbare Stoffe und Geschmeide, Gemälde und Skulpturen,

Eskimohütten und Elfenbeinschmuck, Mittelalterburgen und Fürstenbetten, Präzisionsuhrwerke und Wahlzettelzählapparate, Dampfmaschinen und Kanonen ... Während die Menschen ihnen von den Galerien aus zujubelten, wo immer sie erschienen, wich Königin Victoria, ihren neunjährigen Sohn fest an der Hand, nicht von Coles Seite, um keine seiner Erklärungen zu verpassen, und reagierte auf jedes Exponat mit immer wieder neuen Ausrufen der Begeisterung – voller Bewunderung für den Einfallsreichtum englischer Ingenieurskunst, voller Entzücken über die Eleganz französischer Luxuswaren, voller Respekt vor den Erzeugnissen deutscher Tüchtigkeit, voller Staunen über die verschwenderische Pracht des Orients und voller Zweifel angesichts der amerikanischen Neuerungswut in nahezu allen Dingen, die es zu erfinden gab.

»Was bedeuten diese Figuren?«, fragte die Königin, als sie wieder in der englischen Sektion angekommen waren, und zeigte auf eine marmorne Skulpturengruppe.

»*Der Sieg des Herrn über den Satan*«, antwortete Henry Cole. »Ein Werk von Mr. Lough.«

»Sehr schön.« Victoria nickte zufrieden. »Es erinnert mich an das Motto, das Prinz Albert unserer Ausstellung gab. Wie hieß es noch gleich?«

»*Die Erde aber ist Gottes, und alles, was darin ...*«

Plötzlich geriet er ins Stottern. Hinter der Königin sah er Joseph Paxton, der aufgeregte Zeichen machte.

»Aber was haben Sie, Mr. Cole?«, fragte Victoria. »Ist Ihnen nicht gut?«

Bevor er der Königin antworten konnte, wurden rings herum Rufe laut, Frauen und Männer drängten durcheinander, Soldaten stürzten vor, Polizisten, und eine Stimme rief: »Feuer!«

Cole fuhr entsetzt herum.

War das die Katastrophe, vor der Colonel Sibthorp gewarnt hatte?

»Lang lebe die Königin!«, rief eine helle, fremdländische Stimme.

Da entdeckte er die Ursache der Panik. Ein kleiner Chinese, kaum größer als ein Kind, hatte sich vorgekämpft, um sich vor der Queen auf den Boden zu werfen.
»Was für eine reizende Geste.«
Lächelnd winkte Victoria die Soldaten und Polizisten zurück, die den Mann fortzerren wollten, und nahm die Huldigung entgegen.
Feldmarschall Wellington lachte als Erster, und bald löste sich die Spannung in allgemeiner Heiterkeit auf. Prinz Albert schüttelte erleichtert den Kopf, und sogar die Zeremonienmeister konnten sich ein Lächeln nicht verkneifen, als der kleine Chinese sich wieder erhob.
»Bitte fahren Sie fort, Mr. Cole«, sagte die Königin. »Tun wir einfach so, als wäre nichts geschehen.«

8

Breit und rund wie der Rücken eines alten Lastenträgers spannte sich die London Bridge über die Themse. Emily stand mit Victor auf einer der steinernen Kanzelvorsprünge, die entlang des hohen Geländers in regelmäßigen Abständen über den Fluss ragten, und blickte auf die schwarzen Fluten, die sich träge durch die Nacht wälzten. Am Ufer drängte sich ein Wald von Schiffsmasten, hinter dem sich in der Ferne dunkel der Tower erhob, ein machtvoller, Furcht einflößender Hüter der schlafenden Stadt, über der auch bei Nacht noch ein Baldachin von schwarzem Qualm zu wogen schien, der unablässig aus den Schornsteinen zu beiden Seiten des Stromes in den Himmel aufstieg. Hinter der Festung, jenseits der St.-Katharinen-Kais und Westindien-Docks, verließ gerade ein schwer beladener Fünfmaster den Hafen von Bugsbys Reach, um die Flut zum Auslaufen zu nutzen.

»Das muss die *Welfare* sein«, sagte Victor.
»Bereust du, dass du nicht auf dem Schiff bist?«, fragte Emily.
»Auf einem Frachter? Mit dir?« Victor grinste sie an. »Wo hätten wir da deine Hutschachteln unterbringen sollen?«
»Bitte, Victor, mach dich jetzt nicht lustig über mich.«
»Hab keine Angst, wir werden schon bald ein Schiff für uns finden, am besten einen Passagierdampfer. Das Geld vom Pfandleiher reicht sicher für die Überfahrt, und ich kann als Heizer arbeiten. In den Zeitungen werden immer wieder welche gesucht.«
Ein kühler Wind strich über das Wasser. Emily hätte sich gern an Victors Schulter geschmiegt, aber sie traute sich nicht. Stattdessen schlug sie nur den Kragen ihres Kostüms hoch. Zu Füßen der steinernen Kanzel, auf der schwarzen Fläche der Themse, schäumte ein Strudel auf, mit weißlich tanzender Gischt, der sie auf seltsame Weise in seinen Bann zog. Für einen Moment überkam sie eine aberwitzige Lust, sich einfach in die Dunkelheit fallen zu lassen.
»Erzähl mir von Amerika«, sagte sie.
»Wie wir drüben ankommen?«
Emily nickte, und während sie der *Welfare* nachschaute, deren Segel sich in der Ferne blähten, hörte sie Victors sichere, ruhige Stimme.
»Hab keine Angst«, sagte er. »Es wird alles gut, ich weiß es genau. Als Erstes suche ich Arbeit. Das wird überhaupt nicht schwer sein, Drucker werden in Amerika überall gebraucht. Die Amerikaner haben ja die Pressefreiheit erfunden, die verzichten lieber aufs Frühstück als auf ihre Zeitung. Ich bin sicher, dass ich genug für uns beide verdiene. Auf jeden Fall genug, dass wir uns jeden Tag Griebenschmalz mit Apfelkraut leisten können.«
Die Erinnerung an die Vesperbrote ihrer Kindheit in Chatsworth tat Emily gut. »Und wo werden wir wohnen?«, fragte sie.
»In New York gibt es Ankunftslager für Einwanderer. Da können wir unterkommen, bis wir was Besseres haben.« Er zögerte

kurz, dann fügte er hinzu. »Falls du dir darum Sorgen machst, ich meine, wegen der Unterkunft – das musst du nicht. Ich … ich habe gehört, die Lager sind nach Männern und Frauen getrennt.«

Emily spürte, wie sie rot wurde. Zum Glück konnte Victor das in der Dunkelheit nicht sehen. »Ich würde auch gerne arbeiten«, sagte sie, »damit ich wenigstens das Apfelkraut beisteuern kann. Aber ich habe ja nichts gelernt. Vielleicht finde ich eine Stelle als Kellnerin, oder als Dienstmädchen bei reichen Leuten. Ich kann ganz passabel kochen, sogar meine Mutter lobt meine Saucen.«

»Du als Dienstmädchen?«, rief Victor. »Das kommt gar nicht in Frage!«

»Aber irgendwas muss ich doch tun, um Geld zu verdienen.«

»Ja, aber etwas, was du kannst.«

»Und was soll das sein?«

»Deine Zeichnungen! Darin bist du besser als alle anderen. Glaub mir, davon verstehe ich was. Es müsste mit dem Teufel zugehen, wenn du damit kein Geld verdienst.«

»Meinst du wirklich?«

»Ganz bestimmt! Und später, wenn wir erst mal richtig Fuß gefasst und ein bisschen was gespart haben, kaufen wir eine Druckerpresse und machen eine eigene Werkstatt auf. Das war schon immer mein Traum.«

»Könnte ich dir dabei nicht helfen?«, fragte Emily. »Ich könnte mich ja um die Abrechnungen kümmern.«

»Wie Mrs. Finch?« Victor schüttelte den Kopf. »Nein, da habe ich eine bessere Idee.« Er drehte sich zu ihr um und nahm ihre Hand. Seine Augen leuchteten so hell, dass Emily es trotz der Dunkelheit sah. »Wir gründen zusammen eine Zeitung«, sagte er dann, »eine Zeitung oder Zeitschrift, irgendwas wie das botanische Magazin, für das du damals die Seerosen gezeichnet hast.«

»Wir beide zusammen?«

»Und jeden Tag Griebenschmalz mit Apfelkraut. Versprochen!«

Emily spürte seine Hand in der ihren, den leichten Druck, die trockene Wärme. »Mein Gott«, flüsterte sie, »wäre das schön. So schön wie früher in Chatsworth, in unserem Paradies.«
Plötzlich hatte sie das Bedürfnis, ihm ganz nah zu sein, näher, als sie je einem Menschen gewesen war. Ob sie auf dem Schiff die Möglichkeit hatten zu heiraten? Emily glaubte irgendwo gelesen zu haben, dass Kapitäne das Recht hatten, Paare zu trauen, genauso wie Priester. Am liebsten hätte sie Victor danach gefragt, aber sie hatte nicht den Mut.
»Ich kann kaum erwarten, dass es losgeht«, sagte sie nur.
»Ich auch«, sagte er und küsste sie auf die Stirn. »Komm, es ist spät, gehen wir nach Hause.«
So selbstverständlich, als hätte er es schon hundertmal getan, legte er seinen Arm um ihre Schulter und führte sie von der Brücke. Sie schmiegte sich an ihn, genauso selbstverständlich, wie er seinen Arm um sie gelegt hatte, und schweigend gingen sie auf das Häusergewirr am Ufer zu, von wo ihnen ein feiner säuerlicher Geruch entgegenwehte.
Auf dem Fischmarkt in Billingsgate schlugen jetzt die ersten Händler ihre Stände auf, und schon bald würden die Bratfischverkäufer in ihren rundherum geknöpften Barchentjacken die Glut in ihren Öfen schüren.

9

»Für dein Seelenheil! Die neue Exhibition-Bibel! Nur zwei Schilling!«
Auf dem Bahnhofsplatz herrschte ein solcher Betrieb, dass Victor fast über den Bücherstand gestolpert wäre, den ein Bibelverkäufer vor dem Eingangsportal aufgebaut hatte. Emily und er waren gleich nach dem Frühstück nach Euston Station gegan-

gen, um die Reisetasche zu holen, die Emily dort in einem Public House am Vortag abgestellt hatte.

»Aber deshalb musst du mich doch nicht gleich verstoßen«, lachte sie.

»Soll nie wieder vorkommen!«, sagte Victor und reichte ihr seinen Arm.

Er platzte beinahe vor Stolz, als sie sich wieder bei ihm unterhakte, ohne sich von den missbilligenden Blicken, mit denen manche Straßenpassanten sie beäugten, irritieren zu lassen. Was für ein mutiges Mädchen sie war, an seinem Arm durch London zu spazieren, mitten am helllichten Tag! Mrs. Bigelow hatte ein paar Mal mit dem Kopf gewackelt, als Victor ihr Emily am Morgen vorgestellt und erklärt hatte, sie würde nun bei ihm wohnen, doch nach ein paar Worten hatte die Zimmerwirtin Emilys Wange getätschelt und ihm den Schlüssel zum Dachspeicher gegeben, damit er von dort eine zweite Matratze holte.

Er hatte die ganze Nacht auf dem Boden seiner Kammer verbracht, ohne ein Auge zuzutun, doch nicht, weil die zweite Matratze so hart war, sondern weil er den Geräuschen gelauscht hatte, die Emily im Schlaf verursachte, das Rascheln der Bettdecke, wenn sie sich umdrehte, ab und zu das leise Knarren des Bettgestells, vor allem aber ihre regelmäßigen Atemzüge, die schöner klangen als die Lieder der Negersänger von Clare Market. Sein »Prinz« hatte bis zum Morgengrauen keine Ruhe gefunden, und er hatte seine ganze Selbstbeherrschung aufbringen müssen, um sich nicht einfach zu ihr zu legen. Wenn sie bereit war, mit ihm nach Amerika auszuwandern, war das nicht so etwas wie eine Verlobung?

Immer wieder hatte er den Wunsch verspürt, sie aufzuwecken und sie zu fragen, ob sie ihn in Amerika heiraten würde, aber er hatte Angst gehabt, dass sie ihn auslachen oder vor Schreck Reißaus nehmen würde. Nein, so schwer es ihm fiel, sie nicht anzurühren, er würde sich gedulden, bis sie ihm von sich aus ein Zeichen gab.

»Vielleicht sollte ich einen Brief an meine Eltern schreiben«, sagte Emily.
»An deine Eltern?«, fragte Victor. »Wozu das denn?«
»Damit sie sich keine Sorgen machen und sich womöglich bei meiner Tante nach mir erkundigen. Ich könnte ihnen schreiben, dass ich wohlbehalten in Manchester angekommen bin.«
»Gute Idee«, sagte Victor. Plötzlich zuckte er zusammen. »Schau nur, da drüben! Dein Vater!«
Keine drei Schritte von ihnen entfernt, blickte ihnen Joseph Paxton entgegen. Fast lebensgroß prangte sein Bild in einem Aushang der *Illustrated London News*, mitten auf der Titelseite.
»Mensch, hast du mir einen Schreck eingejagt«, sagte Emily.
Victor blickte sie an. »Möchtest du den Artikel nicht lesen?«, fragte er.
Sie schüttelte den Kopf. »Nein, lieber nicht. Oder vielleicht doch – nur ganz kurz«, sagte sie dann und trat an den Schaukasten.
Von der Seite beobachtete Victor, wie sie mit gerunzelten Brauen den Bericht über ihren Vater las. »Und – was schreiben sie?«
»Er hat dem Prinzgemahl Schillingstage vorgeschlagen. Typisch!«
»Schillingstage? Was ist das?«
»Eine Senkung der Eintrittspreise, um möglichst viele Leute in die Ausstellung zu locken. Dabei hofft er natürlich, dass die Besucher von auswärts alle mit seinen Zügen nach London reisen. Ich kann dir gar nicht sagen, wie mich das anwidert!« Mit einem Ruck wandte sie sich von dem Schaukasten ab. »Komm, lesen wir lieber die Anzeigen. Vielleicht ist eine Schiffspassage dabei.«
Sie hatte noch nicht zu Ende gesprochen, da gab es einen so lauten Knall, als hätte jemand eine Kanone abgefeuert. Der Boden schien für eine Sekunde zu beben, laut schreiend rannten die Menschen durcheinander.
»Da!«, rief Emily und zeigte auf eine Rauchwolke, die über den Bahngleisen in den Himmel aufstieg.
»Um Gottes willen!« Victor nahm ihre Hand. »Los, komm mit!«

Im Laufschritt überquerten sie den Platz und eilten die Böschung hinunter zu den Gleisen. Dort sah es aus, als hätte eine Bombe eingeschlagen. Eine Lokomotive war aus den Schienen gesprungen und lag quer auf dem Bahndamm, die schwarze Eisenhaut war aufgeplatzt wie bei einem zerschossenen Tier.
»Was ist passiert?«, fragte Victor einen Streckenwärter, als sie an die Unglücksstelle kamen, wo schon Dutzende von Neugierigen standen.
»Ein Zug der Northwestern Railway«, sagte der Mann. »Ist eben explodiert.«
»Warum? Gab es einen Anschlag?«
»Anschlag?« Der Wärter schüttelte den Kopf. »Wie kommen Sie darauf? Nein, der Kessel ist in die Luft geflogen, wahrscheinlich war der Druck zu hoch. Passiert immer wieder mal.«
»Ist jemand verletzt?«, fragte Emily.
»Der Zugführer und ein Heizer«, sagte der Streckenwärter. »Da hinten liegen die zwei. Beziehungsweise das, was von ihnen übrig geblieben ist.«
»O mein Gott ...«
Der Anblick schnürte Victor die Kehle zu. Kaum einen Steinwurf von ihnen entfernt, zwischen zwei Signalmasten, lagen die verstümmelten Leichen.
»Victor! Was hast du? Ist dir schlecht?«
Er hörte Emilys Stimme kaum, aus weiter Ferne drang sie an sein Ohr. Er fühlte sich wie in einem Alptraum, den er schon einmal erlebt hatte.
»Toby ...«, flüsterte er, ohne die Augen von den Leichen abwenden zu können.
»Toby?«, fragte Emily. »Was ist mit Toby?«

10

»Hast du schon den *Chronicle* gelesen?« Sarahs Stimme wurde ganz andächtig, als sie ihrem Mann den Artikel vorlas. »›Der erste Morgen seit der Schöpfung, ein Fest der Völkerfamilie. Aus allen fünf Kontinenten strömten die Menschen herbei, zu einem gemeinsamen Akt des Friedens, der Liebe und der Religion. Hier in London, in der Hauptstadt des britischen Empires, ist die Menschheit vor ihren Schöpfergott hingetreten, um Rechenschaft abzulegen, wie sie seinen Auftrag erfüllt hat: *Machet euch die Erde untertan.*‹«
Joseph Paxton lehnte sich in seinem Sessel zurück und steckte sich zur Feier des Tages eine Zigarre an, während seine Frau die Presseberichte von der Eröffnungszeremonie sortierte, die sich vor ihr auf dem Kamintisch stapelten.
»Und hör nur, was die *Times* schreibt!«, fuhr sie fort. »›Mathematiker haben nachgewiesen, dass der Kristallpalast beim ersten Windstoß unweigerlich einstürzen würde, und Ingenieure haben ausgerechnet, dass die Galerien unter der Last des Publikums zusammenbrechen müssten. Ärzte haben uns Epidemien und Ökonomen Lebensmittelknappheit vorausgesagt, manche sogar die Pest! Doch was ist passiert? Nicht einmal die berühmten Revolutionäre vom Kontinent haben sich blicken lassen!‹«
»Ja, ja jetzt reißen sie das Maul auf. Dabei hatten sie letzte Woche noch die Hosen gestrichen voll.« Zufrieden paffte Paxton eine kleine Rauchwolke in die Luft. »Aber was schreibt der *Punch?* Der findet doch immer ein Haar in der Suppe.«
»Einen Augenblick«, sagte Sarah und nahm das Blatt von dem Stapel. »›Die Feier war eine Lektion für alle Besucher vom Kontinent, deren Staatsoberhäupter keinen Schritt ohne bewaffnete Eskorte in der Öffentlichkeit tun. Hier konnten sie erleben, wie sicher und vertrauensvoll unsere junge Königin und ihre Familie

sich im engsten Kontakt mit fünfundzwanzigtausend ihrer Untertanen bewegte. Selbst der gewöhnlichste Besucher brauchte nur den Arm auszustrecken, um Ihre Majestät zu berühren, ohne Ansehen seiner Klassenzugehörigkeit, berechtigt allein durch die Summe von zweiundvierzig Schilling, die er für den Erwerb eines Saison-Tickets entrichtet hat. Kann es einen überzeugenderen Beweis für die Richtigkeit der liberalen Politik unserer Regierung geben, dass die Wahrung des Friedens und die Mehrung des Wohlstands bessere Garanten für die Aufrechterhaltung der Ordnung sind als alle Gewehre und Kanonen der Welt?‹«

»Nicht schlecht.« Paxton streifte die Asche von seiner Zigarre. »Aber über mich schreiben sie gar nichts?«

»Nein, mein Lieber, von dir ist leider keine Rede. Abgesehen von solchen Kleinigkeiten wie dieser hier.« Sarah hielt ihm die Titelseite der *Illustrated London News* vor die Nase. *»Joseph Paxton«*, stand dort über seinem Konterfei zu lesen, *»der König des Kristallpalasts!«* Sie strahlte über das ganze Gesicht. »Alle Zeitungen sind sich einig, dass niemand an dem Erfolg so großen Anteil hat wie du. Und alle zitieren den Prinzgemahl, der in seiner Ansprache auf dem Eröffnungsball gesagt hat, England stehe in deiner Schuld.«

»Ja, das hat er,« nickte Paxton. »Vor allen Gästen. Und nicht nur das. Er hat sich sogar nach Emily erkundigt.« Nachdenklich betrachtete er die Glut seiner Zigarre. »Ich hätte mir allerdings nie träumen lassen, dass meine Tochter an einem solchen Tag nicht bei mir ist.«

»Mädchen in ihrem Alter sind nun einmal so«, erwiderte Sarah. »Sie denken immer nur an sich und ihre Gefühle. Außerdem, du bist der Letzte, der sich wundern darf. Den Dickschädel hat sie schließlich von dir geerbt.«

»Ich hoffe nur, dass sie zurück ist, bevor ich nach Paris muss. Es wäre mir wirklich eine Beruhigung. Schließlich hat das Kind in den letzten Wochen einiges durchgemacht.«

»Du und deine Lieblingstochter«, sagte Sarah. »Aber jetzt verdirb dir nicht selbst die Laune«, fügte sie hinzu, als sie die Sorgenfalten auf seiner Stirn sah. »Das ganze Volk liegt dir zu Füßen, sogar die Chartisten loben dich über den grünen Klee.« Sie nahm den *Northern Star* und zeigte ihm die Überschrift auf der ersten Seite. »*Joseph Paxton öffnet Arbeitern den Kristallpalast.*«

»Gib her!« Die kurze Missstimmung war wie weggeweht. Wenn der *Northern Star* seine Leser aufforderte, die Ausstellung zu besichtigen, war das nicht mit Gold aufzuwiegen. Doch als Paxton die Chartistenzeitung in den Händen hielt, runzelte er erneut die Stirn. Neben dem Artikel über die Einführung der Schillingstage war eine Zeichnung abgedruckt, die ihm auf merkwürdige Weise vertraut vorkam.

»Das sieht ja aus wie von Emily …«

Plötzlich war er so nervös, dass seine Hände zitterten, als er sich die Brille aufsetzte, um die Zeichnung genauer anzuschauen: Sie zeigte zwei Leichen, einen Lokomotivführer und einen Heizer, die bei einer Explosion ums Leben gekommen waren.

Sarah warf einen Blick auf das Blatt. »Unsinn!«, sagte sie. »Das kann unmöglich von Emily sein. Sie hat uns doch geschrieben, dass sie wohlbehalten in Manchester angekommen ist. Und der Unfall war hier in London, Euston Station.«

Paxton starrte weiter auf das Bild. Rings um die Leichen standen ein paar Männer, die ihre Mützen abgenommen hatten und mit betretenen Gesichtern auf die Toten herabblickten.

»Genau das ist es, meine Liebe, was mich so beunruhigt.«

11

Es stank es nach Blut und Schweiß und Urin. Rußschwarze Häuser, die vom Keller bis zum Dach mit Menschen voll gestopft waren, wuchsen wie blinde, gespenstische Riesen in den Nachthimmel hinauf. In einer Ecke des Hinterhofs, im trüben Schein einer Gaslaterne, hatte sich ein Dutzend Männer um einen Holzverschlag zusammengerottet. Grölend und pfeifend empfingen sie einen jungen Arbeiter, der mit nacktem Oberkörper die kleine Arena betrat, gefolgt von einem Viktualienhändler, der einen muskelstrotzenden Bullterrier an der Leine führte.
Emily nahm ihren Block und fing an zu zeichnen.
»Warum tust du das?«, fragte Victor. »So scheußliche Bilder will doch kein Mensch sehen.«
»Also muss ich es erst recht probieren«, sagte Emily. »Damit die Kuchenesser erfahren, wie die Steckrübenesser leben.«
»Die Kuchenesser werden sich einen Dreck darum kümmern.«
»Trotzdem. Du hast mir selbst gesagt, dass Toby oft hier war, wenn er nicht arbeiten musste. Das war seine Welt, und die will ich den Leuten zeigen. Das bin ich ihm schuldig«
»Schuldig? Warum?«
Emily blickte von ihrem Zeichenblock auf. »Seit du mir erzählt hast, wie Toby gestorben ist, muss ich immer wieder daran denken. Ich habe meinen Vater auf die Idee gebracht, Wachtruppen aufzustellen. Wenn ich das nicht getan hätte, wäre Toby vielleicht noch am Leben.«
»Unsinn«, sagte Victor. »Dein Vater hätte seine Leute auch ohne dich bewaffnet. Du hast einfach nur gedacht wie er selbst – wie jeder, der etwas besitzt, was er beschützen will.«
»Los!«, rief jemand. »Fangt endlich an!«
Victor trat beiseite, um Emily nicht die Sicht zu versperren. Der junge Arbeiter ging in die Hocke, jede Faser seines Körpers zum Sprung bereit, die Augen auf den knurrenden, Zähne fletschen-

den Hund gerichtet. Da warf der Schiedsrichter ein zappelndes Bündel in den Verschlag – eine fette, quiekende Ratte, die in panischer Angst gegen die Bretterwand raste. Der Terrier stürzte sich auf sie, doch sein Gegner war schneller. Ehe der Hund die Ratte zu fassen bekam, war der Arbeiter am Boden, packte sie mit den Zähnen und biss ihr unter dem Jubel der Männer die Kehle durch.

Victor sah, wie Emily schluckte, doch sie sagte nichts. Ruhig und konzentriert hielt sie die Szene mit ihrem Zeichenstift fest, wie eine Reporterin. Das hatte sie auch schon nach der Explosion am Bahnhof getan, als könne sie gar nicht anders. War das vielleicht ihre Art, mit solchen Dingen fertig zu werden? Victor wusste es nicht. Selbst als der Rattentöter sein Opfer an die Lippen presste, wie um den Kadaver zu küssen, während rings um ihn die Wettgelder ausgezahlt wurden, zuckte sie nur einmal kurz zusammen.

Erst als ihre Zeichnung fertig war und sie den Hinterhof verließen, gab Emily zu erkennen, was in ihrem Innern vor sich ging.

»Wie können Menschen nur so etwas tun?«, fragte sie. »Sie … sie verhalten sich wie Tiere.«

Victor zuckte die Schultern. »Ganz einfach«, sagte er. »Weil sie wie Tiere behandelt werden, ihr Leben lang.«

Emily hakte sich bei ihm unter, und schweigend gingen sie die Drury Lane entlang, wo es trotz der späten Stunde von Menschen wimmelte, die vor dem Schlafengehen noch etwas erleben wollten.

Eine halbe Stunde später betraten sie die Redaktion des *Northern Star* in der Fleet Street. In dem kleinen Büro saß nur noch ein einziger Redakteur, Mr. Harper, und schrieb an einem Artikel. Als er Emily erkannte, ging ein Leuchten über sein Gesicht.

»Miss Paxton«, rief er und kam eilig hinter seinem Schalter hervor. »Was für eine Freude, Sie zu sehen. Ich hoffe, Sie haben uns wieder etwas Schönes mitgebracht!«

»Etwas Schönes?«

»Verzeihung, ich habe mich falsch ausgedrückt. Ich wollte nur

fragen, ob Sie neue Bilder haben. Euston Station war ein Volltreffer. Wir haben damit unsere Auflage fast verdoppelt!«
»Mit einer Zeichnung?«, fragte Victor.
Der Redakteur warf ihm einen mitleidigen Blick zu. »Das Titelbild ist absolut entscheidend, Sir, keine Schlagzeile kann auch nur annähernd so viel bewirken.« Er wandte sich wieder an Emily. »Jetzt darf ich es Ihnen ja sagen, Miss Paxton, wir haben uns in der Redaktion lange gestritten, ob wir den Kristallpalast oder die Explosion am Bahnhof als Illustration auf den Titel nehmen. Gott sei Dank haben wir uns richtig entschieden. Aber ich sehe, Sie haben einen Zeichenblock dabei. Spannen Sie mich nicht länger auf die Folter!«
Emily hatte den Block kaum abgelegt, da begann Mr. Harper schon darin zu blättern. »Ein Rattenkampf«, murmelte er voller Anerkennung. »Wunderbar. Sehr stark im Ausdruck.« Er hob den Kopf und schaute Emily an. »Ich schlage vor, wir setzen einen kleinen Vertrag auf. Der Herausgeber Mr. Jones hat extra wegen Ihnen aus unserer Zentralredaktion in Manchester telegrafiert. Er ist so begeistert, dass er jeden Tag ein Bild von Ihnen im Blatt haben will, und hat mich autorisiert, Ihnen ein Honorar von drei Schilling anzubieten.«
»Drei Schilling?«, staunte Victor. »Dafür muss ich im Hafen zwei Tage arbeiten.«
»Drei Schilling«, wiederholte der Redakteur. »Für jedes Bild. Ja, wenn Sie pünktlich liefern, Miss Paxton, können Sie ein kleines Vermögen verdienen.« Er zückte eine Börse und legte drei Münzen auf den Tisch. »Ihr Honorar für Euston Station. Ich nehme an, Sie können das Geld brauchen. Sie waren ja neulich so freundlich, mir Ihre derzeitigen Umstände etwas näher …« Mitten im Satz brach er ab. »Aber was haben Sie? Habe ich etwas Falsches gesagt?«
Emily schüttelte den Kopf. »Ich kann das Geld nicht annehmen.«
»Warum nicht?«, fragte Mr. Harper irritiert.
»Ich habe meine Gründe.«

»Um Himmels willen, was für Gründe? Bietet Ihnen die Konkurrenz mehr? Wenn es das ist, werde ich nochmal Mr. Jones telegrafieren. Nur bitte versprechen Sie mir, dass Sie Ihre Bilder keiner anderen Zeitung anbieten, bevor ich Antwort aus Manchester habe.«

»Machen Sie sich keine Sorgen«, sagte Emily. »Ich möchte ja selber, dass Sie meine Bilder drucken. Ich will nur kein Geld dafür. Das ist alles.« Bevor Mr. Harper etwas erwidern konnte, nickte sie ihm zu und verließ das Büro. Victor blieb nichts anderes übrig, als ihr zu folgen.

»Aber vergessen Sie nicht«, rief Mr. Harper ihr nach, »uns auch morgen eine Zeichnung zu bringen!«

12

Henry Cole atmete einmal tief durch, bevor er den Türklopfer am Londoner Stadthaus der Paxtons betätigte. Dutzende Male hatte der goldgelockte Messinglöwe ihn wie ein freundlicher Hausherr empfangen, doch heute erschien er ihm so bedrohlich wie ein lebendiger Löwe in freier Wildbahn.

Warum hatte Joseph Paxton ihn zu sich gerufen?

Cole machte sich keine Illusionen. Emily war in Manchester bei ihrer Tante, er hatte gehört, wie Paxton auf dem Eröffnungsball dem Prinzgemahl von ihrer Reise erzählt hatte, und er konnte sich an drei Fingern abzählen, warum sie Hals über Kopf verschwunden war. Heute würde die Aussprache erfolgen, die schon seit Wochen ausstand – seit der Auflösung ihrer Verlobung. Bis zur Eröffnung der Ausstellung hatten sie alle so viel zu tun gehabt, dass die privaten Dinge dahinter hatten zurückstehen müssen. Aber jetzt war der gemeinsame Kraftakt geschafft, und Henry Cole hatte seine Schuldigkeit getan.

Würde Paxton ihm den Rücktritt von seinen Ämtern nahe legen? Die Vorstellung weckte in Cole zwiespältige Gefühle. Für seine eigene Person war er durchaus bereit, die Entlassung zu akzeptieren, als folgerichtige Konsequenz seiner Verfehlung. Um Marian hingegen tat es ihm unendlich Leid. Wenn er seine Ämter tatsächlich aufgeben musste, würde er keine Gelegenheit mehr haben, sie der Königin vorzustellen, sodass auch dieses Versprechen, vielleicht das letzte, das er ihr je geben konnte, wieder nur eine schäbige Lüge sein würde. Er war daher entschlossen, für den Verbleib in seinen Ämtern zu kämpfen.

Paxton empfing ihn in seinem Arbeitszimmer,

»Meine Frau lässt sich entschuldigen. Sie hätte Sie gern begrüßt, aber sie ist leider verhindert. Eine Veranstaltung des Damenkomitees, in Anwesenheit der Princess Royal – Sie verstehen.«

Und ob Henry Cole verstand! Sarahs Abwesenheit war eindeutig ein schlechtes Zeichen. »Ihre Frau leistet in dem Komitee wirklich unverzichtbare Dienste«, sagte er in der Hoffnung, dass man ihm seine Verunsicherung nicht anmerkte.

»Wie Sie sicher wissen«, fuhr Paxton fort, ohne ihm einen Platz anzubieten, »muss ich nach Paris. Der Bürgermeister hat mich eingeladen, zusammen mit Lord Granville und ein paar Mitgliedern der Königlichen Kommission sowie den Bürgermeistern unserer wichtigsten Großstädte. Das Spektakel im Hyde Park hat den Froschschenkelfressern keine Ruhe gelassen – sie planen, die nächste Weltausstellung an der Seine zu veranstalten.«

»Ich bin im Bilde«, sagte Cole. »Aber bitte kommen wir gleich zur Sache. Ich nehme an, Sie haben mich rufen lassen, um mir die Demission nahe zu legen. Dazu möchte ich allerdings anmerken, dass ...«

»Demission? Wie kommen Sie denn darauf?« Paxton blickte ihn an, als hätte Cole einen unanständigen Witz gemacht. »Ach so!«, sagte er dann. »Sie meinen, wegen unserer gescheiterten privaten Pläne? Nein, nein, mein Lieber – ein Wort ist ein Wort, und Geschäft ist Geschäft! Ich brauche Sie dringender denn je.

Aber bitte, nehmen Sie doch Platz. Möchten Sie vielleicht einen Sherry?«

Wie aus dem Nichts tauchte der Butler mit einem Tablett auf. Cole war so verwirrt, dass er aufpassen musste, nichts von der bernsteinfarbenen Flüssigkeit zu verschütten, als er sein Glas an die Lippen führte.

»Das Eröffnungs-Tamtam war ja ganz nett«, sagte Paxton, »aber um wirklich offen zu sein – der wirtschaftliche Erfolg der Ausstellung steht nach wie vor in den Sternen. Trotz des Exhibition-Fiebers sind die Ticket-Buchungen weit hinter den Erwartungen zurückgeblieben, kaum mehr als ein paar Hundert Leute verirren sich pro Tag in den Kristallpalast. Wenn sich daran nicht schleunigst etwas ändert, gondeln die Züge der Midland Railway bis zum Ende der Ausstellung halb leer durchs Land. Schuld daran sind die verflucht hohen Eintrittspreise, die auf die einfache Bevölkerung abschreckender wirken als alle Chartisten und Revolutionäre zusammen. Aber jetzt, mit der Zusage des Prinzgemahls, die Schillingstage einzuführen, haben wir die Chance, die Sache zu retten. Und genau dafür brauche ich Sie.«

»Bitte sprechen Sie weiter«, sagte Cole, immer noch unschlüssig, wie er die Situation einschätzen sollte. Hegte Paxton wirklich keinerlei Groll gegen ihn? Oder führte er ihn nur an der Nase herum?

»Wir müssen die Wende schaffen, mein Freund«, sagte Paxton. »Rühren Sie noch einmal die Werbetrommel! Setzen Sie sich mit Mr. Cook in Verbindung! Mobilisieren Sie die Arbeitervereine! Einen Schilling Eintritt kann sich jeder leisten. Ich will, dass alle gottverdammten englischen Arbeiter nach London kommen, um sich die Produkte ihres Fleißes anzusehen! Bieten Sie Pauschalreisen an, Sonderangebote, Rabatte, was auch immer! Lassen Sie sich was einfallen!«

Aus dem Stegreif entwickelte Paxton einen ganzen Schlachtplan. Über eine Viertelstunde sprach er von Fahrplänen und Verbindungen, von Hotels und Führungen, von Einzelreisen

und Gruppentarifen. Doch kein einziges Mal erwähnte er seine Tochter Emily. Cole wusste nicht, ob er Paxtons Fähigkeit, Berufliches und Privates auf so radikale Weise voneinander zu trennen, bewundern oder verachten sollte. Doch eins stand jedenfalls fest: Er selbst würde seine Ämter behalten. Und damit die Chance, sein Versprechen bei Marian einzulösen.
»Haben wir uns also verstanden?«, fragte Paxton schließlich.
»Sie können sich auf mich verlassen«, erwiderte Cole und erhob sich von seinem Platz.
»Sehr schön.« Auch Paxton verließ seinen Sessel. »Wenn Sie dafür sorgen, dass die Züge der Midland Railway ausgebucht sind, haben Sie einen Wunsch bei mir frei. Eine Hand wäscht die andere.«
»Dazu besteht kein Anlass, Sir. Ich stehe ohnehin in Ihrer Schuld.« Cole deutete eine Verbeugung an. »Dann darf ich mich verabschieden?«
»Noch nicht ganz, Mr. Cole.« Paxton griff zu einer Zeitung auf dem Kamin. »Meine Frau und ich haben noch ein kleines privates Problem.«
Cole zuckte zusammen. »Bitte zählen Sie auf mich.«
»Das Problem betrifft Emily. Wenn Sie sich vielleicht kurz dieses Bild anschauen wollen?«
Cole nahm die Zeitung, die Paxton ihm reichte, eine schon ältere Ausgabe des *Northern Star*. Verwundert runzelte er die Stirn. Auf dem Titel war eine explodierte Lokomotive abgebildet sowie zwei Leichen, die bei dem Unglück ums Leben gekommen waren. Was hatte das mit Emily zu tun?
Paxton schien seinen Gedanken zu erraten. »Ich habe den Verdacht«, sagte er, »dass die Illustration womöglich von unserer Tochter stammt. Ich wäre Ihnen darum sehr dankbar, wenn Sie der Sache auf den Grund gehen würden. Aber bitte diskret, damit meine Frau nichts davon erfährt. Sie würde sich nur unnötige Sorgen machen.«

13

»Hoffentlich merken die nicht, dass ich schwanger bin. Dann schicken sie mich gleich wieder weg.«
»Hab keine Angst, man sieht doch noch gar nichts.«
»Wirklich nicht?«
»Wenn ich es dir versichere.«
Emily strich dem Mädchen über das Haar. Annie war noch jünger als sie, höchstens achtzehn Jahre, und doch musste sie bald schon für ein eigenes Kind sorgen. Sie hatten erst an diesem Morgen Bekanntschaft gemacht, aber in den zwei Stunden, in denen sie hier in der Schlange zusammen warteten, waren sie so vertraut miteinander geworden, als würden sie sich schon seit langem kennen, so dass Emily nichts Befremdliches mehr dabei fand, Annie mit dem Vornamen anzureden oder ihr über das Haar zu streichen.
In ihrer Reihe standen mindestens hundert Frauen, die alle dasselbe wollten wie sie: Arbeit. Victor hatte von einem Scheuermann, der mit ihm in den Hafenspeichern der Ostindien-Gesellschaft Kornsäcke schleppte, den Tipp bekommen, dass in der Bauwollspinnerei und Weberei Hopkins heute neue Arbeiterinnen eingestellt wurden.
Emily hatte sich noch im Morgengrauen auf den Weg gemacht. Die Fabrik befand sich im Norden von London, in der Nähe von Phoenix Place. Durch das Fenster des Verwaltungsgebäudes, in dem die Einstellung erfolgte, konnte sie die rote Backsteinmauer des Coldbath Field Gefängnisses sehen, über der immer wieder zwei mächtige Mühlenflügel in den Himmel aufstiegen.
»Wo hast du früher gearbeitet?«, fragte Annie.
Emily wusste nicht, was sie erwidern sollte. Konnte man die Tätigkeiten, die sie für ihren Vater erledigt hatte, als Arbeit bezeichnen?

»Lass mich raten«, sagte Annie. »Du warst Hausmädchen bei vornehmen Leuten. Hab ich Recht?«
»Wie kommst du darauf?«
»Schon wie du redest.« Sie spitzte die Lippen, um Emily nachzumachen. »›Wenn ich es dir versichere‹ – so redet sonst keiner, den ich kenne. Außerdem die Sachen, die du anhast. Ich wette, das Kleid hat dir deine letzte Herrschaft geschenkt. Und dann deine weißen Hände. Die sehen nicht nach Fabrikarbeit aus.«
Emily fühlte sich ertappt – dasselbe hatte auch Victor gesagt. Er hatte an ihrem Verstand gezweifelt, als sie ihm erklärte, sie würde lieber in einer Fabrik arbeiten, statt Geld für ihre Zeichnungen zu nehmen. Der *Northern Star* bot ihr für eine Zeichnung so viel, wie er im Hafen an zwei Tagen verdiente! Richtig wütend war er deshalb geworden, und sie hatten sich fast gestritten, doch Emily hatte sich nicht von ihrer Meinung abbringen lassen. Sie konnte das Geld nicht nehmen; wenn sie es tat, hatte sie das Gefühl, auch sie würde mitverdienen am Tod der zwei Menschen, die in Euston Station ums Leben bekommen waren, genauso wie ihr Vater und die Aktionäre der Midland Railway von Tobys Tod profitiert hatten – beides hing miteinander zusammen. Das glaubte Victor zwar auch, aber ihre Weigerung, das Geld anzunehmen, hielt er trotzdem für Höhere-Töchter-Allüren, die sie sich nicht leisten konnten. Davon, hatte er gesagt, würde Toby auch nicht wieder lebendig.
»Los, vorwärts, Mädchen«, rief der Webereiinspektor, der in seiner blauen Uniform vorn am Schalter auf seinen Fußballen wippte, um sich größer zu machen. »Aber immer hübsch der Reihe nach! Und schiebt die Ärmel hoch, damit man was von euch sehen kann!«
Ein Ruck ging durch die Schlange.
»Sie haben schon über dreißig genommen«, sagte Emily. »Ist das ein gutes Zeichen?«
»Im Gegenteil«, sagte Annie. »Je mehr sie schon haben, desto

schlechter für uns. Ich darf gar nicht daran denken, was wird, wenn ...« Sie sprach den Satz nicht zu Ende, doch Emily verstand sie auch so.

»Hast du keinen Vater für dein Kind?«

Annie schüttelte den Kopf. »Der Mistkerl hatte versprochen, bei mir zu bleiben. Aber als ich am Morgen aufwachte, war er schon weg. Er hat mir sogar noch den Zipfel Wurst weggefressen, den ich in der Schublade versteckt hatte.«

»Weißt du was?«, sagte Emily. »Wenn sie uns beide nehmen, fragen wir, ob wir an einer Maschine arbeiten dürfen. Möchtest du?«

»Ja, das wäre schön!« Annie konnte fast schon wieder lächeln. »Drück die Daumen, dass wir es schaffen. Es sind noch so viele vor uns dran.«

Emily zählte die Reihe der wartenden Frauen durch, doch als sie bei zehn ankam, gab sie es auf, um nicht die Hoffnung zu verlieren. Nur schleppend ging es voran, und wenn Annie Recht hatte, schrumpften mit jeder Frau, die eingestellt wurde, ihre eigenen Chancen. Das war ein Gefühl, das Emily nicht kannte, und es fiel ihr schwer, sich daran zu gewöhnen. Gehörte sie von jetzt an für immer zu den Menschen, die sich hinten anstellen mussten?

Wenn sie das Gedränge sah, mit denen sich die Frauen gegenseitig die Plätze in der Schlange streitig machten, musste sie Victor innerlich Recht geben. Er hatte wirklich allen Grund, an ihrem Verstand zu zweifeln. Am zwanzigsten Oktober fuhr ein Schiff nach New York, ein Passagierdampfer der Cunard-Reederei, und Victor hatte vielleicht sogar die Möglichkeit, auf dem Schiff anzuheuern – es wurden noch Heizer gesucht. Doch das Geld, das Emily für ihre Ohrringe bekommen hatte, reichte nicht mal für eine Koje im Unterdeck, und leben mussten sie bis zur Abfahrt schließlich auch noch von irgendetwas. Aber sollte sie darum Geld nehmen, an dem das Blut unschuldiger Menschen klebte?

»So, ihr drei noch«, sagte der Inspektor. »Die anderen können nach Hause gehen.«

Annie durfte als Letzte an den Schalter treten, wo ein Schreiber die Namen der Frauen, die eingestellt wurden, in eine Kladde eintrug. Während sie die Ärmel aufkrempelte, um dem Inspektor ihre Hände zu zeigen, versperrte der Emily den Weg.
»Bist du taub?«, sagte er. »Wir haben genug!«
Er stieß sie mit der Faust so fest gegen die Schulter, dass sie fast zu Boden fiel. Sie tauschte noch einen Blick mit Annie, dann wandte sie sich mit den anderen abgewiesenen Frauen zur Tür.
Was sollte nun werden? Sie hatte alle Zeitungen nach Stellenangeboten durchsucht, doch nichts gefunden, das zu ihr passte. Sie hatte fest darauf vertraut, dass die Hotels und Restaurants der Stadt Arbeitskräfte brauchten, um dem Ansturm der auswärtigen Besucher Herr zu werden. Doch die Geschäfte hatten sich nicht wie erhofft entwickelt, die Hotels blieben genauso leer wie der Kristallpalast und die Souvenirläden in der City, und die Köche standen ohne Beschäftigung in den Restaurantküchen herum. Auf einmal erschien Emily die Zukunft wie ein schwarzes, dunkles Loch. Bis das Schiff nach Amerika auslief, dauerte es noch vier Monate, und sie hatte keine Ahnung, wovon sie in der Zwischenzeit auch nur ihr Essen bezahlen sollte, ohne das bisschen Geld anzurühren, das sie für die Überfahrt brauchte. Während sie durch das Fenster sah, wie sich draußen ein Mühlenflügel über die rote Backsteinmauer erhob, musste sie an die frisch gepulten Krabben denken, die sie in dieser Jahreszeit so gerne aß, am liebsten mit einem Glas französischen Weißwein. Auf was hatte sie sich nur eingelassen? Die Griebenschmalzbrote mit Apfelkraut, die sie täglich in sich stopfte, um Geld zu sparen, hingen ihr jetzt schon zum Hals raus.
»He, du da! Warte!«
Emily drehte sich um. Der Inspektor zeigte mit dem Finger auf sie.
»Deine Freundin hat gesagt, dass du als Hausmädchen Weben gelernt hast. Stimmt das?«

Emily sah, wie Annie ihr hinter dem Inspektor Zeichen machte, und begriff.
»Ja«, schwindelte sie, »oben in Derby, meine letzte Stelle.«
»Dann komm her.«
Wie die anderen Frauen musste sie die Ärmel hochkrempeln, damit der Inspektor ihre Hände untersuchen konnte.
»Du hast Glück gehabt«, sagte er. »Eine Frau vor dir hat versucht, uns zu betrügen. Ihr fehlten zwei Finger, aber wir haben sie erwischt. – In Ordnung«, sagte er dann. »Weiter!«
Emily trat an den Schalter, wo der Schreiber ihr seine Kladde zuschob.
»Kannst du lesen?«
Emily überflog den kurzen Text, der über den Namen der Angestellten und den Daten ihres Arbeitsbeginns stand: *Die Unterzeichneten unterwerfen sich bei ihrem Eintritt in die Baumwollspinnerei und Weberei Hopkins der Fabrikordnung, welche in den Arbeitssälen angeschlagen ist.*
Der Schreiber reichte Emily einen Stift und tippte mit dem Finger auf eine leere Zeile.
»Hier unterschreiben!«

14

Henry Cole zeigte auf die Illustration, die fast die halbe Titelseite des *Northern Star* einnahm. Darauf war eine halb entblößte Arbeiterin abgebildet, die sich in einem Baumwolllager einem uniformierten Webereiinspektor hingab.
»Ich würde gerne wissen, von wem dieses Bild stammt.«
»Tut mir Leid«, erwiderte Mr. Harper hinter dem Schalter des Redaktionsbüros, »aber das darf ich Ihnen nicht sagen. Wir können derartige Auskünfte nur mit Einwilligung der betreffenden

Mitarbeiter geben.« Er rückte die grüne Schirmmütze auf seinem Kopf zurecht und schaute misstrauisch zu Cole auf. »Weshalb fragen Sie? Sind Sie etwa von der Polizei?«

»Keineswegs, im Gegenteil«, versicherte Cole. »Ich bin ein Bewunderer Ihrer neuen Serie und verfolge sie mit großer Aufmerksamkeit. Wurde höchste Zeit, dass solche Bilder gezeigt werden. Ich … ich bin so begeistert, dass ich sie gerne ausstellen würde.«

»Ach so, Sie sind Galerist?« Die Miene des Redakteurs entspannte sich. »Wenn Sie möchten, können Sie Ihre Karte hier lassen, ich leite sie gern weiter. Die junge Dame wird sich dann sicher mit Ihnen in Verbindung setzen.«

»Oh? Die Bilder stammen von einer Frau?«

»Erstaunlich, nicht wahr? Schließlich muss man sich in die übelsten Gegenden von London wagen, um solche Motive zu finden. Dabei ist die Künstlerin aus sehr gutem Hause, eine richtige Lady, und außerdem noch ganz jung, kaum älter als das Mädchen auf dem Bild.«

Cole hatte keinen Zweifel mehr – er hatte Emilys Spur gefunden. Sie und niemand sonst war die Urheberin der Illustrationen, mit denen das Chartistenblatt inzwischen täglich auf der Titelseite die Verhältnisse in den Armenvierteln der Metropole anprangerte: Bilder von Rattenkämpfen in dunklen Hinterhöfen, von stillenden Müttern, die mit Säuglingen an der Brust an ihren Webstühlen arbeiteten; von ausgehungerten Kindern, die wie Sklaven in Fabriken gehalten wurden und vor Erschöpfung sich kaum auf den Beinen halten konnten. Die Serie hatte bereits die Aufmerksamkeit der polizeilichen Sicherheitskräfte auf sich gezogen, die darin einen Fall von öffentlicher Unruhestiftung erblickten.

Cole zog ein altes Exemplar des *Northern Star* aus der Tasche, um das Titelbild, das zwei Leichen und eine explodierte Lokomotive zeigte, mit der Illustration der neuesten Ausgabe zu vergleichen.

»Ich nehme an, die Künstlerin ist dieselbe?«
Der Redakteur lüftete sein Gesäß und winkte ihn zu sich heran. »Wie gesagt, den Namen kann ich Ihnen nicht nennen, die junge Lady will unbedingt anonym bleiben. Aber wenn Sie ein bisschen Zeit haben – sie kommt meistens kurz vor sechs, um ihre Bilder zu bringen.« Er legte einen Finger an die Lippen und zwinkerte Cole verschwörerisch zu. »Aber pssst – kein Wort, dass Sie den Tipp von mir haben.« Damit verschwand er durch eine Tür, die von dem Schalter in einen rückwärtigen Büroraum führte.

Cole beschloss zu warten. In den zwei Wochen, die seit seiner Unterredung mit Joseph Paxton vergangen waren, hatte er sich zunächst um die geschäftlichen Dinge gekümmert und mit Mr. Cook ein Konzept für Pauschalreisen entwickelt, das eine völlig neuartige Form von Tourismus darstellte. Interessenten der Weltausstellung konnten ab sofort in allen englischen Großstädten eine komplette Rundumbetreuung buchen, die nicht nur die Reisebeförderung einschloss, sondern auch die Unterkunft und Verpflegung in der Hauptstadt sowie wahlweise ein- bis dreitätige Führungen durch den Kristallpalast. Ein solches Angebot zu entwickeln, das von den Niederlassungen Mr. Cooks ebenso vertrieben wurde wie von den lokalen Arbeitervereinen, war auch Paxtons Priorität gewesen, und Cole hatte alles darangesetzt, damit dieser bei seiner Rückkehr aus Paris zufrieden sein würde. Aber war das der einzige Grund, warum er die Erledigung seines zweiten Auftrags so lange vor sich hergeschoben hatte?

Cole nahm Platz an einem Tisch, der in einer Ecke des Redaktionsbüros stand, und verbarg sich hinter einer Zeitung. Während die Zeiger der Wanduhr langsam auf sechs vorrückten, hielt er die Tür im Auge. Ab und zu kam jemand herein, um einen Artikel oder ein Inserat bei der Redaktionssekretärin abzugeben, die hinter ihrem Schreibtisch am Eingang thronte. Nervös trommelte Cole mit den Fingern auf dem Tisch. Was würde passieren, wenn die Tür aufging und Emily plötzlich vor ihm stand? Was sollte er ihr sagen, wenn sie ihn zur Rede stellte? Wie ihr etwas erklären, wofür es keine Erklärung gab? Sie hatte seine erbärmliche Wahrheit entdeckt, die ganze Armseligkeit seiner Existenz, die ihn zu der scheußlichsten Verfehlung verführt hatte, zu der ein Mensch sich nur verführen lassen konnte. Mag sein, dass auch andere an seiner Stelle so gehandelt hätten wie er, dass auch andere, die ohne einen goldenen Löffel im Mund geboren waren, die sich bietende Chance auf ein besseres Leben ergriffen hätten, koste es, was es wolle ... Doch musste diese simple Folgerichtigkeit seines Verhaltens ihn in Emilys Augen nicht noch verachtenswerter machen? Die Notwendigkeit, sich vor ihr rechtfertigen zu müssen, würde die schlimmste Demütigung in der langen Kette von Demütigungen sein, mit denen er seinen Aufstieg hatte bezahlen müssen, und obwohl der Schmerz, sie für alle Zeit verloren zu haben, immer noch wie Essig in seiner Seele brannte, schämte er sich so sehr vor ihr, dass er sie in manchen Augenblicken regelrecht hasste. Weil er sich nicht verzeihen konnte, dass er sie so sehr enttäuscht hatte.

Plötzlich ging die Tür auf. Cole schrak zusammen – doch nicht Emily kam herein, sondern ein junger Arbeiter in einer Kordjacke, der eine rötliche Narbe auf der Stirn hatte. Cole musterte irritiert sein Gesicht. Wo hatte er den Mann schon einmal gesehen? Doch der Fremde erwiderte seinen Blick, ohne zu reagieren – offenbar kannte er ihn nicht. Er schaute sich nur kurz um, dann reichte er der Sekretärin einen Umschlag.

»Das soll ich hier abgeben«, sagte er, und ohne ein weiteres Wort verließ er das Büro.

Fünf Minuten später kehrte Mr. Harper in die Redaktionsstube zurück. »Oh, Sie sind noch da?«, fragte er Cole, während er der Sekretärin einen Artikel zur Abschrift gab.

Cole verließ seinen Platz und schaute auf die Uhr. »Meinen Sie, dass unsere Freundin noch kommt?«

»Keine Ahnung.« Mr. Harper zuckte die Achseln. »Bisher war sie immer pünktlich.« Mit routiniertem Blick sah er die Post durch, die während seiner Abwesenheit eingegangen war, nahm einige Briefe an sich und gab andere der Sekretärin zurück. »Allerdings, wenn sie bis jetzt noch nicht da war …«, murmelte er und warf den Umschlag, den der Arbeiter gebracht hatte, ungeöffnet in einen Papierkorb.

»Nun, dann komme ich ein andermal wieder.«

Cole wollte gerade seine Ausgabe des *Northern Star* wieder einstecken, da fiel sein Blick noch einmal auf die Titelillustration. Ein kleines Detail, dem er zuvor keine Beachtung geschenkt hatte, erregte seine Aufmerksamkeit. Einer der Männer, die die Leichen an Euston Station umstanden, hatte eine auffallende Narbe auf der Stirn.

Plötzlich kam ihm ein Verdacht. »Ach bitte«, wandte er sich an den Redakteur, »schauen Sie doch einmal in den Umschlag, den Sie gerade weggeworfen haben.«

»Wozu?« Mr. Harper schüttelte den Kopf. »Unaufgefordert eingereichte Beiträge werden grundsätzlich nicht gedruckt.«

»Trotzdem. Der Brief könnte vielleicht von unserer Künstlerin sein. Theoretisch zumindest.«

»Na gut, wenn Sie meinen.« Widerwillig fischte Mr. Harper den Umschlag aus dem Papierkorb. »Aber machen Sie sich keine falschen Hoffnungen. Den ganzen Tag kommen hier irgendwelche Spinner und Wichtigtuer vorbei, mit allen möglichen Artikeln, die wir abdrucken sollen, besonders seit die Weltausstellung begonnen hat. Aufrufe, Proteste, Pamphlete – sogar die Ankündigung von einem Attentat auf die Königin hatten wir schon, und mindestens ein Dutzend Bombendrohungen für den Kristallpalast. – Oh, tatsächlich!«, unterbrach er sich. »Sie hatten Recht.«

Er zog aus dem Umschlag eine Zeichnung hervor. Sie zeigte einen verängstigten Jungen, den ein brutal wirkender Kaminkehrer in einen finsteren Schornstein hinaufjagte.

Cole spürte, wie er blass wurde.

»Was ist mit Ihnen?«, fragte Mr. Harper. »Fühlen Sie sich nicht wohl?«

Cole brachte kein Wort über die Lippen. Beim Anblick der Zeichnung hatte ihn eine so jähe Eifersucht gepackt, dass es ihm die Kehle zuschnürte. Deutlicher, als stünde sie vor ihm, sah er Emily vor sich, in den Armen des Arbeiters, der vor einer Minute hier gewesen war. Und plötzlich wusste Henry Cole, dass er Emily Paxton immer noch liebte.
»Ich … ich brauche den Namen der Zeichnerin«, brachte er schließlich hervor.
»Aber Sie wissen doch, dass das nicht geht«, erwiderte der Redakteur verärgert.
»Den Namen und die Adresse«, wiederholte Cole. »Oder ich hetze Ihnen die Polizei auf den Hals.«

15

So laut wie eine Sirene schrillte die Fabrikglocke über den Hof, und in weniger als einer Minute kehrten die Arbeiterinnen, die dort eine Viertelstunde Pause gemacht hatten, zurück zu ihren Plätzen.
Seit sechs Tagen arbeitete Emily inzwischen in der Baumwollspinnerei und Weberei Hopkins, und heute würde sie ihren ersten Wochenlohn bekommen, zwölf Schilling und drei Pence. Sie konnte es kaum erwarten, ihr erstes selbst verdientes Geld in Empfang zu nehmen, denn jeder Schilling, den sie verdiente, brachte sie Amerika ein Stückchen näher. Doch als ihr Webstuhl, angetrieben von den unsichtbaren Kräften einer irgendwo im Untergrund verborgenen Dampfmaschine, sich wieder klappernd in Gang setzte, erschienen ihr die zwei Stunden bis Feierabend so unendlich lang wie der Einschussfaden vor ihr auf der Spindel, deren Bauch scheinbar niemals abnahm. Um sich die Zeit zu vertreiben, las sie die Paragrafen der Fabrikordnung

durch, die über ihrem Webstuhl auf einer großen Tafel angeschlagen war:

> 1. Die Fabriktür wird zehn Minuten nach Arbeitsbeginn geschlossen, und danach wird bis zum Frühstück niemand mehr in das Gebäude gelassen. Wer während dieser Zeit abwesend ist, verwirkt drei Schilling Strafe. 2. Jede Arbeiterin, die während einer Zeit, da die Maschine in Bewegung ist, nicht anwesend ist, verwirkt für jede Stunde drei Schilling. Wer während der Arbeitszeit ohne Erlaubnis des Webereiinspektors den Saal verlässt, wird ebenfalls mit drei Schilling bestraft. 3. Arbeiterinnen, die keine Schere bei sich haben, verwirken für jeden Tag einen Schilling. 4. Alle Weberschiffchen, Bürsten, Ölkannen etc., die zerbrochen werden, müssen von den Arbeiterinnen bezahlt werden. 5. Keine Arbeiterin darf ohne Aufkündigung, die eine Woche vorher geschehen muss, aus dem Dienst treten. Der Fabrikant kann jede Arbeiterin ohne Kündigung für schlechte Arbeit oder unziemliches Betragen entlassen. 6. Jede Arbeiterin, die mit einer anderen sprechend, singend oder pfeifend angetroffen wird, entrichtet sechs Schilling Strafe. 7. Aus jedem Saal dürfen nie mehr als zwei Arbeiterinnen auf einmal kündigen.

Emily hatte sich darauf gefasst gemacht, in einem niedrigen, dunklen Raum arbeiten zu müssen, der vollgestopft war mit Webstühlen und Menschen. Tatsächlich aber war der Websaal eine riesig große, hohe und helle Halle, in der Hunderte von Webstühlen aufgestellt waren, doch in so großen Abständen voneinander, dass die Arbeiterinnen und Inspektoren sich bequem zwischen den einzelnen Reihen bewegen konnten. Emily war ein Stein vom Herzen gefallen, als sie den Saal zum ersten Mal betreten hatte. So hatte sie sich vielleicht eine Fabrik in Amerika vorgestellt, doch nie und nimmer in England.

An den Webstühlen arbeiteten ausschließlich Frauen und Kinder, die einzigen Männer waren die Inspektoren in ihren blauen Uniformen und ein paar Mechaniker, die sich um die Wartung der Maschinen kümmerten. Als Webereiinspektor Davis Emily und die anderen mit ihr neu eingestellten Arbeiterinnen zu ihren Arbeitsplätzen gebracht hatte, hatte sie voller Bewunderung beobachtet, mit welcher Schnelligkeit die Frauen und Mädchen an den Webstühlen die Fäden vereinigten, sobald auf einer Spindel ein Faden riss. Das sah gar nicht wie Arbeit aus, eher wie ein Spiel von Elfen.

Mr. Davis hatte Emily und ihrer neuen Freundin Annie zwei Webstühle zugewiesen, die nur durch einen Gang voneinander getrennt waren. Annie, die schon in mehreren Webereien gearbeitet hatte, wusste, was sie zu tun hatte, und hatte gleich anfangen können. Doch auch Emily hatte keine zwei Minuten gebraucht, um die Arbeit selbstständig auszuführen. Diese bestand eigentlich nur darin, das Abspulen der Spindel zu beaufsichtigen und ab und zu die Enden eines Fadens zusammenzuknüpfen, den Rest erledigte die Maschine von allein. Dazu war keinerlei Kraft erforderlich, nur ein bisschen Geschick. Die Arbeit war so leicht, dass Emily sich wunderte, warum Annies Schwindel bei der Einstellung ihr überhaupt geholfen hatte. Unangenehm war nur die warme, feuchte Luft in dem Saal, die nötig war, damit der Einschlagsfaden nicht jeden Augenblick von neuem riss.

Von nun an verlief Emilys Leben im Rhythmus ihrer Arbeit. Morgens um fünf Uhr verließ sie die Wohnung in der Catfish Row, zusammen mit Victor, und während er hinunter zur Themse lief, zu den Speichern der Ostindien-Gesellschaft, eilte Emily in Richtung Norden, damit sie pünktlich um sechs, wenn die Glocke zum Dienstbeginn läutete, auf dem Gelände der Fabrik war, von wo sie abends um halb neun erst zurückkehrte, so müde und erschlagen, dass sie zu nichts anderem mehr Lust hatte, als zu schlafen, und sich nur mit größter Mühe überwinden konnte, ihre tägliche Zeichnung für den *Northern Star* anzufertigen. Sie hatte zuerst gar nicht begriffen, warum die leichte Arbeit sie so sehr ermüdete, doch schon bald wurde ihr bewusst, dass es gerade die scheinbare Leichtigkeit war, die ihre Arbeit so mühselig machte. Den ganzen Tag lang hatte sie so gut wie nichts zu tun, musste aber fortwährend stehen. Wer dabei erwischt wurde, dass er auf einer Fensterbank oder einem Korb saß, wurde mit einem Schilling bestraft, obwohl das Stehen zur Ausführung der Arbeit überhaupt nicht nötig war. Emily taten der Rücken, die Hüften und die Beine weh, und je länger sie auf die ewig sich drehende Spindel stierte, wovon ihr die Augen brannten, umso unerträglicher wurde ihr der Anblick. Die Beaufsichtigung der Maschine oder das Anknüpfen eines Fadens war keine Tätigkeit, die ihr Denken in irgendeiner Weise in Anspruch nahm, und doch erforderte sie so viel Aufmerksamkeit, dass man sich nicht mit anderen Dingen beschäftigen konnte, um sich abzulenken. Die Arbeit war die reine Langeweile, und Emily war dazu verdammt, ihren Körper und ihren Geist in dieser Langeweile verkommen zu lassen, von morgens bis abends. Denn die Dampfmaschine trieb ununterbrochen ihren Webstuhl an, ununterbrochen schnurrten und rasselten die Räder, Riemen und Spindeln, und wenn sie auch nur daran dachte, sich für einen Moment von dieser entsetzlichen Langeweile zu erholen, stand schon einer der Inspektoren mit dem Strafbuch hinter ihr, um ihr einen Schilling vom Lohn abzuziehen, falls sie tatsächlich irgendwo Platz nahm oder ihre Maschine verließ. Das aber war das Letzte, was passieren durfte. Jeder Schilling, der ihr abgezogen wurde, entfernte sie ein Stück von Amerika.

Irgendwo ging klirrend eine Flasche zu Bruch. Emily drehte sich um. Drei Reihen hinter ihr hob Susie Robbins, eines der hübschesten Mädchen in der Fabrik, die Scherben vom Boden. Bereits am ersten Tag war Emily aufgefallen, dass manche Arbeiterinnen heimlich Gin tranken, obwohl in der Fabrik der Genuss von Alkohol streng verboten war. Doch manche Frauen brauchten den Schnaps, um sich zu betäuben.

Während Susie die Scherben eilig in ihrer Schürze verschwinden ließ, tauchte Mr. Davis hinter ihr auf, das Strafbuch in der Hand. Susie stand die Angst im Gesicht geschrieben. Aber der Inspektor ließ sein Strafbuch stecken.
»Mitkommen!«, sagte er nur und wies den Gang hinunter.
Susie atmete erleichtert auf und lief in die Richtung des Baumwolllagers. Während Mr. Davis ihr folgte, blickten die Arbeiterinnen sich vielsagend an. Auch Emily wusste, was jetzt geschah. Susie hatte keine Wahl: Entweder sie tat Mr. Davis einen »Gefallen«, wie die Mädchen das nannten, oder sie verlor ihre Arbeit. Diese Form der Erpressung durch die Inspektoren gehörte so selbstverständlich zum Alltag in der Fabrik wie das Läuten der Glocke zu Beginn und zum Ende der Schicht. Nicht einmal Annie fand etwas dabei, ab und zu im Lager mit einem der Kerle zu verschwinden, wenn sie so eine Kürzung ihres Wochenlohns vermeiden konnte. Das sei weniger langweilig als die Arbeit und billiger als der Schnaps, sagte sie, und außerdem könne ihr ja nichts mehr passieren – sie habe ja schon »ein Brot in der Röhre«.
Als Susie wenig später mit rotem Kopf aus dem Baumwolllager zurückkam, wurde sie von spöttischen Bemerkungen ihrer Kolleginnen begrüßt.
»Na, hast du ihm die Spindel ordentlich gebürstet?«
»Hoffentlich ist das Schiffchen nicht zerbrochen!«
»Ruhe!«, rief Mr. Davis. »Oder drei Schilling Abzug für jede von euch!«
Augenblicklich trat wieder Stille ein, und nur das Schnurren der Spindeln und Klappern der Webstühle waren zu hören. Emily schaute auf die Uhr, die am Ende des Saales an der Wand hing: Noch eine Stunde und vierzig Minuten bis Feierabend. War seit der Pause wirklich noch keine halbe Stunde vergangen? Weil die Fenster stets geschlossen blieben, war die Luft im Saal dumpfig und warm und nahezu gänzlich ohne Sauerstoff, dafür aber angefüllt mit Staub und dem Dunst von Maschinenöl, das überall

den Boden beschmutzte und wie ranzige Butter roch. Wenn sie wenigstens bei der Arbeit sprechen dürften! Emily warf einen sehnsüchtigen Blick hinüber zu Annie, die gerade einen Faden verknotete, mit so unbeteiligter Miene, als gehörten ihre Finger gar nicht ihr selbst, als wären sie vielmehr Teil der Maschine. Die schwangeren Frauen, die Emily früher gekannt hatte, hatten alle rosige Wangen gehabt, und aus ihren Augen hatte eine ruhige, wissende Freude geleuchtet. Wie blass und matt sah Annie dagegen aus, mindestens doppelt so alt, wie sie in Wirklichkeit war! Sie hatte am Morgen über Schwindelgefühle und Übelkeit geklagt, doch eine Krankmeldung konnte sie sich nicht leisten – Mr. Davis würde sie sofort entlassen. Unwillkürlich strich Emily sich über die Wange. Ob sie selber auch schon so blass und matt aussah?

Plötzlich schrak sie zusammen.

»Annie! Was hast du?«

Ihre Freundin schwankte so sehr, dass sie sich an ihrem Webstuhl festhalten musste. Emily ließ ihre Maschine im Stich und eilte ihr zur Hilfe.

»Schon gut«, flüsterte Annie, »es geht schon wieder.«

»Was ist da los?« Mr. Davis zückte sein Strafbuch. »Unerlaubtes Entfernen vom Arbeitsplatz, macht drei Schilling.«

»Aber ich wollte doch nur meiner Freundin …«

»Mund halten! Sonst kommt noch der Abzug für unerlaubtes Sprechen hinzu!«

Emily biss sich fast die Zunge ab, um nicht zu protestieren, und kehrte zu ihrem Webstuhl zurück. Unter Mr. Davis' misstrauischen Blicken nahm sie ihre Arbeit wieder auf. Doch sie war so aufgebracht, dass sie vor lauter Ungeschick ihr Schiffchen zerbrach.

»Verfluchter Mist!«, entfuhr es ihr.

»Hab ich dir nicht gesagt, du sollst den Mund halten?«, sagte Mr. Davis. »Nun, wer nicht hören will, muss fühlen. Macht sechs Schilling fürs Sprechen, und drei für das Schiffchen. Na,

die Woche hat sich ja wirklich gelohnt.« Er nahm den Stift, der hinter seinem Ohr klemmte, und trug die Zahlen in das Strafbuch ein.
Emily spürte, wie ihr vor Wut die Tränen kamen. Statt zwölfeinhalb würde sie jetzt gerade noch einen halben Schilling bekommen – ihr Lohn für sechs Tage Arbeit, für sechs mal zwölf Stunden täglich.
Amerika schien ihr plötzlich so weit entfernt, als wäre es nur ein fantastischer, unwirklicher Traum. Plötzlich übermannten sie die Zweifel wie eine Woge. Hätte sie sich für diesen Traum je entschieden, wenn sie vorher gewusst hätte, wie es war, ein Steckrübenesser zu sein?

16

Als Victor an diesem Abend nach Hause ging, hatte er so gute Laune, dass er am liebsten jeden Straßenpassanten, der ihm zwischen Regent's Park und Waterloo Bridge begegnete, in den Arm genommen hätte. Zwar hatte er sich auch heute wieder vergeblich in einer Druckerei beworben – jeder Meister, der den Vermerk des Coldbath-Fields-Gefängnisses in seinem Arbeitsbuch sah, schüttelte den Kopf –, doch dafür war ihm ein Coup gelungen, mit dem er in seinen kühnsten Träumen nicht gerechnet hatte.
Emily hatte ihm am Morgen zwei Ohrringe mitgegeben, die er versetzen sollte. Der Schmuck stammte von ihrem ehemaligen Verlobten, sie hatte ihn in einem Fach ihrer Reisetasche gefunden, wo sie ihn früher irgendwann einmal vergessen hatte. Victor war damit nach der Arbeit im Hafen zu einem Pfandleiher nach Chelsea gegangen, vom dem es hieß, dass er für echten Schmuck gute Preise machte. Der weite Weg hatte sich wahrlich

gelohnt. Der Pfandleiher hatte ihm für die Ohrringe fünfzig Pfund gegeben, fast so viel wie Emily für die Ohrringe ihres Vaters bekommen hatte, obwohl die ihrer Meinung nach mehr als doppelt so viel wert waren. Das Geld kitzelte wie Juckpulver in Victors Tasche, und wie ein Kind freute er sich darauf, vor Emilys staunenden Augen die Scheine auf den Tisch zu blättern. War das der Ausgleich für das Honorar des *Northern Star*, auf das sie so leichtsinnig verzichtet hatte? Jetzt hatten sie jedenfalls hundertzehn Pfund, und wenn sie vernünftig haushielten, konnten sie bis Oktober jede Woche zusätzlich zwei weitere Pfund in das Kästchen legen, in dem sie ihre Ersparnisse aufbewahrten, sodass sie mit ein bisschen Glück am Ende insgesamt an die hundertfünfzig Pfund besaßen. Vielleicht würde das Geld sogar reichen, um für Emily eine eigene Kajüte auf dem Schiff nach Amerika zu buchen. Dafür hatte Victor beschlossen, ab sofort auf seinen geliebten Schnupftabak zu verzichten. Was bedeutete der Verzicht auf diesen kleinen Genuss, wenn Emily vielleicht schon dieses Jahr seine Frau wurde?

»So gut gelaunt, Mr. Springfield?«, fragte Mrs. Bigelow, die vor der Haustür mit einer Nachbarin plauderte, als Victor in der Catfish Row ankam.

Statt einer Antwort gab er der Wirtin einen Kuss auf die Stirn, und zwei Schritte auf einmal nehmend, lief er die Stiege zu seiner Dachkammer hinauf.

Als er die Tür öffnete, traute er seinen Augen nicht. Emily saß an einem festlich gedeckten Tisch. Sie trug Rouge auf den Wangen und hatte ihr bestes Kleid angezogen.

»Was wird denn hier gefeiert?«, stammelte er. »Hast du … hast du etwa Geburtstag?«

»Das kann ich nicht gerade behaupten, eher im Gegenteil«, sagte sie. »Komm, setz dich, ich habe extra einen zweiten Stuhl von Mrs. Bigelow ausgeliehen.«

Victor trat an den Tisch, doch ohne Platz zu nehmen. »Was heißt das, eher im Gegenteil?«, fragte er misstrauisch.

»Darüber möchte ich jetzt nicht reden«, erwiderte sie mit einem gezwungenen Lächeln.
»Ich will es aber wissen! Irgendetwas stimmt hier doch nicht.« Irritiert blickte er auf den Tisch. Was er dort sah, verschlug ihm fast die Sprache. »Krabben und Weißwein?«
»Das musst du unbedingt probieren. Es gibt nichts, was besser zusammenpasst.«
»Und seit wann haben wir eine weiße Tischdecke?«
»Die ist auch von Mrs. Bigelow. Sei also bitte vorsichtig und mach keine Flecken.«
Victor stützte sich auf die Lehne des freien Stuhls. »Jetzt sag endlich, was das alles bedeutet. Was ist passiert?«
Emily biss sich auf die Lippe. »Sie haben mir zwölf Schilling vom Lohn abgezogen«, sagte sie leise. »Das ist passiert!«
»Waaaaas?« Jetzt verstand Victor überhaupt nichts mehr. »Sie knöpfen dir fast den ganzen Lohn ab, und du gehst los und kaufst Krabben und Wein?«
»Französischen Bordeaux.« Sie reichte ihm die Flasche. »Ich habe sie schon aufgemacht. Du musst uns nur einschenken.«
»Einen Teufel werde ich tun!« Victor rührte die Flasche nicht an.
»Bitte, tu mir den Gefallen und stoß mit mir an«, sagte Emily flehentlich, während sie den Wein mit unsicheren Händen selber einschenkte. »Und setz dich endlich hin. Ich warte schon seit einer halben Stunde auf dich.«
Er nahm ihr die Flasche aus der Hand und schaute auf das Etikett. Es zeigte ineinander verschlungene Weinreben und Buchstaben und sah aus wie ein Kunstwerk. »Was hat das gekostet?«, wollte er wissen.
»Nur der Wein oder alles zusammen?«, fragte Emily schuldbewusst.
»Alles zusammen.«
»Ein Pfund und zwei Schilling.«
»Ein Pfund und zwei Schilling?«, wiederholte er ungläubig. »Woher hast du so viel Geld?«

Emily versuchte, seinen Blick zu erwidern, doch sie schaffte es nicht. »Aus dem Kästchen«, sagte sie und schlug die Augen nieder.

»Aus *unserem* Kästchen?« Victor musste schlucken. »In dem wir unser Geld für Amerika sparen? Bist du wahnsinnig geworden?«

Emily starrte auf ihren leeren Teller, als bedeute er ihr Leben. »Als ich heute nach Hause kam, war ich so deprimiert, dass ich es kaum ausgehalten habe. Ein halber Schilling Lohn, für eine ganze Woche Arbeit. Ich hatte solche Angst, dass wir es nicht schaffen, dass wir nie von hier fortkommen, dass ich für immer in dieser Fabrik arbeiten und die verfluchten Spindeln anschauen muss, wie sie sich drehen und drehen und drehen. Ich ... ich musste einfach irgendwas tun, um mir Mut zu machen.«

Victor hatte keine Worte. Hilflos stand er da und schüttelte den Kopf, unfähig, den Sinn ihrer Rede zu begreifen. »Und da hast du gedacht«, fragte er schließlich, »Geldausgeben würde helfen?« Er lachte einmal kurz auf. »Wo hast du das gelernt? Im Buckingham-Palast?«

Emily starrte weiter auf ihren Teller, ohne einen Ton zu sagen.

»Bitte beantworte mir eine Frage.« Victor räusperte sich, bevor er weiter sprach. »Willst du überhaupt noch nach Amerika?«

»Aber ja«, flüsterte Emily. »Natürlich will ich das ... Darum habe ich das ja getan ...«

»Aber das ist doch Irrsinn!«, rief er. »Von dem Geld hätten wir einen Monat leben können! Mindestens!«

»Ich kann verstehen, dass du so denkst«, sagte Emily mit erstickter Stimme. »Doch glaub mir, es ist kein Irrsinn. Es ... es war wirklich nötig, wie Medizin. Die muss man auch kaufen, wenn man krank ist und sie braucht.«

»Du redest ja vollkommen wirres Zeug.« Victor nahm das Glas, das sie eingeschenkt hatte, und trank es in einem Zug leer. »Aber wenn du meinst, du bist krank – soll ich dann schon mal in Bedlam nachfragen, ob sie einen Platz in der Anstalt für dich frei haben?«

»Warum verstehst du mich denn nicht?« Emily hob den Kopf und schaute ihn an. Ihre Augen waren nass von Tränen.
»Wenn du willst, dass ich das tue, musst du mir schon ein bisschen genauer erklären, was das alles soll.«
»Es ist doch ganz einfach.« Emilys Lippen zitterten beim Sprechen. »Wenn es einem richtig schlecht geht und man nur einen Penny in der Tasche hat, muss man sich was Gutes gönnen. Dann sieht die Welt gleich anders aus. Hast du das noch nie gehört?«
»Gott sei Dank nein. Von wem hast du den Unsinn?«
»Von meinem Vater.«
Die Antwort traf Victor wie ein Schlag ins Gesicht. »Von – deinem – Vater?«, wiederholte er wie ein Idiot.
»Ja«, sagte Emily, »bei ihm hat es immer funktioniert.«
Fassungslos starrte Victor sie an, als könne er nicht glauben, was sie gesagt hatte. Er war so wütend auf sie, dass er die Hände in den Hosentaschen zusammenballte, um ihr nicht links und rechts eine runterzuhauen.
Doch seine Wut war stärker als seine Beherrschung.
»Hier, von deinem Verlobten!« Er nahm das zerknüllte Geld aus seiner Tasche und knallte es Emily auf den Tisch. »Er lässt dich schön grüßen und sagt, du sollst dir Kaviar dafür kaufen!«
Victor machte auf dem Absatz kehrt und marschierte hinaus.
»Guten Appetit!«
Mit einem Knall fiel die Tür hinter ihm ins Schloss.

17

Emily wischte sich die Tränen ab und rückte an den Tisch. Jetzt erst recht! Trotzig griff sie nach einer Krabbe und pulte sie aus der Schale, doch das Fleisch des sündhaft teuren Krustentiers, für das sie früher bereit gewesen wäre, einen ganzen Tag lang zu fasten, würgte in ihrem Hals, als wäre es ein Stück Steckrübe. Wie hatte sie auch nur so dumm sein können, ihren Vater zu erwähnen?

Da klopfte es an der Tür.

»Victor?«

Emily ließ ihr Besteck fallen und sprang auf, um ihm zu öffnen. Doch auf dem Treppenabsatz stand nicht Victor, sondern ihr ehemaliger Verlobter.

»Sie – Mr. Cole?« Mehr brachte sie nicht heraus.

»Guten Abend, Miss Paxton«, sagte er und lüftete den Hut. »Darf ich eintreten?«

Emily war so überrascht, dass sie einen Schritt zur Seite machte.

»Was … was wollen Sie von mir?«

Verlegen drehte Cole seinen Hut in der Hand. »Ihre Eltern machen sich große Sorgen. Sie haben im *Northern Star* ein Bild gesehen, das an Ihre Art zu zeichnen erinnert, und gaben mir deshalb den Auftrag …«

»Wie können Sie es wagen, hinter mir herzuschnüffeln?«

»Was für ein hässliches Wort, Miss Paxton. Nein, Ihre Eltern haben Angst um Sie. Ist das verwunderlich? Schließlich glaubten sie, Sie wären in Manchester, bei Ihrer Tante. Und wie sich herausstellt, war ihre Sorge nur allzu berechtigt.«

Cole schaute sie an, mit seinen wachen, intelligenten Augen. Konnte er sehen, was in ihrem Innern vorging? Emily spürte, wie ihr wieder die Tränen kamen, und kniff sich selber in die Hand, um sie zu unterdrücken. Nur das nicht! Nur keine Blöße vor diesem Menschen!

»Und wenn schon«, sagte sie, »was geht Sie das an? Ich glaube, Sie sind der Letzte, der das Recht hat, mir irgendwelche Vorhaltungen zu machen.«

Cole nickte. »Ja, ich weiß, Sie müssen mich verachten, und nach allem, was passiert ist, haben Sie dazu jedes Recht der Welt. Trotzdem bitte ich Sie, mir zu vertrauen, nur noch dieses eine Mal.«

»Ich, Ihnen vertrauen?«, fragte Emily mit dem ganzen Hochmut, zu dem sie fähig war. »Wie komme ich dazu?«
Wieder begann Cole, mit seinem Hut zu drehen. »Ich … ich bin kein so schlechter Mensch, wie Sie glauben. Ich war verblendet, nicht Herr meiner selbst, verblendet von meiner Liebe zu Ihnen. Sie haben mich vollkommen aus dem Gleichgewicht gebracht, wie noch nie ein Mensch zuvor.« Er stockte, als wären ihm seine Worte peinlich. »Das ist alles, was ich zu meiner Entschuldigung anführen kann, Miss Paxton.«
Emily erwiderte seinen Blick. Als sie seine Zerknirschung sah, seine ehrliche, aufrichtige Reue, schossen ihr plötzlich die Tränen mit solcher Macht in die Augen, dass sie sie nicht länger zurückhalten konnte.
Cole legte den Hut beiseite und griff nach ihrer Hand. »Bitte, kommen Sie mit, Miss Emily. Ich bringe Sie zurück nach Hause, zu Ihren Eltern. Dorthin, wohin Sie gehören.«
Ohne dass sie es wollte, überließ Emily ihm ihre Hand. Seine Hand fühlte sich so fest und warm und vertraut an wie früher, und von ihrem Druck ging eine Kraft auf sie über wie ein sanfter, stärkender Strom. Emily hatte gar nicht gewusst, wie sehr sie solchen Halt vermisst hatte! Für einen Moment stellte sie sich vor, wie es sein würde, wieder zu Hause zu sein, in ihrer gewohnten Umgebung, wo das Leben so viel leichter und unbeschwerter war. Es war so einfach, dorthin zu gelangen. Sie brauchte nur mit Cole diesen Raum zu verlassen und den Wagen zu besteigen, der draußen sicher schon irgendwo auf sie wartete, und in wenigen Minuten wäre sie da.
»Sind Sie eigentlich schon im Kristallpalast gewesen?«, fragte Cole.
Emily schüttelte den Kopf.
»Wir haben Sie bei der Eröffnung alle so vermisst. Sogar der Prinzgemahl hat sich nach Ihnen erkundigt.«
»Der Prinzgemahl?«, fragte Emily. »Nach mir? Wirklich?«
Cole lächelte sie an. »Ja, Miss Emily. Auch wenn Seine König-

liche Hoheit natürlich nur ahnen kann, was wir Ihnen verdanken. Ohne Sie hätte es die Weltausstellung ja gar nicht gegeben – Sie haben uns doch immer wieder Mut gemacht, wenn wir schon aufgeben wollten, das weiß keiner besser als ich.« Er drückte ihre Hand. »Wissen Sie noch, wie Sie damals die Idee der Weltausstellung nannten, bei unserer ersten Begegnung? Eine zweite Schöpfung ... Genau das ist sie geworden. Nur noch viel größer und schöner und herrlicher, als wir es uns damals erträumt haben. Das Paradies ist Wirklichkeit geworden, Miss Emily. Wollen Sie es sich nicht endlich ansehen?«
Emily schloss für eine Sekunde die Augen. Plötzlich sah sie wieder das Gesicht des Ordners vor sich, der ihr den Zugang zum Kristallpalast verwehrt hatte, seinen verächtlichen Blick, als er sie durch seine Lorgnette fixierte. Die Tatsache, dass sie von dem großen Fest ausgeschlossen war, dass sie die Schätze, die die Menschen und Völker aus allen Teilen der Erde unter der gläsernen Kuppel im Hyde Park zusammengetragen hatten, niemals sehen würde, machte sie unendlich traurig.
»Auch wenn es mich nichts angeht«, sagte Henry Cole leise, »und ich keinerlei Recht habe, mich in Ihre privaten Dinge einzumischen – darf ich Ihnen trotzdem eine Frage stellen?«
Emily nickte.
»Als ich mich in der Redaktion nach Ihnen erkundigt habe, kam ein junger Mann herein, der eine Zeichnung von Ihnen brachte. Er hatte eine Narbe auf der Stirn.«
»Ja, und?«, fragte sie und zog ihre Hand zurück.
Doch Cole hielt sie fest. »Um ganz offen zu sein, der Mann sah gefährlich aus. Und wenn ich mir die Bemerkung erlauben darf, Miss Emily, das ist kein Umgang für Sie. Das ist, wie soll ich mich ausdrücken ...« – er machte eine Pause, um einen passenden Vergleich zu finden, »... wie ... wie wenn ein gesunder Apfel in einem Korb mit einem faulen Apfel in Berührung kommt.«
Emily zuckte so heftig zusammen, dass er ihre Hand losließ.
»Bitte, Sie dürfen mich nicht missverstehen«, sagte Cole, »ich

wollte Ihre Gefühle nicht verletzen. Doch nicht nur Ihre Eltern, auch ich mache mir Sorgen um Sie. Große Sorgen, berechtigte Sorgen.« Mit einer Handbewegung zeigte er um sich. »Wie können Sie in einer solchen Kammer leben? Ich sehe zwar Krabben und Wein auf dem Tisch, aber sonst? Draußen auf der Straße, direkt unter Ihrem Fenster, treibt sich das übelste Gesindel von London herum, und wenn ich mir vorstelle, dass Sie zwischen diesen Leuten – nein, ich weiß nicht, wie Sie überhaupt ruhig schlafen können in einer solchen Umgebung.«

Emily schnappte nach Luft. »Was fällt Ihnen ein, von faulen Äpfeln zu reden, Mr. Cole? Sie haben ja nicht die geringste Ahnung, was Sie da behaupten!« Sie machte einen Schritt zurück, um einen Abstand zwischen sich und diesen Mann zu legen.

»Bitte verzeihen Sie, wenn ich etwas Falsches gesagt habe, aber …«

»Gar nichts verzeihe ich Ihnen«, schnitt sie ihm das Wort ab. »Was wissen Sie denn von den Menschen, über die Sie so leichtfertig urteilen? Was für ein Recht haben ausgerechnet Sie, sie als faule Äpfel zu bezeichnen? Wissen Sie, wie diese Menschen leben?«

»Nun, Sie erinnern sich vielleicht, auch ich bin nicht gerade mit einem goldenen Löffel im Mund …«

»Gar nichts wissen Sie, Mr. Cole! Sie nennen Ihre Weltausstellung ein Paradies, aber ist Ihnen je in den Sinn gekommen, dass dieses Paradies vielleicht eine Kehrseite hat? Eine schmutzige, scheußliche Kehrseite, die ganz und gar nicht zu dem Glanz des Kristallpalasts passt? Dass Ihr so genanntes Paradies auf dem Rücken ebender Menschen entstanden ist, die Sie als Gesindel beschimpfen?« Emily blickte ihn mit funkelnden Augen an, und als Cole nichts erwiderte, sagte sie: »Sehen Sie? Darauf haben Sie keine Antwort. Aber ich habe diese Kehrseite erlebt, ich bin in den Fabriken und Elendsvierteln gewesen und habe die Not der Menschen dort mit eigenen Augen gesehen.«

Cole hob die Brauen. »Dann stammen die Bilder im *Northern Star* also wirklich von Ihnen?«
»Allerdings, und wenn ich je in meinem Leben auf etwas stolz gewesen bin, dann darauf. Nein, Mr. Cole, ich kann Ihren Traum nicht mehr teilen, nicht mehr nach alledem, was ich gesehen habe. Ihr Traum ist in Wahrheit ein schrecklicher Alptraum, und wenn Sie je etwas für mich empfunden haben, dann müssen Sie akzeptieren, dass ich …«
Sie verstummte mitten im Satz, doch sie wusste selber nicht, ob vor Empörung oder aus Unsicherheit. Was musste Cole akzeptieren? Dass sie mit Victor nach Amerika wollte? Das brachte sie nicht über die Lippen. Während ihre unausgesprochenen Worte wie eine offene Frage im Raum schwebten, schaute Cole sie schweigend an. Aus seinen Augen sprach ein Ernst, der Emily noch mehr verwirrte.
»Ihre Anteilnahme am Elend der Armen berührt mich zutiefst, Miss Paxton«, sagte er nach einer Weile, »und Sie müssen mir glauben, dass die soziale Frage auch mich …« Plötzlich nahm er zum zweiten Mal ihre Hand, und bevor sie wusste, was geschah, sank er vor ihr auf die Knie. »Bitte, Emily, verzeihen Sie mir, was ich Ihnen angetan habe. Ich erwarte nichts von Ihnen und nehme es hin, dass Sie mich keines Wortes oder Blickes mehr würdigen. Aber tun Sie mir einen Gefallen – kommen Sie mit! Nicht wegen mir, nur um Ihrer selbst willen. Ich möchte, dass Sie glücklich werden, das ist der einzige Wunsch, den ich noch an Sie habe. Sie dürfen sich Ihre Zukunft nicht verbauen. Sie haben die glänzendsten Aussichten, die ganze Welt steht Ihnen offen. Wollen Sie das wirklich aufgeben?«

18

Victor stand auf der London Bridge und schaute hinaus in die Nacht. In der Ferne, im Hafen von Bugsbys Reach, glitt gerade eine Brigg aus dem Wald von Schiffsmasten, um die Flut zum Auslaufen zu nutzen. Stundenlang war er nach dem Streit mit Emily durch die Straßen geirrt, bis er schließlich hier gelandet war. Als er sie verließ, hatte er gehofft, dass sie etwas sagen würde, um ihn zurückzuhalten, doch sie hatte ihn einfach gehen lassen, ohne ein einziges Wort.

Krabben und Weißwein! Victor wusste nicht, worüber er wütender war: über Emilys Leichtsinn oder über seinen eigenen Jähzorn. Vielleicht hatte sie ihn jetzt schon verlassen, vielleicht war sie schon wieder zurück bei ihren Eltern, lag schluchzend im Arm ihres Vaters oder nahm ein Bad, um sich von dem Schmutz zu reinigen, mit dem sie durch ihn in Berührung gekommen war.

Victor warf einen Kieselstein hinab in den Abgrund, und während er auf das schäumende Wasser blickte, spürte er, wie die Wut in ihm hochkochte. War es ein Wunder, dass er die Beherrschung verloren hatte? Wie ein Idiot hatte er sich beherrscht, Nacht für Nacht, während er schlaflos auf dem Boden seiner Kammer gelegen und auf jedes Geräusch gelauscht hatte, das Emily machte. Warum hatte er sie nicht einfach genommen, so wie er jedes andere Mädchen genommen hätte? Seine Mutter hatte ihn gewarnt: »Die Paxtons sind alle faule Äpfel …« Sollte sie Recht behalten? Es gab kaum noch einen Grund, daran zu zweifeln. Immer, wenn er sich mit Emily eingelassen hatte, hatte sie ihm Unglück gebracht, war es ihm anschließend schlechter gegangen als vorher. Sie würde es nie schaffen, auf den Luxus und Reichtum zu verzichten, in dem sie aufgewachsen war – sie passte so wenig zu ihm wie ihre Krabben und ihr französischer Weißwein in seine armselige Kammer. Wenn sie morgens

aufstand und sich waschen wollte, musste sie Wasser im Hof pumpen, und der Abort war eine ekelhaft stinkende Latrine im Treppenhaus, die fast immer besetzt war, weil ein Dutzend Mieter sie sich teilte. Victor empfand die Scham darüber so stark, dass er immer wütender wurde. Warum fuhr er nicht einfach allein nach Amerika? Um Emily zu vergessen, beschloss er, Fanny aufzusuchen. Sie würde ihn mit Freuden empfangen.
Er wollte sich gerade abwenden, da sah er auf dem Fluss ein Boot, das unter dem Bogen der Brücke hervorschoss. Im Schein der Bootslaterne hockten ein Mann und eine Frau, die aneinander gelehnt die Ruderpinne bedienten. Schneller als ein Pfeil raste das Boot geradewegs in den wütenden Rachen eines Strudels. Eine Welle brach über dem winzigen Bug, und Victor hatte keinen Zweifel, dass es jeden Moment vollschlagen und in dem sprühenden Wirbel untergehen musste, mitsamt den beiden Menschen. Doch wie eine Feder schnellte es über den Hexenkessel hinweg, und schon im nächsten Augenblick war es außer Gefahr.
Plötzlich hatte Victor nur noch den Wunsch, Emily wiederzusehen. War er wahnsinnig gewesen, einfach abzuhauen, ohne um sie zu kämpfen? Wegen ein paar Krabben und einer Flasche Wein?
Im Laufschritt verließ er die Brücke, und keine halbe Stunde später war er in der Catfish Row.
Doch als er seine Kammer betrat, war das Bett unberührt.
»Emily …«
Er hörte ein leises Rascheln und blickte zur anderen Seite. Da entdeckte er sie. Sie war am Tisch eingeschlafen, mit einer Decke um den Schultern. Victor musste schlucken – offenbar hatte sie die ganze Zeit auf ihn gewartet. Leise, um sie nicht aufzuwecken, trat er zu ihr. Ihr Kopf war auf die Tischplatte gesunken, vor ihr standen noch die Reste ihres Abendmahls. Sie sah so wunderschön aus im Mondlicht, mit ihrer feinen Nase und der reinen, weißen Haut, wie eine der kostbaren Porzellanpuppen, die

»Hemley's« in der Regent Street verkaufte, und die winzig kleinen Sommersprossen bildeten die verwirrendsten Muster auf dem hellen Untergrund, als hätte ein Künstler sie mit feinem Pinsel darauf aufgetragen. Jedes Mal, wenn sie ausatmete, zitterte eine Locke, die ihr in die Stirn gefallen war, und ab und zu ging ein Zucken durch ihr Gesicht. Vielleicht, weil die Locke sie kitzelte, vielleicht auch, weil sie gerade träumte …

»Gott sei Dank«, flüsterte er.

Wieder bewegte sie sich im Schlaf, und die Decke rutschte von ihrer Schulter, sodass nur noch ihr Hemd ihre Blöße vor seinen Blicken verhüllte. Deutlich zeichneten sich die Umrisse ihrer Brüste unter dem dünnen Baumwollstoff ab.

Victor spürte, wie das Blut in seinen Adern pulsierte. Ein Lächeln huschte über ihr Gesicht, und für einen Augenblick sah sie aus, als würde sie ihm zuzwinkern. So wie damals, vor über zehn Jahren, als er sie einmal nackt gesehen hatte. Es war in ihrem »Paradies« gewesen, im Park von Chatsworth, am Ufer des Teichs. Sie hatten zusammen gebadet, ihre Kleider waren nass, und damit ihre Eltern nichts merkten, hatten sie sich ausgezogen und die Kleider zum Trocknen in die Sonne gelegt. Zuerst hatten sie Rücken an Rücken gesessen, die Augen fest geschlossen, und einander versprochen, sie erst zu öffnen, wenn sie sich wieder angezogen hätten, doch nach ein paar Minuten hatten sie es nicht länger ausgehalten und sich umgedreht und einander angeschaut, und er hatte angefangen, sie zu berühren, und dann hatte auch sie ihn berührt, überall, sogar seinen »Prinzen« …

»Bist du endlich wieder da?« Emily hob den Kopf und blinzelte ihn an. »Ich hatte schon Angst, der Flaschengeist …«

»Pssst«, machte er. »Schlaf einfach weiter.«

Er hob sie vom Stuhl und trug sie zum Bett. Im Halbschlaf schlang sie den Arm um seinen Hals und schmiegte sich an seine Brust. Als er ihre Haut auf seiner Haut spürte, wusste er, dass alles wieder gut war.

»Träum schon«, sagte er, nachdem er sie behutsam auf das Bett gelegt hatte, und bedeckte mit der Decke ihre Schulter. »Träum von Amerika.«

Doch Emily schüttelte auf ihrem Kissen den Kopf. »Wir können nicht nach Amerika fahren«, murmelte sie.

»Was sagst du da?«

»Nein«, wiederholte sie, ohne die Augen zu öffnen. »Wir können nicht einfach verschwinden. Wir haben hier vorher noch etwas zu tun.«

19

»König Mob im Anmarsch!«

»Die Massen erobern den Kristallpalast!«

»Drohen jetzt Chaos und Aufruhr?«

An dem Morgen, als der Eintritt zur Weltausstellung erstmals auf einen Schilling gesenkt wurde, um jedem interessierten Bürger des Landes den Zugang zu ermöglichen, waren die Zeitungen voll von der erstaunlichen Neuerung, mit denen die Organisatoren laut Meinung der Presse allerdings riskierten, den Charakter der Veranstaltung von Grund auf zu verändern. Würden sich die Besitzer der teuren Saisonkarten nicht zwangsläufig zurückziehen, wenn Arbeiter und Handwerker wie Heuschrecken in den Kristallpalast einfielen, um sich über all die Wunderwerke und Schätze herzumachen, die dort eigentlich für ein ganz anderes Publikum ausgestellt waren? Die *Times* jedenfalls riet ihren Lesern, sich während der Schillingstage von dem Ort fern zu halten – nicht zuletzt im Hinblick auf die Gefahren, die ihnen dort drohten. Die Öffnung der Tore für jedermann war geradezu eine Einladung an alle Unruhestifter, im Tempel des Fortschritts ihr Unwesen zu treiben und das Fest des Friedens für ihre Zwecke zu missbrauchen. Es schien mehr als fragwürdig, ob die dreihundert Gardisten und Geheimpolizisten, die sich laut Auskunft der Regierung in der Ausstellung unter das Volk mischen würden, im Ernstfall ausreichten, um mögliche Störenfriede zu identifizieren und zu eliminieren, bevor sie ihre Absichten in die Tat umsetzen konnten.

»Bist du nervös?«, fragte Victor.

Emily schüttelte den Kopf.

»Lügnerin!«

Statt einer Antwort nahm sie seine Hand und versuchte zu lächeln. Seit über einer Stunde standen sie schon an, um zum Kristallpalast vorzudringen, zusammen mit Tausenden von anderen Menschen, die zum ersten Schillingstag in den Hyde Park geströmt waren und sich jetzt vor dem Hauptportal drängten. Bis zur Kensington Road stauten sich die Warteschlangen an den Kassen zurück. Nur vor dem Eingang in der Mitte des Gebäudes, wo ein einzelner Ordner einigen wenigen Besuchern Einlass gewährte, brauchte niemand zu warten. »*Für Saisonkarten-Besitzer*«, stand dort auf einem großen Transparent zu lesen.

»Die haben's gut«, sagte ein rotgesichtiger Viehhändler aus Yorkshire, der vor Victor und Emily in der Reihe stand, und wischte sich mit einem karierten Tuch den Schweiß von der Stirn. »Ja, Geld müsste man haben.«

Obwohl Emily sich geschworen hatte, keinen Fuß in den Kristallpalast zu setzen, war es ihre Idee gewesen, die Ausstellung zu besuchen, und Victor und sie hatten sich die zwei Schilling Eintritt buchstäblich vom Mund abgespart. Der Streit mit ihm hatte ihr die Augen geöffnet. Sie durfte London nicht einfach verlassen. Vor ihrer Abreise nach Amerika musste sie noch eine Aufgabe erfüllen, ohne die sie sich nicht berechtigt fühlte, ihr neues Leben zu beginnen. Sie wusste selber nicht genau, was für eine Aufgabe das war, sie wusste nur, dass sie hier in diesem gläsernen Gebäude, das ihr Vater erbaut hatte, auf sie wartete, im Kristallpalast. Beim Anblick des Drehkreuzes, das sie gleich passieren würde, wurde ihr ganz flau zumute, doch als sie spürte, wie Victor ihre Hand drückte, kehrte ihre Zuversicht zurück. Sobald sie ihre Aufgabe erfüllt hatte, war sie frei. Victor hatte die Heuer bekommen, und sie hatten für dasselbe Dampfschiff, auf dem er als Heizer arbeiten würde, eine Passage vierter Klasse gebucht – zusammen mit dem Handgeld für die Heuer hatten ihre Ersparnisse sogar für eine eigene Kabine gereicht, trotz Krabben und Bordeaux.

»Haben Sie so was Herrliches schon mal gesehen, Miss?« Ehrfürchtig wie in einer Kirche nahm der Viehhändler seinen Hut ab, als sie den Pavillon betraten. »Wenn ich das zu Hause erzähle, das glaubt mir kein Mensch!«

Emily musste sich fast die Zunge abbeißen, um ihm nicht Recht zu geben. Egal, wie großartig und prächtig sie sich früher alles vorgestellt hatte, die Wirklichkeit, die sie nun erlebte, war noch viel großartiger und prächtiger! Eine gigantische Schatzkammer tat sich vor ihr auf, angefüllt mit allen Reichtümern der Erde, und ein babylonisches Stimmengewirr schlug ihr entgegen. Die Halle quoll über vor lauter sich drängenden Menschen, die gläsernen Wände drohten aus den Fugen zu platzen. Bereits zu dieser frühen Stunde füllten über hunderttausend Besucher das Gebäude, wie ein Schild am Eingang des Transepts verkündete. Scheinbar schwerelos wölbte sich die gläserne Kuppel über der wogenden Menschenmenge, wo zwischen schwarzen Zylindern und weißen Hauben überall rote Feze, gelbe Sombreros und grüne Turbane zu sehen waren – die ganze Welt schien an diesem Ort versammelt zu sein. Nur die Ulmen ließen die Zweige hängen, wahrscheinlich, weil ihnen der Nachttau fehlte.

Plötzlich zuckte Emily zusammen. In der Mitte des Transepts, auf den Stufen des Brunnens, aus dessen gläsernen Schalen das Wasser sich in glitzernden Kaskaden ergoss, stand Henry Cole. Er wippte auf den Fußballen und gab auffallend unauffälligen Männern mit kleinen Gesten irgendwelche Anweisungen. Waren das Polizisten? Auf einmal glaubte Emily überall Spitzel zu sehen: der Zigarrenverkäufer, der Zeitungsschreier, der Reiseleiter, der eine Schar Studenten anführte – jeden Mann in ihrer Nähe verdächtigte sie, voller Angst, dass er die Gedanken in ihrem Kopf las und sie verhaftete. Ohne sich von dem Viehhändler zu verabschieden, zog sie Victor weiter.

»Was ist los? Hat dich jemand erkannt?«

»Frag jetzt nicht! Komm!«

Eilig stiegen sie die Treppe zur Galerie hinauf, die vom Transept in den Seitenflügel des Pavillons führte. Unter dem gläsernen Dach, auf das die Sommersonne herunterbrannte, herrschte eine so drückende Hitze wie in den Treibhäusern von Chatsworth. Wo immer ein Brunnen plätscherte, bildeten sich Menschentrauben, an den chinesischen und indischen Ständen nahmen Besucher die Fächer, die dort als Schmuck an den Stellwänden hingen, von den Haken, um sich Luft zuzufächeln, manche gossen sich aus mitgebrachten Flaschen Wasser über die Köpfe, und vor den gelb und weiß gestrichenen Kiosken von Mr. Schweppes bildeten sich fast so lange Schlangen wie draußen vor dem Eingang. Emily wünschte sich nichts sehnlicher als eine Erfrischung, ihr Mund war ganz ausgetrocknet, doch eine Limonade würde mehr Geld kosten, als Victor und sie an zwei Tagen für ihre Mahlzeiten ausgaben.

»Hast du eine Idee?«, fragte er, als sie außer Sichtweite waren und Emily stehenblieb.

»Nein«, sagte sie und schaute zurück in die Richtung des Brunnens. »Ich wollte, wir hätten einen Sack Blindschleichen dabei, den wir hier ausschütten könnten.«

Wie ein Lindwurm wand sich der Strom der Besucher durch die Ausstellung. Emily hatte gehofft, hier einen Schlüssel zu finden, einen Hinweis, um irgendetwas zu tun gegen dieses verlogene Spektakel. Doch jetzt, als sie den Blick durch die brodelnde Halle schweifen ließ, schwand ihre Zuversicht dahin. Betrunken vor Begeisterung taumelten die Menschen durch das falsche Paradies, ohne einen Gedanken daran zu verschwenden, um welchen

Preis es entstanden war, wie viele Opfer es kostete, wie viele Menschenleben, Tag für Tag. Mit einem Gefühl von Bitterkeit dachte Emily an Colonel Sibthorp. Nein, Gott hatte das Gebet des Tory-Abgeordneten nicht erhört. Eine Militärkapelle zog mit lautem Getöse zu Emilys Füßen vorbei, wie ein Meer teilte sich die Menge, um die Musiker passieren zu lassen. Hochrufe ertönten, Frauen klatschten in die Hände, und Männer warfen ihre Hüte in die Luft. Emily wurde fast schwindlig. Noch nie war sie sich so klein und erbärmlich vorgekommen. Was sollten Victor und sie hier ausrichten, inmitten dieses gigantischen Taumels, der jeden mit sich fortzureißen schien? Eher würde ein Kind mit bloßen Händen ein Jahrmarktskarussell aufhalten, als dass sie dieses Räderwerk zum Stillstand brachten.

»Erinnerst du dich noch, wie wir uns zum ersten Mal auf der Baustelle trafen?«, fragte Emily. »Hättest du damals deinen Plan nur ausgeführt. Ein paar Wochen Streik hätten genügt, um das Ganze zu verhindern.«

Sie glaubte in der Ferne zu erkennen, wie Cole den Brunnen verließ, und zog Victor weiter. Im Westflügel, wo die Maschinen ausgestellt waren, schien das Gedränge nicht ganz so dicht wie im Transept zu sein, und der Lärm der Militärkapelle war kaum noch zu hören. Am Stand der Firma »Hilroy & Sons« umringte eine Reisegesellschaft von Arbeitern einen Webstuhl, der an die fünfzig Fuß breit war und wie von einer unsichtbaren Hand gesteuert sein Werk verrichtete. Während die bunt gewirkte Stoffbahn Stück für Stück von der Walze zu Boden sank, lauschten die Männer mit offenen Mündern den Ausführungen eines Ingenieurs, der im weißen Kittel neben dem leise klappernden Apparat stand und mit Hilfe eines Sprachrohrs das Wunder erklärte: eine Dampfmaschine, verborgen unter dem Boden der Halle, erzeugte die für den Antrieb nötige Energie, während Lochkarten das Einbringen eines mehrfarbigen Einschlags durch verschiedene Schützen steuerten. Warum, dachte Emily, sprach der Mann nur von den mechanischen und physikalischen Prinzi-

pien, auf denen die Technik beruhte, warum nicht auch von dem Elend und der Not, die der Webstuhl in den Fabriken verursachte, von dem ermüdenden Stumpfsinn, in den die Arbeiterinnen beim Stieren auf die sich ewig drehenden Spindeln fielen, von ihrer Angst, ihre Stellung zu verlieren, weil immer weniger Arbeitskräfte nötig waren, um immer mehr Maschinen gleichzeitig zu beaufsichtigen, von den Streitereien in den Familien, die aus diesem Gemisch von Stumpfsinn und Angst wie eine Explosion hervorbrechen konnten, wenn die Frauen abends erschöpft nach Hause zu ihren Männern kamen, die einen genauso quälend langen Arbeitstag hinter sich hatten wie sie? Am liebsten hätte sie ein Bild davon gemalt, um ihren Abscheu auszudrücken, doch nachdem Mr. Harper ihre Adresse verraten hatte, fertigte sie keine Illustrationen mehr für den *Northern Star* an, obwohl der Redakteur sie in mehreren Briefen darum gebeten hatte.
Victor blieb stehen und schaute Emily an. »Du weißt, warum ich es nicht getan habe. Du hast mir gesagt, im Kristallpalast würde etwas entstehen wie unser ›Paradies‹ in Chatsworth.«
»Ja, auf unserer Ballonfahrt«, nickte sie. »Aber damals hatte ich ja keine Ahnung. Damals glaubte ich ja noch an die Lügen, die mein Vater erzählte. Aber jetzt weiß ich es besser – wissen *wir* es besser, Victor, besser als alle anderen Menschen hier.«
»Was wissen wir besser?«
»Die Wahrheit«, sagte sie so laut, dass ein paar Leute sich umdrehten. »Alle Wunderwerke, die hier ausgestellt werden, dienen in Wirklichkeit nur dazu, die Kuchenesser noch reicher und die Steckrübenesser noch ärmer zu machen. Und die Kuchenesser sorgen mit allen Mitteln dafür, dass sich daran nichts ändert und alles für immer so bleibt. Oder hast du vergessen, warum Toby sterben musste?«
Sie sah in Victors Gesicht, hoffte auf ein Wort oder Zeichen, das sie bestätigte. Doch sein Gesicht verriet keine Regung. Hatte er schon aufgegeben? Hatte der abscheuliche Jahrmarkt, der hier veranstaltet wurde, ihn so beeindruckt, dass er die Wahrheit

nicht mehr sah? Die Wut, die sonst so oft aus seinen Augen sprühte, schien wie ausgelöscht.
Plötzlich kam ihr ein Verdacht, böse und gemein wie ein Angriff aus dem Hinterhalt. Lag es vielleicht gar nicht an dem Pomp und Getöse, an den Zurschaustellungen der Größe und Stärke, mit denen die Kuchenesser hier ihre Macht demonstrierten, dass Victor so reagierte? Lag es vielleicht an ihr selber? Weil sie Miss Emily Paxton war, die Tochter von Joseph Paxton?
»Ich kann dir gar nicht sagen, wie sehr ich ihn hasse«, flüsterte sie.
»Wen?«, fragte Victor.
»Meinen Vater. Er hat Toby auf dem Gewissen. Und ich bin seine Tochter! Kannst du dir vorstellen, was das heißt? Was für ein Gefühl das ist, sein Blut in den Adern zu haben? Das Blut eines Mörders? Und es gibt keine Möglichkeit, dass es je aufhört. Es ist, als müsste man in einer Zwangsjacke leben, und man kommt nie wieder aus ihr raus. Ich wünschte«, fügte sie leise hinzu, »das alles hier flöge in die Luft, sein ganzer verfluchter Kristallpalast.«
Victor erwiderte ihren Blick. Dann schüttelte er den Kopf. »Ich glaube, du irrst dich«, sagte er. »Es gibt eine Möglichkeit, aus der Zwangsjacke rauszukommen.«
»Welche?«
Er wurde noch ernster. »Ob du seine Tochter bist, hängt nicht von ihm ab, Emily, sondern von dir. Von deiner Entscheidung.« Er nahm ihr Kinn und hob es zu sich empor. »Du musst dich nur entscheiden. Wer willst du sein? Seine Tochter oder …« – Er zögerte eine Sekunde, bevor er weitersprach – »… oder meine Frau?«
Wie ein Stromstoß fuhr Emily die Frage in den Leib, und sie hatte nur den einen Wunsch, ihre Lippen auf seinen Mund zu pressen. Doch sie beherrschte sich – dieser Kuss war zu wertvoll, um ihn ihm hier zu geben, inmitten von all diesen Leuten, sie würde ihn aufbewahren, bis sie mit Victor allein war. Auch

wenn es ihr schwer fiel, löste sie sich von seinem Blick und schaute wieder hinab in die Halle, wo der Webstuhl weiter seine stupide Arbeit verrichtete, als wolle er bis zum Jüngsten Tag nichts anderes tun, begleitet von den Erklärungen des Ingenieurs, der beim Sprechen ab und zu mit einem Lappen über die blitzenden Maschinenteile wischte, damit sich kein Körnchen Staub darauf festsetzen konnte.

»Du hast mir keine Antwort gegeben, Emily.«

Sie versuchte, sich auf die Worte des Ingenieurs zu konzentrieren. Doch es gelang ihr nicht. Sie hörte nur Victors Stimme, auch wenn er gar nicht mehr sprach, sah sein Gesicht, seine Augen, die Narbe auf seiner Stirn, obwohl sie weiter auf den Webstuhl starrte, spürte seine Nähe, seinen Atem, obwohl er sie gar nicht berührte.

Sie hielt es nicht länger aus. Sie nahm sein Gesicht in ihre Hände, um ihn zu küssen.

Im selben Moment ertönte ein Ausruf der Enttäuschung, aus Hunderten von Kehlen.

»Ohhhhhhhhhhhhhhh!«

Der Webstuhl hatte die Arbeit eingestellt, der Antrieb war ausgefallen. Hektisch hob der Ingenieur sein Sprachrohr an den Mund und rief irgendwelche Erklärungen, doch die Arbeiter, die seinen Apparat eben noch bestaunt hatten, waren so enttäuscht wie Kinder, denen man ihr Spielzeug weggenommen hat. Vor ihnen stand nur noch eine dumme, billige Spieluhr, die den Geist aufgegeben hatte.

Emily blickte Victor an. War das die Lösung? Eine Möglichkeit, das Riesenkarussell anzuhalten?

Sie wollte den Gedanken gerade aussprechen, da erstarrte sie. Keine zwei Schritt von ihr entfernt kam Henry Cole eine Treppe hinauf, in Begleitung eines Gardisten.

Mit seinen wachen, intelligenten Augen sah er ihr direkt ins Gesicht.

20

Mit kreischenden Bremsen kam der Sonderzug aus Dover in London Bridge Station zum Stehen. Joseph Paxton war froh, dass die Fahrt ein Ende hatte. Nicht nur wegen der Aussicht, sich nach all den vielen Stunden, die er mit einem halben Dutzend rauchender und schwitzender Männer in dem engen Coupé eingepfercht war, die geschwollenen Beine vertreten zu können, sondern auch wegen einer Beschwerde, die ihn auf peinliche Weise an ein Malheur in seiner Jugend erinnerte. Seit der Abfahrt von Paris juckte es ihm zwischen den Beinen, ein Reiz, der sich während der Schiffspassage über den Kanal ins Unerträgliche gesteigert hatte, doch dem er in Gegenwart seiner Reisegenossen, allesamt ehrwürdige Lords und Bürgermeister, unmöglich hatte nachgeben dürfen. Die Austritte auf die Toilette hatten die Sache eher noch verschlimmert, statt Abhilfe zu schaffen.
»Gelobt sei der allmächtige Gott«, seufzte Lord Granville, der Chef der Delegation. »Endlich wieder in der Zivilisation!«
Auf dem Bahnsteig drängten sich Hunderte von Menschen zu ihrem Empfang, mit bunten Fähnchen und Willkommenstransparenten – sogar eine Blechkapelle begann zu spielen, als Paxton den Zug verließ. Trotz des Gewühls brauchte er keine Minute, um seine Frau zu entdecken. Sarah trug einen so ausladenden Hut, dass man bequem die Place de la Concorde damit hätte bedecken können. Mit einem Brief in der Hand lief sie winkend auf ihn zu.
»Gute Nachricht aus Manchester! Emily hat wieder geschrieben. Sie schimpft fürchterlich über Rebeccas Kekse, die sie zum Frühstück essen muss.«
Paxton fiel ein Stein vom Herzen. »Ich kann dir gar nicht sagen, wie sehr ich mich wegen des Kindes gesorgt habe.« Und obwohl es nicht ganz der Wahrheit entsprach, fügte er hinzu: »Ich habe in Paris an nichts anderes denken können.«
»Wenn es nicht um deine Tochter ginge, ich hätte allen Grund

zur Eifersucht.« Sarah gab ihm einen flüchtigen Kuss auf die Wange. »Aber jetzt müssen wir uns beeilen. Der Prinzgemahl wartet schon.«

»Der Prinzgemahl kann mich mal«, sagte Paxton. »Ich will jetzt in die Badewanne!«

»Ich fürchte, für solche Extravaganzen musst du dich noch ein wenig gedulden. Hast du den Friedenskongress vergessen? In der Exeter Hall sind über tausend Menschen versammelt, doch Albert will die Eröffnungsrede erst halten, wenn du da bist.«

Die Kutsche stand schon vor dem Bahnhof bereit, und kaum waren sie eingestiegen, zogen die Pferde an. Während der Wagen in scharfem Tempo die Southwark Street entlangfuhr, um die ewig verstopfte London Bridge zu vermeiden, wechselte Paxton den Anzug. Als er den Frack, der von den zahllosen Empfängen in Paris ganz zerknittert war, aus der Kleiderkiste holte, roch er am Revers das süße Veilchen-Parfüm, das immer noch im Stoff hing. Mit schlechtem Gewissen schielte er zu Sarah hinüber. »Mimi« hatte das kleine Luder geheißen, der Pariser Bürgermeister hatte es persönlich für ihn ausgesucht, als sie nach dem Bankett bei Staatspräsident Louis Napoléon jenes charmante Etablissement unweit der Börse aufgesucht hatten. Als »Rendez-vous avec le Président du Sénat« hatte dieser Teil des Programms im Protokoll firmiert. Paxton schloss für eine Sekunde die Augen. Diese Mimi hatte Sachen mit ihm angestellt – noch bei der Erinnerung daran wurde er rot … Wenn nur das verfluchte Jucken nicht wäre. Hoffentlich hatte er sich bei dem kleinen Luder kein Andenken gefangen.

»Übrigens«, sagte Sarah. »Cole erwartet dich ebenfalls. Wenn du ein paar Minuten Zeit für ihn hast, würde er dich gern sprechen. Unter vier Augen.«

»Unter vier Augen?«, fragte Paxton. »In welcher Angelegenheit?«

»Das hat er mir nicht verraten. Er hat nur von irgendwelchen Informationen geredet, die er für dich besorgen sollte.«

Sarahs Antwort irritierte Paxton so sehr, dass er darüber vergaß, sich die Schleife zu binden. Was für Informationen waren damit gemeint? Er hatte Cole vor Antritt der Reise gebeten, einen Rapport über die Umsetzung ihres Plans zur Belebung des Eisenbahngeschäfts vorzubereiten. Aber er hatte ihn auch gebeten, Nachforschungen beim *Northern Star* anzustellen, um herauszufinden, ob tatsächlich Emily hinter diesen ominösen Zeichnungen steckte.

»Was trödelst du herum, Joseph?«, fragte Sarah. »Wir sind in fünf Minuten da.«

Die Exeter Hall war in London der Ort, an dem für gewöhnlich die evangelische Mission ihre Bekehrungsveranstaltungen abhielt, und auch bei Paxtons Ankunft roch es im Foyer des Gebäudes förmlich nach Frömmigkeit, denn zwischen den Delegierten des Kongresses wimmelte es nur so von Geistlichen und Predigern aller Konfessionen. Die Veranstaltung war Coles Idee gewesen, um öffentlich den Frieden stiftenden Charakter der Weltausstellung zu demonstrieren. Doch dafür hatte Paxton im Augenblick wenig Sinn. Während Sarah in den Festsaal vorausging, um den Prinzgemahl von seiner Ankunft in Kenntnis zu setzen, suchte er nach einer Toilette.

»Gut, dass Sie da sind, Sir. Es breitet sich schon eine gewisse Unruhe aus.«

Henry Cole stand vor ihm und schüttelte ihm die Hand. In seiner Not nahm Paxton ihn mit auf den Abort.

»Was gibt es denn für Neuigkeiten, wegen denen Sie mich so dringend sprechen müssen?«, fragte er über die Schulter, während er versuchte, sein Wasser abzuschlagen. »Ich hoffe, die Dinge haben sich in unserem Sinn entwickelt?«

»Das kann man wohl sagen«, erwiderte Cole, der diskret im Waschraum wartete. »Die Ankündigung der Schillingstage haben ihre Wirkung nicht verfehlt. Mr. Cook kann sich vor Buchungen kaum retten. Und die Aktien der Midland Railway sind in die Höhe gestiegen, dass einem schwindlig werden kann.«

»Gott sei Dank!«, sagte Paxton erleichtert. »Ich wusste ja, dass ich mich auf Sie verlassen kann.«
»Zu gütig, Sir, aber ich habe nur meine Pflicht getan.«
»Papperlapapp! Sie haben jetzt einen Wunsch bei mir frei, versprochen ist versprochen. Haben Sie schon eine Idee, wie ich mich erkenntlich zeigen kann?«
»Wenn Sie wirklich so freundlich sein wollen, Sir – ich … ich würde der Königin gern meine Frau vorstellen.«
Paxton verzog das Gesicht. Das Urinieren tat höllisch weh, jeder Tropfen brannte wie Feuer, und die Hoffnung, dass es sich um eine einfache Blasenentzündung handelte, versiegte zusammen mit dem spärlichen Rinnsal, das in das Pissoir tröpfelte.
»Kein Problem, das lässt sich bestimmt einrichten.« Fast unverrichteter Dinge knöpfte Paxton sich die Hose wieder zu. »Und sonst?«, fragte er. »Keine schlechten Nachrichten?«
Als er an das Waschbecken trat, sah er an Coles Miene, dass er mit seiner Frage ins Schwarze getroffen hatte.
»Was ist mit Emily?«
Cole trat verlegen von einem Bein auf das andere. Dann räusperte er sich und sagte: »Ich … ich war in der Redaktion, Sir, wie Sie gewünscht hatten.«
»Ja und? Los, Mann, reden Sie schon! Heraus mit der Sprache!«
Paxton blickte Cole ängstlich an. Doch der schlug die Augen nieder. »Nichts, Sir«, sagte Cole. »Die Bilder stammen von einem ehemaligen Zeichenlehrer, der dem Alkohol verfallen ist und sich damit seinen Schnaps finanziert.« Er hob den Kopf und erwiderte Paxtons Blick. »Mehr habe ich leider nicht herausgefunden«, sagte er mit hochrotem Gesicht, als wäre die dürftige Auskunft ihm peinlich.
»Aber das ist doch ganz wunderbar!«, rief Joseph Paxton. »Mehr will ich ja gar nicht wissen!«
Erlöst von einer Anspannung, die er sich selbst kaum eingestanden hatte, nahm er ein Stück Seife und beugte sich über das Becken, um sich die Hände zu waschen.

21

»Victor – wie siehst du denn aus? Ich hätte dich fast nicht wiedererkannt!«

Robert, der mit zwei Viktualienhändlern am Tresen des »Ginkontors« stand, zog ein so ungläubiges Gesicht, als würde er seinen eigenen Augen nicht trauen.

»Ich muss mit dir sprechen«, sagte Victor und kratzte sich am Hals, wo der ungewohnte Bart ihn juckte. Seit einer Woche hatte er sich nicht mehr rasiert – ein Teil des Plans, den er mit Emily gefasst hatte. »Aber nicht hier«, fügte er mit einem Blick auf die Viktualienhändler hinzu.

»So, du willst, dass uns keiner hört?«, fragte Robert. »Verstehe. Komm mit.«

Während Victor ihm durch den Branntweinladen folgte, wo im Schein der Gaslampen die Gäste sich zu Dutzenden an den Tischen drängten, um den Lohn einer Woche zu vertrinken, sah er plötzlich Toby wieder vor sich, wie er am Tresen seinen irischen Whisky trank, und er schämte sich vor seinem toten Freund. Jetzt, da er Robert für seine Pläne brauchte, suchte er ihn in der Schnapsbude auf. Doch hätte er nicht viel früher herkommen müssen? Um ihn zur Rede zu stellen oder ihn zur Polizei zu schleifen? Warum hatte er es nie getan?

»Hier sind wir ungestört«, sagte Robert und setzte sich an einen Tisch in der hintersten Ecke des Lokals, wo eine Reihe mannshoher Sherryfässer sie vom allgemeinen Stimmengesumm abschirmte. »Was gibt's?«, fragte er dann mit einem Grinsen. »Hast du vielleicht wieder eine Idee? So wie damals mit den Zügen?«

Victor tat so, als hätte er die Frage nicht gehört. Er holte ein Blatt Papier aus der Tasche und faltete es auseinander. »Das hier muss gedruckt werden. Kannst du das erledigen?«

»Zeig mal her.«

Während ein Schankmädchen zwei Gläser und eine Flasche vor sie hinstellte, nahm Robert das Blatt. Kaum hatte er die ersten Zeilen überflogen, pfiff er leise durch die Zähne.

»*… Sie hatten uns ein Fest der Völker und des Friedens versprochen*«, las er den Text mit gedämpfter Stimme. »*Doch was wir in Joseph Paxtons gläsernem Tempel erleben, ist ein Fest der Lüge und des Betrugs. Das Paradies, das im Kristallpalast gefeiert wird, ist ein falsches Paradies. Die angeblichen Wunder zeugen nicht von der Schönheit und Größe des menschlichen Geistes, sondern von der Ungerechtigkeit und Grausamkeit, zu der einige wenige Menschen fähig sind, um ihre Interessen auf dem Rücken vieler anderer Menschen durchzusetzen. Doch diese dunkle Kehrseite wollen die Besucher der Ausstellung nicht sehen, weder die reichen Saisonkarten-Besitzer mit ihren frommen Sonntagsgesichtern, noch die Arbeiter in ihren schäbigen Anzügen, die nur allzu bereitwillig den Märchen glauben, die man ihnen erzählt. Blind für die Wahrheit, strömen sie in die Kathedrale ihrer eigenen Unterdrückung, und statt gegen ihre Ausbeuter zu revoltieren, berauschen sie sich am Anblick der Maschinen, die die Arbeit ihrer Hände überflüssig machen, so wie die Chinesen in den Höhlen von Soho sich an ihren Opiumpfeifen berauschen, obwohl diese ihnen den sicheren Tod bringen …*«

Mit glänzenden Augen schaute Robert von dem Blatt auf. »Da scheint aber jemand eine Mordswut im Bauch zu haben. Von wem ist das? Etwa von dir?«

»Das spielt keine Rolle«, sagte Victor.

Robert sah ihn mit einem verstehenden Lächeln an. Dann beugte er sich wieder über das Blatt und las weiter.

»*… Hier nehmen Menschen sich das Recht heraus, andere Menschen für ihre Zwecke zu missbrauchen, als wäre die Welt nur für sie erschaffen. Sie begreifen das Leben als einen Kampf ums Dasein, in dem die Großen die Kleinen verdrängen, die Starken die Schwachen, und behaupten, dies sei der Wille Gottes. In*

Wahrheit erklären sie damit den sozialen Krieg, den Krieg aller gegen alle. Aber wir warnen sie! Wo die brutale Selbstsucht regiert, wo der Stärkere den Schwächeren mit Füßen tritt und die wenigen Starken alles an sich reißen, während den vielen Schwachen kaum das nackte Leben bleibt – da wachsen Rebellion und Verbrechen heran, mit derselben Gewissheit, wie Wasser bei zweihundertundzwölf Grad Hitze zu sprudeln beginnt …«

Robert legte den Text beiseite. »Ich habe neulich in der Zeitung gelesen, dass in Euston Station eine Lok in die Luft geflogen ist. Kann es sein, dass du was damit zu tun hast?«

Statt einer Antwort faltete Victor das Blatt wieder zusammen. »Ich brauche davon tausend Stück. Kannst du die drucken, ohne dass Finch was merkt?«

»Finch ist pleite. Aber mein neuer Meister lässt sich genauso wenig in der Werkstatt blicken, das dürfte also kein Problem sein. Es ist nur eine Frage von dem da …« Er hob die Hand und rieb die Spitzen von Daumen und Zeigefinger aneinander.

Victor trank einen Schluck Gin. »Wenn du Geld meinst«, sagte er, »das habe ich nicht.«

»Warum soll ich dann für dich arbeiten?«, fragte Robert lachend. »Aus alter Freundschaft vielleicht?«

»Ich dachte, der Text würde dir gefallen.«

»Wenn schon.« Robert zuckte die Schultern. »Der Mensch muss schließlich von was leben. Hat mich gefreut, dich wiederzusehen.«

Er machte Anstalten, aufzustehen, doch Victor hielt ihn zurück.

»Warte!«

Robert schaute ihn an. Victor musste sich zwingen, den Blick dieses Rattengesichts zu erwidern. Aber er konnte Robert nicht gehen lassen. Wenn Robert den Text nicht druckte, den er und Emily geschrieben hatten, ging ihr Plan nicht auf.

»Auch wenn ich kein Geld habe«, sagte er, »du solltest den Auftrag trotzdem übernehmen.«

»Aus welchem Grund, wenn ich fragen darf?«
»Weil ich ein paar Dinge von dir weiß, für die sich die Polizei mit Sicherheit interessiert.«
»Tatsächlich? Da bin ich aber gespannt!«
»Zum Beispiel deine Bekanntschaft mit einem Franzosen, der extra nach London gekommen ist, um hier nachts Bahnhöfe zu besichtigen. Wie hieß er noch? Monsieur Pierre? War kein schöner Anblick, wie seine zerfetzte Leiche da lag, nach der Explosion.«
»Willst du mir etwa drohen?«, fragte Robert. »Das würde ich dir nicht raten. Könnte sein, dass ich der Polizei dann auch was erzähle. Dein Name ist bei einem halben Dutzend Apothekern registriert. Dein Freund Toby hat ihn immer brav genannt. Damit ihr das Pfand kassieren könnt.«
»Was für ein Pfand?«
»Für die Flaschen, in denen wir die Chemikalien gekauft haben. Die Polizei würde zu gerne wissen, wer da sein Süppchen gebraut hat.«
Robert nippte an seinem Gin und beobachtete Victor über den Rand seines Glases.
Für einen Moment nahm sein Gesicht die Züge von Oberaufseher Walker an, wenn er die Häftlinge des Coldbath-Fields-Gefängnisses in die Tretmühle trieb … Doch dieser Moment dauerte nur eine Sekunde.
»Du verdammtes Schwein!« Victor schnellte über den Tisch und drückte Robert mit beiden Händen die Kehle zu. »Entweder du druckst den Text, oder …«
»Ist ja schon gut«, röchelte Robert.
Victor verstärkte seinen Griff. »Ja oder nein?«
Robert nickte heftig mit dem Kopf, während aus seiner Kehle ein unartikuliertes Grunzen drang. Victor ließ ihn los.
»Warum nicht gleich so?«
Robert räusperte sich und rieb seinen Hals. »Ich wollte ja nur wissen, ob du es ernst meinst. Klar erledige ich das für dich, soll

mir ein Vergnügen sein.« Er nahm das Blatt und steckte es ein. »Bis wann brauchst du die Abzüge?«
»So in zwei Wochen«, sagte Victor. »Schaffst du das?«
»Kein Problem. Du musst mir nur sagen, wohin ich sie bringen soll.«
»Waterloo Bridge, Catfish Row Nummer siebzehn. Wenn ich nicht da bin, frag einfach nach Mrs. Bigelow. Das ist meine Wirtin.«
Robert klopfte ihm auf die Schulter. »Du hast dich ziemlich verändert, mein Bester, aber ich muss sagen, sehr zu deinem Vorteil. Ich könnte mir vorstellen, dass wir zwei am Ende doch noch Freunde werden.« Er füllte sein Glas nach und prostete ihm zu. »Brauchst du vielleicht sonst noch was?«
Victor zögerte. Ja, es gab noch etwas, was er brauchte, und unter allen Menschen, die er kannte, war Robert der Einzige, der über die nötigen Kontakte verfügte, um an die Sachen heranzukommen. Aber sollte er ihn wirklich darum bitten?
Bevor er sich entschieden hatte, nahm Victor sein Glas und stürzte den Gin hinunter. Mit dem Handrücken wischte er sich den Schnaps vom Mund und beugte sich über den Tisch.
»Ich brauche Sprengstoff«, flüsterte er Robert zu. »Kannst du welchen besorgen?«

22

Irgendwo schlug eine Glocke Mitternacht. Seit zehn Minuten wartete Emily schon an der Kellertür des Kristallpalasts.
Hatte Victor es nicht geschafft?
Sie zwang sich zur Geduld. Er hatte ihr versprochen, dass nichts schief gehen konnte. Seit drei Tagen arbeitete er im Maschinenraum des Ausstellungsgebäudes, als Heizer an einer Dampfma-

schine, und hatte sich extra einen Bart wachsen lassen, damit ihn niemand erkannte.

Nervös schaute Emily sich um. Die Nacht war sternenklar. Wenn ein Wachtposten oben auf dem Gehweg patrouillierte, würde er sie unweigerlich sehen. Obwohl sie sich wie auf einem Präsentierteller fühlte, blieb ihr nichts anderes übrig, als weiter zu warten. Es war die einzige Tür, die Victor ohne Schlüssel von innen öffnen konnte, er hatte sie ihr genau beschrieben, bevor er sich hatte einschließen lassen. Heute Nacht würden sie die Unterlagen besorgen, die sie zur Ausführung ihres Plans brauchten.

Endlich näherten sich Schritte. Mit einem Knarren ging die Tür auf.

»Komm rein«, flüsterte Victor. »Aber leise! Im Maschinenraum sind noch zwei Heizer.«

Auf Zehenspitzen gingen sie die Treppe hinauf, die vom Keller ins Erdgeschoss führte. Victor öffnete eine zweite Tür, und plötzlich befand Emily sich wieder in gewohnter Umgebung. Der Flur, in der eine einzelne Lampe ihren schwachen Schein verbreitete, führte zum Büro ihres Vaters – die dritte Tür links. Emily griff nach der Klinke, zum Glück war sie nicht abgesperrt. Wie sicher er sich in seinem Tempel fühlte, offenbar kam er gar nicht auf die Idee, dass jemand sich bis ins Innerste seines Heiligtums vorwagen könnte.

»Ich warte draußen«, sagte Victor.

Mit einem seltsamen Gefühl betrat sie das Büro. Das letzte Mal, als sie hier gewesen war, hatte sie sich mit ihrem Vater gestritten, am Tag nach Victors Entlassung. Doch sie verdrängte den Gedanken, die Erinnerung machte sie nur wütend, und sie musste sich konzentrieren … Wo waren die Gebäudepläne abgelegt? Das Mondlicht, das von draußen durchs Fenster fiel, war so hell, dass sie die Etiketten an den Regalschubladen ohne Mühe lesen konnte. Sie trugen die Handschrift ihres Vaters, Emily kannte sie wie ihre eigene. Als Kind hatte sie endlose

Stunden damit verbracht, seine Schrift nachzuahmen, und sie hatte es darin zu einer solchen Perfektion gebracht, dass er manchmal seine Aufschriebe nicht von ihren Kopien hatte unterscheiden können.

Victor steckte seinen Kopf durch die Tür. »Kommst du zurecht?«

Emily nickte. Der Ordnungssinn ihres Vaters machte ihr die Suche leicht. Die Baupläne waren in drei Schubkästen verteilt: Aufrisse, Grundrisse, Querschnitte … Darunter folgte ein Fach mit Innenansichten des Gebäudes, ein weiteres mit dekorativen Details der Ausgestaltung, und dann kamen schon die Fächer mit den Konstruktionsplänen und technischen Installationen. Vorsichtig, um keine Unordnung zu machen, blätterte Emily in den Zeichnungen.

»Alles da, was wir brauchen?«, fragte Victor, als sie wenig später auf den Gang zurückkehrte.

»Alles da!« Triumphierend hielt sie die zusammengerollten Bögen in die Höhe.

»Dann sollten wir jetzt verschwinden.«

Emily wollte gerade durch die Tür treten, die den Flur von der Kellertreppe trennte, da fiel ihr Blick auf ein Bild, das eingerahmt und hinter Glas wie eine Reliquie an der Wand hing: das Seerosenblatt, das sie vor Monaten gezeichnet und ihrem Vater in die Mappe gelegt hatte, bevor er zu seiner Sitzung nach Derby gefahren war. Mit diesem Blatt hatte alles angefangen; die Adern und Verzweigungen, die seine Struktur gliederten, enthielten das ganze Konstruktionsprinzip, nach dem das Gebäude entstanden war – eine Ingenieursleistung der Natur. Mein Gott, was hatte Emily gehofft und gebangt, dass es zur Anwendung gelangte, dass der Pavillon gebaut, die Weltausstellung Wirklichkeit wurde. Und jetzt, da ihre sehnlichsten Wünsche sich erfüllt hatten, war ihr das alles so verhasst und zuwider, dass sie es nicht in Worte fassen konnte.

»Was ist?«, fragte Victor. »Worauf wartest du?«

Emily hörte ihn kaum. Plötzlich hatte sie einen Wunsch. Er war vollkommen verrückt, doch so stark, dass sie ihn nicht unterdrücken konnte.

»Hast du eine Ahnung, wie viele Wachtposten jetzt noch da sind?«, fragte sie.

»Soweit ich weiß, gar keine. Der letzte Kontrollgang war um elf. Danach machen sie Feierabend.«

»Das heißt, wir sind die einzigen Menschen in dem ganzen Gebäude?«

»Ja, bis auf die Heizer. Warum?«

»Das ist ja wunderbar«, sagte Emily.

Sie machte kehrt und lief in die entgegengesetzte Richtung, auf eine breite Flügeltür zu, die die ganze Stirnseite des Ganges einnahm.

»Wohin willst du? Da geht es in die Ausstellung!«

»Ich will wissen, wie es *wirklich* aussieht. Ohne den ganzen ekelhaften Pomp.«

Bevor Victor etwas erwidern konnte, stieß sie die Tür auf.

Es war die Tür zu einer anderen Welt.

Eine Traumlandschaft lag vor ihnen, wie gebannt im Zauber der Nacht. Silbernes Mondlicht schien durch die gläserne Kuppel, in dem die Kronen der Ulmen riesige Schatten warfen. Jedes Geräusch war verstummt, der Lärm der Maschinen, das Geschrei der Menschen. Nur dunkles Schweigen erfüllte das gewaltige Rund.

»Mein Gott, wie ist das schön …«

Zusammen betraten sie das Transept. In den stehenden Wassern des Kristallbrunnens spiegelte sich das Mondlicht, dahinter erhob sich in wortloser Majestät der Thron aus den Schatten, ein dunkles Gebirge aus Stufen und Vorhängen.

»Komm!«

Sie nahm seine Hand und führte ihn vorbei an dem Throngebirge, vorbei an dem gläsernen, schlafenden Brunnen.

»Wohin gehen wir?«, fragte Victor.

»Kannst du dir das nicht denken?«

»Sollte ich?« Victor schaute sie verwundert an. Dann lächelte er. »Doch«, sagte er, »ich glaube, ich weiß es.«

Es war, als liefen sie durch ihren eigenen Traum. Alle Wunder dieser Erde – in dieser Nacht gehörten sie nur ihnen, ganz allein. Betäubende Düfte schwebten in der Luft, als sie die indische Abteilung durchquerten, von Zimt und Muskat, von Ingwer und Betel, von Sandelholz und Patschuli, während links und rechts kostbare Stoffe in der Dunkelheit schimmerten, Geschmeide und Königsmäntel, Perlenketten und Kronen, Tempeldrachen und Götterstatuen. Ein für immer erstarrter Elefant, ein ausgestopftes Exemplar von ungeheurer Größe, dessen Haupt mit silbernen Schnüren geschmückt war, reckte seinen Rüssel in die Höhe, als wolle er Blätter vom Laub der Ulmen pflücken oder ein stummes Signal in die nächtliche Welt hinausposaunen.

In der Ferne glänzte ein Schild im Mondschein, wie eine Landmarke, die plötzlich aus dem unendlichen Meer der hier versammelten Wunder auftauchte. Es bestand nur aus einem einzigen Wort, das in übergroßen Buchstaben auf einer Tafel geschrieben war: AMERIKA.

Emily ging direkt darauf zu. Doch Victor hielt sie am Arm zurück.

»Schau mal, dort!«

Nur wenige Schritte von ihnen entfernt, glänzte auf einem Podest ein kleiner goldener Tempel – die Aufbewahrungsstätte des Kohinoor, des größten Diamanten der Welt. Das Gittertürchen des Schreins stand offen, das Innere war leer.

»Wie ein Vogelbauer, aus dem der Vogel ausgeflogen ist«, sagte Victor.

»Oder wie ein leerer Tabernakel nach der Messe.«

»Weißt du, wo sie den Stein über Nacht hinbringen?«

»Ich glaube, in den Safe der Baring Bank. Er soll zwei Millionen Pfund wert sein.«

»Zwei Millionen? Für ein Stück Kohle?«

Der Anblick des leeren Schreins erzeugte in Emily ein beklem-

mendes Gefühl. Wie viele Menschen hatten für diesen Götzen wohl ihr Leben gelassen?
»Ich … ich würde gern etwas anderes hineintun«, sagte sie.
»Anstelle des Diamanten?«
»Ja, etwas Besseres. Etwas wirklich Wertvolles. Hast du eine Idee?«
Victor blickte sich um. Hinter ihnen, zwischen zwei gedrechselten Säulen, befand sich das Schlafgemach eines Maharadschas. Am Fußende des verschleierten Betts stand auf einem Tisch ein Korb mit bemalten, künstlichen Früchten. Victor nahm einen goldenen Apfel und legte ihn in den Schrein.
»Einen Apfel?«, fragte Emily. »Hast du keine Angst, dass er faul sein könnte?«
»Dieser nicht.« Victor lächelte sie zärtlich an. »Bestimmt nicht, ich weiß es genau.«
Emily schlang die Arme um seinen Hals – da ertönte plötzlich ein Läuten und Klingeln, ein Bimmeln und Schellen, als würden tausend Glocken und Glöckchen auf einmal ertönen.
Erschrocken blickten die beiden sich an.
»Schnell weg!«
Wo konnten sie sich verstecken? Sie liefen zum Gemach des Maharadschas und schlüpften durch den Vorhang, wo sie in einem Berg aus Kissen und Decken versanken. Sie hielten den Atem an, bis das Schellengeläut verstummte. Ein letztes, leises Glöckchen in der Ferne: *pling* … Dann war es wieder so still wie in einer Kirche.
»Hast du eine Ahnung, was das war?«, flüsterte Victor.
»Vielleicht die Uhrenabteilung?«
»Dann wissen wir jetzt ja, wie spät es ist.«
Sie prusteten los vor Lachen, und Victors dunkle Augen blitzten wie früher in Chatsworth, wenn ihnen zusammen ein Streich gelungen war.
Doch plötzlich wurde sein Gesicht ganz ernst, und Emily musste schlucken. Erst jetzt merkte sie, dass sie einander umschlungen

hielten. Ihre Gesichter waren so nahe, dass sie sich fast berührten.
»Ich liebe dich«, flüsterte sie.
»Ich liebe dich«, flüsterte er, im selben Augenblick.
Auf einmal war Emily alles zu eng, und sie hatte nur noch das Bedürfnis, sich die Kleider vom Leib zu reißen. Sie richtete sich vor ihm auf, und mit zitternden Händen öffnete sie die Knöpfe ihrer Bluse, um sich zu entblößen, vor Victors Augen, vor seinen schwarzen, aufmerksamen Blicken, mit denen er jede ihrer Bewegungen beobachtete, registrierte, in sich aufsog, während er selber anfing, sich gleichfalls vor ihr auszuziehen, die Jacke, das Hemd, die Hose, wortlos, ohne seinen Blick auch nur eine Sekunde von ihr zu lassen, ein stummes, bebendes Verlangen, das ganz und gar auf sie gerichtet war, nur sie allein wollte, nur sie allein begehrte.
Dann waren sie beide nackt und bloß, wie die ersten Menschen im Paradies.
»Willst du meine Frau sein?«
Emily wusste nicht, ob er die Worte wirklich ausgesprochen oder ob sie die Frage nur in seinen Augen gelesen hatte. Aber sie wusste, welche Antwort die richtige war.
»Ja, Victor, ja …«
Er fasste sie bei den Schultern, und während sie auf den Rücken sank und ihr Blick sich in der Unendlichkeit der Sternennacht jenseits der gläsernen Kuppel verlor, spürte sie ihn, wie er sie berührte, wie noch kein Mensch sie je berührt hatte, sie zärtlich ertastete und gleichzeitig fordernd erkundete.
Dann ein Schmerz, so scharf, als würde er sie zerreißen, und gleichzeitig eine Lust, als würde sie gen Himmel fahren.
Emily schloss die Augen. Und während Victor in sie drang, mit einem Schrei, der sich aus Urzeiten in seiner Brust zu lösen schien, zerbarst der gläserne Palast in ihrem Kopf, in Millionen und Abermillionen Scherben.

Fünftes Buch

Der Kristallpalast: Die ganze Welt an einem Ort

Herbst 1851

1

Eine Spekulation an der Börse ist stets eine Wette mit dem Schicksal: Ihr Sinn besteht darin, mittels einer Wahrscheinlichkeitseinschätzung künftiger Marktverhältnisse vorteilhafte Geschäfte für spätere Termine zu ermöglichen, damit das eingesetzte Geld in möglichst kurzer Zeit eine möglichst hohe Rendite abwirft. Am Ende einer solchen Operation steht manchmal unermesslicher Reichtum, nicht selten aber persönlicher Ruin, der ganze Familien mit sich in den Untergang reißt.

Die Spekulanten, die darauf gesetzt hatten, dass die erste Weltausstellung der Geschichte eine Revolution des Reiseverkehrs herbeiführen und der Eisenbahn zum endgültigen Durchbruch verhelfen würde, hatten darum Monate zwischen Hoffen und Bangen verbracht. Doch jetzt, nach Einführung der Schillingstage, wurden ihre Gebete erhört und die Zeit der Ernte brach an. Dank der unermüdlichen Anstrengungen von Mr. Thomas Cook reisten Tausende und Abertausende von Besuchern zu dem Ereignis nach London. Die Bahnhöfe des Landes wurden der anstürmenden Massen kaum noch Herr, die Züge quollen über von zahlenden Passagieren, und im September kletterte die Nachfrage in solche Höhen, dass die Einkünfte der Eisenbahngesellschaften sich auf über fünfmal hunderttausend Pfund beliefen und Unfälle auf den überlasteten Strecken hin und wieder unvermeidlich wurden.

Auch die Londoner Beförderungsunternehmen profitierten von dieser Völkerwanderung. An den Haltestellen der Omnibusse bildeten sich Warteschlangen, so weit das Auge reichte, die Pferde waren kaum imstande, die übervollen Wagen vom Fleck zu ziehen, und an Regentagen weigerten sich die Schaffner,

Fahrgäste für weniger als einen Penny überhaupt noch zu befördern, gleichgültig, wie kurz die Wegstrecke war. Die Verbindungen in die Vororte kamen zum Erliegen, weil die Busse, die sonst diese Linien frequentierten, nur noch zwischen Charing Cross und Hyde Park verkehrten, und auch die Droschkenkutscher kamen auf ihre Kosten, indem sie verirrte Touristen, die abseits der Hauptstraßen nach einer Herberge suchten, wie Fallobst vom Weg aufsammelten und in ihre Wagen luden, zu Tarifen, die das Dreifache der normalen Taxe betrugen.
Das Exhibition-Fieber war auf seinen Höhepunkt gelangt, und der Handel in der City blühte, dass es eine Freude war. Vor den Spiegelglasfronten der Geschäfte paradierten livrierte Mohren und Chinesen, um Exhibition-Waren in feenhaft erleuchteten Schaufenstern anzupreisen. Ladenbesitzer schickten ihre Laufburschen durch die Straßen, mit zitronengelben oder feuerroten Plakaten auf Rücken und Bauch. Jeder Händler reklamierte für sich die sensationellsten Kolonialwaren, obwohl die Fälschungen bald jede Vorstellungskraft überstiegen. Während einheimische Austern für nur sieben Schilling das Dutzend zu haben waren, wurde indischer Tee aus schottischen Blaubeerblättern fabriziert und brasilianischer Kaffee aus englischen Zichorien, sodass in der ganzen Stadt bald keine echten Zichorien mehr aufzutreiben waren und an ihrer Stelle mit Ochsenblut vermischtes Sägemehl verkauft wurde. Mr. Green stieg mehrmals am Tag mit seinem Heißluftballon in den Himmel auf, und He-Sing, der kleine Chinese, der auf der Eröffnungsfeier die königliche Gesellschaft für eine Sekunde in Angst und Schrecken versetzt hatte, lud am Temple Pier die Passanten für einen Schilling Eintritt zur Besichtigung seiner schaukelnden Dschunke ein, die er dort vertäut hatte.
Kein Zweifel, der Segen Gottes ruhte auf dem Unternehmen der Weltausstellung. Keine Spur von Aufruhr und Verschwörung! Obwohl sich täglich bis zu hunderttausend Menschen im Kristallpalast drängten, kam kein einziger Besucher in dem gläser-

nen Pavillon zu Schaden. Die Konstabler, die während der Öffnungszeiten wachen Auges zwischen den Ständen und auf den Galerien patrouillierten, nahmen lediglich zwölf Taschendiebe fest, die insgesamt vier Pfund, fünf Schilling und drei Pence gestohlen hatten. Neunzig Pfund Falschgeld wurden an den Kassen der Erfrischungskioske registriert, doch stand dem Verlust der Verkauf von fast zwei Millionen Sandwiches und mehr als einer Millionen Flaschen Limonade gegenüber. Drei Frauen wurden von einer Gruppe walisischer Abstinenzler belästigt. Drei Unterröcke, zwei Gesäßpolster, drei Nadelkissen und zwölf Monokel wurden als verloren gemeldet, und auf einer Damentoilette des Gebäudes kam im August ein Mädchen zur Welt, das einem Bericht der *Illustrated London News* zufolge auf den Namen Chrystal getauft wurde.

Ja, die beste aller möglichen Welten hatte in der Hauptstadt des britischen Empires Einzug gehalten, und während im Zeichen friedlichen Wettbewerbs die Profite der großen und kleinen Geschäftsleute in den Himmel stiegen, wurden vor den Toren des Kristallpalasts Tausende von Bibeln und Traktaten an die Besuchermassen verteilt, mit Hinweisungen für das eigene Seelenheil, den Frieden unter den Völkern und die Zukunft der Börsen.

2

Es war eine Hölle aus schwarzer Hitze und lodernden Flammen. Hier, in den Katakomben des Kristallpalasts, dem Untergrund des Gebäudes, zu dem kein Besucher Zutritt hatte, von dessen Funktionieren jedoch das ganze System der Weltausstellung abhing wie der menschliche Körper vom stetig pumpenden Herz, arbeitete Victor als Heizer, an einem der zwei riesigen Dampfkessel, die all die Maschinen und Räderwerke in dem strahlenden, künstlichen Paradies wenige Meter über seinem Kopf mit der nötigen Energie versorgten. Schaufel für Schaufel warf er Kohle in den gefräßigen Schlund des Kessels, in stummem, unerbittlichem Eifer, der jede Anstrengung, jede Erniedrigung vergessen machte, weil er nur ein Ziel vor sich sah: Joseph Paxton vor den Augen der ganzen Welt zu entlarven, Joseph Paxton und sein falsches Paradies.

Eine Sirene, fast so laut und schrill wie die im Coldbath-Fields-Gefängnis, ertönte. Die Arbeiter stellten ihre Schaufeln ab und verließen einer nach dem anderen den Raum. Nur Victor blieb zurück.

»Worauf wartest du?«, fragte Paddy McIntire, sein Nebenmann. »Hast du die Schnauze noch nicht voll?«

»Ich muss ein paar Ventile überprüfen. Anweisung des Ingenieurs.«

Victor wartete, bis die anderen Arbeiter verschwunden waren, dann holte er aus seiner Tasche die Pläne, die er zusammen mit Emily aus dem Büro ihres Vaters entwendet hatte. Es musste alles ganz schnell gehen, er hatte nur eine Viertelstunde Zeit, bis die Heizer der nächsten Schicht kamen. Wenn man ihn erwischte, würde er den Rest seines Lebens in der Tretmühle verbringen.

Es dauerte eine Weile, bis er das Röhrenlabyrinth auf dem Plan mit dem Röhrenlabyrinth unter der Decke in Übereinstimmung gebracht hatte. Dann folgte er der Hauptleitung nach Westen, in Richtung des Maschinensaals, wo die Aussteller ihre mechanischen Wunderwerke an die zentrale Dampfversorgung anschließen konnten: Maschinen für alle erdenklichen Zwecke, zur Herstellung von Baumwolle und Gewehrläufen, von Seidenstoffen und Stecknadeln, zum Bedrucken von Papier und zum Brechen von Zuckerrohr, Bohr-, Hobel- und Lochmaschinen, Drehbänke, Pumpen, Walzwerke, Rammen, Kräne und hydraulische Pressen.

Nach ungefähr hundert Yards erreichte Victor eine Stelle, wo

dem Plan zufolge über ihm der Königsthron und der Kristallbrunnen stehen mussten. Hier, unter dem Zentrum des Transepts, wollte er den Sprengsatz installieren.
Vorsichtig packte er die Kapsel aus, die er am Abend zuvor von Robert bekommen hatte. Der silberne Blechbehälter sah so harmlos aus, doch wenn Robert nicht übertrieben hatte, müsste der Inhalt ausreichen, um ein Stahlrohr und die Bodenplatte durchzuschlagen. Emily hatte über das ganze Gesicht gestrahlt, als Victor ihr die Kapsel gezeigt hatte.
Mit der Fingerspitze berührte er das Rohr, das von der Hauptleitung durch die Decke in das Transept hinaufführte. Vor Schmerz zuckte er zurück, das Rohr war kochend heiß. Ihr Plan war, die Dampfleitung zu sprengen, die den Hauptkessel mit dem Maschinensaal verband, direkt unterhalb des Transepts, und dann … Während Victor den schmerzenden Finger in den Mund steckte, stellte er sich die Wirkung vor: Es würden nicht nur alle Räder still stehen, der austretende Dampf würde außerdem in einer riesigen Wolke durch das Bodenloch in den Pavillon steigen und dort alles in Nebel hüllen, den Kristallbrunnen und den Thron, die Ulmen und den Elefanten. Das ganze vermeintliche Paradies würde mit einem Schlag aussehen wie eine Hölle, die es in Wirklichkeit war.
Wo konnte er den Sprengsatz anbringen, ohne jemanden zu gefährden? Victor schaute sich um. Der schwächste Punkt war dort, wo das senkrechte Rohr von der Hauptleitung abknickte. Wenn er die Kapsel in der Nähe des Knies deponierte, würde schon eine kleine Explosion genügen, um die beabsichtigte Wirkung zu erzielen.
Er nahm gerade seinen Meißel aus der Tasche, als er plötzlich Schritte hörte und kurz darauf Stimmen. Gerade noch rechtzeitig konnte er hinter einem Mauervorsprung verschwinden, bevor auf dem Gang eine Gruppe von Männern auftauchte, allem Anschein nach Journalisten. Die meisten hielten Papierblöcke in den Händen und machten sich Notizen. Jetzt traten sie

beiseite, um einem Mann Platz zu machen, der die Führung übernahm. Als Victor das Gesicht sah, stockte ihm der Atem: Der Mann war Joseph Paxton.
»Und wie viel müssen die Aussteller für die Dampfkraft bezahlen?«, fragte ein Journalist.
»Gar nichts«, erwiderte Paxton, kaum eine Armlänge von Victor entfernt. »Wir wollen ja für die Technik hier werben. Für die Technik und für den Fortschritt.«
»Gilt das für alle? Auch für die Ausländer?«
»Nein, so weit geht die Liebe nicht. Die Ausländer bitten wir natürlich zur Kasse, damit wir von ihrem Geld die britischen Aussteller versorgen können.«
Die Männer lachten. »Glänzende Idee.«
»Aber jetzt bringe ich Sie wieder nach oben. In einer Viertelstunde führt Mr. Chamberlain seine Wahlzettelmaschine vor. Das wollen wir uns nicht entgehen lassen.«
»Wahlzettelmaschine? Was ist das denn?«
»Ein Apparat zur geheimen Abgabe und Auszählung von Wählerstimmen. Er wird für die moderne Demokratie wahrscheinlich einmal eine ähnliche Bedeutung erlangen wie die Dampfmaschine für unsere Fabriken und Manufakturen.«
Victor packte die Wut. Ausgerechnet Joseph Paxton redete von Demokratie! Und was für ein überhebliches, selbstherrliches Gesicht er dabei zog – wie Gottvater persönlich! Beim Sprechen hob er immer wieder die buschigen Brauen in die Höhe, und seine Augen blitzten vor Freude. Victor musste sich beherrschen, um sich nicht auf ihn zu stürzen. Nur der Gedanke an den Plan, den er und Emily gefasst hatten, hielt ihn davon ab.
Mit angehaltenem Atem wartete er, bis die Männer fort waren. Dann trat er aus seiner Deckung. Reichte die Zeit noch, um den Sprengsatz anzubringen? Er musste es versuchen, wenn er es heute nicht schaffte, würde es vielleicht Tage dauern, bis sich wieder eine ähnlich günstige Gelegenheit ergab. Vorsichtig löste er mit dem Meißel einen Stein aus der Wand, direkt unterhalb

des Rohrknies. Als er die Kapsel darin verstaute, zitterten seine Hände immer noch so sehr, dass er aufpassen musste, dass sie ihm nicht entglitt.
So tief es ging, schob er die Kapsel in das Mauerloch und verdeckte sie mit einem Bausch Baumwolle. Jetzt sah die Nische so aus, als hätte dort jemand sein Putzzeug abgelegt. Das würde keinem auffallen, die Arbeiter, die die unterirdischen Rohre reinigten, machten das genauso. Victor wischte sich den Schweiß von der Stirn. Den Zünder würde er später anschließen. Robert hatte versprochen, ihn rechtzeitig zu besorgen. Mit einem Zünder konnte man die Explosion auslösen, ohne sich selbst zu gefährden.
Wieder schrillte die Sirene, die nächste Schicht fing an. Eilig sammelte Victor seine Sachen zusammen und lief die Treppe hinauf, bevor ihn jemand entdeckte.
Er hatte seinen Teil getan. Jetzt kam alles auf Emily an.

3

»Und du musstest jeden Morgen Tante Rebeccas Kekse essen?«, fragte Georgey.
»Jeden Morgen zum Frühstück, und jeden Nachmittag zum Tee.«
Emily räusperte sich, als kratzten die Kekse ihr noch immer im Hals – die Kekse oder ihre eigenen Lügen. Sie war erst vor einer Stunde offiziell aus Manchester zurückgekehrt, in Erwartung peinlicher Fragen. Cole hatte bei seinem Besuch in der Catfish Row ja bis zuletzt versucht, sie umzustimmen, und sie konnte keineswegs sicher sein, dass er sein Versprechen, sie nicht zu verraten, wirklich gehalten hatte. Allein die Tatsache, dass er sie im Kristallpalast hatte laufen lassen, obwohl er sie zweifelsfrei

erkannt hatte, hatte sie ermutigt, das Risiko einzugehen. Doch offenbar besaß ihr ehemaliger Verlobter noch einen letzten Rest Anstand. Die peinlichen Fragen waren jedenfalls ausgeblieben, und falls ihre Eltern je Zweifel über ihren Verbleib während der letzten Wochen gehegt hatten, waren sie in der Überraschung über ihre Rückkehr untergegangen. Sogar ihre Mutter hatte einen Freudenschrei ausgestoßen und sie an sich gedrückt, als sie plötzlich vor der Tür gestanden hatte. Nur ihr Bruder Georgey, der als Einziger von ihren jüngeren Geschwistern mit den Erwachsenen am Mittagstisch saß, gab keine Ruhe und löcherte sie immer wieder mit neuen Erkundigungen nach ihrer Tante.

»Igitt«, sagte er und schüttelte sich. »Ich glaube, sie macht die Kekse aus getrockneten Kuhfladen. Bist du deshalb so früh zurückgekommen? Du hattest doch geschrieben, dass du bis Oktober bleibst.«

»Bis zum Ende der Weltausstellung, um genau zu sein«, fügte ihre Mutter hinzu.

Emily wollte irgendetwas erwidern, dass der Zustand von Tante Rebecca sich gebessert oder dass sie Sehnsucht nach London gehabt habe, damit ihre Eltern in den wenigen Stunden, die sie noch in ihrem Hause war, keinen Verdacht schöpften. Doch wieder kam ihr Georgey zuvor.

»Sag mal, das Kleid, das du da anhast, ist das nicht dasselbe, das du schon bei der Abreise anhattest? Hast du kein anderes mehr? Und guck mal – deine Hände! Die sind ja ganz dreckig! Wie von einer Fabrikarbeiterin.«

Unwillkürlich versteckte Emily ihre Hände unter dem Tisch.

»Jetzt halt aber endlich mal den Mund, Georgey«, sagte ihr Vater, bevor ihr eine passende Antwort einfiel. »Jetzt freuen wir uns ganz einfach, dass deine Schwester wieder bei uns bist.« Er wischte sich den Mund mit der Serviette ab, öffnete sein Zigarettenetui und reichte es Emily über den Tisch. »Möchtest du auch eine?«

»Gerne«, sagte sie, dankbar für seine Hilfe.

Sarah schüttelte stumm den Kopf, und Georgey bekam vor Staunen den Mund nicht wieder zu, als sie den ersten Zug inhalierte. Erst jetzt stellte sie fest, dass sie in den letzten Wochen keine einzige Zigarette geraucht hatte. Während sie den Rauch tief in die Lungen sog, sah sie sich um. Wie seltsam es war, hier zu sitzen, als wäre nichts gewesen. Alles schien wie früher – die neureiche Einrichtung des Esszimmers, die auf Hochglanz polierte Standuhr mit dem Nymphenpaar auf dem Aufsatz, Jonathans Unart, von links statt von rechts zu servieren, die der Butler trotz der Rügen ihrer Mutter mit der Beharrlichkeit eines walisischen Maulesels beibehielt –, das alles war ihr so vertraut wie der Geruch ihrer eigenen Haut. Und doch war alles vollkommen anders und fremd. Weil sie selber nicht mehr dieselbe war, die früher hier gesessen hatte: Damals war sie ein Mädchen gewesen, jetzt war sie eine Frau.

Mein Gott, waren ihre Eltern wirklich so blind, wie sie taten? Merkten sie denn nicht, dass sie aus einer anderen Welt zu ihnen zurückgekehrt war? Wenn sie nur einen Funken Feingefühl besäßen, müssten sie doch sehen, was mit ihrer Tochter in der Zwischenzeit geschehen war. Sie hatte mit einem Mann geschlafen, sich ihm täglich hingegeben, es gab keine Stelle an ihrem Körper, den er nicht besessen hatte, so wenig wie es an seinem Körper eine Stelle gab, die sie nicht erkundet hätte! Doch ihre Eltern redeten und redeten, als ob sie immer noch dasselbe unschuldige Mädchen wäre, das vor einigen Wochen ihr Haus verlassen hatte. Wollten sie die Wahrheit vielleicht gar nicht wissen? Weil sie ein schlechtes Gewissen hatten? Emily hatte fast den Eindruck. In einer Welt der Lügen wurde die Lüge offenbar zur einzigen Wahrheit.

»Emily, wo bist du? Hörst du uns überhaupt zu?«

»Das ist doch kein Wunder, Sarah. Das Kind ist noch müde von der Reise.«

»Hörst du?«, rief Georgey triumphierend. »Du bist auch noch ein Kind!«

»Entschuldigt bitte. Was habt ihr gesagt?«
Angewidert von der Arglosigkeit ihrer Eltern, versuchte Emily sich auf das Gespräch zu konzentrieren. Ihre Mutter bedauerte immer noch ihre Dickköpfigkeit, mit der sie der Eröffnungsfeier fern geblieben war, und ihr Vater erzählte von der wunderbaren Entwicklung, die die Weltausstellung genommen hatte, vor allem von der wunderbaren Entwicklung der Geschäfte: Schon jetzt zeichne sich ein so großer Gewinn ab, dass die Verwendung des Überschusses ein ernsthaftes Problem zu werden drohe. Nur den Namen ihres Komplizen Henry Cole erwähnten beide kein einziges Mal.
»Und wem habe ich das alles zu verdanken?«, fragte ihr Vater und prostete ihr zu. »Wenn du mir damals nicht geraten hättest, mein ganzes Geld zu investieren – ich weiß nicht, ob ich den Mut ohne dein Zureden aufgebracht hätte.«
Emily wurde fast übel. Hatte ihr Vater überhaupt noch eine Ahnung, wie schwer es war, mit richtiger, ehrlicher Arbeit auch nur einen Schilling am Tag zu verdienen? Um seinen Blick nicht erwidern zu müssen, drückte sie ihre Zigarette aus. Sie konnte es kaum mehr erwarten, einen Kontinent zwischen sich und diese Menschen zu bringen, die von sich behaupteten, ihre Eltern zu sein. Es gab nur einen Grund, weshalb sie überhaupt noch einmal hierher zurückgekehrt war: Zur Ausführung ihres Plans brauchten Victor und sie eine Information, die sie nirgendwo sonst bekommen konnten. Nur ihr Vater und ein paar wenige Eingeweihte wussten darüber Bescheid.
»Wann wird die Königin das nächste Mal die Ausstellung besuchen?«, fragte sie.
»Weshalb willst du das denn wissen?«, fragte ihre Mutter zurück.
»Kannst du dir das nicht denken?« Paxton schüttelte den Kopf. »Weil sie diesmal mit dabei sein will!« Er blinzelte Emily verschwörerisch zu. »Die Queen kommt nur noch einmal in den Kristallpalast, am letzten offiziellen Besuchstag. Aber psssst –

das darfst du keinem verraten! Die Sache ist streng geheim. Sicherheitsvorschriften!«
Emily schloss kurz die Augen, sie hätte nicht gedacht, dass es so leicht sein würde. Während sie ausrechnete, wie viele Tage Victor und ihr noch blieben, um ihren Plan auszuführen, schlug die Standuhr an, und die beiden Nymphen drehten sich im Kreis.
»Schon so spät?« Mit einem Seufzer erhob Paxton sich vom Tisch. »Höchste Zeit für mich.«
»Wie?«, fragte Emily. »Du musst fort?«
»Ja, nach Derby, zur Direktionssitzung. Aber mach dir keine Sorge«, fügte er hinzu, als er ihr irritiertes Gesicht sah, »auf der Tagesordnung stehen nur erfreuliche Dinge. Zum Beispiel die erste Zwischenbilanz.«
Er trat auf sie zu und nahm ihre Hände. »Ich kann dir gar nicht sagen, wie schön es ist, dich wieder hier zu haben. Ich habe dich so sehr vermisst. Komm, gib mir einen Kuss.«
Emily stand auf, um sich von ihm zu verabschieden. Doch als sie in sein Gesicht sah, in dieses alte, seit Urzeiten vertraute Gesicht, geschah etwa mit ihr, was sie selbst nicht begriff. Tränen schossen ihr in die Augen, sie fiel ihrem Vater um den Hals, drückte ihn an sich und bedeckte sein Gesicht mit Küssen.
»Auf Wiedersehen, Papa«, stammelte sie. »Leb wohl. Und alles, alles, alles Gute …«
»Aber, Emily – was hast du denn?« Behutsam machte er sich aus der Umarmung frei. »Du tust ja, als würde ich ans andere Ende der Welt reisen. Ich bin doch in zwei Tagen schon wieder da.« Zärtlich tätschelte er ihre Wange. Der Butler, der schon eine Weile mit einer silbernen Schale in der Tür wartete, räusperte sich.
»Die Post, Sir.«
»Dafür habe ich jetzt keine Zeit.« Paxton küsste Emily auf die Stirn, warf seiner Frau und seinem Sohn eine Kusshand zu und wandte sich zur Tür. »Legen Sie die Briefe auf meinen Schreibtisch, Jonathan«, sagte er im Hinausgehen. »Ich kümmere mich später darum.«

4

War das ein Hoffnungsschimmer? Vielleicht sogar eine wirkliche Chance?
Die Mitglieder der internationalen Jury, die Kandidaten für mögliche Prämierungen in Augenschein nahmen, hatten auf ihrem Rundgang durch den Kristallpalast die französische Abteilung hinter sich gelassen und besichtigten gerade die Stände des deutschen Zollvereins, wo an die Stelle roter Samtvorhänge, blitzender Messingbeschläge und gläserner Vitrinen grobes Packleinen und ungehobeltes Tannenholz traten, als Henry Cole ein so genannter Respirator ins Auge fiel, ein in Berlin patentiertes Atemgerät, das angeblich bei der Behandlung von Tuberkulose hervorragende Wirkung zeigte.
»Dieser Apparat«, erklärte der Ingenieur am Stand, »hält nicht nur Luftstaub und schädliche Gase von den Atmungsorganen fern, sondern sorgt bei Kälte auch für die Erwärmung der Atemluft. Vor allem aber kann die Watte in dem Filtergehäuse mit Arzneimitteln befeuchtet werden, sodass die Zufuhr permanent gewährleistet ist, buchstäblich mit jedem Atemzug.«
Henry Cole zückte sein Portemonnaie. »Was kostet der Apparat?«, fragte er.
»Tut mir Leid, Sir, aber unsere Exponate sind unverkäuflich.«
»Und wenn ich Sie darum bitte? Es ist von großer Wichtigkeit. Sie müssen wissen, meine Frau … – Ja, was ist denn?«
Ein Laufbursche stand vor ihm und reichte ihm ein Kuvert. »Das soll ich Ihnen persönlich geben. Sie möchten es bitte gleich lesen.«
Cole riss das Kuvert auf und überflog die Zeilen. Als er die Unterschrift las, atmete er tief durch. Das passte ihm jetzt ganz und gar nicht. Er steckte den Brief ein und wandte sich wieder an den deutschen Ingenieur.
»Was muss ich tun, um ein solches Gerät zu erwerben?«

»Ich kann Ihnen wirklich nicht helfen. Aber wenn Sie mit dem Erfinder selbst sprechen möchten – Dr. Jeffrath wird am vorletzten Tag der Ausstellung noch einmal zu einer Demonstration hier am Stand sein, bevor er nach Deutschland zurückkehrt. Ich kann Ihren Besuch gerne vormerken.«

Zehn Minuten später saß Cole in seinem Wagen. Zum Glück verfügte er inzwischen über ein eigenes Cabriolet, ein Zeichen der Anerkennung, die das Königliche Komitee ihm endlich zollte. Sarah Paxton hatte ihn zu sich gerufen, sie müsse ihn sprechen – dringend … Cole schloss die Augen, um sich innerlich auf die Unterredung vorzubereiten, die nur unangenehm werden konnte. Sarah Paxton hatte geschrieben, dass es um Emily ging.

Sollte er sagen, dass er sie gesehen hatte? Zusammen mit demselben Kerl, der für sie bereits als Bote im Büro des *Northern Star* gewesen war?

Sarah Paxton empfing ihn im Büro ihres Mannes. Cole nahm es verwundert zur Kenntnis. Doch noch ungewohnter als der Ort, den sie für die Unterredung gewählt hatte, war ihre äußere Erscheinung. Sie hatte offenbar vergessen, die Manschettenknöpfe ihres Kleides zu schließen, so dass die Ärmel lose um ihre Handgelenke flatterten, sie trug weder Schmuck noch Rouge, und ihr kastanienbraunes Haar war nicht frisiert. Noch nie hatte er sie in einem so derangierten Zustand gesehen.

»Ich brauche Ihre Hilfe«, sagte sie, ohne ihm einen Platz anzubieten.

»Bitte verfügen Sie über mich.«

»Emily ist heute Morgen nach Chatsworth gefahren. Das heißt«, korrigierte sie sich, »sie hat behauptet, das zu tun. Tatsächlich habe ich aber allen Grund zu der Annahme, dass sie mich belogen hat.

»Belogen? Das … das kann ich mir nicht vorstellen.«

»Doch, Mr. Cole. Leider.« Sie nahm einen Umschlag vom Schreibtisch ihres Mannes. »Als Emily aus dem Haus war, habe ich die Post durchgesehen und diesen Brief hier gefunden. Er stammt von einem Mr. Ernest Jones aus Manchester.«

Cole hatte Mühe, seine Haltung zu bewahren. »Ernest Jones? Aus Manchester?«, fragte er, in der Hoffnung, dass es sich um eine zufällige Namensgleichheit handelte. »Tut mir Leid, Madam, aber das sagt mir im Moment nichts.«

»Mr. Jones ist der Herausgeber des *Northern Star.*« Sie machte eine Pause, bevor sie weitersprach. »Er fordert Emily auf, wieder Illustrationen für seine Zeitung zu liefern, und bietet ihr ein Honorar von zehn Schilling pro Zeichnung.«

»Aber ... aber«, stammelte Cole, »wie ist das möglich?«

»Das frage ich Sie«, erwiderte Sarah Paxton mit Tränen in den Augen. »Sie waren doch in der Londoner Redaktion des Blattes, mein Mann hat mir davon berichtet. Sie haben versichert, die Bilder seien von einem heruntergekommenen Zeichenlehrer.«

»Ich ... ich weiß nicht, was ich dazu sagen soll.« Cole suchte nach Worten, doch war ihm bewusst, dass es unmöglich war, in dieser Situation die richtigen zu finden. »Ich ... ich kann zu meiner Entschuldigung nur anführen ..., dass heißt, wenn Sie überhaupt noch bereit sind, mir nach allem Gehör zu schenken ...«

»Sie brauchen sich nicht zu entschuldigen, Mr. Cole«, unterbrach sie ihn, »es kann für das alles ja nur eine Erklärung geben.«

Sarah Paxton verstummte und blickte ihn an. Cole spürte, wie ihm der kalte Schweiß ausbrach.

»Nämlich?«, fragte er leise, als er ihr Schweigen nicht länger ertrug.

»Die Zeitungsleute müssen Sie belogen haben.«

»Wie bitte?« Cole war so überrascht, dass er nur diese zwei Worte herausbrachte.

»Ja, verstehen Sie denn nicht? Die Chartisten wollten verhindern, dass Sie Emily auf die Schliche kommen. Die Tochter des berühmten Joseph Paxton, plötzlich auf ihrer Seite – ausgerechnet! Was für ein Triumph für diese Halunken.« Sarah Paxton legte den Umschlag auf den Schreibtisch. »Das ist die einzige

Erklärung, die ich mir vorstellen kann. Oder haben Sie eine andere, Mr. Cole?«

»Nein, nicht direkt, keineswegs«, brabbelte er, unschlüssig wie Prinz Albert. »Sehr scharfsinnig, Madam, so könnte es gewesen sein. Allerdings ... durchaus ... in der Tat.«

Sarah Paxton versuchte zu lächeln. Cole wich ihrem Blick aus. Stand ihm die Lüge denn nicht im Gesicht geschrieben? Auf dem Schreibtisch war eine Daguerreotypie aufgestellt. Sie zeigte Emily im Seerosenhaus, in ihrem Arbeitskittel. In diesem Kittel hatte sie auch ihn empfangen, als er sie um die Auflösung ihrer Verlobung hatte bitten wollen. Sie wirkte auf dem Bild genauso wie damals, voller Tatendrang und Zuversicht, als könne man mit ihr die ganze Welt erobern.

»Herrgott«, flüsterte Sarah Paxton, »wie glücklich hätte das Kind sein können, wenn sie nur auf Sie gewartet hätte.«

Sie verließ den Schreibtisch und machte einen Schritt auf ihn zu. Nur zögernd hob er den Kopf. Sie war so verzweifelt, dass sie aussah wie eine alte Frau.

»Sagen Sie, mein Freund, und ich bitte Sie um völlige Offenheit: Haben Sie irgendeine Idee, wo meine Tochter stecken könnte?«

In diesem Augenblick begriff Henry Cole: Wenn er Emily davor bewahren wollte, sich vielleicht für immer zu verirren, musste er Sarah Paxton helfen. Das war die einzige Möglichkeit, die ihm noch blieb, um Emily seine Liebe zu beweisen.

5

»Der ganze Kristallpalast voller Nebelschwaden! Wie London im November! Vor den Augen der Königin und des Prinzgemahls ... Das wird die eindruckvollste Demonstration, die es je gegeben hat! Die ganze Welt wird davon erfahren!«

Über Emilys Gesicht ging ein solches Strahlen, dass Victor sich auf der Stelle in sie verliebt hätte, wenn er es nicht schon längst gewesen wäre. Sie saßen in einem Public House bei Euston Station, das eigentlich viel zu teuer für sie war. Doch Emily hatte vorgeschlagen, sich hier nach seiner Arbeit mit ihm zu treffen. Er hatte die letzten Stunden damit verbracht, eine Tasse Tee in so vielen winzigen Schlucken zu trinken, dass die Tasse nie leer wurde, damit er weiter auf sie warten konnte, ohne eine zweite Bestellung machen zu müssen.
Jetzt legte sie ihre Hand auf seinen Arm und blickte ihn zärtlich an. »Bist du auch ganz sicher, dass dir dabei nichts passieren kann? Du hast doch so was noch nie gemacht.«
»Hast du Angst um mich?« Er küsste ihre Hand, und so leise, als flüsterte er ihr eine Liebeserklärung zu, sagte er: »Das brauchst du nicht. Mit dem Zünder besteht überhaupt keine Gefahr. Ich habe mir alles ganz genau erklären lassen.«
»Und der Dampfkessel?«, erwiderte sie genauso leise, damit niemand sie hören konnte. »Wenn der explodiert, fliegt doch das ganze Gebäude in die Luft.«
»Nur wenn ein Überdruck entsteht. Aber um das zu verhindern, gibt es ja die Ventile. Übrigens«, sagte er dann wieder lauter, »willst du mal unser Flugblatt sehen?«
»Ist es denn schon fertig?«
»Ja, seit heute Mittag.« Victor ließ ihre Hand los und nahm ein Exemplar von dem Stapel, der neben ihm auf einem Stuhl lag. »Na, wie gefällt es dir?«
Ungeduldig schaute er zu, wie Emily das Blatt auseinander faltete und es mit gerunzelter Stirn betrachtete. Auf diesen Augenblick hatte er sich gefreut, seit er seinen Tee bestellt hatte.
»Also, *gut* ist das nicht gerade«, sagte sie schließlich.
»Nicht?« Victor war enttäuscht. »Warum nicht?«
»Das kann ich dir sagen«, erwiderte Emily mit einem Grinsen. »Weil ›gut‹ gar kein Ausdruck dafür ist. Das ist besser als die Titelseite der *Times!*« Sie strich mit dem Handrücken über

das Blatt wie über einen kostbaren Stoff. Dann wurde ihr Gesicht ernst, und sie begann zu lesen: »*… da wachsen Rebellion und Verbrechen heran, mit derselben Gewissheit, wie Wasser bei zweihundertundzwölf Grad Hitze zu sprudeln beginnt. Dabei wäre das Wunder möglich gewesen, eine Weltausstellung, die diesen Namen wirklich verdient. Ein Fest der Arbeit und des Handwerks, der Wissenschaft und der Kunst, an dem alle Menschen zusammenwirken, Reiche und Arme, Starke und Schwache, weil sie ein gemeinsames Ziel vor Augen haben: die Errungenschaften des Fortschritts miteinander zu teilen, in ehrlicher und gerechter Weise …*« Sie legte den Text beiseite und biss sich vor Aufregung auf die Lippe. »Wenn ich mir vorstelle, dass Tausende von Menschen das bald schon lesen werden.«
»Ich habe eine Idee«, sagte Victor. »Wie wär's, wenn du die Flugblätter von der Galerie hinunter in den Pavillon wirfst, genau in dem Moment, in dem der Dampf aufsteigt?«
»So wie du damals die Rosenblätter?« Emily war so begeistert, dass sie ihm einen Kuss gab. Ein paar Leute an den Nebentischen schauten zu ihr herüber, doch sie achtete nicht auf sie. »Ich kann dir gar nicht sagen, wie sehr ich mich darauf freue! Und danach Amerika«, fügte sie mit träumenden Augen hinzu.
»Bis dahin dauert es noch eine Weile.« Victor trank den letzten Schluck Tee aus seiner Tasse. »Wäre es nicht vielleicht gescheiter«, sagte er dann, »du würdest noch ein paar Tage bei deinen Eltern bleiben?«
»Bist du verrückt geworden?«
»Ich meine nur, du hast eine einzige Tasche dabei, als wolltest du wirklich bloß nach Chatsworth fahren. Hast du schon mal an den Winter gedacht? In Amerika wird es genauso kalt wie hier. Zu Hause könntest du dir warme Sachen besorgen und auch noch andere Dinge, die wir brauchen. Es wäre dumm, darauf zu verzichten.«
»Du hast Recht«, erwiderte Emily, »und ich könnte mich ohr-

feigen, dass ich nicht daran gedacht habe. Aber trotzdem, ich kann nicht noch einmal zurück. Ich würde es nicht aushalten, nicht einen einzigen Tag.«

»Warum nicht? Hast du Angst, dass deine Eltern was merken?«

Emily schüttelte den Kopf. »Das ist es nicht, es ist etwas anderes – ich weiß nicht, wie ich es ausdrücken soll.« Sie dachte einen Moment nach, dann sagte sie: »Der Tag heute zu Hause, alles war so vertraut, die Möbel im Zimmer, die Gerüche, die alte Standuhr, unser Butler, mein Bruder Georgey – ich habe mich gefühlt, als ob ich nie fort gewesen wäre. Doch als mein Vater auf einmal sagte, er müsse nach Derby fahren, da begriff ich plötzlich, dass ich das alles nie mehr wiedersehen werde, weder das Haus noch meine Eltern oder meine Geschwister. Als ich mich von meinem Vater verabschiedet habe, hätte ich fast losgeheult.«

Victor nahm ihre Hand und streichelte sie. »Weißt du was?«, sagte er. »Wir kaufen uns eine Flasche Wein, von dem weißen französischen, den du so gern magst, und die trinken wir heute Abend.«

»Ja, das wäre schön. Aber dafür haben wir kein Geld. Ach«, seufzte sie, »wenn ich an all die vielen Flaschen Wein denke, die andere Leute heute Abend trinken, könnte ich fast neidisch werden.«

»Wovon redest du?«, fragte Victor. »Ich verstehe kein Wort.«

»Meine Mutter ist auf einem Empfang eingeladen, bei Premierminister Russell, ich sollte unbedingt mitkommen.« Plötzlich veränderte sich Emilys Gesicht, die Verunsicherung war daraus verschwunden, um einem breiten Grinsen Platz zu machen. »Ich glaube, ich weiß, wie ich Wein für uns besorgen kann.«

6

Der braune Wallach stampfte unruhig im Geschirr, während Sarah Paxton in Henry Coles Cabriolet vor der Redaktion des *Northern Star* wartete. Mit schmerzlichen Gefühlen beobachtete sie die eleganten Damen, die auf dem Bürgersteig an ihr vorübereilten, um vor Schließung der Geschäfte noch rasch ihre letzten Besorgungen zu machen. Wie oft war sie diese Straße mit Emily entlanggegangen, gefolgt von Jonathan, der die Einkaufspakete für sie trug, auf dem Weg nach Hause oder ins *Café Royal*. Was für unbeschwerte Zeiten waren das gewesen …

Es schlug gerade acht, als Cole auf die Straße zurückkehrte.

»Haben Sie herausgefunden, wo Emily wohnt?«, fragte sie, als er neben ihr Platz nahm.

Cole wich ihrem Blick aus. »Das leider nicht«, sagte er. »Aber ich habe die Adresse der Fabrik, in der sie arbeitet.«

»Was? Emily arbeitet in einer Fabrik?«

»Ja, Mrs. Paxton, in einer Baumwollweberei. Der Redakteur meint, wir hätten gute Chancen, sie jetzt dort anzutreffen.«

»Um diese Zeit? Es ist doch schon Abend.«

»In den meisten Fabriken wird auch nachts gearbeitet, Madam. Maschinen sind teuer, sie müssen sich drehen, damit sie sich rentieren.« Cole beugte sich vor und tippte dem Kutscher auf die Schulter. »Phoenix Place!«

»Hauptsache, wir haben ihre Spur.« Sarah legte ihre Hand auf seinen Arm. »Ich bin Ihnen ja so dankbar, Mr. Cole. Ich wüsste nicht, was ich ohne Sie tun sollte.«

Mit einem Seufzer lehnte Sarah sich zurück. Ohne ihren Mann fühlte sie sich so allein wie eine Witwe. Emily war immer Josephs Liebling gewesen, und sie selbst hatte unter der innigen Beziehung der beiden in all den Jahren ihrer Ehe fast so sehr gelitten wie unter seinen Seitensprüngen. Aber jetzt, als es darauf ankam, als Emily ihren Vater wirklich einmal brauchte, war er nicht da, um sich um sie zu kümmern. Herrgott im Himmel, konnten die in Derby nicht ohne ihn ihre Bilanzen aufstellen?

»Georgey hatte es geahnt«, murmelte sie.

»Wie bitte?«, fragte Cole.

»Unser Ältester – er hat es ihren Händen angesehen. Die sähen ja aus wie von einer Fabrikarbeiterin, hat er gesagt. Nur mein Mann und ich haben nichts gemerkt. Wie konnten wir nur so blind sein?«

»Bitte beruhigen Sie sich, Mrs. Paxton. Vielleicht ist ja alles viel harmloser, als wir denken.«

»Harmloser?«

»Ja, warum nicht?« Cole nickte ihr aufmunternd zu. »Ihre Tochter ist der wissbegierigste Mensch, den ich kenne. Sie will allen Dingen auf den Grund geben, das ganze Leben erforschen, die Geheimnisse der Natur – eine geborene Wissenschaftlerin. Vielleicht arbeitet sie ja nur in der Fabrik, um auch diese Seite des Lebens kennen zu lernen.«

»Gott gebe, dass Sie Recht haben, Mr. Cole.«

Inzwischen war es fast dunkel geworden, und entlang der Straße wurden die ersten Laternen angezündet. Je weiter sie in Richtung Norden kamen, desto ärmlicher wurde die Gegend. Die niedrigen, windschiefen Häuser lehnten aneinander, als müssten sie sich gegenseitig stützen, und auf den Bürgersteigen trieb sich ein Gesindel herum, dass Sarah angst und bange wurde. Konnte es wirklich sein, dass Emily in einem solchen Viertel lebte, unter solchen Menschen? Sie musste an die Bilder des *Northern Star* denken, von denen sie nun wusste, dass sie von ihrer Tochter stammten, Bilder von Rattentötern und Taschendieben, von Bettlern und Säufern. Bei der Vorstellung, dass Emily ihnen ganz nahe gekommen sein musste, um sie zu zeichnen, zog sich ihr das Herz zusammen.

»Brrrrrr …«

Das Cabriolet hielt vor einem riesigen Backsteingebäude, das sich wie ein Schloss zwischen den Arbeiterhäuschen ausnahm.

Baumwollspinnerei und Weberei Hopkins stand auf dem Schild über dem Tor. Am Ende der Straße erhob sich über einer zweiten, noch höheren, mit Stacheldraht bekrönten Backsteinmauer ein schwarzer Mühlenflügel in den nächtlichen Himmel empor. Sarah öffnete den Wagenschlag, doch Cole machte keine Anstalten, von seinem Platz aufzustehen.

»Worauf warten Sie?«, fragte Sarah. »Wollen Sie nicht aussteigen?«

»Um ganz ehrlich zu sein, Mrs. Paxton. Ich habe ein wenig Angst, Ihrer Tochter zu begegnen.«

»Unsinn! Dazu besteht keine Veranlassung.«

»Verzeihen Sie, wenn ich widerspreche, aber ich sollte Ihnen vielleicht noch etwas erklären, bevor wir Emily sehen. Besser, Sie erfahren es von mir als von ihr.«

»Muss das wirklich jetzt sein, Mr. Cole?«

»Ja, Madam. Ich muss Ihnen ein Geständnis machen. Ich ... ich war nicht immer ganz aufrichtig zu Ihnen ...«

»Ach, wer von uns war das schon?«, fiel Sarah ihm ins Wort. »Dafür haben wir jetzt keine Zeit. Ich möchte so schnell wie möglich zu meiner Tochter.«

Sie raffte ihren Rock und stieg aus, Cole folgte ihr nach. Am Fabriktor empfing sie ein kleiner, schmächtiger Mann in Uniform, der wie ein Polizist aussah und sich als Webereiinspektor Davis vorstellte. Während Cole ihr Anliegen vortrug, blickte Sarah den Inspektor voller Hoffnung an. Doch der schüttelte den Kopf.

»Den Weg hätten Sie sich sparen können«, sagte er. »Miss Paxton ist nicht zur Nachtschicht erschienen.«

»Das heißt, sie ist gar nicht da?«, fragte Cole. Zu Sarahs Verwunderung wirkte er fast erleichtert.

»Habe ich mich so undeutlich ausgedrückt, Sir?«, fragte Davis. »Falls Sie sie zufällig sehen, richten Sie ihr aus, sie braucht nicht mehr zu kommen.«

»Aber wir haben doch keine Ahnung, wo sie steckt!«, rief Sarah

verzweifelt. »Bitte, Mr. Davis helfen Sie uns! Es muss doch hier irgendjemand geben, der etwas über Emily weiß.«
Davis musterte sie von Kopf bis Fuß. »Weshalb wollen Sie sie eigentlich so dringend finden? War sie bei Ihnen in Stellung? Hat sie Sie etwa bestohlen?«
»Ich forsche im Auftrag ihrer Eltern nach Miss Paxton«, erwiderte Cole an Sarahs Stelle, »und wäre Ihnen für eine Auskunft wirklich sehr verbunden.«
»Hm.« Davis strich sich über das Kinn. »Wenn eins von den Mädchen was weiß, dann Annie Keill. Die zwei scheinen befreundet zu sein.«
Sarah schöpfte wieder Hoffnung. »Könnten wir sie bitte sprechen?«
Davis verzog das Gesicht zu einem spöttischen Lächeln. »Ich glaube kaum, dass sie dazu Lust hat. Unerlaubtes Entfernen vom Arbeitsplatz kostet drei Schilling.«
Cole drückte ihm eine Krone in die Hand. »Würde das reichen, Sir?«
Zwei Minuten später kehrte Davis mit einem jungen Mädchen zurück, unter dessen Schürze sich ein kugelförmiger Bauch abzeichnete. Sarah musste unwillkürlich an eine von Emilys Zeichnungen denken, auf der eine Arbeiterin sich einem uniformierten Aufseher hingab.
Annie blickte Sarah misstrauisch an. »Wer sind Sie?«
»Das tut nichts zur Sache«, erklärte Cole.
»Warum schnauzen Sie mich an?«, fragte Annie. »Habe ich Ihnen was getan?«
Sarah machte einen Schritt auf sie zu. »Bitte, sagen Sie uns, wo wir Emily finden.«
»Ah, es geht also auch freundlich!«, sagte Annie zu Cole. Dann wandte sie sich an Sarah. »Tut mir Leid, Madam, aber ich weiß nicht, wo sie wohnt.«
»Wirklich nicht? Inspektor Davis meint, Sie beide wären Freundinnen.«

»Freundinnen?« Annie zuckte die Achseln. »So was gibt es hier nicht.«
Sarah hätte das Mädchen am liebsten bei den Schultern gepackt und geschüttelt. »Auch wenn Sie keine Freundinnen sind«, sagte sie, »wenn Sie zusammen arbeiten, müssen Sie doch irgendwas über meine Tochter wissen.«
»Emily ist Ihre Tochter?«, fragte Annie und schaute sie mit großen Augen an. »Ach, darum also die weißen Hände und das schöne Kleid …«
»Bitte, Miss Annie«, sagte Cole. »Wenn Sie irgendwas wissen, es soll Ihr Schade nicht sein.«
»Das kann jeder behaupten.« Annie streckte die Hand aus. »Beweise!«
Cole gab ihr eine Münze. Annie warf einen Blick darauf und ließ sie in ihrer Schürze verschwinden.
»Ich glaube, sie hat einen Freund«, sagte sie dann. »Ja, ganz bestimmt, ich hab ihn sogar schon mal gesehen, er hat sie einmal nach der Arbeit abgeholt.«
»Um Gottes willen«, rief Sarah. »Einen Freund? Wie sah er aus?«
»Wie soll ich sagen?«, erwiderte Annie. »Ein hübscher Kerl, könnte mir auch gefallen, vor allem seine Augen. So dunkle Augen habe ich mein Lebtag noch nie gesehen.«
»Und sonst?«
»Nichts Besonderes. Mittelgroß, ziemlich kräftig, aber schlank, kurze braune Haare.« Sie zögerte einen Moment, um nachzudenken. »Ich glaube, er trug eine Kordjacke, und, ach ja, auf der Stirn hatte er eine Narbe.«

7

Obwohl die Gefahr, dass jemand sie hörte, nur gering war, versuchte Emily, jedes Geräusch zu vermeiden, als sie die Haustür öffnete und in den dunklen Flur schlüpfte. Wenn ihre Eltern aus waren, gaben sie den Angestellten fast immer frei. Nur Miss Cutney, eine bald achtzig Jahre alte Kinderfrau aus der Nachbarschaft, blieb an solchen Abenden im Haus, um Emilys jüngere Geschwister zu hüten. Doch sobald sie die Kinder ins Bett gebracht hatte, bereitete sie sich eine Tasse Tee und schlief meist fünf Minuten später in der Bibliothek über einem Buch oder einer Handarbeit ein.

Aufpassen musste Emily allerdings wegen Georgey. Ihr kleiner Bruder war so neugierig, dass er selbst im Schlaf noch mit spitzen Ohren lauschte, und wenn er aufwachte und sie entdeckte, würde er sie mit Sicherheit verpetzen. Ohne Licht stieg sie darum die Kellertreppe hinab. Durch das Fenster sah sie draußen Victor, der auf der anderen Straßenseite unter einer Laterne auf sie wartete. Sie hatten ausgemacht, dass er sie warnte, falls Gefahr in Verzug war.

Emily nahm die größte Reisetasche, die sie im Kleiderkeller finden konnte, und packte als Erstes warme Wintersachen ein, die hier unten während des Sommers in mehreren Schränken verstaut waren. Victor hatte Recht, es wäre verrückt gewesen, auf ihre Kleider zu verzichten. Sorgfältig achtete sie darauf, nur solche Sachen mitzunehmen, die auch wirklich ihr gehörten. Lediglich eine Flasche Weißwein, die sie aus dem Gewölbekeller nebenan holte und zwischen zwei dicken Strickjacken verstaute, schloss sie von dieser Regel aus.

Ihre Tasche war schon ziemlich schwer, als sie in den ersten Stock hinaufging, wo die Schlaf- und Kinderzimmer lagen. Auf dem Treppenabsatz sah sie durch den Türspalt Miss Cutney in der Bibliothek. Das alte Kindermädchen saß wie immer in dem großen Ohrensessel, das Kinn war ihr auf die Brust gesunken, das Strickzeug ruhte in ihrem Schoß. Emily schob den Türspalt noch ein bisschen weiter auf. Rücken an Rücken standen die Bücher in den Regalen. Eines davon, ein ganz bestimmtes, würde sie liebend gerne mitnehmen ... Sollte sie es riskieren? Miss Cutney hatte einen festen Schlaf, und die Bücher der Autoren, deren Namen mit *D* anfingen, befanden sich gleich links neben dem Eingang.

Auf Zehenspitzen betrat sie den Raum. Sie folgte einfach den Romanen von Charles Dickens und Daniel Defoe, die sie schon als Kind zu dem Buch geführt hatten, nach dem sie nun suchte, weil sie seit jeher im selben Regal standen. Und tatsächlich, da entdeckte sie auch schon den Titel, in goldenen Lettern prangte er ihr entgegen, keine Armlänge entfernt: *Reise um die Welt*. Verwundert stellte sie fest, dass das Buch immer noch mit ihren eigenen Merkzetteln versehen war. Die hatte sie früher überall dort zwischen die Seiten gelegt, wo sie auf eine Stelle im Text gestoßen war, die sie nicht verstanden hatte und über die sie mit ihrem Vater sprechen wollte.

Plötzlich hörte sie hinter sich einen kurzen, heftigen Schnarchlaut. Erschrocken drehte sie sich um. Miss Cutney hatte die Augen aufgerissen und starrte sie an wie ein Gespenst.

»Miss Cutney?«, flüsterte Emily. »Keine Angst, ich bin's.«

Doch die alte Kinderfrau reagierte nicht. Sie saß nur da und starrte ins Nichts, auch als ihr das Strickzeug vom Schoß rutschte und das Wollknäuel vor ihren Füßen über den Boden rollte. Emily atmete auf. Anscheinend schlief Miss Cutney nur mit offenen Augen weiter. Sie nahm das Buch aus dem Regal und huschte hinaus.

Keine Minute später war sie in ihrem Schlafzimmer. Dort war es so dunkel, dass sie ein Licht anzünden musste. Im schwachen Schein der Petroleumlampe sah sie sich um. Der Raum war ein Museum ihres eigenen vergangenen Lebens. Viele der Gegenstände stammten noch aus ihrem Kinderzimmer in Chatsworth:

der schwarze afrikanische Schrumpfkopf zwischen zwei über Kreuz hängenden Pfeilen, die aufgespießten Schmetterlinge mit ihren reglosen Flügeln, der ausgestopfte Luchs und die Eule, die Blindschleichen in den Spirituskolben, die sich in der trüben Flüssigkeit immer noch zu winden schienen … Nur der kleine Labortisch in der Ecke war erst Jahre später hinzugekommen. Darauf hatte sie mit ihrem Vater künstliche Lebewesen erzeugt, kleine Insekten, die in Scharen über den Tisch gekrabbelt waren. Es war das aufregendste Experiment gewesen, das sie je zusammen gemacht hatten, und zu ihrem grenzenlosen Erstaunen war es ihnen wirklich geglückt. Ob ihr Vater sie damit auch betrogen hatte?
Emily trat an den Kleiderschrank und öffnete beide Türen. Ein feiner, seit frühester Kindheit vertrauter Duft von Lavendel schwebte ihr entgegen, und für einen Moment wurde ihr ganz blümerant. Doch jetzt war keine Zeit für falsche Gefühle! Sie riss sich zusammen, und mit einer Konzentration, die sie selbst beeindruckte, packte sie alle brauchbaren Dinge ein, die sie in der Eile fand: Strümpfe und Unterwäsche, ein Kistchen Seife und ein Nageletui, ein Armband, das Tante Rebecca ihr zum vierzehnten Geburtstag geschenkt hatte.
Sie nahm ihr Tagebuch vom Nachttisch, warf es in ihre Tasche und wollte gerade das Zimmer verlassen, da fiel ihr Blick auf das Terrarium: Pythia! Wie war es nur möglich, dass sie ihre Schildkröte vergessen hatte? Sie holte einen Schuhkarton aus dem Schrank und stieß mit einem Brieföffner ein paar Luftlöcher hinein. Dann beugte sie sich über das Terrarium und hob die Schildkröte daraus empor.
»Komm, Pythia, du hast jetzt genug geschlafen«, flüsterte sie. »Oder willst du etwa, dass ich ohne dich nach Amerika fahre?«
Ein Geräusch, als hätte jemand Steinchen ans Fenster geworfen, ließ sie so heftig zusammenfahren, dass ihr Pythia aus der Hand fiel. Um Gottes willen, war das Victor? Ohne sich um Pythia zu kümmern, die auf ihrem gepanzerten Rücken in dem Terrarium lag, löschte sie das Licht und lief zum Fenster.

Doch draußen war alles still. Victor stand unter der Straßenlaterne und redete mit einem Konstabler, der ans Ende der Straße zeigte, als würde er ihm den Weg erklären. Jetzt lachten die zwei sogar miteinander, und der Konstabler klopfte Victor auf die Schulter.
Erleichtert zog Emily den Vorhang wieder zu. Wahrscheinlich hatte sie nur einen Vogel gehört, der mit dem Schnabel gegen die Scheibe gepickt hatte. Im Winter legte sie auf dem Fensterbrett immer Futter aus, und manche Vögel besuchten sie darum das ganze Jahr.
»Wer ist der Mann, der dich von der Fabrik abgeholt hat?«
Entsetzt fuhr Emily herum. In der Tür stand ein Schatten, auf dem Kopf trug er einen großen Hut.
»Du, Mama? Was – was machst du hier? Ich dachte, du bist auf dem Empfang … bei Premierminister Russell?«
Das Licht ging an. In dem engen Kleid sah ihre Mutter aus wie eine Statue, doch war sie so erregt, dass ihre sonst so ruhigen und ebenmäßigen Gesichtszüge zitterten.
»Ich war in der Fabrik«, sagte sie. »Deine Freundin Annie hat den Mann beschrieben. Lügen ist zwecklos.«
Emily spürte, wie sie blass wurde, aber sie brachte kein Wort über die Lippen. Ihre Mutter machte einen Schritt auf sie zu, die Augen fest auf sie gerichtet. Mit leiser, bebender Stimme sagte sie: »Es ist Victor, nicht wahr?«
Die Frage berührte Emily wie ein eisiger Hauch. Sie wollte protestieren, die Wahrheit leugnen, doch sie konnte es nicht. »Ja«, sagte sie nur, »es ist Victor.«
»Bist du wahnsinnig?«, schrie ihre Mutter auf.
Es war, als würde der Schrei in Emily einen Knoten zum Platzen bringen. All die Gefühle, die sich in Wochen und Monaten in ihr aufgestaut hatten, brachen mit einem Mal hervor.
»Ja, es ist Victor!«, rief sie. »Wer denn sonst?«
»Du wirst ihn nie wiedersehen!« Ihre Mutter schloss die Tür und packte ihren Arm. »Hörst du? Niemals!«

»Das kannst du mir nicht verbieten! Dafür gibt es keinen Grund!«
»Und ob es den gibt!«
Ihre Mutter schnappte nach Luft, doch brachte sie keinen Ton hervor.
»Siehst du?«, sagte Emily. »Da musst du schweigen. Weil es nichts gibt, was du gegen Victor vorbringen kannst.«
»Mehr als dir lieb sein kann!« Sarah Paxton hatte sich wieder unter Kontrolle. »Du hast ja keine Ahnung, du dummes, eingebildetes Kind!«
»Wenn ich keine Ahnung habe, kannst du mich ja aufklären.«
»Das kann ich nicht. Es … es gibt Dinge, über die spricht man einfach nicht.«
»Was für eine Antwort! Damit kann man alles rechtfertigen! Sogar die Verbrechen, die ihr Victor angetan habt!«
»Ich habe dir doch gesagt, ich kann dir die Gründe nicht nennen. Das musst du mir einfach glauben. Ich bin deine Mutter, ich will nur dein Bestes!«
»Du – meine Mutter?« Emily konnte gar nicht soviel Verachtung in ihre Worte legen, wie sie verspürte. »Du wolltest mich mit Männern verkuppeln, die ich gehasst habe, mit widerlichen Karrieristen, die nichts anderes im Kopf haben als ihren Aufstieg und ihren Erfolg und ihren Gewinn, mit Lügnern und Verbrechern wie Henry Cole.«
»Henry Cole war vielleicht ein Fehler – ja, ich gebe es zu! Aber das erlaubt dir noch lange nicht, dass du und Victor …«
»Was weißt *du* schon von Victor? Victor ist tausendmal besser als all die Lackaffen, die du seit Jahren auf mich hetzt. Er ist der einzige Mensch, den ich wirklich achten kann. Weil er Ideale hat, weil er an das glaubt, was er sagt, und bereit ist, sein Leben dafür einzusetzen. Er hat mir Dinge gezeigt, von denen du keine Ahnung hast. Er hat mir mehr gegeben, als alle anderen Menschen sonst – mehr auf jeden Fall als Papa und du.«
»Du bist ja von Sinnen!« Ihre Mutter hielt sie so fest am Arm, dass es ihr wehtat. »Ich wiederhole jetzt zum letzten Mal: Du

wirst Victor nie wieder sehen! Entweder du nimmst Vernunft an und gehorchst, oder dein Vater und ich werden dafür sorgen. Und wenn wir dich einschließen müssen.«

»Macht, was ihr wollt«, sagte Emily. »Aber es gibt nichts, was Victor und mich noch trennen kann.«

»Was in Gottes Namen willst du damit sagen?« Ihre Mutter schaute sie voller Entsetzen an. Dann holte sie Luft, und mit beherrschter, fast flehender Stimme sagte sie: »Bitte, Emily, ich beschwöre dich – schlag dir Victor aus dem Kopf. Jede junge Frau in deinem Alter macht solche Phasen durch, aber man kann sie besiegen. Das sind doch nur Sentimentalitäten!«

»Was sagst du da, Mama? Sentimentalitäten?«

»Bitte, Emily, du musst Abstand gewinnen. Mach eine Reise, fahr nach Frankreich, nach Italien, wohin du willst, von mir aus nach Indien, ich komme mit und begleite dich. Papa und ich, wir erfüllen dir jeden Wunsch, wenn du uns nur versprichst, dass du Victor nicht wieder siehst, wenn du nur …«

Sie verstummte, als hätte sie das Vertrauen in ihre eigenen Worte verloren. Aus ihren Augen sprach Angst, blanke, verzweifelte Angst.

Emily schüttelte den Kopf. »Was Victor und mich verbindet, Mama, das sind keine Sentimentalitäten.«

»Natürlich sind sie das«, erwiderte Sarah, doch so leise, dass sie kaum noch zu verstehen war. »Was denn sonst?«

Plötzlich war Emily ganz ruhig, und ihre Mutter tat ihr fast Leid, als sie ihr die Antwort gab.

»Wenn du wirklich wissen willst, warum Victor und mich nichts mehr trennen kann – das kann ich dir sagen. Ganz einfach: weil ich seine Frau bin.«

Sie spürte, wie die Kraft aus der Hand ihrer Mutter wich, der Griff um ihren Arm sich löste. Ohnmächtig sank Sarah Paxton auf einen Stuhl.

»Herr, vergib ihnen«, flüsterte sie, »denn sie wissen nicht, was sie tun …«

8

In dem kleinen, weiß gestrichenen Kabinett roch es nach Karbol und Jodtinktur.
»Wenn Sie sich bitte freimachen würden«, sagte Dr. Livingstone.
Die Aufforderung war Joseph Paxton mehr als unangenehm, doch nachdem er sich nun einmal entschlossen hatte, den Aufenthalt in Derby für die Konsultation eines einschlägig erfahrenen Spezialisten zu nutzen, um sich einen Besuch bei seinem Londoner Hausarzt zu ersparen, blieb ihm nichts anderes übrig, als die Hose aufzuknöpfen und seinen Unterleib zu entblößen.
»Bitte vollständig, Sir.«
Widerwillig ließ er die Unterhose zu Boden sinken. Der Arzt kniete vor ihm nieder, und während Paxton den Blick hob und durch das Fenster in den grauen Regenhimmel schaute, wo ein Schwarm Schwalben über dem Dach einer Fabrik gerade zum Tiefflug ansetzte, spürte er, wie Dr. Livingstone sich mit routinierten Griffen an ihm zu schaffen machte. Noch nie hatte ihn an dieser Stelle seines Körpers jemand so schamlos berührt. Außer Mimi, das verfluchte französische Luder, dem er diese Prozedur zu verdanken hatte.
»Sie brauchen sich nicht zu genieren, Mr. Paxton. Ich sag immer: Mit Tripper oder Schanker bist du lange noch kein Kranker.« Dr. Livingstone stieß ein kurzes, bellendes Lachen aus, dann wurde er wieder ernst. »Ich war über zehn Jahre Militärarzt, müssen Sie wissen, da hatte ich täglich mit solchen Kriegsverletzungen zu tun. Was glauben Sie, wie viele von zehntausend Männern wohl infiziert sind?«
Paxton holte tief Luft. Was für einen Ton sich dieser Mensch herausnahm! Nur weil er einen weißen Kittel trug, bildete er sich wohl ein, er wäre der liebe Gott … Am liebsten hätte Paxton ihn in die Schranken gewiesen, doch da Dr. Livingstone als der beste Facharzt für venerische Krankheiten in ganz England galt,

beherrschte er sich und sagte nur: »Um offen zu sein, ich habe mich mit dieser Frage noch nicht beschäftigt.«

»Dann will ich es Ihnen verraten: In einer durchschnittlichen Großstadt über achtzig, in Hafen- und Universitätsstädten sogar über zweihundert! Der Tripper ist die mit Abstand häufigste Krankheit in der erwachsenen männlichen Bevölkerung, das Kriegsministerium hat das in zahlreichen Statistiken bewiesen. Dabei erwächst die Schweinerei immer aus dem einzigen Vergnügen, das dem Frontsoldaten bleibt – eine ziemliche Gemeinheit der Natur, wenn Sie mich fragen. Ich hoffe nur, es hat wenigstens Spaß gemacht. Ein bisschen Urlaub von der Ehe, wie?«

Paxton wollte etwas erwidern, doch Dr. Livingstone schnitt ihm das Wort ab, bevor er auch nur den Mund aufmachen konnte.

»Leugnen ist zwecklos, ich weiß Bescheid«, bellte er von unten herauf. »Neunzig Prozent aller Fälle werden im Puff übertragen. Ja ja, je hübscher das Hürchen, desto schlimmer das Blessürchen … Wenn jemand ein wirksames Mittel gegen die Ansteckung fände – eine goldene Nase würde er sich damit verdienen!« Ohne Vorwarnung zog er die Vorhaut von der Eichel zurück. »Tut das weh?«

Paxton verzog vor Schmerz das Gesicht.

»Höchste Zeit, dass Sie gekommen sind! Ein richtiges Rotkäppchen, das Sie da herangezüchtet haben! Muss beim Pinkeln wie Pfeffer brennen. Schleimausfluss beobachtet?«

»Vor allem in der ersten Woche. Danach hat es wieder nachgelassen.«

»Hm. Kein gutes Zeichen.« Dr. Livingstone stand auf und ging zurück an seinen Schreibtisch. »Wenn Sie Wert auf korrekte Kleidung legen, können Sie sich jetzt wieder anziehen.«

Während draußen die Schwalben auf dem Fabrikdach landeten, zog Paxton sich die Hose hoch und verschloss die Knöpfe. Wie sollte er das nur vor Sarah geheim halten? Seit seiner Rückkehr aus Paris vernachlässigte er nun schon seine Frau, und jedes Mal, wenn sie ihm ihre Bereitschaft signalisierte, musste er Ausflüchte machen. Noch nie in all den Jahren ihrer Ehe hatte er so häufig über Kopfschmerzen oder Erschöpfung geklagt wie in den letzten Wochen, und es war nur eine Frage der Zeit, bis Sarah Verdacht schöpfen würde. Wie hatte er auch nur so dämlich sein können, sich für ein paar Sekunden grunzenden Vergnügens ein solches Malheur einzuhandeln? Als wäre er nicht achtundvierzig Jahre alt, sondern vierundzwanzig.

»Ich weiß, ich weiß«, sagte der Arzt, als Paxton sich räusperte. »Jetzt wollen Sie natürlich wissen, wann Sie wieder diensttauglich sind. Stimmt's?«

»Um ehrlich zu sein, ich wäre Ihnen sehr dankbar. Vor allem im Interesse meiner Frau.«

»Soso – auch in der Ehe noch Gewehr bei Fuß? Guter Soldat, der Mann!« Dr. Livingstone strich sich über die Glatze. »Schwer zu sagen, mein Bester. Dadurch, dass Sie die Behandlung so lange hinausgezögert haben, besteht die Gefahr einer chronischen Entzündung. Jetzt ist die ganze ärztliche Kunst gefragt.«

»Was kann ich tun, um die Heilung zu beschleunigen?«

»Ich werde Ihnen eine Lösung von Silbersalzen verschreiben. Damit bestreichen Sie das edle Teil dreimal am Tag. Alkohol und scharfe Speisen sind vorläufig verboten! Außerdem sollten Sie auf eine ruhige Lebensweise achten, jeder Exzess kann einen Rückfall hervorrufen. Wenn Sie entsprechend parieren, sollten die Schmerzen in ein paar Tagen vorbei sein. Doch Vorsicht!«, fügte der Arzt mit erhobener Hand hinzu. »Das heißt noch lange nicht, dass die Sache ausgestanden wäre. Es besteht weiterhin akute Ansteckungsgefahr, und ich nehme nicht an, dass Sie die Mutter Ihrer Kinder umbringen wollen. Die Folgen für die Frau sind ungleich schlimmer.«

»Wie lange muss ich mich noch gedulden?«

»Acht Wochen«, sagte der Arzt, während er das Rezept ausstellte. »Und in der Zwischenzeit sollten Sie Ihr Allerheiligstes hübsch ordentlich in ein Suspensorium packen. Jede Reizung ist für das Rotkäppchen Gift!«

»Acht Wochen?«, fragte Paxton.
»Mindestens«, bellte Dr. Livingstone, ohne vom Schreibtisch aufzuschauen. »Danach sehen wir weiter.«

9

Das also waren die Dinge, über die man nicht sprechen konnte …
Ein frischer Wind aus Südwest, untypisch für die Jahreszeit, wehte über das Land und vertrieb die dunklen Regenwolken, die am Morgen noch den Himmel bedeckt hatten, sodass gegen Mittag die Sonne so hell und warm auf London herabschien, als wäre der Sommer noch einmal für einen letzten Tag zurückgekehrt. Doch während die Menschen in die Parks und Gärten der Hauptstadt strömten, um das Leben zu genießen, lag Emily auf ihrem Bett, unfähig, auch nur einen Fuß über die Schwelle ihres Zimmers zu setzen. Sie hatte die ganze Nacht nicht geschlafen, ohne jedes Gefühl für die Zeit. Irgendwann war ein neuer Tag angebrochen, vor ein paar Stunden oder vor einer Ewigkeit – sie wusste es nicht. Sie hörte nicht die Vögel, die draußen vor ihrem Fenster zwitscherten, noch das Klappern der Töpfe und Teller, das aus der Küche zu ihr drang. Betäubt, stumpf, tot lag sie da, in einem Zustand fühlloser Apathie, so reglos wie ihre Schildkröte Pythia, die unverwandt an derselben Stelle in ihrem Terrarium lag, wo Emily sie am Abend zuvor aus der Hand hatte fallen lassen. Nur die Taschentücher auf dem Boden, getränkt mit ihren Tränen, zeugten von der Wahrheit, die sie in diesem Zimmer einschloss wie ein Gefängnis, aus dem es kein Entrinnen gab, eine Wahrheit, die ihr Leben für immer zerstörte.
Wie hatten ihre Instinkte nur so versagen können?
Emily wusste, auf diese Frage gab es keine Antwort. Sie hatte gegen ein Gesetz verstoßen, das so alt war wie die Natur selbst,

das in jeder Pflanze, in jedem Tier, in jedem Menschen verankert war, ein für die Erhaltung der Arten so notwendiges Gesetz wie das Bedürfnis aller Lebewesen nach Nahrung oder Selbstvermehrung. Jedes Volk der Erde respektierte es, wahrte es als ein Tabu, dem es sein Überleben und seine Entwicklung verdankte, und belegte es mit Ächtung und Strafe, nicht nur die Völker Europas, auch die primitivsten Eingeborenenstämme Afrikas oder Australiens. Sie aber, Emily Paxton, hatte das Gesetz gebrochen, sich an dem Tabu wider Gott und die Natur versündigt, war blind gewesen gegen alle Zeichen, die ihr hätten ins Auge springen müssen: Victors Ähnlichkeit mit ihrem Vater, sein kräftiges Kinn, die gerade hohe Stirn, der gedrungene Nacken, sein aufbrausendes Temperament, sogar die Vorliebe für Steckrüben teilten sie … Und dann seine Ähnlichkeit mit ihr selbst – der Schnitt seiner Augen, die geschwungene Linie seiner Brauen, die ovale Form seiner Fingernägel. Er war der einzige Mensch, den Emily außer sich und ihrem Vater kannte, der den Daumen bis an den Unterarm zurückbiegen konnte, und wenn Victor sich freute, erschrak oder einfach nur überrascht war, biss er sich immer auf die Lippe, genauso wie sie es selbst in solchen Momenten tat … Wie konnte es sein, dass sie diese Zeichen übersehen hatte? Hatte sie sie nicht sehen *wollen?* Weil sie ihrem eigenen, abartigen, widerlichen Verlangen im Weg standen? Jetzt begriff sie, warum ihre Eltern alles darangesetzt hatten, sie und Victor zu entzweien, warum sie ihn aus Chatsworth und später von der Baustelle im Hyde Park vertrieben hatten wie einen Verbrecher. Nicht aus Boshaftigkeit oder Standesdünkel oder Herzlosigkeit, wie Emily geglaubt hatte – nein, aus Verantwortung und Fürsorge hatten sie so gehandelt, hatten sie so handeln *müssen,* um sie und Victor vor sich selber zu beschützen … Fast wünschte Emily, ein Konstabler käme und führte sie ab, um sie in ein Zuchthaus zu werfen, damit sie dort den Rest ihrer Tage in der Finsternis verbrachte. Doch nichts geschah. Sie lag auf ihrem Bett und ihr Leben ging

weiter, als wäre nichts passiert, ungerührt von ihrer Schande und Verderbnis.
»Emily!« Ihre Mutter klopfte an der Tür.
Doch Emily regte sich nicht. Den Kopf in die Kissen vergraben, weinte sie Tränen, die so trocken waren wie Wüstensand.
»Emily! Das Essen ist fertig! Komm, mach endlich auf!«
Ihre Mutter rüttelte an der Türklinke, rief ihren Namen, wieder und wieder, erinnerte sie an den Ball, den der Herzog von Devonshire am Abend zu Ehren ihres Vaters gab, versprach ihr ein neues Kleid, eine Enzyklopädie, ja sogar ein eigenes Pferd, wenn sie nur die Tür öffnen würde. Emily hörte es, aber es ging sie nichts an, so wenig wie der Geruch des Bratens, der durch die geschlossene Tür in ihr Zimmer drang.
»So nimm doch Vernunft an! Es gibt Lammkeule – dein Lieblingsgericht! Komm doch, mein Kind. Bitte.«
Emily drehte sich um und schaute aus dem Fenster. In der Ferne sah sie den Kristallpalast. Majestätisch erhob sich die gläserne Kuppel vor dem blauen Himmel, während die Strahlen der Sonne sich tausendfach in den Scheiben brachen. Wozu sollte sie essen? Sie konnte sich nicht vorstellen, je wieder einen Bissen über die Lippen zu bringen, und wenn sie verhungerte. Ihr Leben war vorbei, ohne Pläne, ohne Hoffnung, ohne Furcht.
Irgendwann schlugen im Erdgeschoss Türen, und eine Kutsche rollte an.

10

»WAS hast du Emily gesagt?«
»Die Wahrheit. Über Victor und dich!«
Joseph Paxton hatte das Gefühl, als würde sich plötzlich die ganze Guildhall, unter deren Arkaden der Herzog von Devonshire

ihm zu Ehren den Ball veranstaltete, im Dreivierteltakt drehen. Er geriet aus dem Tritt und stolperte auf die Schleppe von Sarahs Abendkleid.

»Reiß dich zusammen«, zischte sie. »Die Königin schaut schon zu uns herüber.«

Tatsächlich, Queen Victoria, die keine zwei Schritte von ihnen entfernt in den Armen von Prinz Albert an ihnen vorüberschwebte, lachte über das ganze Gesicht. Sie liebte diesen verrückten Tanz aus Wien, bei dem der Mann seinen Fuß zwischen die Beine der Dame stellte, so leidenschaftlich, dass den ganzen Abend über ausschließlich Musikstücke eines gewissen Johann Strauß gespielt wurden. Paxton versuchte, die komplizierte Schrittfolge wiederherzustellen, aber es war zwecklos. Er reichte Sarah den Arm, um sie zwischen den sich im Kreis drehenden Tanzpaaren zu ihrem Platz zurückzuführen.

»Das hättest du nie und niemals tun dürfen«, sagte er, als sie die leere Ehrentafel erreichten. »Das ist unerhört! Ich … ich finde keine Worte für dein Verhalten.«

»Es war die einzige Möglichkeit, um die Sache ein für allemal zu beenden. Was hätte ich denn sonst tun sollen? Du warst ja nicht da! Wie so oft, wenn ich dich brauche.«

»Hast du denn gar nicht an Emilys Gefühle gedacht? Was für ein Schock für das Kind!«

»Das hättest du dir früher überlegen sollen! Zum Beispiel vor über zwanzig Jahren! Als du den Bastard gezeugt hast.«

»Hör auf, solchen Unsinn zu reden! Du weißt doch ganz genau …«

»Gar nichts weiß ich! Nur dass du mich mein Leben lang betrogen hast. Jedem Rock bist du hinterhergerannt, und ich möchte gar nicht wissen, was du in Paris gemacht hast. Seit du zurück bist, hast du Kopfschmerzen oder bist erschöpft.«

Mit einem furiosen Flirren, als hinge die Welt voller Geigen, brach die Musik ab, und bevor Paxton den Mund aufmachen konnte, um seiner Frau zu widersprechen, war es für ein paar

Sekunden in der mit Flaggen und Wappen geschmückten Halle so still wie in einer Kathedrale. Paxton blieb nichts anderes übrig, als seine Antwort hinunterzuwürgen.
»Paxton, Sie Glückspilz!« Während auf der Tanzfläche die Paare auf den nächsten Walzer warteten, kam der Herzog von Devonshire mit strahlendem Gesicht auf ihn zu. »Die Königin äußert den Wunsch, mit Ihnen zu tanzen – mit meinem alten Gärtner! Sagen Sie selbst, hätten Sie sich das je träumen lassen?«
Paxton hörte gar nicht hin. »Wo ist Emily jetzt?«, fragte er seine Frau.
»Zu Hause. Sie hat sich in ihrem Zimmer eingeschlossen und weigert sich, es zu verlassen.«
»Meinen Wagen!«, rief Paxton einem Saaldiener zu.
»Um Gottes willen!« Der Herzog war entsetzt. »Sie können doch nicht einfach gehen! Oder wollen Sie der Königin einen Korb geben?«
Ohne eine Antwort ließ Paxton die beiden stehen und eilte aus dem Saal.
Zwei Minuten später rollte seine Kutsche vom Hof der Guildhall. Während der Wagen rasselnd St. Paul's passierte und dann im scharfen Trab in die spärlich beleuchtete Fleet Street einbog, zermarterte Paxton sich das Gehirn. Was sollte er Emily sagen? Er kannte seine Tochter besser als jeder andere Mensch und wusste, was sie fühlte. Wenn er jetzt nicht die richtigen Worte fand, um die Dinge zurechtzurücken, würde er sie für immer verlieren.
Er biss sich so fest auf die Lippe, dass sie blutete. Mit allem hatte er gerechnet, doch wie hätte er darauf kommen sollen, dass Sarah plötzlich verrückt spielte? Während der Zugreise von Derby hatte er die ganze Zeit überlegt, wie er sein kleines Malheur vor ihr verbergen konnte. Doch was war sein harmloser Fehltritt im Vergleich zu dem Irrsinn, zu dem sie sich hatte hinreißen lassen? Er konnte es immer noch nicht fassen. Eine solche Ungeheuerlichkeit, eine so unglaubliche Schamlosigkeit, nur um Emily und Victor zu trennen … Das Kind musste die Hölle durchmachen.

»Brrrrrr!«
Die Kutsche stand noch nicht vor dem Haus, als Paxton auch schon auf die Straße sprang. Er war so erregt, dass er kaum den Schlüssel ins Schloss brachte. Zum Glück öffnete der Butler ihm die Tür.
»Oh, schon zurück, Sir?«, fragte Jonathan.
»Bitte holen Sie den großen Schlüsselbund. Mit sämtlichen Schlüsseln des Hauses.«
Zwei Stufen auf einmal nehmend, lief Paxton in den ersten Stock hinauf, vorbei an der Bibliothek, bis ans Ende des Etagenflurs, zu den Schlafzimmern der Kinder.
»Emily!«, rief er und klopfte an die Tür.
Von innen kam keine Antwort.
»Emily? Ich bin's, dein Vater. Ich muss mit dir reden.« Ungeduldig blickte er über die Schulter. »Jonathan, wo bleiben die Schlüssel?«
»Hier, Sir. Einen Moment, Sir.«
Während der alte Butler keuchend die Treppe heraufkam, rüttelte Paxton an der Tür.
Zu seiner Verblüffung sprang sie auf.
»Emily!«, rief er erleichtert. »E-mi-ly ...«
Der Name erstarb ihm auf den Lippen.
Das Zimmer seiner Tochter war so leer wie das Grab Christi. Nur Pythia, die Schildkröte, die er ihr vor vielen Jahren aus Konstantinopel mitgebracht hatte, lag reglos auf dem zerwühlten, verlassenen Bett.

11

Wo war Emily?

Victor versuchte, sich auf die Gebäudepläne zu konzentrieren, die er auf dem Boden seiner Kammer ausgebreitet hatte, doch die labyrinthischen Linien auf dem Papier flimmerten nur vor seinen Augen. Sie hatten sich alles so perfekt ausgedacht. Ein Zeichen wollten sie setzen, sichtbar für alle Menschen und Völker der Erde: die Wahrheit über die Weltausstellung – die Wahrheit über Joseph Paxton. Doch seit er Emily zum Haus ihrer Eltern gebracht hatte, war sie fort.

Die ganze Nacht hatte er auf sie gewartet – vergebens. Sie war in dem Eingang verschwunden wie in einer Höhle und nie wieder daraus aufgetaucht. Warum hatte sie ihn nicht gehört? Er hatte doch Steinchen gegen ihr Fenster geworfen, als ihre Mutter erschienen war, bis der verfluchte Konstabler ihn davon abgehalten hatte. Victor verfluchte sich. Er hätte sie nicht gehen lassen dürfen, Emily hatte es ja selbst geahnt, dass sie schwach werden könnte, wenn sie nach Hause zurückkehrte.

Und jetzt? Sollte er den Plan allein ausführen? Er rieb sich mit beiden Händen die Schläfen. Alles war bereit; er hatte den Sprengsatz installiert, auch die Flugblätter waren gedruckt. Aber wer sollte sie von der Galerie werfen, wenn es so weit war? Er konnte einfach nicht glauben, dass Emily ihn im Stich gelassen hatte, auch wenn alle Tatsachen dafür sprachen. Er hatte geschrien vor Lust, als er in sie eingedrungen war, zum ersten Mal bei einer Frau, seit er aus der Zuchtanstalt von Coldbath Fields entlassen worden war, und zusammen waren sie in den Himmel gefahren … Nein, Emily hatte ihn nicht verraten. Auch wenn sie jetzt bei ihren Eltern war, konnte sie immer noch ihren Irrtum erkennen und im letzten Moment im Kristallpalast auftauchen. Vielleicht wurde sie ja gegen ihren Willen zu Hause eingesperrt und wartete nur auf eine Gelegenheit, um zu entkommen.

Da klopfte es an der Tür. Victor sprang auf.
»Emily?«
Aber es war nur Mrs. Bigelow, die mit einem dampfenden Teller seine Kammer betrat.
»Bohneneintopf«, sagte sie. »Ich glaube, den können Sie gebrauchen. Sie sind ja so blass, als hätten sie seit Tagen nichts Richtiges mehr gegessen.« Sie stellte den Teller auf den Tisch. »Was sind das denn für Zeichnungen?«, fragte sie, als sie die Pläne auf dem Boden sah. »Die sehen ja aus wie von einem Architekten. Ich wusste gar nicht, dass Sie so was können.«
»Nur ein Zeitvertreib.« Eilig faltete Victor die Pläne zusammen. »Und vielen Dank für den Eintopf.«
Er wartete, dass seine Wirtin wieder ging. Doch sie schaute ihn erwartungsvoll an.
»Wollen Sie nicht probieren?«
»Später, Mrs. Bigelow. Ich habe gerade keinen Hunger.«
»Hm, wie Sie wollen«, erwiderte sie enttäuscht. »Aber wärmen Sie ihn vor dem Essen noch mal auf. Kalt schmeckt er nicht.« Mit wackelndem Kopf wandte sie sich ab. Sie stand schon in der Tür, als ihr plötzlich noch was einfiel. »Ach so«, sagte sie und zog einen Brief unter ihrer Schürze hervor, »den hätte ich fast vergessen.«
Als Victor die Handschrift auf dem Umschlag sah, riss er Mrs. Bigelow den Brief aus der Hand.
»Geben Sie her!«
Eine Nachricht von Emily! Während seine Wirtin ihn noch einmal daran erinnerte, ja nicht das Essen zu vergessen, damit er nicht weiter vom Fleisch falle, blickte Victor auf den Umschlag, der wie ein Stück Leben in seiner Hand zuckte.
»Und denken Sie daran, mir den leeren Teller zurückzubringen.«
Endlich verließ Mrs. Bigelow seine Kammer und er war mit dem Brief allein. Was stand darin? Victor wusste, sein Leben hing von dieser Nachricht ab. Er brannte darauf, die Worte zu lesen,

die Emily ihm geschrieben hatte, und gleichzeitig fürchtete er sie wie einen gefährlichen Feind. Seine Hände zitterten, und eine lange Weile war er nicht imstande, den Brief auch nur zu öffnen. Doch dann hielt er die Ungewissheit nicht mehr aus.

Kaum hatte er die ersten Zeilen gelesen, sank er auf seinen Stuhl. Wie betäubt starrte er auf die Sätze, die Worte, die Buchstaben – unfähig, auch nur einen Gedanken zu fassen. Es war, als würde er neben sich sitzen, sich selber zuschauen, wie er auf dieses unscheinbare Blatt Papier starrte, das sein Todesurteil enthielt, während er seine eigene Stimme hörte, in seinem Innern oder nirgendwo, wie sie stammelnd versuchte, das Entsetzen, die Verzweiflung, die Wut zum Ausdruck zu bringen, die diesen fremden Menschen namens Victor Springfield, der er angeblich war, in diesem Augenblick erfüllten.

Joseph Paxton, sein ewiger Widersacher, sein ewiger Verfolger, der wie ein Fluch über seinem Leben hing, der Mann, vor dem seine Mutter ihn immer gewarnt hatte – dieser Mann war sein Vater.

Laut stöhnend schloss Victor die Augen. Jetzt begriff er, warum dieser Mann ihn verfolgte wie ein Dämon, begriff er sein ganzes verfluchtes Leben ... Es war, als würde ein Blitz eine nächtliche Landschaft erhellen, die zuvor in der Dunkelheit verborgen war. Alles war ihm jetzt klar, jede Gemeinheit, jedes Unrecht, das Joseph Paxton ihm zugefügt hatte, bekam seinen Sinn. Und während Victor sich mit der Hand gegen die Stirn schlug, wieder und wieder, ohne einen Schmerz zu spüren, kreiste nur dieser eine Gedanke in seinem Kopf: Er war Fleisch von seinem Fleisch, Blut von seinem Blut, und was immer er in seinem Leben tat, niemals würde er diesem Mann entkommen, sich niemals aus seiner Umklammerung befreien, unentrinnbar gefangen, weil sein Verfolger in ihm selber saß, in jeder Faser seines Leibes, in jeder Windung seiner Seele, mit seinen Lungen atmete, mit seinem Herzen empfand, mit seiner Zunge sprach.

»Kannst du dir vorstellen, was das heißt? Was für ein Gefühl das ist, sein Blut in den Adern zu haben? Das Blut eines Mörders? Und es gibt keine Möglichkeit, dass es je aufhört …«

Emily hatte diese Worte im Kristallpalast zu ihm gesagt. Damals hatte er ihre Bedeutung nur erahnt, doch jetzt verstand er sie. Vor ihm auf dem Tisch, zwischen dem Brief und dem dampfenden Teller Eintopf, stand die Flasche Wein, die er von seinem letzten Geld gekauft hatte, für das Fest von Emilys Rückkehr, auf die er bis vor ein paar Augenblicken noch wie ein Idiot gehofft hatte. Er nahm die Flasche, riss das Seidenpapier fort, in das sie eingewickelt war, und stieß mit dem Daumen den Korken in den Hals.

»Es ist, als müsste man in einer Zwangsjacke leben, und man kommt nie wieder aus ihr raus …«

Victor setzte sich die Flasche an die Lippen und trank, in langen gierigen Schlucken, wie ein Verdurstender, als wäre es nicht Wein, den er trank, sondern Vergessen, trank bis zur bitteren Neige, mit geschlossenen Augen, um nichts mehr zu sehen als die Dunkelheit in ihm selbst und nichts mehr zu hören als das langsame, gleichmäßige, glucksende Geräusch, während sein Adamsapfel sich hob und senkte.

Irgendwann war die Flasche leer. Er warf sie auf den Boden und wischte sich über den Mund. Und während er spürte, wie mit dem Alkohol allmählich wieder die Kraft in seinen Adern sich regte, fasste er einen Entschluss. Er nahm Emilys Brief, zündete ihn mit einem Streichholz an und verbrannte ihn in seiner Hand. Es war, als würde er sich bei lebendigem Leib das Herz ausreißen. Doch er musste es tun, musste alles, was ihn an sie erinnerte, in sich auslöschen, seine Erinnerungen, seine Sehnsucht nach ihr, damit nur noch sein Hass übrig blieb, sein Hass auf Joseph Paxton, der von seiner Liebe zu Emily fast erstickt worden wäre. Und während er zusah, wie das Papier sich vor ihm schwärzte, wie ihre Sätze und Worte und Buchstaben allmählich zu Asche wurden und zerfielen, leicht wie ein Abendhauch, spürte er voller Genugtuung, wie jedes andere Gefühl sich in seinem Innern

verlor, wie er frei wurde von allen Rücksichten und Skrupeln, um das Äußerste zu tun.
Seine Liebe hatte ihn verblendet, sein Hass würde ihn befreien. Endlich konnte Victor wieder denken. Er ging an sein Bett und holte unter der Matratze einen Plan hervor, der tief unter den anderen Plänen verborgen lag. Er hatte einen Weg gefunden, wie er aus der Umklammerung seines Vaters entkommen konnte, den einzigen Weg, den es für ihn gab, und er war bereit, ihn zu gehen, bis ans Ende.
»Ich wünschte, das alles hier fliegt in die Luft, sein ganzer verfluchter Kristallpalast …«
Sorgfältig breitete er den Plan auf dem Fußboden aus: eine exakte Wiedergabe der großen Dampfmaschine, die er im Untergrund des Kristallpalasts befeuerte, mit allen Zuleitungen und Ventilen. Victor beugte sich über die Zeichnung und spürte den Linien nach, mit seinen Augen, mit seinen Fingern, um die Maschine bis in ihre letzte Verwinkelung zu begreifen.
»Brauchst du vielleicht Hilfe?«
Beim Klang der Stimme schrak Victor auf. Er hatte gar nicht gehört, dass jemand gekommen war.
»Du?«
In der Tür stand Robert. Er hielt ein kleines schwarzes Kästchen in die Höhe und grinste ihn an. »Ich wollte dir den Zünder bringen. Ich dachte, es ist doch bald so weit.«

12

»Nimm noch einen Keks, Kind! Oder schmecken dir meine Plätzchen nicht?«
»Doch, Tante Rebecca. Danke.«
Mechanisch griff Emily nach der Wedgwood-Schale, die auf

einem Brokatdeckchen vor ihr auf dem Teetisch stand. Seit drei Tagen war sie in Manchester, das Geld für die Fahrt hatte sie aus dem Haushaltsportemonnaie genommen, als ihre Eltern auf dem Ball in der Guildhall waren. Durch die Flucht zu ihrer Tante hatte sie ihre frühere Lüge zur Wirklichkeit gemacht – der letzte Ausweg, der ihr noch blieb. Hier würde sie den Rest ihres Lebens verbringen, auf dem alten, dunkelroten Plüschsofa, auf dem schon Generationen ihrer Vorfahren gesessen hatten, zwischen ausladenden Palmen und bronzenen Nippesfiguren, im Schein einer trüben Öllampe, und trockene Kekse kauen, die wie Sand in ihrem Mund knirschten, während kriechend langsam die Zeit verging, die Minuten und Stunden und Tage, die Wochen und Monate und Jahre, bis es endlich aufhören würde, bis es sie selbst endlich nicht mehr gab.

»Und hast du deinen Eltern geschrieben, dass du gut angekommen bist?«

»Ja, Tante Rebecca.«

»Wie bitte?«

»*Ja,* Tante Rebecca.«

Emily hatte sich nicht entscheiden können, ob sie nach Chatsworth oder nach Manchester fahren sollte, um der Gegenwart ihres Vaters zu entfliehen.

Die Vorstellung, nach Chatsworth zurückzukehren, zu dem Park und dem Glashaus und dem Seerosenteich, wo ihr Kakadu fortwährend »Leben! Leben!« krächzte, als würden die alten Wahrheiten noch gelten, war ihr ebenso unerträglich gewesen wie der Gedanke, für immer im Totenhaus ihrer Tante begraben zu sein. Pythia hatte ihr die Entscheidung nicht abnehmen können. Als sie ihre Schildkröte um Rat fragen wollte, hatte Emily gemerkt, dass sie nicht mehr lebte – ihr schrumpliger Leib hatte unter dem Panzer schon nach Verwesung gerochen. Auch das war Emilys Schuld gewesen, sie hatte Pythia aus dem zweiten Winterschlaf geweckt, und was immer sie in Zukunft tat, von nun an würde sie sich selbst entscheiden müssen. Nur gut, dass es in Zukunft nichts mehr für sie zu entscheiden gab.

»Schau dir diese Biester an!« Tante Rebecca zeigte auf eine Ameise, die sich in die Wedgwood-Schale verirrt hatte. »Wollen uns tatsächlich die Kekse wegfressen. Hat dein Vater nicht mal solche Viecher gezüchtet?«

»Ja, Tante Rebecca.«

»Und? Tut er das immer noch?«

»Ich weiß nicht, Tante Rebecca. Ich glaube nein.«

Emily erinnerte sich, sie war siebzehn Jahre gewesen, als ihr Vater das Experiment gemacht hatte. Er hatte es einem Buch entnommen, das damals in ganz England für Aufsehen sorgte, die »Natürliche Geschichte der Schöpfung«. Um die Insekten zu erzeugen, hatte er eine voltaische Batterie auf eine Lösung von kieselsaurem Kali wirken lassen. Das Fluidum war ganz trübe geworden und hatte ausgesehen wie Milch, während um einen Pol der Batterie sich eine gallertartige Masse bildete. Und dann waren die Ameisen, oder was für Wesen das immer gewesen waren, tatsächlich an die Oberfläche gekrabbelt, vor Emilys Augen, Dutzende, Hunderte, ganze Scharen … Der Schullehrer von Chatsworth hatte das Experiment für Unsinn erklärt; er hatte Emily ausgelacht, als sie ihm davon erzählte, und der Pfarrer hatte gesagt, allein der Gedanke daran sei eine Beleidigung Gottes. Sie aber hatte ihren Vater verteidigt, sie hatte ja selbst gesehen, dass er künstliches Leben erschaffen konnte. Jetzt glaubte sie nicht mehr daran. Jetzt glaubte sie nur, dass er *sie* erschaffen hatte, seine Tochter. Und Victor, seinen Sohn. Mit dem Daumen zerquetschte sie die Ameise auf dem Rand der Schale.

»Wie lange soll der Rummel in London noch dauern?«

»Welcher Rummel, Tante Rebecca?«

»Diese Kirmes … Dieser Jahrmarkt … Diese Welt-aus-stellung.«

»Ach so. Nur noch zwei Tage.«

Emily betrachtete den braunen Fleck auf dem weißen Porzellan.

Ja, übermorgen hätte der große Tag sein sollen, der Tag ihrer Wiedergeburt. Die Erinnerung an ihren Plan erfüllte sie mit einem Gefühl elender Ohnmacht. Nichts würde geschehen, nichts würde passieren. Die Königin würde am Arm des Prinzgemahls die Hallen durchschreiten, es würde ein wenig Gedränge geben – ein Jubeltag wie schon so viele andere zuvor in der falschen Welt des Kristallpalasts, während sie selbst hier bei ihrer Tante saß, Hunderte Meilen von Victor entfernt. Ob er überhaupt noch in London war? Vielleicht war er ja schon abgereist, nachdem er ihren Brief bekommen hatte, vielleicht hatte er auf irgendeinem Schiff angeheuert, das gerade ausgelaufen war, nach Amerika oder Indien oder Australien … Plötzlich hatte Emily solche Sehnsucht nach ihm, dass sie am liebsten auf und davon gerannt wäre. Doch sie durfte es nicht. Sie durfte ihn nicht wieder sehen.
»Das ist Sünde, mein Kind.«
»Was? Wovon sprichst du?«
Tante Rebecca schaute sie aus tausend Runzeln an, wie früher Pythia, ihre alte weise Schildkröte. »Man darf keine Tiere töten, nicht mal Insekten. Sie sind doch Gottes Geschöpfe, genauso wie du. Stell dir vor, ein Riese käme herein, wie in *Gullivers Reisen*, und würde dich mit seinem Daumen zerquetschen.«
»Du hast Recht, Tante Rebecca. Das darf man nicht.«
Emily nickte. Doch in Wirklichkeit beneidete sie das tote Tierchen auf dem Rand der Schale, und je länger ihre Tante redete, irgendwelche Geschichten erzählte von einem Nachbarn und dessen Frau, die Emily noch nie gesehen hatte, wurde ihr Neid immer stärker. Das, was eben noch eine Ameise gewesen war, war nur noch winziger brauner Fleck, ein bisschen zerquetschte Materie, ohne Seele und ohne Bewusstsein. Spätestens morgen früh würde Tante Rebeccas Haushälterin ihn mit einem Lappen fortwischen, und dann würde niemand mehr wissen, dass er je existiert, dass dieser kleine braune Fleck sich je bewegt hatte – ein Lebewesen, das Hunger und Durst und Schmerz empfand. Emily wünschte sich, sie könnte genauso im Nichts verschwin-

den wie das Insekt. Doch sie war da, sie lebte, existierte, würde es noch Jahre und Jahrzehnte tun, mit ihrer Sehnsucht und mit ihrem Schmerz. Weil ihr Vater sie gezeugt hatte.
»Und dann hat er sich umgebracht.«
Emily zuckte zusammen. »Wer hat sich umgebracht, Tante Rebecca?«
»Mr. Pilgrim, mein Nachbar, von dem ich die ganze Zeit rede. Er hat sich erschossen, weil seine Frau mit einem Rittmeister durchgebrannt war.« Tante Rebecca schüttelte ihren alten, welken Kopf. »Aber deswegen darf sich niemand umbringen. Das ist genauso Sünde, wie wenn man einen anderen Menschen umbringt.«
Plötzlich sah Emily Victor vor sich: seine dunklen Augen, die sich oft mit solcher Trauer füllten, um dann vor Wut und Jähzorn aufzublitzen, wenn jemand den Flaschengeist in ihm weckte … War sie wahnsinnig gewesen, ihm diesen Brief zu schreiben? Wenn er diesen Brief las, würde er nicht nach Amerika oder Indien oder Australien fahren. Er würde den Verstand verlieren!
»Ich muss zurück nach London«, sagte sie und sprang vom Sofa auf.
»Wie bitte?« Tante Rebecca legte ihre Hand ans Ohr. »Sprich lauter, Kind, damit ich dich verstehen kann.«

13

»Du hast unsere Tochter aus dem Haus getrieben!«, rief Joseph Paxton.. »Mit einer gottverdammten Lüge!«
»Lüge? Das behauptest *du!*« Sarah konnte nur mit Mühe die Tränen unterdrücken. »Ich weiß doch genau, dass du damals ständig mit dieser Person …« Die Worte erstickten in ihrem Taschentuch. Sie kehrte Paxton den Rücken und schaute zum

Fenster hinaus. »Du hast für sie und ihren Bastard gesorgt wie für eine Familie. Sogar als sie Chatsworth verlassen mussten, hast du ihnen noch Geld gegeben. Ich habe es mit eigenen Augen gesehen.«
»Gar nichts weißt du, nichts hast du gesehen!«, sagte Paxton. »Das war alles nur deine krankhafte Einbildung. Und deine verfluchte Eifersucht.«
»Ich wollte, es wäre so«, erwiderte sie leise. »Aber ich kann es nicht glauben.«
»Weil du es nicht glauben willst!«
»Ach, Joseph, wie soll ich das denn können? Nach allem, was du mir angetan hast.«
»Ganz einfach – indem du mir vertraust.«
»Dir vertrauen?« Sie drehte sich um und blickte ihn an. »Wenn du willst, dass ich das tue, dann sag mir bitte eins.«
»Nämlich?«
Ihre Augen waren feucht von Tränen. »Warum hast du mich kein einziges Mal mehr angerührt, seit du aus Paris zurück bist?«
»Herrgott, Sarah! Was soll denn diese Frage? Du weißt doch, wie viel ich am Hals habe. Ich … ich bin am Ende meiner Kräfte.«
»Und was ist das für ein Ding, das du neuerdings trägst? Meinst du, ich hätte das nicht bemerkt?«
Paxton biss sich auf die Lippe. Er hatte immer darauf geachtet, dass er allein im Zimmer war, wenn er sich ankleidete, aber einmal war Sarah genau in dem Moment ins Bad gekommen, als er sein Suspensorium anlegte. Sie hatte nie davon gesprochen, und er hatte schon gehofft, dass sie nichts gesehen hatte. Doch offenbar hatte er sich geirrt.
Er ging auf sie zu und legte einen Arm um sie.
»Komm, sei vernünftig. Wir wollen jetzt die alten Sachen vergessen und uns lieber um Emily kümmern. Meinst du nicht auch?«
»Emily ist in Sicherheit. Was soll ihr bei Rebecca schon passieren?«

»Trotzdem mache ich mir Sorgen«, sagte er. »Woher wollen wir wissen, dass sie wirklich in Manchester ist?«
»Sie hat uns doch geschrieben.«
»Das hat nichts zu bedeuten. Sie hat uns schon einmal an der Nase herumgeführt. Und deshalb will ich sichergehen, dass sie ...«
Der Butler stand in der Tür und räusperte sich.
»Pardon, Sir. Mr. Cole wartet draußen.«
»Mr. Cole?«, fragte Sarah.
»Ja, meine Liebe«, antwortete Paxton. »Ich möchte ihn bitten, uns zu helfen. Ah, da sind Sie ja«, begrüßte er den Gast, der Jonathan bereits seinen Hut gab und sich dann über Sarahs Hand beugte.
»Meine Verehrung, Madam.«
Sarah versuchte, ihr Taschentuch unter dem Ärmel verschwinden zu lassen. Doch als sie Cole die Hand zum Kuss reichte, fiel es zu Boden. Er tat so, als bemerke er nichts, weder das Taschentuch noch ihre geröteten Augen. Doch Paxton war das kurze Stutzen in seinem wachen Gesicht nicht entgangen. Plötzlich tat Sarah ihm unendlich Leid, wie sie in ihrem teuren Kleid vor dem Gast stand und sich vergeblich bemühte, ihre Würde zu bewahren.
»Bitte entschuldigen Sie mich«, sagte sie und eilte hinaus.
»Ich hoffe, Ihrer Frau geht es gut«, sagte Cole, nachdem sie die Tür hinter sich geschlossen hatte.
»Alles bestens, ganz ausgezeichnet.« Paxton nahm die Zigarrenkiste vom Kaminsims und ließ den Deckel aufspringen. »Eine Havanna? Kann ich nur empfehlen.«
»Danke. Ich habe mir das Rauchen abgewöhnt. Sie wissen ja, meine Frau ...«
»Sie haben Recht, schlechte Angewohnheit, das.« Paxton klappte den Deckel wieder zu und sank in einen Lederfauteuil am Kamin. Mit einer Handbewegung forderte er Cole auf, ebenfalls Platz zu nehmen. »Weshalb ich Sie herrief – ich möchte Sie um einen Gefallen bitten.«

»Was kann ich für Sie tun?« Cole deutete eine Verbeugung an, blieb aber stehen, die Hände hinter dem Rücken.
»Hätten Sie vielleicht Zeit, für mich nach Manchester zu fahren?«
»Nach Manchester? Aber Sie wissen doch, die Strecke ist außer Betrieb. Das Unglück bei Coventry – die Reparatur der Gleise soll noch eine Woche dauern.«
»Ich weiß, ich weiß, aber es gibt ja auch noch die Postkutsche.«
»Die Postkutsche?« Cole blickte ihn an, als habe er nicht richtig verstanden.
Paxton zögerte. Er hatte nicht die Absicht, Cole in seine letzten Geheimnisse einzuweihen. Andererseits konnte er ihn nicht wie einen Laufburschen behandeln.
»Es geht um Emily«, sagte er schließlich. »Sie ist angeblich bei ihrer Tante, doch nach den Ereignissen der letzten Wochen, über die Sie ja einigermaßen im Bilde sind, wäre es meiner Frau und mir eine große Beruhigung zu wissen, dass alles seine Richtigkeit hat. Wenn Sie sich vielleicht darum kümmern könnten? Sie wissen ja, Sie genießen nach wie vor unser Vertrauen.«
»Sollte das nicht besser ein anderer tun, Sir? Ich fürchte, ich bin der letzte Mensch, den Ihre Tochter zur Zeit sehen möchte.«
»Da bin ich mir keineswegs sicher. Emily ist sehr impulsiv, doch auch ein sehr vernünftiges Mädchen. Außerdem, und das ist der Hauptgrund, warum ich Sie persönlich bitte, Mr. Cole – es könnte sein, dass Entscheidungen getroffen werden müssen, vor Ort und auf der Stelle.«
Cole wich seinem Blick aus. »Tut mir Leid, Mr. Paxton,«, sagte er dann mit einem Räuspern, »aber ich fürchte, ich kann Ihnen diesmal nicht helfen.«
»Ich verstehe Ihre Vorbehalte, mein Freund, und kann mir vorstellen, dass die Dinge auch an Ihnen nicht spurlos vorübergegangen sind. Aber ich bin hier zur Zeit unabkömmlich. Eine Aktionärsversammlung der Midland Railway – wegen der Ausstellung findet sie diesmal hier in London statt. Die Aktionäre

wollen in den Kristallpalast. Schließlich verdanken sie dem Rummel dort ihre Dividende.«

»Ich kann mein Bedauern nur wiederholen, Sir, aber eine so langwierige Reise ist mir im Moment nicht möglich.«

»Wirklich nicht?«, fragte Paxton. »Es wäre meiner Frau und mir aber ungeheuer wichtig. Wir wissen ja nicht, was Emily vorhat, wie sie reagiert, und da sind Sie der einzige Mensch, auf den wir uns wirklich hundertprozentig verlassen würden.« Er erhob sich aus seinem Sessel. »Bitte, Mr. Cole, fahren Sie nach Manchester und holen Sie Emily. Wer weiß, vielleicht wendet sich dann doch noch alles zum Guten. Ich könnte mir vorstellen, wenn sie den Schock überwunden hat und wieder zur Vernunft kommt, überlegt sie es sich vielleicht anders. – Ach, da fällt mir übrigens ein«, fügte er hinzu, als Cole etwas erwidern wollte, »ich habe gestern mit dem Herzog von Devonshire über Sie gesprochen. In Anbetracht Ihrer Verdienste um die Weltausstellung hält er es durchaus für möglich, dass die Königin Sie zum Ritter schlägt. Sie bräuchten nur ein wenig Unterstützung bei Hofe. Wenn Sie meiner Frau und mir den kleinen Gefallen täten, wäre der Herzog gerne bereit …«

Er ließ den Satz in der Schwebe, um Coles Reaktion abzuwarten. Der verzog keine Miene, doch Paxton wusste, wie ehrgeizig dieser Mann war. Einem solchen Angebot konnte er unmöglich widerstehen.

»Ich brauche Ihnen sicher nicht zu sagen, was eine solche Auszeichnung für Ihre weitere Karriere bedeuten würde.«

Cole schluckte, doch dann schüttelte er den Kopf. »Ich habe morgen einen Termin, mit einem deutschen Ingenieur, Dr. Jeffrath, den ich nicht verschieben kann. Der Mann reist übermorgen nach Berlin zurück.«

»Und was ist an diesem Termin so wichtig, dass Sie mir seinetwegen eine so dringende Bitte abschlagen?«

Paxton musste sich beherrschen, um nicht laut zu werden. Cole hingegen schien völlig ruhig. Mit der provozierenden Sicherheit

eines Menschen, der sagt, was er sagen muss, antwortete er: »Dr. Jeffrath hat ein völlig neuartiges Atemgerät entwickelt. Ich verspreche mir sehr viel von dem Apparat. Er ist die letzte Hoffnung meiner Frau.«
»Aber das sind doch Illusionen!«, platzte Paxton heraus. »Ihre Frau ist todkrank, und es ist nur eine Frage der Zeit, bis sie ... ich meine, früher oder später ...«
Mitten im Satz brach er ab, und es entstand ein betretenes Schweigen. Paxton spürte, dass er vor Scham rot anlief.
»Ich wünsche Ihnen einen guten Tag.«
Ohne ein weiteres Wort nickte Cole ihm zu und ging hinaus.

14

»Ich glaube, ich habe ihn schon seit zwei Tagen nicht mehr gesehen«, sagte Mrs. Bigelow. »Dabei hatte er mir versprochen, den Teller zurückzubringen. Ich hatte ihm nämlich eine Kelle Bohneneintopf gebracht, er war in letzter Zeit ja nur noch Haut und Knochen. Na, Gott sei Dank, dass Sie sich wieder um ihn kümmern, Schätzchen. So ein Mann braucht doch eine Frau, sonst verkommt er ja.«
In einer Wolke von Frische und Sauberkeit, die den Kleidern der Wirtin entströmte, folgte Emily ihr die Stiege hinauf. Trotz Mrs. Bigelows Reden hoffte sie inständig, dass Victor in der Kammer war.
Sie hatte bei ihrer Ankunft in London gezögert, ob sie ihn erst hier oder im Kristallpalast suchen sollte, doch dann hatte sie sich für seine Wohnung entschieden. Was hatte er noch im Kristallpalast verloren, nachdem ihre Pläne sich so hoffnungslos zerschlagen hatten? Während sie sich fast Gewalt antun musste, um die unentwegt plappernde Wirtin nicht einfach beiseite zu

drängen, stellte sie sich vor, wie gleich die Tür aufging und Victor vor ihr stand.
Und wenn nicht?
Emily hatte nicht den Mut, den Gedanken zu Ende zu denken, nicht den Mut und nicht die Kraft. Zwei endlose Tage hatte ihre Reise von Manchester gedauert – bei Coventry waren nach einem Zugunglück die Schienen aus dem Bahndamm gerissen, und sie hatte für die restliche Wegstrecke eine Postkutsche nehmen müssen, wie vor hundert Jahren. Während der überfüllte Wagen durch die Schlaglöcher gerumpelt war, hatte Emily ein Stoßgebet nach dem anderen gen Himmel geschickt, dass Victor sich nichts angetan hatte. Mr. Pilgrim, Tante Rebeccas Nachbar, hatte ihr die Augen geöffnet, was sie mit ihrem Brief womöglich angerichtet hatte.
»Mr. Springfield!«
Endlich hatten sie den letzten Treppenabsatz erreicht, und Mrs. Bigelow klopfte an die Tür.
Emily horchte mit angehaltenem Atem. Nichts rührte sich. Ihr Herz pochte so stark, dass es ihr fast zum Hals raussprang. Um sich zu beruhigen, zählte sie leise bis zehn. Dass die Tür zugesperrt war, musste nichts Schlimmes bedeuten! Wahrscheinlich hatte Victor sich in seiner Kammer eingeschlossen, genauso wie sie selbst, nachdem sie die Wahrheit erfahren hatte. Wie an einen Strohhalm klammerte Emily sich an diese Hoffnung. Sollte Victor nur daliegen und schweigen – Hauptsache, er lebte!
Sie schob Mrs. Bigelow beiseite und rüttelte an der Klinke.
»Victor! Ich bin's! Bitte mach auf!«
Wieder kam keine Antwort. Emily wurde fast wahnsinnig vor Angst.
»Haben Sie einen Schlüssel, Mrs. Bigelow?«
»So was tue ich eigentlich nicht«, sagte die Wirtin und wackelte mit dem Kopf. »Aber weil Sie's sind, Schätzchen.« Umständlich holte sie einen Schlüsselbund unter der Schürze hervor. »Na, dann wollen wir mal sehen.«

Emily schloss die Augen. Tausend Schreckensbilder stürzten auf sie ein. Und aus allen blickte Victor sie an, aus einem weißen, erstarrten Gesicht.
Quietschend ging die Tür auf. Emily holte Luft und öffnete die Augen.
»Ausgeflogen«, sagte Mrs. Bigelow. »Nicht mal den Eintopf hat er angerührt.«
Victors Bett war leer, genauso wie die ganze Kammer. Nur eine Zeichnung lag auf dem Boden. Emily kannte sie – eine von den Zeichnungen, die Victor und sie aus dem Büro ihres Vaters entwendet hatten.
»Tja, dann ist er wohl bei der Arbeit, wie es sich gehört«, sagte Mrs. Bigelow.
Emily trat in die Kammer. Alles schien wie immer: kein umgestürzter Stuhl, kein Strick, der von der Decke hing, nur auf dem Boden lag eine leere Weinflasche. Sie war so erleichtert wie selten in ihrem Leben. Ja, die Wirtin hatte Recht, natürlich war Victor im Kristallpalast, bei der Arbeit – wie hatte sie nur etwas anderes denken können?
Mrs. Bigelow nahm den Teller vom Tisch. »Das räumen wir jetzt mal ab. Und dann kommen Sie mit mir nach unten, und wir zwei warten zusammen in meiner Wohnung, bis er wieder da ist. Was halten Sie davon?«
»Gerne, Mrs. Bigelow. Wenn es Ihnen keine Umstände macht.«
Emily bückte sich, um die Flasche aufzuheben. Als sie sie in das Regal über der Spüle stellte, stutzte sie. An der Wand lehnte ein Brief, sorgfältig auf dem Regalbrett aufgestellt, als solle jeder, der die Kammer betrat, ihn dort sehen.
»Ich komme gleich nach«, rief sie der Wirtin zu.
Emily spürte, wie ihr Herz wieder zu rasen anfing. Wie oft hatte sie in der Zeitung von solchen Briefen gelesen, die man in leeren Wohnungen fand … Während Mrs. Bigelow auf dem Flur verschwand, wagte Emily kaum, den Umschlag anzuschauen. Er trug Victors Schrift und war an die Polizei adressiert.

An die Polizei? Was hatte das zu bedeuten?
Mit zitternden Fingern öffnete sie das Kuvert.
Als sie die ersten Zeilen sah, atmete sie auf. Nein, das war kein Abschiedsbrief, wie sie eine schreckliche Sekunde lang befürchtet hatte, sondern eine politische Botschaft. Emily erkannte mehrere Sätze aus dem Flugblatt wieder, das sie zusammen verfasst hatten, über das falsche Paradies, das England und die ganze Welt im Kristallpalast feierten. Offenbar war Victor entschlossen, die Tat allein auszuführen.
»Wo bleiben Sie, Schätzchen?«, rief Mrs. Bigelow aus dem Treppenhaus herauf.
»Nur einen Moment, ich komme gleich.«
Emily drehte den Brief um. Seltsam, wenn Victor die Tat allein ausführen wollte, warum machte er dann der Polizei ein Geständnis? Vielleicht, weil er direkt nach der Tat das Land verlassen würde? Das wäre eine mögliche Erklärung – doch auch ein unerhörter Leichtsinn. Wenn die Polizei den Brief fand, bevor sein Schiff auf See war, würde man ihn fassen und ins Gefängnis stecken.
Eilig überflog Emily die restlichen Zeilen.
Plötzlich stockte ihr der Atem. Die vertrauten Sätze aus dem Flugblatt gingen in eine andere Sprache über, in eine Botschaft, die Emily so fremd war, als hätte Victor sie auf Chinesisch niedergeschrieben. Sie war so irritiert, dass sie in der Eile kaum den Sinn der Worte erfasste. Sie las den letzten Abschnitt ein zweites, ein drittes Mal.

Wenn Sie diese Zeilen lesen, werden von dem falschen Paradies nur noch Schutt und Asche übrig sein. Für diese Tat übernehme ich die volle und alleinige Verantwortung. Ich habe sie ohne Hilfe irgendeiner anderen Person ausgeführt …

Fassungslos starrte Emily auf das Blatt Papier in ihrer Hand. Erst jetzt entdeckte sie das Postskriptum, das Victor unter seinem Namenszug hinzugefügt hatte:

> *Der Mensch, den ich liebe und bis zu meinem letzten Atemzug lieben werde, wird mich verstehen. Dass ich keine andere Möglichkeit hatte, mir selbst und meinem Schicksal zu entkommen.*

Emily ließ den Brief sinken. Auf dem Boden lag die Zeichnung einer Dampfmaschine, versehen mit Notizen von Victors Hand. Und während sie voller Entsetzen die Botschaft seines Briefes begriff, sah sie wieder sein Gesicht vor sich, seine sanften, gefährlichen Augen, in die sie schaute, als er in sie eindrang und der Kristallpalast in ihrem Kopf zerbarst.

15

»Vivat! Vivat! Vivat!«

Ein Ruf aus vielen tausend Kehlen kündete von der Ankunft der Queen, und am Portal des Transepts strömten die Menschenmassen wie eine Woge zusammen. Doch Emily kümmerte sich keine Sekunde um die Königin und deren Gefolge. Wo sollte sie Victor finden? Sie wusste nur, dass er irgendwo im Untergrund des Gebäudes sein musste.

In dem gläsernen Pavillon herrschte ein solches Gedränge, dass sie kaum einen Schritt vor den anderen setzen konnte. Zum letzten Mal hatte die Ausstellung ihre Pforten geöffnet, und aus allen Teilen des Landes waren noch einmal die Besucher gekommen, um das Schauspiel zu erleben, sodass sogar dieser riesige Bau zu klein geraten schien, um den Ansturm der Massen aufzunehmen, die endgültig selbst zur Hauptattraktion der Veranstaltung geworden waren. Arbeiter- und Handwerkervereine, Belegschaften von Manufakturen und Fabriken, ganze Dörfer und Pfarrgemeinden mit ihren Magistraten und Priestern an der Spitze verstopften die Gänge zwischen den Ständen. Und überall Kinder, wohin Emily schaute, unschuldige und ahnungslose Kinder: Säuglinge, die trotz des Lärms in ihren Wagen schlummerten, Babys auf den Armen ihrer Mütter, Erstklässler an den Händen ihrer Nannies, schlaksige Zehnjährige in Matrosenanzügen, halbwüchsige Jungen im Sonntagsstaat, die Gesichter voller Pickel und die Augen voller Wissbegier, kichernde Backfische mit Schutenhüten und Rüschenkleidern, Schulklassen und Studentenscharen. Emily spürte, wie ihr beim Anblick all dieser jungen Menschen die kalte Angst in den Nacken kroch.

Wenn Sie diese Zeilen lesen, werden von dem falschen Paradies nur noch Schutt und Asche übrig sein …

Plötzlich, mitten im Gewühl, entdeckte Emily ein vertrautes Gesicht.

»Mr. Plummer!«
»Miss Paxton! Was für eine Freude!« Der kahle Schädel des alten Vorarbeiters steckte unter einer goldbetressten Schirmmütze. »Kann ich Ihnen behilflich sein? Falls Sie Ihre Eltern verloren haben, ich habe Ihren Vater eben erst am Kristallbrunnen gesehen.«
»Nein, nein«, wehrte Emily ab, »ich suche niemanden. Das heißt …« Eine Idee kam ihr in den Sinn, und bevor sie wusste, ob sie sie äußern sollte, sagte sie: »Sie hat der Himmel geschickt, Mr. Plummer. Wissen Sie, wo es zu den Dampfkesseln geht? Eine Anweisung von meinem Vater für den Ingenieur. Nur hat er vergessen, mir zu sagen, wo ich den Mann finde.«
»Keine Sorge«, erwiderte Plummer. »Kommen Sie mit.«
Während er sie durch das Gewühl führte, wurde Emily fast verrückt. Immer wieder gingen ihr die Worte aus Victors Brief durch den Kopf, während sich links und rechts von ihr lachende Menschen drängten. Wer weiß, was ein paar Fuß unter ihnen vor sich ging? Vielleicht drehte Victor schon die Ventile zu … Emily sah im Geiste ein riesiges Manometer, dessen Zeiger immer weiter in einen rot markierten Bereich vorrückte. Sie wusste ungefähr, wie die Kesselanlage funktionierte, Victor und sie hatten die Pläne zusammen studiert. Die Angst schnürte ihr die Kehle zu. Jede Sekunde, die verging, brachte sie der Katastrophe näher … Doch Harry Plummer blieb alle paar Schritte stehen, um sich den Hals nach der Königin zu verrenken, und redete in einem fort von Emilys Vater.
»Ich bin ihm ja so dankbar, dass er mich als Ordner angestellt hat. Als wir mit dem Bau fertig waren, habe ich gedacht, so, das war's. Aber Ihr Vater denkt an seine Leute, er hat noch nie jemanden vergessen. So ein großer Mann! Ohne ihn wäre das hier ja alles gar nicht möglich gewesen. Ich glaube, England wird erst in hundert Jahren so richtig begreifen, was er vollbracht hat. Aber schauen Sie – da drüben! Was ist denn da los?«
Emily blickte in die Richtung, in die Plummer zeigte.

»Um Gottes willen!«
Wie ein Meer, über das ein Sturm hinwegfegt, wogte am Ende der Halle die Menschenmenge auf, ein panisches Geschiebe und Gedränge, eine riesige Welle, die alles und jeden erfasste. Eine haushohe Regalwand mit Porzellan fiel um, eine Alarmglocke ertönte, und überall gellten entsetzte Schreie.
»Hilfe!«
»Der Boden stürzt ein!«
»Rette sich, wer kann!«

16

War das die Strafe für Henry Coles Verfehlung?
Königin Victoria, die an der Seite von Prinz Albert soeben auf dem indischen Thron Platz genommen hatte, um Huldigungen von Würdenträgern und ausgesuchten Gästen entgegenzunehmen, plauderte gerade mit Mary Callinack, einer alten, über neunzigjährigen Frau, die Hunderte von Meilen zu Fuß von Edinburgh nach London gelaufen war, um die Weltausstellung zu sehen, als der Tumult plötzlich losbrach.
Henry Cole hatte keine Ahnung, was passiert war, er spürte nur, wie die ausbrechende Panik auch von ihm Besitz ergriff. Alles um ihn her schrie und rannte durcheinander, und während der ganze Palast von der explodierenden Menschenmenge zu bersten schien, stand er wie versteinert da, betäubt und gelähmt von dem Gedanken, dass dieses Inferno ihm persönlich galt, als sein persönliches Strafgericht. Nur die Königin blieb von der alles beherrschenden, alles durchdringenden Angst unberührt – die Königin und Marian, seine Frau, die zu Füßen des Thrones neben ihm stand und ihn mit ihren blauen Augen ansah.
»Sei ganz ruhig, Henry«, sagte sie. »Uns wird nichts geschehen.«

Und tatsächlich, sie hatte es kaum ausgesprochen, da legte sich der Aufruhr, und die Panik löste sich fast ebenso schnell wieder auf, wie sie entstanden war. Feldmarschall Wellington, der Sieger von Waterloo, hatte den Tumult verursacht. Er war ohne Ankündigung im Pavillon erschienen, und seine Gegenwart hatte solche Begeisterungsstürme entfacht, dass alle Besucher, die ihn nicht sahen, angenommen hatten, eine Katastrophe sei passiert.

»Wie konntest du dir so sicher sein?«, fragte Cole seine Frau, während ein paar Gardisten Wellington aus dem Gebäude eskortierten. »Du hattest gar keine Angst.«

Statt einer Antwort lächelte Marian ihn nur an. War es die vertraute Nähe des Todes, die sie so stark machte? Oder war es die Hoffnung, den Tod überwunden zu haben? Henry Cole wusste es nicht. Er sah nur seine Frau und war dankbar. Der Respirator des deutschen Ingenieurs hatte ein wahrhaftes Wunder bewirkt. Nur fünfmal hatte Marian mit dem Apparat eine Mixtur aus ätherischen Ölen inhaliert, doch schimmerte ihr Teint an diesem Tag so rosig wie der eines jungen Mädchens.

»Ich glaube, sie hat uns Glück gebracht«, sagte Marian und berührte mit der Hand die Medaille, die sie an einer Kette um den Hals trug.

Da ertönte vom Thron eine Stimme. »Wie lange wollen Sie mich noch warten lassen?«

Voller Ungeduld blickte Queen Victoria auf sie herab.

Cole reichte Marian die Hand, und den Blick auf die Herrscherin gerichtet, flüsterte er ihr zu: »Hast du gehört? Die Königin wartet auf dich.«

»Ja, Henry«, flüsterte Marian ebenso leise und drückte seine Hand. »Genau wie du mir versprochen hast.«

Mit langsamen, verzögerten Schritten, wie es das Zeremoniell verlangte, stiegen sie die Stufen zum Thron empor. Plötzlich empfand Henry Cole eine Leichtigkeit, wie er sie schon lange nicht mehr verspürt hatte. In all den Wochen und Monaten, in denen er seine ganze Kraft und Energie auf die Verwirklichung seiner Idee verwandt hatte, war er sich selber so fremd geworden, dass er kaum noch gewusst hatte, wer er eigentlich war. Doch jetzt war er wieder er selbst, und um nichts in der Welt hätte er mit Joseph Paxton getauscht, der heute zum Ritter geschlagen würde und hinter dem Prinzgemahl stand und betreten auf seine Fußspitzen sah, nur um Marian nicht anschauen zu müssen.

»Mrs. Henry Cole«, rief der Zeremonienmeister und klopfte dreimal mit seinen Stab.

Mit einem Hofknicks sank Marian zu Boden, und als Henry Cole das Strahlen in ihren Augen sah, ein helles blaues Leuchten, das ihrer Seele selbst zu entströmen schien, wusste er, dass dies der glücklichste Augenblick in ihrem Leben war. Und auch wenn das Wunder, das der deutsche Ingenieur an ihr bewirkt hatte, nur diesen einen Tag lang dauern sollte, konnte doch niemand ihnen beiden diesen Augenblick jemals mehr nehmen.

17

Herrgott, wie lange dauerte das nur?

Während Emily am Eingang des unterirdischen Korridors darauf wartete, dass Mr. Plummer mit dem Ingenieur zurückkehrte, kam ihr jede Sekunde wie eine Minute vor. Gedämpft durch den Plafond, hörte sie die Geräusche aus dem Pavillon, das Lachen und Rufen der Menschen, die dort oben, nur ein paar Armlängen über ihr, durch die Ausstellung pilgerten, ohne zu ahnen, dass der Kristallpalast ein Gefängnis war, das sie vielleicht nie wieder lebend verlassen würden.

Konnte sie verantworten, was sie tat? Bei ihrer Ankunft in der Halle hatte sie schon einen der Gardisten angesprochen, die überall im Transept patrouillierten, um Victor anzuzeigen, doch dann hatte sie es nicht über sich gebracht. Wenn sie Victor anzeigte, würde man ihn für immer ins Gefängnis werfen, vielleicht sogar zum Tod verurteilen – genauso gut konnte sie ihn mit ihren eigenen Händen umbringen! Um die Katastrophe abzuwenden, wollte sie stattdessen den Ingenieur dazu bewegen, die Dampfleitungen zu überprüfen. Sie hoffte nur, dass er ihr die Geschichte glaubte, die sie sich in der Eile ausgedacht hatte. Wenn nicht, machte sie sich mitschuldig am Tod unzähliger Menschen. Ihr einziger Trost würde dann sein, dass sie zusammen mit ihnen unterging.

»Hier ist der Zutritt verboten!«, fuhr der Ingenieur sie an, als er endlich mit Mr. Plummer erschien. »Erst recht für Frauen!«

»Aber, Mr. Bird, ich habe Ihnen doch gesagt, um wen es sich handelt«, erklärte Mr. Plummer. »Das ist Miss Paxton, die Tochter von ...«

»Und wenn sie die Kronprinzessin persönlich wäre – das interessiert mich nicht! Hier unten geschieht, was ich sage!« Durch die Gläser seiner Nickelbrille musterte der Ingenieur sie mit einem hochmütigen Blick. »Also, Miss Paxton, was haben Sie hier zu suchen?«

In Emilys Kopf überschlugen sich die Antworten. Sie wollte von einer Warnung berichten, die ihr Vater angeblich bekommen hätte, vom Hersteller der Kesselanlage, irgendein Problem mit den Ventilen. Aber als sie in das Gesicht des Ingenieurs blickte, der sich gerade selbstgefällig über den gewichsten Zwirbelbart strich, merkte sie, wie schlecht ihr Plan war. Eine Überprüfung der Anlage würde lange dauern, *viel* zu lange womöglich ...

Plötzlich hatte sie eine bessere Idee.

»Ich komme im Auftrag meines Vater«, sagte sie. »Er bittet Sie zu sich – jetzt gleich.«

»Mr. Paxton will mich sehen?« Mr. Bird hob geschmeichelt die Brauen. »Wozu?«

»Er möchte sich bei Ihnen bedanken, für die hervorragende Arbeit, die Sie leisten. Ich glaube, es ist eine Auszeichnung für Sie vorgesehen.«
»Oh, das ist aber eine Überraschung. Um ehrlich zu sein, ich bin darauf gar nicht vorbereitet. Vielleicht sollte ich mich rasch umziehen?«
»Nein, nein«, erwiderte Emily schnell, »das ist nicht nötig. Außerdem, mein Vater bittet Sie nicht allein zu sich. Er möchte Sie mit allen Ihren Männern sehen. Mit sämtlichen Heizern.«
»Wie stellen Sie sich das vor?« Das geschmeichelte Lächeln in Mr. Birds Gesicht wich einem irritierten Ausdruck. »Ich … ich kann die Kessel doch nicht ohne die Heizer zurücklassen. Es würde keine Stunde dauern, und oben in der Ausstellung stehen die Maschinen still.«
»Keine Angst, wir sind in ein paar Minuten wieder zurück.«
Der Ingenieur schaute sie an, hin und her gerissen zwischen Eitelkeit und Skepsis. »Ich weiß nicht, Miss Paxton, Sie kommen einfach hier her und verlangen Dinge von mir – schließlich trage ich die Verantwortung. Wenn etwas schief geht, komme ich in Teufels Küche.«
Emily trat ganz dicht an ihn heran, und leise raunte sie ihm zu: »Eigentlich darf ich es Ihnen nicht sagen, aber es handelt sich um einen Wunsch der Königin. Sie will die Männer sprechen, die hier so aufopferungsvoll dafür sorgen, dass alles so fabelhaft …«
»Was?«, fragte Mr. Bird. »Die Königin?«
»Ja, aber beeilen Sie sich! Ihre Majestät ist schon im Aufbruch, sie kann den Pavillon jeden Moment verlassen.«

18

»Was machst du da die ganze Zeit am Manometer?«, rief Paddy McIntire.
»Den Druck kontrollieren«, erwiderte Victor. »Oder willst du, dass uns der Kessel um die Ohren fliegt?«
»Nee, besten Dank, ich bin heute Abend mit 'nem hübschen Mädchen verabredet. Aber wenn was nicht in Ordnung ist, musst du dem Ingenieur Bescheid sagen.«
»Keine Angst«, sagte Robert, der an Paddys Seite den Ofen befeuerte. »Victor macht das schon.« Und mit einem Grinsen fügte er hinzu: »Ich glaube, der weiß fast besser Bescheid als Birdie.«
Victor setzte das Glas wieder auf das Manometer, das oben auf dem Dom des schwarzen, mannshohen Eisenzylinders montiert war, und kletterte von der Leiter. Die Dampfspannung war in der letzten Stunde so stark gestiegen, dass er den Zeiger hatte arretieren müssen, damit Paddy und die Heizer am zweiten Kessel nicht merkten, was hier vor sich ging. Während er den Luftzug der Feuerung regulierte, blickte er unauffällig in die rußverschmierten Gesichter der Männer. Zum Glück schien keiner Verdacht zu schöpfen.
»Jetzt komm endlich«, rief Paddy. »Ich habe keine Lust, mit Robert allein zu schuften.«
Victor nahm seine Schaufel und machte sich wieder an die Arbeit. Obwohl er wusste, dass er die nächste Stunde nicht überleben würde, war er vollkommen ruhig. Seit er seinen Entschluss gefasst hatte, befand er sich in einem seltsam gelösten, angstfreien Zustand, wie in einem Traum, und die Dinge, die er zu tun hatte, standen ihm mit solcher Klarheit vor Augen, als würde er in einem Buch lesen. Der Dampfkessel, an dem er arbeitete, war ein moderner Cornwallkessel, der größte und sicherste Kessel der Welt, der mit einer Unmenge von Sicherheitsapparaten aus-

gestattet war, um jede mögliche Gefahr im Vorhinein anzuzeigen. Auf den Messgeräten konnte man das Innenleben der ganzen Anlage ablesen, die Dampfspannung, den Wasserstand, ja sogar die Zugstärke in den Rauchkanälen. Trotzdem gab es viele Möglichkeiten, um eine Explosion herbeizuführen, durch eine Erschütterung ebenso wie durch Wassermangel oder das plötzliche Einschießen von kaltem Wasser. Victor hatte sich für die einfachste Möglichkeit entschieden, die Erhöhung der Dampfspannung. Weil sie nicht nur die einfachste war, sondern auch die zuverlässigste.

Er hatte dafür die Funktionsweise der Anlage genau studiert. Wenn sich das Wasser im Kessel über den Siedepunkt erhitzte, verwandelte es sich in Dampf und dehnte sich bis auf das Tausendfache seines ursprünglichen Volumens aus. Die Kräfte, die dabei entstanden, wirkten mit der Macht von Urgewalten. Fieberhaft wartete Victor jetzt auf den Moment, da er das Absperrventil, das zwischen der Dampfleitung und dem Kessel saß, endlich zudrehen konnte. Sobald das geschehen war, würde es nur noch eine Frage von Minuten sein, bis der Druck im Kessel so stark anstieg, dass die Eisenwände den riesigen Kräften, die sie umschlossen, nicht mehr standhalten konnten und alles explodierte. Um Paddy loszuwerden, hatten Robert und er ausgemacht, dass Robert pinkeln gehen würde. Denn immer, wenn einer der Heizer pinkeln ging, folgte Paddy ihm auf den Fuß, um gleichfalls eine Pause einzulegen. Dann hatte Victor die nötige Zeit, um das Ventil zu schließen, und Robert konnte sich rechtzeitig aus dem Staub machen.

Victor blickte auf die Uhr an der Wand. Wie oft hatte er auf diese Uhr geschaut, in Erwartung der Sirene, die den Feierabend ankündigte, in Erwartung Emilys. Ein letztes Mal begleitete diese Uhr heute sein Warten. Doch es würde nicht mehr lange dauern. Noch bevor der große Zeiger auf dem Zifferblatt seinen Kreis zu Ende beschrieben hatte, würde er erlöst sein. Erlöst von den Demütigungen seines Lebens, erlöst von sich selbst. Während er die Kohlen in den Ofen warf, um dem Feuer weitere Nahrung zu geben, tanzten Bilder der Erinnerung in den Flammen vor ihm auf. Bilder von Chatsworth, vom Glashaus, vom ›Paradies‹ am Teich … Bilder von seiner Mutter, die Angst in ihrem Gesicht, als man sie in der Nacht aus dem Dorf vertrieb, Bilder von Toby, wie er in seinem Arm gestorben war … Und immer wieder Bilder von Emily. Der Frau, die er liebte, der Frau, die er nie hätte lieben dürfen, der Frau, die sein Schicksal besiegelte … *Der Mensch, den ich liebe und bis zu meinem letzten Atemzug lieben werde, wird mich verstehen. Dass ich keine andere Möglichkeit hatte, mir selbst und meinem Schicksal zu entrinnen …* Wie ein Gott hatte Joseph Paxton sein Leben bestimmt, hatte ihn zu sich erhoben und fallen lassen, hatte ihm seinen Willen aufgezwungen, um ihn gefügig zu machen, als wäre er sein Werkzeug, sein Organ, sein Körper, war in seinen Leib selbst eingedrungen, in sein Fleisch, in sein Blut, um sich seiner zu bemächtigen. Doch jetzt war die Stunde der Abrechnung da, die Stunde der Befreiung. *Wenn Sie diese Zeilen lesen, werden von dem falschen Paradies nur noch Schutt und Asche übrig sein. Für diese Tat übernehme ich die volle und alleinige Verantwortung …* Jede Schaufel Kohle, die Victor in den gierig lodernden Schlund warf, mehrte die Glut, das Fauchen und Bullern, die Hitze, die diese wunderbare Kraft entfaltete, die Kraft, die ihn für immer rächen und befreien würde. Ganz London würde von der Explosion erzittern, bis in die hintersten Winkel des Empires würde die Nachricht dringen, die Telegrafen würden sie rund um den Globus senden, bis nach Australien, bis nach Amerika …

»Ich glaube, ich muss mal pinkeln«, sagte Robert.

»Warte«, rief Paddy. »Ich komme mit.«

Der Augenblick war da. Victor verspürte auf einmal eine Erregung, die zugleich äußerste Konzentration war, ein Zustand vollkommener Wachsamkeit, während die Welt um ihn herum zu schwinden schien. Er kannte diesen Zustand, er hatte ihn schon einmal erlebt, in Emilys Armen … Es war, als wäre er von einer unsichtbaren Glocke umgeben, alle Geräusche verstummten, und er war nur noch das, was er tat. Nichts konnte ihn mehr erreichen, selbst der Gedanke, dass er in wenigen Minuten Tausende von Menschen mit sich in den Tod reißen würde, strich an ihm vorbei wie ein Lufthauch. Was kümmerten ihn diese Idioten? Sie hatten ihr Recht auf Leben schon lange verwirkt. Er hatte sie ja gesehen, wie sie durch die Ausstellung liefen und mit blöden Augen die Maschinen begafften, die ihre eigene Arbeit überflüssig machten, blind für die Wahrheit, die Emily und er als Einzige begriffen hatten …

Plötzlich ertönte die Sirene.

»Was ist denn jetzt los?«, rief Paddy, der seine Schaufel schon abgestellt hatte. »Schichtwechsel ist doch erst um sechs!«

Es war, als würde die unsichtbare Glocke platzen, und Victor fiel in die Wirklichkeit zurück. Eine flaue, unbestimmte Panik packte ihn. Sollte sein Plan jetzt noch scheitern? So kurz vor dem Ziel?

Vom Korridor näherten sich eilige Schritte. Die Tür flog auf und der Ingenieur stand im Raum.

»Alle Mann raustreten! Die Königin will euch sehen!«

19

Die Sirene war noch nicht verstummt, da kamen Mr. Bird und seine Heizer den Korridor entlanggelaufen. Emily fiel ein Stein vom Herzen. Einer von ihnen musste Victor sein.

Die meisten Männer waren schon an ihr vorbei, da blickten sie zwei Augen an, aus einem fast schwarzen Gesicht. Der Mann stutzte, Wiedererkennen flackerte in seinen weißen Augen auf.

»Victor?«

Das schwarze Gesicht grinste sie an. Aber nein, das konnte er

nicht sein, der Mann war viel zu klein. Bevor Emily wusste, wo sie das Gesicht schon mal gesehen hatte, lief der Fremde weiter.
Unsicher schaute sie sich um. Wo sollte sie Victor suchen? Während die Schritte auf der Treppe verhallten, eilte sie den Korridor hinunter, in Richtung der Maschinensäle, von wo ein leises, bedrohliches Bullern zu hören war, wie von einem gewaltigen Ofen.
Plötzlich stand sie vor einer grauen Metalltür, die mit großen, roten Buchstaben versehen war:

BETRETEN VERBOTEN!
LEBENSGEFAHR!

Ohne eine Sekunde zu zögern, öffnete Emily die Tür. Eine unsichtbare Hitzewelle schlug ihr entgegen, sodass sie die Arme vors Gesicht hob und einen Schritt zurücktrat.
Als sie die Hände sinken ließ, sah sie Victor. Er war allein in dem Raum. Mit dem Rücken zu ihr stand er über einen riesigen Hahn gebeugt, der an dem größeren der zwei Dampfkessel angebracht war. Mit beiden Händen drehte er an dem Radkranz. Laut zischend entwich kochendes Wasser.
»Victor!«
Als er ihre Stimme hörte, fuhr er herum.
»Was hast du hier zu suchen? Verschwinde!«
Während er den Hahn wieder zudrehte, schaute Emily nach dem Manometer. Gott sei Dank – der Zeiger stand senkrecht nach oben. Doch dann sah sie das Sicherheitsventil, das nur eine Armlänge davon entfernt war, und ihr Herz setzte einen Schlag lang aus. Oben auf dem Ventil lag ein großer, schwerer Backstein.
Bevor Victor reagieren konnte, raffte sie ihren Rock und kletterte auf die Leiter. Als sie das Glas vom Manometer nahm, begriff sie, was er getan hatte. Ein Stift klemmte in der Anzeige und fixierte den Zeiger im mittleren Bereich.
Mit zitternden Fingern zog Emily den Stift heraus. Im selben

Moment schnellte der Zeiger über die rote Markierung hinaus in den Gefahrenbereich.
»Großer Gott, was hast du vor?«
Victor versuchte, sie von der Leiter zu zerren. »Lauf weg, Emily! Lauf, so schnell du kannst! Hier fliegt gleich alles in die Luft!«
Sie sah sein Gesicht. Es bestand nur aus Dreck und Ruß und Verzweiflung.
»Ich bleibe hier!«, erklärte sie.
»Du sollst verschwinden, sage ich!«
»Nur, wenn du mitkommst!«
»Hau endlich ab, verdammt noch mal!«
Er riss so heftig an ihrem Kleid, dass sie zu Boden fiel. Mit der Schulter prallte sie auf, ein scharfer Schmerz zuckte durch ihren Körper.
Während sie sich aufrappelte, kletterte Victor auf die Leiter und begann an einem zweiten Rad zu drehen. Das musste der Schieber zwischen dem Kessel und der Dampfleitung sein.
»Bist du wahnsinnig?«, schrie Emily. »Oben in der Halle sind Tausende von Menschen! Willst du die umbringen?«
Victor hielt einen Moment inne und schaute sie an, mit großen, leeren Augen, als würde er sie nicht verstehen. War das Victor, der sie mit diesen Augen ansah, oder der Flaschengeist in ihm?
Voller Angst blickte Emily auf das Manometer. Der Zeiger war noch weiter vorgerückt und hatte fast schon den Anschlag erreicht.
Was sollte sie tun? An der Wand lehnte eine Schaufel. Emily packte sie und stieß mit dem Stiel den Backstein von dem Ventil. Wie eine Flamme stieß der Dampf daraus hervor, und ein Pfiff ertönte, als führe eine Lokomotive vorbei.
»Das nützt gar nichts!«, rief Victor und begann wieder an dem Rad zu drehen.
»Um alles in der Welt!«, schrie sie. »Hör endlich auf! Bitte!« Sie stürzte sich auf ihn, aber er schüttelte sie ab wie ein Kind.

»Aufhören?«, fragte er, ohne die Hände von dem Rad zu lassen. »Warum? Du hast es doch selbst gewollt!«
Wieder begegneten sich ihre Blicke. Emilys Herz zog sich zusammen: Victor sah plötzlich aus wie ihr Vater, wenn dieser etwas beschlossen hatte und nichts auf der Welt ihn davon abbringen konnte, seinen Entschluss durchzuführen.
»Wenn du das tust, bist du genauso wie er«, sagte Emily.
»Halt den Mund!«
»Genauso wie dein Vater.«
»Du sollst den Mund halten!«
»Wie dein Vater Joseph Paxton, der Toby umgebracht hat ...«
Endlich ließ Victor die Hände von dem Rad. »Was hat Toby damit zu tun?«, fragte er.
»Das weißt du ganz genau! Wenn du nicht aufhörst, bringst du Toby noch einmal um!«
Abwechselnd schaute sie auf Victor und das Manometer. Der Zeiger stand jetzt am Anschlag. Jede Sekunde konnte der Kessel explodieren.
»Was ... was sagst du da?«
Victor ließ die Arme sinken, wie ein Boxer, der einen Kampf verloren gibt. Emily konnte es kaum glauben. Hatte sie es tatsächlich geschafft, den Flaschengeist zu besiegen? Oder hatte sie ihn nur für einen Moment irritiert?
Vorsichtig machte sie einen Schritt auf ihn zu.
»Komm, Victor, bitte«, sagte sie und streckte die Hand nach ihm aus. »Wir haben kein Recht, so was zu tun, egal, was passiert ist. Sollen denn andere dafür büßen, was er uns angetan hat? Du kannst dir nicht vorstellen, was wir anrichten würden ... Nein, Victor, das dürfen wir nicht ...« Sie war jetzt so nah bei ihm, dass sie ihn fast berührte. »Mach den Schieber wieder auf, Victor ... Bitte, ich flehe dich an ... Tu es für uns ... für Toby ...«

20

»Die Königin wünscht mich zu sehen. Mich und meine Männer.«
»Die Königin? Wer hat *das* denn gesagt?«
»Miss Paxton!«
»Wie bitte?«
»Jawohl. Sie hat mich persönlich aufgesucht, um mir den Wunsch Ihrer Majestät zu überbringen.«
»Aber das ist doch völliger Unsinn. Wie sollte jemand auf eine so verrückte Idee kommen?«
»Ich muss Sie sehr bitten, Sir. Wenn Sie mich fragen, ich finde, das ist eine sehr noble Geste.«
Ratlos blickte Henry Cole in das beleidigte Gesicht des Ingenieurs, der wie aus dem Nichts im Transept aufgetaucht war, zusammen mit einem Dutzend verdreckter Arbeiter, und nun steif und fest behauptete, die Königin habe ihn gerufen. Ob Paxton vielleicht wusste, was es mit der Sache auf sich hatte? Weit konnte er nicht sein, in ein paar Minuten sollte er zum Ritter geschlagen werden. Cole stellte sich auf die Zehenspitzen, um in dem Gewühl nach ihm zu schauen. Paxton stand in der Nähe des Thrones, an derselben Stelle, wo Cole ihn kurz zuvor verlassen hatte. Doch dummerweise redete er immer noch mit Marian, der er nun schon seit einer Ewigkeit mit übertriebener Herzlichkeit zu ihrer Vorstellung bei der Königin gratulierte. Cole drehte sich wieder um. Solange Marian bei Paxton war, konnte er ihn unmöglich auf Emily ansprechen.
Er wandte sich an den Ordner, der den Ingenieur hergeführt hatte. Zum Glück kannte er den Mann. »Haben Sie Miss Paxton ebenfalls gesehen, Mr. Plummer?«
»Ja, Sir. Allerdings, Sir.«
»Und haben Sie gehört, was sie gesagt hat?«
»Um ehrlich zu sein, ich habe mich auch gewundert, als sie mich

nach den Dampfkesseln fragte.« Plummer lüftete die Mütze und rieb sich seinen grauen Schädel. »Aber es war genau so, wie Mr. Bird sagt. Mein Ehrenwort.«
»Und wo ist Miss Paxton jetzt?«
Plummer schaute den Ingenieur Hilfe suchend an. Der zuckte nur mit den Schultern. »Wenn sie nicht hier oben ist, dann wird sie wohl noch unten sein.«
Cole hatte immer stärker das Gefühl, dass irgendwas nicht stimmte, und die Tatsache, dass er nicht wusste, was es war, vermehrte seine Unruhe nur noch mehr. Während er überlegte, was das alles zu bedeuten hatte, sprach ihn jemand von der Seite an.
»Wen haben wir denn hier, Mr. Cole?«
Prinz Albert stand neben ihm und musterte mit gerunzelter Stirn die Heizer in ihren dreckigen Anzügen. Cole fühlte sich wie auf Kohlen. Wie in aller Welt sollte er diese Versammlung erklären? Da ihm nichts Besseres einfiel, nahm er Zuflucht zur Wahrheit.
»Darf ich Königlicher Hoheit Oberingenieur Bird vorstellen? Mr. Bird und seine Männer versorgen die Ausstellung mit der nötigen Energie. Ihnen ist es zu verdanken, dass die Maschinen hier oben so einwandfrei funktionieren.«
»Das heißt, Sie sind für die Dampfkraft zuständig?«, fragte Albert. »Reizende Idee, Cole, die Herren zu uns zu bitten. Gentlemen«, wandte er sich an die Arbeiter, »ich freue mich aufrichtig, Ihre Bekanntschaft zu machen. Und ich kann nur bestätigen, was Mr. Cole sagt. Sie erfüllen eine überaus wichtige Aufgabe, dessen bin ich mir durchaus bewusst, jawohl, durchaus bewusst.« Er zog ein Etui aus seinem Uniformrock hervor und bot den Männern Zigarren an. »Wenn Sie bitte zugreifen wollen?«
Während die Heizer sich verlegen bedienten, warf Cole einen Blick auf seine Frau. Sie war immer noch in ihr Gespräch vertieft und schien sich zu amüsieren, zumindest konnte er aus der Ferne kein Zeichen von Schwäche oder Atemnot erkennen. Also wandte er sich an Mr. Plummer und nahm ihn ein Stück beiseite.

»Sehen Sie dort drüben meine Frau?«
»Die blonde Dame bei Mr. Paxton? Ja, Sir. Weshalb?«
»Bitte sagen Sie ihr, dass ich gleich wieder da bin. Ich muss nur für ein paar Minuten fort.«

21

Emily sah in Victors Gesicht. Seine dunklen Augen schienen wie in einen Traum verloren, doch die Lippen presste er so fest zusammen, dass die Wangenknochen hervortraten wie bei einem Raubtier.
»Bitte, Victor, ich weiß, was du fühlst ... Du glaubst, du musst es tun, um ihm zu entkommen ... Aber denk nicht nur an ihn, denk an die vielen Menschen da oben, die gar nicht wissen, wer Joseph Paxton ist ... Tausende von Kindern wie Toby. Warum sollen sie sterben? Nur weil er dein Vater ist? Nein, gib ihm nicht diese Macht. Wenn du das tust, hat er für immer gewonnen ...«
Noch während sie sprach, veränderte sich Victors Gesicht. Er riss die Augen auf, als sehe er plötzlich ein Gespenst.
»Störe ich?«
Emily fuhr herum.
In der Tür stand ein Mann, ein Arbeiter wie Victor, und grinste sie an. Bevor sie einen Gedanken fassen konnte, sprang der Mann auf sie zu, packte ihren Arm und riss sie so fest an sich, dass sie vor Schmerz laut aufschrie.
»Lass sie los«, rief Victor und bückte sich nach einem Schürhaken am Boden.
»Keine Bewegung!«
Der Fremde drehte Emily den Arm auf den Rücken, ein Messer blitzte auf, und im nächsten Moment spürte sie die Klinge an ihrer Kehle.

»Was hast du hier verloren, Süße? Willst du etwa unseren hübschen kleinen Plan vereiteln?«
»Lass sie laufen, Robert, sie hat nichts mit der Sache zu tun.«
»Bis vor fünf Minuten vielleicht, aber jetzt steckt sie mit drin.« Der Fremde presste Emily so fest an sich, dass sie sich nicht mehr rühren konnte. »Hatte gleich ein ungutes Gefühl, Süße, als ich dich eben sah. Hab dich sofort wieder erkannt.«
»Lassen Sie mich los, bitte, sonst geschieht ein Unglück!«
»Keine Angst, ich pass schon auf uns auf!«
Emily erstickte beinahe in der Umklammerung. Wie ranziges Fett roch der Körper des Mannes, während Victor sich langsam wieder aufrichtete, ohne die Stange am Boden zu berühren.
»Du bist und bleibst ein unsicherer Patron, Victor. Schade, wirklich schade. Du hast die besten Ideen, aber nie kann man sich auf dich verlassen, wenn's ernst wird.«
Ohne Emily loszulassen, trat der Mann einen Schritt nach vorne, um mit der Fußspitze den Schürhaken beiseite zu schieben. Während er sein Bein nach der Eisenstange ausstreckte, lockerte er ein wenig seinen Griff, und Emily sah das Messer in seiner Hand. Es war ein Zurichtmesser, wie Drucker es benutzen, mit langem, schmalem Stiel und kurzer, spitzer Klinge.
»Jetzt weiß ich, wer Sie sind. Sie haben bei Mr. Finch gearbeitet. Sie haben Toby …«
»Bravo, Süße«, sagte Robert. »Ja, Toby und ich waren gute Freunde.«
Emily spürte, wie ihr der Schweiß ausbrach. Der Mann, der sie jetzt wieder an sich presste, als wolle er sie zerquetschen, war derselbe Mann, der sie zu der Näherin in der Parker Street geschickt hatte. Sein Mund war ganz dicht an ihrem Ohr, als er weitersprach, seine Lippen berührten fast ihre Wange. Sie roch die Ausdünstung von Alkohol.
»Ja, Victor, du musst wissen, deine Freundin und ich hatten schon mal das Vergnügen. Sie hat in Finchs Werkstatt nach dir gefragt. Das ist zwar schon eine Weile her, aber ich erinnere

mich daran noch wie gestern. Freut mich, dass ich euch zwei Hübschen offenbar weiterhelfen konnte.« Er setzte wieder das Messer an ihren Hals. »Wenn du willst, dass ihr nichts passiert, solltest du tun, was ich sage.«
Victor machte einen Schritt auf ihn zu. »Was willst du von mir, Robert?«
»Als Erstes möchte ich, dass du die Dampfleitung wieder aufdrehst. Ich habe nämlich keine Lust, in die Luft zu fliegen.«
Eine kleine, aberwitzige Hoffnung flackerte in Emily auf. Konnte es sein, dass Robert auf ihrer Seite war? Offenbar war er in Victors Plan eingeweiht, aber vielleicht hatte er es sich im letzten Moment anders überlegt und wollte jetzt die Katastrophe verhindern, genauso wie sie selbst.
»Bitte«, flüsterte sie, »tu, was er sagt.«
Victor zögerte immer noch, Roberts Befehl auszuführen. Emily konnte vor Anspannung kaum atmen. Der Stahl an ihrem Hals war kalt wie Eis.
»Na, wird's bald?«
Ein kurzer scharfer Schmerz durchzuckte Emily – das Messer hatte ihre Haut geritzt. Jähzorn sprühte aus Victors Augen, für eine Sekunde sah er aus, als wolle er sich auf Robert stürzen. Doch dann beherrschte er sich und kehrte zu der Kesselanlage zurück. Gott sei Dank, endlich drehte er das Rad auf. Während Emily fühlte, wie ein feiner Streifen Blut an ihrem Hals herabrann, blickte sie auf das Manometer. Kaum strömte der Dampf durch die Leitung, zuckte der Zeiger ein Stückchen vom Anschlag zurück.
»Na also«, sagte Robert. »Jetzt können wir in Ruhe weitermachen.« Er griff in seine Jackentasche und warf Victor einen Schlüssel zu. »Hier, schließ meinen Spind auf.«
Obwohl sie vor Angst zitterte, atmete Emily auf. Victor fing den Schlüssel in der Luft und ging zu den Eisenschränken, die an der Seitenwand des Raumes in einer Reihe standen.
»Na, kommt dir da drin vielleicht was bekannt vor?«, rief

Robert, als Victor eine der Türen öffnete. »Los, bring das gute Stück her! Aber vorsichtig, sonst fällt es noch hin und geht kaputt! Wäre schade.«
»Woher hast du das?«, fragte Victor und nahm einen in Putzwolle eingewickelten Behälter aus dem Spind.
»Dreimal darfst du raten, du hast mir das Versteck doch selbst gezeigt.« Robert lachte. »Ich dachte, wir machen das jetzt mal nach meiner Methode. Die ist vielleicht nicht so heldenhaft wie deine, aber dafür umso wirkungsvoller. Vorwärts, bring unser Schätzchen her. Wir haben nicht ewig Zeit.«
So behutsam, als hätte er einen Säugling auf dem Arm, trug Victor den Behälter an seiner Brust. Emily verstand überhaupt nicht mehr, was hier geschah. Sie hatte nur noch Angst.
»Auf Birdies Platz damit«, sagte Robert und wies mit dem Kinn auf ein Stehpult in der Mitte des Raums.
»Was ist da drin?«, fragte Emily.
»Willst du das wirklich wissen, Süße?«, fragte Robert. »Na schön, weil Victor so artig tut, was man ihm sagt. In der Kapsel ist Sägemehl. Und ein kleines bisschen Nitroglyzerin.«
»Nitroglyzerin?«
»Ja, so heißt der Fachausdruck. Mit dem Sägemehl zusammen nennt man es auch Sprengstoff. Schon mal davon gehört? Wenn nicht, frag mal deinen Vater, Süße, ich glaube, er weiß Bescheid. Meine Freunde und ich haben das Zeug mal an einem von seinen Zügen ausprobiert. Du bist doch Miss Paxton, nicht wahr?«
Emily zitterte plötzlich am ganzen Leib, und ihre Zähne schlugen so heftig aufeinander, dass sie unfähig war, auch nur ein Wort hervorzubringen.
»Na,na, na, wer wird denn solche Angst haben? Uns kann nichts passieren, dafür wird dein Liebster gleich sorgen. Los, Victor, leg unser Schätzchen auf das Pult und hol den Zünder.«
»Was … was haben Sie vor?«, fragte Emily, als Victor ein kleines schwarzes Kästchen aus dem Spind nahm und damit zum Pult zurückkehrte.

»Willst du es ihr selber sagen, mein Freund?«, fragte Robert. »Ich glaube, du hast es schon begriffen. Oder nein, besser nicht, du musst dich ja konzentrieren. Also, Süße, in dem kleinen Kästchen da ist Phosphor, und der beginnt zu brennen, wenn Luft drankommt. Darum ist der Deckel fest verschlossen – im Moment jedenfalls. Aber siehst du die Schnur, die daraus hervorschaut? Die verbindet dein Liebster jetzt mit dem Sprengstoff. Sieh nur, wie gut er das macht, genauso, wie ich es ihm beigebracht habe. Sobald er damit fertig ist, bringen wir unser Schätzchen zum Schlafen ins Bett, direkt unter dem Kessel, wo es so richtig schön warm ist. Dann brauchen wir nur noch den Deckel abzuheben, damit gute, frische Luft an den Phosphor gelangt, und während wir uns gemütlich davonmachen, wacht unser Schätzchen ganz langsam auf. Und irgendwann, wenn wir längst über alle Berge sind, gibt es hier eine wunderhübsche kleine Explosion – wumm! Wenn du willst, können wir ja aus der Ferne zuschauen. Ja, ich glaube, das sollten wir tun. So etwas kriegt man schließlich nicht alle Tage zu sehen.«

Emily spürte, wie ihr der Mund austrocknete, und für einen Moment glaubte sie, ohnmächtig zu werden. Wie hatte sie nur hoffen können, Robert sei auf ihrer Seite? Er wollte dasselbe wie Victor – er wollte den Kristallpalast zerstören! Nur dass er seine eigene Haut retten wollte. Emily hatte nicht den geringsten Zweifel, dass er alles genauso ausführen würde, wie er es gerade erklärt hatte. Verzweifelt versuchte sie, einen Blick von Victor zu erhaschen, doch der schaute nur auf seine Hände, während er mit langsamen, vorsichtigen Bewegungen den Zünder an den Sprengstoffbehälter anschloss.

Emily schloss die Augen und tat, was sie schon seit einer Ewigkeit nicht mehr getan hatte. Leise begann sie zu beten.

Vater unser, der du bist im Himmel …

»Bist du so weit?«, fragte Robert.

»Sofort«, sagte Victor.

Geheiligt werde dein Name …

»Dann leg jetzt den Backstein auf das Ventil. Damit die Mühe sich auch lohnt, der Druck ist schon mächtig gefallen.«

Dein Reich komme, dein Wille geschehe …

»Aber ich warne dich, Victor …«

Wie im Himmel, also auch auf Erden …

»Keine Mätzchen – oder …«

Wieder fühlte Emily das Messer an ihrer Kehle. Sie riss die Augen auf. Victor hatte den Backstein schon in der Hand.

»Tu's nicht!«, rief sie.

»Halt die Fresse!«, sagte Robert und trat ihr in den Rücken.

»Bitte, Victor, ich flehe dich an!«

»Du sollst die Fresse halten!«

Robert presste seine Hand auf ihren Mund und zerrte sie ein paar Schritte zurück. Dann schlang er den Arm um ihren Hals und öffnete gleichzeitig hinter sich die Tür, die hinaus auf den Korridor führte. Victor stieg auf die Leiter und legte den Backstein auf das Ventil.

»Und jetzt bring unser Schätzchen ins Bett«, rief Robert ihm zu.

Unser tägliches Brot gib uns heute …

Victor biss sich auf die Lippe. Emily schaute ihn an, doch er wich ihrem Blick aus. Der Zeiger war schon wieder jenseits der roten Markierung.

»Los!«, rief Robert. »Worauf wartest du? Oder willst du mit in die Luft gehen?«

Er machte noch einen Schritt zurück in Richtung Tür. Emily versuchte, sich zu befreien, sie wand sich in seinem Arm und trat mit den Beinen nach ihm, aber Robert war zu stark.

Victor stieg von der Leiter und ging zu dem Pult, auf dem der Sprengsatz bereit lag.

»Nein!«, schrie Emily, als sie einen Augenblick Luft bekam.

Doch Victor ging einfach weiter, als würde er sie nicht hören, das Gesicht vollkommen versteinert. Emily wusste, jetzt gab es kein Zurück mehr.

Vergib uns unsere Schuld, wie auch wir vergeben unseren Schuldigern …
Gebannt starrte sie auf das Manometer, während sie die letzten Worte des Gebets flüsterte. Wieder rückte der Zeiger ein Stück weiter vor. Robert stieß mit dem Absatz seines Stiefels die Tür hinter sich auf. Der Zeiger erreichte den Anschlag.
Und führe uns nicht in Versuchung, sondern erlöse uns von dem Übel …
»Was ist hier los?«
Emily hörte die Stimme wie aus einer anderen Welt. Trotz Roberts Griff gelang es ihr, den Kopf zur Seite zu drehen. Ein Mann kam im Laufschritt den Korridor entlang, direkt auf sie zu, ein Mann, den sie kannte …
»Mr. Cole!«
In einer Explosion ihrer Kräfte riss Emily sich aus Roberts Umklammerung los. Im selben Moment flog ein großer schwarzer Schatten auf sie zu. Sie duckte sich, stolperte, griff ins Leere, ohne einen Halt zu finden.
Plötzlich ein Schrei, wie von einem Tier.
Während Emily beiseite rollte, sah sie, wie Victor sich auf Robert stürzte. Das Messer blitzte in der Luft, ein lautes Krachen, wie von Holz oder Knochen, dann fuhr die Klinge nieder und drang in eine Kehle, bis zum Schaft.
Rot spritzte das Blut auf und ergoss sich über Emily.

22

Was für ein Augenblick!
Keine fünfzig Jahre war es her, dass Joseph Paxton als Sohn eines armseligen Pachtbauern zur Welt gekommen war. Mit Wassersuppe und trockenem Brot war er aufgewachsen, ständig hatte

ihm vor Hunger der Magen geknurrt, sodass ihm noch heute beim Anblick einer Steckrübe das Wasser im Mund zusammenlief. Und jetzt stand er vor der Königin von England, um zum Ritter des britischen Empires geschlagen zu werden.

Vor ihm in der Reihe befand sich nur noch Colonel Reid, der für seine Tätigkeit im Königlichen Komitee zum Gouverneur von Malta ernannt wurde. Paxton überprüfte noch einmal den Sitz seines Plastrons und sammelte sich. Vergessen waren die letzten Wochen mit all den großen und kleinen Problemen, vergessen die quälenden Sorgen um den Erfolg der Ausstellung, vergessen die Aufregung um Emily. Er war auf dem Gipfel seines Lebens und seines Ruhms.

Suchend ließ er den Blick über die Ehrengäste schweifen. Wo war Sarah? Sie stand ein wenig im Hintergrund, zusammen mit Marian Cole, an deren Seite sie aufmerksam das Geschehen verfolgte. Mein Gott, welche natürliche Würde sie ausstrahlte, welche souveräne Eleganz, als verkehre sie schon seit Jahren bei Hofe. Er wusste, ohne diese Frau hätte er nie solche Höhen erreicht. Voller Dankbarkeit lächelte er ihr zu. Doch statt sein Lächeln zu erwidern, schlug sie die Augen nieder, unendliche Trauer im Gesicht. Ein Anflug von Reue erfasste ihn, und er schwor sich, sie nie wieder zu betrügen.

Die Königin richtete noch einige Worte an Colonel Reid, als plötzlich jemand seine Schulter berührte. Irritiert wandte Paxton sich um.

»Cole?«

»Wir müssen den Pavillon evakuieren!«

»Sind Sie verrückt geworden?«

»Attentäter sind in den Kesselraum eingedrungen!«

»Ich begreife kein Wort.«

»Ein Anschlag! Sie wollen uns in die Luft sprengen. Die Leute müssen raus hier, sonst gibt es eine Katastrophe.«

»Wie soll das gehen? Über hunderttausend Menschen – das dauert Stunden!«

»Trotzdem, wir müssen es versuchen. Die Königin zuerst.«
Paxton dachte eine Sekunde nach. »Nein«, sagte er dann, »das können wir nicht. Wenn wir das tun, bricht eine Massenpanik aus. Die Leute rennen sich gegenseitig tot. Sie haben doch gesehen, was eben los war, als Wellington kam.«
»Entschuldigen Sie, wenn ich widerspreche, Sir. Es hat schon Tote gegeben.«
»Verdammte Scheiße! Wer sind die Männer? Was wollen sie?«
»Ich weiß es nicht. Ich … ich weiß nur … Einer von ihnen – ist Ihnen bekannt.«
»Was sagen Sie da?« Paxton überkam eine fürchterliche Ahnung. »Wer zum Teufel ist der Kerl?«
»Seinen Namen weiß ich nicht, aber …«
»Aber was?«
»Er hat eine Narbe auf der Stirn.«
Die Nachricht traf Paxton wie ein Faustschlag. »Natürlich …«, murmelte er und schloss kurz die Augen. »Natürlich …« Dann fasste er sich. »Haben Sie die Wachposten alarmiert?«
»Selbstverständlich, Sir. Aber es gibt noch ein Problem.« Cole zögerte, bevor er weiter sprach. »Ihre Tochter ….«
»Gütiger Gott! Was ist mit Emily?«
»Sie ist auch da unten. Sie hat sich geweigert, mit mir zu kommen.«
»Ich muss sofort zu ihr!«
Er wandte sich ab, da klopfte der Zeremonienmeister mit seinem Stab.
»Mr. Joseph Paxton!«
Wie das Wort Gottes drang der Aufruf an sein Ohr. Erstarrt stand Joseph Paxton da, unfähig, sich zu rühren, während tausend Gedanken durch seinen Kopf wirbelten. Victor wollte ihn umbringen … der Dampfkessel … Emily …
Wieder schlug der Zeremonienmeister dreimal auf.
»Mr. Joseph Paxton!«
Endlich erwachte er aus seiner Erstarrung. Nein, er konnte nichts

mehr tun, es war zu spät, um zu handeln. Sein Schicksal würde sich ohne sein Zutun entscheiden, zum ersten Mal in seinem Leben. Er beugte sein Haupt und trat vor den Thron.

Die Königin schenkte ihm ein warmes, glückseliges Lächeln. »Mein lieber Mr. Paxton. Bitte knien Sie nieder.«

»Ihr gehorsamer Diener.«

Victoria nahm das Schwert, das man ihr reichte, und als die Klinge Joseph Paxtons Schulter berührte, brach ein Applaus los wie ein Orkan, eine Orgel brauste auf, und hunderttausend Stimmen fielen in die Hymne ein.

23

God save our gracious Queen, long live our noble Queen, God save the Queen …

Wie die Brandung eines fernen Meeres drang der Chor der hunderttausend Stimmen in den Kellerraum.

»Victor! Liebster! Sag doch was! Bitte …«

Emily beugte sich über seinen Körper, der reglos am Boden lag. Obwohl sein Gesicht schwarz von Ruß war, sah die Haut darunter ganz blass aus. Wie bei einem Toten.

»Bitte! Victor! Bitte …«

Er rührte sich nicht, seine Züge blieben starr. Oben in der Halle schwoll die Hymne ein letztes Mal an.

»Nein, Victor! Lass mich nicht allein …« Sie streichelte seine Wangen, küsste seine Stirn, während der Choral verstummte. »Das darfst du nicht … Bitte …«

Da schlug Victor die Augen auf.

»Emily …?«

Er stützte sich auf die Ellbogen und schaute sich um, mit verwirrten Blicken, als käme er aus einer anderen Welt. Emily hätte

ihn am liebsten in die Arme geschlossen und geküsst. Doch Robert lag nur einen Schritt neben Victor, in seinem eigenen Blut.
»Was … was ist passiert?«
»Er wollte uns in die Luft jagen, er hatte mich in seiner Gewalt. Du hast mich befreit.«
Victor hob den Kopf und schaute auf das Manometer. »O mein Gott!« In derselben Sekunde sprang er auf die Beine. »Los! Wir müssen weg! Der Kessel explodiert jeden Moment!«
Emily drehte sich um. Der Zeiger stand am Anschlag.
»Aber …«, stammelte sie, »wir können nicht weg. Wir müssen was tun!«
»Es ist zu spät.« Er griff nach ihrer Hand. »Komm! Wenn wir nicht abhauen, fliegen wir mit in die Luft!«
»Tu was!« Emily war verzweifelt. »Bitte, Victor. Irgendwas. Du kennst dich doch aus.«
Unsicher erwiderte er ihren Blick, dann schaute er auf das Manometer. »Gut«, sagte er. »Ich will es versuchen. Aber du musst weg, sofort! Wir treffen uns in meiner Wohnung.«
»Nein«, sagte Emily.
»Warum zum Teufel? Vertraust du mir nicht?«
»Doch, Victor … Aber … wir haben das zusammen angefangen, jetzt müssen wir es zusammen zu Ende bringen.«
»Du bist verrückt.« Er küsste sie auf die Wange, dann schob er sie fort. »Geh in Deckung.«
Während er sich nach der Sprengstoffkapsel am Boden bückte, duckte Emily sich hinter eine Brandschutzmauer. Mit angehaltenem Atem sah sie zu, wie Victor den Zünder von der Kapsel entfernte. Es dauerte fast eine Ewigkeit, bis er die Schnur durchtrennt und den Behälter hinaus auf den Korridor gebracht hatte. Dann griff er nach dem Schürhaken. Einen Arm schützend vor dem Gesicht, trat er an den Hauptkessel, und noch während er den Backstein von dem Ventil stieß, warf er sich auf den Boden.
Ein Zischen wie von einem Drachen, dann stand der ganze Raum unter Dampf.

»Siehst du das Manometer?«
Emily lugte über die Mauer. »Ja, aber der Zeiger rührt sich nicht.«
»Verflucht!«
Victor kletterte auf die Leiter, die an dem Kessel lehnte.
»Was hast du vor?«
»Das Ventil öffnen.«
»Um Gottes willen! Das ist zu gefährlich!«
»Wir haben keine andere Wahl.«
Er schob den Schürhaken unter den Querhebel des Ventils und hob das Gestänge vorsichtig an. Wieder entwich mit lautem Zischen eine riesige Wolke Dampf.
»Und jetzt?«
Emily blickte zum Manometer. »Immer noch nichts!«
»Verdammte Scheiße!« Victor versuchte die Stange zu arretieren, doch sie hielt nicht. »Du musst mir helfen«, rief er, ohne die Stange loszulassen.
»Was soll ich tun?«
»Siehst du den großen Hahn?«
»Unten am Kessel?«
»Ja, das ist der Injektor. Den musst du aufdrehen, aber langsam, ganz, ganz langsam, sonst …«
Wie einem Tier, das jede Sekunde über sie herfallen konnte, näherte Emily sich dem bullernden Kessel. Der Hahn war kochend heiß, als sie das Metall berührte, der Schmerz schoss ihr unter die Haut, doch sie ließ das Rad nicht los. Ganz langsam begann sie zu drehen.
Leise gluckerte das Wasser in der Leitung. Sie schloss die Augen, und zum zweiten Mal an diesem Tag betete sie.
Ich glaube an Gott, den allmächtigen Vater, Schöpfer des Himmels und der Erde …
Es war, als stünde die Zeit still. Lautloses Dunkel umfing Emily, nur das Plätschern des Wassers vermischte sich in ihren Innern mit den Worten des Gebets. Sie war auf alles gefasst.
Plötzlich ein Fauchen, dann Victors Stimme.

»Es fällt, Emily! Es fällt!«

Sie öffnete die Augen. Tatsächlich: Der Zeiger des Manometers war ein Stück vom Anschlag abgerückt. Und er rückte weiter zurück – schon wieder!

»Wir haben es geschafft! Wir haben es tatsächlich geschafft!«

Victor sprang von der Leiter und drückte sie an sich. Schwindelig vor Erleichterung sank Emily an seine Brust.

»Da! Das ist der Mann!«

Die beiden fuhren herum.

In der Tür stand der Ingenieur, gefolgt von einem Dutzend Polizisten. Einer hatte eine Pistole in der Hand und hielt sie auf Victor gerichtet.

»Im Namen des Gesetzes, Sie sind verhaftet!«

»Sind Sie wahnsinnig?«, rief Emily. »Er hat gerade eine Katastrophe verhindert!«

»Und was ist mit dem da?« Der Polizist stieß mit dem Stiefel gegen Roberts Leiche. »Abführen!«

Bevor Emily wusste, was geschah, traten zwei Konstabler vor und schleppten Victor davon. »Halt! Das dürfen Sie nicht! Ich bin Emily Paxton, die Tochter von …«

»Ist uns bekannt, Miss«, sagte der Polizist und schob sie mit dem Lauf seiner Pistole beiseite. »Bringt den Scheißkerl in den Wagen.«

24

Sanft schien das Licht des Mondes durch das kleine, quadratische Zellenfenster. Victor lag auf der Pritsche, die Hände im Nacken verschränkt, und blickte gegen die weiß gekalkte Wand, auf der sich in schwarzen, scharfen Schatten die Stäbe des Gitters abzeichneten. »Los, sag schon«, rief jemand aus der Nachbarzelle, »was hast du ausgefressen?«

»Die Mühe kannst du dir sparen«, antwortete ein anderer. »Der sagt nichts.«
»Muss ein feiner Pinkel sein. Hat die ganze Zelle für sich allein.«
»Das hätte ich auch gern. Braucht nur seine eigene Scheiße zu riechen.«
Victor hörte nicht auf die Rufe der Gefangenen, die in den übrigen Zellen der Polizeiwache untergebracht waren. Seit Stunden lag er schon da und wartete. Man hatte ihn noch nicht verhört, nur irgendwann hatte ein Wärter ihm einen Napf Brei in die Zelle gestellt, zusammen mit einem Becher Wasser. Er hatte beides nicht angerührt.
Was würde jetzt mit ihm geschehen? Wenn sie ihn nicht auf der Wache verhörten, würden sie ihn wahrscheinlich gleich in ein Gefängnis überführen. So hatten sie es auch damals gemacht, nach dem Streik in der Ziegelfabrik. Victor sah das fromme Gesicht von Direktor Mayhew vor sich, die lauernden wässrigen Augen, die Warze auf seiner rosigen Wange, hörte die Trillerpfeife, die morgens die Gefangenen weckte, die Stimme von Oberaufseher Walker, wenn er sie antreten ließ, das Dröhnen der genagelten Stiefel auf den Gängen, wenn sie zur Arbeit in der Tretmühle ihre Zellen verließen, das Knarren des Mahlwerks, in dem sie im ewigen Schweigen ihre Fron verrichteten … Doch wahrscheinlich würden sie ihn gar nicht ins Coldbath-Fields-Gefängnis bringen, sondern gleich nach Newgate, in die Nähe von Old Bailey, wo die meisten der zum Tod Verurteilten auf ihre Hinrichtung warteten. Victor fürchtete sich nicht, er bedauerte nur, dass sie ihm bei seiner Verhaftung den Gürtel und das Taschenmesser abgenommen hatten. Damit er ihnen nicht zuvorkommen konnte.
Schlüssel rasselten, und zwei Männer in Zivilkleidung, die Victor noch nicht gesehen hatte, betraten die Zelle. Der eine hatte ein Gesicht wie ein Bullterrier, der andere wie ein Pinscher. Der Pinscher führte das Wort.
»Aufstehen!«

Victor erhob sich von der Pritsche. Der Bullterrier legte ihm Handschellen an, der Pinscher forderte ihn mit dem Kopf auf, die Zelle zu verlassen.
»Mitkommen!«
»Wohin?«
»Das wirst du schon sehen.«
Die beiden führten ihn in einen Hof, wo ein vergitterter Gefangenenwagen wartete.
»Einsteigen!«
Victor war allein in dem bedeckten Fuhrwerk, in dem Platz für über zwei Dutzend Insassen war. Kaum hatten sie die Tür hinter ihm verriegelt, zogen die Pferde an. Er blieb am Gitter stehen und schaute hinaus in die nächtliche Stadt, die er wohl nie mehr wiedersehen würde. Nachdem der Wagen den Hof der Polizeiwache verlassen hatte, fuhren sie am Hyde Park vorbei, wo der Kristallpalast wie ein gigantischer Diamant im Mondlicht glitzerte, die Knights Bridge und den Piccadilly Crescent entlang und dann immer weiter auf die City zu. Also brachten sie ihn gleich nach Newgate, ganz wie er vermutet hatte. Doch als sich draußen die Kuppel von Old Bailey vor dem Sternenhimmel erhob, bog der Wagen in Richtung Fluss ab, und durch die Upper Thames Street rollte er auf den Tower zu, dessen finstere Massen er wenige Minuten später passierte, und danach weiter in Richtung der St.-Katharinen-Kais.
Wohin fuhren sie? Victor kannte kein Gefängnis, das in dieser Gegend lag.
Im Hafen von Bugsbys Reach kam der Wagen zum Stehen. Der Bullterrier öffnete die Gittertür und Victor stieg aus. Zu beiden Seiten ragten Speichergebäude in die Höhe, die in parallelen Reihen auf den Kai zustrebten. Vom Fluss her wehte eine kühle Brise.
»Was machen wir hier?«, fragte Victor.
»Das würde ich auch verdammt gerne wissen!« Als hätte er eine Stinkwut im Bauch, warf der Bullterrier die Wagentür zu.

Plötzlich ertönte eine Stimme aus der Dunkelheit.
»Sie können ihm die Handschellen abnehmen.«
Ein Mann mit einem hohen Zylinder trat aus einer Speichereinfahrt hervor. Victor traute seinen Augen nicht. Im Schein der Straßenlaterne erkannte er unter der Hutkrempe ein breites, kräftiges Gesicht, das von mächtigen Bartkoteletten und buschigen Brauen eingerahmt wurde.
Nein, er hatte sich nicht geirrt. Es war Joseph Paxton.
Victor spuckte zu Boden.
»Soll ich ihm die Fresse polieren?«, fragte der Bullterrier.
»Tun Sie nur, was ich gesagt habe!« Paxton wartete, bis der Polizist die Handschellen entfernt hatte. »Haben Sie ihm sein Eigentum wieder ausgehändigt?«, fragte er dann.
»Noch nicht.« Mit sichtlichem Widerwillen gab der Pinscher Victor einen Beutel. »Hier, schau nach, ob alles vorhanden ist.«
Victor warf einen Blick in den Beutel. Er enthielt ein paar Geldmünzen, sein Arbeitsheft, seine leere Schnupftabaksdose, den Gürtel und das Taschenmesser.
»Lassen Sie uns jetzt bitte allein«, sagte Paxton zu den Polizisten.
»Sollen wir nicht lieber warten, bis Sie mit ihm fertig sind?«, fragte der Bullterrier.
»Nein, das ist nicht nötig. Ich komme schon allein zurecht.«
»Sicher?«, fragte der Pinscher.
»Ganz sicher.«
Die Polizisten drehten sich noch einmal um, bevor sie in den Wagen stiegen. Victor rieb sich die Knöchel, die von den Handschellen schmerzten.
»Was wollen Sie von mir?«, fragte er, während der Wagen in die Dunkelheit davon rollte.
»Sehen Sie dort drüben das Schiff?« Paxton zeigte auf einen Viermaster, der einen Steinwurf entfernt am Kai lag. »Das ist die *Fortune*, sie gehört einem Freund von mir und läuft diese Nacht noch aus, nach Sydney, Australien. An Bord ist eine Kajüte auf

Ihren Namen reserviert.« Er griff in die Brusttasche seines Gehrocks und zog ein Kuvert hervor. »Hier, für die ersten Wochen nach Ihrer Ankunft. Sie finden darin etwas Geld und einige Adressen, an die Sie sich wenden können.«
Victor begriff nicht. »Sie … Sie verhelfen mir zur Flucht?«, fragte er, ohne den Umschlag anzurühren. »Warum tun Sie das?«
»Emily zuliebe. Sie hat mich darum gebeten.« Paxton zögerte. »Jetzt nehmen Sie schon. In dem Umschlag ist auch ein Gruß von ihr. Sie lässt Sie bitten, ihn gleich zu lesen.«
Victor öffnete das Kuvert. Der Brief, den er mit dem Geld und den Adressen darin fand, war versiegelt und enthielt nur wenige Zeilen.

Lieber Victor,
wir beide wissen, dass wir uns nie mehr wiedersehen dürfen, und wenn es uns das Herz zerreißt. Doch damit ich weiß, dass du in Sicherheit bist, beantworte meinem Vater bitte folgende Frage, auf die nur du die Antwort wissen kannst.
Wer hat uns beide gerettet?
Ich umarme dich ein letztes Mal.
Leb wohl!

Emily

Victor faltete den Brief und steckte ihn ein. Paxton schaute ihn erwartungsvoll an.
»Sie hat gesagt, dass Sie mir eine Antwort geben.«
Victor musste sich räuspern, bevor er sprechen konnte. »Antworten Sie ihr bitte … ›Toby‹«.
»›Toby‹?«, fragte Paxton verwundert. »Das ist alles?«
Victor nickte.
»Gut, ich werde es ihr ausrichten.« Paxton deutete mit dem Kopf auf das Schiff. »Ich glaube, Sie sollten sich beeilen.«
Victor schaute zum Kai. Die Matrosen holten bereits die Leinen

ein, an den Masten blähten sich die Segel im Wind. Doch er rührte sich nicht vom Fleck.

»Und sonst hat sie nichts gesagt?«, fragte er.

Paxton schüttelte stumm den Kopf.

Victor biss sich auf die Lippe. Wie oft hatte er sich früher gewünscht, seinen Vater kennen zu lernen, ihn zu sehen, mit ihm zu sprechen, ihm nahe zu sein. Doch jetzt, als er endlich vor ihm stand, war sein einziger Wunsch, keinen Vater zu haben.

»Ich weiß, warum Sie das tun«, sagt er bitter. »Damit Sie mich los sind. Ein für alle Mal.«

Wieder schüttelte Paxton den Kopf. »Nein, Victor, das ist nicht der Grund.«

»Was dann? Sie haben doch Ihr ganzes Leben lang nichts anderes getan, als mich davonzujagen!«

Paxton zögerte, bevor er eine Antwort gab. »Ich kann verstehen, dass Sie so reden. Ich … ich hätte Sie damals nicht aus Chatsworth fortschicken dürfen. Das war ein Fehler, und ich wollte, ich könnte ihn rückgängig machen. Es … es gäbe so manches zwischen uns zu klären.«

»Zwischen uns?«, rief Victor und spürte, wie die Wut in ihm aufkochte. »Was gibt es da noch zu klären? Du Scheißkerl bist mein Vater, aber du hast dich einen Dreck darum gekümmert. Im Gegenteil! Du hast mich immer nur gehasst und verfolgt und …« Er war so erregt, dass er kaum weitersprechen konnte. »Los, mach schon den Mund auf! Was hast du dazu zu sagen?«

»Ich kann Ihnen nur sagen, dass Sie sich irren. Ich bin nicht Ihr Vater.«

Victor spuckte ihm ins Gesicht. »Du widerlicher Heuchler!«

Ein hohes, singendes Pfeifsignal ertönte vom Kai, das Kommando des Bootsmanns zum Einholen der Gangway.

»Ihr Schiff läuft aus, Mr. Springfield«, sagte Paxton und wischte sich den Speichel aus dem Gesicht. »Los, gehen Sie schon. Sie sind frei.«

25

Emily wünschte, sie könnte ihre Ohren zuklappen wie ihre Augen, um nichts hören zu müssen von dem Gespräch, das die Hotelgäste am Nachbartisch führten, zwei Ehepaare aus Glasgow, die bereits zum Frühstück Krabben aßen. Sie waren als Touristen nach London gekommen und hatten am letzten Tag der Weltausstellung zusammen den Kristallpalast besucht. Während sie nun mit schottischen Trinksprüchen und französischem Weißwein auf ihre Erlebnisse anstießen, sprachen sie so laut, dass Emily jedes Wort mitbekam.

»Als plötzlich diese Panik ausbrach, habe ich wirklich geglaubt, mein letztes Stündlein hat geschlagen. Und dann der alte Wellington – einfach großartig!«

»Wer hat eigentlich die Hymne angestimmt? Ich habe gar keinen Dirigenten gesehen.«

»Ich glaube, das war spontane Begeisterung. Mir sind richtige Schauer den Rücken runtergelaufen.«

Emily hatte die Nacht im *Seven Swords* verbracht, dem einzigen Hotel in der City, in dem noch ein Zimmer für sie frei gewesen war. Ihre Eltern hatten keine Ahnung, wo sie steckte. Nachdem sie von ihrem Vater erfahren hatte, dass Victor in Sicherheit war, hatte sie heimlich das Haus verlassen und war mit einer Droschke in die Catfish Row gefahren, um das Geld zu holen, das Victor und sie dort in einem Kästchen unter dem Waschtisch aufbewahrt hatten. Mrs. Bigelow hatte ihr angeboten, die Nacht in der Kammer zu verbringen, aber dort hätte sie kein Auge zugetan. Die Vorstellung, ohne Victor in dem Raum zu übernachten, in dem sie wie Mann und Frau zusammengelebt hatten, war ihr genauso unerträglich gewesen wie der Gedanke, nach Chatsworth zurückzukehren. Nein, es gab keinen Ort mehr auf der Welt, wohin sie gehörte.

»Davon wird man in hundert Jahren noch reden.«

»Und wir können behaupten, wir waren dabei!«
»Leben wir nicht in einer wunderbaren Zeit? *Cheers*!«
Am Nebentisch klirrten die Gläser. Seit Minuten schon hielt Emily ein Hörnchen in der Hand, ohne einen Bissen davon abzubeißen. Was sollte sie jetzt tun? Junge Männer in ihrem Alter hatten etwas gelernt, wovon sie zur Not leben konnten, sogar die hirnlosen Idioten, die ihre Mutter früher für sie angeschleppt hatte. Aber sie war eine Frau, sie hatte weder studiert noch Erfahrung in irgendeinem Beruf gesammelt. Nicht einmal in die Weberei konnte sie zurück, ihre Mutter war ja schon in der Fabrik gewesen und würde dort mit Sicherheit als Erstes nach ihr suchen. Sollte sie nach Amerika fahren? Allein? Das Ticket für die Überfahrt hatte sie mit aus dem Kästchen genommen. Doch würde sie in Amerika nicht immerzu an Victor denken? Sie wusste es nicht. Vielleicht würde der Schmerz irgendwann vergehen, vielleicht auch nicht … Sie wusste nur, es war zu früh für eine so große und wichtige Entscheidung, die ihr ganzes zukünftiges Leben betraf. Bis sie eine solche Entscheidung wirklich treffen konnte, wollte sie versuchen, Arbeit in London zu finden. Und ein paar Monate konnte sie vielleicht auch von dem Geld leben, das sie für das Ticket nach Amerika bekam, falls die Reederei es zurücknahm.
»Habt ihr schon gehört? Robert Fitzroy rüstet eine neue Expedition aus.«
»Tatsächlich? Wieder mit seiner alten *Beagle?*«
»Nein, er hat ein neues Schiff. Es heißt *Discovery*.«
»Und wohin soll diesmal die Reise gehen?«
»Soweit ich weiß, nach Südamerika.«
Emily blickte hinüber zum Nachbartisch. Die Touristen aus Glasgow hatten inzwischen ihr Krabbenfrühstück beendet und wuschen ihre Finger in Zitronenwasser. Die Weltausstellung, von der sie vor fünf Minuten noch so geschwärmt hatten, war schon wieder vergessen. Es gab eine neue Sensation, die offenbar die alte in den Schatten stellte.

»Wird Mr. Darwin auch wieder mit an Bord sein?«
»Keine Ahnung, ich kann es nur hoffen. Ich habe seine *Reise um die Welt* förmlich verschlungen.«
Die Erwähnung des Buches, das seit Jahren ihr Lieblingsbuch war, erfüllte Emily mit einem seltsamen Gefühl. Wie beneidete sie die Forscher, die einfach auf ein Schiff steigen und ihr Leben hinter sich lassen konnten, um neue Welten zu erkunden. Für sie selbst, so schien es, gab es nur noch das Hotel, in dem sie Unterschlupf gefunden hatte. Das Hotel war der einzige Ort, wohin sie gehörte, eine Durchgangsstation im Nirgendwo zwischen Ankunft und Aufbruch, für Menschen ohne Heimat oder Zukunft, für Menschen wie sie … Vielleicht würde sie von nun an für immer in einem Hotel wohnen. Doch wie lange würde ihr Geld reichen? Einen Monat? Ein Vierteljahr? Sie öffnete ihre Handtasche, um in ihre Börse zu schauen.
Da sah sie einen Brief.
»Und wann sticht die *Discovery* in See?«
»Ich weiß nicht genau, aber ich glaube, schon ziemlich bald.«
Emily nahm den Brief aus der Tasche und schaute auf den Umschlag. Sie konnte sich nicht erinnern, ihn eingesteckt zu haben. Doch als sie das Kuvert öffnete und den geschmacklosen Briefkopf sah, fiel es ihr wieder ein. Ihre Mutter hatte ihr den Umschlag gegeben, nach ihrem letzten Streit, zusammen mit einer alten Ausgabe des *Northern Star*, auf dessen Titelbild von Euston Station Victor zu erkennen war – Beweisstücke, dass sie über alles Bescheid wusste.
»Übrigens, ihr Lieben, heute ist unser letzter Tag in London. Wir sollten uns langsam fertig machen.«
»Ja, du hast Recht. Was steht auf dem Programm?«
Emily hörte kaum noch die Worte, die am Nebentisch gesprochen wurden, während sie den Brief las. Er stammte von Mr. Ernest Jones, dem Herausgeber des *Northern Star*. Darin forderte er sie auf, wieder Illustrationen für seine Zeitung zu liefern …

War das ein Wink des Himmels? Der Brief in ihrer Hand erschien Emily wie ein Orakel. Zweimal war sie anderen Menschen auf Wegen gefolgt, die nicht ihre eigenen waren, und beide Male war sie nur um ein Haar einer Katastrophe entkommen. War dies die Chance, endlich ihren eigenen Weg zu finden?
Plötzlich wusste Emily, was sie zu tun hatte. Ohne eine Sekunde länger nachzudenken, steckte sie den Brief wieder in die Tasche und eilte aus dem Frühstückssaal hinaus zur Rezeption, wo der Portier eine Zeitung las.
»Die Rechnung, bitte.«
»Die Rechnung?« Der Portier legte die Zeitung verwundert beiseite. »Ich dachte, Sie wollten für länger bei uns bleiben.«
»Ich muss dringend nach Manchester«, sagte Emily. »Wissen Sie zufällig, wann der nächste Zug dorthin geht?«

26

Seit einer Stunde redete Sarah Paxton auf ihre Tochter ein, um sie vor neuem Unglück zu bewahren. Doch Emily hörte nicht auf, ihre Kleiderkiste zu packen.
»Willst du es dir nicht noch einmal überlegen? So eine Reise ist lebensgefährlich! Erst recht für eine Frau!«
»Ach, Mama, wie oft soll ich es dir denn noch sagen? Ich habe mir alles gründlich überlegt, gründlicher als je zuvor etwas in meinem Leben. Mein Entschluss steht fest.«
»Dein Vater wird das nie und nimmer erlauben.«
»Ja und? Er kann mir nichts mehr verbieten. Ich spreche nicht mehr mit ihm. – Reichst du mir bitte den Wäschestapel?«
Mit einem Seufzer nahm Sarah die gefalteten Leibchen von Emilys Bett und legte sie in die Kleiderkiste. Noch am selben Abend, nachdem der Kristallpalast seine Pforten für immer ge-

schlossen hatte, war sie nach Chatsworth gefahren, um da zu sein für den Fall, dass Emily hier auftauchen würde, während ihr Mann in London nach ihr suchte. Und dann war Emily tatsächlich gekommen. Wie glücklich hatte Sarah sie in die Arme geschlossen, voller Hoffnung, in der Zweisamkeit mit ihr, hier, in ihrem alten Heim, endlich die Nähe und Liebe ihrer Tochter zu gewinnen, die sie so viele Jahre vermisst hatte. Doch gleich nach der Ankunft hatte Emily ihr eröffnet, dass sie nur gekommen war, um ihre Koffer zu packen. Sie wollte eine Forschungsexpedition nach Südamerika begleiten, als Zeichnerin im Auftrag des *Northern Star*, um die Entdeckungen der Wissenschaftler im Bild festzuhalten – sie hatte den Vertrag aus Manchester mitgebracht, unterschieben von Ernest Jones, dem Herausgeber der Zeitung. Mindestens ein Jahr würde die Reise dauern. Georgey hatte bei der Nachricht laut gejubelt und seine Schwester angebettelt, ihm einen lebenden Affen mitzubringen. Ihren Kakadu hatte sie ihm schon geschenkt.

»Hat dieser Toby etwas mit deinem Entschluss zu tun?«, fragte Sarah.

»Toby?« Emily hielt einen Augenblick inne. »Wie kommst du darauf?«

»Wer immer das ist – er scheint dir sehr wichtig zu sein. Sein Name war das einzige Wort, das du mit deinem Vater noch gewechselt hast.«

»Ach, Mama«, sagte Emily nur. In ihren Augen standen Tränen.

»Willst du nicht mit mir darüber sprechen?«, fragte Sarah.

Doch Emily schwieg, und an der Art, wie sie sich wieder dem Kleiderschrank zuwandte, um damit fortzufahren, ihre Kiste zu packen, erkannte Sarah, dass auch weitere Fragen sie nicht zum Reden bewegen würden. Dieses Schweigen war schmerzlicher als jede Antwort. Seit Emilys Kindheit, seit ihre Tochter die ersten Worte sprechen konnte, hatte Sarah darunter gelitten, dass sie immer so viel stärker an ihrem Vater hing als an ihr. *Ihn* hatte sie sich zum Vorbild genommen, *er* war ihr Abgott, ihr Idol,

dem sie mit all ihren Talenten nacheiferte. Doch nie hatte sie sich für die Dinge interessiert, die Sarah interessierten, nur widerwillig hatte sie hin und wieder ein paar Minuten mit ihr verbracht. Und nicht einmal jetzt, da sie mit ihrem Vater für immer gebrochen hatte, wollte sie bei ihr bleiben. Lieber zog sie in den Urwald, als mit ihrer Mutter zusammen zu sein.
Emily drehte sich um und schaute sie an.
»Seit wann hast du es eigentlich gewusst?«
»Was gewusst, mein Kind?«
»Dass er Victors Vater ist.«
Sarah wich ihrem Blick aus. Emilys Frage war so einfach, doch die Antwort darauf fiel ihr unendlich schwer.
»Was heißt schon ›gewusst‹ in einer Ehe?«, sagte sie schließlich. »Man lebt Tag für Tag mit einem Menschen zusammen, man glaubt ihn zu kennen wie sich selbst, und dann stellt man fest, dass man die ganze Zeit mit jemandem verbracht hat, der einem so fremd ist, als hätte man nie ein Wort miteinander gewechselt.«
»Das ist keine Antwort auf meine Frage, Mama. Ich will wissen, seit wann du es wusstest.«
Sarah hob die Augen und schaute ihrer Tochter ins Gesicht. »Von Anfang an«, sagte sie leise. »Schon am ersten Tag hat er mich mit dieser Person betrogen, gleich nach seiner Ankunft. Ich hatte ihm ein Frühstück gemacht, im Schloss schliefen noch alle. Er war so schüchtern und unsicher, er wusste nicht, ob er das Rührei, das ich ihm vorsetzte, mit Messer und Gabel oder mit einem Löffel essen sollte. Doch kaum war er mit dem Frühstück fertig, sah ich durch das Fenster, wie er draußen im Hof mit dieser Frau sprach, einer jungen Wäscherin. Er redete und lachte mit ihr und berührte immer wieder ihr Gesicht. Kurze Zeit später, wir waren eben erst verheiratet, war sie schwanger und brachte Victor zur Welt.«
Ein Schweigen entstand. Emily nahm einen Stapel Pullover von der Kommode, doch statt sie in die Kleiderkiste zu legen, stand

sie unschlüssig da, als könne sie nicht entscheiden, was sie damit tun sollte.

»Wenn du es von Anfang an gewusst hast«, fragte sie, »warum bist du dann bei ihm geblieben?«

»Ich habe diesen Mann geliebt«, erwiderte Sarah, ohne eine Sekunde zu zögern, »und ich werde es immer tun, solange ich lebe. Selbst jetzt, nachdem er mich so viele Jahre betrogen und gedemütigt hat, kann ich nicht damit aufhören. Ich wollte immer nur an seiner Seite sein, das war alles, was ich mir in meinem Leben wünschte, zusammen mit ihm die großen Dinge erleben, von denen ich wusste, dass er zu ihnen fähig war. Dafür war ich bereit, jeden Preis zu bezahlen.«

Emily schüttelte den Kopf. »Ich ... ich hatte immer geglaubt, ihr zwei wäret ein vollkommenes Paar. So oft hat er dich vor allen Leuten gelobt und gesagt, dass er ohne dich nie die Dinge geschafft hätte, die er vollbracht hat. Ich kann dir gar nicht sagen, wie sehr ich dich darum beneidet habe.«

Sarah nickte. »Ja, das ist wahr, unsere Ehe hatte viele gute Seiten, und vielleicht waren wir sogar ein vollkommenes Paar, soweit das zwischen zwei Menschen überhaupt möglich ist. Aber wenn wir das waren, dann nur, weil ich die ganze Zeit zu allem schwieg. Dein Vater ist so stark – eine jammernde Frau hätte er an seiner Seite nie geduldet.« Sie machte eine Pause, um nicht vor ihrer Tochter zu weinen. »Zwanzig Jahre habe ich versucht, diese Verletzung zu ignorieren. Doch jetzt ... jetzt kann ich es nicht mehr.«

Emily legte den Stapel Pullover aufs Bett und nahm ihre Mutter in den Arm. »Ich wollte, du hättest mir das viel früher schon gesagt. Ich glaube, es wäre alles ganz anders gekommen.« Sie streichelte ihre Schulter, ihr Haar, zögernd und unsicher, doch gleichzeitig so liebevoll, wie sie es seit ihrer Kindheit nicht mehr getan hatte. »Was wirst du jetzt tun, Mama?«

»Gar nichts«, erwiderte Sarah und schmiegte sich dankbar an ihre Tochter. »Dein Vater wird in London bleiben – soweit ich weiß, will man ihn zum Abgeordneten machen –, und ich werde wohl den Rest meines Lebens hier in Chatsworth verbringen. Niemand wird etwas merken, und wenn gesellschaftliche Anlässe meine Anwesenheit erfordern, werde ich meine Pflichten erfüllen.«

»Glaubst du, du wirst das ertragen?«, fragte Emily.

»Was soll ich sonst tun?«, seufzte Sarah. »Solange deine Geschwister noch im Haus sind, wird es gehen. Aber dann, wenn auch sie mich verlassen, werde ich hier furchtbar einsam sein, allein mit all den Dingen, die er erschaffen hat. Mit seinem Park, mit seinen Glashäusern, mit seinen Seerosen …« Die Gefühle wurden plötzlich so stark, dass sie sich aus Emilys Umarmung befreien musste.

»Warum stößt du mich zurück?«, fragte Emily.

»Ich … ich stoße dich nicht zurück«, erwiderte Sarah und versuchte, ihre Fassung wieder zu gewinnen. »Aber du weißt doch, ich hasse Sentimentalitäten.«

»Sentimentalitäten?« Emily blickte sie verständnislos an.

»Nenn es, wie du willst«, seufzte Sarah, »ich bin jedenfalls zu alt, um damit anzufangen.«

Emily wartete noch eine Sekunde. Doch als Sarah sich über die Augen fuhr, um ihre Tränen fortzuwischen, und einen Knopf am Ärmel ihrer Bluse schloss, der sich während ihrer Umarmung geöffnet hatte, nahm Emily den Stapel Pullover vom Bett und legte ihn in die Kleiderkiste.

27

Emily stand auf der Galerie des Kristallpalasts und blickte in das gähnend leere Kuppelrund hinab, um Abschied von dem Ort zu nehmen, der ihr Leben mehr als jeder andere Ort der Welt verändert hatte. Wie der Kadaver eines gestrandeten Walfisches streckte sich der gläserne Leib vor ihr aus, als hätte er für immer seine Seele ausgehaucht. Das große Fest war vorbei, die Ausstellungsstücke waren in Kisten verpackt und befanden sich auf dem Weg zurück in ihre Heimatländer, und wo sich vor nicht langer Zeit noch hunderttausend Menschen gedrängt hatten, herrschte nun wortlose Stille. In wenigen Wochen würde man beginnen, den Pavillon abzutragen und in seine Einzelteile zu zerlegen, um ihn an anderer Stelle, auf einem Hügel in Sydenham, zu seiner weiteren Verwendung wieder neu zu errichten, als öffentliche Vergnügungsstätte für das Volk.

Emily trat an die Brüstung. Unweit des fünf Mann hohen Kristallbrunnens stand noch das scharlachrot bespannte Podium mit dem Elfenbeinthron, auf dem die Organisatoren der Weltausstellung geehrt worden waren. Sie alle hatten ihre Ziele erreicht. Mehr als sechs Millionen Menschen hatten die Veranstaltung besucht, in der vierzehntausend Aussteller aus fünfundzwanzig Ländern ihre Exponate gezeigt hatten. Prinz Albert hatte die Bewunderung der Königin und die Liebe des Volkes errungen, sodass seine Stellung für immer gefestigt schien. Joseph Paxton war nicht nur zum Ritter geschlagen und für das Parlament nominiert worden – dank seiner Aktienmehrheit an der Midland-Eisenbahngesellschaft war er einer der reichsten Männer des Landes, reicher noch als sein langjähriger Förderer, der Herzog von Devonshire. Und auch Henry Cole war nun ein allseits anerkannter Mann, Träger des Bath-Ordens und von der Society of Arts beauftragt, mit dem Gewinn der Ausstellung von über einhundertsechsundachtzigtausend Pfund Sterling ein Museum einzurichten, das den Namen der Königin und ihres Prinzgemahls tragen sollte, um beider Verdienste um das Wohl der Nation für immer im Bewusstsein des Volkes wach zu halten.

Emily ließ ein letztes Mal den Blick durch die Kuppel schweifen. Von hier aus hatte sie die Flugblätter in das Transept hinabwerfen wollen, um die Welt aufzuklären über das wahre Wesen der Ausstellung, das sie als Paradies auf Erden feierten … Hier hätten Victor und sie, verblendet von der Gewissheit, als Einzige die Wahrheit zu kennen, um ein Haar ein Inferno angerichtet, das Hunderten oder Tausenden von Menschen das Leben gekostet hätte ... Wieder sah sie Victors Gesicht vor sich, die Begeisterung, die aus seinen Augen leuchtete, als sie den Text des Flugblatts verfassten, und die Verzweiflung, die aus ihnen sprach, als er sich in die Luft sprengen wollte, um seinem Schicksal für immer zu entrinnen. Wo mochte er jetzt sein? Emily hatte keine Ahnung, sie wollte es auch gar nicht wissen. Um nicht die Versuchung in sich zu nähren, ihn noch einmal wieder zu sehen.

Auf der Galerie näherten sich Schritte, langsam und schwer hallten sie in der Kuppel wider.

»Ich hatte gewusst, dass du noch einmal herkommen würdest.«
Emily drehte sich um. Vor ihr stand ihr Vater.

»Wolltest du wirklich aufbrechen, ohne dich von mir zu verabschieden?«

»Wir haben nichts mehr miteinander zu reden«, erwiderte Emily.

»Doch, das haben wir. Und deshalb bin ich jeden Tag hier gewesen, um auf dich zu warten.« Er öffnete sein Zigarettenetui und hielt es ihr hin, doch sie schüttelte den Kopf.

»Was willst du von mir?«

»Ich möchte, dass du weißt, dass es mir unendlich Leid tut. Wir haben dein Vertrauen missbraucht. Das ist unverzeihlich.«
Emily zuckte die Schultern. »Wenn du dich entschuldigen willst – dafür ist es zu spät. Ihr habt ein Leben zerstört. Durch eure Lügen wäre ein Mensch fast zum Verbrecher geworfen.«

»Du sprichst von Victor, nicht wahr?« Paxton ließ das Etui sinken, ohne sich eine Zigarette zu nehmen.

»Von wem sonst? Er hat so sehr unter dir gelitten, dass er zu allem bereit war, nur um sich von dir zu befreien.«
Ihr Vater nickte. »Ja, ich gebe zu, ich habe ihm Unrecht zugefügt, und wahrscheinlich hast du Recht, dass es keine Entschul-

digung für mein Verhalten gibt. Aber eins sollst du wissen«, fügte er nach einer Pause hinzu, »Victor ist nicht mein Sohn.«
»Ich glaube dir kein Wort!«
»Aber es ist so, wie ich dir sage«, wiederholte er. »Ich bin nicht sein Vater. Auch wenn deine Mutter das Gegenteil behauptet.«
»Das ist doch nur wieder eine von deinen Lügengeschichten!« Emily war so angewidert, dass sie am liebsten vor ihm ausgespuckt hätte. »Victor hat dieselben Augen wie du, dieselbe Stirn, dasselbe Kinn. Er ist dir wie aus dem Gesicht geschnitten.«
»Das hat nichts zu bedeuten! Eine Laune der Natur!«
»Und er ist der einzige Mensch außer dir und mir, der seinen Daumen bis zum Unterarm zurückbiegen kann.«
»Woher willst du das wissen? Geh auf die Straße, hier in London, und probier es aus. Ich bin sicher, du findest Tausende von Menschen, die das können.«
»Er hat das gleiche Temperament wie du, die gleiche aufbrausende Art. Außerdem mag er Steckrüben! Sie sind sogar sein Lieblingsessen!«
»Das wundert mich nicht im Geringsten. Victor ist genauso arm, wie ich es früher war.«
»Ja, ja, ja! Auf alles hast du eine Antwort.« Die Empörung verschlug Emily fast die Sprache, und sie brauchte eine Weile, bis sie die Worte wiederfand. »Aber gut, angenommen, es würde stimmen, was du sagst, und Victor wäre nicht dein Sohn – wie konntest du ihn dann ein Leben lang mit solchem Hass verfolgen? Hast du auch darauf eine Antwort?«
Ihr Vater zögerte keine Sekunde. »Ja«, sagte er, »aus einem einfachen Grund: Weil deine Mutter glaubte, dass er mein Sohn *sei*. Und sie war mir wichtiger als er. Sie war nicht davon abzubringen – eine fixe Idee, die ich ihr in all den Jahren nicht ausreden konnte. Deine Mutter hatte immer Angst, mich an eine jüngere Frau zu verlieren, und vor lauter Eifersucht war sie manchmal unfähig, die Dinge so zu sehen, wie sie wirklich waren.« Er hielt kurz inne, bevor er weitersprach. »Es mag seltsam

für dich klingen, aber es war ihre Liebe, die sie blind gemacht hat, ihre Liebe und ihre Angst. Ihnen ist Victor zum Opfer gefallen.«

»Und deiner Schwäche«, sagte Emily.

»Ja«, bestätigte er, »und meiner Schwäche.«

Es entstand eine Pause. Emily wusste nicht mehr, was sie denken sollte. Sie fühlte sich wie ein Kind, das in ein Kaleidoskop blickt und sieht, wie alle Formen und Figuren, die ihm gerade noch klar und deutlich vor Augen zu stehen schienen, sich verlieren und auflösen, bis keine wieder zu erkennen ist.

»Ich begreife es nicht«, sagte sie nach einer Weile, »es ergibt alles keinen Sinn.«

»Was ergibt keinen Sinn?«

»Wenn es wirklich wahr wäre, dass du nichts mit Victor zu tun hast, warum hast du ihm dann zur Flucht verholfen? Das ist doch der Beweis, dass er dein Sohn ist.«

»Um ihn mir vom Hals zu schaffen?« Ihr Vater schüttelte den Kopf. »Nein, Emily. Ich habe ihm geholfen, weil es meine einzige Chance war, ein kleines bisschen wieder gutzumachen von dem, was ich ihm angetan hatte. Victor *musste* fort. Sie hätten ihn sonst ins Gefängnis gesteckt, vielleicht sogar zum Tod verurteilt.«

Emily biss sich auf die Lippen. So oft hatte er sie mit seinen Reden hinters Licht geführt. Doch diesmal würde es ihm nicht gelingen.

»Du musst mir glauben«, sagte er, »bitte, ich flehe dich an.«

Emily senkte den Blick. »Ich … ich würde dir so gerne glauben«, flüsterte sie, »aber – ich kann es nicht. Ihr habt mich zu oft belogen.«

Sie reichte ihm die Hand.

»Leb wohl, Papa.«

Ohne ihn noch einmal anzuschauen, wandte sie sich ab und ließ ihn stehen.

»Emily, bitte, geh nicht so fort.«

Im Laufschritt eilte sie davon. Während das Echo ihrer Schritte in ihrem Kopf dröhnte, hatte sie nur noch das Bedürfnis, das alles hier so schnell wie möglich hinter sich zu lassen, all die Lügen und Verdrehungen, die Hintergedanken und Entstellungen, die es ihr unmöglich machten, die Wahrheit zu erkennen. Sie hatte sie viel zu lange ertragen.
Auf einmal, sie wollte gerade die Treppe hinuntergehen, die von der Galerie hinabführte, sah sie, jenseits der gläsernen Kuppel, einen Fesselballon. Wie befreit von aller Erdenschwere erhob er sich in den blassgrauen Himmel. Bei dem Anblick zog sich ihr das Herz zusammen. Dort oben war sie Victor zum ersten Mal nahe gewesen, näher vielleicht als irgendwann sonst.
Das Bedürfnis, ihn wieder zu sehen, tat plötzlich so weh, dass sie es nicht aushielt. Gab es denn keine Möglichkeit, die Wahrheit herauszufinden?
Sie drehte sich noch einmal um.
»Du weißt, dass ich Victor geliebt habe?«, fragte sie ihren Vater. »Nicht wie eine Schwester, sondern – wie eine Frau?«
Er nickte stumm, die Lippen fest aufeinander gepresst.
»Und wenn ich dir sage, dass ich ihn noch immer liebe, dass ich ihn heiraten und Kinder mit ihm haben will ... Was wäre dann?«
»Ich würde es akzeptieren«, erwiderte er. »Auch wenn es mir noch so schwer fallen würde.«
»Wie großzügig von dir! Jetzt, da es zu spät ist! Jetzt kannst du alles erlauben.«
»Ich schwöre es, Emily!« Ihr Vater hob die Hand. »Bei allem, was mir heilig ist.
»Was will das schon heißen?«, fragte sie voller Verachtung. »Bei deinem Geld? Bei deinen Aktien?«
Doch als sie sein Gesicht sah, sackte ihre Empörung in sich zusammen. In den Augen ihres Vaters, den sie niemals hatte weinen sehen, schimmerten Tränen. Konnte es sein, dass er tatsächlich die Wahrheit sagte?
Es gab nur eine Möglichkeit, um es herauszufinden.

»Wenn ich dir glauben soll, Papa, dann sag mir eins.«
»Was, Emily?«
»Wo ist Victor? Wo finde ich ihn?« Sie machte einen Schritt auf ihn zu, die Augen fest auf ihn gerichtet. »Kannst du mir das sagen?«

28

Leer und öde wie das Leben selbst lag der Ozean da. Ein wässriger Schleier verwischte in der Ferne den Horizont, irgendwann hatte es zu regnen begonnen, doch Victor spürte die Nässe nicht, die ihm in dünnen, kalten Fäden in den Nacken rann. Das Gesicht im Wind, sah er zu, wie die dicken, schweren Tropfen auf die grauen Fluten herabfielen und beim Aufprall zerplatzten, um in der unendlichen Wasserwüste zu verschwinden.
»Was haben Sie eigentlich vor, Mr. Chatsworth, wenn wir drüben angekommen sind?«
Victor kannte den Mann, der neben ihn an die Reling getreten war, sie saßen bei den Mahlzeiten in der Kapitänskajüte manchmal nebeneinander. Er hieß Werner Blum, ein Deutscher aus dem Rheinland, der seine Heimat hinter sich gelassen hatte, um mit seiner Frau und seinen drei Söhnen nach Australien auszuwandern. Obwohl Victor den Umgang mit den übrigen Passagieren an Bord nach Möglichkeit mied, hatte er sich schon daran gewöhnt, dass sie ihn mit dem Namen ansprachen, der in den Papieren stand, die der Kapitän ihm bei seiner Ankunft auf der *Fortune* ausgehändigt hatte: Victor Chatsworth, seine neue Identität für sein Leben in der Neuen Welt.
»Meine Pläne?«, erwiderte er. »Ich weiß noch nicht.«
»Wir wollen weiter nach Adelaide«, sagte Blum in seinem holprigen Englisch. »Ich bin Winzer von Beruf, ich möchte Wein

anbauen im Barossatal. Ein Onkel von mir lebt dort schon seit zehn Jahren. Haben Sie drüben auch Verwandte?«

»Wie bitte?«, fragte Victor. »Ach so, nein, Verwandte habe ich nicht.«

»Der Boden dort soll hervorragend sein, von der Sonne ganz zu schweigen. Meine Frau und ich können es kaum erwarten, dass wir endlich da sind. Wir haben Setzlinge aus der Heimat dabei, Riesling. Haben Sie schon mal Riesling getrunken, Mr. Chatsworth?«

Victor dachte an die letzte Flasche Wein, die er mit Emily hatte teilen wollen. Sie stammte aus Frankreich und hatte einen unaussprechlichen Namen gehabt. Er hatte sie allein getrunken.

»Nein«, sagte er, »Riesling kenne ich nicht. Aber – ich wünsche Ihnen viel Glück.«

»Na, dann gehe ich mal wieder zurück zu meiner Familie. Meine Jungs warten schon ganz aufgeregt am Heck, um das Ablegen nicht zu verpassen. Haben Sie Lust, mitzukommen?«

Victor schüttelte den Kopf. Blum schaute ihn noch einmal von der Seite an, doch als Victor nicht reagierte, wandte er sich ab und ging.

Victor war froh, endlich allein zu sein. Die Einsamkeit war eine Höhle, in der er Zuflucht nahm vor den hoffnungsvollen Reden seiner Reisegefährten, wenn sie von ihrer Zukunft in Australien schwärmten. Er selbst hatte keine Ahnung, was ihn jenseits des Ozeans erwartete, er hatte nur ein paar Adressen in der Tasche, vor allem die von einem William Patterson, der ihm laut Auskunft des Kapitäns helfen würde, in der fremden Heimat Fuß zu fassen. Doch wozu? Es würde kein neues Leben für ihn geben, in der neuen Welt so wenig wie in der alten. Sein Schicksal war besiegelt, seit es ihn gab, seit dem verfluchten Augenblick, da Joseph Paxton ihn gezeugt hatte.

Wir beide wissen, dass wir uns nie mehr wiedersehen dürfen, und wenn es uns das Herz zerreißt …

Obwohl er den Brief auswendig kannte, zog er ihn wieder aus

der Tasche, um noch einmal die wenigen Zeilen zu lesen. Es war die letzte Möglichkeit, Emily nahe zu sein. Mit den Augen tastete er die Linien ihrer Handschrift ab, die kraftvollen Aufstriche an den Satzanfängen, die weichen Rundungen der Großbuchstaben, die verspielten Schnörkel, mit denen sie die Wörter abschloss. Es war, als könne er sie so noch einmal zum Leben erwecken, ihre Gegenwart heraufbeschwören, ihre Stimme, ihr Gesicht ... Regentropfen klatschten auf das Papier und verwischten die Tinte. Wie lange würde der Zauber noch wirken? Schon begannen ihre Gesichtszüge vor seinem inneren Auge zu verschwimmen. Hatte sie wirklich ein Muttermal an der Oberlippe? Oder war es nur eine Sommersprosse? Und selbst wenn es ihm gelänge, ihr Bild für immer in sich zu bewahren – nie würde er wissen, wie sie später aussehen würde, als erwachsene Frau, als Mutter und Großmutter. Mit jedem Monat, mit jedem Jahr würde ihr Aussehen sich mehr und mehr von seinem Bild entfremden.

Er zerriss den Brief und schaute zu, wie die Schnipsel über die grauen Fluten trieben. Ein letzter, stummer Abschied, bevor er den Kontinent für immer verließ.

29

Emily schaute aus dem Fenster ihres Abteils hinaus in die Landschaft, wo in rasender Fahrt die Wiesen und Felder vor ihren Augen verschwammen wie die Farben eines zu nass aufgetragenen Aquarells.

»Ihre Fahrkarte, bitte!«

Sie hatte gar nicht gehört, dass der Schaffner in ihr Abteil gekommen war. Sie griff in ihre Tasche und reichte ihm das Billet.

»Wann kommen wir in Plymouth an?«

Der Schaffner warf einen Blick auf seine Taschenuhr. »In weniger als einer Stunde«, sagte er und knipste ihren Fahrschein. »Eine gute Reise.«

Er tippte an den Schirm seiner Mütze, dann verschwand er aus dem Abteil, um sich außen am Zug entlang zum nächsten Wagen zu hangeln. Emily steckte ihr Billet wieder ein. Noch eine Stunde, dann würde sie Victor in ihre Arme schließen. Von ihrem Vater wusste sie, dass die *Fortune* auf der Fahrt durch den Ärmelkanal zweimal angelegt hatte, in Portsmouth und Southampton, um unterwegs Frachtgut und Passagiere an Bord zu nehmen, und dass sie nicht vor Abend in Plymouth den Anker lichten würde. Emily schloss die Augen. Nein, nichts und niemand auf der Welt konnte sie mehr daran hindern, Victors Frau zu werden. Sie spürte seinen Kuss auf ihrem Mund, seinen Atem, seine Lippen und ein Gefühl reiner, tiefer Seligkeit wallte in ihr auf. Gott sei Dank, Victor war nicht ihr Bruder, daran bestand nicht mehr der geringste Zweifel. Ihr Vater hätte ihr sonst nie gesagt, wo sie ihn finden würde. Er hatte sie sogar an den Zug gebracht und das Billet für sie gekauft, damit sie Victor noch einholen konnte, im äußersten Südwesten des Landes, wo der Ärmelkanal sich in den unendlichen Ozean öffnete.

Was für ein Gesicht würde Victor wohl machen? Immer wieder malte Emily sich aus, wie er an der Reling der *Fortune* stand und seine dunklen Augen aufleuchteten, wenn sie plötzlich vor ihm auf dem Kai erschien. Ob er gleich begriff, was ihr Kommen bedeutete? Sie konnten tun und lassen, was sie wollten! Sie konnten zusammen nach Australien fahren. Oder sie konnten versuchen, einen Platz für Victor auf der *Discovery* zu bekommen, die in einer Woche in Bornemouth auslief – ihr Geld reichte aus, um ihn an Bord einzuquartieren. Vielleicht schafften sie es sogar, Kapitän Fitzroy zu überreden, auf dem Schiff eine kleine Druckerei einzurichten, um nach einem Jahr mit einem fertigen Buch von der Expedition nach England zurückzukehren, mit den Abbildungen aller Pflanzen und Tiere, die sie auf ihrer Reise entdeckten. Was für ein unbeschreibliches Glück würde es sein, mit Victor den Amazonas entlangzufahren, den Fluss, von dem die Seerosen stammten …

»Plymouth! Endstation! Alle Passagiere aussteigen!«

Der Zug stand noch nicht still, als Emily die Wagentür öffnete und aus dem Abteil sprang. Zum Glück war der Bahnhof nur wenige Minuten vom Hafen entfernt. Sie raffte ihren Rock und eilte im Laufschritt die Straße entlang, ohne auf die Pfützen zu achten. Ein feiner Nieselregen wehte ihr ins Gesicht. Und wenn die *Fortune* doch schon fort war? Weil vielleicht der Wind besonders günstig gewesen war oder der Kapitän aus sonst einem Grund vorzeitig die Segel hatte setzen lassen? Voller Angst sah Emily einen leeren Kai vor sich und in der Ferne ein Schiff, das irgendwo am Horizont verschwand.

Als sie das Zollhaus passierte, das als letztes Gebäude am Ende der Straße die Sicht auf den Hafen versperrte, erblickte sie die *Fortune*. Sie lag als zweites Schiff am Kai, durch dicke Taue fest mit dem Land verbunden. An Deck des Viermasters stand ein Vater mit drei Söhnen, die sich die Hälse verdrehten und voller Bewunderung den Matrosen in den Wanten zusahen.

Emily war so erleichtert, dass ihr schwindlig wurde. Sie blieb stehen und schloss für einen Moment die Augen.

»Pfefferminz! Dr. Jackson's feines Pfefferminz!«

Emily drehte sich um. Vor ihr stand ein magerer Junge, der einen Kopf kleiner war als sie, mit nacktem Oberkörper und zerrissenen Hosen. Das Haar klebte ihm nass in der Stirn, mit seiner schmutzigen Hand streckte er ihr eine offene Schachtel entgegen.

»Hier, Miss. Damit küsst es sich nochmal so gut. Zwanzig Pastillen für 'nen Farthing!«

Der Junge lächelte sie an, aus einem blassen, unschuldigen Gesicht, das von Pickeln übersät war. Sein Anblick traf Emily mitten ins Herz. Genauso hatte Toby damals vor ihr gestanden, genauso armselig, genauso verletzlich. In derselben Sekunde

holte die Erinnerung sie ein, die Erinnerung ihrer Schuld, die Victor und sie so lange verdrängt hatten, um nur die Schuld der anderen zu sehen. Sie selbst hatte ihren Vater auf die Idee gebracht, die Truppen am Bahnhof zu bewaffnen, und es war Victors Idee gewesen, einen Anschlag auf einen Zug auszuüben. Ohne sie beide würde Toby noch leben.
Emily schaute hinüber zum Kai. Am Hauptmast der *Fortune* fiel gerade knatternd ein Segel vom Reff, und während es im Wind schlug, wusste sie auf einmal, dass alles ganz anders sein würde, als sie es sich vorgestellt hatte, wusste es mit solcher Deutlichkeit, dass die Küsse, die sie schon geglaubt hatte zu schmecken, auf ihren Lippen zerfielen wie modrige Pilze. Nein, sie durfte nicht Hals über Kopf mit Victor den Kontinent verlassen, es war noch zu früh für eine solche Entscheidung. Toby stand zwischen ihnen, Toby und ihre gemeinsame Schuld.
Ohne zu überlegen, was sie tat, nahm Emily ihren Zeichenblock aus der Tasche und schrieb eilig ein paar Worte auf das Papier, Worte, die ihr ganzes Leben bedeuteten.

Liebster Victor,
ich stehe am Ufer und sehe dein Schiff, das gleich ablegen wird. Wie gern würde ich zu dir an Bord kommen, doch ich kann es nicht. Ich brauche noch Zeit, um alles zu begreifen und mit mir ins Reine zu kommen. Aber ich werde dir nach Australien folgen und dich finden, irgendwann, wenn Toby es will.
Bis dahin sollst du wissen: Joseph Paxton ist nicht dein Vater, ich habe den Beweis. Wir sind frei!
Wenn du mich liebst, warte auf mich.
Ich küsse dich, Emily

Sie riss das Blatt vom Block, faltete es zusammen und reichte es dem Jungen.
»Siehst du die *Fortune* da drüben?«, fragte sie ihn. »Bring dem

Kapitän den Brief hier und sag ihm, er ist von Miss Emily Paxton. Er soll ihn Mr. Victor Chatsworth geben, aber erst wenn das Schiff den Hafen verlassen hat. – Kannst du das behalten?«

»Natürlich, Miss.« Der Junge wiederholte, was sie gesagt hatte.

»Gut.« Emily drückte ihm einen Shilling in die Hand. »Dann ab mit dir.«

Ohne noch einmal zum Kai zu schauen, drehte sie sich um und lief zurück in Richtung Stadt, bahnte sich einen Weg durch das Gewühl von Seeleuten und Schaulustigen auf der Pier, vorbei an dem Zollhaus, das den Ausgang des Hafens markierte, um die Speicherhäuser und Werften so schnell wie möglich hinter sich zu lassen und in die fremden Straßen und Gassen einzutauchen, eilte zwischen zwei hohen Häusern eine Treppe hinauf, die zu einem Park führte, immer weiter und weiter, bis sie ganz sicher war, dass keine Blicke und keine Rufe sie mehr erreichten.

Erst als sie die Höhe eines Hügels erklommen hatte, auf dessen Kuppe sich eine Zitadelle über der Stadt und dem Hafen erhob, blieb sie stehen. Auf einem Exerzierplatz zu Füßen der Anlage kommandierte ein Feldwebel eine Abteilung Rekruten, die in durchnässten Uniformen immer wieder ihre Gewehre präsentieren mussten. Emily ging weiter vor zu einer umzäunten Terrasse, von der aus man einen freien Blick auf das Meer hatte. Suchend ließ sie ihre Augen über die grauen Wassermassen schweifen. Es hatte fast aufgehört zu regnen, und in der Ferne lichteten sich bereits die ersten Wolken.

Da sah sie die *Fortune*. Mit geblähten Segeln passierte sie den Sund zwischen zwei Inseln und steuerte auf die offene See zu. Emily hielt sich die Hand über die Augen, um besser zu sehen. Am Heck stand ein Mann, so klein wie eine Puppe. Er trug eine Mütze auf dem Kopf. War es Victor oder irgendein anderer Passagier?

Emily nahm ihren Hut ab und schwenkte ihn in der Luft. »Ich liebe dich!«, rief sie über das Meer. »Warte auf mich!«

Hatte er sie gesehen? Der Mann auf der *Fortune* ließ die Reling

los, er sprang in die Höhe und winkte mit beiden Armen zurück. Dann wandte er sich plötzlich ab und verschwand hinter den Schiffsaufbauten. Doch nur wenige Sekunden später kehrte er wieder zurück, zusammen mit einem Matrosen, der zwei Flaggen senkrecht in die Höhe hob, um dann in schneller Folge Signale zu senden.
»Das ist ja richtig rührend«, sagte eine Stimme ganz in der Nähe. Emily blickte zur Seite. Auf einer Bank saß ein alter Fischer und rauchte seine Pfeife.
»Können Sie die Signale lesen?«
»Sicher kann ich das«, sagte er und nahm die Pfeife aus dem Mund. »Er antwortet Ihnen.«
Emily biss sich auf die Lippe. »Und – was sagt er?«
»Augenblick, Miss.« Der alte Fischer stand auf und schaute mit seinen blauen Augen über das Meer. »Er sagt: ›Ich warte auf dich … Solange ich lebe …‹«
Wie durch einen Schleier sah Emily das Schiff. War es der Regen, oder waren es ihre Tränen, die sie nicht länger zurückhalten konnte? Der Signalgast senkte die Flaggen und verschwand von Deck, doch Victor winkte ihr immer noch zu. Obwohl es unmöglich war, glaubte sie sein Gesicht zu erkennen, seine kräftigen Wangenknochen, seine dunklen, sanften Augen, die wie in einem Traum verloren schienen. Sie hatte alle Adressen, die ihr Vater ihm gegeben hatte, und es gab Schiffe, die von Rio de Janeiro direkt nach Sydney fuhren, um das Kap der Guten Hoffnung herum.
»Ja, Victor, warte auf mich …«, flüsterte sie. »Die Welt ist nicht groß genug, dass wir uns darin verlieren können …«
Plötzlich, die *Fortune* hatte gerade die zwei Inseln hinter sich gelassen, riss die Wolkendecke auf. Mit gleißendem Licht erbrach sich die Sonne ins Meer, glitzernd und funkelnd, ein riesiger Kristall, der sich wie ein Palast in der unendlichen Weite erhob.

Epilog
Der Weltenbrand
1936

Man schrieb den dreißigsten November des Jahres 1936. Die letzten Strahlen einer blassen Wintersonne streiften die Hügel von Sydenham, und noch einmal erglühte die Kuppel des Kristallpalasts wie der Kohinoor-Diamant, jener sagenumwobene »Berg des Lichts«, den der Pavillon einst in seinem Innern geborgen hatte. Noch immer erhob sich der gewaltige Glasleib voller Majestät in den Himmel, als wolle er die ganze Welt in sich aufnehmen. Doch welche Stille umgab nun den alten, riesigen Koloss. Längst hatte sich der bunte Strom der Gäste verlaufen, kein Fahren und Rennen mehr auf den Wegen, kein Schieben und Drängen mehr an den Toren. Gähnend vor Langeweile hielt ein einziger Konstabler nutzlose Wache, und an den Gittern lagerten zerlumpte Stadtstreicher, während die Sonne endgültig am Himmel unterging und nächtliche Dunkelheit sich über das verrostete Skelett mit den halb erblindeten Scheiben legte.

Der Mond lugte schon zwischen den Wolken hervor, als Sir Henry Buckland, Generaldirektor der Kristallpalast-Gesellschaft, gegen halb acht an diesem Abend sein Nachtmahl beendete und noch einmal seine Wohnung in Penge Hill verließ, um einen Brief einzuwerfen. Wie immer, wenn er die Straße betrat, schaute er voller Wohlgefallen auf das erhabene Gebäude, dessen Führung ihm unterstand und an dessen Entstehung vor fünfundachtzig Jahren bereits sein eigener Großvater, ein Glaser namens Harry Plummer, mitgewirkt hatte. Die Stimmen eines Orchesters wehten leise zu ihm herüber, als er sich dem dunklen Pavillon näherte. Offenbar probten die Musiker noch für die Eröffnung der Nationalen Katzenausstellung, die am nächsten

Morgen im Transept stattfinden sollte. Sir Henry blieb stehen, um der Melodie zu lauschen, er glaubte, das vertraute *Pomp and Circumstances* zu erkennen, als er plötzlich stutzte.
Was war das für ein unruhiger, roter Schein, der aus dem Innern des Transepts nach draußen drang? Mit raschen Schritten überquerte Sir Henry die Straße und lief in das Gebäude, wo ihn laut und unverkennbar die Töne seines Lieblingsmarsches empfingen, zusammen mit dem beißenden Geruch von Rauch. Ohne auf die Musik zu achten, die aus einem der rückwärtigen Konzertsäle erklang, eilte er die Treppe hinauf zum Verwaltungstrakt, wo der Dienst habende Feuerwehrmann und mehrere Arbeiter verzweifelt damit beschäftigt waren, ein kleines, heftiges Feuer zu löschen, das in einem Büro ausgebrochen war.
Sir Henry begriff sofort die Gefahr. Während seiner Amtszeit hatte es schon mehrere Brände in dem Bauwerk gegeben, doch keiner hatte eine solche Kraft gehabt wie dieser. Ohne zu zögern, schickte er einen Arbeiter zu den Konzertsälen, um die Musiker zu warnen, und das Orchester war noch nicht verstummt, als das Feuer sich auch schon auf die ersten Nebenräume und die Galerie ausbreitete, wo das alte, in Jahrzehnten ausgetrocknete Holz der Wandverkleidungen wie Zunder brannte.
Um drei Minuten nach acht traf die Feuerwehrbrigade von Penge Hill ein. Doch da stand schon das gesamte Transept in Flammen. Zu Hunderten platzten die Glasscheiben in der Hitze, zerbarsten in immer wieder neuen Salven, als wollte die Zerstörung ihrem eigenen Opfer ein Salut bereiten. Der starke Nordwestwind, der durch die Öffnungen einströmte, verwandelte die Halle in einen gigantischen Kamin, und durch die Zugluft gestärkt, fanden die Flammen im Nu ihren Weg hinunter ins Erdgeschoss, wo sie gierig über das hölzerne Podium und die zwanzigtausend Stühle herfielen, die dort aufgereiht standen. Die Löschtruppen, ausgerüstet nur mit einer einzigen, altersschwachen Pumpe, sahen ohnmächtig zu, wie die Flammen sich immer weiter fraßen, wie sie sich alles einverleibten, was ihnen

in den Weg kam, unersättlich und unerbittlich, die Pflanzen und Bäume genauso wie die Figuren des Wachsfigurenkabinetts und die Nachbildungen von Dinosauriern und anderen Urzeitmonstern in der prähistorischen Sammlung. Die Feuerwehrmänner konnten nichts weiter ausrichten, als ein paar Dutzend exotischer Singvögel, die aufgeregt in ihren Volieren flatterten, aus ihren Gefängnissen zu befreien, in der Hoffnung, dass sie lebend dem flammenden Inferno entkamen.

Jede Minute trafen weitere Feuerwehrbrigaden in Sydenham ein, mit laut bimmelnden Alarmglocken und heulenden Sirenen, aus ganz London wurden sie zusammengezogen, insgesamt neunundachtzig Löschzüge und dreihunderteinundachtzig Männer. Aber der Druck des Wassers oben auf dem Hügel war viel zu schwach, als dass sie dem Brand hätten Einhalt gebieten können. Eilig warfen die Männer die Motorpumpen an und rollten die Schläuche aus. Doch selbst der modernste Londoner Spritzenwagen, der erst am Nachmittag zuvor der Öffentlichkeit vorgestellt worden war, konnte das Ende nur ein wenig hinauszögern – verhindern konnte er es nicht. Bald hatte die Hitze eine solche Intensität erreicht, dass die alten schwarzen Eisenstreben weiß zu glühen begannen, sich verdrehten und einknickten, als wären sie aus Wachs. Überall platzte die Haut des alten Riesen, Träger für Träger, Strebe für Strebe, fiel das stählerne Skelett in sich zusammen, in haushohen Schauern von sprühenden Funken und Flammen, während die große Orgel mit ihren über dreitausend Pfeifen, in die der Feuersturm seinen apokalyptischen Atem blies, noch einmal aufstöhnte, um zu einem letzten ohrenbetäubenden Choral anzuschwellen. Dann, um fünf Minuten nach halb neun, stürzte die Kuppel des Transepts ein, mit einem Krachen und Donnern, als feuere ein Artillerieregiment sämtliche Kanonen auf einmal ab, und aus den Kellern des Gebäudes flohen Tausende zu Tode geängstigter Ratten hinaus ins Freie, ein schwarzer fiepender Teppich, der bald den ganzen Park überzog.

Im Umkreis von fünf Meilen war der Einsturz zu hören, und noch weiter waren die Flammen zu sehen, die dreihundert Fuß hoch in den nächtlichen Himmel aufschlugen. Ein rötlicher Schein lag über der Hauptstadt, nur verhüllt von dem Rauch, den der Wind in Richtung Südosten trieb. In Scharen strömten die Menschen hinaus auf die Straßen, angezogen von einem unwiderstehlichen Grauen, um sämtliche Hügel Londons zu besetzen. Hustend und blinzelnd standen sie da und starrten in ehrfürchtiger Scheu auf das Schauspiel. Auf dem Dach von Westminster drängten sich die Abgeordneten beider Häuser des Parlaments, Lords und Tories und Whigs, vereint im fassungslosen Staunen, dass Glas und Stahl so lichterloh brannten wie Heu oder Stroh, während in Hillside Road ein Händler Feldstecher auslieh, für zwei Pence die Minute. Sogar noch in Brighton eilten die Einwohner, alarmiert durch eine Radiodurchsage der BBC, hinauf zum Devil's Dike, um die Feuersbrunst aus fünfzig Meilen Entfernung anzuschauen. Und ein einsamer Postflieger, der um Mitternacht mit seiner Maschine den Ärmelkanal überquerte, glaubte beim Anblick des gewaltigen rötlichen Widerscheins am Himmel, die Hauptstadt selbst sei in Flammen aufgegangen, zum zweiten Mal in ihrer Geschichte.

Sir Henry Buckland blieb die ganze Nacht über vor Ort, um das Unglück zu bezeugen, wie ein geschlagener General, der das Schlachtfeld erst verlässt, wenn der letzte seiner Männer gefallen ist. Als der Morgen des ersten Dezembers endlich graute, lag der Ort in Schutt und Asche vor ihm da, nur hier und dort züngelte noch eine Flamme aus der Ruine hervor. Von dem Kristallpalast aber war nur noch ein Torso übriggeblieben, eine Reihe grotesk verdrehter Eisenträger, die einsam in den Himmel ragten oder, abgeknickt von der Last ihres eigenen Gewichts, mit ihren stählernen Armen im Wind schwangen, als wollten sie die verrußten Statuen und Bronzenymphen segnen, die draußen auf der Terrasse das Inferno überlebt hatten, stumme Hüter des Entsetzens.

Noch einmal ließ Sir Henry seinen Blick über die Verwüstung schweifen, die Augen voller Tränen. Alles hatte der Brand vernichtet. Nur der gläserne Brunnen in der Mitte des Transepts war wie durch ein Wunder unversehrt geblieben, sogar ein paar Goldfische schwammen noch in seinem Becken, obwohl das Wasser darin gekocht haben musste. Mit versteinerter Miene und gebrochenem Herzen nahm Sir Henry den Bericht des Feuerwehrhauptmanns entgegen: Kein Anschlag oder Attentat, vor denen man sich immer wieder gefürchtet hatte, seit der Bau errichtet worden war, hatte den Koloss bezwungen, sondern ein brüchiges Kabel, das, tief verwurzelt im viel zu alten Leib des Gebäudes, sich von allein entzündet hatte. Die Zerstörung seiner selbst hatte dem gläsernen Riesen innegewohnt, von allem Anfang an.

Mit einem Seufzer wandte Sir Henry sich ab. Ja, der Fluch, den Colonel Sibthorp einst zum Himmel sandte, vor fünfundachtzig Jahren, er hatte sich doch noch erfüllt. Der Kristallpalast, der den Traum eines Jahrhunderts verkörpert hatte, den Traum vom irdischen Paradies, den die kühnsten Männer ihrer Zeit unter Aufbietung all ihrer Phantasie und Ingenieurskunst hier hatten verwirklichen wollen, war nur noch eine Erinnerung. Die ganze Welt an einem Ort – in den Flammen war sie aufgegangen, wie die wirkliche Welt wenige Jahre später in Flammen aufgehen sollte, in dem großen Weltenbrand des Krieges, von dem die Feuersbrunst von London nur ein Vorbote war.

Noch am selben Tag berichteten die Zeitungen, dass deutsche Truppen in Spanien gelandet seien. »*Simul omnes collacrimabunt*«, schrieb die *Times*, »gemeinsam werden sie ihre Tränen vergießen.«

Dichtung und Wahrheit

Dieser Roman erzählt die Geschichte des Kristallpalasts, jenes berühmten Tempels des Fortschritts, in dem das ganze 19. Jahrhundert sein Sinnbild fand. Zugleich erzählt er die Geschichte eines Attentats, das sich so nie ereignet hat, doch von dem viele Zeitgenossen der ersten Weltausstellung fürchteten, dass es sich hätte ereignen können: die ausgebliebene Katastrophe, die erst in unserer Zeit zum Ausbruch kam, im Zweiten Weltkrieg, in dem sich all die aufgestauten Konflikte und Widersprüche des 19. Jahrhunderts entluden.

Von der Hauptfigur des Romans, »Miss Emily Paxton«, wissen wir heute kaum mehr, als dass es sie gegeben hat. Das eröffnete mir die Freiheit, ihr individuelles Schicksal mit den großen geschichtlichen Ereignissen zu verknüpfen, in einem Wechselspiel von Imagination und historischer Rekonstruktion. Aus ihrer Perspektive habe ich versucht, den Kosmos jener »Weltenbauer« zu erschließen, die mit ihrem Optimismus und Tatendrang den vielleicht kühnsten Traum ihrer Zeit träumten, doch blind waren für die Gefahren, die ihrem Fortschrittsglauben innewohnten.

Folgende Ereignisse, die im Roman zur Sprache kommen, gelten in der Forschung als gesichert:

1803: Joseph Paxton wird als siebtes Kind des Pachtbauern William Paxton in Milton-Bryons, Bedfordshire, geboren.
1808: Geburt Henry Coles als Sohn eines Offiziers in Bath.
1826: Paxton tritt als Landschaftsgärtner in den Dienst des Herzogs von Devonshire.
1827: Paxton heiratet die drei Jahre ältere Miss Sarah Brown;

noch im selben Jahr wird beider älteste Tochter Emily geboren.

1832: Kronprinzessin Victoria besucht erstmals die Gärten des Herzogs von Devonshire in Chatsworth; der irische Chartistenführer Feargus O'Connor wird Abgeordneter im Unterhaus.

1833: Cole, inzwischen Beamter im Staatsdienst, heiratet heimlich seine Cousine Marian Bond, die ihm in den folgenden Jahren acht Kinder schenken wird; Aufnahme im Kreis der »Philosophical Radicals« und Freundschaft mit John Stuart Mill.

1835: Paxton beginnt im großen Stil auf die Zukunft der Eisenbahn zu spekulieren; er und seine Frau Sarah investieren fast deren gesamte Mitgift von fünftausend Pfund in Eisenbahnaktien.

1836: Sir Robert Schomburgk entdeckt am Amazonas eine Riesen-Seerose und führt sie in England ein.

1837: König William IV. stirbt, Victoria besteigt den Thron; zu Ehren ihrer Krönung wird die Riesen-Seerose vom Amazonas auf den Namen *Victoria regia* getauft.

1838: Cole erwirbt erste öffentliche Verdienste bei der Reform des Staatsarchivs; ab dieser Zeit auch seine Mitwirkung an den Vorbereitungen zur Einführung der Penny Post; O'Connor gründet die Chartisten-Zeitung *The Northern Star*.

1839: Aufstand der Chartisten in Newport mit blutiger Niederschlagung.

1840: Königin Victoria nimmt Albert von Sachsen-Coburg-Gotha zum Prinzgemahl.

1843: Zweiter Besuch Victorias in Chatsworth, diesmal als gekrönte Königin, in Begleitung ihres Ehemanns Prinz Albert sowie des Feldmarschalls Wellington, des Siegers von Waterloo.

1844: *Die Natürliche Geschichte der Schöpfung*, eine populärwissenschaftliche Schrift von Robert Chambers, die in

Teilen die Lehren Darwins vorwegnimmt, erscheint anonym und sorgt mit ihren evolutionistischen Thesen in der englischen Gesellschaft für Aufsehen.

1845: In London findet die erste Ausstellung der Society of Arts statt; Aufhebung der Korngesetze als politischer Sieg der Freihandelsliga; *Die Reise um die Welt* von Charles Darwin erscheint; O'Connor ruft den chartistischen Landplan ins Leben und gründet bei Rickmansworth die Kommune O'Connorville.

1846: Eintritt Coles in die Society of Arts; Geburt der Idee einer großen Nationalausstellung.

1847: Eine Ausstellung der Society of Arts mit zwanzigtausend Besuchern wird als Coles Erfolg angesehen; Cole alias Felix Sommerly gewinnt mit dem Entwurf eines Teeservices eine Silbermedaille für gutes Design; Coles erste Begegnung mit Prinz Albert; Einführung des Zehn-Stunden-Arbeitstages.

1848: Bürgerliche Revolution in fast allen Staaten Europas, außer in England; Beginn der Goldförderung in Kalifornien; Unterstützung von Coles Ausstellungsidee durch das Handelsministerium; Niederschlagung einer Chartisten-Demonstration unter Führung von Feargus O'Connor mit zweihundertfünfzigtausend Teilnehmern zur Durchsetzung der Charta durch Wellingtons Truppen; Paxton wird Direktor der Midland-Eisenbahngesellschaft.

1849: Eröffnung des Bahnhofs von Rowsley, gebaut nach einem Entwurf von Paxton; Frühjahr: Paxtons *Magazine of Botany* gerät in finanzielle Schwierigkeiten; Juni: Cole besucht die französische Nationalausstellung in Paris und entwickelt dort die Idee einer internationalen Veranstaltung; 14. Juni: Preisverleihung der Society of Arts durch Prinz Albert; 29. Juni: Geburtsstunde der »Great Exhibition« in Osborne: Coles Präsentation der Idee vor Prinz Albert und Vertretern von Politik und Wirtschaft, Terminierung der Ausstellung auf den 1. Mai 1851, Benennung des Hyde Park als Veranstaltungsort; 9. Juli: Ablehnung der dritten Chartisten-Petition im Unterhaus: Ende der Arbeiter-Massenbewegung und Beginn von O'Connors Niedergang; 14. Juli: Beschluss zur Bildung einer Königlichen Kommission; Juli/August: Coles Ehefrau erkrankt; 23. August: Abschluss des Munday-Vertrags: Finanzierung der Weltausstellung durch eine private Anleihe; September: Cole reist auf eigene Kosten durch England, um für sein Projekt zu werben; 17. Oktober: Erstes Mansion-House-Meeting mit offizieller Verkündung des Ausstellungsplans; November: Der Munday-Vertrag wird publik, die öffentliche Empörung gefährdet das ganze Projekt wegen Verdacht auf private Bereicherung der Beteiligten; Dezember: Paxton gelingt es als erstem Gärtner der Welt, die Seerose *Victoria regia* in einem Gewächshaus zum Blühen zu bringen; das Bild seiner Tochter Anne, das diese stehend auf einem der schwimmenden Blätter zeigt, wird in der Zeitschrift *Punch* abgedruckt und macht in ganz England Furore.

1850: Paxton baut in Chatsworth das *Victoria-regia*-Gewächshaus; das Konstruktionsprinzip ist abgeleitet aus der Blattstruktur der Riesen-Seerose; das hier entwickelte und patentierte System wird später als Grundlage zur Erbauung des Kristallpalasts dienen.

11. Januar: Erste Sitzung der Königlichen Kommission mit Beschluss zur Kündigung des Munday-Vertrags und Einsetzung eines Exekutivkomitees unter Vorsitz von Col. Reid; Cole, der durch die Kündigung finanzielle Einbußen erleidet, sieht sich an den Rand gedrängt und erwägt seinen Rückzug aus dem Projekt der Weltausstellung; das Baukomitee nimmt seine Arbeit auf und formuliert die Anforderungen an das Ausstellungsgebäude; 25. Januar: Zweites Mansion-House-Meeting: Propagie-

rung der Weltausstellung als das »große olympische Fest unserer Zeit«.
Februar: Rede von Bischof Wilberforce »Dignity of Labour« mit der Forderung nach Einbeziehung der Arbeiterklasse in die Weltausstellung; sukzessive Einrichtung von lokalen Ausstellungskomitees im ganzen Land.
März: Öffentliche Ausschreibung des Architekten-Wettbewerbs für das Ausstellungsgebäude, mit einer Einreichfrist von nur drei Wochen; 19. März: Parlamentsdebatte um den Hyde Park als Standort; einsetzende Kritik an den Weltausstellungsplänen mit Hinweis auf mögliche Gefahren: Förderung internationaler Konkurrenz, Masseninvasionen von Ausländern, Import der Revolution vom Kontinent, Widerstand der Chartisten; Hauptvertreter der Opposition: der Tory-Abgeordnete Col. Sibthorp; 21. März: Drittes und entscheidendes Mansion-House-Meeting, erstmals unter offizieller Patronage von Prinz Albert.
April: Das Ergebnis des Architekten-Wettbewerbs: zweihundertdreiunddreißig Einsendungen, doch kein Entwurf überzeugt; Arbeiterproteste und Agitation gegen Nichteinhaltung des Zehn-Stunden-Gesetzes; schleppende Subskriptionen gefährden die Finanzierung der Ausstellung.
Mai: provisorische Einsetzung des Central Working Class Committees zur Einbeziehung der Arbeiterschaft; Widerstände gegen das CWCC wegen Revolutionsgefahr; 7. Mai: Offizielle Verpflichtung der Regierung, keine öffentlichen Gelder für die Weltausstellung auszugeben; alternative Finanzierung durch Einrichtung eines Garantiefonds; 9. Mai: Das Baukomitee legt der Königlichen Kommission einen eigenen Entwurf für das Gebäude vor.
Juni: Auflösung des CWCC, um keine weitere Opposition zu provozieren; lokale Arbeiter-Komitees als Reiseveranstalter statt als politische Interessenvertretung; proletari-

sche Kritik am Ausschluss der Arbeiterklasse; 7. Juni: Paxton im Unterhaus bei Akustikprobe: seine Zweifel an der Eignung des Komitee-Entwurfs; Cole sichert Paxton mit einer konstruierten »Verbesserungsklausel« die Möglichkeit zu, einen Entwurf nachzureichen; 11. Juni: Sitzung der Midland-Eisenbahngesellschaft in Derby: Paxtons Löschblattskizze als erster Entwurf für den Kristallpalast, das Ausstellungsgebäude als gigantisches Gewächshaus; 12. Juni: Cole ermöglicht Paxton eine Audienz bei Prinz Albert; Beginn der Ausarbeitung des Entwurfs; 22. Juni: Veröffentlichung des Komitee-Entwurfs in der *Illustrated London News* ruft Sturm der Entrüstung hervor; Vorlage von Paxtons Entwurf bei Lord Granville, Neffe des Herzogs von Devonshire; dessen Begeisterung und Förderung; Paxton sichert sich die Mitarbeit von Fox & Henderson; Ausarbeitung eines gemeinsamen Angebots via Telegraf; 24. Juni: Paxton präsentiert seinen Entwurf Prinz Albert; 28. Juni: Eingabe der Hyde-Park-Anwohner gegen das Ausstellungsgebäude, drohendes Scheitern des Projekts an der Standortfrage; 29. Juni: Paxton schließt mit der Firma Fox & Henderson einen Ausführungsvertrag ohne eigene Absicherung ab; am selben Tag Beschluss der Königlichen Kommission, die Ausstellung zu opfern, falls der Hyde Park als Standort abgelehnt wird; Robert Peel, wichtiger Fürsprecher des Projekts, stürzt im Hyde Park vom Pferd und verletzt sich lebensgefährlich.
Juli: Verstärkung der Opposition durch negative Reaktionen auf den Komitee-Entwurf; 3. Juli: Robert Peel stirbt an den Folgen seines Reitunfalls; Prinz Albert mutlos und zur Aufgabe der Ausstellungspläne bereit; 4. Juli: Abstimmung in beiden Häusern des Parlaments über den Standort Hyde Park: die Anträge der Opposition unter Führung von Col. Sibthorp werden mit großer Mehrheit abgelehnt; 6. Juli: Veröffentlichung von Paxtons Entwurf in der *Illu-*

strated London News: grandiose Aufnahme in der Öffentlichkeit; 12. Juli: Cole überzeugt Eisenbahnkönig Samuel Peto von Paxtons Entwurf: Peto zeichnet einen Garantiefonds von fünfzigtausend Pfund; 15./16. Juli: Grundsätzliche Annahme von Paxtons Entwurf durch das Baukomitee; wichtigste geforderte Änderung: Transept zum Schutz der »Sibthorp-Ulmen«; Ende Juli: Gezeichnete Summe des Garantiefonds bei dreihundertfünfzigtausend Pfund: die Finanzierung der Weltausstellung ist gesichert; Paxton gilt in der Öffentlichkeit als Retter des Projekts.
August: Baubeginn im Hyde Park mit Fertigstellungstermin Januar 1851: zweiundzwanzig Wochen, um ein Gebäude zu errichten, das viermal so groß ist wie der Petersdom in Rom.
November: Streik der Glaser auf der Baustelle; neuerliche Kritik am Gebäude wegen angeblicher Gefahren der Glasbauweise; Col. Sibthorp fleht im Parlament um Gottes Beistand im Kampf gegen den »babylonischen Turmbau«.
Dezember: Richtfest; der *Punch* tauft das Ausstellungsgebäude auf den Namen »Kristallpalast«; Cole beginnt die Arbeit am Ausstellungskatalog.

1851: Winterstürme gefährden den Kristallpalast.
Januar: offener Brief von Paxton an Premier Russell für freien Eintritt bei der Ausstellung; der Brief wird mit distanzierenden Kommentaren von der *Times* gedruckt.
Februar: Letzte Arbeiten am Kristallpalast; erste Ausstellungsstücke treffen ein.
März: Sicherheitsvorkehrungen der Feuerwehr und Polizei; 31. März: Chartisten-Meeting: Anzeichen von O'Connors geistiger Verwirrung, Verdacht auf Unterschlagung durch den Chartistenführer, Ende des Landplans und der Kommune O'Connorville.
April: Geheimdienstberichte von auslandsgesteuerten Revolutionären, die zur Weltausstellung nach London kom-

men; Mobilisierung von dreizehn- bis fünfzehntausend Sicherheitskräften unter dem Oberkommando von Feldmarschall Wellington.

Mai: Feierliche Eröffnung der »Great Exhibition« am ersten Tag des Monats im Beisein des Königspaars sowie in- und ausländischer Würdenträger; einziger Zwischenfall: Huldigungen der Queen durch einen nicht akkreditierten Chinesen; begeisterte Reaktionen der Presse, doch vorerst geringer Publikumszuspruch; Gefahr eines finanziellen Desasters, 5. Mai: Die Jury nimmt ihre Arbeit auf; Verschärfung der Sicherheitsmaßnahmen vor Öffnung der Tore für das Volk; 26. Mai: Erster Schillingstag.

Juni: Stetig wachsender Zuschauerstrom infolge der Schillingstage, vor allem dank Arbeiter-Wallfahrten in den Kristallpalast; Herausgabe des offiziellen Ausstellungskatalogs durch Cole.

Juli: Verkündung der Preisträger durch die Jury; 22. bis 24. Juli: Friedenskongress in der Exeter Hall; Col. Sibthorp wiederholt seine Angriffe im Unterhaus; Ende Juli: Der finanzielle Erfolg der Ausstellung steht fest.

August: Eine Delegation der Ausstellungsmacher mit Paxton an der Spitze reist auf Einladung des Pariser Bürgermeisters in die französische Hauptstadt, wo die nächste Weltausstellung stattfinden soll.

September: Dank Thomas Cook und den Bemühungen der lokalen Komitees nimmt der Ausstellungstourismus Formen einer Völkerwanderung an; die Streckenüberlastung der Eisenbahn führt zu mehreren Unfällen auf den Gleisen.

Oktober: Falscher Alarm beim Auftritt Wellingtons im Kristallpalast; 11. Oktober: Letzter Besuchstag der Weltausstellung: noch einmal erscheint die Königin, die Besucher stimmen spontan die Nationalhymne an; Fazit der Veranstaltung: insgesamt sechs Millionen neununddreißigtausendzweihundertfünf Besucher, einhundertsechsundachtzigtausend Pfund Sterling Gewinn; Polizeibericht: Keine besonderen Vorkommnisse; Bilanz der Eisenbahnen: Durchbruch des neuen Massenverkehrsmittels; Ehrungen: Joseph Paxton wird für seine Verdienste um die Weltausstellung zum Ritter des Britischen Empires geschlagen, Henry Cole mit dem Bath-Orden ausgezeichnet; Cole erhält zudem den Auftrag, mit dem erwirtschafteten Gewinn ein nach dem Königspaar zu benennendes Museum einzurichten.

1852: Abtragung des Kristallpalasts im Hyde Park; zunehmende Entfremdung zwischen Joseph und Sarah Paxton; während Joseph die Arbeiten im Hyde Park überwacht, neue Projekte in Angriff nimmt und seine politische Karriere vorbereitet, zieht Sarah sich nach Chatsworth zurück; Feargus O'Connor wird in die Irrenanstalt von Chiswick eingewiesen.

1853: Wiedererrichtung des Kristallpalasts in Sydenham, südlich von London. September: Emily Paxton heiratet G. H. Stokes, einen Assistenten ihres Vaters.

1854: Paxton wird Abgeordneter des Parlaments.

1856: Cole wird Leiter des neuen South-Kensington-Museums, Vorläufer des Victoria-and-Albert-Museums.

1865: Joseph Paxton stirbt am 8. Juni im Alter von zweiundsechzig Jahren.

1871: Sarah Paxton stirbt im Alter von einundsiebzig Jahren in Chatsworth.

1936: Der Kristallpalast fällt in der Nacht vom 30. November auf den 1. Dezember einer Feuersbrunst zum Opfer; als Brandursache wird eine defekte Leitung vermutet.

Victor Springfield, Emily Paxtons Jugendfreund, ist eine frei erfundene Figur des Autors.

Danke

»Die einzige Pflicht«, so Oscar Wilde, »die wir gegenüber der Geschichte haben, ist, sie nochmals zu schreiben.« Dies zu tun, war meine Absicht – doch bin ich mir bewusst, dass ich allein es kaum geschafft hätte.
Darum ist es mir ein Bedürfnis, mich bei allen zu bedanken, die zur Entstehung dieses Romans beigetragen haben. Dies sind insbesondere:

Christina Spittel: Sie hat die Weltausstellung überhaupt erst ins Spiel gebracht. Und mir damit zwei unglaublich anstrengende, aber auch wunderbar spannende Jahre beschert.
Dr. Utz Haltern: Sein Buch über die erste Weltausstellung, mein tägliches Brevier während des Schreibens, ist nach wie vor die beste deutsche Monografie zum Thema. Trotzdem war er sich nicht zu schade, meinen Roman auf die historische Stimmigkeit hin zu prüfen.
Serpil Prange: Sie teilt in einer Weise das Leben mit mir, dass ich oft selbst nicht mehr weiß, was von ihr ist und was von mir.
Alastair Cameron: Als »Speaker« der Paxton Society, Chatsworth, hat er mich auf sehr britische Weise unterstützt: schnell, unkompliziert, konstruktiv.
Dr. Kurt Möser: In seinem »Landesmuseum für Technik und Arbeit« in Mannheim hat er mich auf so anschauliche Weise durch das 19. Jahrhundert geführt wie auf einer Zeitreise.
Joachim Lehrer: Mit seinen profunden Kenntnissen im Sprengungswesen ist an ihm ein tüchtiger Terrorist verloren gegangen.
Peter Bosch: Auf einer Bahnfahrt durch sein selbst geschaffenes

Wunderland hat er mir die Dampfkesseltechnik erklärt, natürlich am Beispiel der eigenen Lok.
Stephan Triller: Er hat mir geholfen, die Dämonen zu verjagen, als diese von mir statt von Victor Besitz ergriffen.
Prof. Dr. August Nitschke: Als ein Großer der Geschichtswissenschaft hat er mir Kontakte zu Fachleuten vermittelt, die es weitaus besser wussten als ich.
Prof. Dr. Axel Kuhn: Er kennt sich in der Geschichte der radikalen Arbeiterbewegung und des Anarchismus auf geradezu verdächtige Weise aus.
PD Dr. Gabriele Metzler und Prof. Dr. Andreas Roedder: Ganz unprofessoral haben sie mir Einblick in ihre noch unveröffentlichten Ausarbeitungen zum Thema gegeben.
Prof. Dr. Nicolaas A. Rupke: Als Autor von Standardwerken zur Wissenschaftsgeschichte des 19. Jahrhunderts hat er mir schon vor Jahren manches Licht aufgesteckt.
Prof. Dr. Christopher Harvie: Das Viktorianische England ist ihm so nah, dass er es heute noch zu verkörpern scheint. Ihm verdanke ich wertvolle Literaturhinweise.
PD Dr. Ralf Schneider: Er hat mir das London der Armen näher gebracht, bzw. die Armen von London.
Dr. Brigitte Dörr und Dr. Ralf Goldschmidt: Sie waren als Freunde zur Stelle, als es auf Freundschaft ankam.
Roman Hocke: Aus reiner Sprachlosigkeit angesichts seiner Wirkung benutze ich die Phrase, die stets zu solchen Anlässen strapaziert wird, weil sie wie keine andere die Realität erfasst: »Ohne ihn wäre dieser Roman nie entstanden« – so wenig wie ich selbst als Autor.

Auch wer den besten Agenten der Welt zum Freund hat, braucht als Autor einen Verlag – erstens, damit er sich nicht zu früh zufrieden gibt, und zweitens, damit seine Geschichte zum Leser gelangt. Mein letzter Dank gilt der Führung und den Mitarbeitern des Droemer-Verlags, die mich unterstützt haben, wie ein

Autor es sich nur wünschen kann, allen voran Doris Janhsen und Klaus Kluge, sowie in alphabetischer Reihenfolge: Claus Carlsberg, Sibylle Dietzel, Iris Haas, Bettina Halstrick, Helmut Henkensiefken, Beate Kuckertz, Christian Tesch, Hans-Peter Übleis und Annette Weber. Sie haben meine Geschichte erst zum Buch gemacht.